Erica Jong:
Fallschirme & Küsse

Roman

Aus dem Amerikanischen von Eva Bornemann und Christa Seibicke

Knaur

Für Clayton C. C. Wheat
&
Grace Darling Griffin

. . . weiß ich, daß es
große versunkene Erstreckungen gibt,
Barren von Quarz,
Schlamm,
blaue Wasser für eine Schlacht,
viel Schweigen, viele
Flöze von Rückgang und Kampfer,
hinabgefallene Dinge,
Medaillen, Zärtlichkeiten,
Fallschirme, Küsse.

Pablo Neruda: »Melancholie in den Familien«

1

Wir sind die ältere Generation
oder
Baby Boom wird erwachsen

Ich bin im Delirium,
weil ich so schnell sterbe.

Henry Miller

Natürlich läßt sich nicht sagen, wie es nach der Liquidierung der Menschheit mit der Evolution weitergehen würde, doch die Zeugnisse aus der Vergangenheit lassen ein erneutes Auftreten des Menschen als höchst fraglich erscheinen. Die Evolution hat zwar eine erstaunliche Vielfalt von Geschöpfen hervorgebracht, doch gibt es kein Anzeichen dafür, daß sich eine der ausgestorbenen Arten noch einmal entwickelt hätte.

Jonathan Schell: »Das Schicksal der Erde«

Isadora, von Josh getrennt, benimmt sich wie eine junge Frau in den Zwanzigern. Nur eben wie die junge Frau, die sie in den Zwanzigern nie war: fast übermütig. Mit neununddreißig sieht sie sich von einer dämonischen Sexualität besessen, die sie nicht als Liebe zu rechtfertigen braucht.

Der schneidende Schmerz des ersten einsamen Monats ist abgeklungen, und nun rast sie wie verrückt herum, als könne sie ihrer Verzweiflung davonlaufen. Niemand, denkt sie zunächst, ist so gut im Bett wie Josh. Denn jetzt, da sie (obwohl sie es niemals glaubt) gut bei Kasse und (obwohl sie das ebenfalls niemals glaubt) prominent ist, gibt es offenbar überall nur impotente Männer. Warum hat uns niemand verraten, daß die Männer, wenn die Frauen stark werden, doppelt schlappmachen ... gewissermaßen zum Trotz? Immerhin amüsiert sie sich mit einem bekifften Diskjockey aus Hartford (ihre Connecticut-Yankee-Ausgabe des Wildhüters Mellors), einem knuddeligen Banker aus New York, einem blauäugigen Südstaatenautor aus New Orleans, einem gerissenen schwedischen Immobilienhändler – er besitzt zahlreiche Inseln in der Karibik, die er zugrunde richtet –, einem vom Glauben abgefallenen Rabbi, der sie als seine Anhängerin begehrt, einem Antiquitätenhändler mit Rolls-Royce, der jedoch niemals die Abschlußprüfung der Erasmus Hall High School schaffte, einem brillanten, erstaunlich gut bestückten sechsundzwanzigjährigen Medizinstudenten, der ihr jede Menge »Valium«, »Librium«, Quaaludes und Sinsemillagras aus dem Sonomadistrikt verschaffen kann (und der in seiner Freizeit an der Entwicklung eines Krebsheilmittels tüftelt), einem Schönheitschirurgen aus New York, für den nur oraler Sex in Frage kommt, und mit so vielen anderen, daß sie praktisch den Überblick verloren hat.

Anscheinend fahren sie alle auf oralen Sex ab; alle haben die Klitoris entdeckt. Im Laufe der acht Jahre, seit sie sich von Bennett Wing getrennt hatte und für kurze Zeit mit Adrian Goodlove durchgebrannt war (sie schrieb ein Buch darüber, das den Frauen überall gestattete, es ihr gleichzutun), hat sich die Welt in der Tat verändert: Zuerst einmal gibt es jetzt offenbar mehr oralen Sex; zweitens auch mehr Impotenz; drittens ist Sex zwar allgegenwärtig, hat aber trotzdem irgendwie an Mystik eingebüßt; viertens taumelt diese Welt ohne Zweifel ihrem Untergang entgegen.

Isadora gehört zur mittleren Generation, zu jenen unerschütterlichen Baby-Boomern, die in dem Glauben lebten, weder abzuschlaffen noch kahl zu werden, noch zu sterben. Nun schlaffen sie ab, werden kahl und sterben wie die Fliegen. Viele von ihnen haben jede Menge Exehegatten und -gattinnen, Kinder, die sie jedes zweite Wochenende sehen dürfen, Häuser in den Hamptons, Landsitze in den sagenumwobenen Counties Fairfield oder Dutchess, oder sie leben in Wohngemeinschaften oder schicken Häusern in der Stadt. Einige besitzen sogar Aktien, andere Wertpapiere, Geldmarktpapiere, Rechtsberater, Wirtschaftsprüfer, Geschäftsführer und Hämorrhoiden. (Offenbar gehören diese Dinge zusammen.)

Tatsächlich aber sind sie inzwischen die ältere Generation. Sie wissen es, weil sie Schecks unterschreiben. Sie wissen es, weil ihre Eltern wegsterben. Sie wissen es, weil ihre Großeltern von unbequemen Wolkensesseln auf sie herunterstarren. (Und die Lebenden haben bald so glasige Augen wie die Toten.) Sie haben das Alter erreicht, in dem sie ihre neuen Liebhaber bei den Anonymen Alkoholikern kennenlernen; das Alter, in dem viele ihrer Freunde Fixer, Bankrotteure und manche sogar tot sind; in dem sich ihre Kinder richtige und nicht Spielzeugpferde wünschen und in dem sie sich keine Sorgen mehr über eine eigene Schwangerschaft, sondern über die ihrer Töchter machen. Sie haben, kurz gesagt, jenes Alter erreicht, in dem sie wissen, daß sie sterben werden.

Isadora wohnt nun in Rocky Ridge im Staate Connecticut. Sie verließ Manhattan, wo sie geboren wurde, und zog, nachdem sie ihre Zeit in Malibu abgesessen hatte, an »die Küste«. Damit vervollständigte sie jenen Dreieckspfad, dem Menschen ihres Schlages folgen müssen: Manhattan, Malibu, Neuengland – manchmal in dieser Reihenfolge, manchmal umgekehrt. Eine vor-

gezeichnete Hedschra für »Erfolgsautoren«, Schauspieler und Medienleute wie die einstige, im Dreieck verlaufende Handelsstraße England – afrikanische Küste – Zuckerinseln, die obligatorische Route der Freibeuter im achtzehnten Jahrhundert.
Isadora sieht sich als einen Typ aus dem achtzehnten Jahrhundert: als eine Art Freibeuterin des Herzens. Mit jeder Faser will sie überleben wie einst Moll Flanders oder Fanny Hill. Ihr Selbstmitleid hat sie irgendwann einmal in den siebziger Jahren verloren. Und nun, mit neununddreißig, ist sie *beinahe* davon überzeugt, daß alle Schmerzen, die wir im Leben erleiden, irgendwie doch zu unserem Besten sind, daß man nie mehr Schmerzen erleidet, als man ertragen kann, und daß das Leben ein Prozeß geistiger Stählung ist, damit der Geist, wenn er am Ende die sterbliche Hülle verläßt, ein wenig besser weiß, wo's lang geht, als bei der ersten Runde. Sie weiß, ihr Leben ist eine Reise zur Unabhängigkeit. Sie weiß, sie hat immer mit dem Herz auf der Zunge gelebt. Sie weiß, daß sie zwar den Preis dafür gezahlt, aber auch den Lohn dafür geerntet hat. Verfolgt man den Pfad mit dem Herzen, blutet man oft. (Aber was wäre die Alternative? Sein Inneres verätzen?)
Manchmal überfällt sie eine Traurigkeit, die so abgründig ist, daß keine Tränen sie lindern können. »Getrennt« in Connecticut zu leben heißt viel Auto fahren! Manchmal rast sie eine Stunde den Merritt Parkway entlang, bloß um aufs Kreuz gelegt zu werden. Wieviel bequemer ist doch die Ehe. Isadora kennt die Ausfahrten auswendig – hinauf nach New Haven und hinunter nach New York –, und manchmal fragt sie sich tatsächlich, was wohl eine Frau aus Manhattan um drei Uhr in der Frühe hier verloren hat, wenn sie *stoned* auf der verlassenen Schnellstraße fährt, vorbei an Shelton, Orange, Milford, Fairfield, im Autoradio »Musik zum Träumen« hört (eine spätnächtliche Gewohnheit, die sie niemals öffentlich zugeben würde) und sich dabei doch in ihrer Seele so leer fühlt wie eine achtlos weggeworfene Bierdose, die plötzlich den Autoreifen explodieren läßt.
Es ist drei Uhr morgens in einer, wie man so schön sagt, »frischen« Oktobernacht. Weil der Himmel zwei Tage lang alle Schleusen geöffnet hatte, ist er nun wie saubergefegt. Sterne funkeln und

erinnern sie an die Nadelstiche in den schwarzen Vorhängen ihrer Grundschulzeit. Isadora steht an der Schwelle zum nostalgischen Alter, sie ist in ihrem gefürchteten vierzigsten Lebensjahr. Sie rast diesem Geburtstag auf dem Rückweg von einem ausgedehnten Stelldichein mit ihrem bekifften Diskjockey entgegen, einem Mann, der es sich mehr als irgend jemand, den sie kennt, angelegen sein läßt, trotz der Tatsache, daß er nur zeitweilig einen Ständer hat, Frauen zu ergötzen. Er ist der Ritter Ritzenlecker, der Prinz Punzenschlecker, der Vizekönig aller Vaginas. Er ist der einzige, Josh eingeschlossen, der den Rhythmus einer Frau, die kommt, spürt und nicht in dem Augenblick aufhört, wo das Pulsieren beginnt. Und außerdem: Er vergöttert sie, hat für sie und für das, was sie geschrieben hat, immer schon aus der Distanz geschwärmt (man kann niemals aus der Nähe sehr lange schwärmen), und Isadora will auch, daß es so bleibt. Einmal die Woche genügt, damit das Vergnügen nicht schal wird. Und oft überlegt sie, ob sie ihn ohne *dope* überhaupt interessant finden würde.
Sie liebt Josh noch immer, der vor zwei Monaten nach einem Jahr voll unsäglichem Schmerz, voll Aufruhr und voller Schuldkomplexe ausgezogen ist. Irgendwo hat sie gelesen, daß sich jede Körperzelle alle sieben Jahre erneuert. War es in »Science News«? Jedenfalls waren sie beide sieben Jahre lang unzertrennlich gewesen. Dann kam es zum Krach – das Geld war schuld, der Sex, das Wetteifern um die Zuneigung der dreijährigen, abgöttisch geliebten Tochter: alles der ganz gewöhnliche Scheiß, dessentwegen Paare sich in den Haaren liegen. Ihre Intelligenz hat da nicht geholfen, auch nicht ihre Leidenschaft, noch die Tatsache, daß sie auf irgendeine danteske Weise auf ewig aneinandergekettet sind. Sie lieben sich immer noch, aber sie können nicht miteinander leben, jedenfalls nicht jetzt.
»Ich werde niemals zurückkommen, such dir jemand anderen«, sagt Josh immer wieder. Aber Isadora will es nicht wahrhaben. Absichtlich läßt sie sich mit Männern ein, die sie nicht ernst nehmen kann. Sie wartet ab, bis Josh eines Tages erwachsen wird. Er ist dreiunddreißig. So alt war Christus am Kreuz; und Dante, als er in die Hölle hinabstieg. »*Nel mezzo del cammin di nostra*

vita.« In der Mitte des Lebens – »Grad in der Mitte unserer Lebensreise« –, ein gefährliches Alter für einen Mann, aber eigentlich auch für eine Frau. Mit zweiunddreißig hatte sie Reißaus von ihrer zweiten Ehe genommen, Bennett verlassen. Nun ist *sie* an der Reihe, verlassen zu werden. Obwohl damals sie diejenige war, die Bennett hinauswarf – nachdem sie sich ein Jahr lang anhören mußte, daß er gehen wolle. Er forderte die Entscheidung heraus, damit er sie später dafür verantwortlich machen konnte. Aber es war dennoch eher seine Entscheidung als ihre.
Und Josh, was glaubt er? Sie ist seine Schlinge, sein Albatros, die Büchse, die er nicht aufschließen kann. In seinem gemieteten Haus in der nahen Stadt ist er einsam. Er wohnt in Southton, dem weniger teuren Bezirk, was in dieser Gegend eine Miete von nur hunderttausend Dollar statt dreihunderttausend bedeutet. Er ist einsam, aber zurückkommen will er nicht. Er will nicht und kann nicht. Noch weniger will er einen Penny Geld von ihr. Er will es alleine schaffen. Auch er schreibt Romane und mit einigem Erfolg, obwohl ihre lächerliche Prominenz diesen in den Schatten stellt. Was sollen sie tun? Sie lieben ihre Tochter, und sie lieben sich, aber sie können nicht unter demselben Dach schreiben. Mandy wird also hin und her transportiert: Amanda Ace, ihr bezaubernder dreijähriger Schatz. Sie arrangieren sich, so gut es geht.
Nun also saust sie um drei Uhr in der Frühe den Merritt entlang, während im Radio eine schnulzige Version von »Stardust« erklingt: nur blecherne Streicher und suppige oder näselnde Hörner. Sie schaltet dieses Nachtprogramm nur dann ein, wenn sie bereits weggetreten ist, wenn es so spät geworden ist, daß Hard Rock, Jazz oder Barockmusik die grauen Zellen bis ins Unerträgliche strapazieren würde. Sie fährt für ihr Leben gern Auto. Als Zwanzigjährige hatten sie sowohl Autofahren als auch Fliegen in Angst und Schrecken versetzt, nun aber liebt sie beides. Große Maschinen, kleine Maschinen; »Pilgrim Airlines« nach Boston mit zweimotorigen Flugzeugen, die sie »DeHavilland-Gummimotor-Hüpfer« getauft hat; Privatflugzeuge nach Catalina Island, wann immer sie es ermöglichen kann (in Los Angeles hat sie einen

Freund, der eine Cessna fliegt); die Concorde, falls ein ausländischer Verleger es bezahlt; Jumbo Jets, Lear Jets, Hawker-DeHavillands, Hubschrauber. Ihre Angst vorm Fliegen ist in Liebe umgeschlagen – und ist Angst denn nicht manchmal die B-Seite der Liebesplatte, das Gegenteil wahnsinnigen Begehrens?
Und Autos. Sie liebt Autos. Wenn sie doch nur Oldtimer sammeln könnte! Aber sie ist von Natur aus zu konservativ für solch ausschweifende Extravaganzen. Sie hat nur zwei Wagen: einen alten Mercedes und einen neuen, einen silbernen Turbo-Diesel mit einer extra beantragten Zulassungsnummer in Mittelenglisch. Die Buchstaben QUIM vor den Ziffern bedeuten in der Chaucersprache Fut und glitten wie Butter an den Zensoren von Connecticut vorbei. Die Behörden in Norwalk hätten FUT nicht zugelassen, aber QUIM, das ist der Aufmerksamkeit des Computers glatt entgangen.
Sie fährt wie ein As, und natürlich ist sie auch ein solches: Isadora White Stollerman Wing Ace, für alle Welt aber nur Isadora Wing. Weil sie in Manhattan aufwuchs, hatte sie nie den Führerschein gebraucht, aber jetzt hat sie ihn nachgeholt. Nun beschleunigt sie aus den Kurven wie ein Rennpilot, der Stirling Moss unter den Romanschriftstellerinnen, der weibliche Paul Newman von Connecticut. In ihrem alten 280 SL ginge es noch rasanter.
Rocky Ridge und Southton kommen in Sicht. Ausfahrt 43 A. Nachts ist das Hinweisschild schwer zu finden. Wie oft ist sie daran vorbeigefahren. Sie bremst, hört das gute deutsche Quietschen der starken Scheibenbremsen des Silbernazi. Diesen Wagen hat sie sich für die deutschen Tantiemen ihres ersten Bestsellers angeschafft – ein Buch, in dem die Deutschen erbarmungslos kritisiert wurden. Was für eine Rache! Trotzdem hatten die Nazis was für sich: Sie bauten die besten Autos und die besten Krematorien. Und da die Welt voller multinationaler Verflechtungen ist, wer kann da noch wissen, wohin das Geld versickert? Deutsche, Araber, Japaner ... heute ist es doch unmöglich, sein Geld von den ungeeigneten Taschen fernzuhalten, wie es seinerzeit ihre Eltern versuchten. Und was sind denn überhaupt unge-

eignete Taschen? In den Vierzigern war die Welt moralisch überschaubarer, das war damals, als sie geboren wurde. Heute ist alles ein heilloses Durcheinander. Helden und Bösewichter sind austauschbar. Wer kann den Töpfer vom Topf unterscheiden, wer den Tänzer vom Tanz? Oft wünscht sich Isadora, zur Generation ihrer Eltern gehört zu haben, damals, als Nazis noch Nazis und brave Amerikaner noch brave Amerikaner waren, als Intellektuelle noch glaubten, im Sozialismus liege das Heil der Welt, als der Kapitalismus die Verkörperung des Bösen war (und nicht die menschliche, oder besser: unmenschliche Natur) und als die sexuelle Freizügigkeit noch nicht allgemein praktiziert wurde und deshalb als eine Art Allheilmittel galt, jedenfalls bei der Provincetown-Boheme der Generation ihrer Eltern.

Manchmal beneidet sie sogar die Generation ihrer Großeltern, die einem Krieg naiv und optimistisch den Namen »Der große Krieg« verpassen konnte, als gäbe es nur den einen. Ihre eigene, glücklose Generation mußte erfahren, daß dieser spezielle Krieg nur eine Generalprobe für den Zweiten Weltkrieg war und daß der Koreakrieg und der Vietnamkrieg nichts als Demonstrationen des Talents der menschlichen Rasse zur Selbstvernichtung waren, wobei das Hauptereignis natürlich immer noch bevorsteht. Daß die Generation ihrer Großeltern von einem »Krieg, der allen Kriegen ein Ende bereiten« sollte, sprechen konnte, verriet eine Kluft zwischen ihr und ihnen, die sie fast nicht im Kopf aushielt.

Verflucht! Sie hat die Ausfahrt verpaßt, braust nun in Richtung Westport und denkt daran, wie gefährlich es sein kann, wenn sie, die Mutter einer dreijährigen und völlig von ihr abhängigen Tochter, in total bekifftem Zustand Auto fährt. Eine neununddreißigjährige Hippiefrau, wie peinlich! Dabei sieht sie höchstens wie dreiunddreißig aus, viel attraktiver, sagen alle, als seinerzeit mit dreiunddreißig. Zum einen ist sie heute schlanker, zum anderen hat ihr die Schwangerschaft einen Schmelz verliehen und betonte Backenknochen beschert, die sie vorher nie hatte. Geld hilft auch: Gesichtskosmetik im Elizabeth-Arden-Salon, Fassonschnitte für sechzig Dollar, jeden Winter ein Kuraufenthalt und Modellkleider haben einer Frau noch nie geschadet. Sie hat die blonden Haare und freimütigen Augen eines Teenagers, obwohl die Stirnfurchen – ihre Sorgenlinien – immer tiefer werden.

Josh dagegen sieht mit seiner beginnenden Glatze, seinen Lachfalten und Krähenfüßen wie neununddreißig aus. »Vögle mit anderen Männern, bitte schön!« hat er letzte Woche mit aufreizend gespielter Gleichgültigkeit erklärt. Und genau das tut sie. Sie tut es, und es macht ihr auch riesigen Spaß, denn sie ist nun in dem Alter, da sie ganz ungehemmt und im vollen Bewußtsein ihrer Sterblichkeit erleben kann, wie sich ihre Orgasmen mit ungewohnter Heftigkeit an die Leere eines sicheren Todes klammern.

Dennoch ist manchmal der Schmerz des Verlustes schwer zu ertragen, des Verlusts von Familie, des Verlusts zärtlicher Abende im Bett, wenn sie sich gegenseitig Dickens vorlasen oder sich alte Filme ansahen (sie taten dies sogar, als vor drei Jahren ihre Wehen einsetzten und Mandy überraschend auf der Bildfläche erschien).

Sie denkt an das Paar, das sie damals waren, als sie nach Connecticut übersiedelten. Da schrieb er in einem Zimmer, sie in dem anderen, dazwischen gab es nur einen verspielten Hund (ein Malteserhündchen namens Chekarf). Da war noch kein Baby im Haus und kein taktloses Kindermädchen, auf das sie Rücksicht nehmen mußten. Sie konnten zu jeder Tages- und Nachtstunde vögeln. Bei Wochenendeinladungen kochten sie beide für New Yorker Freunde, trugen das Essen auf, wuschen das Geschirr ab und sanken hinterher wie tot ins Bett, kichernd wie Schlummerpartyehepaare, ehe sie einschliefen, ob sie nun vögelten oder nicht.

Überall im Hause wachsendes Leben, Pflanzen, sonnendurchwärmte Holzwände. Sie adoptierten den räudigen alten Hund aus einem städtischen Tierheim und päppelten ihn auf mit ihrer Liebe in ihrem lebenspendenden, sonnigen Heim, in ihren Zimmern, in denen es nach harmonischem Sex und selbstgebackenem Brot roch, in ihrem Heim, wo die Schreibmaschinen klapperten und die unmöglichsten Paare sich bei den berühmten Brunches verliebten, in ihrem Heim, in dem es vor Orgonenergie, vor Lebenskraft buchstäblich vibrierte – denn was sonst sollte es gewesen sein?

Jetzt wendet sie und geht in Gedanken noch einmal den Abend durch, den sie mit ihrem Diskjockey (oder Fiskjockey, wie ihn ihre

beste Freundin nennt) im Bett verbracht hat. Fünf Stunden im »Ho-Hum-Motel« (ein Name, der sie immer an die »Sieben Zwerge« erinnert), einer bekannten Kletterbude, wo niemals einer mit Gepäck absteigt. Der Empfangschef würde, sollte es tatsächlich einmal passieren, wahrscheinlich einen Herzanfall bekommen. »Samtene Tunnel« hatte sie irgendwann einmal während der vierten bekifften Stunde gemurmelt, beim achten bekifften Orgasmus – so erstaunlich es auch rückblickend klingen mag –, und er war betört. Ein poetischer Typ, dieser Errol Dickinson aus Hartford (nach Flynn und nicht nach Emily so getauft). Er gehörte zu jener Sorte, die »Beowulf« und Harold Robbins mit der gleichen Begeisterung lesen. Ein Platzhirsch, wie er im Buch steht, aber gleichzeitig auch genügend *cavaliere servente*, um zu wissen, daß Frauen gleichermaßen auf süße Worte wie auf sanftes Lecken reagieren. Errol ist zwar ein Genie im Bett, aber er kann auch (und vielleicht meint er es sogar) so etwas sagen, wie: »Für dich ringe ich mit Grendel und mache mich auf die Suche nach dem Dritten Ring.« Er schreibt auch Gedichte, hat aber bisher genügend Feingefühl bewiesen, sie nicht zu den Stelldicheins mitzubringen. Die Zeit mag jedoch kommen, da er es tut. Und was dann? Wird sie in die Nacht hinausfliehen? Isadora ist lange genug berühmt, um zu wissen, daß man oft, wenn man einfach nur bumsen will, statt dessen unveröffentlichte Manuskripte bekommt. Und er ist nett, poetisch, anständig, ja fast liebenswert – zu nett jedenfalls, als daß man ihn beleidigen könnte. Mit fiesen Männern tut sie's nicht mehr, nie mehr. Das hat sie, Göttin sei Dank, seit sie dreißig war, nicht mehr gemacht.
Errol kapiert auch schnell. »Wann immer ich an dich denke, weiß ich, daß es einen Gott gibt«, sagt er. »Und ich danke Ihr.« Was für ein Kerl!
Sie braust die Ausfahrt hinunter und auf die Landstraße. Die Scheinwerfer sind aufgeblendet (es ist ja so wenig Verkehr), sie fährt neunzig und hofft, ihre Scheibenbremsen werden sie, falls ihr plötzlich ein Tier über den Weg laufen sollte, retten. Auf ihrem Wagen klebt eine Plakette des Tierschutzvereins: FÜR TIERE BREMSE ICH. Ein alberner Slogan. Sollten Vegetarier etwa auf

ihren Stoßstangen FÜR GEMÜSE BREMSE ICH haben? »Warum sind Sie Vegetarier?« soll einmal jemand unseren ehrwürdigen Nobelpreisträger I.B. Singer gefragt haben. »Aus gesundheitlichen Gründen?« Darauf soll der schlaue alte Jude geantwortet haben: »Ja, wegen der Gesundheit der Tiere.« Auch Isadora liebt Tiere, trägt niemals Pelzmäntel und besitzt auch keine Anteile an automatisierten Landwirtschaftsbetrieben. Aber im vergangenen Winter, als sie sich wohlig in ihren daunengefütterten Parka kuschelte, wurde ihr auf einmal klar, daß dazu ja Gänse abgeschossen werden. Das war vielleicht eine Enttäuschung! Dann könnte sie ebensogut Nerz tragen, wenn der sie nicht an jüdische Großmütter erinnern würde. Es ist ein Zeichen ihres tatsächlichen Alters, daß die meisten ihrer Bekannten Nerzmäntel haben. Und manche Männer auch. Hilfe!

Nach Hause, nach Hause, nach Hause. Die steile, gewundene Einfahrt – im Winter vereist – ist ein so angenehmer Anblick. Niemals fährt sie diese Einfahrt hinauf, ohne an die Szene in »Garp und wie er die Welt sah« zu denken, wo Garps Ehefrau ihrem Geliebten den Penis abbeißt und das Kind ums Leben kommt. Literarischer Overkill. Im wirklichen Leben kommt es nie zu einer so geballten Ladung von Ironie. (Oder die Ironie braucht Jahre, um als solche erkannt zu werden.) Trotzdem mag sie Irving mit seinem aggressiven Ringkämpferstil, seiner netten, von ihm über Nacht sitzengelassenen Frau, seiner gebremsten Sexualität, seiner verdrängten Gewalttätigkeit: ein Smollett unter den zeitgenössischen Romanautoren. Kein Realist, aber ist *sie* denn einer? Gibt es denn *irgendeinen* in einer Welt, in der dreijährige Kinder wie das ihre im Wohnzimmer herumstapfen und singen »Sadat wurde erschossen! Sadat wurde erschossen!«, ohne zu wissen, wer Sadat ist und was »erschossen« bedeutet?

QUIM, der Silbernazi, bebt und bleibt stehen (daran ähnelt er ihrem letzten Orgasmus). Die Lichter im Hause brennen. Das Ersatzmalteserhündchen Dogstojewski, das in ihr Leben trat, als die vorletzte Kinderschwester, ein allmählich herrisch gewordenes englisches Mädchen, Chekarf überfuhr, kläfft und jault aus dem eckigen Treppenhausfenster. Chekarf war ihr Liebling gewesen, sie schämt sich, es einzugestehen. Irgendwie hatte der Hund etwas von einem Straßenköter an sich und eine russisch-jüdische Seele. Dogstojewski dagegen ist ein Goi aus Fairfield – trotz seines vielversprechenden Namens. Vielleicht hätte sie nach Chekarf einen Airedale kaufen sollen oder einen deutschen Schäferhund oder – was Mandy am liebsten auf der ganzen Welt hätte (außer daß ihr Daddy wiederkommt) – einen »Labradog«.

Sie schließt die schwere, handbehauene Eingangstür mit den rustikalen, herzförmigen Beschlägen auf, und Dogstojewski springt sie an. Was würden getrennte Paare ohne Hunde tun! »Tröste mich mit Maltesern«, hat sie einst, in glücklicheren Zeiten, zu Josh gesagt.

Sie stellt ihre Tasche hin, streift sich den weiten, rosa-tiefrot gemusterten Pullover (während einer Lesetour in Stockholm erstanden) ab, zieht die violetten Cowboystiefel aus und beginnt ihre nächtlichen Waschungen. Fast hat sie sich daran gewöhnt, das Schlafzimmer für sich allein zu haben, obwohl es ihr manchmal spät nachts unheimlich vorkommt. Fünf Wochen hatte es gedauert, ehe sie sich überwinden konnte, ihre Abendkleider in den Schrank zu hängen, den er geräumt hatte, sechs, ehe sie ihre Kosmetika auf seine Ablage stellte, sieben, ehe sie mit einem anderen Mann ins *hot tub* stieg, und das auch nur ganz spät, als Mandy längst schlief, und immer noch liegt sie auf ihrer Seite des Wasserbetts, als wolle sie für Josh Platz lassen. Sie will ihn zurückhaben. Aber vielleicht noch nicht jetzt. Und nicht in dem Zustand, in dem er jetzt ist: despressiv, abweisend, voll von angestautem Zorn.

»Schwarze Seife?« fragt Woody Allen im »Stadtneurotiker«. Isadora gebraucht sie auch – Dr. Lazlos berühmtes Rezept. Meeresschlammseife zu dreizehn Dollar das Stück. Thorstein Veblen mit seiner »Theorie der feinen Leute« würde bestimmt im Grabe kichern. Was, um Himmels willen, ist Meeresschlamm? Urschlamm? Dreck, in dem Dinosaurier erstickten? Schönheitskleister aus den LaBrea-Teergruben? Was immer es ist, ihrer Haut tut es gut. Oder vielleicht liegt es an Errol. Nach einer Nacht mit ihm sieht sie immer gesund aus, und ihre Brustwarzen haben tagelang danach Knutschflecken. Errol könnte jedoch zum Problem werden. Schon jetzt sagt er manchmal »Ich liebe dich« im Bett. Oder macht sie sich etwas vor? Errol ist ein so umwerfender Hobelhengst, daß alle seine im Bett geflüsterten Zärtlichkeiten merkwürdig unpersönlich klingen, als gälten sie für jeden. Und zwar: »Du bist so schön.« – »Deine Haut ist so weich.« – »Ich liebe deine Muschi.« – »Ich liebe es, wenn du dich so um mich wickelst.« – »Oooo, was du mit mir machst!« – »Ich kann nie genug von dir kriegen.«

Errol ist eine lokale Legende. Hochgewachsen, schlaksig, mit einem braunen und einem blauen Auge und angezogen wie ein typischer Asphaltglitzercowboy, reicht sein Ruhm von Hartford bis Old Greenwich. Isadora teilt ihn sich mit einer Freundin – man sollte es nicht glauben, daß sie sich gerade mit der einen Schwanz teilt –, aber im Leben geht es manchmal seltsamer zu als in irgendeinem Roman. Sie teilt ihn sich mit Lola Birk Harvey, einer Connecticut-Erbin aus Greenwich. Sie wohnt in einem riesigen Anwesen auf dem Sound mit ihrem börsenspekulierenden, kapitalistischen Gatten, einem Stockfisch namens Bruce.

Lolas Hobby ist der Ehebruch. Von Beruf ist sie literarische Agentin, aber sie hat immer nur ein paar Klienten, denn ihr Hobby nimmt sie zu sehr in Anspruch. Lola verbrachte ihre Kindheit in der Nachbarschaft der Madison Avenue Presbytarian Church in Manhattan und in Rufnähe von »Le Cirque« und dem »Sailboat Pond«. Bereits ihr Vater war literarischer Agent, Foster Birk, aber sie hat seine Agentur heruntergewirtschaftet, denn sie macht sich nicht sehr viel aus Geldverdienen. (Von ihrer Mutter erbte sie einen Batzen Geld, und ihr jetziger Mann ist ebenfalls immens reich.)

Was Lola vor allem interessiert, ist die Kunst des Ehebruchs, und sie kennt sich in Dingen aus, von denen Isadora nie geträumt hätte. Zum Beispiel, daß man sich mit Männern auf dem Merritt-Parkway-Parkplatz für Pendler trifft. Zum Beispiel, daß man eine Sammlung verschiedenfarbiger Perücken hat, um nicht wiedererkannt zu werden. Zum Beispiel, daß man eine Handtasche hat, die geräumig genug ist, um in ihr Wein, Käse und Reizwäsche zu

verstauen. Zum Beispiel, daß man einen Korkenzieher und Sektgläser aus Plastik im Wagen versteckt.
Bei Lola hat alles großen Stil, sogar der Sex. Sie weiß, Sex ist eine Kunst und keine Wissenschaft. Sie macht aus ihrem sittsamen und adretten Protestantische-Erbin-Äußeren das Beste. Keiner würde Lola ihr Hobby ansehen, deshalb kann sie sich auch viel Zeit lassen, um sich an ihre Beute heranzupirschen. Im Zeitungsjargon nennt man das einen »langen Aufmacher«: Mittagessen, Abendessen, Brunch, Cocktailverabredungen in New York oder Greenwich. Und dann, wenn der Bursche sich fragt, weshalb gerade diese kühle, knochige Blondine ihn fortwährend anruft, in dem Moment, wenn er zu glauben beginnt, sie wolle ihn ermutigen, »den großen amerikanischen Roman« zu schreiben (offenbar ist das hierzulande ein universeller Wunschtraum), lehnt die blauäugige Lola (die vierzig ist, aber wie fünfunddreißig aussieht) sich über den Cocktailtresen, legt die Hand auf seine und sagt: »Hab' ich Ihnen schon erklärt, wie scharf ich auf Sie bin?«
»Und jedesmal ist der Bursche erschüttert«, berichtet Lola. »*Ich*, die sittsame, adrette und propere Lola Harvey – mache einen Mann an. Das glauben sie niemals. Niemals. Und dann kommt die nächste Dialogzeile: ›Wann können wir beide allein sein?‹ Und dann streichle ich vorsichtig seine Schenkel, und falls es dunkel genug ist, prüfe ich seinen Ständer. Hör zu, Isadora, wenn er dann noch immer keinen hat, gute Nacht! Hat er aber einen, kann ich abschätzen, ob sich ein Rendezvous mit ihm lohnt oder nicht.«
Isadora ist verblüfft. Lola kennt Mittel, um zu verführen, die sie sich in ihrer angeblich so hektischen Jugend (Byron hatte sie »flammende Jugend« genannt) niemals hätte träumen lassen. Was wußte sie denn um Gottes willen überhaupt? Nichts. Im Alter von neununddreißig klappt Sex besser denn je. Nur bei der Partnersuche hapert es. Ha! Partner, die keine Angst vor prominenten Frauen haben, die keine Imponiervögler sind oder Goldgräber oder Vaterfiguren (die dich vor dir selbst retten wollen). Wie oft hat Isadora den Satz gehört: »Sieben Jahre lang sind Sie mein sexueller Wunschtraum gewesen, seit ich dieses berühmte Buch von Ihnen gelesen habe.« Und dann ging sie mit dem Burschen ins

Bett, und er bekam ihn nicht hoch. Wer will dann schon ein siebenjähriger sexueller Wunschtraum sein, denkt Isadora. Wie kann ein sexueller Wunschtraum anders als enttäuschen?

»Dieses berühmte Buch« verfolgt sie; verfolgt sie und gereicht ihr zum Segen. Einerseits machte »Candidas Beichte« sie für alle Welt zu einem Begriff wie »Ajax« oder »Vaseline«. Andererseits warf das Buch auf ihre ahnungslose Jugend den Schatten eines sexuellen Makels. Viele wollen in ihr nur die Nymphomanin der Literaturszene sehen, während sie in Wirklichkeit doch nichts anderes ist als ein (wie alle ihre Freunde wissen) nettes, *bekowetes* jüdisches Mädchen aus Central Park West.

Und jetzt ist sie zu Hause. Sie schminkt sich ab, à la Dr. Lazlo, zieht sich ein rotes Flanellnachthemd von »Lanz« an, ein Großmuttergewand für einsame Nächte, und geht auf Zehenspitzen nach oben.

In einem Zimmer, das mit Kuscheltieren (Amanda nennt sie »Wuscheltiere«) so vollgestopft ist wie ein Spielzeugladen – es wimmelt von exotischen Einhörnern, Drachen und Dromedaren, natürlich auch von üblichen Teddys, Kermits und Miss Piggys –, schläft Amanda in einem hellroten Kinderbett und umklammert ihr »Übergangsobjekt«, ein kleines Stoffkamel, das sie Camelia getauft hat.

Camelia das Kamel ist ein Geschenk von einer der allerbesten Freundinnen Isadoras, von ihrer guten Fee Hope: Hope mit dem stahlgrauen Haar, den riesigen Titten, der schmelzenden Stimme, ihr sanfter Halt in einer haltlosen Welt. Hope war Geburtshelferin bei Isadoras erstem Lyrikband – fast ein Dutzend Jahre ist es her – und ist jetzt fast sechzig. »Es wird nur besser, Schatz«, tröstet sie Isadora jedesmal, wenn diese Angst vor dem Älterwerden hat. »Und unter dem Weihnachtsbaum liegen immer noch unausgepackte Geschenke. Alles wird weniger hektisch, Schatz – und weißt du, was noch?«

»Was?« fragt Isadora.

»Du denkst nicht mehr dauernd an Sex«, sagt Hope mit hintergründigem Lächeln.

Instinktiv spürte Amanda sofort, daß Hope auch *ihre* gute Fee war. Als Hope ihr das karamelfarbene Kamel schenkte, drückte sie es augenblicklich an ihre Brust, taufte es Camelia und gab es seither nicht mehr aus der Hand. Ach Amanda, das Wortspielkind! Sie liebt die Sprache um ihrer selbst willen, genau wie ihre Mami und ihr Papi. Sie prägt neue Namen, Schachtelworte wie »Labradog«. Offenbar wurde auch sie unter dem Kritzelstern geboren.

Göttin bewahre! denkt Isadora, die weiß, daß das Leben schon hart genug ist und Mutter-Tochter-Schmerz genügend weh tut, ohne daß sie beide derselben Muse nachlaufen.

Ihre Mutter malte, malt immer noch. Als Achtzehnjährige hängte Isadora ihren Pinsel an den Nagel und ergriff den Federkiel, was sie nie bereut hat. Manchmal möchte sie aber doch gerne ein Aquarell malen. Sie hat sich vorgenommen, wenn einmal ihre Tage als Romanautorin gezählt sind, ihre Federn zu zerbrechen und ihre Notizhefte wegzuwerfen (für Isadora, die Schriftstellerin des achtzehnten Jahrhunderts, gibt es keinen Schreibautomaten, obwohl sie für ihre Sekretärin einen gemietet hat), um ihre zweite Kindheit mit Aquarellmalen zu verbringen – wie ihr alter Freund und Mentor Kurt Hammer (einstiger Guru des Big Sur und nun ihr spitzbübischer Beobachter aus dem Himmelreich der Autoren).

Amanda schläft, Camelia in den Armen. Mit drei Jahren lebt Amanda nur für den Augenblick. Sie macht sich überhaupt keine Gedanken darüber, ob sie nun eine Schriftstellerin oder eine Malerin werden wird – oder gar eine Schauspielerin, was alle mit Isadora befreundeten Schauspielerinnen und Regisseure in der Tat prophezeit haben. Sie schläft, die Augenlider immergrünblau mit einem violettrosa Schimmer über den Kuppeln ihrer Augäpfel. Feuerrote Ringellocken wirbeln auf ihren Wangen; feucht schmiegen sich die rotblonden Ponyfransen an ihre Stirn. Die Wangen sind gerötet von den Träumen einer Dreijährigen – Träumen von Dromedaren, die schläfrig Traumwüsten durchqueren, Träumen von »Labradogs« und Traumdrachen, von Traum-»Wuscheltieren«, Greifen, Teddys, Kermit-Fröschen und Mickymäusen.

»Göttin sei Dank und Göttin bewahre«, sagt Isadora, die während ihrer Schwangerschaft zu der Überzeugung gelangte, daß Gott eine Frau sein muß. Dogmen, selbst feministische, nimmt sie nicht immer für bare Münze, aber es scheint ihr, als habe Gott eine feminine Komponente und sie, Mutter einer einzigen Tochter, würde lieber zu Ihr als zu Ihm beten.
Natürlich hat Gott kein Genus, oder er hat, wenn man so will, alle Genera. Yin und Yang, Shiva und Kali, Große Mutter und Gehörnter Gott, Christus und Maria, Moses und – wer? Schade, daß ausgerechnet die Juden »Sie« ganz vernachlässigt haben. Die Religion, in die Isadora hineingeboren wurde, ignoriert die Frauen. Doch sie wird es wettmachen, auch wenn es ihr ein wenig albern vorkommt, »Göttin sei Dank« zu murmeln, aber sie fühlt sich doch dabei irgendwie abgesichert.
Sie küßt Amandas schlafrosige Wange. Das Kind dreht sich um, murmelt einige unverständliche Silben und kuschelt sich fast wie ein Fötus zusammen. Zärtlich, ganz Mutter, deckt Isadora die Zehen ihrer Tochter zu. Tränen steigen ihr in die Augen, als sie an ihre kleine Halbwaise denkt, an die Kümmernisse eines Frauendaseins, von denen das Kind jetzt noch nichts ahnt, an die Kümmernisse, die sie ihrer Mutter bereitete und die Amanda zweifellos wiederum ihr bereiten wird, an die Enttäuschungen, an das Verlassenwerden, vom Vater angefangen, und an den langen Weg zu Vernunft und Einsicht, den jede Frau von der Geburt an bis zu den mittleren Jahren zurücklegen muß.
Sie wünscht Amanda wenigstens eines: mit vierzig einsichtiger zu sein als mit zwanzig. Manche Frauen verlieren mit vierzig den Verstand, verfallen in endlose Depressionen, bringen sich um oder enden in Gewahrsam, sei es bei Alkohol- oder Drogenentzug, weil ihr Talent nie angezapft wurde oder weil sie an ihrem Zorn erstickt sind. Isadora ist den entgegengesetzten Weg gegangen und jetzt einsichtiger denn je, trotz ihres Kummers. Sie hat ihre Arbeit, ihr Kind, auch wenn ihre Stimmungen ständig hin und her schwanken wie auf einer Wippe oder auf einer Achterbahn. Was macht es schon, daß sie keinen Mann hat, mit dem sie das Haus teilt, keine ansässige Muse, die sie inspiriert, keinen »Besten aller Freunde«,

keinen Dauertröster? Statt dessen hat sie eine Auswahl an Teilzeittröstern, und gerade jetzt will sie auch keinen ständigen um sich haben. Vielleicht nie mehr. Dreimal hat sie es mit der Ehe versucht, dreimal hat es sich als unmöglich erwiesen. Und vielleicht *ist* die Ehe auch unmöglich in einer Welt, aus der Höflichkeit und gute Sitten geflohen sind und in der nur das große »Ich will, ich will« geblieben ist.
Trotzdem weint sie um Amanda, um sich selbst, um ihre Mutter, ihre Großmutter und um all ihre Schwestern: drei blutsverwandte und Millionen Leserinnen überall in der Welt. Als Frau geboren zu sein ist, das weiß Isadora jetzt, sowohl Segen als auch Fluch. Sie weiß auch, wie egoistisch es ist, Babys in eine Welt zu setzen, die bis zu den Sternen mit Nuklearwaffen gerüstet ist, eine Welt, in der in den Abendnachrichten routinemäßig Präsidenten erschossen werden, eine Welt, in der niemand weiß, was Geld bedeutet, ob Liebe dauert oder Familien zusammenbleiben können, bis die Kinder erwachsen sind.
»Gute Nacht, Amanda! Gute Nacht, Camelia!« sagt Isadora.
Und dann legt auch sie sich ins Bett und deckt sich zu.
Allein.

2

Beim Schein einer Jahrzeit-Kerze

Wenn wir vom Leben unsere Kindheit subtrahieren (die ein Vegetieren ist), Schlaf, Essen, Saufen – das Zu- und Aufknöpfen –, wieviel bleibt denn da übrig von unserer gesamten Existenz? Der Sommer eines Siebenschläfers.

Lord Byron: »Briefe und Tagebücher«

Was so prima bei den Toten ist,
sie geben uns Raum.

John Updike: »Bessere Verhältnisse«

Flickt den Kummer mit
Sprichwörtern!

Miguel de Cervantes Saavedra

Wann haben ihre augenblicklichen Schwierigkeiten eigentlich angefangen? Der moderne Antiheld oder die moderne Antiheldin fragt doch immer zu Beginn einer Geschichte so, denn es gibt keine Geschichte ohne Schwierigkeiten.
Und diese sind immer dieselben. Wir hocken zwar am Rande des Abgrunds, zwei Minuten vor dem nuklearen Holocaust, und doch weinen wir noch immer über Sex und Tod. Wir jammern immer noch über verlorene Liebschaften, verlorenes Geld. Wir weinen nicht über die kommende Feuersbrunst, weil wir sie uns gar nicht vorstellen können.
Von Jahrzehnt zu Jahrzehnt werden die Kriege schlimmer. Irgendwo auf der Welt fällt jeden Augenblick irgend jemand über den Rand des Abgrundes. Während Isadora schreibt, hört sie Barockmusik, weil sie die erstickten Schreie in Argentinien, die verhungernden Babys in Afrika, das Pulverfaß des Nahen Ostens, das Stöhnen der indischen Massen, die abgeschlagenen Hände und Köpfe in den Ländern des Islam von sich fernhalten will.
Wann haben ihre augenblicklichen Schwierigkeiten eigentlich angefangen? Begannen sie mit dem im letzten Herbst erschienenen Roman, der schließlich selbst ihren Feinden das Zugeständnis abrang, daß sie zu den seriösen Autorinnen zu zählen sei? Gewiß, vorher war sie berüchtigt, bekannt, wurde aber niemals ohne Herablassung behandelt. In den wilden sechziger Jahren hatte sie Gedichte veröffentlicht, in den griesgrämigen siebzigern war sie auf dem Titelblatt von »Time«, aber immer wurde sie als Weib, als Mieze, als Marilyn Monroe oder Barbra Streisand der literarischen Szene präsentiert und kaum als kreativer Mensch, kaum als Künstler, sondern als Künstler*in*. Natürlich machte sie sich ihren Namen, als Frauen *in* waren, als könne ein Geschlecht an sich in oder aus der Mode kommen. Sie schrieb ein Buch mit dem Titel »Mösenblumen«, als sowohl Mösen wie auch Blumen hoch im Kurs standen. Sie war schockierend, wenn schockierend zu sein

wichtiger war als irgend etwas anderes, schick, wenn schick zu sein alles bedeutete, und weiblich, wenn weiblich zu sein als umwerfend galt. Seit den siebziger Jahren war sie eine Attraktion gewesen, aber erst nachdem ihr letzter Roman (ein historisches Epos über Venedig und venezianische Malerei mit dem Titel »Tintorettos Tochter«) veröffentlicht wurde, kam so etwas wie Respekt für ihr Talent als Schriftstellerin auf.

Fingen ihre Schwierigkeiten an, als dieser neu begründete Erfolg sie ihrem Ehemann Josh entfremdete (der zu seinem Kummer immer noch völlig unbeachtete Romane veröffentlichte) und ihn veranlaßte, sie und ihre Tochter Amanda zu verlassen und in einem zugigen Kloster in Kyoto Zuflucht zu suchen, um sich Zen-Meditationen zu widmen? Fingen sie an, als jenes Kindermädchen – die forsche, pralle Engländerin – den Hund in der eigenen Einfahrt überfuhr, den guten alten Chekarf, ihr geliebtes Malteserhündchen (frei benannt nach Isadoras Großvaters und auch ihrem Lieblingserzähler)? Denn Chekarf war sozusagen das erste Kind ihrer Ehe gewesen. Als er sterben mußte, starb auch etwas zwischen Josh und Isadora. Kurz danach ging Josh nach Japan und ließ sie allein mit ihrem Erfolg in dem von diesem verursachten Chaos, allein mit der marmornen Urne, die Chekarfs Asche enthielt und um deren Hals sein altes Hundehalsband drapiert war, allein inmitten der traurigen Trümmer ihres Lebens. Wie jeder Mensch wollen auch Frauen arbeiten und lieben; warum muß eines immer dem anderen im Wege sein?

Fingen ihre Schwierigkeiten an, als Josh mit dem Vorschlag aus Japan zurückkehrte, ihre Probleme damit zu lösen, daß sie drei Tage der Woche getrennt lebten, in getrennten »Bereichen«, daß sie bis zum Gehtnichtmehr mit anderen bumsten und sich danach mit Hilfe einer ausführlichen Berichterstattung gegenseitig die Uhr aufzogen? Fingen sie an, als sich Isadora mit ihrem Anlageberater einließ, einem Eliteschultyp namens Lowell Strathmore mit weißen Boxershorts, »Turnbull-&-Asser«-Hemden, englischen Maßanzügen, einem Landhaus in Southport, einer stinkreichen Frau, die dreimal soviel Zähne hatte als üblich, und einer vierzehnjährigen Tochter mit einem Hunderttausend-Dollar-Reitpferd? Oder fingen sie an, als sie sich in einen Poeten aus Bethel verliebte, einen mit Schuldkomplexen beladenen abtrünnigen Katholiken, der ihn so gut wie nie bei ihr hochkriegte, der aber die schönsten Gedichte auf sie schrieb? Oder fingen sie an, als sie in das *andere*, nahe gelegene Studio ihres Mannes hineinplatzte und ihn – wie banal, wie ganz und gar klischeehaft – überraschte, während er gerade mit einem seiner Teilzeitschreibfräuleins, einer schwachsinnigen Blondine in Goldlaméunterwäsche (Frederick's of Hollywood), schmuste, denn Josh war nicht nur Zen-Buddhist, sondern auch Unterwäschefetischist? Nein. Alles das hätte sie ertragen. Ihre Hände beginnen zwar zu beben, wenn sie sich Joshs Seitensprünge ins Gedächtnis zurückruft, aber selbst eine bebende Hand kann an einem tapferen Herzen zur Ruhe kommen. Isadora ist davon überzeugt: Die Schwierigkeiten fingen erst richtig an dem Tage an, als ihr Großvater beerdigt wurde, als sie bei einer Gedenkrede auf ihn seine Lebensgeschichte vorlas, die er ihr, während er im Sterben lag, berichtet hatte, und als der Rabbi ganz grün wurde, weil solche Worte – und noch dazu aus dem Munde einer Frau – im Hause Gottvaters erklungen waren.

Es war an einem eiskalten Januartag, einem jener Tage, da der Dreck von New York in einer wochenalten Schneekruste zu Eis geworden ist, da selbst Hundekacke, die ja kurz dampft, ehe sie gefriert, geruchlos geworden ist, da der Wind um die Eckhäuser der Riverside Drive peitscht und die Bestattungsunternehmer des Riverside Drive ein so phänomenales Geschäft machen, daß man meinen sollte, sie würden eine Drehbühne bedienen.

»Bitte, holen Sie sich Ihre Garderobe beim Aufzug und nicht in der Familienhalle«, sagen sie, während sie die trauernden Hinterbliebenen vorwärtskomplimentieren. Und auf einmal merkt die Trauergemeinde, daß ihr Garderobenständer tatsächlich zum Aufzugsschacht geschafft worden ist, damit die nächste Trauergemeinde in der Familienhalle murmelnd und kondolierend Platz nehmen kann.

Isadora kam mit Josh und ihrer jüngsten Schwester Chloe (Randy, die älteste, war noch im Nahen Osten, und Lahlah, die inzwischen mit ihren Fünflingen in der »Letzten Kommune« in Oregon lebte, hatte nicht genügend Knete, um zur Begräbnisfeier an die Ostküste zu reisen).

»Wie eine Szene aus ›Tod in Hollywood‹«, flüsterte Chloe und ließ den Blick über die versammelten Trauergäste wandern. So war es in der Tat. Isadora mußte kichern. Mutter und Tante nickten sich paranoide Grüße zu, denn sie hatten fast dreißig Jahre lang kein Wort mehr miteinander gewechselt. Das Problem war: Sie sahen sich zum Verwechseln ähnlich, fast wie Zwillinge, obwohl zwei Jahre zwischen ihnen lagen. Sie sahen gleich aus, redeten gleich und besaßen beide ein unglaubliches Maltalent, das der alte Herr aber zu unterdrücken verstand, womit sie beide neurotisch einverstanden waren. Isadoras Tante war andersrum, ihre Mutter hetero, aber die beiden Schwestern waren trotzdem identisch. Ihre Tante hatte die Gabe, sich von ihren weiblichen Geliebten genauso erfolgreich unterbuttern zu lassen, wie ihre Mutter von ihrem Vater zur Schnecke gemacht wurde. Ihr Vater, der Souvenir- und Nippeskönig, ihr Vater, der legendäre Nat White, dessen ein wenig kryptischer väterlicher Rat lautete: »Trete nie nach einer Hundenummer auf!« und »Man weiß, daß es mit einem bergab geht, wenn man sich selbst in der Filmfassung seiner Autobiographie spielt«. Ihr Vater, der ihre ganze Kindheit hindurch geschäftlich auf Reisen war und zwischen den Staaten und Japan hin- und herpendelte wie andere Leute mit der Vorortbahn und der im Alter von siebzig sich nur noch danach sehnte, von seinen Kindern, von denen er vorher kaum Notiz nahm, geliebt zu werden. Ihr Vater, der Dynamo, der Verführer, der charismatische Manipulator. Ihr Vater, der als Nathan Weiss in der Bronx anfing, sich dann White nannte, als er in den dreißiger Jahren als Alleinunterhalter in den Catskills auftrat, der dann Bandleader in den *boîtes* von Manhattan wurde und schließlich mit vierzig die Kunst dem Kommerz opferte, weil er zu der Überzeugung gelangt war, der letzte sei immerhin sicherer als die erste. Aber daß Isadora dennoch eine Künstlerin geworden war, bedeutete ihm sehr viel. Seine zweite Tochter war der Pfeil aus seinen Lenden, der das von ihm verfehlte Ziel traf. Stolz bekrähte er ihren Erfolg, als sei er sein eigener – was er in gewisser Weise auch war.

»Na, wie geht's denn so, meine Hübsche?« fragte er und umarmte Isadora wie ein Liebhaber, wobei er – wie gewöhnlich – Chloe kaum eines Blickes würdigte.

»Gut, Dad.« Erst vor kurzem hatte sich Isadora dazu durchgerungen, ihren Vater »Dad« zu nennen. Es kam ihr immer noch merkwürdig vor. Ihre ganze Kindheit hindurch waren ihre Eltern »Nat« und »Judy« gewesen; ihr Großvater und ihre Großmutter dagegen, bei denen sie wohnten, waren »Papa« und »Mama«. *Sie* waren ihre echten Eltern, Nat und Judy eher eine Art Geschwister, wenngleich auch seltsame.

»Laß dich anschauen«, sagte ihr Vater. Das sagte er jedesmal. »Du siehst fabelhaft aus. Du achtest auf deine Figur. Ja, Bewegung, Bewegung, Bewegung.« Isadora glaubte, er hätte, wenn sie nicht gerade bei einem Begräbnis gewesen wären, Turnübungen gemacht. Ihr Vater hatte nämlich die Angewohnheit, unverhofft im Zimmer Gymnastik zu machen. Er war stolz darauf, mit siebzig wie fünfzig auszusehen. Und weil er regelmäßig trainierte und dank eines genetischen Zufalls auch noch alle seine Haare hatte, sah er mit siebzig so attraktiv aus, wie die meisten Männer in den sogenannten besten Jahren wirken. Und war er denn nicht noch in den besten Jahren? Offenbar durften diese nie aufhören. Kam es davon, daß er in seinen Büroräumen eine Sauna und einen Gymnastikraum hatte installieren lassen, als noch niemand an so etwas dachte? Oder daß er seit den vierziger Jahren die einschlägigen Publikationen abonniert hatte (damit er abwechselnd Sonnenblumenkerne und Joghurt oder dann wieder dreifache Martinis und *bœuf à la Wellington* zu sich nehmen konnte)? Er war so gewichtsbewußt, daß er jedes Pfund, das Isadora ansetzte, schon bemerkte, ehe sie es tat. Es gab Zeiten, da sie überzeugt war, zugenommen zu haben – nur ihm zum Trotz und um ihrer ödipalen Verstrickung einen Strich durch die Rechnung zu machen. Er liebte sie abgöttisch und benahm sich ihren Schwestern gegenüber oft gleichgültig. So schien es jedenfalls, und das war das Problem ihrer Schwestern, aber auch ihres.

Aber Isadora war nicht nur seine Traumgeliebte, sie war auch sein Traumsohn. Isadoras gegenwärtige Therapeutin, eine lebhafte, grauhaarige Dame namens Shirley Frumkin, hatte die Theorie, Isadoras Eltern hätten sie angehalten, zugleich »die Tochter, die du bist, und der Sohn, den wir niemals hatten« zu sein. »Ist es ein Wunder, daß Sie gestört waren?« sagte Shirley. »Niemand kann beides zugleich sein.«

Und das stimmte. Isadora verstand sich als Projektion der Träume ihrer Eltern. Alle deren fehlgeschlagene künstlerische Ambitionen – ihres Vaters Wunsch, Musiker, ihrer Mutter Wunsch, Malerin zu werden – waren in sie geflossen. Sie *mußte* einfach als Künstlerin Erfolg haben, mehr Erfolg in der Welt als irgendein Sohn. Aber gleichzeitig mußte sie auch Mädchen, Geliebte, Ehefrau und Mutter sein. Schließlich, mit der Geburt von Amanda und dem Erscheinen von »Tintorettos Tochter« (ein Roman, in dem sie sich ironischerweise als Renaissancemalerin darstellte), hatte sie alle diese Erwartungen vereinigen können. Sie hatte alles erreicht, glaubte sie. Worauf ihre Ehe scheiterte und Josh sie verließ.

Es war ein Jahr der Tode und Verluste gewesen. Dem großen Durchbruch folgte die beispiellose Katastrophe, der böseste Alptraum jeder Frau: Erfolg zu haben und den Mann, den man zutiefst liebt, zu verlieren.

Das Begräbnis ihres Großvaters war der Wendepunkt, sein Tod die Totenglocke ihrer Ehe. Gewisse Tode markieren das Ende von Beziehungen, andere deren Anfang. Der Geist eines Verstorbenen lebt weiter, um sich über die Hinterbliebenen lustig zu machen und um die Stärke ihrer Handlungen auf die Probe zu stellen. Und Isadoras Großvater Stoloff war ein ausgesprochener Schalk. Selbst im Tode hielt er die ganze Familie gefangen, selbst im Tode spielte er sie alle – wie im Leben – gegeneinander aus.

Und weil sich Stoloff erst im letzten Moment dazu entschlossen hatte, einen Rabbi bei seinem Begräbnis zu dulden, kannte er natürlich keinen Rabbi; besser gesagt: kein Rabbi kannte ihn. Es blieb Isadoras Familie nichts anderes übrig, als einen Leihrabbi aufzutreiben. Das bedeutet, mit dem vorliebzunehmen, was ein

Bestattungsinstitut an freischwebendem, synagogenlosem Exemplar besorgen konnte. Isadora jedenfalls ärgerte sich darüber – ärgerte sich über ihren Großvater, weil dieser fast sein ganzes Erwachsenenleben lang ein gläubiger Atheist und gottloser Marxist gewesen war und sich erst auf seinem Totenbett plötzlich wieder zu seinen jüdischen Ahnen bekannte. Hätte er sich früher, ein, zwei Jahre vor seinem Tod, darauf besonnen, dann hätte in der Tat irgendein Rabbi eine einigermaßen glaubhafte Totenrede halten können. Aber nein! Erst als er schon fast im Koma lag, entschloß er sich, als braver Jude zu sterben.

Da waren sie nun alle versammelt, Isadora, ihre Mutter, ihr Vater, ihre Tante Gilda und ihre Schwester Chloe, hineingepfercht in einen winzigen Raum in Riverside, und sie sollten einem völlig Fremden etwas über ihren unbeschreiblich komplexen Patriarchen erzählen, über einen Mann mit mehr Widersprüchen und Zwiespältigkeiten als seine siebenundneunzig Jahre zählten, über einen Mann, dessen Charakter man nicht einmal in einem Jahr hätte erfassen können, geschweige denn in diesen fünf Minuten vor der Trauerfeier. (Ihr, die ihr sterben werdet, bereitet euren Priester vor!)

»Was war Mr. Stoler für ein Mensch?« fragte der Rabbi, der einen schwarzen Homburg trug und sich wie ein Lehrer auf einem Kärtchen Notizen machte.

»Stoloff«, verbesserte ihn Isadoras Mutter und sah gekränkt aus. Sie trug ein schwarzes Chanel-Kostüm und eine Unmenge Perlen, die sie wie einen Rosenkranz durch die Finger gleiten ließ. Warum ist es immer so schrecklich, wenn der Name eines geliebten und nun toten Menschen verstümmelt wird?

»Gewiß, Stoloff«, verbesserte sich der Rabbi, der rosig geschrubbt wie ein Ferkel aussah. Hätten sie denn nicht mindestens einen bärtigen Rabbi zur Verfügung stellen können? »Richtig. Wo wurde Mr. Stoloff geboren?«

Verdutzte Blicke ringsum.

»Nicht in Odessa«, sagte Isadoras Mutter, »obwohl er dort aufgewachsen ist.«

»Diatlowo, Bezirk Grodno«, sagte Isadora.

»Woher weißt du das?« Ihr Vater war erstaunt.
»Weil er es mir ein paar Tage vor seinem Tode gesagt hat.«
»Ich habe nie gefragt«, sagte Tante Gilda, und ihre mexikanischen Ohrringe blitzten. Sie trug einen schwarzen Cashmereschal über einem schwarzen Samtdirndl. Schwarze Wildlederstiefel umschlossen ihre schlanken Beine. Sie gehörte nicht zu jener modernen Schule von Lesbierinnen, die sich, weil sie es für eine politische Aussage halten, grotesk anziehen. Statt dessen berief sie sich lieber auf die elegante Welt einer Vita, Virginia und Djuna. Sowohl sie als auch Isadoras Mutter sahen in ihrer Trauerkleidung phantastisch aus.
»Und sein jüdischer Name?« fragte der Rabbi.
»Schmul«, sagte ihre Mutter. »Er hieß Samuel, aber alle nannten ihn Stoloff.«
»Seine Frau?« fragte der Rabbi.
»Sie ist vor zwölf Jahren gestorben«, entgegnete ihre Schwester. »Ihr Name war Malke – das ist auf englisch Mary.«
»Und wie alt war er?«
»Siebenundneunzig«, antworteten alle unisono.
»Hm – ein langes Leben.«
Der Art, wie er »ein langes Leben« sagte (dabei dehnte er die Silben wie ein Rabbi in einem Buch von Philip Roth), entnahm Isadora mit einem unguten Gefühl, daß sie sich allesamt auf eine Ansprache über das Thema »Biblisches Alter« und über die Segnungen eines langen Lebens gefaßt machen dürften. Sie hatte genügend jüdische Begräbnisse erlebt, um dies mit fürchterlicher Gewißheit voraussagen zu können.
Ehe sie an diesem Vormittag in Connecticut abgereist war, hatte sie die hastig niedergeschriebenen Notizen vom Leben und Sterben ihres Großvaters in ihre Handtasche gestopft. Sie hatte sie in fieberhafter Eile geschrieben, als trieben die Stürme seines Heimganges ihren Kugelschreiber an. Während er in einer trostlosen Klinik in Spring Valley seinem Ende entgegenblickte und erzählte, schrieb sie wie besessen mit, als könne sie ihn dadurch am Leben erhalten. Jetzt zitterte sie vor Begierde und Furcht – Begierde, diese Lebensgeschichte den versammelten Verwandten und Be-

kannten vorzulesen, und Furcht, die Trauergemeinde ganz entsetzlich vor den Kopf zu stoßen, denn es handelte sich ja um keine der üblichen Lobreden. Sie hatte die Aufzeichnungen ihren Eltern gegenüber am Telefon erwähnt, und ihr Vater, der ein untrügliches Gespür für Bühnenwirksamkeit hatte, wollte, daß sie sie vorlese, ihre Mutter war nicht so sicher.
»Rabbi«, stellte sie ihr Vater vor, »Mr. Stoloffs Enkelin, meine Tochter Isadora Wing.« Er wartete auf das Aha-Erlebnis, das jedoch ausblieb. »Die prominente Autorin«, fuhr er fort, wie immer der Promoter, ja der Animateur.
Isadora wand sich vor Verlegenheit. Offenbar war ihr Ruf noch nicht bis zu den Synagogengemeinden von Mid-Manhattan gedrungen.
»Sie kennen sicher ihre ›Mösenblumen‹ oder vielleicht auch ihr letztes, sehr erfolgreiches Buch ›Tintorettos Tochter‹«, fuhr Isadoras Vater fort.
»Dad«, flüsterte sie und wurde tatsächlich rot. Das Wort »Möse« hatte nie unanständiger geklungen als hier, in dem kleinen Vorraum mit dem Rabbi.
Aber ihr Vater stürmte unbekümmert weiter. »Nicht sehr vielen ist bekannt, daß sie auch eine bedeutende Lyrikerin ist, und die gesamte Familie wünscht« (Mutter und Tante sahen nicht so aus), »daß sie ihre biographischen Notizen und eine Elegie anstelle einer Grabrede vorliest.«
»Gewiß, gewiß«, sagte der Rabbi und sah ein wenig enttäuscht aus, weil er nun seine Methusalemnummer nicht abziehen konnte. »Sicherlich ist ein Mitglied der Familie, das ihn kannte und liebte, einem völlig Fremden vorzuziehen ...« Nichtsdestoweniger war deutlich zu spüren, daß der Rabbi sich übergangen vorkam.
»Aber die entsprechenden Gebete vorher und nachher, die wollen wir auf hebräisch«, sagte Isadoras Mutter – ihre Mutter, die wahrscheinlich niemals in ihrem Leben außer bei Begräbnissen und *Bar-mizwe*-Feiern hebräische Gebete gehört hatte. »Das ist sein Wunsch gewesen.«
»Und der *kadisch*? Wer wird den *kadisch* sagen?« fragte der Rabbi. »Ich kann Ihnen einen *bocher* besorgen, der den *kadisch* sagt.«

Ja, ja! dachte Isadora. Macht es nur richtig, beschleunigt seinen Heimgang! Aber ihre Mutter sagte nein. Isadora war enttäuscht.
»Meine Tochter wird also ihre Biographie und ein Gedicht lesen«, bestimmte Judy, »und Sie werden am Ende ein Gebet sprechen.«
»Und die ›Rubaijat‹«, sagte Isadora, »seine Lieblingsdichtung. Ich werde aus der Sammlung lesen.«
»Natürlich, Miss Wing«, pflichtete der Rabbi ihr bei, dem Prinzip Ruhm Tribut zollend, auch wenn er niemals von der dazugehörenden Person gehört hatte. »Natürlich.«
Und so kam es, daß Isadora ihre frevlerische Biographie einem Publikum vorlas, das aus ihrer Schwester, ihrer Mutter, ihrem Vater, ihrer Tante, ihren Cousins, ihrem Ehemann, zwei Exehemännern (der eine Psychiater, der andere Psychotiker), einer Auswahl von Freunden und Bekannten – und einem entsetzten Rabbi bestand.

Während ich dies niederschreibe, liegt in einer Klinik in Spring Valley im Staate New York mein Großvater im Sterben. Er stirbt allein. Angestellte Krankenschwestern betreuen ihn. Er stirbt tausend Meilen entfernt von der russischen Stadt, in der er vor siebenundneunzig Jahren geboren wurde – einer Stadt, deren Namen ich nicht einmal kenne.
Ich schreibe schnell, mein Schreiber flitzt nur so über die Seiten. Ich schreibe in der Hoffnung, daß, wenn ich alles festhalten kann und auch richtig festhalte (oder annähernd richtig, wie es eben eine amerikanische Enkelin vermag), dies seinen Heimgang erleichtert – oder meinen. Ich weiß, daß der Tod ein Sich-dem-Licht-Entgegenbewegen ist – so oder so ähnlich habe ich es einmal in einem Gedicht ausgedrückt –, aber ich weiß auch, daß Stück für Stück zu sterben, und jedes Stück stirbt allein, weder leicht noch gerecht ist – und trotzdem alltäglich.
Er war ein Maler. Er hätte in dem Augenblick, da er nicht mehr malen konnte, sterben sollen, in dem Augenblick, da grauer Star, Krebs, Arthritis, Erschöpfung und Verzweiflung ihn übermannten. Aber das wäre zu schön gewesen, und wie

wir uns unsere Lieben oder unsere Kinder nicht aussuchen können, können wir uns auch unser Sterben nicht aussuchen.

Ich kannte eine Anzahl von Männern, die neunzig oder älter wurden und Stück für Stück starben: Kurt Hammer, Louis Untermeyer, jetzt mein Großvater – und jeder von ihnen sehnte sich am Ende nach seinem Tode, aber dieser Wunsch war kein Befehl. Ich kannte meinen Großvater immer nur als »Papa«. Meine Eltern waren Judy und Nat, das war in der Tradition jener Pseudokameraderie der dreißiger Jahre: die Eltern als Kumpel. Wir alle bereuten es nachher. Aber Papa war der Patriarch – im guten und schlechten Sinn dieses Wortes. In einem Haus voller Künstler hatte er das beste Atelier, eigentlich das einzige Atelier. Er schwang seinen Malerstock wie einen Zauberstab (oder Gummiknüppel) über den Köpfen seiner Malertöchter.

Normalerweise konnte Isadora gut vorlesen. Sie vermochte ihre Zuhörer mit ihren beschwörenden Gedichten zu fesseln, sie konnte aber auch Lyrik und Prosa anderer Autoren mit der Überzeugungskraft einer geborenen Schauspielerin vortragen. Doch diese schrecklich selbstenthüllenden Lebenserinnerungen vorzulesen war zuviel, ihre Überzeugungskraft verließ sie, ihre Handflächen wurden feucht. Sie stand vor dem wackeligen Pult und hätte sich gern an etwas Stabilerem festgehalten. Nichts hatte sie, nicht einmal die Hand von Papa. Sie hatte sich hierzu verpflichtet, wie man sich zum Kindergebären verpflichtet – in einem Augenblick, da man sich zu allem verpflichtet.

Als ich geboren wurde, war er, so scheint es mir, bereits ein alter Mann. In Wirklichkeit war er aber erst neunundfünfzig. Er trug eine runde Nickelbrille und malte in dem verwunschenen Atelier ganz oben in der dreistöckigen Wohnung in der siebenundsiebzigsten Straße, wo ich aufwuchs. Dieser merkwürdig gebaute neugotische Wohnblock hat ein zum Himmel weisendes, trapezförmig zulaufendes Dachgeschoß mit einem riesigen, nach Norden gehenden, klapprigen Fenster. Es klappert vielleicht immer noch im Wind, der um das Naturgeschichtemuseum bläst. Die Rollos waren von einem trüben Grün und ließen sich von unten her aufrollen; eine Falltür trennte das Atelier von der übrigen Wohnung. An einer Atelierwand hing die Totenmaske Beethovens, weiß und gipsern, so wie es Papas Ohren am Ende wurden. Nur der Wind drang stumm an diese Ohren, und die gewölbten Lider waren auch noch blind. Diesen blinden Beethoven betrachtete jedoch ein wachäugiger Voltaire, der ebenfalls in verstaubtem weißen Gips als Büste präsent war.

An einem Halloween-Tag war die Beethovenmaske mit einem Laken drapiert, und auf die mit Farben bekleckste, schwere Staffelei wurde neben einen kieferlosen Schädel eine Kerze gestellt. Wir Kinder versammelten uns mit klappernden Zähnen, um meiner Mutter zuzuhören, die uns in diesem unheimlichen Theater die Geschichte von Drakula erzählte. Hier, im Herzen New Yorks, war Transsylvanien – oder es war wenigstens so nahe, wie wir überhaupt darankommen konnten.

Ich war damals noch zu jung. Die Freundinnen meiner großen Schwester – sie waren fünf Jahre älter – veranstalteten die Party, und es war mir ausnahmsweise und gnadenhalber gestattet, die Ateliertreppe hinaufzukriechen und von der mittleren Stufe aus zuzuhören.

Nie habe ich einen Gnadenerweis so bereut! Den Pfahl hätte man genausogut durch mein Herz treiben können, die Fledermäuse hätten genausogut durch meinen eigenen Schädel fliegen können. Nach dieser schicksalshaften Märchenstunde galoppierte jahrelang der Alpdruck durch meine Träume! Etwas Böses, das in der Tat nicht sterben kann – aber mein Großvater lebt weiter, bekommt Transfusionen, wenn er sterben will, wird geröntgt, obwohl er keine Lungen mehr hat, wird an Hand und Herz von Schläuchen und Nadeln durchbohrt wie die Untoten!

Hübsch, dachte sie. Drakula auf der Intensivstation. Jedesmal muteten sie Intensivstationen so an.

Der Schädel, die Totenmaske, die Büste von Voltaire, die Staffelei – das waren die Artefakte und Amulette meines Großvaters. Im Atelier befanden sich auch zwei muffigfeuchte Wandschränke. Der eine enthielt Leinwandrollen, Rahmen und Stiftnägel – mein Großvater zog seine Leinwände immer selbst auf und hieb sich dabei fast jedesmal auf den Daumen –, der andere rätselhafte Kleidungsstücke, die rätselhafte Modelle dagelassen hatten. Die Paradeuniform eines Generals, aber ohne die dazugehörigen Hosen oder die passende Kopfbedeckung, eine Abendrobe, die der Mode der zwanziger Jahre Ehre gemacht haben würde (ganz aus Pailletten und pastellfarbenem Chiffon), ein zweireihiger Blazer, wie ihn der Herzog von Windsor an Wochenenden auf Schloß Cliveden getragen haben mochte.
Papa war Porträtmaler (in den dreißiger Jahren malte er Filmplakate für Metro-Goldwyn-Mayer). Seine Auftraggeber waren ausnahmslos piekfein, vornehm und arisch. In den wenigsten Fällen ließen sie sich herab, persönlich zu erscheinen: Statt dessen schickten sie ihm Fotos, Kleider, eine Haarlocke, ein Stoffmuster.
»Wer ist denn das?« fragte ich zum Beispiel und zeigte auf einen rosagesichtigen, nadelgestreiften Dreiteiligen-Anzug-Mann, dessen glänzendes, in Öl gemaltes Konterfei noch naß auf der Staffelei prangte.
»Mr. Johnson«, war Papas Antwort.
»Und wer ist das?« fragte ich am nächsten Tag, als die Staffelei seine weißhaarige Gemahlin in blaßgrünlich-blauer Seide mit Perlenketten präsentierte.
»Mrs. Johnson«, sagte Papa dann.
Sehr bald fand ich heraus, daß die zwei überhaupt kein Ehepaar waren. Johnson war einfach der gojischste Name, der ihm einfiel. Alle zahlenden Kunden waren Johnsons, während die üppigen schwarzen Aktmodelle, die für die

Kunststudenten posierten, oder die spanischen Gitarrespieler, die er bewogen hatte, ihm einen Tag lang Modell zu stehen, allesamt individuelle Vornamen besaßen. Velda oder Luis oder Roberto oder Geneva. Nur die Auftraggeber wurden verachtet und waren namenlos – ihre Porträts wurden um des Geldes und nicht um der Liebe willen gemalt.
(Was ich daraus lernte, war: Schreibe immer um der Liebe und nicht um des Geldes willen, sieh aber zu, trotzdem dafür bezahlt zu werden.)

Ach, dachte Isadora, wie wahr. Mein ganzes Leben ist nichts als eine Lektion, die ich von Großpapa erteilt bekommen habe: Schreibe aus Liebe, liebe aber nicht *nur*, um dann darüber zu schreiben.

Sein Vermächtnis trat ich an. Er malte im Dachgeschoß des Hauses, wie ich jetzt über dem Lärm der Familie schreibe. Niemals war mir der Zutritt zu seinem Atelier verboten, genausowenig wird meine Tochter je aus meinem Arbeitsstudio vertrieben. »Ich schreibe an einem Roman, Mama«, sagt die zweijährige Amanda, wie ich, zweijährig, »Mr. Johnson« und »Mrs. Johnson« neben meinem Großvater malte.
»Wer kommt in deinem Roman vor, Mandy?«
»Kermit un' Mickymaus, Mama. Daddy, aber Lucinda nicht.« (Lucinda heißt das kleine Mädchen, für das Amanda eine Haßliebe hegt, die beste/schlechteste aller ihrer Freundinnen.)

Ja, dachte Isadora, solche Beziehungen entstehen früh. Catull hatte recht: »Ich hasse und ich liebe«, das ist der Lebenszweck.

Der Geruch von Ölfarbe und Terpentin hat meine Kindheit derart durchdrungen, daß ich nur an einem Maleratelier vorbeizugehen brauche, um dank der unfehlbaren Bemühungen der im Geruchszentrum wohnenden Muse Mnemosyne mit einem Ruck in meine Kindheit zurückversetzt zu werden.

Gerüche, dachte sie. Warum wecken immerfort Gerüche Erinnerungen? Irgendwo hatte sie einmal gelesen, das Geruchszentrum sei der älteste Teil des Gehirns, den wir mit den sogenannten niedrigeren Tieren gemeinsam haben – vorausgesetzt, wir sehen in Hunden und Dromedaren niedrigere Tiere, was Isadora nicht tat. Sie war eine große Riecherin. Sie hatte immer Männer, die von einem *haut goût* umgeben waren, denjenigen vorgezogen, die allzu sorgfältig gebadet hatten. Was sie selber betraf, so gab sie ein Vermögen für Parfums aus. Ihr augenblicklicher Lieblingsduft war »Opium«. »Wenn du gut riechst», sagte sie sich oft, »kannst du die Welt erobern.« Ihre Parfums beschrieben eine Kurve. In der Oberschule war es »Chanel No. 5«, dann »Shalimar« im College, »Ma Griffe« auf der Universität, »Fidji«, als sie Josh kennenlernte, »Bal à Versailles« und »Joy« während ihrer guten Jahre und »Opium« seit der Geburt ihrer Tochter: Da war sie schließlich ganz Frau geworden. Was könnte das, um Himmels willen, bedeuten? Etwa, daß Frausein ein Opiat erfordert?

Das Handwerkszeug eines Malers ist mir so vertraut wie das meines eigenen Berufes – und genauso wert. Die Marderhaarpinsel: Papa wusch sie immer nachmittags um fünf am Küchenspülbecken aus, indem er sie an einem nassen Stück Ivory Soap abstrich; die Farben marmorierten die Seife, mischten sich zu einem trüben Braun, verschwanden in einem Strudel im Abfluß und hinterließen eine strahlend weiße Seife. Das Terpentin: Geruch von Bäumen und Wäldern, Urgeruch der zu Kunst gewordenen Natur. Das goldfarbige Leinöl: sein Schimmer auf der Leinwand, auf der frischen Farbe und seine seltsamen, gallertartigen Tropfen, wenn es auf die Staffelei fiel und dort erstarrte. Die Windsor-&-Newton-Farben in silbrigen, zylindrischen Tuben mit ihren poetischen Namen: Alizarinpurpur, Himmelblau, Krapprosa, Zinnoberrot, Gebrannte Umbra, Zinkweiß.

Als Isadora diese Namen vorlas, fühlte sie sich plötzlich viel besser – sie erwärmte sich gewissermaßen an ihrem kalten Thema (und glich darin einem Tischredner, der, wenn er den ersten Lacher erzielt hat, sich in seine Ansprache hineinfindet, oder einem Schauspieler, der für seine Rolle den ersten Szenenapplaus bekommt). Die Farbennamen beschworen ein merkwürdiges Echo herauf – ihre ganze Kindheit – wie der Geruch von Terpentin. Was soll's, dachte sie, und die Trauerrede wurde flüssiger. Auf Gedeih und Verderb war sie mittendrin.

> »Ein guter Maler braucht niemals Schwarz«, hatte Papa immer gesagt, »nur Schmierifaxen nehmen Schwarz.« Weil Schwarz aus allen Farben zusammengesetzt ist, gehörte es zu Papas Glaubenssätzen, daß man sich Schwarz selber mischen sollte, aus Farbtönen, die man selber bestimmte. Und dann mußte man die besonderen Nuancen im Schwarz suchen: Pflaumenblau, Aubergine, Meeresgrundgrün. Schwarz war nicht schwarz, sondern dunkelviolett oder düstergrün. Auch war Weiß nicht weiß. Es war elfenbein oder eierschalen oder bläulich oder perlmutt. Einmal, ich war dreizehn und schon auf der High School, ließ Papa mich ein Stilleben malen – Eier und Zwiebel, Bleikristall und weißen Satin –, nur um mir zu beweisen, wie viele Farben in Weiß enthalten waren. Es war eine Lektion, die ich nie vergessen werde.
>
> Genausowenig gab es so etwas wie Fleischfarben, ganz gleich, was auf meinen Pastellstiften stand. Fleisch war rosa oder ocker, elfenbeinfarben und grünlich-blau, braungolden mit umbragetönten Schatten. Weiße waren entweder rötlich oder gelblich oder grünlich, aber niemals weiß, Schwarze (Papa hätte das Wort abgelehnt, nicht etwa, weil er rassistisch war, sondern weil er es für blind gegenüber der Farbe und unzutreffend hielt) waren bräunlich, milchkaffeefarben, ja sogar, wenn bestimmte Schatten auf ihre Gesichter fielen, leicht violett. Fernöstliche Völker waren entweder bernsteinfarben, goldfarben oder grün, niemals jedoch gelb. Die Welt der Rassen war eine Welt vielfältiger Schattierungen. Papa

brachte mir bei, was gesprenkelt war, lange ehe ich Gerald Manley Hopkins gelesen hatte.

An diesem Punkt blickte Isadora auf, blickte ihre Zuhörer an und wurde wieder verlegen. Ihr chinesisch-amerikanischer zweiter Ehemann, Bennett Wing, saß im Publikum und sah wie eh und je unergründlich aus. Seit sie ihn zum letztenmal gesehen hatte, waren sieben Jahre vergangen, aber er alterte offenbar nicht, er war unverändert geblieben. Vielleicht war er unsterblich. Sein volles Haar schien um ein paar Töne grauer geworden zu sein, das war alles. Sein Gesicht war faltenlos wie immer. Möglich, daß er so sterben wird: ein chinesischer Dorian Gray. Isadora hatte ihren Großvater für unsterblich gehalten. Und hier lag er nun und blamierte sie mit seiner Sterblichkeit. Auch Bennett war trotz seiner Buddha-Maske bestimmt sterblich, obwohl ihn das Alter nicht welken ließ. Er war in der Psychoanalyse wie in Essig konserviert.

Der schwarze Ehemann einer Freundin von Tante Gilda zuckte, als sie von Rasse sprach, ebenfalls mit keiner Wimper. Schade, daß wir in einer Zeit leben, da *jegliche* Anspielung auf verschiedene Rassen als Rassismus ausgelegt werden kann. Papa gehörte zu jener hirnrissigen Generation, die »Neger« sagte. Obwohl Isadora nur sein Horatio und nicht der Held des Dramas war, fühlte sie sich doch irgendwie für seine Sünden verantwortlich und mit seiner Gewissensschuld belastet.

Wenn also die Welt für ihn wirklich vielfarbig war, weshalb erschien sie ihm so schwarz? Denn man kann nicht über Papa schreiben, ohne seine Depressionen zu erwähnen. Als chronischer und ansteckender Depressiver verbreitete er unter seinen Kindern und Enkelkindern eine solche Düsterkeit, daß sie ihm oft entfliehen wollten. »Leben«, sagte er, »ist sinnlos« (bis zum Schluß, da schlug er einen anderen Ton an). Seine Philosophie, die er so oft vortrug, bis wir verärgert waren, lautete, daß die Künstler und die Intellektuellen die Hauptlast der Welt schleppen. *Wir* machen das Leben; sie essen es auf. *Wir* schaffen das Licht; sie trüben es bis zur Dunkelheit. Ich dachte an das schöne weiße Stück Ivory Soap und wie es unter den verschiedenen Farben aus seinem Pinsel schmutzig wurde. Genau das tat die Welt den Künstlern an; so behandelte sie *uns*.

Von frühester Jugend an hatte sich Isadora geschworen, niemals so verbittert zu werden wie ihr Großvater. Sie wollte bei ihrer Arbeit alles riskieren, sie wollte der Welt zeigen, wer sie war. Und wenn es den Menschen gefiel – gut und schön, wenn nicht, dann hatte sie sich wenigstens gestellt. Sie wollte nicht als unbeschriebenes Blatt sterben.

Papas Verbitterung hatte wie jede Verbitterung hinter all diesen hochfliegenden Verallgemeinerungen einen persönlichen Grund: Er war unbekannt geblieben. Daran war aber nicht die Welt schuld, sondern er selbst. Gewiß, er hatte das Pech, in einer Epoche geboren zu sein, welche die Geburt der »Modernen Kunst« erlebte. Als Chagall und Picasso den Ton angaben, malte er figürlich. Er eiferte Rembrandt und van Dyck nach in einer Welt, die nur Picasso nacheiferte. Trotzdem hätte ihm seine Sonderstellung zum Vorteil gereichen können, hätte er sich nicht immer selber im Wege gestanden, denn er hatte ein unvergleichliches Talent, sich jeden, der ihm hätte nutzen können, zum Feinde zu machen. Kunstkritiker, Sammler, Galeriebesitzer – sie alle verärgerte er mit Beleidigungen, die gezielt waren wie ein Tritt in den Unterleib. Kunstkritiker nannte er blind, Galeristen waren korrupt (was so mancher Künstler gerne bestätigt, aber nicht in deren Anwesenheit), und obendrein weigerte er sich, seine besten Werke der Öffentlichkeit vorzuführen. Die steifen, formellen Porträts stellte er aus, die »Traumskizzen«, wie er sie nannte, versteckte er. Diese Skizzen – Tuschbilder, Aquarelle oder mit der Feder oder dem Bleistift gezeichnete Blätter – sind für mich seine besten Arbeiten. Sie sind erstaunlich originell und modern auf eine zeitlose, unmodische Art.

Wie schrecklich, dachte Isadora, die Welt von dem Rang der Arbeiten Papas überzeugen zu wollen. Sein Gesamtwerk hätte die Welt ohnedies überzeugt, wenn er nicht absichtlich seine ungezügelten Träume verborgen hätte.

Seine Skizzen kritzelte er auf kleine Zettel (er zeichnete dauernd, überall). Eine Unmenge davon lag in vergilbten Briefumschlägen in seinen Wandschränken gestapelt; die Bilder flogen wie die Motten auf, wenn die Türen geöffnet wurden.

Vor ein paar Jahren schenkte ich ihm ein kleines Notizbuch und bat ihn, es als ein Geschenk der Liebe für mich zu füllen. Wann immer ihm etwas einfiel, er einen Traum hatte, eine Vision, zeichnete er in dieses Buch. Seine Träume müssen wahrhaft erschreckend gewesen sein. Vom Frontispiz des Büchleins droht ein glotzender Dämon, als wolle er die Tore der Hölle bewachen. (Oder vielleicht ist es nur ein Chassid, ein frommer Jude, der in den Straßen von Brooklyn Rowdies anstarrt?) Ein Löwe hat sich am Hals eines erschreckten Pferdes festgebissen, dessen Blut das Blatt hinunterrinnt. Eine kolorierte Federzeichnung von zwei Juden, die Tafeln himmelwärts halten. Ein Mann rennt mit einer Meute wütender Hunde (oder vor ihnen davon). Hunde mit bluttriefenden Lefzen geistern und heulen durch die Wälder des Buches. Der Geist von Papas Mutter schwebt über die Seiten: grüngesichtig, schwarz verschleiert. Menschen tanzen, um einen *dybuk* auszutreiben. Soldaten aus seiner Kindheit marschieren zur Grenze der Mongolei. Ein Mann schleicht gebückt durch die blauschwarzen, nur vom Mondlicht erhellten Straßen. Eine dunkle Sonne birst über zwei Gefangenen, die in der blaugetönten Nacht entfliehen. Eine alte Frau auf Knien, um Brot bettelnd. Und immer wieder tollwütige Hunde, tollwütige, sich in Hunde verwandelnde Menschen und so weiter. Eine trostlose Vision. Und trotzdem ist in all dem Leid, in all den Himmeln Farbe. Mit seiner Feder und seinem Pinsel verkündete er Freude, auch wenn er von Düsterem sprach.

Eine geglückte Formulierung, dachte Isadora. Schade, daß sie nicht von mir stammt. (Isadora konnte sich nie ganz mit ihren Texten identifizieren. Es war, als würde ein Geist ihre Hand führen, und sogar die gelungensten Formulierungen erschienen ihr später irgendwie fremd.)

> Aber damals, als ich mit dieser Lebensgeschichte anfing, starb er nicht, obwohl in den Sphären großer Aufruhr herrschte. Um drei Uhr nachts am 8. Dezember 1980 fing ich an, wie besessen all dies niederzuschreiben, weil ich spürte, daß er starb. Ich spürte, wie seine Seele sich von uns wegstahl. Aber paradoxerweise war es John Lennon, der in jener Nacht starb (obwohl ich es erst am nächsten Tag erfuhr). Während überall auf der Welt die Radiostationen Beatles-Tonbänder spielten, blieb er noch zwei Wochen über seinen siebenundneunzigsten Geburtstag hinaus am Leben.
> Nachdem ich zu ihm gefahren war, um ihn in dem schrecklichen Altersheim in Spring Valley zu besuchen, und bei der Fahrt wie hypnotisiert den Beatles-Nummern, die in memoriam gespielt wurden, gelauscht hatte, fragte ich ihn, wo er geboren war. »In Diatlowo, Bezirk Grodno«, hat er gesagt, aber das war auch seine letzte vernünftige Auskunft. Am Schluß sprach er nur paranoide Mahnungen aus. (»Sie kennen keine Poesie, sie kennen keine Malerei, sie kennen nur Geld.«) Ich mußte ihm versprechen, das Baby einzusperren (damit es nicht gekidnappt würde), er erkannte seine eigenen Kinder und Enkel nicht mehr und glitt schließlich am 6. Januar 1981 in jene andere Welt. Am 24. Dezember 1883 war er geboren worden, am 6. Januar 1981 starb er. (Irgendwie ist es tröstlich, diese nackten Tatsachen niederzuschreiben. Sie verankern uns mit der Realität, wenn alles andere zu schwanken scheint.)

Das Pult fühlte sich auf einmal besonders schwankend an, als wolle Papa aus dem Jenseits daran rütteln.

Im Gegensatz zu jenen Pappmaché-Neunzigjährigen in populären Romanen (zu Anfang des Jahrhunderts geboren, bequemerweise mit dem Jahrhundert gestorben) hatte er keine einzige Tragödie seiner Epoche aktiv mitgemacht. Die russische Revolution erlebte er in England, dann ging er nach Amerika. Während des Holocausts malte er Filmplakate und Prominentenporträts in New York. Als T. S. Eliot »Das wüste Land« schrieb, las er die »Rubaijat« des Omar Chajjám. Noch einen Monat vor seinem Tode las er in dieser Spruchsammlung, die neben dem Versroman »Eugen Onegin« seine liebste Dichtung war. Ich glaube, daß er zwar auf seine Weise stolz auf meine Gedichte war (er hatte sie ja von Anfang an inspiriert), aber Omar Chajjám hat er immer wieder gelesen – bis zuletzt. Von meinen Einwänden, daß die Erkenntnisse aus Chajjáms Meditationen über die Grundfragen des Daseins den Aufklärungsprozeß der Sufis mit der Sprache konventioneller romantischer Liebe tarnten, hielt er nichts. Er las die »Rubaijat« *au pied de la lettre* und liebte diese Vierzeiler deshalb nicht minder. Vielleicht zum tausendsten Male (in meinem Leben) las er mir folgende Zeilen vor, ehe seine Sinne sich verwirrten:

»Wenn's heißt, ein Paradies der Huris winkt,
Lob' ich den Wein, den man auf Erden trinkt.
's ist bares Geld. Auf Hoffnung pfeife ich!
Von fern nur schön die tapfre Trommel klingt.«

Die Menschen hängen nur an der Dichtung ihrer Jugendzeit – genau wie Lin Yutang meinte, daß Vaterlandsliebe nichts anderes als die Erinnerung an die in der Kindheit gegessenen Gerichte sei. Merkwürdig, wir mögen uns noch so welterfahren dünken, in gewissen Bereichen des Lebens bleiben wir unverbesserliche Nostalgiker.

Am Ende war alles schrecklich, schrecklich, weil so alltäglich. Das Altersheim mit seinem leeren Parkplatz, wo niemand zu

Besuch kam, weil es so traurig war. Die Weigerung, den Laufstuhl zu benutzen, die Stürze, die Wutausbrüche, das verzweifelte Gemurmel: »Ich muß meinen Lebensunterhalt verdienen« und »Es gibt ein Gesetz in den Vereinigten Staaten, daß niemand gegen seinen Willen festgehalten werden darf«.

»War er ein Schuhmacher?« hatte die hübsche, junge Schwesternschülerin gefragt, als sie ihn fortwährend murmeln hörte: »Ich muß meinen Lebensunterhalt verdienen.« Sie trug einen goldenen Davidsstern um den Hals, aber abgesehen davon sah sie so gojisch aus wie die Frauen auf seinen Auftragsporträts.

»Er war ein großer Maler«, sagte ich.

»Ach ja ...« sagte die nette Schwesternschülerin, weil sie höflich sein wollte.

Eines Abends rief mich seine reguläre Pflegerin in Connecticut an. Ich war viele Stunden lang über verschneite Straßen zu ihm gefahren und wieder nach Hause zurückgekehrt, aber er erinnerte sich nicht einmal mehr daran, daß ich ihn besucht hatte. Nun wollte er, daß ich sofort komme oder ihn abhole – was er wollte, war nicht klar.

»Bestelle mir einen Wagen«, sagte er.

Ich versprach es ihm und sagte: »Ich liebe dich, Papa.«

»Ich liebe dich noch mehr«, antwortete er, auftrumpfend bis zum Ende.

Das war typisch Papa, dachte Isadora. In der Familie übertrumpfte er uns immer, nur für die Welt draußen besaß er nicht genügend Kampfgeist.

Seine Pflegerin, eine schöne Frau mit dem unvergeßlichen ornithologischen Namen Lola Falcon, nahm ihm den Hörer aus der Hand.

»Er ist erregt und will sich nicht beruhigen. Bitte sagen Sie ihm doch, er soll sich beruhigen!« Sie gab Papa den Hörer wieder.

»Ich muß meinen Lebensunterhalt verdienen«, krächzte er mit ersterbender Stimme, die wie ein Spielzeug klang, dessen Batterie leer wird. »Ich muß meinen Lebensunterhalt verdienen.« (Er erinnerte mich dabei an meine Großmutter, die immer das R so rollte – ihr russischer Akzent war viel stärker als seiner.)
Ich sprach langsam und bedächtig. Mein Herz sagte mir, daß ich ihm die Erlaubnis zu sterben geben müsse.
»Papa, von jetzt an werde *ich* ihn verdienen«, sagte ich. »Ich werde es tun. Du kannst beruhigt sein.«
»Kümmere dich um das Baby«, antwortete er, und aus seinem heiseren Flüstern wurde ein Stöhnen.
Dann meldete sich wieder die Krankenschwester: »Ich glaube, er ist gerade eingenickt.«

Beim Verlesen dieses Teils begannen ihre Hände wieder stark zu zittern, denn sie ahnte, daß der ihr von Papa vererbte Mantel des Erwachsenseins sie für immer und ewig der Reichweite von Joshs Liebe und Verständnis entziehen würde. Joshs Tragödie bestand darin, daß er von einem Vater, der ein Patriarch war wie ihr Großvater, zu stark beeinflußt wurde; er blieb für immer in seiner Kindheit stecken.

Paradoxerweise hat sein Unbekanntsein meinen Ruhm nicht nur ermöglicht, sondern *erzwungen*. Nicht nur mein erstes Gedicht handelte von ihm, wie ihm auch mein erster Roman gewidmet war, es war vielmehr die gallige Bitterkeit, die er wegen des Ausbleibens der eigenen Anerkennung verbreitete, die mich anspornte, über ihn zu schreiben. Was macht es schon, wenn der Beifall der Welt *sub specie aeternitatis* nichts bedeutet, sein Ausbleiben im Hier und Jetzt kann die Seele ganz schön verbittern, besonders wenn der Betroffene weiß, daß er das Zeug dazu hat. Ich nahm mir Papas Beispiel zu Herzen und schwor mir, mir nie den Luxus, öffentlich totgeschwiegen zu werden, sich aber selbst zu bemitleiden, zu gestatten. Einen Menschen, der sich verzweifelt nach

Ruhm sehnt, mag die Erfüllung zu noch größeren Leistungen führen, aber der verkannte Künstler ist (wenn er ehrgeizig ist) stets in einem Sturm ohnmächtigen Zorns gefangen.

Sie suchte in Joshs Gesicht nach irgendeiner Reaktion, aber keine war zu erkennen. Sein Ausdruck war gelassen, ja fast gelangweilt. Ihren Großvater hatte er nie sehr gemocht. Er fand Papa »deprimierend«. Ach ja, das stimmte wohl. Trotzdem, ob sie nun deprimierend sind oder nicht, wir müssen uns allesamt mit unseren Vorfahren auseinandersetzen, um über sie hinauswachsen zu können.

Isadoras Mutter saß weinend unter den Trauergästen. Einen Augenblick lang trafen sich die Blicke von Mutter und Tochter.

Isadora hatte nun ein Alter erreicht, in dem sie ihre Mutter anerkennen konnte. Seit Mandys Geburt herrschte zwischen den beiden eine Art wohlwollender Waffenstillstand. Isadora war bewußt geworden, daß ihre Mutter alles nur Mögliche für ihre Töchter getan hatte, auch wenn das Beste Isadora manchmal als schlecht erschienen war. Was weiß denn schließlich eine Tochter über ihre Mutter, es sei denn, sie bekommt selber eine Tochter? Eine Tochter zu *sein* ist nur die Hälfte der Gleichung, eine Tochter zu gebären, das ist die andere.

Schon als Kind wollte ich berühmt werden, zum Teil wohl auch, weil die mit soviel Talent ausgestatteten Mitglieder meiner Familie es sich in den Kopf gesetzt zu haben schienen, sich selbst zu sabotieren. Ich hatte erkannt, daß Talent allein – auch großes Talent – nicht ausreicht. Die Welt braucht niemals neue Talente, und mögen sie auch noch so erstaunlich sein: Die Welt muß sie haben *wollen*. Es ist also nicht genug, das Festmahl zu bereiten, man muß auch den Appetit darauf wecken, das Fleisch tranchieren, den Wein ausschenken, die Butter aufs Brot streichen und die Gäste löffelweise füttern.

Meines Großvaters gigantische Eitelkeit (wie wohl auch seine tiefsitzende Furcht vor Erfolg) schlossen dies aus. Er mußte die Welt beleidigen und wollte gleichzeitig von ihr geliebt werden. Er wollte sein Werk in alle Winde verstreuen, aber irgend jemand sollte es katalogisieren und bewahren. Er wußte nicht einmal, daß die beabsichtigten Clownerien eines Picasso oder Dali ihren eigenen methodischen Wahnsinn hatten, daß sie das Publikum zwar kitzeln, aber nicht vor den Kopf stoßen sollten (zumindest nicht jene Clique, die in der Kunstszene den Ton angibt), daß es eben ein ganz besonderes Public-Relations-Spiel darstellt, das, wenn es auch nach außen hin ruhmesfeindlich wirkt, nicht minder ehrgeizig ist.

Aber wenn ich an Picassos Kinder denke und daran, was es für sie bedeutet haben mußte, mit dieser Legende zu leben, erkenne ich deutlicher denn je, daß die Obskurität, in der mein Großvater lebte, mich freigesetzt hat, meine Begabungen so zu entfalten, wie es mir nicht hätte möglich sein können, wenn er zu seinen Lebzeiten zur Legende geworden wäre.

Aber Joshs Vater, dachte Isadora und schauderte, ist so etwas wie eine lebende Legende. Auch er saß unter den Trauergästen und begriff nichts. Wie konnte er auch wissen oder sich gar eingestehen, daß sein merkwürdiger Ruhm die Entwicklung seiner Kinder verkümmern ließ? Sollte Isadora jemals erleben, daß ihr Ruhm Mandy schadete, was würde sie dann tun? Ihre Bücher ungeschrieben machen? Ihren Zauberstab zerbrechen und die verzauberten Federkiele verbrennen? Das war die Zwickmühle, ein Dilemma, schlimm genug für Mütter und Töchter, aber viel schlimmer noch für Väter und Söhne. Mandy würde eines Tages ihre Mutter ablehnen: Soviel stand fest. Isadora konnte nur beten und hoffen, daß sie dann die Kraft haben werde, ihr Kind trotzdem und unverändert weiter zu lieben, Mandy gehen zu lassen – und für sie dazusein, wenn sie zurückkam.

In meiner Familie hatte man stets Talent wie Heu, und wie Heu verbrannte man es auch. Unter solchen Menschen war

ich die einzige Umweltbewußte. Die Familie zeigte mir – mittelbar, wenn nicht unmittelbar –, daß Talent nicht vergeudet werden darf und daß das Vergeuden die Götter, die einem das Talent gegeben haben, mißachtet, daß ein Vergeuden auch eine Mißachtung des eigenen Selbst ist.
Als ich in der Nacht von Papas Tod erfuhr, überkam mich eine plötzliche Furcht. Was geschieht, wenn die »New York Times« keinen Nachruf bringt?
»Menschen leben und sterben, einerlei, ob die ›Times‹ davon Notiz nimmt«, sagte mein vernünftiger Mann.
Aber ich war höchst bestürzt, weil mein Großvater so spärliche konkrete Daten hinterlassen hatte. Er hatte zwar Auszeichnungen gewonnen, aber er hatte sie verloren. Er hatte Zeitungsausschnitte besessen, aber er hatte sie verbummelt. Im »*Who's Who*« war er aufgeführt, aber er hatte den Band weggegeben. Seine Bilder hatte er jedem, der sie bewunderte, geschenkt und nicht einmal Dias zurückbehalten, geschweige denn, daß er eine Liste der Eigentümer angelegt hätte.
Ich hängte mich ans Telefon, und es gelang mir, am Tag nach seinem Tode wenigstens ein paar flüchtige Daten zusammenzustellen. Aber die Lokalredaktion der »Times« war nicht besonders interessiert, und so gab es am Ende keinen Nachruf.

Isadora wußte, daß für die wirklich Prominenten Nachrufe lange vor deren Ableben gespeichert und regelmäßig wie Testamente auf den neuesten Stand gebracht wurden. Ihr bekannte Journalisten hatten ihr erzählt, daß sie solche Nachrufe redigierten, sobald irgendeine angesehene Persönlichkeit in ein Krankenhaus eingewiesen wurde, »nur, um sich routinemäßig durchchecken zu lassen«. Selbst im Tode gab es eine Hackordnung. Selbst im Tode blieb den Sanftmütigen nichts.

Aber mein eigentlicher Nachruf auf ihn war ein Gedicht. Ich schrieb es für seinen letzten Geburtstag, am Tag vor dem

Heiligen Abend 1980. Es war ein Tag, an dem ich ihn nicht besuchte, ich war nicht einmal imstande, den Hörer zu nehmen und seine Pflegerin anzurufen. Aber den ganzen Tag über dachte ich an ihn, und ich trug ihn in meinem Herzen. Am Ende kam dieses Gedicht heraus, entstanden wie in tiefster Traumversunkenheit. Anfangs kam die Inspiration gewissermaßen quer – wie es der Anfang eines Gedichtes oft tut. Ich arbeitete gerade am ersten Kapitel meines neuen Romans (der, so hatte ich beschlossen, von ihm handeln sollte), aber ich war blockiert, hoffnungslos verunsichert und besorgt. Ich lauschte auf die Haustürklingel, wartete auf meine Tochter, auf den Briefträger – ich sehnte mich nach einer Unterbrechung, einer Ablenkung, die den Arbeitstag hinfällig machen würde. Ich ließ meinen Gedanken freien Lauf und schlug ein auf meinem Schreibtisch liegendes Buch von Neruda auf. »Pferd der Träume« hieß das Gedicht auf der Seite, die ich aufgeschlagen hatte. Ich las:

»Sinnlos, wenn ich mich in Spiegeln betrachte,
einen Geschmack nach Wochen, Biographen,
Papieren in mir,
reiß ich den Höllenfürsten aus meinem Herzen,
führe ich unbegrenzt trostlose Klauseln ein.«

Und plötzlich war es, als würde sich ein Dämon meiner Schreibhand bemächtigen, und ich schrieb und schrieb wie nach Diktat dieses Gedicht für Papa.

Isadora holte tief Luft und rezitierte wie vom Wind des Hades vorangetrieben. Die Elegie an den Großvater hatte nicht einmal einen Titel:

Ein Traum von phantastischen Pferden,
aus dem Meer galoppierend,
das Meer selbst ein Traum,
ein Traum von Grün in Grün,

eine Zeit der Müßigkeit,
da Quallen erblühen, noch einmal, zu Gliedern,
Gehirnen, donnernden Hufen,
aus der schrecklichen Unschuld
der Wellen.

Venedig auf dem Kamm
des Höllentaifuns,
tsunami meiner Träume,
wenn ich ganz unverhofft
um drei Uhr nachts erwache
in einer Flutwelle von Liebe & Schlaflosigkeit,
Angst & Schrecken ...

Vom Traum hinauf
auf einem schimmernd weißen
Vorsprung aus Furcht
baggere ich die Tiefe aus
nach Zeichen, daß wir nicht sterben,
nach Zeichen, daß Liebe
ein Deich ist gegen Verzweiflung,
& finde nur
die qualligen Träume
sich teilend & teilend
wie im Urlicht von einst.

O mein Großvater,
du, der du das Meer
so besessen gemalt hast,
galoppierend, galoppierend
aus der Gischt heraus –
zieh jetzt,
reitend auf dem Rücken
des ungesattelten,
unsattelbaren Pferdes,
das dich schnurstracks
zur Hölle trägt.

Galoppiere auf dem Rücken
meiner sämtlichen Alpträume,
tanze in der Gischt
in einer Orgie von Hufen,
& laß den Teufel dich holen
mit seinem seegrünen Pinsel;
laß ihn dich malen
hinein in die Wellen,
bis du endlich fällst,
immerdar läutend
durch die Algenglocken,
verloren wie San Marcos Pferde,
aber nicht für immer.

Hinab durch die Glocken
gallertiger Fische
durch gischtlose Gischt,
die dir die Knochen bedeckt,
hinab durch das Unterseegrün,
das dein Fleisch verändert
zu reinem Pigment,
deine Augen zerreibt
zum wahren Kobaltblau.

Laß die Knochen meiner Gedichte
das stützen, was von dir geblieben ist:
Asche & Alpdruck,
unfertige Leinwände & schwindende Skizzen.

O mein Großvater,
während du stirbst,
entsteht ein Gedicht auf meinen Lippen,
wie Gischt sich bildet
auf des Ozeans Morgenmund,
& ich singe ein Preislied des Meeres
& ein Preislied für dich:

des Meeres, das allen Gemälden trotzt

& allen Gedichten,
& für dich,
der du dem Meere
trotzt.

All das hatte sie überstürzt, rasend, ohne Rücksicht auf die anderen vorgetragen, und sie hatte nicht einmal innegehalten, als der Rabbi bei dem Wort »Hölle« deutlich vernehmbar die Luft einzog. Nun aber kam sie sich vor, als habe sie einen Fluch und nicht eine Segnung ausgesprochen.

> In der Nacht, in der er starb, kritzelte ich folgende Worte als Schluß: »Samuel Stoloff starb am 6. Januar 1981. Im Schnee geboren, starb er im Schnee. Er war mein geliebter Großvater.«
> Ihr, die ihr ihn und seine Bilder geliebt habt, betet für seine Seele! Er war bereit, in dem Glauben zu sterben, daß sein Bewußtsein seinen Körper überleben würde. Dies tut es.

Woher wußte sie das? Sie wußte es einfach.

> All das ist wahr. Beim vergangenen Erntedankfest, das wir im Hause der Eltern meines Mannes feierten (mit meiner kleinen Tochter, meinem Großvater, meiner Schwester Chloe und deren Kindern, meiner Schwägerin und ihrem damaligen Freund), versicherte mir Papa, daß er in unserer Nähe bleiben würde, um über Mandy zu wachen.
> »Merkwürdig, nicht wahr?« sagte er. »Mein ganzes Leben lang war ich Atheist, aber jetzt glaube ich fest daran, daß das Bewußtsein in irgendeiner Form nach dem Tode überlebt. Ich werde auf Mandy aufpassen«, versprach er.
> »Papa«, fragte ich, »wirst du mir dann ein Zeichen geben? Wie werde ich wissen, daß du da bist?«
> »Das kann ich nicht«, antwortete er feierlich, »aber ich verspreche dir, daß ich auf Mandy aufpassen werde.«
> Als ich es bedauerte, so wenige Fakten für einen Nachruf

parat zu haben, sagte Josh: »Eines der klügsten Dinge, die dein Großvater tat, war, sich nicht mit materiellen Besitztümern zu umgeben; er klammerte sich nicht an Vergängliches. Darin war er Zen sehr nahe.«
Das war richtig. Nach und nach entledigte er sich seiner Bilder. Allmählich schrumpfte seine Welt von der Siebenundsiebzigsten Straße auf die Zweiundsiebzigste Straße, von einer Achtzimmerwohnung auf eine Vier- und dann auf eine Zweizimmerwohnung und schließlich auf ein einziges kahles Zimmer in einem sogenannten Altersheim zusammen. Damals, bei jenem Erntedankfest, war er bereits weit weg. Unter seinem Jackett trug er ein Pyjamaoberteil, und sein Hosenreißverschluß war kaputt. Sein Körper war nur noch eine Hülse: Knochenkrebs, Prostatakrebs, Herzleiden, Star – aber geistig war er voll da.
Es sollte einen Ritus, ein Gebet geben für die Linderung des absterbenden Fleisches (während der Geist überdauert). Papa, nimm sanft Abschied! Ich weiß, daß du Frieden hast. Ich weiß, daß du in uns alle eingegangen, daß du Teil von uns geworden bist, daß wir dich mitnehmen, wohin immer wir gehen, und daß du die Welt mit Gedichten, mit Bildern übersäen wirst, auch wenn deine Augen und deine Stimme nicht mehr sind.

»Nun, da die Seele sich von Erdenstaub befreit,
Um nackt auf Himmelsschwingen fortzureiten,
Wär es nicht schad – wär es nicht schad für ihn,
In diesem Tonkadaver lahm zurückzubleiben?«

»Aus seiner Lieblingsdichtung«, sagte Isadora und stieg vom Podium herunter.

Als sie sich wieder setzte, war sie wie im Fieber mit kaltem Schweiß bedeckt. Es lag weder an ihrem warmen Strickkleid noch an den Gefühlen, welche die Worte heraufbeschworen hatten, noch an der Tatsache, daß der Rabbi die Luft so schrecklich eingezogen hatte, als sie das Wort »Hölle« aussprach. Auch am deutlichen Gefühl, einen Fluch ausgestoßen und damit die Höllenfahrt ihres Großvaters beschleunigt und ihn zu ewigen Qualen verdammt zu haben, lag es nicht. Nein, es war etwas anderes daran schuld: die Erkenntnis, daß eine noch so ausführliche, noch so genaue Lebensgeschichte niemals den ganzen Mann hätte umreißen können. Nichts Geschriebenes hätte das vermocht. Das Leben ist unordentlich, vielgestaltig, widersprüchlich. Geschriebenes, das Erfahrungen ordnen will, muß am Ende diese Erfahrungen schmälern, weil so viele Dinge unterdrückt werden. Ihr Großvater war tot. Kein Gedicht, keine Lebensgeschichte, nicht einmal seine eigenen Bilder hätten ihn verkörpern, kein Artefakt den ganzen Mann festhalten können. Was war der Sinn der Kunst, wenn sie das, was sie versprach – eine Ruhepause, einen Aufschub des Todes –, nicht hielt? Isadora war bald vierzig, auf dem Zenit ihrer Karriere: Deshalb spürte sie es auch am deutlichsten. Es genügte nicht, nur »seinen Lebensunterhalt zu verdienen« oder Preise zu gewinnen, berühmt zu sein, einen langen Eintrag im »Who's Who« zu haben oder von der »Times« mit einem Nachruf bedacht zu werden. Es mußte noch etwas geben, etwas, um das sie vier Jahrzehnte lang gerungen hatte. Aber was war das? In den Augen der Welt hatte sie alles. Warum also fürchtete sie sich so? Und wovor fürchtete sie sich? Sollte sie, wie Josh es tat, sich in Zen-Meditationen versenken? Oder sollte sie sich aller weltlichen Güter entledigen und eine Jüngerin des Sai Baba werden, des einzigen Gurus, der nicht in die Vereinigten Staaten kam, um hier Vorträge zu halten? Nein, derartige Erleuchtungen waren nichts für ein scharfes Mädchen wie Isadora, die gern Parfums benützte und eine ausgesprochene Kennerin war, was Schwänze betraf. Und doch – was bedeutete dieser Todesfall für ihr Leben? Papa war schließlich sozusagen ihr geistiger Vater gewesen, und wenn der Vater in uns endlich stirbt, entläßt er uns in die Freiheit, damit wir einen anderen Mann lieben können. Warum also spürte sie sich von einer Flutwelle der Veränderung emporgetragen? Und was gab ihr das Gefühl, als würde diese Flut alles, was sie bisher gewußt hatte, wegspülen?

Während der abschließenden Zeremonie saß sie da – mit tropfnassen Handflächen und vor Kummer ausgetrocknetem Mund. Hinterher konnten sie weder die Tatsache, daß viele Verwandten weinten, noch der Umstand, daß andere ihre Ansprache über Gebühr lobten, trösten. Auch tröstete es sie nicht, daß der Psychoanalytiker Bennett Wing, ihr letzter Exehemann, sie tränenreich umarmte und erklärte, wie gerührt er sei, noch tröstete es sie, als ihre »kleine« Schwester Chloe ihre Befürchtungen abtat und erklärte: »Ich versichere dir, daß der Allmächtige über Papas Seele nicht aufgrund deines Gedichtes verfügen wird.« Wenig Trost spendete ihr auch Josh, der sagte: »Versprich mir, daß du, wenn ich vor dir sterbe, nur ein ganz gewöhnliches jüdisches Begräbnis anordnest – keine Lobeshymnen auf meinen Schwanz, okay?« Isadora mußte lachten. Zu Beginn ihrer Beziehung hatte sie saftig-erotische, das sagenhafte Organ in den verschiedenen Stadien des An- und Abschwellens beschreibende Verse an Josh gerichtet. Isadora empfand es nicht gerade als tröstlich, daß er nun darüber Witze machte. Sie hatte das Gefühl, sich an einem Ort exponiert zu haben, wo nur fromme Sprüche über die Verstorbenen am Platze waren, und nun wünschte sie, noch tiefer begraben zu sein, als es Papa beschieden war.

Warum hatte sie nur diese gottverdammte Lebensgeschichte vorgetragen, die mehr über sie selbst als über ihren Großvater enthüllte? Warum hatte sie nicht lieber die Finger davon gelassen? Papa wollte ein jüdisches Begräbnis, und sie hatte es entweiht. Für Frauen war kein Platz im Hause des Vatergottes, und wenn man sie überhaupt duldete, dann nur als schweigende Zeuginnen einer hauptsächlich männlichen Zeremonie. Aufzustehen und unangenehme Wahrheiten über Verstorbene auszusprechen – das war unerträglich vermessen. Isadora war übel vor Reue. Nun wünschte sie brennend, alles ungesagt zu machen; sie wollte ihre Worte in sich zurücksaugen, wie ein Staubsauger den Schmutz in sich hineinsaugt.

Ihr Schwelgen in Selbsthaß wurde von Abigail unterbrochen, ihrer Cousine zweiten Grades, einer weißhaarigen, altmodisch angezogenen Lehrerin. Abigail war kürzlich pensioniert worden und sprach jenes übertrieben deutliche Englisch eines Menschen, der fast sein ganzes Leben hindurch den Unbelehrbaren Unsagbares erklärt hat.

»Eine wunderbare Ansprache, Isadora!« sagte sie. »Der Onkel, wie er leibt und lebt.« (Ihre Mutter war die Schwester von Isadoras Großvater.) »Es hätte ihm bestimmt gefallen.«

»Wirklich?« fragte Isadora und wollte es kaum glauben.

»Doch, erinnerst du dich denn nicht, was der Onkel immer gesagt hat: ›Ihr sollt mich malen, wie ich bin, mit allen meinen Warzen‹?«

»Gewiß, aber er hat es nicht so gemeint. *Niemand* meint das so.« (Isadora wußte es, weil sie als Romanschriftstellerin entdeckt hatte, daß diejenigen, die sagen: »Bitte, schreiben Sie über mich«, jedesmal schwer gekränkt waren, wenn sie es tat, während diejenigen, die sie beschworen, nicht über sie zu schreiben, heimlich doch nach einer ungewissen Unsterblichkeit gierten und dann niedergeschmettert waren, wenn man sein Wort hielt. Auf alle Fälle war eins gewiß: Niemand wollte mit all seinen Warzen porträtiert werden – genausowenig wie Mr. und Mrs. Johnson es wollten.)

»Ich weiß nicht«, sagte Abigail, »der Onkel hat immer behauptet, es sei zwecklos, Künstler zu sein, wenn man lügen wolle. Darum verachtete er auch die übliche Porträtmalerei. ›Freiheit ist das Recht, nicht zu lügen‹, hat er oft gesagt, ich glaube, nach Camus. Und du hast dich daran gehalten. Er wäre stolz gewesen. Sag mal, Isadora«, fuhr sie fort, »dieses Bild von den Pferden in dem Gedicht – hast du es jemals gesehen?«

»Nein. Aber er hatte viele Skizzen von Pferden angefertigt und auch ein paar kleine Ölstudien. Warum?«

»Weil der Onkel tatsächlich ein riesiges Bild gemalt hat, auf dem Pferde aus dem Meer galoppieren – ein etwa zehn mal fünfzehn Meter großes, als Wandgemälde für irgendein öffentliches Gebäude bestimmtes Bild. Ich erinnere mich genau, weil es so schwer war, eine geeignete Leinwand und ein Atelier aufzutreiben. Es war, wenn ich mich recht entsinne, Anfang der vierziger Jahre, jedenfalls bevor du zur Welt kamst. Ich habe vergessen, wer es in Auftrag gegeben hat, aber es war für irgendein Gebäude im Westen bestimmt. Er sollte das Bild hier malen – in Sektionen, riesigen Leinwandvierecken – und die Teile dann in den Westen schicken. Ich kann mich noch genau entsinnen, wie er daran gearbeitet hat. Es war das erstaunlichste Gemälde, das er je schuf, riesig, wie die Tintorettos in der Scuola di San Rocco in Venedig – und genauso beeindruckend, fand ich. Es war eine panische Flucht wilder Pferde aus dem Meer. Ich hätte schwören können, du kennst es.«

Isadoras Herzschlag setzte aus. »Erstaunlich«, sagte sie. »Er hat es mir gegenüber nicht einmal erwähnt.« Doch sie hatte immer gespürt, daß zwischen ihr und Papa so etwas wie eine metaphysische Verbindung bestand, etwas, das über die übliche Großvater-Enkelin-Beziehung hinausging: eine Art Wahlverwandtschaft. Aber diese Vorstellung, daß sie in ihrem Gedicht ein verschollenes Gemälde beschreiben konnte, war doch unheimlich.

»Das Gemälde ging verloren«, fuhr Abigail fort. »Der Krieg brach aus, und diejenigen, die es seinerzeit in Auftrag gegeben hatten, bauten nicht einmal das Gebäude. Das Projekt ging an ein anderes Immobilienkonsortium, die Pläne wurden geändert, und der Onkel hat niemals sein Honorar bekommen. Das Bild wurde zwar in den Westen geschickt, aber es verschwand. Der Onkel wollte sein Honorar einklagen, aber als das ganze Vorhaben in andere Hände überging, konnte er die ursprünglichen Auftraggeber nicht mehr ausfindig machen. Du kennst ja den Onkel. Hat er nicht immer gesagt: ›Hüte dich vor Projekten, bei denen man Anwälte braucht‹? Er war nicht der Mensch, der wegen einer solchen Sache zum Kadi rennt. Er schrieb sie ab und ging zur Tagesordnung über. Aber die Angelegenheit nagte an ihm. Ich glaube, er hat sie einfach nicht mehr verfolgt, weil es ihm so weh getan hatte. Ich hielt das Wandgemälde für sein bestes Bild – er auch. Wenn man es heute ausstellen und betrachten könnte, würde es ohne den leisesten Zweifel seinen Ruf begründen.«

Auf dem Weg zum Friedhof – Chloe und Isadora fuhren im silbernen Mercedes mit dem Zulassungsschild QUIM – dachte Isadora über die verschiedenen Versprechen nach, die sie dem

Großvater gegeben hatte. Er wollte immer, daß sie seine Biographie schreibe, sein Boswell werden würde, sein Leben wahrheitsgemäß erzähle. Eigentlich hatte er erwartet, daß es eine Monographie werden würde und Isadora eine prominente Galerie für eine Retrospektive seines Œuvres beauftragen und einen Katalog verfassen würde. Aber sie hatte es niemals getan, nicht etwa, weil sie es nicht wollte, sondern weil sie meinte, all die Beispiele von Talentvergeudung in ihrer Familie verpflichteten sie, nur ihr eigenes Talent zu pflegen, auch wenn dies bedeutete, es nicht in den Dienst des Patriarchen zu stellen.

Natürlich wäre es bedeutend einfacher gewesen, Chronistin und Œuvrekatalogverfasserin ihres genialen Großvaters zu werden. Frauen ernten stets Lob, wenn sie sich zu Gehilfinnen der Patriarchen erniedrigen, und sie werden nur dann getadelt, wenn sie den Versuch machen, ihre eigenen Talente herauszustellen. Isadora kannte die Freuden der Rolle des braven Mädchens, sie kannte die Genugtuung, zu katalogisieren, zu restaurieren und Anekdoten über den »großen Mann« zu sammeln, sich aber dabei im Dienste des Meisters stets zurückzuhalten.

Man stelle sich vor, welche Flakgefechte sie hätte vermeiden können, wäre sie nur die brave Enkeltochter ihres Großvaters gewesen anstatt das schlimme Mädchen der amerikanischen Literatur! Man stelle sich die zahllosen Angriffe vor, die sie hätte vermeiden können, all den Kummer, der ihr erspart geblieben, all die Ungewißheiten, denen sie ausgewichen wäre, all die leeren Seiten, die sie niemals hätten herausfordern können! Und man stelle sich die Ruhmeskränze vor, die sie eingeheimst hätte, die feierlichen Komplimente, die beipflichtend nickenden Köpfe, die liebenden Blicke. Keine Frau auf der Welt ist immun gegen die Freuden der Güte. Wir werden zur Güte geboren: Sie ist unser angestammtes Recht. Nur mittels großer Courage und Sturheit erwerben wir uns dann jenes Recht, schlecht zu sein, denn wir wissen, daß wir nur wir selbst werden können, wenn wir schlecht sind – nicht Töchter oder Enkelinnen, sondern Individuen und vielleicht auch Künstlerinnen. Eine Künstlerin zu sein bedeutet einen gekappten (häufig blutenden) Nabelstrang, eine Tochter zu

sein dagegen einen intakten (ein zwar unblutiges, aber beengendes Schicksal).
Josh war in erster Linie Sohn. Deshalb tat er sich schwer als Ehemann. Irgendwann einmal mußte er über Bord springen – die »SS Patriarch« hatte Isadora das imaginäre Schiff genannt – und schwimmen. Solange er dies nicht tat, konnte er niemals all die schönen Bücher, die in ihm waren, schreiben. Oft wünschte Isadora, Joshs Vater würde sterben, nur damit Josh, ehe es zu spät war, freikäme. Aber der alte Mann klammerte sich ans Leben und schwächte, ohne es zu wollen, den Willen seiner Kinder, indem er ihnen Bestechungen in Form von Geld oder Immobilien zukommen ließ und ihnen die verzweifelte Illusion vermittelte, Daddy würde nie sterben.
Sie fuhren zu einem Friedhof in der Steinwüste von Queens. Für jemanden, der in Manhattan zur Welt gekommen ist, bedeutet Queens entweder Friedhöfe oder einen Auslandflug. Papa befand sich auf seinem letzten Flug. Die Erde war kalt und unversöhnlich. Isadora stellte sich vor, wie ihr Großvater, wie die Ruine, die sein Körper jetzt war, die erste Nacht unter der Erde verbringen würde, und sie begann zu weinen. Hätte er nicht eine Wolldecke mitnehmen sollen? Sie hatte das verbreitete Bild vor Augen, wie ihr Großvater erwachte und verzweifelt gegen den Sargdeckel hämmerte. Die Endgültigkeit der Grabstätte setzt jedesmal ungeweinte Tränen frei. Kein Wunder, daß wir weinen, wenn wir unseren bescheidenen Beitrag an Erde in das Grab hineinschaufeln.
Die Limousine mit Judy und Nat, Tante Gilda und Cousine Abigail fuhr vor ihnen durch das Friedhofstor. Isadora steuerte QUIM, dessen Scheinwerfer aufgeblendet waren. Josh hatte sich geweigert, zum Friedhof mitzukommen, und war mit seinen Eltern irgendwo Mittag essen gegangen. Isadora hatte nichts dagegen gehabt. »Geh nur, Schatz«, hatte sie gesagt, weil sie ihn nicht mit ihrem Kummer belasten wollte. Aber sie war doch enttäuscht. Weshalb weigerte er sich beharrlich, Notiz davon zu nehmen, wie nahe ihr der Tod des Großvaters ging? War es, weil er sich auch weigerte, dem voraussagbaren Ableben seines Vaters in die Augen zu sehen?

Sie fuhr rücksichtslos und dachte dabei an ihr versteckt blasphemisches Nummernschild, das jetzt durch das Tor des jüdischen Friedhofs sauste. Sowohl Josh als auch Isadora waren Namensnarren. Ihren Hunden gaben sie die Namen von Schriftstellern, ihren Wagen gaben sie Namen von Geschlechtsteilen, und ihr Kind wäre um ein Haar nach der größten antiken Dichterin Sappho oder Vigée (nach Elisabeth Vigée Lebrun, der unendlich talentierten Hofmalerin Marie Antoinettes) genannt worden.

Schon Isadoras Mutter hatte sich über all die großen Künstlerinnen Gedanken gemacht, ehe sie ihrer zweiten Tochter einen Namen gab. Vielleicht dachte sie an Marietta, nach Tintorettos Kind Marietta Robusti, oder an Judith, nach Judith Leyster, der Zeitgenossin von Frans Hals, oder an Sarah, nach Sarah Peale, oder an Constance Marie, nach Constance Marie Charpentier, oder an Rosa, nach Rosa Bonheur, oder an Angelika, nach Angelika Kauffmann. Ein Glück, daß ihre Mutter niemals den Namen Sofonisbe nach Sofonisbe Anguisciola erwogen hatte; sie halste ihr bloß – bloß! – den Namen Isadora Zelda auf, im Gedenken an die Duncan und die Fitzgerald.

Im Grunde war Isadora die Absicht ihrer Mutter, sie nach einer großen Künstlerin zu benennen, sympathisch. (Ihre Mutter hatte nämlich auch an einfach nur extravagante Namen gedacht wie Olympia, nach Griechenland, und Justine, nach Sade.) Auch wäre Angelika Kauffmann kein schlechtes »Rollenvorbild« gewesen – um ein Klischee zu benutzen, das sie verabscheute. Die Kauffmann lebte zur selben Zeit wie Sir Joshua Reynolds, der einer der besten und erfolgreichsten Maler dieser Epoche wurde. Sie war berühmt und reich, wurde von den Einwohnern Roms, wo sie sich schließlich niederließ, bewundert, und doch glich ihr Schicksal am Ende dem jeder Künstlerin: Sie hatte zwar ein produktives, nach außen hin erfolgreiches Leben, aber dies war verbunden mit der großen Enttäuschung, niemals ganz ernst genommen zu werden, Gegenstand des Klatsches zu sein und wegen ihrer Verbindung mit Künstlern als Schlampe zu gelten. Wäre sie ein Mann gewesen, hätte man ihr ihren Umgang nicht übelgenommen, ihn als plausibel und richtig empfunden. So aber bedeutete er nach ihrem

Tode den unweigerlichen Niedergang ihres Rufes mit der Folge, daß man die besten ihrer Werke bekannteren männlichen Künstlern der Zeit zuschrieb.
Wünschte Isadoras Mutter dies auch ihrer Tochter? Wohl kaum. Sie wollte es genausowenig wie Isadora *ihrer* Tochter Elisabeth Vigée Lebruns Flüchtlingsdasein während der Französischen Revolution wünschte (das war in jenem Stadium ihrer Schwangerschaft, als sie auf den Namen Vigée für das Baby fixiert war, das dann aber für immer Amanda Ace wurde). Isadora und ihre Mutter hatten Sinn für Tradition, sie waren überzeugt, daß in der matriarchalischen, matrilinearen Vererbung des Talents eine Fakkel weitergereicht werden mußte. Von Angelika Kauffmann gibt es ein wunderbar allegorisches Selbstbildnis, auf dem sie zögert, ob sie sich der Muse der Malerei oder jener der Musik zuwenden soll. Das war prophetisch im Hinblick auf Isadora, denn anfangs zögerte auch sie, ob sie schreiben oder malen solle, bis schließlich das Schreiben den Sieg davontrug. (Schon damals bewahrte sie ein sechster Sinn davor, unmittelbar mit der Mutter und dem Großvater zu wetteifern, weil das bedeutet hätte, daß sie für immer verkümmert wäre.) Aber sie fragte sich, wie Vigée (wäre Amanda tatsächlich Vigée geworden) ihrer Namensschwester hätte ähnlich sein können, denn Isadora wünschte ihrem Kind keinen Hallodri zum Ehemann und auch nicht den Ruf, ihre Modelle verführt und Raufhändel mit anderen Künstlerinnen gehabt zu haben, der die Erinnerung an Elisabeth Vigée Lebrun nach ihrem Ableben befleckte. Doch wenn sie sich überlegte, wie diese Frau malen konnte, verflüchtigten sich ihre Bedenken. Sie wollte, daß ihre Tochter die Lust erlebte, eine Leinwand mit Licht zu bedecken, auch wenn diese später zerfiel, zerfiel wie ihr unsterblicher Ruhm.
Was ist Unsterblichkeit, wenn nicht Eitelkeit? In einem Universum, das als solches nicht unsterblich ist, wie können wir es da wagen, aus Eitelkeit die Erhaltung unserer Bilder zu fordern? Mit sechzehn machte sich Isadora über die Erhaltung ihrer Gedichte und Zeichnungen Sorgen und war fasziniert von Papierkonservierung, säurefreiem Material und wasserfester Tinte. Heute empfand sie, obwohl ihr Werk tatsächlich von Wert war, all die Mü-

hen, die sich Künstler geben, um ihre Werke vor Zerstörung zu bewahren, lächerlich und überheblich. Wir sind im Begriff, uns selbst in die Luft zu sprengen, und da wollen wir uns über die Konservierung des Papiers Sorgen machen? Wenn die menschliche Spezies nur überlebt, wird sich schon eine Sterbliche von den Knien erheben und die Wand ihrer Höhle mit Zeichnungen von Rentieren und gehörnten Tänzern bedecken. Das ist unausweichlich. Der Zwang, Wände mit unseren Abbildern zu bedecken, Bildmagie mittels Pinsel und Farbe zu betreiben, ist in unseren Genen einprogrammiert – falls diese überleben. *Wer* diese Künstlerin ist, wie sie heißt, ist weniger wichtig als die Tatsache, daß sie sich von ihren Knien erhebt und einen Pinsel schwingt (oder einen zugespitzten Stein oder ein winziges Stück Kohle oder eine zerdrückte Beere). Denn unser ganzes Menschsein liegt ja in dem Zwang, mit Abbildern Zauber zu bewirken. Alles, was Isadora Sappho-Vigée-Amanda (und sich selber) wünschte, war eine Spezies, die ihre eigene Selbstzerstörungswut überlebt, damit irgendwo, irgendwie der Tanz und die Tanzenden, das Fest der Farben, die magischen Formeln der Dichtung wieder von vorne beginnen können.

Weshalb denkt sie gerade jetzt daran, während sie Erde auf den Sarg ihres Großvaters schaufelt, während sie Chloe umarmt und weint, während sie am Arme ihres Vaters von dem beschneiten Grab wegstolpert, daß der einzige wahre Tribut, den sie ihrem Großvater zollen kann, das Wiederauffinden eben jenes verschollenen großen Pferdebildes wäre, oder eine Ausstellung seiner Werke, zumindest aber müsse sie wenigstens einen langen Roman über ihn schreiben, um ihm damit posthum jenen Ruhm zu verschaffen, den er zu seinen Lebzeiten nie geerntet hatte – und sich selber jenen Vorfahren, den sie gehabt haben *sollte*?

Jawohl, denkt sie beim Verlassen des Friedhofes, ich werde die Gebeine meines Großvaters mittels der Kunst – seiner oder meiner – wieder ausgraben. Aber sie weiß nicht, welch lange, abenteuerliche Reise dies bedeuten oder wohin sie diese führen wird – geographisch und in ihrem Innern.

3

Gefährliche Liebschaften

Wie typisch für Ihr perverses Herz, daß es Sie nur nach dem Unerreichbaren trachtet.

Cholderlos de Laclos: »Les Liaisons dangereuses«

Die Ehe galt als Notbehelf, Liebe als eine Art lächerliche und würdelose Entgleisung, als ein geistiges Pendant zum Ausrutschen auf einer Bananenschale.

P. W. K. Stone: Einführung zur Penguin-Ausgabe von »Les Liaisons dangereuses«

»Wenn Papa nicht gestorben, wenn Chekarf nicht gestorben, wenn ›Tintorettos Tochter‹ nicht auf der Bestenliste erschienen, wenn Joshs letztes Buch wenigstens unter ›ferner liefen‹ aufgeführt worden wäre – glauben Sie, wir wären immer noch zusammen?« fragt Isadora ihre Psychotherapeutin, die spitzzüngige, kugelrunde Shirley Frumkin, die ein »Norma-Kamali«-Sweatshirt, pludrige Baumwollpumphosen und antiken Modeschmuck trägt. Shirley ist, was die Franzosen eine *jolie laide* nennen. Sie hat eine Knollennase, unzählige Fältchen um die Augen und eine zu üppige Figur, ist aber auf seltsame Art schön, und obwohl sie siebzig ist, hat sie eine starke sexuelle Ausstrahlung. Es tut Isadoras Herz wohl, einfach nur mit ihr zusammenzusein.

»Nein, nein, nein«, sagt Shirley. »Hören Sie mit diesem ewigen Was-wäre-wenn auf! Josh hat sich verändert. Es ist nicht Ihre Schuld.«

Isadora macht »Fortschritte«: von wilder Heiterkeit über wahllose Bumsereien bis zu nicht enden wollenden Weinkrämpfen, tagelang andauernden Migräneanfällen und einem gefährlich überhöhten Blutdruck. Woher kommt das alles? Sie hat erfahren, daß sich Josh mit einer anderen Frau trifft – einer Frau, mit der er seine Wochenenden verbringt.

»Isadora, *Sie* haben ihn doch hinausgeworfen«, erinnert sie ihre Therapeutin. »Sie hatten seine Wutanfälle gründlich satt, seine ewigen Angriffe. Er hat Ihre Arbeit sabotiert, er hat Sie passiv-aggressiv sexuell manipuliert.«

»Ich weiß«, schluchzt Isadora und hat schon eine halbe Packung Papiertaschentücher verbraucht. (Warum haben Therapeuten stets eine solche Packung zur Hand? Ist es ein Hinweis darauf, daß sie sich nur mit unseren Tränen als Tribut zufriedengeben?)

Shirleys Wohnung geht nach Osten, und der kleine Hubschrauberlandeplatz in den East Thirties befindet sich genau darunter. Von Zeit zu Zeit hebt so ein Wolkenquirl ab, und jedesmal kommt sich Isadora so bleischwer vor wie ein von einem Hubschrauber herabbaumelnder, in einen Sack gesteckter Leichnam (ihr heimliches Bild des Vietnamkrieges).

»Warum sollte eine andere Dame irgend etwas ändern? *Sie* haben mindestens ein Dutzend Männer gehabt«, erinnert sie Shirley.

»Ich weiß«, sagt Isadora, »aber die zählen nicht. Die sind nur Teilzeitkräfte. Bei ihm ist es anders.«

»Isadora«, schilt Shirley mit ihrem Brooklynakzent und schüttelt ihre riesigen alten Amethystohrringe. »Ich möchte, daß Sie mir nun etwas über Ihren Vater erzählen. Ich will, daß Sie sich selber klarwerden, weshalb diese ›andere Dame‹ Ihnen so wichtig ist. Denn wie ich Joshua Ace kenne – und ich kenne ihn –, lege ich meine Hand dafür ins Feuer, daß sie unscheinbar, uninteressant, keineswegs umwerfend ist und daß er sie nur zu *einem* Zweck hat: um Sie in den Wahnsinn zu treiben.«

Tatsächlich kannten sich Josh und Shirley, denn er und Isadora hatten sie gemeinsam als Ehetherapeutin konsultiert. Josh steckte damals, als Isadoras Buch erscheinen sollte, in einer tiefen Depression. Er war verzweifelt – verzweifelt an seiner Arbeit, verzweifelt, weil er sich in seiner Ehe gefangen vorkam, verzweifelt, weil er glaubte, angesichts Isadoras Karriere den Hausmann spielen zu müssen, verzweifelt vor Wut, daß er jünger war, »zweite Geige« (wie er es nannte) spielen mußte und ihm permanent die Schau gestohlen wurde.

Es nützte nichts, daß sie beide dies alles bereits vor sieben Jahren durchgesprochen hatten. Es nützte nichts, daß er sie, obwohl er ihr auf dem Höhepunkt ihrer Karriere begegnet war, überzeugt hatte – trotz *ihrer* Bedenken –, er werde »damit fertig werden«, er wolle trotz alledem nur mit ihr leben, ihrer beider Brot backen und mit dem Baby spielen; niemand hatte ihm jemals die Rolle des ganztägigen Hausmanns aufgezwungen (sie hatten Kindermädchen und Haushälterinnen in Hülle und Fülle gehabt). Auch daß er versprochen hatte, ihre Ideale, was die Arbeit betraf, mit ihr zu teilen, als wären es seine, war wie alles andere nur eine modische Illusion gewesen. Der Traum vom »neuen, sensiblen Mann« der siebziger Jahre war dem traditionellen und unsensiblen Pascha der achtziger gewichen, und jetzt wollte Josh ebenfalls eine Karriere wie die, welche Isadora sich geschaffen hatte. Der Vertrag war, wie es Ehetherapeuten nennen, geändert worden und Isadora ins Taumeln geraten.

»Ich habe ihn geheiratet und ein Baby bekommen, und jetzt sagt er einfach: ›Ich habe mich geändert.‹ Wie kann er es nur wagen?« fragt Isadora. »Denkt er denn nicht an Mandy? Er kann sich doch nicht einfach ›ändern‹?«

»Doch, er kann es. So ist das Leben, mein Kleines«, sagt Shirley. »Glauben Sie vielleicht, Sie sind die erste und einzige Frau in der Geschichte, die ihr Kind allein aufziehen muß? Glauben Sie, Sie sind die erste und einzige Frau in der Geschichte, deren Ehemann Wutanfälle wie ein Dreijähriger bekommt? Beabsichtigen Sie, sich für die nächsten sieben Jahre damit herumzuquälen, oder wollen Sie lieber das einzige Leben, das Sie haben, meistern?« Ein ernüchternder Gedanke. »Verflixt ist bei Ihnen nur, Isadora, daß Sie niemals auf Josh böse sein können – Ihr ganzer Zorn richtet sich gegen Sie selbst. Wenn Sie nur ein wenig auf dieses Baby Josh wütend werden könnten, würden Sie sich – das verspreche ich Ihnen – verdammt viel besser fühlen.«

Was konnte Isadora dagegen sagen? Daß ihre Liebe so einzigartig gewesen war, ihre Empathie so groß, daß sie meinten, jedes Problem lösen zu können? Was machte es schon, daß Isadora älter war und erfolgreicher? Josh war ein freier Geist, Geldangelegenheiten bedeuteten ihm nichts, konventionelle Moralvorstellungen tangierten ihn nicht. Er und Isadora hatten oft über die Tatsache gesprochen, daß die meisten Menschen wie Lemminge lebten, die blind aufs Meer zustürzten. Sie taten, was ihre Nachbarn taten, sie mieden, was ihre Nachbarn mieden. Ihre Versklavung rechtfertigten sie mit Gefasel von der Pflicht. Sie behaupteten, ökonomische Zwänge bestimmten ihre Konformität; oder die Verwundbarkeit ihrer Frauen zwinge sie zu chronischem Lügen oder daß die Eifersucht der Ehemänner Heimlichtuerei und Betrug notwendig machten. Tatsächlich aber wußten sie nicht, daß gerade Heimlichtuerei und Betrug aufregend waren, daß zu lügen bequemer war als die Wahrheit zu sagen, daß ökonomische Zwänge und Pflichten

von der Menschheit erdachte Abstraktionen waren und nur den einen Zweck hatten, das Leben zu versauern.
»Die Menschen«, hatte Josh zu Isadora in jener ersten Nacht im Bett im »Beverly-Hills-Hotel« gesagt, »haben vor dem Glück mehr Angst als vor irgend etwas anderem. Auf alles andere würden sie eher verzichten als auf ihr Unglück. Alle großen Weisen wußten dies, sie haben es immer wieder betont: auf chinesisch, griechisch, hindi, englisch, hebräisch, persisch, ägyptisch ... aber keiner hört auf sie.«
Hier, endlich, war ein Mann nach ihrem Herzen gewesen, der sich für das Glück engagierte, für die Kunst. Ein wahrer Hedonist. Wie hätte sie ahnen können, daß sie beide knapp sieben Jahre danach in genau demselben Morast von Mißgunst und Ressentiments stekken würden wie alle übrigen Lemminge und daß auch sie unter all jenen voraussagbaren Qualen leiden würden: sexuelle Eifersucht, berufliche Eifersucht, Bevormundung, Gier, Habsucht, Geiz und wie sie alle heißen, diese langweiligen Todsünden?

Arglos hatte alles angefangen. Sie wollten nichts als einander, weil sie beide es noch nie so gut gehabt hatten. Der Sex klappte fabelhaft, ihr *rapport* war einmalig, ein Blick, ein Augenzwinkern genügte. So gingen sie zum Beispiel auf eine öde Dinnerparty, hörten sich die langweilige Tischrede des Gastgebers an und brauchten nur einen Blick zu wechseln, um des anderen Gedanken zu lesen, denn beide dachten dasselbe. So ähnlich waren sie sich – oder sie glaubten es wenigstens. Platons Traum: die beiden wiedervereinten Hälften, ein kosmischer Scherz ad absurdum geführt, die wiederhergestellte Ganzheit, Töpfer und Topf in einem. (Und wer war wer? Ach, beide waren sie Töpfer, und beide waren sie Töpfe!)
In den meisten Liebesbeziehungen gibt es einen, der liebt, und einen, der geliebt wird. Der Liebende schafft den Geliebten wie der Töpfer den Topf – aus seinem eigenen Ton. Aber hier waren sie *beide* Schöpfer und Geschöpfe. Unmöglich zu bestimmen, wer da mehr liebte. Außer, ja außer, daß sie älter war, bekannter und die zweimal Verheiratete. Als sie sich kennenlernten, war er sechs-

undzwanzig, und er hatte sein Leben lang darunter gelitten, der jüngere Bruder zu sein. Seine ältere Schwester war im gleichen Alter wie sie, und sie sah ihr auch ähnlich; sie war blond und zierlich. Außerdem war er der Sohn eines legendären Vaters, eines prominenten Drehbuchautors, der auf der schwarzen Liste stand und im Gefängnis war und, als er herauskam, für immer ein dornengekrönter Märtyrer blieb, über dem ein rostiger Heiligenschein schwebte.

Wie Isadoras Vater war er jemand, der, solange er jung war, fast vergessen hatte, daß er Kinder besaß, der aber später von ihnen erwartete, ihm ein Trost für seine alten Tage zu sein. Im Gegensatz zu Isadoras Vater klammerte er sich jedoch an seine Kinder. Als Josh sich mit Isadora zusammentat, hatte er ein – anfangs sehr verführerisches – Bündel vorzuweisen: eine lebende Legende zum Vater, eine ältere Schwester, wer wollte mehr? Später, als der Reiz nachließ, schien das Bündel immer fester zugeschnürt und er selbst darin eingewickelt zu sein.

Das Hämmern am Sargdeckel begann erst später. Zu Beginn betete er sie an, blickte auf zu ihrem Alter, ihrem Ruhm und ihrer Arbeit wie ein andächtiger Jünger. (Wir wissen ja, daß einer der zwölf ein Judas war.) Sie konnte, was sie wollte, zu Papier bringen, stets war es nichts weniger als ein Wunder. Was immer sie von sich gab, war stets brillant, geistreich und gescheit. Und sie ist ein lebendiges Zeugnis dafür, daß man sich an dergleichen sehr gewöhnen kann – zumal sie ein unbarmherzig selbstkritischer Mensch ist. Es beruhigt ungemein, einen guten Freund beim Gericht zu wissen, wenn man sich dauernd selbst zum Tode verurteilt.

Aber dann, als die Probleme zwischen ihnen zunahmen, als sein Ruf bescheiden blieb und ihrer schlagartig wuchs, dämmerte in ihm die Überzeugung, daß der einzige wunde Punkt in seinem Leben sie sei. (Weshalb geben die Menschen denjenigen, die sie lieben, die Schuld, wenn die Dinge in ihrem Leben schiefgehen? Die Schlange im Paradies, das ist der Hang, demjenigen, den man liebt, die Schuld zuzuschieben.)

Joshs Bücher wurden jedesmal mit dem Zusatz »verheiratet mit«

oder »Sohn von« rezensiert. »Ein Leben in Parenthese ist schwer«, hatte ein Freund von Isadora einmal treffend gesagt. Außerdem kam es selten vor, daß man sie beide in Ruhe ließ. Journalisten kratzten an ihrer Beziehung wie an einem Schorf, der sich dann schließlich entzündete: Konkurrieren Sie miteinander? Überlegen Sie sich – beim Frühstück etwa –, wer von Ihnen prominenter ist? Kritisieren Sie gegenseitig Ihre Arbeit? Wenn ja, was sagen Sie? Fürchten Sie, er könne Sie, wenn Sie altern, verlassen? Fürchtet er, Sie könnten einen reichen alten Mann finden? Und so weiter, und so weiter, indiskret, bohrend und darauf bedacht, eine augenscheinliche Idylle als Illusion zu entlarven, zu zeigen, daß das Paar genauso todunglücklich ist wie alle anderen und genauso unversöhnlich – und am Ende bewahrheiteten sich die schlimmen Vermutungen.

Bedeutet eine »offene« Ehe den Tod der Beziehung? Oder entschließen sich die Menschen zu einer »offenen« Ehe, weil sie insgeheim wissen, daß ihre Beziehung schon im Sterben liegt? Es ist die alte Frage von der Henne und dem Ei, nur eben in Blutflekken aufs Bettlaken geschrieben. »Welches ist das schlimmste Jahr einer Ehe?« hat einmal ein Witzbold einen anderen gefragt. »Das letzte«, ist die Antwort gewesen.

Erst im siebten Jahr hielten sie nach anderen Sexpartnern Ausschau. Ein natürliches Jucken? Was war natürlicher, als zu kratzen? Sie hatten einander niemals Ausschließlichkeit gelobt; wer hätte dies auch aufrichtig tun können? Aber abgesehen von zwei völlig unbedeutenden Sexeskapaden im ersten Jahr (eine von ihm, eine von ihr), machte keiner je von der Freiheit Gebrauch, die der andere ihm einräumte.

Sie hatten es nicht nötig. Das Leben war ohnedies kompliziert genug. Isadora hätte niemals einen anderen Mann auch nur angesehen, weil sie überzeugt war, daß ein Kerl, der das Pech hatte, eine prominente Frau zu haben, keinen zusätzlichen Schlag gegen seine Selbstachtung ertragen würde. Und auch er hätte niemals eine andere Frau angesehen, weil er zu ehrlich und anständig war, um lügen zu können, und zu nett und rücksichtsvoll, um die Wahrheit zu sagen.

Also befanden sie sich beide in einer Pattsituation. Daß das Problem eines Tages zum Durchbruch kommen und sich vor ihnen aufbäumen würde, hatten sie immer geahnt, aber wie sie es dann anpacken sollten, daran hatten sie nicht gedacht – warum sich auch vorher den Kopf zerbrechen? Als es sich dann aufbäumte und wieherte, sah es nicht wie ein Pferd aus, sondern eher wie ihre gemeinsame liebe Freundin Sophia Kurtzweiler Washington. Sophia, die *zweit*bekannteste Feministin der sechziger Jahre (gleich nach Gloria, Germaine, Kate, Phyllis und Betty), Sophia mit den Ponyfransen, der erstaunlichen Walkürenfigur und der schwarzen Schmetterlingsbrille als Markenzeichen – Sophia, die zwei Meter große, vollbusige Opernheroine und Allmutter der Sexualpolitik.

Sie verliebte sich in Isadora, und Josh verliebte sich in ihre Titten. (Wie simpel doch solche Obduktionen sind: Der Körper ist längst tot und bewegt sich nicht mehr.) Sophia war an einem Wochenende, als ihre Ehe mit einem bekannten farbigen Aktivisten bereits im Sterben lag, zu Besuch gekommen, und als gute Tröster hatten sie sie mit ins Bett genommen.

Sophia war von Natur aus großzügig. Sie konnte sich niemals kurz fassen. Erkundigte man sich, wie es ihr gehe, antwortete sie mit einem langen semitischen Seufzer (in dem die ganze Geschichte ihres Volkes lag) und sagte: »Wo soll ich anfangen? Die Welt wird bald ein Scherbenhaufen sein. Ich bin ohne Geld, ohne Liebhaber, ohne Kindermädchen für meine Zwillinge, ohne Vertrag für mein nächstes Buch – und wo steht geschrieben, daß die *condition humaine* besser sein soll?«

Hätte man sie über das Wetter befragt, würde sie bestimmt den gleichen Seufzer ausgestoßen und geantwortet haben: »Einige Astronomen sind der Ansicht, wir näherten uns einer neuen Eiszeit, und wieder andere behaupten, eine tropische Periode stehe uns bevor, ein Klima, in dem nur Dinosaurier und Riesenreptilien existieren können – aber was mich betrifft, ich wäre schon froh, jemanden aufzutreiben, der mich regelmäßig bumst, auf die Babys aufpaßt und meine Miete bezahlt.«

Sophia war überzeugt, daß ihr die Welt den Unterhalt schulde.

1970 hatte sie einen Bestseller geschrieben, eine Art feministisches »*Greening of America*« mit dem Titel »Die Feminisierung Amerikas«, in dem sie die Theorie entwickelte, der Ursprung aller unserer Miseren sei die Männlichkeit und wir müßten, um wieder paradiesische Zustände zu schaffen, den Frauen alle Verantwortung überlassen.

Das Buch war zwar schlecht geschrieben, kam aber gerade zur richtigen Zeit auf den Markt. Die Autorin verdiente ein kleines Vermögen damit. Sophia gab die Hälfte aus und verlor den Rest – das meiste davon bei dem zwar chaotischen, aber mit viel Enthusiasmus gestarteten Versuch, die erste ausschließlich weibliche Filmproduktion auf die Beine zu stellen. Sophia wurde eine berühmte Persönlichkeit (jemand, der, wie es Isadoras Mutter formulierte, »berühmt dafür ist, berühmt zu sein«), eine verwegene Zureiterin des Talk-Show-Rodeo, ein weiblicher Video-Voltaire, ein Radio-La-Rochefoucauld – und interviewsüchtig. Wenn kein demütiger Journalist vor ihr kniete und einen Sony-Kassettenrecorder eingeschaltet hatte, hielt sie sich für ungehört und unbeachtet. Polemik war die ihr angeborene Sprechweise. Leider hatte sie nach der »Feminisierung Amerikas« nicht mehr sehr viel zu sagen. Möglicherweise als verzweifelten Publicity-Gag heiratete sie ihren farbigen Aktivisten (sie hatten sich bei der Phil-Donahue-Show kennengelernt) und bekam dann auch prompt nicht nur eins, sondern zwei Mulattenbabys auf einmal: Martin Luther King Washington und Billie Holiday Washington. Sowohl die Heirat als auch die Babys verschafften ihr eine weitere Talk-Show-Runde und neue »Probleme«, über die sie reden konnte. Denn jetzt war sie nicht nur Expertin in Frauenfragen, sondern auch darin, was Mischehen und das Aufziehen von Zwillingen bedeuteten. Leider erwies sich die Publizität nicht als dauerhafter ehelicher Kitt, und die Verbindung ging auseinander. Als sie nichts weiter zu tun hatte, als die beiden bezaubernden Puppen aufzuziehen, wurde Sophia hysterischer denn je. Die Zeiten waren anders geworden, und trotzdem mußte sie essen. Einem Halbdutzend Verlegern schuldete sie Bücher, und sie war empört, als diese ihr Vorschußhonorar wiederhaben wollten. Sie moderierte ihr eigenes, zu später Stunde ausgestrahltes TV-Interviewprogramm, kündigte aber den Vertrag, weil der Sender sich weigerte, ihretwegen gegen die herrschenden Zensurregeln zu verstoßen, wenn sie bei ihrer Sendung »verbotene« Ausdrücke gebrauchen wollte.

Sophias Wochenendvisiten waren unvergeßlich. Gewöhnlich kam sie beladen mit Tüten voller biologischer Nahrungsmittel, warf sich auf die Couch und wartete, daß man die Sachen zubereite. Die beiden Babys mußten gewickelt, ihre Kleidung gewaschen, ihr Bettzeug gewechselt werden, und dann verschwand sie im Badezimmer, brauchte alle »Opium«-Duschcreme auf, ließ ihre nassen Frotteetücher auf dem Boden liegen und »borgte« sich alle Kosmetika. Wenn Sophia ein Wochenende zu Gast gewesen war, war der Roman, den man gerade las, vom Nachttisch verschwunden, der Lieblingsschal in ihrem Koffer gelandet und die Badewanne mit einem Schmutzrand dekoriert.

Isadora bildete sich ein, noch großzügiger zu sein als Sophia, denn sie hatte sie dennoch öfter eingeladen.

An dem erwähnten Wochenende, irgendwann am Anfang vom Ende zwischen Isadora und Josh, war Sophia ohne die Babys gekommen. Sie war selbst ein Baby, und sich um sie zu kümmern war eine Ganztagsbeschäftigung für eine Heilige. (Sie hatte jedoch ihre Lieblingskatze, Mary Woolstonecraft Washington, mitgebracht, die Haus und Umgebung verunsicherte und Spitz- und Feldmäuse umbrachte.)

Nach dem Abendessen beklagten sie zu dritt – Sophia, Josh und Isadora – den traurigen Zustand der Welt und rauchten Hasch. Dann wandte sich das Gespräch der »offenen« Ehe zu, und das ist zweifellos ein Starter. Weil Isadora beobachten konnte, wie Josh mit unverhohlener Sehnsucht Sophias Titten beäugte, und weil Josh sich als Folge der Veröffentlichung eines vollkommen ignorierten Buches in einer Depression befand und weil sie glaubte, sie solle ihm besonders großen Spielraum gewähren, statt seine Freuden allzu fest an sich zu binden (um Blakes Metapher zu paraphrasieren), erhob sie keinen Einspruch, als Josh sie und Sophia zum Wasserbett manövrierte. »Sehen wir uns das TV-Programm vom

Bett aus an«, hatte er vorgeschlagen. (Im Schlafzimmer stand ein großer Projektionsfernsehapparat gegenüber dem Bett.)
Unter viel Gekicher legte sich Sophia in die Mitte (ihre berühmte schwarze Schmetterlingsbrille saß immer noch auf ihrer Nase), und sie kuschelten sich aneinander und sahen sich »Eine Geschichte aus zwei Städten« an. (Warum waren sie jedesmal in diesen historischen Schinken verwickelt, wenn es in ihrem Leben kriselte?) Zwangsläufig begann Josh, Sophias Titten zu tätscheln. Zwangsläufig begann Sophia, Isadoras zu tätscheln. Und ehe sie sich's versahen, befanden sie sich in jenem seltsamen Wirrwarr von Gliedmaßen, bei dem es unmöglich ist, genau zu sagen, was zu wem gehört.
»Das ist viel, viel besser als alles, was ich je getan habe«, kam die dröhnende Stimme vom Videorecorder, aber sie waren alle drei schon zu weit weggetreten, um Notiz davon zu nehmen. Josh hatte den Mund in Sophias großzügiger Möse vergraben. Isadora saugte an Sophias großzügigen Titten, und die vierte Person im Raum, die immer dabei ist, wenn gegen ein sexuelles Tabu verstoßen wird, lehnte sich erstaunt darüber zurück, daß nicht einmal sie auch nur leicht schockiert war.
Natürlich war diese vierte Person auch niemand anders als Isadora. Diese vierte Person glaubte, daß sie Josh, da er unter so vielfältigen Handicaps litt wie einem berühmten Vater, einer berühmten Ehefrau und einem Buch, das sich nicht als so erfolgreich wie erhofft erwiesen hatte, entschuldigen müsse, indem sie ihm erlaubte, ihre Freundinnen zu vögeln. Lieber das, dachte sie, als daß er aus schierem Daffke meine Feindinnen bumst. Als sie sah, wie Josh sich verzweifelt bemühte, Sophia einen Höhepunkt zu verschaffen, dachte Isadora, wie edel ich doch bin, wie frei von Eifersucht, wie großzügig, wie *erwachsen*, weil ich seine Bedürfnisse so gut verstehe. (War es ein böses Omen, als diese drei zusammengewürfelten Liebenden am nächsten Morgen beim Erwachen entdeckten, daß Mary Woolstonecraft Washington eine blutige Trophäe, eine tote Spitzmaus, am Fußende des Wasserbetts deponiert hatte? Es war in der Tat ein böses Omen, das sie aber lieber ignorierten.)

Vielleicht war diese Art, Josh zu verhätscheln, eine besondere Form der Kränkung. Isadora hätte ihm erklären sollen, er möge sich gefälligst seine eigenen Freundinnen suchen – und abhauen. Denn je mehr sie ihm gab, desto depressiver wurde er, und doch konnte sie es nicht aufhalten. Es war, als sei sie verzweifelt bemüht, die Ungleichheit zwischen ihnen aufzuheben, ihr unterschiedliches Alter, ihre unterschiedlichen Einkommen, ihre unterschiedliche Macht.

Denn hier liegt das Problem: wenn die Frau in der Ehe mehr Macht hat als der Mann. Ihm gefällt es nicht, ihr gefällt es nicht. Sie hat ein schlechtes Gewissen, er glaubt sich betrogen, und früher oder später kommt die Wahrheit im Bett ans Licht.

Aber damals wußten sie es noch nicht. Sie redeten oft über die Nacht mit Sophia und sagten, sie habe sie einander nähergebracht; dem Ende näher, wie Isadora jetzt weiß. Damals aber glaubten sie, sie hätten der Sache der Ehrlichkeit einen großen Dienst erwiesen. Scheiß auf die Ehrlichkeit! Auf den seichten Gewässern der Ehrlichkeit erleiden mehr Beziehungen Schiffbruch als in den Tiefen der Verlogenheit – eine Phrase, die Isadora immer an Big Daddy in »Die Katze auf dem heißen Blechdach« gemahnt. Eine falsche Phrase – durch und durch falsch, genauso falsch wie das Konzept, mit sexuellen Beichten eine Ehe zu retten. Sind Lügen besser? Isadora weiß es nicht. Auch Lügen zerfressen das Herz. Vielleicht sollte man erst im Alter von vierzig heiraten, wenn man abgeklärt ist, oder man läßt sich in einem Rollstuhl im Altersheim zu dem Märchenprinzen seiner Träume schieben und vollzieht alles so körperlos wie ein Engel. (Aber wie sollen wir dann unsere Kinder bekommen, die uns schließlich mehr ungetrübte Freude vermitteln, als es eine romantische Liebe je vermag?)

Bald entwickelte sich ein loses Verhältnis zwischen Josh und Sophia, obwohl keiner den anderen wirklich begehrte. Beide wollten sie Isadora – entweder haben oder verärgern. Sophia war eifersüchtig auf Isadoras Ruf, ihre Gelassenheit (verglichen mit Sophia ist *jeder* Mensch gelassen) und ihr Einkommen, Josh dagegen wollte sie unglücklich machen, obwohl er im Grunde ein zu anständiger Mensch war, um sich einzubilden, dies würde ihm gelingen. Jedesmal, wenn er besonders depressiv und besonders frustriert war, erklärte er Isadora, er gehe nun zu Sophia (*und* zu ihren Zwillingen *und* zu den sechzehn Katzen), und sie blieb zu Hause und kochte vor Eifersucht. (Das einzige, fand sie heraus, was noch schlimmer ist als Eifersucht, ist, so zu tun, als sei man nicht eifersüchtig.)

»Wenn du doch mit anderen Männern vögeln würdest«, sagte Josh dann (und begab sich ins East Village, wo Sophia im vergammelten Hippie-Look der sechziger Jahre hauste). »So etwas macht mich scharf, wirklich.« Weshalb konnte Isadora das niemals glauben? Ach, vielleicht fühlte sie sich genauso verantwortlich wie er für diese banalen Bemühungen um *des liaisons dangereuses*. Wie oft hatte sie sich bei Josh darüber beklagt, zu jener Zwischengeneration zu gehören, die zu alt war, um ohne Schuldgefühl herumzubumsen, und zu jung, um jene, die es taten, nicht zu beneiden. Josh freilich hatte erst 1970 das College verlassen. Er gehörte einem Jahrgang an, dem Sex noch geläufiger war als *shit* (und oft beides gleichzeitig). Noch vor Abschluß seines Examens hatte er mehr Frauen vernascht, als vor dem Zeitalter der Koedukation an den Eliteuniversitäten der USA immatrikuliert waren.

In der Tat bemühte sich Isadora, Josh etwas von ihren Affären mit anderen Männern zu erzählen (denn sie wurde schließlich in die Arme von Lowell Strathmore, ihrem Anlageberater, und in die von Wilson Donohue, einem glücklosen Lyriker aus Connecticut, getrieben). Aber da lag der Hase im Pfeffer: Sie konnte einfach nicht glauben, daß Josh an körperlichen Einzelheiten interessiert war. Er wollte zwar wissen, ob der betreffende Mann etwa berühmter war als er (Ruhm machte ihn eifersüchtig) oder ob es sich womöglich um einen seiner Freunde handelte (was ein verständliches Ansinnen war), aber darüber hinaus wollte er alles wissen – und Isadora vögeln, während sie davon berichtete.

Nun ist es aber absolut unmöglich, Sex ohne die beteiligte Person zu beschreiben. Denn im Grunde ist Sex, wenn man ihn vom Klempnerzustand aus betrachtet, eine Sache des Bohrlochs und der Rohrleitung. Und beide unterscheiden sich nicht so drastisch von Mensch zu Mensch. Was den Unterschied ausmacht, sind die

Gespräche, die Verhaltensmuster, die Gedankengänge, die Leidenschaften, die Poesie. Verschieden ist nicht so sehr der Akt selber als vielmehr die Phantasie.

Isadora und Lowell Strathmore kannten sich damals schon an die vier Jahre. Am überraschendsten war, wie stark er Josh glich, aber dem jungen Studenten Josh. (Isadora hatte übrigens eine Theorie, daß Menschen, die aus lauter Misere, aus unerträglichem Einsamkeitsgefühl und dank jenes untrüglichen sechsten Sinns, der uns verrät, daß unser Geliebter sich von uns entfernt, in den Treuebruch getrieben werden, daß solche Menschen sich immer jemanden aussuchen, der äußerlich dem Geliebten ähnelt. Vielleicht sieht es dann weniger ehebrecherisch aus, vielleicht willst du nur den *einen* Geliebten und wirst zum zweiten bloß wegen der Ruhelosigkeit des Partners und nicht wegen der eigenen getrieben. Wenn jede langjährige Beziehung etwas von einer *folie à deux* hat, wie sollen wir da mit Sicherheit sagen können, ob es die Begierde des anderen oder die eigene ist, die uns treibt?)

Lowell Strathmore war groß und behaart wie Josh. Genaugenommen war er ein wenig größer (einen Meter dreiundneunzig, wogegen Josh nur einen Meter sechsundachzig war). An ihm war alles glatt, was an Josh struppig war. Er hatte englische Maßanzüge, Boxershorts und rosig rasierte Wangen im Gegensatz zu Joshs rotem Bart. Auch Lowell litt unter einer beginnenden Glatze, hatte aber das spärlich werdende Haar nach der Wall-Street-Manier in der Mitte gescheitelt (Isadora hat schon öfter bemerkt, daß solche Männer entweder Glatzengärtner sind, die kunstvoll kahle Stellen kaschieren, oder Mittelscheitler, und sie fragt sich, ob irgendeiner von den französischen Philosophen oder etwa Susan Sontag, wenn sie sie in ihren schwedischen Gesundheitsschuhen verfolgt, eine phänomenologische Studie darüber verfassen könnte), und dann Lowells kleine, schildpattgefaßte, vertrauenerweckende Ben-Franklin-Brille.

Er trug gern mitternachtsblaue Nadelstreifenanzüge, und alle seine Hemden waren himmelblau. Seine Socken waren aus Seide und hatten ein seitlich eingewebtes Muster. Die Krawatten stammten ausnahmslos von »Turnbull & Asser« (während Josh überhaupt keine besaß). Isadora war ihm 1978, kurz bevor Sappho-Vigée-Mandy geboren wurde, begegnet. Sie fühlten sich sofort voneinander angezogen, aber sie hätten es unter diesen Umständen als obszön empfunden, ihrer Neigung nachzugeben, und überdies war sie ja glücklich verheiratet. Wahrscheinlich war er ja doch nur »auf ihr Geld aus«. Obwohl Isadora in Mel Botkin einen rührigen jüdischen Manager für ihre »Geschäfte« besaß, der sich um alle finanziellen Dinge kümmerte, bestand Lowell darauf, ein Portefeuille mit Investmentpapieren für ihr Kind zusammenzustellen – und unmittelbar nach Mandys Geburt gab sie ihm grünes Licht. Sie legte eine beträchtliche Summe Geldes auf den Namen ihrer Tochter an, und Lowell verwaltete dieses Vermögen für Mandy.

Bis der Kapitalmarkt 1981 seinen Tiefpunkt erreichte, war alles gutgegangen, zumal er in hochwertigen Technologien investierte. (Sie wollte kein Erdöl, keine radioaktiven Mineralien, keine Gesellschaften mit Südafrikaverbindungen, keine Betriebe mit intensiver Tierhaltung und keine Umweltverschmutzer – also war sie ein nicht gerade bequemer Klient. Trotz dieser Einschränkungen war es ihm gelungen, ihr Geld vorteilhaft anzulegen.)

Dann waren sie sich zufällig im Herbst in Europa kurz vor dem Tode ihres Großvaters begegnet. Josh war wieder einmal depressiv, vögelte Sophia aus Verzweiflung, und Isadora war ebenfalls verzweifelt. Sie wußte, daß Josh Sophia nicht liebte, sondern nur *sie*. Sie wußte, er wollte sie vertreiben, als würde das seine Probleme lösen, und sie weigerte sich, sich vertreiben zu lassen. Das Schlimme war: Sie liebte Josh, und sie wußte, daß er todunglücklich war. Sie machte ihm nicht einmal Vorwürfe. In die Enge getrieben und verzweifelt darüber, daß er nicht über den eigenen Schatten springen konnte, bumste er Sophia, weil er nicht wußte, was er sonst tun sollte (außer, gegen Isadora zu wettern, was er oft genug tat). Es gibt ein altes französisches Sprichwort für solche, die zu hoch hinauswollen: *»Il ne faut pas péter plus haut que le cul.«* (Man soll nie höher furzen, als der Hintern reicht.) Und genau das war Joshs Problem, nicht der Sex.

Damals stellte er neue Forderungen: »In diesem Hause möchte ich nicht als zweitklassiger Autor behandelt werden«, verkündete Josh. »Und ich möchte pünktlich meine Mahlzeiten serviert bekommen; ich möchte, daß meine Arbeit als vollwertig betrachtet wird; ich möchte, daß du dich, wenn das Kindermädchen frei hat, die ganze Zeit um Mandy kümmerst.«

»Aber Josh, deine Arbeit *ist* wichtig! Hat das jemand in Frage gestellt? Ich bestimmt nicht.«

»Doch, du tust es. Du verhältst dich, als sei ich der Schundliterat und du seist die Künstlerin.«

»Aber das stimmt doch nicht!« Oder doch? War sie schuldig, ohne es zu wissen?

»Warum kochst du dann nicht für mich?«

»Josh, ich habe noch nie für dich gekocht. Entweder kochen wir beide, oder wir gehen aus. Oder die Haushälterin kocht. So ist es doch schon seit Jahren.«

»Ich will aber, daß du für mich kochst. Es macht mich scharf.« (Dies aus dem Munde des »neuen, sensitiven Mannes« der siebziger Jahre.)

Also kochte sie für ihn – phantastische Feinschmeckermahlzeiten –, aber es schien nicht viel zu helfen. *Nichts*, was sie tat, schien zu helfen. Er blieb depressiv, nur, daß er Isadora jetzt verärgert hatte. Sie mußte sich um das Baby kümmern, den Haushalt führen und Bücher schreiben. Sie konnte, wenn sie wollte, sehr gut kochen, aber es machte ihr keinen Spaß, wenn sie dazu gezwungen wurde. Und überdies war sie überzeugt, genügend Lasten zu tragen, ohne auch noch, um Joshs Ego aufzupäppeln, das Hausmütterchen spielen zu müssen.

Bald darauf war sie in München, um dort ihr Buch vorzustellen. Sie hatte schon vergessen, daß sie Lowell Strathmore einmal beim Lunch davon erzählt hatte, aber überraschenderweise war er da, noch dazu im gleichen Hotel wie sie. (Eine Geschäftsreise hatte auch ihn nach München geführt, und dank seines phantastischen Gedächtnisses – er konnte Aktienkurse und Daten aufsagen wie kleine Jungen Fußballergebnisse – hatte er sich ihr Hotel und sogar die Tage ihres Münchenaufenthalts gemerkt.)

Der deutsche Verlag gab ihr zu Ehren eine Cocktailparty im

Festsaal des »Bayerischen Hofs«. Herrgott, welch ein willkommener Anblick war Lowell inmitten dieses verqualmten Raumes und all dieser deutschen Avantgardetypen in Lederjacken! Dreihundert modisch verbrämte Nazis machen sie an, und sie zieht mit dem Collegetyp aus ihrem Heimatstaat ab. Es war nicht anders zu erwarten. Wann immer sie in Deutschland ist, erwartet sie, jeden Moment nach Auschwitz deportiert zu werden, aber mit Lowell an ihrer Seite fühlte sie sich ausgesprochen sicher.
Und da er sogar im gleichen Hotel abgestiegen war, was lag näher, als zusammen in die Klappe zu gehen? Freilich, nervös waren sie beide schrecklich. Ehe sie überhaupt ins Bett steigen konnten, mußten sie zwei Flaschen »Liebfrauenmilch« trinken, und danach standen sie immer wieder auf, um zu pinkeln.
(Beim Sex macht sich die liebe Göttin wahrhaftig über uns Sterbliche lustig, denkt Isadora; wenn wir den Sex nicht hätten, um uns lächerlich zu machen, würde sie sich etwas anderes einfallen lassen müssen.)
Lowell war nicht gerade der routinierteste aller Ehebrecher. Bevor er in die Nahkampfarena stieg, rief er seine Frau an. In München war es Mitternacht, in Southport erst Abendessenszeit. Wie vorauszusehen, war seine Frau nicht zu Hause.
»Auch bei Einnachtsfliegen gibt es so etwas wie eine Etikette«, sagte Isadora, »und die schließt einen Anruf bei der Gattin als Teil des Vorspiels nicht mit ein.«
»Ich weiß«, sagte er traurig. »Bitte, verzeih mir!« Er legte die Hand über die Sprechmuschel, um Isadoras Stimme abzuwehren, aber am anderen Ende der Leitung meldete sich nur der Auftragsdienst. Lowell hinterließ eine Nachricht und bestellte Leona herzliche Grüße – Leona, der reichen Frau mit den allzu zahlreichen Zähnen. Er war so unglücklich mit ihr, daß er für immer an sie geschmiedet blieb. Freude bindet Menschen weniger fest aneinander: Kummer ist die haltbarste aller Fesseln.
»Deine Frau macht mir angst«, sagte Isadora. »Weniger wegen ihrer Zähne, sondern wegen ihres Kosenamens. Wie kann man vor einer Frau, die Elfe genannt wird, etwas anderes als Furcht empfinden?«

»Du hast recht«, sagte er und ließ den Kopf hängen. »Mir macht sie auch angst. Ich bin ein Sklave – und nicht einmal ein glücklicher, sondern einer, der murrt und sich beklagt.«

»Weshalb bleibst du dann bei ihr?«

»Ich wollte schon oft gehen. Das Leben ist zu kurz, um es sich so vergällen zu lassen. Aber ich liebe sie. Hinter ihrer Schroffheit verbirgt sich nichts als ein armes, verunsichertes kleines Mädchen, und sie wäre am Boden zerstört, wenn ich sie verlassen würde.«

Isadora sah in spöttisch an.

»Doch, es ist wahr«, erklärte er. »Sie würde zerbrechen. Alle Welt hält Leona für zäh und entschlossen, für *die* Frau, die Ordnung in den Balkan bringen würde – aber ich weiß, wie verletzlich sie ist.«

»Komm ins Bett!« sagte Isadora und dachte an die elfische Leona, ihre Nachbarin, an Leona mit der pechschwarzen Pagenfrisur, den porzellanblauen Augen, der scharfen Nase und den dazu passenden knochigen Hüften. Ein Mann könnte sich an Leonas Hüften aufspießen, eine Frau an ihrer erbarmungslosen Zunge. Sie gehörte zu den Menschen, die einen niemals zum Essen einladen, geschweige denn anrufen, es sei denn, sie wollen etwas: eine Spende für wohltätige Zwecke, eine Gratisrede bei einem Diner der Damen des Jagdklubs, ein Originalmanuskript für die Tombola, einen alten Hut für ihren Prominentenbazar, die geheimen Telefonnummern anderer wichtiger Leute, den Namen deines Partyservice oder deiner Putzfrau. Wie viele Ehen überdauern, weil »sie zerbrechen würde«? Leona würde genausowenig zerbrechen wie der Himalaja. Eigentlich war sie eine schöne Frau, aber ihre harten Gesichtszüge ließen es einen vergessen.

Endlich kam Lowell Strathmore ins Bett. Und Lowell Strathmore war eine Riesenüberraschung! Wenn man wie Isadora zur Generation derer gehörte, die mit der Musik und der Kunst der späten fünfziger aufgewachsen waren, hätte man denken können, daß ein protestantisch-konservativer Börsenmakler, ein Mitglied des Jagdklubs, eine Person, der man millionenschwere Privatkonten anvertraute, sich im Bett wie ein Toter oder ein Engländer aufführen würde, aber nein: Dies war offenbar der einzige Ort in seinem Leben, an dem er sich wirklich gehenlassen konnte. Den Jüdinnen hat man solche Typen mit Vorbedacht mies gemacht, denkt Isadora oft. Einem jüdischen Mythos zufolge, der natürlich von jüdischen Männern kreiert worden ist, damit ihre Frauen den Konkurrenten nicht ins Netz gingen, sollten solche Nichtjuden angeblich saft- und kraftlos sein. Aber Isadora weiß jetzt, daß sie absolute Flammenwerfer im Bett sein können – in den Kissen um so hemmungsloser, je förmlicher sie im Leben sein müssen.

Bei Lowell war es jedenfalls so. Er knabberte und leckte und kicherte. Er gebrauchte beim Flüstern Worte wie »Titten« und »Muschi« und andere Ausdrücke, von denen Eltern, die ihre Kinder auf eine Eliteschule schicken, nicht annehmen, daß sie die Sprößlinge ausgerechnet dort lernen. Wie seine Sprache, so wurde im Bett auch sein ganzes Gesicht lockerer. Vielleicht lag es nur daran, daß er die Brille abgenommen hatte, jene Brille, die seine tapsige Größe irgendwie zu strukturieren und ihr einen Fokus zu geben schien – vielleicht war er aber wirklich völlig entspannt. Dieser arme, gebeugte Riese von einem Mann, der sein ganzes Leben lang in einer schlechtsitzenden, ihm von seiner gefürchteten Ehefrau verpaßten Zwangsjacke verbringen mußte – gefüttert mit ihrem Geld, verschnürt mit seinen Ängsten –, konnte sich offensichtlich nur entspannen, wenn er eine Frau vögelte, mit der er nicht verehelicht war. Für eine gesegnete Stunde nahm er die Maske ab, aber dann kamen Furcht, Angst, die Zwangsjacke und die Reitturniere der Tochter zurück.

Isadora hatte begriffen, daß es heutzutage nicht mehr »in« ist, Sexuelles ausführlich zu beschreiben. In den siebziger Jahren, nach »Portnoys Beschwerden«, konnte man offenbar keinen Roman aufschlagen, ohne Sperma in die Finger zu kriegen. Nicht nur die Schundliteraten und Pornoverfasser, sondern auch ernst zu nehmende »literarische« Autoren fühlten sich verpflichtet, Vaginalinterieurs zu beschreiben, als handle es sich um die Höhlen von Lascaux (und als seien alle Urwahrheiten dort eingekratzt). Die Frauen entdeckten die Poesie des Penis; die Männer demaskierten sich vor der großen Göttin Möse. Aber dann bemächtigten sich die billigen Schreiberlinge des Sex und ruinierten ihn für immer – wie die Eigentumswohnungsspekulanten Florida ruiniert haben. Sie nahmen die Erlaubnis, Lascaux zu erforschen, zum Vorwand, sich auch die Erlaubnis zu nehmen, kleine Mädchen umzubringen; die Poesie des Penis verwandelten sie in derart widerliche Pornofilme, daß man am liebsten Nonne geworden wäre. Es dauerte nicht lange, und die Saubermänner heulten auf: »Seht ihr! Wir haben euch gewarnt, wie schmutzig und gemein Sex ist! Hättet ihr nur auf uns gehört! Wir hatten recht mit der Zensur! Tut die Maske wieder vors Gesicht!«

Und all die Poesie des Penis, all die süße Sexualität, die für ein knappes Jahrzehnt verstohlen aus den Hosenschlitzen der »Brooks-Brothers«-Anzüge geguckt hatte, war in Gefahr, wieder zugezippt zu werden.

Selbst Philip Roth hat vor kurzem ein Buch veröffentlicht, in dem er von jeder Sexszene wegschwenkt. Und Isadoras vormalige Kumpaninnen, die Feministinnen, verteilen an den Straßenecken Flugblätter gegen Pornographie. Sie wollen der Welt einreden, Männer belästigten kleine Mädchen als Folge der Pornographie (statt umgekehrt davon auszugehen, daß die Pornographie floriert, weil die Männer kleine Mädchen belästigen wollen), und tun ganz allgemein ihr Bestes, den Unterschied zwischen Sex und Wut zu verwischen.

»Es gibt keinen Sex ohne Wut!« wüten sie. Außer natürlich Sex zwischen Frauen, der rein, vollkommen und nicht ausbeuterisch sein soll, kurz: so himmlich wie Heterosex höllisch ist. Man könnte meinen, sie seien niemals Zeuginnen gewesen, wie ihre Schwestern sich gegenseitig anbrüllten oder in Bars prügelten. Man könnte meinen, sie hätten niemals eine lesbische Beziehung erlebt (wie die von Isadoras Tante Gilda), bei der die Bedienerin genauso unterdrückt wurde wie die Ehefrauen der fünfziger Jahre und der kesse Vater ein weiblicher Macho war. Natürlich wollen Feministinnen nicht die Kampfgenossinnen empörter Sittenwächter sein, wenn sie Pornographie verurteilen, aber in Wirklichkeit läuft es darauf hinaus. Der süße Sex, der große Demaskierer, wird wieder einmal in die Gosse gezogen. Wenn diese Entwicklung

andauert, denkt Isadora, wird Mandys Generation den Sex wieder von neuem wie eine verschüttete Sphinx freilegen müssen.
Sie ärgert sich wirklich über diese Verwechslung von Sex mit Wut. Für sie liegt das Schöne am Sex eben gerade darin, daß er uns vorübergehend eine entspannte Atempause gewährt. Wenn sogar ein Lowell Strathmore dabei seine Maske ablegen kann, ist sicherlich etwas Konstruktives daran.
O süßer Sex! Lawrencesche Wasserfälle, Joycesche Flüsse, Millersche Quellen (so schwarz und doch auch blau) – ihr seid es, nach denen Isadora sich sehnt. Die ganze, sich wie die Schenkel der Großen Mutter öffnende, feuchte Erde, der sich rosig erhebende Phallus mit einer kristallenen Träne an der Spitze, die wie zu einem Ballett von Ravel wippenden Brüste – darüber wollte sie in ihrem berüchtigten Buch »Mösenblumen« schreiben. Aber die demonstrierenden Feministinnen, die höhnischen Kritiker und das kaufende, weil geile Publikum (das diesen Zusammenhang leugnete) zogen es vor, in allem nur Schweinkram zu sehen und weiterhin maskiert zu bleiben.
»Man sucht sich sein Thema nicht aus«, sagte der weise alte Flaubert (der offenbar schon alles gesagt hatte), »man beugt sich ihm.« Amen.
Wie hätte Isadora Josh den Sex mit Lowell beschreiben können, ohne Lowell selber zu beschreiben? Wie hätte sie das Aroma, die Atmosphäre richtig wiedergeben können? Sein Schwanz war nicht bemerkenswert, wenn auch kräftig und unermüdlich, aber der so erstaunliche und so merkwürdig erotische Gegensatz zwischen Zwangsjacke und Freiheit war es; die ganze Geschichte war es: dieser jungenhaft-pflichtbewußte Anruf bei der Ehefrau, die biedere Unterwäsche, die beiseite gelegte Ben-Franklin-Brille, der Gebrauch des Wortes »Titten«, die Nervosität, die Furcht, die Demaskierung.
Als sie wieder in den Staaten waren, trafen sie sich von Zeit zu Zeit, niemals lange genug für Isadora und niemals ohne die kompliziertesten Vorbereitungen. Man hätte meinen können, sie planten die Landung in der Normandie und nicht nur zwei Stunden in Fort Lee. Weil Lowell so sehr fürchtete, »überführt« zu

werden, waren sie in einen dritten Staat ausgewichen. Weder Connecticut kam in Frage, wo sie beide wohnten, noch New York, wo er arbeitete, sondern New Jersey mußte es sein, wo, behauptete er, seine Frau niemals gewesen sei.

»Ist sie nicht einmal über die Brücke gefahren, um irgendeine Wohltätigkeitsveranstaltung oder ein Reitturnier zu besuchen?« fragte Isadora.

»Meine Frau interessiert nichts, was außerhalb von Manhattan oder Fairfield County passiert, es sei denn, daß es in den Hamptons stattfindet.«

Isadora mußte lachen. Sie wußte, daß es so war. Sie und Lowell hatten im »Fort-Lee-Motel« nichts zu befürchten. Wer um Himmels willen würde auf den Gedanken kommen, sie dort zu suchen? Nur einmal, als sie gerade in diesem Motel fickten, was das Zeug hielt, ballerte jemand mit solcher Macht an die Tür, als hätte sich der Golem persönlich losgerissen.

»Wo ist meine Frau?« brüllte eine wütende Stimme. »Ich will meine Frau, oder ich schlage alle Türen ein!«

Lowell und Isadora fuhren auseinander. Sie rannten zur Tür – aber der Wahnsinnige war bereits weg. Sie hörten, wie er an die nächste, die übernächste und die drittnächste Tür bummerte. Sie blickten sich an und mußten sich vor lauter Lachen auf den Boden setzen.

»Denkst du an das gleiche wie ich?« fragte er.

»Ja«, antwortete Isadora und kicherte.

»Ich wette, es gibt keinen Mann in diesem Haus, dessen Erektion nicht im Eimer ist«, sagte Lowell, dessen eigene ebenfalls im Eimer war.

Wie hätte Isadora Josh so etwas erzählen können? Ihm hätte die Geschichte zwar bestimmt gefallen, aber sie ergab im Grunde keinen Sinn ohne die Schilderung von Lowells Reaktion, und Isadora konnte Lowell nicht beschreiben, denn Josh kannte ihn und hätte erraten, um wen es sich handelte. Die Regeln für das Offenbaren ihrer *liaisons dangereuses* waren unmöglich, weil Sex kaum amüsant ist, wenn der Mann maskiert bleibt. Der eigentliche Sinn des Sex ist die Maske fallen zu lassen. Das mag nicht für

Männersehnsüchte gelten, aber Frauen wünschen es sich bestimmt.
Ach, Männer, diese unbekannten Wesen! Was wollen sie? Freud hätte diese Frage stellen sollen, denn was »das Weib« will, ist so kläglich klar: den demaskierten Mann. Isadora ist schließlich zu der Überzeugung gelangt, daß sie die Männer nie richtig verstanden hat. Nicht etwa, daß sie etwas gegen sie hätte, sie hat nur etwas dagegen, daß sie vor ihr versteckt bleiben, als trügen sie alle eiserne Masken. Immer, wenn sie ihrer Phantasie freien Lauf läßt und sich vorstellt, was sein würde, wenn sie Malerin statt Schriftstellerin geworden wäre, träumt sie von einer ganzen Ausstellung mit dem Titel »Männer« – nur Bilder von maskierten Männern. Auf jedem würde der Mann eine andere Maske tragen. Bei einem würde sie aus Eisen sein wie bei dem Helden des gleichnamigen Romans, beim anderen ein Taucherhelm, ein dritter trüge eine schwarze Seidenmaske gleich einem Kavalier von Guardi und wieder ein anderer ein feuchtes, weißes, sich an seine Gesichtszüge anschmiegendes Seidentuch, das eigentümlich an die Totenmaske von Keats erinnert; der eine erschiene in der Maske eines Gorillas, der andere in jener der Mickymaus und so weiter.
Der Traum dieser Maskenmännerausstellung ist kompliziert. Zuerst kommt die Vernissage, die wie die »Mösenblumen« große, aber zwiespältige Publizität erhält – sehr gute und auch sehr schlechte. Selbst in ihrer Phantasierolle als Malerin umgibt Isadora Skandal. Während der ersten Tage der Ausstellung schleicht Isadora die Malerin mit dunkler Brille und einem Babuschkakopftuch getarnt durch die Räume der Galerie, um die Reaktionen der Besucher zu beobachten.
Frauen kommen, sehen sich die Bilder an und sind zuerst verblüfft. Dann bildet sich langsam ein Lächeln um ihre Mundwinkel: das Aha-Erlebnis, dem meistens ein tiefer Atemzug oder ein leises Lachen folgt. Sind sie in weiblicher Begleitung, stoßen sie einander mit dem Ellenbogen an, deuten mit dem Finger auf das Bild und lachen verschwörerisch. Befinden sie sich dagegen in männlicher Begleitung, sehen sie verlegen aus, oder sie werden sachlich und versuchen verzweifelt, ihren Begleitern zu erklären,

weshalb sie die Bilder komisch finden. Dabei begegnen sie jedoch genau den gleichen Masken, welche die Bilder wegreißen wollen. Männliche Besucher heben fragend die Schultern und begreifen nicht, was die Bilder bedeuten sollen; manche reagieren unverhohlen feindselig, wieder andere manövrieren ihre Damen aus der Galerie hinaus und brüllen sie draußen auf der Madison Avenue an.

Diese Traumexistenz als Malerin amüsiert Isadora ungeheuer. Als Autorin kommt sie sich nur wahrhaft »erfolgreich« vor, wenn sie beobachten darf, welche Leidenschaften ihre Arbeiten bei den Menschen heraufbeschwören. Man schreibt allein, in seliger oder paranoider Einsamkeit. Man fühlt sich irgendwie masturbatorisch beim Arbeiten, und wenn man noch dazu eine Frau ist, verschwört sich die ganze Welt, um dieses Gefühl zu vertiefen. Man nennt sie »narzißtisch«, »nur mit sich selbst beschäftigt«, »von sich selbst besessen« (als sei Picasso es nicht gewesen oder James Joyce, als seien nicht alle Künstler verrückt gewordene Narzisse, die in ihr eigenes Spiegelbild fallen. Das Ertrinken im Selbst ist ja eine der Vorbedingungen, das Selbst zu transzendieren). Deshalb hat man stets ein Schuldgefühl, wenn man sich zur Arbeit einschließt. Draußen bleiben: das Kind, das mütterliche Zuwendung braucht, das Kindermädchen, das zurechtgewiesen werden muß, die Portokasse, die aufgefüllt werden soll, der Ehemann oder Freund, der umsorgt werden will, damit er nicht wegrennt und mit unseren Freundinnen ins Bett steigt, der Hund, der entwurmt, gestreichelt, gebürstet und gefüttert werden muß. Man kämpft so hart um jedes bißchen narzißtischer Reflexion. Wenn wir also unsere Mitmenschen mit unserem Werk tatsächlich um Lachen, Weinen, Argumentieren und Nachdenken bringen, so ist das die einzig wahre Rechtfertigung. Man ist dann eben doch ein gutes soziales Wesen, eine gute *Frau*. Jene einsiedlerische Paranoia hat also doch einen Zweck. Welche Erleichterung! So gestärkt kann man an seinen spiegelnden Teich zurückkehren, durch die Blicke der anderen wieder einmal im Ansehen bestätigt.

Eine Ausstellung maskierter Männer – welch ein Traum! Isadora ist schon so lange Autorin, daß sie in ihrer Phantasie andere Rollen spielt: Malerin, Schauspielerin, Rock-Sängerin. In »Tintorettos Tochter« sah sie sich als Malerin aus dem sechzehnten Jahrhundert. Aus ihrem Großvater wurde Tintoretto, ihre Mutter, ihr Vater, ihre Tanten und Onkel kostümierten sich als Kurtisanen und Dogen. Aber gleichgültig, welchen Bezug Isadora für sich aussucht, eines ändert sich nicht: ihre Sexualität. Sie ist das Lebenselixier, das aus dem grünen Zündstoff die Blüte treibt, der kosmische Kern ihres Daseins.

Ein Grund, weshalb Isadora den Sex immer liebt (sobald sie sich von ihrer schrecklichen Zwischengenerationsscheu freimachen kann, die sie daran hindert, ihre Jas deutlich genug zu artikulieren), ist der, daß einem der Mann dabei seine ungeteilte Aufmerksamkeit widmet. Für eine Weile wenigstens läßt er gleichzeitig mit den Hosen auch die Maske fallen. Natürlich beeilt er sich meistens sehr, beide wieder anzulegen. So, wie manche Männer sich hinterher unbedingt duschen müssen, um sich danach mit einem der »Keystone Cops« würdigen Tempo wieder anzuziehen, können andere bereits eine halbe Stunde nach dem Orgasmus ihre Maske wieder anlegen. Aber gewöhnlich gibt es diese halbe Stunde Aufschub, diese Honigmondphase (wie die ersten hundert Tage einer Präsidentschaft), jenen gesegneten Zeitabschnitt eines unverhüllten Gesichts.

Lowell Strathmore war der fixeste Ankleider, mit dem sie jemals ins Bett gegangen war. Er duschte sich und stieg schneller wieder in seine weißen Boxershorts, als man Dow-Jones (oder gar Hausse und Baisse) sagen konnte. Aber es blieb immer jene verwunschene Zeitspanne (sie dauerte länger, wenn er mehrmals gekommen war), in der er das Landhaus in Southport, die Mitgliedschaft im Jagdklub, die Zähne seiner Frau, das Reitpferd seiner Tochter und seine fast paranoide Furcht, »überführt« zu werden, abschüttelte und sich tatsächlich wie ein menschliches Wesen – mit einem Wort: wie eine Frau – verhielt.

Mit Lowell ein Rendezvous zu vereinbaren war niemals einfach. Zwischen Telefonanrufen konnten oft Wochen, zwischen Stelldicheins Monate vergehen. (In diesen Pausen führten sie seltsam formelle, gezwungene Unterredungen über Mandys Portefeuille, das er, weil er Isadora nicht bumsen konnte, aus Schuldbewußtsein immer besser verwaltete.) Wenn sie sich dann endlich in Fort Lee trafen, pflegte er zu sagen: »Ich bezweifle, daß ich sehr sexy bin« und sie in die Arme zu nehmen.

»Ich bezweifle es aber nicht, und ich soll ja eine Expertin sein«, antwortete sie dann. Eine Stunde lang fickten sie dann wie die Geisteskranken, eine Stunde lang ließ er die Maske fallen, und dann verschwand er wieder für Monate.

Man konnte das kaum eine befriedigende Affäre nennen. Zwischen seiner Unerreichbarkeit und Joshs Unberechenbarkeit stehend, glaubte Isadora oft, sie habe weniger als gar keinen Mann – zwei Männer, die zusammen minus zwei ergaben.

So war es, als Isadoras Großvater starb. Sie und Josh waren zusammen und doch nicht zusammen. Ihr geliebter Hund war gestorben. (Weshalb sterben Hunde immer dann, wenn Beziehungen enden?) Lowell hatte sie wochenlang nicht mehr angerufen. Isadora kam sich ausgelaugt, verzweifelt und nach ihrem letzten erfolgreichen Buch völlig ausgeschrieben vor. (Daß es gepriesen wurde, war eigentlich noch entmutigender als die Spitzen und Angriffe, denen sie zu Beginn ihrer Laufbahn ausgesetzt war.) Papas Verfall während der letzten Monate hatte ihr den Rest gegeben. Sie war überzeugt, daß ihre Ehe gestorben war, als ihr Großvater starb. Sie war niedergeschlagen, konnte sich nicht auf ihre Arbeit konzentrieren, war nicht imstande, den Hörer abzuheben und um Hilfe zu bitten: Sie war mit ihrem Latein am Ende.

»Trotzdem«, sagt Shirley, nachdem Isadora die ganze Sitzung hindurch nur über das Ende ihrer Ehe gegrübelt hat, »haben Sie mir eigentlich nichts von Ihrem Vater erzählt, und Sie waren *überhaupt nicht* zornig auf Josh. Wenn Sie das gewesen wären, würden Ihre Kopfschmerzen wie durch ein Wunder aufhören.«

»Ich hasse dieses Miststück, diesen Scheißkerl!« Isadora tut, als würde sie heftig schimpfen, und verfolgt einen Hubschrauber, der über dem East River abhebt. Aber es klingt nicht überzeugend. Irgendwo in ihrem Inneren glaubt sie, das Scheitern ihrer Ehe sei »ihre Schuld«, hätte sie nur ein wenig großzügiger, geduldiger und weniger erfolgreich sein können, wäre alles wieder ins Lot gekommen.

»Wissen Sie denn nicht, daß Sie überhaupt nichts hätten tun können!« schreit Shirley. »Isadora – ich könnte Sie schütteln! Wenn Sie jemand anderen so schlecht behandeln würden wie sich selbst, Sie würden sich für einen schrecklichen Sadisten halten. Ihr Herz würde bluten für das arme Opfer. Wollen Sie also bitte ein wenig *rachmones* sich selbst gegenüber zeigen? Wollen Sie? Bitte! Mann, was wir noch arbeiten müssen, bis wir das in *Ihren* Kopf kriegen!«

Und dann war – wie gewöhnlich – die Stunde vorüber.

4

Kopfweh & Kümmernisse

Ein Traum vom strammen Fleisch

James Joyce

Isadora fährt in Richtung der Columbia-Universität, um ihren Medizinstudenten zu treffen. Sie stellt den Wagen an einer Parkuhr am Broadway Ecke Einhundertfünfte Straße ab und fragt sich, ob man das Auto, während sie bei Roland Rabinowitz ist, abschleppen oder ob man die Reifen zerstechen wird – bei Roland Rabinowitz, der die zweifelhafte Auszeichnung hat, der mit Abstand jüngste ihrer Liebhaber zu sein.
Anfangs hatte sie mit Roland sozusagen zum Spaß gevögelt oder aus Rache – sie weiß nicht genau, was es war. Roland ist jetzt so alt, wie Josh war, als sie sich kennenlernten, also sechsundzwanzig, und Isadora ist auch in diesem Fall die Freundin seiner Mutter (so wie Joshs Eltern mit ihr befreundet waren, als sie Josh begegnete und sich in ihn verliebte). Sylvia Sydenheim-Rabinowitz, Rolands respektgebietende Mama, ist Sexualtherapeutin – eine der prominentesten Sexualtherapeutinnen (außer Masters und Johnson) der Vereinigten Staaten. Sie ist eine winzige, platinblonde, grünäugige Frau mit ausgesprochen professionellem Gebaren, einer Zsa-Zsa-Gabor-Nase (und dem entsprechenden Akzent), einer Vorliebe für Modellschuhe mit Pfennigabsätzen sowie für Chanelkostüme und riesige Brillantohrringe. (Geschenke ihrer vielen Liebhaber, von denen die meisten schwer reich, vulgär und ehemalige Patienten sind. Hat sie diese erst einmal vom vorzeitigen Samenerguß geheilt, läßt sie sie ihre neuerworbenen Fähigkeiten an ihr ausprobieren.)
Sylvia ist eine merkwürdige Mischung aus Schläue und Verwundbarkeit, eine Dame, die vor einer unbestimmbaren Anzahl von Jahren den Nazis in Ungarn entwischt war, eine mordsgescheite ungarische Verführerin (mit einem wunderbaren Teint), ein Dynamo und eine scharfe Frau – aber nicht unbedingt in dieser Reihenfolge.
Isadora verehrt sie, bewundert sie und mißtraut ihr. Oder besser: Sie mißtraut Sylvias Motiven. Obwohl Sylvia zu Isadora immer

sehr nett gewesen ist, fragt sich Isadora, ob Sylvia sie ihrer Prominenz oder ihres süßen Selbst willen liebt. Sylvia ist auch ein wenig voyeuristisch. Sie arrangiert mit Vorliebe erotische Szenen (angeblich zu therapeutischen Zwecken). Seit Isadora und Josh sich getrennt haben, hat Sylvia Josh mit einer Reihe von Damen versorgt und Isadora mit ihrem analphabetischen, Rolls-Royce fahrenden Antiquitätenhändler bekannt gemacht. »Ich brauche deine Bücher nicht zu lesen, ich kann sie *riechen*«, behauptete er: ein Glatzengärtner par excellence, der nicht nur seine kahle Stelle kunstvoll tarnte, sondern sich die restlichen Haare tatsächlich einsprayte (dies muß eine neue Unterkategorie sein, denkt Isadora: der sprayende Glatzengärtner), und wenn Isadora sein Haar im Bett verwuschelte – das war zu Beginn ihrer Kreuz-und-quer-Vögelei –, fühlte es sich klebrig an wie sein Besitzer.
Was hier wichtiger ist, die boshafte, blonde Sylvia verkuppelte ihren leiblichen Sohn Roland mit Isadora, Roland, den Ritter mit dem riesigen Schwanz und dem ebenso riesigen amtlichen Pharmazieverzeichnis.
»Es wirrd gutt sein für dich, mit Isadora einmal ins Bett zu gehen«, riet sie ihrem Sohn. »Aber nur einmall. Auf die Dauer tut sie dirr nicht gutt.« (Sylvia trachtet nicht nur danach, Menschen miteinander zu verkuppeln, sie will auch die *Dauer* der Liaison festlegen, und das paßt Isadora überhaupt nicht.) Roland, der den Auftrag bekam, es »nur einmal« zu tun, lehnte sich prompt gegen seine Mama auf und verliebte sich in Isadora – obwohl man bei ihm schwerlich von Liebe sprechen kann, denn er artikuliert sich im Bett, als sei er den verkaufsträchtigen Sexleitfäden, die seine Mama publiziert, entsprungen. Zum Beispiel: »Genügt die Tumeszenz, oder soll ich dir noch etwas mehr Druck geben?« Oder: »Soll ich die Missionarsstellung einnehmen, oder willst du lieber die obere Position besetzen?« Oder: »Brauchst du noch ein längeres Vorspiel, oder soll ich sofort penetrieren?«
Roland ist ein anstelliger und eifriger Liebhaber und benimmt sich wie ein von Alex Comfort programmierter Roboter. Er gehört zu jener seltsamen Generation (in den fünfziger Jahren geboren, in den sechzigern aufgewachsen), der Sex nicht nur anempfohlen

wurde, sondern für die er beinahe obligatorisch war – und doch so eigenartig mechanisch blieb. Seine Pubertät machte er auf der Elm-Tweedsley-Schule (auf der Isadora einmal selbst gewesen war, ehe die Musik und die schönen Künste sie in Anspruch nahmen) mit den Sprößlingen von Filmstars und prominenten Autoren durch. Dort hat er mit vierzehn zu vögeln angefangen, aber was Sinnlichkeit ist, hat er nie gelernt. Die aber will Isadora ihm beibringen. Sie hat ihn gewissermaßen als eine kleine *hommage à Colette*, eine ihrer Lieblingsautorinnen, in die Lehre genommen und ist mit ihm wie folgt übereingekommen: Er liefert ihr Sex und Drogen, sie gibt ihm den notwendigen Schliff und die Sinnlichkeit, als wäre er Gérard Philipe in »Den Teufel im Leib«. (Im Moment beschäftigt sie sich damit, ihm beizubringen, wie man mit Oberkellnern, gedämpftem Licht und einschmeichelnder Musik umgeht und im Bett etwas anderes sagt als »Willst du lieber die obere Position besetzen?«.)

Leider sieht Roland kein bißchen so aus wie Gérard Philipe, obwohl er in der Tat schöne nußbraune Augen, einen erstaunlichen Lümmel und eine gute Figur hat (wenn er nur nicht so krumm gehen würde). Wie viele Drogen er gleichzeitig konsumiert, setzt Isadora in Erstaunen. Ein gewöhnlicher Sterblicher läge an seiner Stelle längst im Koma. Roland nimmt Antidepressiva, »Valium«, Quaaludes und raucht ein so harziges und rotes Marihuana, daß es wie Haschisch riecht. In seiner Tiefkühltruhe warten Psilocybin-Pilze, in seiner Brusttasche steckt ein Röhrchen mit Kokain. Deshalb ist es kein Wunder, daß Rolands Zunge schwer ist und seine Koordination (außer im Bett) zu wünschen übrigläßt. Zum Beispiel fährt er nicht gerne Auto, ganz gleich, wie das Wetter ist. Aber sein Gehirn – *mirabile dictu* – funktioniert noch. Er arbeitet an einem Verfahren, Krebszellen zu vergiften, kann auch Gene miteinander verfugen und vollbringt eine Menge anderer Dinge, die Isadora bestaunt.

»Hallo?« ruft er in die Gegensprechanlage. Roland formuliert beinahe alles (außer, es handelt sich um Zellkerne) als Frage.

»Ich bin's«, sagt Isadora (die trotz ihrer anhaltenden Migräne nach außen hin immer noch recht aufgekratzt wirkt). Sie muß warten, bis Roland herunterkommt, weil der Türöffner nicht funktioniert. Und als er schließlich erscheint – in einem blauen Oxfordhemd, ausgebeulten Jeans, das strähnige Haar zu einem Pferdeschwanz gebunden, wie in den späten sechziger Jahren –, ist sie wieder von neuem erstaunt. Roland ist sechsundzwanzig, sieht aber kaum älter aus als sechzehn. Abgesehen davon, hat er auch das Benehmen und die Haltung (oder deren Fehlen) eines Sechzehnjährigen (mit dem Gehirn und dem Glied eines erwachsenen Mannes). Isadora, die keinen Sohn hat, aber gern einen hätte, fragt sich, ob er *so* sein würde. Viele ihrer gleichaltrigen Freundinnen haben heranwachsende Söhne. Hätte sie es angestellt wie die meisten Frauen ihres Jahrgangs am Barnard College, hätte sie längst einen heranwachsenden Sohn. Aber Isadora war eine Spätgebärende. Sie mußte erst Bücher ausbrüten, herumreisen, Männer heiraten, eine ganze Odyssee durchmachen, ehe sie nach Hause kommen konnte und ein Brot in den Ofen geschoben bekam.

»Tag, Roland«, sagt sie.

»Hallo?« sagt Roland und schüttelt den Pferdeschwanz. »Siehst du nicht großartig aus?«

Hinauf geht's in dem scheppernden, alten Aufzug; er ist sehr langsam, und seine Gerüche und das Schneckentempo gemahnen Isadora an ihre Zeit als Jungakademikerin an der Columbia-Universität. Diese Trennung von Josh wirft sie ständig zeitlich zurück. Sie ist wieder ein Teenager, eine Collegestudentin, eine Jungakademikerin – nur hat sie das unheimliche Gefühl, alles durch den Schleier ihres Alters und ihrer Erfahrung zu sehen. Sie weiß einfach zuviel; weiß und versteht zuviel. Auf eine gewisse Weise ist Roland so, wie sie damals als Collegestudentin war. Sie kann sich unglaublich gut in ihn hineinversetzen – ein Einfühlungsvermögen, das sie ihrem eigenen jungen Selbst gegenüber nie gespürt hat. Ist das der Vorteil der mittleren Jahre? Abgeklärtheit? Selbstverständnis? Eine Weltsicht aus durch Erfahrung weise gewordene Augen? Roland weiß alles über Krebszellen, aber überhaupt nichts vom Leben (genau wie sie, als sie so alt war, sehr viel über Literatur wußte und rein gar nichts vom Leben). Rolands »Trotteltum« (ein Wort, das Isadora und Josh vor ein paar Jahren unter viel Gekicher prägten) äußert sich darin, immer alles genau einzuordnen und alle festzunageln – als ob sich das Leben jemals absichern ließe. (Ach, diese große Illusion der Jugend!) »Wirst du mich nächste Woche besuchen?« fragt er jedesmal. »Um welche Zeit? An welchem Tag?« Sobald die nächste Verabredung nicht genau festgelegt ist, bekommt er Angstzustände. Vergebens erklärt Isadora ihm dann, daß sie nächste Woche womöglich samt und sonders tot sein könnten oder in einem Luftschutzkeller oder in einem Lager für Verschleppte oder Vertriebene. Warum sollten nicht alle Juden und alle Intellektuellen zusammengetrieben werden, warum sollte die Bombe nicht fallen, die biologische Kriegführung nicht angewendet werden? Isadora weiß, wie töricht es ist, allzulange im voraus zu planen, und dies wiederum verleiht ihr das gesunde Gefühl, den Tag nutzen zu müssen: *Carpe diem!* glaubt sie, kann keiner unter dreißig begreifen.

»Und deine Kopfschmerzen?« fragt Roland und schließt seine Zweizimmerwohnung auf, die nach Sinsemillagras und Moder riecht. Rolands Behausung geht auf einen Innenhof hinaus oder auf eine Brandmauer – Isadora ist sich nicht sicher, was es ist, denn er zieht niemals die Vorhänge auf –, und sie erinnert Isadora an ihre Studentenbude im Wohnheim der Columbia-Universität, in der sie vor zweiundzwanzig Jahren ihre Unschuld verlor. Ach, eine der Freuden der mittleren Jahre ist doch, zu beobachten, wie sich der Kreis wieder schließt! Hier ist sie nun, in der alten Nachbarschaft der Universität, um sich bumsen zu lassen. Nostalgie der Lenden vielleicht (so hatte Sartre es genannt) oder etwa *nostalgie de la boue?*

»Den Kopfschmerzen geht's gut«, sagt Isadora. »*Mir* geht's schrecklich.«

»Aber aussehen tust du großartig«, beharrt Roland.

»Ach, Roland, es ist mein Schicksal, großartig auszusehen, stark, tapfer und furchtlos, wenn es mir in Wirklichkeit beschissen geht.«

»Quatsch«, sagt er. »Bist du nicht der gesündeste Mensch, den ich kenne?«

»Was nicht viel bedeutet«, sagt Isadora.

Sie läßt sich auf die Couch fallen, schält sich aus ihrem handgewebten Schal – es ist Ende Oktober und noch nicht wirklich kalt –, zieht ihre Goldlacklederstiefel aus (dieses Jahr trägt man »metallic«: Schuhe, Handtaschen, Gürtel, ja selbst Unterwäsche – Tatsache!) und legt die Füße auf Rolands Couch.
»Tut mir leid, dich mit meinen Kopfschmerzen zu belasten«, sagt sie.
»Mich belasten? Isadora, ich fühle mich *geehrt*, daß du dich herabläßt, herzukommen, wenn du Kopfschmerzen hast. Ich möchte dich trösten. Ich halte Josh Ace für den blödesten, gemeinsten Mistkerl in ganz Amerika. Du bist wie die Perlen, er ist die Sau.«
»Das scheint die übliche Meinung zu sein«, sagt Isadora. »Aber Josh tut mir leid. Bedenke, wie strapaziös es für ihn gewesen sein muß, immer die Salami im Sandwich zu sein: auf der einen Seite sein Vater, auf der anderen ich.«
»Aber er behandelt dich so schrecklich«, sagt Roland, »dabei würde ich alles dafür geben, an seiner Stelle zu sein.«

Isadoras Kopfschmerzen hatten an jenem Wochenende eingesetzt, als es überdeutlich wurde, daß Josh wahrscheinlich nie mehr zurückkommen würde. Er hatte nicht nur offensichtlich eine andere Frau gefunden, sondern er lehnte auch jegliche Ehetherapie ab, denn er hielt sie für zwecklos; nichts werde sich ändern, die Beziehung sei kaputt, er wolle weg. Bis dahin hatte sie im stillen gehofft, der Bruch sei nur eine Art Forschungsurlaub, Josh wolle nur vorübergehend das Hasenpanier ergreifen und das Schicksal würde sie wieder vereinen, denn sie glaubte, daß das Schicksal sie füreinander geschaffen habe.
Während der ersten zwei Monate der Trennung pendelte Josh dauernd hin und her, erschien regelmäßig zu Hause, brachte Mandy zu Bett, hing herum, weil er wissen wollte, ob Isadora ausgehen würde oder nicht, folgte ihr willig in ihr Arbeitszimmer, um sich einen blasen zu lassen oder einen Schnellfick einzulegen, und ließ sie dann stehen wie eine ganz zufällige Straßenbekanntschaft. Bald wurde diese Routine unerträglich. Nach ihren Spontanbegegnungen in ihrem Arbeitszimmer wollte Isadora natür-

lich, daß er blieb, aber es war nichts zu machen. So war es besser, die Verbindung radikal abzubrechen und ihre Heimsuchungen strikter zu ritualisieren, als diese wiederholten Begegnungen mit dem darauffolgenden Trennungsschmerz weiterhin ertragen zu müssen. Er erklärte Isadora, Sex reize ihn im Augenblick nicht, seine Libido sei im Eimer und andere Frauen gebe es zur Zeit nicht. Aber nach einer Weile stellte es sich heraus, daß er gelogen hatte, wenn auch nur, um sie zu schonen. Es gab da immer noch die Schreibhilfe und die Mutter einer dreijährigen Spielkameradin von Mandy. (Die Zahl geschiedener und sexuell bedürftiger, trostsuchender Damen in Connecticut ist offenbar endlos.)

Die Kopfschmerzen hatten ganz harmlos begonnen. Angesichts der Tatsache, daß Josh jedwede Ehetherapie ablehnte, daß seine Wochenenden dieser mysteriösen Frau vorbehalten waren – Wendy oder Wanda, Isadora wußte es nicht genau – und daß Mandy mit Berichten nach Hause kam über »Wendys Plätzchen«, »Wandas Wauwau« und »Wendys Eislaufstunden«, litt Isadora unter massiven Anfällen von Schlaflosigkeit, und zwar genau von jener Art, unter der sie während ihres letzten Ehejahres mit Josh gelitten hatte. Sie wachte um vier Uhr morgens auf und konnte nicht mehr einschlafen. Sie rief Sylvia Sydenheim-Rabinowitz an und bat sie um ein Beruhigungsmittel, und Sylvia, stets bereit, »Drehbücher« (ihr Sohn nennt sie so) zu liefern, verschrieb ihr »Dalman«. Das »Dalman« haute sie tatsächlich um, aber es mußte auch ihre Fähigkeit zu träumen – den REM-Schlaf, wie sie es nennen – umgehauen haben. Jedenfalls wachte sie morgens total geschafft und depressiver als je zuvor auf. Für ihren Zorn auf Josh gab es nun kein Ventil mehr, denn sie konnte ihm weder im Wachen noch im Schlaf Ausdruck verleihen. Damals fingen die Kopfschmerzen an. Zuerst nur, wenn sie miteinander telefonierten, dann aber jedesmal, wenn sie einen Orgasmus hatte. Eine beinahe danteske Form der Bestrafung. Kaum war sie nahe daran, mit Errol oder Roland eine erderschütternde Klimax zu erreichen, stellte sich ein schneidender Schmerz ein: ein stählernes Band um die Stirn, ein Hämmern in den Schläfen. Ihr ganzer Körper verkrampfte sich vor Qual, der Schmerz neutralisierte ihren Orgasmus und ließ sie so mit den Zähnen klappern, daß sie vermeinte, es handle sich um einen Gehirntumor oder ein Aneurysma.

Damals begann ihr abenteuerlicher Weg von Arzt zu Arzt, ihre Suche nach dem heiligen Gral der Heilung. Schnell machte sie die genugtuende Entdeckung, in einer Gesellschaft rechtmäßig Tablettensüchtiger zu leben. Ein befreundeter Neurologe verschrieb ihr ein Antidepressivum namens »Limbitrol«, das nicht nur ihre Kopfschmerzen nicht linderte, sondern ihre Motorik derart beeinträchtigte, daß sie weder gehen noch fahren, noch sich Saft einschenken konnte, und das ihren Mund so austrocknete, daß sie weder sprechen noch irgend jemandem einen blasen konnte – ihr einziger kreativer Trost, da Schreiben ja ohnedies nicht in Frage kam. Fünf Tage später – und sie kam sich beinahe wie eine Kassenpatientin vor – warf sie die Tabletten in den Abfalleimer.

Als nächstes verschrieb ihr ihr Internist (ein charmanter junger Mann, ebenfalls frisch geschieden) »Norpramin«, ein anderes Antidepressivum, das sie, wenn nötig, zusammen mit »Librium« nehmen sollte. Zu diesem Zeitpunkt war Roland bereits ihr psychopharmazeutischer Ratgeber, und er mißbilligte beide Rezepte, obwohl er selbst riesige Mengen an Antidepressiva und Beruhigungsmitteln verschluckte.

»Bei Kopfschmerzen würde ich mich lieber an die einfachen Mittel der fünfziger Jahre halten, wie zum Beispiel Kodein oder Koffein, anstatt an diese dreizyklischen Antidepressiva«, sagte Roland. »Drogen gehen mit der Mode wie Rocklängen. Die alten Mittel der fünfziger Jahre waren durchaus in Ordnung.«

Also warf Isadora das »Norpramin« weg und sparte sich das »Librium« für akute Angstzustände auf. Wenn sich ein Kopfschmerz ankündigte, nahm sie Cafergot oder Kodein, aber offenbar half auch dies nichts. Sie kam sich vor wie eine Gestalt aus dem siebten Kreis in Dantes »Inferno« oder wie der an den Felsen geschmiedete Prometheus, dem regelmäßig ein Stück seiner Leber weggefressen wurde. Josh verursachte ihr Kopfweh; Orgasmen verursachten ihr Kopfweh. Jene beiden Dinge im Leben, die ihr einst größte Freude bereitet hatten, verursachten ihr nun unerträgliche Schmerzen, Schmerzen, die weder Eisbeutel noch Beruhigungsmittel, noch Antidepressiva lindern konnten. »Aspirin« half seit langem nicht mehr. Und eine Droge namens »Midrin« (Isadora fand diese Markennamen wirklich lächerlich) half wenig oder überhaupt nicht. »Percodan«, »Darvon«, »Elavil«, »Haldol«, »Mellaril«, »Paxipam«, »Surmontil«, »Asendrin«, »Tofranil«, »Talwin«, »Tylox«, *»Larifari Lämmerschwanz«*. »Lombotriol«, »Perkupitrol«, »Nadanil«, »Highatril«, »Climaxine«, »Overcomitol«, »Hylox« war Isadoras Antwort. Ihre schlaflosen Nächte ließen sich gut damit verbringen, neue, geniale Markennamen für Drogen zu ersinnen, aber auch dabei ließen ihre Kopfschmerzen nicht nach. Was für eine Bestrafung für Sexualität! Diese deutliche Symbolik war traurig. Wenn das nicht Spaßverderben, wenn das nicht die gefürchtete Lustfeindlichkeit war! Isadora, die sich noch knapp vierzehn Tage vorher so befreit glaubte, war nun das wandelnde Opfer selbstverursachter Schmerzen. Kaum hatte sie sich von Schuld befreit, kam die große Göttin Migräne vom Himmel herabgestiegen und piesackte sie.

Nur »Valium« wirkte. »Valium« und *dope* (vorzugsweise das Gras, das ihr Roland aus dem Sonomadistrikt im Norden Kaliforniens besorgte). Außerdem fand sie schwedische Massagen hilfreich – und Shiatsu –, wenn auch nur für ein paar Stunden. Sie war drauf und dran, Akupunktur zu versuchen, T.M., Levitation – ja sogar eine Reise nach Indien zu Sai Babas Ashram in Puttaparthi, um etwas von seiner berühmten *vibhuti* mitzubekommen...

»Alles Unsinn«, sagte Roland. »Nimm ›Valium‹, wenn es dir hilft, und warte ab. Im Nu bist du wieder in Ordnung.«

Daraufhin legte er haufenweise Pillen – gelbe, grüne – und seine beiden zitternden Hände auf sie. Er gab ihr duftende Knospen hinreißender Rauschgiftpflanzen, die in den gesegneten Landen Sonoma und Humboldt von Hippies frisch geernet worden waren. Diese Pflanzen waren köstlich, und den Händen konnte sie beibringen, nicht mehr so heftig zu zittern. Aber »Valium«, fand sie heraus, gab es fast überall. Jeder Apotheker war ein rechtmäßiger Drogenhändler. Allein in Connecticut gab es unzählige Apotheker, die einen unbegrenzt belieferten. In New York ebenfalls. Die ganze Welt nahm »Valium«, es war offenbar die Hauptdroge im

Scheidungs-Pharmazieverzeichnis, »Valium«, Alkohol, Cola und *dope*. Nein, das stimmt nicht. Drei Viertel der Welt suchten Zuflucht bei »Valium«, Alkohol, Cola und *dope* – das restliche Viertel war »bei einer Versammlung«. Die Zahl der Bekannten, die auf diese Weise »im Programm« waren, erstaunte sie. Überall »Anonyme Alkoholiker«. Manchmal ging sie zu A.-A.-Versammlungen, nur, um sich inspirieren zu lassen – aber ihre Kopfschmerzen ließen dabei leider auch nicht nach.

»Möchtest du dich sexuell betätigen?« fragt Roland. Er sitzt vor der ausgestreckten Isadora, dreht sich einen Joint und hält ihr kleine, grüne, ovale Tabletten hin.
»Roland, wie wär's mit gedämpftem Licht, sanfter Musik, einem Krug Wein, einem Laib Brot, hm?«
»Ich dachte, vom Wein kriegst du Kopfschmerzen?«
»Stimmt. Großer Gott, nimm nicht alles so wörtlich.«
»Entschuldige«, sagt Roland geknickt.
»Klar, wir können uns sexuell betätigen«, sagt Isadora lässig. »Aber erst solltest du mich in Stimmung bringen.«
»Gut. Was würde dich in Stimmung bringen?«
Isadora lacht. »Willst du eine Liste haben?«
»Wirklich, Isadora«, sagt er gekränkt. »Ich bin zwar nicht halb so erfahren wie du, ich verstehe wenig vom An- und Ausziehen, von gedämpftem Licht und schmeichelnder Musik, aber ...«
»Aber du würdest unwiderstehlich sein, wenn du dich nur von mir anlernen lassen wolltest. Weshalb bin ich denn hier?«
»Ich weiß nicht. Was soll ich dazu sagen? Ich habe darin wenig Übung.«
»Dann übe es jetzt!«
»Als erstes nimm *du* bitte ein ›Valium‹ und entspanne dich!«
Isadora tut es, sie nimmt sogar zwei. Dann rauchen sie Sinsemillagras, dieses wunderbare, duftende Zeug aus Nordkalifornien – Amerikas größter Beitrag zur Agrarwirtschaft (ja zur Agrarpolitik) seit der Riesentomate.
In Isadoras Schläfen hämmert es immer noch. Ihr Nacken ist noch etwas verspannt, aber allmählich hat sie sich gelockert. Während

ihr der harzige Rauch die Lungen füllt, wird sie, was vorauszusehen war, zärtlich. Dies Zeug löst tatsächlich das Über-Ich auf, falls sie überhaupt noch so etwas hat. Einst bestand sie nur aus dem Über-Ich, jetzt, scheint es, ist sie nur Es, endloses, hirnloses Es. Ach, Scheiße, denkt sie und winkt Roland zu sich herüber.

Nach ihrer Trennung von Josh hat sie eine derart läufige Phase durchgemacht, daß sie sich ertappte, wie sie den Männern im Supermarkt aufs Gemächt starrte. Überall sah sie nur Gemächte, auf Wohltätigkeitsbazaren, Gemüseauktionen (guck mal, ist *das* vielleicht eine Zucchini!), in Flugzeugen. Einmal, kurz nach der Trennung, hatte sie während des ganzen Transatlantikfluges mit einem völlig Unbekannten geschmust, einem schwedischen Immobilienmakler, der gut küssen, aber ebenso gut lügen konnte und der sich am Schluß lediglich als ein weiterer jener verlogenen, langweiligen, verheirateten Männer entpuppte. Sie belegten die Lounge im Oberdeck der SAS 747 mit Beschlag und umarmten und küßten sich von der Goose Bay bis irgendwo über Oslo, wo er sich verabschiedete (er ging von Bord, wie man sagt), ihre Telefonnummer in der prallgefüllten Innentasche. Einen Monat später, in New York, erwies er sich als eine komplette Niete, ein Trottel, der sich beim Essen so ungehobelt benahm, daß sie nicht einmal mit ihm auf Tuchfühlung ging. Die ganze betörende Lebensgeschichte, die er ihr im Flugzeug aufgetischt hatte, stellte sich als eine schändliche Lüge heraus.
Er war verheiratet, hatte drei Kinder und war alles andere als der forsche Lebemann mit dem tragischen Geschick einer alkoholabhängigen jungen Frau, der er vorgegeben hatte zu sein. Isadora war es gleichgültig, daß er verheiratet war – sie wollte ja schließlich keine neue Ehe eingehen, sondern nur den Schmerz wegen Josh betäuben –, aber es war ihr nicht gleichgültig, daß er ihr Märchen aufgetischt hatte. Lügner haßte sie mehr als alles andere. Gewiß, Lügen waren manchmal unumgänglich, man verschwieg etwas, um den anderen nicht zu verletzen, aber bewußte, zwecklose Lügen machten sie fuchsteufelswild. Dieser nordische Narr hatte vorgegeben, dort in der Lounge auf dem Oberdeck der 747

seine ganze Lebensgeschichte vor ihr ausgebreitet zu haben, während in Wirklichkeit das ganze Blabla Scheiß war, und nicht einmal amüsanter Scheiß, sondern zielloses Gelaber, Bettgeflüster, das einfach danebengegangen war wie ein Kuhfladen auf einem Kissenbezug aus Seide.

»Bist du entspannt?« fragt Roland und erhebt sich, um eine Platte aufzulegen. »Würde dir eine alte Beatles-Nummer passend erscheinen?«
»Höchst passend«, entgegnet Isadora.
»Du entspannst dich also?« fragt er wieder.
»Hm«, sagt Isadora.
»Fangen wir etwas Erotisches an?«
Worauf Isadora anfängt zu kichern.
»Ja«, sagt Isadora schließlich, »fangen wir etwas Erotisches an!«
»Ein Kuß?« fragt Roland.
»*Tu* es, Roland, *sag* es nicht!« Er kommt und verpaßt ihn ihr, wobei er mit der Zunge ihren Mund erforscht wie der Typ, den sie und ihre Schulfreundin Pia immer den »Zahnforscher« nannten. (Mein Gott, innerhalb von einem Monat regredierte sie von Glatzengärtnern bis zu Zahnforschern!)
»Süße Küsse, sanfte Küsse«, sagt Isadora und übernimmt ihre Rolle als Mutter-Lehrerin. Welch vollkommenes ödipales Objekt sie doch für Roland ist, da seine Mama ebenfalls eine berühmte Frau ist – eine Frau, die dafür berühmt ist, sexy zu sein.
Pflichtbewußt küßt Roland sie mit angelernter Zärtlichkeit. Er beginnt, ihre Brustwarzen sanft zu streicheln und zu kneifen.
»Sollen wir uns ausziehen?« fragt er höflich.
»Soll ich dir eine geprägte Einladungskarte schicken?«
Roland konzentriert sich so, daß er gar nicht merkt, wie lustig sie sich über ihn macht. Isadora neckt ihn für ihr Leben gern, denn er ist in Sachen Sex so humorlos wie ein Deckrüde. Sex ist eine gewichtige Sache, da gibt's nichts zu lachen. Für Roland stellt er eine Aufgabe, eine Aufnahmeprüfung dar. Er ist ein Leistungsbeweis, und er, der Sohn der berühmten Autorin-Regisseurin, muß, verflucht noch mal, eine Leistung erbringen.

In der ersten Nacht, die sie zusammen verbrachten – im »Carlyle«, wo Isadora eine Woche lang wohnte, weil sie Fernsehinterviews anläßlich der Paperbackausgabe von »Tintorettos Tochter« gab –, hatte Roland keine gute Leistung erbracht. Immer wieder bekam er ihn nicht hoch. Und dies war ihm um so viel peinlicher als ihr, daß er ihr fortwährend in den Ohren lag, ihm »noch eine Chance« zu geben. (Dies hatte sie derart amüsiert, daß sie sich, als sie am nächsten Vormittag aus dem Hotel ging und keinen Geringeren als den berühmten Philip Roth erspähte – er saß, in die »New York Times« vertieft, in der Halle –, zurückhalten mußte, ihm nicht ihr Abenteuer der vergangenen Nacht zu erzählen. Aber sie wußte Bescheid: Es ist wichtig, Autoren nicht mit ihren Büchern zu verwechseln. Deshalb schlich sie auf Zehenspitzen an Philip vorbei, um seine Kreise nicht zu stören.) Was nun Roland betraf, so gab sie ihm noch eine Chance und noch eine und dann noch eine, ob aus Güte, aus Geilheit oder Rache, wußte sie nicht genau. Ihr gefiel sein Verstand, ihr gefiel es, daß er vernarrt in sie war – und er war unleugbar gut bestückt. In Ermangelung der »einzig wahren Liebe« muß das genügen. Wie bei anderen Aktivitäten des Lebens sind beim Sex die Beteiligten nicht immer hinter derselben Sache her. Sie finden sich zusammen, weil bestimmte Bedürfnisse ineinandergreifen, aber über kurz oder lang wird schmerzlich offenbar, daß es nicht genügend von diesen ineinandergreifenden Bedürfnissen gibt, um eine solche Verbindung bestehen zu lassen. Isadora hatte in ihrem Leben schon so manche Verbindungen erlebt: eine Ehe, basierend auf einer leidenschaftlichen Jugendschwärmerei (Brian Stollerman), eine Vernunftehe aufgrund der Wahnvorstellung einer therapeutischen Rettung (Bennett Wing), eine dämonische Liebesaffäre mit dem »unpassenden Objekt« (Adrian Goodlove), eine Ehe zwischen Geisteszwillingen – und Zwillingskörpern – (Josh Ace). Als aber selbst *das* nicht funktionierte, hielt sie sich für ausgeliebt, ausgedörrt und in Sachen Liebe ausgelaugt.

»Verschone mich mit der Liebe!« hatte sie Hope in den bitteren Tagen nach Joshs Auszug gebeten, als sie sich zwar noch mitternächtlich anriefen, aber all ihre Liebe offenbar zu Galle geworden war.

»Du wirst sie wiederfinden«, hatte Hope gesagt. »Aber es wird eine andere, bessere Art Liebe sein.«
»Nie und nimmer«, hatte Isadora geantwortet. »Nach Josh niemals mehr.« Denn sie war wirklich desillusioniert. Beinahe hätte sie sich die Doktrinen ihrer Freundin, der Romanschriftstellerin Regina Lynch, zu eigen gemacht, denn diese schrieb bittere Bestseller über die Unmöglichkeit der Liebe zwischen den Geschlechtern. Regina hatte ihr anläßlich der Trennung von Josh eine Kiste »Perrier-Jouet Fleur de Champagne« mit einer Karte geschickt, auf der zu lesen stand: »Ich gratuliere denjenigen, die nicht sind, nicht denjenigen, die sind.« (Ach, nur die größten Romantiker können so bitterlich zynisch von der Liebe reden!)
Aber leider konnte Isadora Reginas Zynismus nicht ganz teilen – auch nicht in ihren schlimmsten Augenblicken. Isadora *mochte* die Männer. Sie mochte ihre Salzigkeit, das Aroma von Yang auf Yin, ihre Gerüche, ihre Behaarung, ihren Körperwuchs. Wie wäre die Welt doch langweilig ohne die beiden Geschlechter! Überdies hatte Isadora die Schwachstellen der Männer so deutlich erkannt. Sie wußte, daß sie sich wegen ihrer Erektion, ihrer Prostatadrüse, ihrer Leistung, ihres Kontostandes, ihrer Steuerprüfung und ihrer Herzfunktion Gedanken machten. Sie wußte auch, daß viele von ihnen große Kinder waren: ebenso unreif als Vierzig- wie als Vierjährige. Aber sie konnte sich nicht überwinden, deshalb das ganze Geschlecht zu hassen. Es war genauso wie in der Grundschule: Die Mädchen waren eben reifer als die Jungen. Ihr fiel die Abschlußfeier an ihrer Schule ein: die Mädchen mit knospenden kleinen Busen und ersten BHs, die Jungen noch mit Apfelbäckchen und Pfirsichflaum.
Heutzutage war es schwerer, weil die Mädchen mehr zu tun, größere Verantwortung zu tragen hatten: Sie mußten Kinder aufziehen *und* zum Einkommen beitragen. Isadoras Jahrgang wohlhabender jüdischer Mädchen aus Central Park West hatte sich emanzipiert, freigestrampelt für ein Leben, dachte sie oft, das so belastend war wie das der schwarzen Frauen, die sie, als sie noch klein waren, im Central Park beaufsichtigten. Diese Kindermädchen mußten sich ihr Brot verdienen, Kinder austragen und

gleichzeitig ihren unsteten Deckhengsten vorgaukeln, nichts als liebeshungrige Kurtisanen zu sein. Die Songs von Billie Holiday erhielten neue Bedeutung. Die Männer flatterten von Blume zu Blume, und die Frauen, die ja auf ihrem Recht bestanden hatten, Superfrauen zu sein, bekamen dieses Recht mit Nachdruck in den Hintern gestopft (oder auf ihren erschöpften Rücken geladen). Wieviel gescheiter war doch die Generation ihrer Mütter gewesen! Sie spielten Canasta und gingen zur Maniküre, während ihre Ehemänner die Brötchen verdienten – obwohl dies auf Isadoras Mutter nicht zutraf.

Jetzt bin ich genauso geworden wie Yolanda Worthington, hatte Isadora oft während der letzten paar Jahre mit Josh gedacht. Sie erinnerte sich an die drahtige Frau von den Westindischen Inseln, die sie und ihre drei kleinen Schwestern beaufsichtigt hatte, eine zähe Frau aus Trinidad, die selber sechs Kinder und dazu einen nichtsnutzigen Ehemann hatte, den sie abgöttisch liebte und gleichzeitig beschimpfte. Nun durften sich alle weißen Männer genauso benehmen und von Frau zu Frau wechseln, während Isadoras Altersgenossinnen matriarchalisch wurden, matriarchalisch wie jene schwarzen Frauen, von denen sie aufgezogen worden waren.

War Yolanda Worthington wirklich mein Rollenvorbild? fragte sich Isadora. Denn Yolanda war ja kein schlechtes Rollenvorbild, oder? Sie war eine Lebenskünstlerin, eine arbeitende Frau, tapfer und voller Lebenslust. War dies nicht besser, als ein abhängiges Eheweibchen zu sein und sich bei »Bergdorf« einzukleiden, um das Gefühl der Machtlosigkeit zu beschwichtigen? Mag sein. Wenigstens wußte Isadora, daß sie stark war – wie es auch Yolanda wußte. Die Gabe der Stärke ist eine große Gabe, aber ihr Preis ist ewige Erschöpfung.

»Laß mich dich ausziehen«, sagt Roland und will, um Isadora zu gefallen, sinnlich sein.

»Ich habe extra für dich meine Reizwäsche an«, sagt Isadora. Und in der Tat hat sie seit der Trennung nicht nur regelmäßig geturnt, sondern sich auch eine große Sammlung seidener Hemdhosen,

Bikini-Unterwäsche, Spitzenbüstenhalter, seidener Unterkleider und durchbrochener Bodysuits zugelegt. Josh mochte so etwas, und vielleicht rechnet Isadora immer noch auf irgendeiner unbewußten Ebene mit seiner Rückkehr (auf der Unterwäsche-Ebene?). Aber bewußt spielt sie nur die Kurtisane.

In »Freuden des Lebens« schreibt Colette: »Eine der großen Banalitäten des Lebens, die Liebe, zieht sich aus dem meinen zurück. Der Mutterinstinkt ist eine zweite große Banalität. Diesen beiden entronnen, bemerken wir, daß das übrige heiter, abwechslungsreich, mannigfaltig ist.« So schrieb sie – und liierte sich mit einem sechzehn Jahre jüngeren Mann. Aber Isadora plant *wirklich*, demnächst die Liebe aufzugeben. Aber ehe sie dies tut, will sie die Liebe auch richtig zelebrieren: seidene Unterwäsche, exquisiter Champagner, ausgefallenes Rauschgift, junge Liebhaber. Und dann? Und dann? Dann wird sie – was? – werden: eine Nonne, die sich für den Rest ihres Lebens nur der Literatur widmet. »Ha, nicht so schnell, Abernathy!« kann sie Hope fast sagen hören.

Roland fängt an, ihre weiße Seidenbluse aufzuknöpfen, dann zieht er den Reißverschluß ihrer schwarzen Samtjeans herunter.

Er ist zwar ungeschickt dabei, aber entschlossen. Darunter trägt sie eine weiße Spitzenhemdhose mit weißer Stickerei, die kokett ihren Busch und ihre Brustwarzen verhüllt.

Er streift einen Träger hinunter, dann den anderen und nimmt ihre rechte Brustwarze in den Mund. Er saugt an ihr wie das Baby, das er ist. Isadoras vom Sinsemillagras benebeltes Gehirn schwenkt zurück und geht auf Wanderschaft, während ihre Möse unbestreitbar feucht wird. Ihr fällt ein, was Sylvia Sydenheim-Rabinowitz kurz nach Joshs Weggang sagte: »Er leidet unter Entwöhnungserscheinungen, Isadora – nichts weiter. Schimpansenbabys haben diese Wutanfälle, wenn man sie von der Mutterbrust wegnimmt. Als Roland drei war, hat er immer in die Obstschale gepinkelt, damit ich keine Patienten empfange. Damals habe ich gesagt: ›Roland, du kannst pinkeln, soviel du willst, ich arrbeite trotzdem weiter.‹ Und serr bald hat er damitt aufgehörrt.«

Und jetzt, hier war das Baby Roland und nuckelte an ihrer Brust-

warze. Eine Mami hat ihn hinausgeworfen, eine andere nimmt ihn auf: die Geschichte des männlichen Geschlechts.
»Lubrizierst du bereits?«
»Wenn ich es täte, würde es eine solche Frage bestimmt stoppen.«
»Was meinst du damit, Isadora?«
»Mein Gott, Roland! Manchmal denke ich, du hast noch niemals eine Frau geliebt, die etwas anderes zu dir gesagt hat als: ›ein wenig höher, ein wenig tiefer, nein, dort nicht, *da* ...‹ Kannst du mir denn keine Liebesworte ins Ohr flüstern?«
»Ich finde solche Dinge einfach absurd.«
»Ich auch, aber sie funktionieren besser als deine Frage ›Lubrizierst du bereits?‹«
»Welche Worte wären denn dem Umstand angemessen?« fragt Roland.
Plötzlich fällt Isadora ihr »Beowulf« zitierender Diskjockey ein.
»Wie wär's denn mit: ›Für dich ringe ich mit Grendel und mache mich auf die Suche nach dem Dritten Ring‹?«
»Die literarische Anspielung entgeht mir«, sagt Roland und zieht den Reißverschluß seiner Hose herunter, um einen langen, dicken, steifen Schwanz zu entblößen, der, so hat er ihr bereits eröffnet, »gut einen Zoll länger ist als der nationale Durchschnitt«. Allzeit der Wissenschaftler, hat Roland ihn in allen Stadien der Tumeszenz und Detumeszenz gemessen. Roland würde sich gut zum »Mit-Glied« der »Star Studs« eignen, eines obskuren kalifornischen Sexklubs, dessen »weitschweifigster Präsident« häufig an Isadora schreibt, ihr die Schwänze seiner Kollegen anpreist (von seinem eigenen ganz zu schweigen) und Isadora zu Orgien einlädt. (Ihre Sekretärin legt solche Schreiben in einer IRRENPOST beschrifteten Pappschachtel ab. Seit langem weiß Isadora, wie gefährlich es sein kann, auf derartige Briefe einzugehen.)
»Du hast einen fabelhaften Schwanz, Roland«, sagt Isadora.
»Einen Zoll länger als der nationale Durchschnitt«, sagt er trocken.
»Ich weiß, das hast du mir bereits erklärt.«
»Du hast einen fabelhaften Schwanz« ist aber auch kein sehr origineller, von Isadora vorher noch nie geäußerter Satz, obwohl

sie dieses Kompliment nur für ganz bestimmte Exemplare und nicht für Feld-, Wald- und Wiesen-Zucchini reserviert hat. Roland ist wirklich außerordentlich gut ausgestattet. In der Tat ist dies seine Hauptattraktion – abgesehen von seinem phänomenalen Gehirn.

Roland fängt an, Isadora sorgfältig, bedächtig und vorsichtig zu lieben. Er schiebt eine ruhige Kugel, wie es Masters und Johnson und auch seine Mama empfohlen haben. »Sinnlicher Brennpunkt« nennt sich die Technik. Ihr zufolge muß man dem jeweiligen Partner Lust verschaffen und von ihm Lust empfangen, ohne dabei an das Leistungsprinzip zu denken. Berührungen, Hautkontakte und so weiter gelten als Endzweck. Denn die Wahrheit ist, daß, selbst wenn Sex angeblich »frei« ist, wir neunmalklugen Sterblichen es fertigbringen, ihn mit unseren gefesselten Gehirnen zu fesseln.

Roland indessen hat die Botschaft von Masters und Johnson nicht ganz begriffen. Er beugt sich über Isadoras Körper wie über sein Mikroskop oder über eine Examensarbeit. Isadora kommt sich vor, als habe er die erogenen Zonen ihres Körpers mit einem Augenbrauenstift markiert, um sie leichter finden zu können. Als erstes stimuliert er mit den Fingerspitzen ihre Brustwarzen, dann kommen die Schenkel dran. Dann saugt er an ihren Brustwarzen, während er mit geübten Fingern leicht ihre Klitoris berührt. Sie reagiert (sie reagiert fast *immer*), aber gleichzeitig kann sie sich das Lachen kaum verkneifen. Sie denkt an den alten Brian-de-Palma-Film *»Greetings«*, in dem ein Irrer, den der Kennedymord fasziniert, Ein- und Austrittsschußwunden auf den nackten Körper seiner Freundin zeichnet. Rolands Liebestechnik kommt ihr seltsam vergeistigt vor – trotz *shit*, sanfter Musik und ausgezeichnetem Training. Was bleibt vom Sex übrig, wenn das Gefühl fehlt? *Genau das*, denkt Isadora. Selbst Errol mit seinen kitschigen Versen versteht mehr davon als Roland.

Inzwischen spielt Isadora mit Rolands Schwanz, liebkost ihn mit den Fingern, weidet sich an seiner Größe und läßt ihn noch mehr wachsen. Schließlich nimmt sie ihn in den Mund, dreht in herum und umspielt ihn mit der Zunge, freut sich über ihr eigenes

Geschick und ist stolz auf sein Stöhnen und Seufzen. Wie köstlich ist es doch, als neununddreißigjährige Frau einen sechsundzwanzigjährigen Liebhaber zu haben! Kein Wunder, daß Männer so etwas längst erkannt und getan haben – und immer noch tun, versteht sich. Den pädagogischen Eros spielen zu lassen, der Ego-Trip, wenn einen die Jugend selbst (»Ich bin die Jugend, ich bin die Freude!« ruft Peter Pan) begehrt, die Lust, Pygmalion zu spielen, all das ist keineswegs von der Hand zu weisen – und kann auch genossen werden, wenn man sich vorsieht und die Liaison nicht zu ernst nimmt.

»Weshalb kommst du nicht in mich?« fragt Isadora.

»Noch nicht«, entgegnet Roland. »Ich will dir erst durch Cunnilingus ein paar Orgasmen verschaffen.« Und er beugt sich über ihre Möse, beleckt ihre Klitoris mit geübter Zunge, erst rechts, dann links, um dann auf der Mitte zu trillern. Einen Augenblick sieht er auf, schüttelt seinen Pferdeschwanz und fragt: »Soll ich mich auf die rechte oder lieber auf die linke Seite konzentrieren?«

»Darüber habe ich bisher noch nicht nachgedacht«, sagt Isadora, die innerhalb der letzten Monate Raffinessen kennengelernt hat, von denen sie sich in der langen Winternacht ihrer Ehe nichts hatte träumen lassen. Gewiß, sexuell war es eine sehr gute Ehe gewesen – aber trotzdem, wie vielfältig ist doch das Tierreich hier draußen in der schönen neuen Welt des Sex!

»Wirklich, Roland, du kannst in mich kommen.«

»Noch nicht«, sagt er wieder. »Ich kann nämlich nur einmal, und darum will ich warten, bis du fünf-, sechsmal gekommen bist, und dann kommen wir beim letztenmal gleichzeitig.«

»Warum meinst du, du kannst nur einmal?« fragt Isadora und fühlt sich herausgefordert.

»Ich weiß es«, sagt Roland. »Ich kenne meine Grenzen.«

»Deine Grenzen sind nur das, was du dafür *hältst*.«

»Unsinn«, antwortet Roland. »Auch mit fünfzehn konnte ich es nur einmal.«

Genau das wollte Isadora hören. »Dann hattest du recht unbegabte Partnerinnen«, sagt sie.

Während die Musik dröhnt, das nordkalifornische Gras in ihrem

Gehirn ein blühendes Feuerwerk entzündet und Erinnerungen, Träume und Reflexionen heraufbeschwört, entfaltet sie ihre ganze Verführungskraft, ihre ganze Sexualität und richtet sie auf den verblüfften Roland Rabinowitz. Sie tanzt wie eine Akrobatin auf dem Hochseil seines Schwanzes, läßt ihn staunen, indem sie ihn ein-, zwei-, dreimal in der Nacht spritzen läßt, einer Nacht, die ihnen endlos erscheint, weil sie so bekifft sind.

»Einmalig«, lallt Roland immer wieder mit schwerer Zunge. »Das habe ich noch nie erlebt. Das habe ich mir nie vorstellen können...« Und Isadora ist hoch erfreut, ja fast selbstgefällig, weil sie ihn seiner Unschuld beraubt hat, sie, der Mentor für diesen *idiot savant* des Sex, der alles zu wissen glaubte (und auch wußte – aber nur nach dem Leitfaden). Sie ist sein Praktikum, sein Laborkurs, der Frosch, den er sezieren muß, um seine Prüfung zu bestehen. Ach, Isadoras Kopf ist voll von despektierlichsten Assoziationen: Sie denkt an ihr eigenes abgebrochenes Medizinstudium, das scheiterte, als sie im Anfangssemester in Zoologie keinen Frosch sezieren konnte, ohne aus seinen inneren Organen Schnipsel zu machen. Ihr fällt der Gynäkologe vom Mount-Sinai-Krankenhaus ein, mit dem eine Freundin von ihr schläft, der zwar wild herumvögelt, aber regelmäßig einen Abstrich von seinem Schwanz macht, nachdem er eine neue Frau gebumst hat. Hat er vielleicht Objektträger auf dem Nachttisch und ein Vergrößerungsglas im Wäscheschrank im Badezimmer versteckt? Welch wahnsinnige sexuelle Gewohnheiten die Menschen heutzutage haben! Wer hätte sich das alles jemals träumen lassen ... Innerhalb der zwei Monate, die sie als Single lebt, hat sie entdeckt, daß ein alter Freund auf Gummitauchanzüge abfährt; ein anderer will es »griechisch«; ein dritter betätigt sich gern als Voyeur und will sie nach Las Vegas mitnehmen, um zuzuschauen, wie sie sich von drei schwarzen Hobelhengsten ficken läßt. Wenn *er* ein Voyeur ist, ist dann der erste ein »Tauchologe«? Und der zweite ein »Arschäologe«?

»Irgend etwas tut jeder mit seinen Genitalien«, hat einmal ein Gripsklempnerfreund von Bennett gesagt, »auch wenn es nur die altbewährte Handorgelei ist.« Sex ist ein großer Gemeinplatz.

Bedenkt man, wie allgemein er ist, weshalb diese Geheimnistuerei? Wir könnten genausogut über unsere Leber oder Nase Stillschweigen bewahren. Wir alle haben sie. Sex kann als lediglich hydraulischer Vorgang betrachtet werden; oder als ein Ego-Trip; oder als ein kosmisches Verschmelzen mit dem anderen, wie – mein Gott! – es manchmal mit Josh gewesen war, mit Josh, ihrem Ehemann, dem Vater ihres Kindes, ihrer Liebe, ihrer Liebe. Ihr Höhepunkt kündigt sich an, und ihr fällt auf, wie sehr doch Rolands Schwanz dem von Josh ähnelt, was die Anziehungskraft Rolands plötzlich erklärt. Als die Spasmen beginnen und genau im entscheidenden Moment, sieht sie Joshs Gesicht, süß wie in den ersten Tagen ihrer Liebe (ehe sein Mund grausam wurde), und ebenso unvermittelt kommt der stechende Schmerz zwischen den Augen, als hätte Amor persönlich seine Pfeile dorthin gesandt.
»Verdammt, verdammt, verdammt!« sagt sie, während sich das stählerne Band um ihren Kopf festzieht, der Drillbohrer sich in ihre Fontanelle gräbt und die Pfeile hinter den Augen sich an ihren knöchernen Augenhöhlen zu wetzen scheinen. »Verdammt!«
»Was?« fragt Roland, der unter ihr liegt und vor Lust stöhnt, während sie auf dem Maibaum seines Pimmels rotiert.
»Die Kopfschmerzen sind wieder da«, sagt sie und läßt sich in seine Arme fallen.
»Ich liebe dich, Isadora«, sagt er und weint über seine erstaunlichen drei Orgasmen und über den Schmerz, den sie ihm anvertraut hat. »Ich liebe dich, ich liebe dich, ich liebe dich. Für dich möchte ich den Krebs besiegen und im Dunkeln Zellkerne aufstöbern ... Ist es jetzt besser?«
»Viel besser, liebster Junge«, sagt sie, während es in ihrem Kopf vor Schmerz hämmert.

5
Das Feuer entziffern

Eine Sache braucht nicht wahr zu sein, damit ein Mensch für sie stirbt.

Oscar Wilde

Von der anderen Seite des Spiegels, aus jenem geheimnisvollen reflektierten Raum, blickt mich eine »Literatin, aus der nichts geworden ist« an ... Das muß ich für alle bleiben, ich, die ich nun nicht mehr schreibe, ich, die ich mir die Freude, den Luxus des Schreibens versage.

Colette

November in Connecticut. Das flammende Oktoberlaub weicht der Kahlheit des Winters. Orangefarben und gelb und muskatbraun (schließlich ist dies ja der »Muskatnußstaat« – obwohl, wer weiß, warum?) liegen die Blätter zuhauf am Rand der kurvenreichen Landstraßen, glitschig wie ölige Blitze nach einem heftigen Regen und ebenso tödlich.
Wieder einmal fährt Isadora in ihrem QUIM; sie rast so schnell als möglich weg von zu Hause, damit sie nicht zugegen ist, wenn Josh und seine Freundin Amanda abholen. Soll doch das Kindermädchen öffnen und Mandy übergeben! Isadora weiß, daß sie den Anblick der anderen im Wagen nicht ertragen würde, auch wenn Josh so parkt, daß nur ihr Hinterkopf sichtbar ist.
Die junge Frau heißt wirklich Wendy oder Wanda, aber Josh will es ihr nicht genau sagen. Obwohl er möchte, daß Isadora ihm jedes Detail ihres Liebeslebens berichtet, ist der ehemals so ungehemmte Freigeist Josh plötzlich verteufelt zugeknöpft, wenn es um sein eigenes Liebesleben geht. Wanda oder Wendy Dingsbums. Wanda-Wendy Emanon nennt Isadora sie in Gedanken. Nicht einmal ihre Telefonnummer darf Isadora haben, obwohl Josh mehrmals in der Woche die Nacht bei ihr in New York verbringt und Isadora wissen möchte, wo sie ihn notfalls (sollte wirklich etwas mit Amanda passieren) erreichen kann.
Wanda-Wendy E. ist Computerfachmännin und eine ehemalige Collegefreundin von Josh. Sie hat schmutzigblondes, strähnig bis auf den Rücken hinabfallendes Haar und eine leichte Stupsnase. (Isadora hat ihr Profil im Wagen gesehen, und für das ungeübte Auge sah sie beinahe so aus wie eine billige Ausgabe von Isadora.) Josh wagt sich niemals weit hinaus, um sich eine Bettgenossin zu suchen. Am Ende hatten ihm seine Eltern Isadora buchstäblich in die Arme geführt, und die anderen Frauen in seinem Leben hatten entweder in dem Reformladen, wo er einkauft, gearbeitet oder für ihn getippt, oder er kannte sie aus Yogakursen, von Zen-Medita-

tionssitzungen oder Klassentagen. Josh will alles bis vor die Haustür geliefert bekommen, quasi per Paketpost.
Deshalb rast Isadora weg von ihrem Haus, um nicht mit ihm zusammenzutreffen. Sie ist zur Zeit so labil und zittrig, daß sie ihm unmöglich die Stirn bieten könnte. Warum aber läßt sie sich aus ihrem eigenen Haus vertreiben? Sie überdenkt nicht einmal die Frage. Irgendwo tief im Innern ist sie überzeugt, daß Josh, wenn sie »nett« zu ihm ist, wenn sie für ihren Erfolg büßt und sich gewissermaßen irgendwie selbst negiert, zu ihr zurückkommen wird. Es ist das alte Liebe-Arbeit-Dilemma der Frauen, das Isadora seit Jahren gelöst glaubte und das nun wieder aufgetaucht war, um sie in neuer Gestalt heimzusuchen. (Isadora ist überzeugt davon, daß wir unsere neurotischen Komplexe niemals ganz abschütteln können. Wir finden eine Lösung für *eine* Gestalt, aber sie kommen wieder, um uns in einer anderen zu verfolgen.)
Sie gibt Vollgas. Die Serpentinen hinauf, die der Straße, in der sie wohnt, den Namen gegeben haben: Serpentine Hill Road. Sie erinnert sich, wieviel der Name ihr, als sie das Haus kaufte, bedeutete, ihr, der Liebhaberin S-förmiger Kurven, einer Verfechterin von Hogarths Theorie, daß die S-Kurve der Inbegriff der Schönheit sei. Sie erinnert sich, wie passend diese Adresse war: Serpentine Hill Road Nummer elf, elf, die Glückszahl, und dazu der Hogarthsche Klang von »Serpentine«, ganz zu schweigen vom Serpentine-Teich im Londoner Hyde Park, Isadoras geliebtem Ausflugsziel.
Später, als Isadora eine Anhängerin der Großen Muttergöttin geworden war, wurde ihr klar, daß die Schlange das Symbol der Mutter darstellte, die Verkörperung der Macht der Großen Göttin der Geschichte des Alten Orients, und daß sie erst von den frauenfeindlichen Patriarchen des Alten Testaments zur teuflischen Verführerin gemacht wurde. Damals schien ihr die Adresse doppelt glückbringend – wie die Doppelschlangen der kretischen Priesterin im blauen, schönen Knossos (oder war es im Museum in Heraklion?). Auf jeden Fall waren Schlangen Glücksbringer. Schlangen waren mächtig. Schlangen verkörper-

ten Göttinnenmacht. Schlangen symbolisierten die Kraft, die, so glaubt Isadora, völlig von ihr gewichen war, als Josh sie verließ. Sie ist in eine Million Scherben zerborsten. Ihr Kopf sieht aus wie das Diagramm eines Phrenologen über Sorgen und Spannungen. Im einen Abschnitt ist Mandy und »Sorgen bezüglich Mutterpflichten«, im zweiten sind Männer und »Sorgen über Bumsen«. In einem weiteren befinden sich Geld und »Sorgen über Einkommen«. Aber nirgends scheint Platz zu sein für Schreiben, für jene hundertprozentige Konzentration, die das Schreiben verlangt und um die Isadoras Leben sich immer gedreht hat: ihr Seelenheil, ihr Trost, ja sogar ihr Lebensunterhalt.

Merkwürdig an der Sache ist, daß Isadora wirklich auf keine andere Art Geld verdienen kann als damit, schreibend ihre Seele zu offenbaren. Um zu schreiben, muß sie aber ihr Zentrum finden. Aber dies ist von Sorgen so überschwemmt, daß sie es nicht finden kann. Sie hetzt herum wie verrückt, anstatt zu Hause zu bleiben und zu warten, bis sie wieder ihr stilles Zentrum findet. Der meditative Frieden, den sie stets zwischen den Seiten ihrer gelben Notizblöcke finden konnte, entzieht sich ihr völlig, und sie sucht nun überall außerhalb ihrer selbst Trost, wo sie doch genau weiß, daß der nur im Innern gefunden werden kann. »Das Glück kann man nur selten im Innern finden; außerhalb nie.« So oder so ähnlich hat es Nicolas Sébastien Chamfort, der es ja wissen mußte, formuliert.

Sie nimmt also die S-Kurve der Serpentine Hill Road viel zu schnell, und während sie es tut, veranlaßt sie ein Teufel, einen Blick auf den Tachometer zu werfen (plötzlich meint sie, sie müsse unbedingt die Entfernung zwischen ihrem Haus und der Stadt feststellen), worauf der Wagen auf den mit Herbstlaub bedeckten Rand der Fahrbahn ausschert, auf der glitschigen Masse nasser Blätter entlangrutscht – orangefarben, gelb, rot und braun wie die Eulen von Dylan Thomas –, ins Schleudern gerät und kreischend über fünfzehn Meter blattgeölten Asphalt zu fliegen scheint, bis er ein kleines Robert-Frost-Steinmäuerchen (das angeblich in dieser Ecke Neuenglands für gutnachbarliche Atmosphäre sorgen soll) halb hochklettert und zum Stillstand kommt. Der Wagen schaudert herzzerreißend, sein dreizackiger Nazistern weist himmelwärts, sein Kühler ist unbeschädigt, aber die Unterseite hat sich in einem unglaublichen Wirrwarr auf der niedrigen Steinmauer festgerammt.

Es war alles so schnell gegangen – die Kurve, der Tachometer, das Schleudern, das Steinmäuerchen –, daß Isadora, die nicht angegurtet ist und keinerlei Schrammen abbekommen hat, nur kerzengerade im Wagen sitzen bleiben kann. Sie zittert wie das Herbstlaub über ihr. In Gedanken durchlebt sie den Unfall immer wieder. Ihre Hände schwitzen am Lenkrad, alles Blut ist aus ihrem Gesicht gewichen. Sie ist erstaunt, daß sie nicht in die Hosen gepinkelt hat. Zitternd öffnet sie die Wagentür auf der Fahrerseite und ist verblüfft, daß sie immer noch weiß, wie der Handgriff funktioniert. Jede Bewegung ihres Körpers ist wie ein Wunder und erscheint ihr so neu, als wäre sie ein Krabbelkind, das diese simplen Bewegungen zum erstenmal ausprobiert: wie man eine Tür öffnet, wie man aus einem Wagen steigt, wie man den Zündschlüssel herauszieht. Ihr ist, als würde sie sich, durch den Unfall neu geboren, plötzlich ihrer Nerven, Augen und Ohren bewußt. Sie funktionieren, und die Welt, die noch vor Sekunden zu verlöschen drohte, ist immer noch da. Ihre Muse, ihr Schutzengel, ihre Göttin hält sie auf dem Teller der breiten Hand und sagt: »Noch nicht, die Zeit zum Abschiednehmen ist noch nicht gekommen.« Der Wagen klebt einen Meter über dem feuchten, mit Blättern übersäten Boden wie eine auf einem Felsen gestrandete Schaluppe. Bebend wie nach einem Orgasmus, springt Isadora hinein in den Blättermulch, segnet seine Nässe, segnet die Welt, die steinerne Mauer, sich selbst – segnet sich und klagt sich an. Denn hatte sie nicht diese feuchte, wundervolle Welt mit ihrem bunten Laub wegen der mangelnden Liebe eines einzigen Mannes vergessen? Und obwohl ihr Herz (für eine grauenhafte Minute) nicht ohne Joshs Herz schlagen wollte, waren ihre Grundsätze dagegen.

Was nun? QUIM hängt an der Steinmauer. Verzweifelt sieht Isadora sich um, schlägt die Wagentür zu, rennt auf die Straße, läßt Handtasche, Schlüssel, Mantel im Wagen. Niemand zu sehen. Nur fallendes Herbstlaub und die vor Nässe fast erotisch

schimmernde Landstraße. Sex und Tod: die Zwillingspole unseres Daseins und irgendwie verbunden. Sie denkt an überfahrene Tiere, an ihren eigenen Hund Chekarf, kaum ein Jahr tot, sie denkt an ihren Vater, der die Erde ißt, sie denkt an ihren eigenen, unersättlichen Mund, der so gefräßig ist, daß er lieber dasselbe tun würde, als sich nur um Luft zu schließen. Die Luft, die sie schluckt, riecht nach Joshs Abwesenheit. Würde sie ohne die Zunge eines Mannes in ihrem Mund lieber Erde essen? Nein, sagt sie. Aber ihr Herz leugnet es. Weshalb mußte sie auf diesen Tachometer schauen, weshalb war diese Steinmauer da? Weshalb ist sie ohne eine Schramme davongekommen? Gerettet vom Silbernazi? Welche Rache der Juden an Hitler! Vom eigenen Mercedes gerettet – erstanden mit den Tantiemen für Bücher, welche die ganze teutonische Rasse beschimpften? Wie erstaunlich, neununddreißig Jahre alt werden zu dürfen und zu erleben, welch merkwürdige Kreise das Leben schließt.
Die Eltern hatten keinen Mercedes haben wollen und kauften sich nur Cadillacs (bis vor kurzem, als Nat sich einen riesigen Lincoln Continental leistete, als wolle er der Benzinkrise trotzen; ihr trotzen oder sie ableugnen). Hätte sie sich aber in einer solchen amerikanischen Todesfalle befunden, würde sie wahrscheinlich ganz um die Ecke gewesen oder lebenslang ein Krüppel sein.
Wie oft schon hat Isadora sich beinahe umgebracht und wurde dann jedesmal von ihrer Schutzgöttin gerettet? Oder von wem auch immer; sie besteht nicht auf Geschlechtszugehörigkeit, auf den Schutz kommt es an. Der Beinbruch, als sie Bennett Wing in Zürs auf der vereisten Piste nachwedeln wollte; der Reitunfall in Fort Sam Houston, bei dem sie sich eine Querschnittlähmung hätte zuziehen können (als sie mit dem Rückgrat gegen einen Felsvorsprung geschleudert wurde); der Autounfall auf einer Uferstraße in Sizilien (zwischen Palermo und Messina). Und so weiter. Isadora meint, ihre Lebensgeschichte an ihren Narben ablesen zu können – genauso akkurat wie an ihren Gedichten. Jede Narbe gewissermaßen ein Gedicht. Aber diesmal war es anders: überhaupt keine Narben. Nur die grell leuchtende Er-

kenntnis, daß sie sich vor Sehnsucht nach Josh fast umgebracht hätte. Und daß dieser Krampf früher oder später aufhören müsse.
Sie läuft die Straße hinunter bis zu einem weißgetünchten Kolonialhaus mit einer Tafel an der Seite: ETHAN WHEATWORTH HOUSE, 1701. Auf jedem Hügel steht so ein Haus. Reliquien aus der Kolonialzeit. Was hat ein jüdisches Mädchen wie Isadora Stollerman Wing Ace – obwohl jetzt von ihrem Ehepartner Nummer drei getrennt – in dieser von angelsächsisch-protestantischer Geschichte strotzenden Nachbarschaft zu suchen? Und noch dazu einen Silbernazi zu fahren? Hätte sie nicht lieber in der Siebenundsiebzigsten Straße bleiben sollen, wo ihre Sorte hingehört? Drohen dort weniger Gefahren? Nur Überfälle und Morde sowie klaustrophobisches Ersticken in modischen Boutiques, die Art-deco-Schnickschnack verkaufen?
Sie läutet an der Tür von Wheatworths einstigem Pfarrhaus. Drinnen Geräusche: Kindergetrappel und das Schlürfen von Hausschuhen. Des alten Ethans Pfarre wird jetzt – Zeichen der Zeit – von einer typisch modernen Connecticutfamilie bewohnt. Der Ehemann, nett aussehend, blond, in den Vierzigern, wird von den Kindern Murph genannt. Sie sind offensichtlich nicht seine leiblichen Nachkommen (mit Ausnahme, vielleicht, des jüngsten). Die Ehefrau, eine appetitliche Brünette, deren Babys diese drei Rangen sind, kommt, in ein rosa Frotteetuch gehüllt, die Treppe herunter. Ein anderes rosa Tuch hat sie wie einen Turban um ihre Haare geschlungen.
»Wir haben die Bremsen kreischen hören«, sagt sie. Wassertropfen von der Dusche laufen ihr übers Gesicht. »Ist etwas passiert?«
Isadora, die noch zittert und der es fast die Sprache verschlagen hat, bringt schließlich in einer drei Oktaven höher klingenden Stimmlage heraus: »Ich bin über einen Haufen Herbstlaub gefahren und ins Schleudern geraten. Ich bin ganz durcheinander. Darf ich Ihr Telefon benutzen und den Automobilklub anrufen? Mein Wagen sitzt auf einer Steinmauer fest. Ein Wunder, daß ich noch lebe.«
Und wieder hat sie das merkwürdige Gefühl, als sei die Welt neu geschaffen und sie als ein weiblicher Adam lege Zeugnis davon

ab. Dies hier ist die »neue Familie«: Mami und die Kleinen und der Liebste (oder der neue Ehemann). Jedenfalls sind nur Mami und die Kleinen fest miteinander verbunden. Die Männer kommen und gehen. Oder projiziert sie das nur in diese Leute hinein?
»Kommen Sie doch herein, und trinken Sie erst einmal eine Tasse Kaffee!« sagt die Frau, die sich nun als Lena Browning-Murphy vorstellt. Das ist also ihr neuer Ehemann: Murphy. Immerhin, vielleicht hält es nicht.
Die nasse, neuausgeschlüpfte, jungverheiratete Lena gleitet auf nackten Füßen über den Boden, um aus ihrer umgebauten Kolonialküche Kaffee zu holen. Die Kleinen, vielleicht enttäuscht, weil niemand zu Tode gekommen ist, verschwinden wieder.
Murph erbietet sich, den Wagen anzusehen, um den Schaden festzustellen. Dazu muß ein Mann her. Dazu sind Männer immer noch gut, auch in dem »neuen Eden«, obwohl die Mitspieler alle zehn Jahre ausgetauscht werden.
»Nein«, sagt Isadora. »Gestatten Sie nur, daß ich wieder zu mir komme. Ich verschwinde dann auch gleich.«
»Aber es macht doch keine Umstände«, sagt Murphy.
»Ach, *vielen Dank*«, sagt Isadora und entschuldigt sich. »Wirklich, es ist nicht nötig.« Und doch kommt sie sich wie eine Unruhestifterin vor – jemand, der keinen Ehemann hat, welcher den Schaden feststellen kann.
Inzwischen haben die Murphys sie erkannt. Isadora weiß genau, wann es geschah, denn ihre Stimmen veränderten sich plötzlich, ihre Hilfsbereitschaft, die anfangs durchaus ehrlich gemeint war, ist nun richtig klebrig. Isadora kann stets den genauen Augenblick feststellen, wann so etwas passiert. Die Blicke werden neugieriger, die Stimmen lyrischer und irgendwie höher, höher wie ihre furchterfüllte Stimme, als ihr aufging, wie knapp sie der Selbstvernichtung entronnen war.
Das Erstaunliche daran, eine bekannte Autorin zu sein, ist, daß zwar dein Name bekannt ist, aber dein Gesicht, das auf so vielen Schutzumschlägen entstellt abgedruckt ist, nicht. (In Italien sieht man auf den Werbefotos italienisch aus, in Japan irgendwie japanisch, in Deutschland deutsch, in Frankreich französisch et cete-

ra.) Aber lesen die Leute deinen Namen, dann schnappen sie – wie auf den American-Express-Anzeigen – nach Luft. »*Sie* sind's? Die Autorin? Ich habe Ihr Buch gelesen.« Du fragst sofort: »Welches?« und hast gleich einen Komplex wegen der übrigen sieben. Nach einer Weile wirst du umgänglicher. Du kannst von Glück sagen, daß aus deiner Feder wenigstens *ein* Buch stammt, das wie ein Donnerhall um die ganze Welt gebraust ist; sozusagen ein Marschflugkörper, eine Seuche, ein Flüstern rund um die Flüstergalerie, ein Kollektivtraum, ein Kettenbrief, eine immer wieder und in allen möglichen Sprachen erzählte Fabel. »Danke sehr«, sagst du dann schlicht, »vielen Dank!«

Und genau das tut Isadora. Die Browning-Murphys starren sie an, als sei sie ein außerirdisches, von einer fliegenden Untertasse herabgefallenes Wesen. Diese Frau, welcher der Schreck noch in den Gliedern steckt – so klein und verletzlich sie wirkt, sie ist tatsächlich eine prominente Persönlichkeit. Das will ihnen nicht in den Sinn, und Isadora ist zu aufgeregt, um es ihnen plausibel zu machen. Sie braucht selbst jemanden, der ihr dieses Leben plausibel macht, das auf einmal so unkontrollierbar, so unsinnig, so unerklärlich ist: alles zu besitzen, was die Welt ersehnt, und doch nichts zu haben und nur das eine denken zu können: Josh anrufen!

Aber Josh ist nicht zu Hause, er ist unterwegs zu Isadora. Immer wieder versucht sie es, aber sie bekommt nur die kalte Tonbandbotschaft auf dem automatischen Beantworter, den sie ihm letztes Weihnachten geschenkt hat.

»Wen wollen Sie anrufen?« fragt Lena Browning-Murphy.

»Meinen ehemaligen Mann«, antwortet Isadora und findet den Ausdruck fremd auf ihrer Zunge, denn er ist immer noch mehr Ehemann als ehemaliger Mann. »Und nun versuch' ich's beim Automobilklub.«

Sie ruft an, beschreibt die Unfallstelle und läßt den Unfall in ihrem Kopf immer wieder gleich einem Film ablaufen. Ihre Glieder zittern wie bei einem Nachbeben. Zwischendurch wählt sie immer wieder Joshs Nummer und dann ihre eigene. Endlich erreicht sie ihn bei sich zu Hause.

»Ich bin mit dem Wagen verunglückt«, sagt sie halb entschuldigend, halb trotzig und denkt offenbar immer noch, daß er ein schlechtes Gewissen hat und sagen könnte: Alles ist vergessen und vergeben. Ich komme zurück. Aber will sie das wirklich? Sie weiß es nicht.

Sie weiß aber, daß Joshs Reaktion ihr Gefühl des Verlassenseins nur noch verstärkt. Er hat, offen gesagt, die Nase voll von ihr. Seine Stimme ist kalt, unversöhnlich und wütend, denn es paßt ihm durchaus nicht, daß ihre langweiligen Selbstmordanfälle seine Pläne durcheinanderbringen. Sein Auftrag, sie zu beschützen, ist abgelaufen. Sie hat zu viel gehabt: Erfolg, ein Baby, alle die weiblichen Dinge und auch die männlichen – und nun, bei Gott, wird sie etwas aufgeben müssen. Sie wird zahlen müssen. Sie wird mit dem Verlust ihres Liebhabers, des Vaters ihres Kindes, zahlen müssen. (»Du hast alles«, hat er einmal nachts am Telefon, nachdem sie sich getrennt hatten, zu ihr gesagt, »außer mir.« Außer meinem Leben, hatte sie gedacht, außer meinem Leben.)

Josh kommt allein in seinem Toyota-Geländewagen. Er ist außer sich, außer sich, daß sich Isadora beinahe umgebracht hat, und außer sich, als Zeuge vorgeladen worden zu sein. Isadoras Bedürftigkeit und Panik gehen sehr tief. Sie stellt sich die Frage: Werde ich es je verwinden? Wird nichts es lindern können – weder Ruhm noch Geld, noch Kind? Sie sehnt sich danach, von Josh in die Arme genommen und beschützt zu werden – aber statt dessen ist er nur empört. Sein Mund sieht grausam aus. Er hat sich das Haar sehr kurz schneiden lassen, in einer Art Wehrmachtstil. Sein Bart ist gestutzt; durch ihn hindurch schimmert sein etwas zu klein geratenes Kinn. In seinem Nacken ist ein Grützbeutel gewachsen, und es ist typisch für ihn, daß er ihn nicht entfernen läßt. Trotzdem begehrt sie ihn. Seine Ankunft löst in ihren Gedärmen einen Tumult aus, ihr Herz hämmert, ihre Möse wird feucht. Was sind wir doch für komische Wesen, wir Frauen, wenn wir auf ganz bestimmte Schwänze fixiert sind. Niemand, mit dem Isadora seither geschlafen hat, fühlte sich so richtig an wie Josh. Die Körper sind nicht vertraut, die Schwänze fremd. Sie kann sich niemals dazu überwinden, eine ganze Nacht bei einem Mann zu bleiben. Sie will, daß der Betreffende spätestens um drei Uhr früh wie durch Magie aus ihren Armen weggezaubert wird; deshalb gestattet sie keinem, die ganze Nacht bei ihr zu bleiben, keinem. Sie hat sogar schon Männer um drei Uhr früh über den Hundeauslauf aus dem Haus geschickt. Ihr Haus ist ihre Burg, ihr Körper immer noch Joshs Garten. Warum will er das nicht verstehen?

»Der Wagen ist in Ordnung«, sagt Josh barsch. »Wenigstens läuft er noch. Ich habe ihn von der Mauer runtergefahren. Das Fahrgestell ist wahrscheinlich hin, aber du kannst ihn ja in die Mercedes-Werkstatt bringen, oder? Also, bis dann!«

»So warte doch einen Augenblick!« sagt Isadora.

»Weshalb?« bellt Josh. (Läßt ihn etwa ein Rest Liebe so grausam zu ihr sein? Hatte Oscar Wilde recht, als er meinte, daß »jeder Mann das Wesen, das er liebt, tötet«?)

Die Browning-Murphys reißen die Augen auf, aber Isadora ist zu überwältigt von ihrem Kummer, um sich darum zu scheren. Sie läuft Josh nach, der den Silbernazi bis vor die Haustür der Browning-Murphys gefahren hat und nun wieder in seinen Geländewagen klettert.

»Geh nicht!« fleht sie. Der silberne Turbo-Diesel schleift Drähte und verbogenes Metall hinter sich her wie ein Krieger, dem die Eingeweide aufgerissen wurden, aber zweifellos hat Josh ihn bis zu der Stelle fahren können, wo er nun steht. Der Schaden kann also nicht sehr ernst sein. Aber ihr Herz ist getroffen, es schmerzt wie ein tödlich verwundetes Wesen.

Sie rennt zu dem Toyota. Josh schlägt die Tür zu. Sie reißt sie wieder auf.

»Bleib doch, bitte!« wimmert sie.

»Ich muß Wendy abholen«, sagt er und streut noch Salz in die Wunde. (Zumindest weiß sie nun, wie die Freundin wirklich heißt.)

»Bitte!« bettelt sie.

»*Nein*!« donnert er zurück und zündet den Motor.

Plötzlich und ohne jede Vorwarnung rennt Isadora vor den Geländewagen und wirft sich auf die Straße. Josh aber lenkt den Wagen um sie herum und fährt davon.

»Hast du denn gar keinen Stolz?« schreit er aus dem Fenster und gibt Gas. Die Reifen quietschen, er ist weg.
Gar keinen, denkt sie und liegt auf dem kühlen Asphalt, überhaupt keinen. Die Browning-Murphys haben die Szene von ihrer kolonialen Einfahrt aus beobachtet, aber Isadora ist es egal. Sie ist wie eine Verrückte, die Irre von Rocky Ridge, Connecticut, ein Tier, das weder Vernunft noch Stolz, noch Selbstbewußtsein hat.
Weshalb reden die Männer immer von Stolz, denkt sie und liegt nach wie vor auf der Straße. Was ist Stolz verglichen mit Liebe? Was ist Stolz verglichen mit Muttersein? Was ist Stolz verglichen mit Poesie? Stolz ist eine Erfindung des Teufels, des maskulinen Selbst, der männlichen Dämonen. Wie heißt es in den Sprüchen Salomons? »Wer zugrunde gehen soll, der wird zuvor stolz; und Hochmut kommt vor dem Fall.« Und im Gebetbuch wird gewarnt: »Vor Stolz, Dünkel und Heuchelei, vor Neid, Haß und Bosheit und jeglicher Unbarmherzigkeit möge uns der Herr bewahren.« Trotzdem reden die Männer immer wieder von Stolz, wenn eine Liebesaffäre zu Ende geht. Christus und Buddha ging es nicht um Stolz. Den Frauen geht es nicht um Stolz. Demeter und Persephone ging es nicht um Stolz. Mir auch nicht, mir auch nicht, mir auch nicht, denkt Isadora.
In diesem Moment kommt Murphy aus dem Haus und hilft ihr auf. »Danke sehr«, sagt Isadora. »Vielen, vielen Dank.« Warum macht es ihr so wenig aus, ihr angeblich so berühmtes Selbst vor diesen völlig Fremden derart erniedrigt zu haben? Es ist ihr wirklich scheißegal. Es gibt Augenblicke im Leben – schwere Krankheit, großer Schmerz, Geburt, das Ende der Liebe, Irrsinn –, wo man sich wirklich einen Dreck drum schert, welchen Eindruck man macht. Laß sie doch denken, ich sei verrückt, meint Isadora. Wahrscheinlich denken sie es sowieso. Wenn die Leute Schriftsteller für verrückt halten, sollte man sie auch nicht enttäuschen. Außerdem verleiht uns ein skandalöser Ruf, ganz gleich, ob verdient oder nicht, eine gewisse Narrenfreiheit. »Ist der Ruf erst ruiniert, lebt sich's völlig ungeniert«, sagt man in Deutschland. Das heißt, wenn sich vor den Geländewagen des Exgatten zu werfen »ungeniert« leben ist.

Jahrelang hat Isadora die Diskrepanz zwischen ihrem Ruf und ihrem Leben gequält. Jetzt aber versteht sie diese als eine bizarre Art Freiheit. Wo steht geschrieben, daß wir einen Anspruch darauf haben, von der Welt wirklich verstanden zu werden, außer vielleicht von ein paar guten Freunden? Wo steht geschrieben, daß die wahre Deutung unseres Charakters unser angestammtes Recht sei? Wenn wir eine Handvoll Menschen aufzählen können, die uns lieben und verstehen, dürfen wir von großem Glück sagen. Sieben Jahre lang hat Isadora in Josh den Anführer dieser Handvoll erblickt. Sie nahm an, er wisse, daß ihr außergewöhnlicher Massel sie keineswegs immun gegen Schmerzen machte; sie nahm an, er wisse, wie sehr sie ihn und die Vertrautheit einer Familie brauchte, schon allein deshalb, weil sie nach außen hin so berüchtigt war. Aber leider erwies es sich, daß auch *er* mißgünstig war und sie für unverwundbar hielt. Sie brauchte den Schutz seiner Liebe, und er glaubte, sie brauche keinen solchen Schutz. Und jetzt, wo sie ein Kind aufziehen mußte, brauchte sie ihn mehr denn je. Aber jetzt hatte er es vorgezogen, für immer auszusteigen.

(War er immer so gewesen, oder hatte er sich verändert? Hatte die Geburt des Babys ihn bockig und pervers, launisch und trübsinnig gemacht? Sie wußte es nicht mehr. Sie wußte offenbar überhaupt nichts mehr.)

Isadora klettert in ihren verwundeten QUIM, winkt den Browning-Murphys zum Abschied zu und startet den Wagen. Die kaputte Karosse hustet und schaudert, aber sie bewegt sich. Die Deutschen bauen wirklich Maschinen, die nicht totzukriegen sind. Hätten sie doch auch Isadora gebaut! Ich könnte, denkt sie, ein klein wenig mehr Widerstandskraft gebrauchen, und sie fährt auf der Serpentine Hill Road in Richtung ihres Hauses zurück und in einer Kurve an Josh, Wendy und dem kleinen Rotschopf Amanda vorbei.

»Die Mama!« ruft Mandy aus dem Fenster, während die beiden Wagen sich kreuzen.

Amanda sitzt auf Wendys Schoß, und Wendy ist in der Tat eine wenig anziehende (und dürre) Version von Isadora.

Isadoras Herz zieht sich wieder zusammen. Für etwas Minderes anstatt für etwas Besseres sitzengelassen zu werden ist allerdings eine makabre Art der Huldigung. Und mit ansehen zu müssen, wie das eigene Kind von der Freundin des Ehemannes gehätschelt wird, das ist der *coup de grâce*. Isadora hatte immer geglaubt, das Kind würde ein letztes und unzerreißbares Band zwischen ihr und Josh bilden. Weil Isadora das Kinderkriegen so lange hinausgezögert hatte, legte sie jetzt großen Symbolwert auf diese Tatsache. Mandy war Isadoras Beweis für ihr Engagement, ihre Liebe, sie war Isadoras Glaubensbekenntnis zur Familie und zur Kontinuität. Und hier war nun Josh, ein knappes halbes Jahr dem Nest entflogen, und verspottete sie mit einem blassen geklonten Wesen, einer Doppelgängerin, einer anderen kleinnasigen Blondine, nur war es diesmal – Göttin sei Dank! – keine Schriftstellerin; auch war sie weder berüchtigt noch hübsch.

Für tüchtige Frauen ist es jedesmal ein Schock, wenn ihre Männer sie wegen weniger tüchtiger Frauen verlassen. Sie setzen – fälschlich – voraus, daß, was für Männer gilt, auch für sie gelten müsse: daß Tüchtigkeit Ruhm, Reichtum und schöne Liebhaber mit sich bringt (um Freud zu paraphrasieren). Aber leider ist oft das Gegenteil der Fall. Alles, was wir für unsere Tüchtigkeit in der Liebesabteilung kaufen können, sind eingeschüchterte Männer, schlappe Schwänze und Verlassenheit. Und wir taumeln rückwärts und wundern uns, weshalb wir so hartnäckig für die berufliche Anerkennung geackert haben, wenn der Preis dafür unser privates Glück ist.

Isadora stellt QUIM in ihrer Einfahrt ab und geht ins Haus, um den Abschleppwagen abzubestellen. Sie zittert immer noch am ganzen Leib, der Unfall läßt sie nicht los. Nach dem Anruf beim Automobilklub nimmt sie, um ihre Nerven zu beschwichtigen, nun doch eine Tablette aus ihrer stark geschrumpften Scheidungshausapotheke. Sie würde, hätte sie einen zur Hand, einen *joint* rauchen, aber momentan ist ihr nicht danach, sich an Errol oder Roland, eine ihrer Bezugsquellen, zu wenden. Gewiß gibt es in ihrem Leben viele Männer, aber jetzt will sie mit keinem reden. Nur *dope, dope* braucht sie jetzt. Statt dessen geht sie in die Küche

und holt sich ein großes Glas kalifornischen Weißwein, einen wundervollen »Freemark Abbey Chardonnay«, den sie kistenweise bezieht.
Isadora kann sich kaum einer Zeit in ihrem Leben entsinnen, da sie so drogen- und alkoholabhängig war. Es scheint, als sei ihr Kopf immer ein wenig durcheinander von Drogen, ein wenig benommen vom Alkohol. Sie ist offenbar auf einem Zeittrip – Tabletten, Drinks und Sex –, bei dem sie sich kaum erinnern kann, was sie tatsächlich gemacht, was sie geträumt und was sie je in ihren Büchern geschrieben hat. Wenn ich damit nicht aufhöre, werde ich Alkoholikerin, denkt Isadora und stürzt den Weißwein in großen (nicht etwa kleinen, genießerischen) Zügen hinunter. Sie kann den Wein getrost in sich hineinschütten, ohne tadelnde Blicke zu ernten, denn die Nanny hat, seit sie Mandy Josh übergeben hat, frei.
Dabei mißbilligt Isadora ihren Alkohol- und Drogenkonsum – sie, die bis dahin lange Zeiten nur zu leben schien, um zu schreiben, sie, die Erzarbeitsbesessene der westlichen Welt. Wie oft seit ihrer Trennung von Josh ist Isadora frühmorgens nach einer Motelnacht mit Errol oder nach einem Schnellfick mit irgendeinem Mann, den sie um drei Uhr nachts loswerden mußte, aufgewacht mit dem Gefühl, sich im falschen Roman zu befinden – einem Roman, den nicht etwa sie, sondern ihre Freundin Lola Benson geschrieben hat und in dem deren Trunk- und Drogensucht dargestellt wird.
»Mein Gott, ich bin im falschen Roman!« sagte sie dann, wenn sie aufwachte. »Ich bin eine Lola-Benson-Gestalt und nicht einmal eine von meinen *eigenen*!«
Und dann überlegte sie sich, ob dieser permanente Dämmerzustand den Trennungsschmerz betäuben solle oder ob sie vielleicht an einer Art Midlife-crisis leide, einem Gehirnfurz, oder aber ob sie ein heimtückischer Kreativitätsverlust heimgesucht habe, den die beiden größten Erfolge ihres Lebens – Mandys Geburt und die Veröffentlichung von »Tintorettos Tochter« (ein weitaus besseres Buch als jenes, das sie für alle Welt zu einem »Begriff« machte) – ausgelöst haben, was unweigerlich zum Verlust von Joshs Liebe

führte. Weshalb sich also solche Mühe geben, wunderbare Bücher zu schreiben, wenn man doch nur mit dem Verlust des geliebten Mannes büßt? Ach, es ging ihr wirklich schlecht: Sie ging auf die Vierziger zu, hatte Josh verloren und sollte nun ein Buch über ihren Großvater schreiben – und all das im selben, elenden Jahr. Schreiben, denkt sie, ach Gott, schreiben! Ein Blatt Papier mit Erinnerungen füllen, mit Träumen, ja selbst mit Gekritzel, das würde einen momentanen Waffenstillstand zwischen Körper und Seele bringen. Auf einem Blatt Papier zu träumen bedeutet so etwas wie ein Sichwappnen gegen die Schläge der Welt. Man belohnt sich selbst dabei; und sogar der Kummervollste findet hier eine Art Seelenfrieden. Also geht sie hinauf in ihr schönes, als Baumhaus eingerichtetes Studio – sie hat es selbst entworfen und die Tantiemen von »Tintorettos Tochter« dafür verwendet –, setzt sich vor ihren riesigen Eichenschreibtisch und läßt den Blick über das Chaos von Zetteln und Notizen wandern.

»Einen Roman zu verfassen wird nicht einfacher, je mehr man es übt«, hat Graham Greene einmal in einem Vorwort geschrieben. Nichts könnte wahrer sein. Mit jedem Jahr, jedem Buch und jedem Anwachsen des Ruhms nehmen auch unsere Hemmungen zu, nicht aber unsere Freiheiten. Man wird perfektionistischer, und der Perfektionismus ist der Feind jeder Kunst. Da Kunst im Grunde ein göttliches Spiel ist und nicht ein verbissenes Schuften, kann es passieren, daß man, während man Perfektion anstrebt, gleichzeitig seine Verspieltheit verliert. Man wird auch abgebrühter gegenüber der Fähigkeit der Kunst, etwas zu verändern. Als junger Sturm-und-Drang-Autor ist man von dem Gedanken erfüllt, das Wort müsse die Welt verändern, aber mit zunehmendem Alter merkt man, daß die Welt das Wort nicht liest oder aber absichtlich nicht verstehen will. Junge Autoren bilden sich ein, das Schreiben sei eine Form der Kommunikation, aber erfahrene Schriftsteller wissen, daß das Schreiben nur ein Katalysator für menschliche Reaktionen ist und daß diese Reaktionen – wie die auf Drogen – oft paradox sind und durchaus nicht das, was man beabsichtigte. Allerdings verändern Bücher die Welt, aber auf indirekte, nicht auf direkte Weise. Der ganze kreative Prozeß wird für eine etablierte Autorin immer komplexer. Sie schreibt nun nicht mehr mit dem jugendlichen Elan von einst, dessen Motto lautete: »Ich werd's ihnen zeigen!« Statt dessen schreibt sie zu ihrem eigenen, privaten Vergnügen: dem Vergnügen, irgendeinen subtilen Geisteszustand zu Papier zu bringen, dem Vergnügen, dem eigenen Talent in der Sprache Ausdruck zu verleihen, dem Vergnügen, Strukturen für die Gestaltlosigkeit des Lebens zu finden.

Auf Isadoras Schreibtisch schien stets ein rein zufälliges Durcheinander zu herrschen, aber wie ein unfertiger Roman hatte dieses Chaos ein inneres und nur seiner Urheberin einleuchtendes System. Da lagen stapelweise Bücher, unvollendete Gedichte, Zettel und Notizen über die vielen Männer, mit denen sie ins Bett gestiegen war und deren Sprachgewohnheiten oder Bettgeflüster sie festgehalten hatte. Irgendwo in diesem Morast vergraben schlummerte ein Buch, das Isadora über ihren Großvater schreiben wollte, jenes Buch, das als nächstes auf der Liste stand, jenes Buch, an dem sie seit Papas Tod gearbeitet hatte, das Buch, an dem sie schrieb, als die Krise zwischen ihr und Josh alle Arbeit zum Stillstand brachte. Wie ein böser Traum hat dieses Buch sie verfolgt. Es blockierte sie. Sie wußte, daß sie es schreiben mußte, um das darauffolgende Buch beginnen zu können und dann das nächste und das übernächste. Sie wußte, es war das Labyrinth, durch das sie finden mußte, um ein für allemal den Minotaurus, ihren Großvater, zur letzten Ruhe zu betten. Gewiß, da waren andere Bücher, die sie lieber zuerst geschrieben hätte, viele, viele Bücher. Ihr Notizbuch war voll von Einfällen, Synopsen und Fehlstarts (denn Isadora begann in der Regel drei Romane, ehe sie einen zu Ende schrieb). Aber im Gegensatz zu dem, was allgemein vermutet wird, suchen sich Schriftsteller ihre Themen nicht aus: Die Themen suchen sich *sie* aus. Genauso wie Gott (oder die Göttin) uns aussucht, damit wir Vater oder Mutter eines Säuglings werden, der dann niemals das Kind ist, das wir uns erträumt haben, sucht uns die Muse aus, damit wir einem Buch zum Leben verhelfen und so ihr Geburtskanal werden.

Das Großvaterbuch war das nächste: So viel stand fest. Der den

Komposthaufen bildende Stapel Papier, aus dem – gar nicht so wunderbar – dieser Roman entspringen würde, war mit »Traumarbeit« oder »Paparoman« überschrieben. Wenn »Candidas Beichte« ihr »Mamaroman« war, dann würde dies ihr »Paparoman« werden. Und doch war ihr die Stimme für das Buch in der Kehle steckengeblieben. Sie schrieb es eigentlich gar nicht gern. Sie war sich nicht sicher, *wie* sie es schreiben sollte. Das aber war sehr schade, denn dieses Buch hatte einen atemberaubenden Anfang:

Traumarbeit

Er wanderte durch Europa zu einer Zeit, da Europa viel größer war, als es jetzt ist. Ich kann ihn sehen, wie er mit einem Rucksack Rußland verließ – einem Rucksack, vollgestopft mit Malerfarben, Büchern, mit all den Enkeln und Urenkeln, die er einmal haben würde, mit all ihren Häusern und Wohnungen, ihren Spielsachen, Rodelschlitten, Autos, ihren Liebhabern, Ehemännern und Ehefrauen.

Aber natürlich war es nicht so. Damals war er ein Fünfzehnjähriger, unbelastet mit Urenkeln, ja er dürfte kaum an Kinder gedacht haben, und er war praktisch mittellos. Was er in seinem Kopf und in seinen Lenden trug, sollte mir eines Tages Leben spenden. Seine Träume, sein Protoplasma sind immer noch das Mark meiner Knochen, der Saft zwischen den Geweben und die Gewebe selbst.

Er wanderte und wanderte. Er eilte diesem Augenblick entgegen, als trage er Siebenmeilenstiefel; so eilte er und wußte bis zum Schluß nicht, daß er dem Tode entgegeneilte.

Diese Absätze sollten drucktechnisch hervorgehoben werden. Sie stellten ein Traumgerüst dar, Knochen, die der Roman später mit Fleisch und Blut umgeben würde. In dem Wust von Notizen für den Paparoman befanden sich auch die Lebensgeschichte, die sie bei der Begräbniszeremonie vorgelesen hatte, alle ihre Gedichte über ihn (einschließlich der Elegie, die ihr dann solchen Kummer bereitet hatte) sowie Entwürfe und Skizzen für die Handlung.

Isadora las das angesammelte Material durch. War die Zeit für den Paparoman reif? Was wußte sie denn über das Leben ihres Großvaters? Die Kluft zwischen dem bettelarmen, 1883 in Rußland geborenen Mann und dem wohlhabenden, 1942 in New York geborenen amerikanischen Mädchen war riesig. Konnte sie überbrückt werden? Irgendwie war es viel leichter gewesen, sich ein Renaissance-Venedig vorzustellen. Würde es etwas helfen, nach Rußland zu gehen? Eine Bekannte sprach fließend russisch, könnte die sie dorthin begleiten? Aber je angestrengter sie versuchte, sich vorzustellen, wie ihr Großvater als halbwüchsiger Junge Odessa verließ, um quer durch Europa zu wandern, desto unwahrscheinlicher erschien ihr alles. Die Einzelheiten eines Lebens in einem russischen *schtetl* um 1890 würde sie recherchieren und ohne weiteres rekonstruieren können, das wußte sie. Und da sie bereits einen historischen Roman geschrieben hatte, wußte sie auch, daß es nicht sehr schwierig war, eine verschwundene Welt auferstehen zu lassen, vorausgesetzt, man war ein gründlicher Rechercheur, und das war sie. Sie liebte diese Nachforschungen, las für ihr Leben gern und stöberte mit Wonne in Bibliotheken herum. Für »Tintorettos Tochter« hatte sie alles ganz allein recherchiert und ungeheuer viel Spaß daran gehabt.
Ob sie aber Papas *Bewußtsein* rekonstruieren konnte, das wußte sie nicht. Da war eine Diskrepanz zwischen seiner geduckten jüdischen Mentalität, seinem Aberglauben und seiner erstaunlichen Zivilcourage, die ihn in so jungen Jahren ohne eine Kopeke Heim und Familie verlassen ließ. Diese Komponenten in Einklang zu bringen erschien ihr als die schwerste Aufgabe. Würde es ihr als Autorin gelingen, seine damalige Geisteshaltung, seinen Gesichtspunkt zu eruieren? Darin lag das Dilemma. Isadora wußte, daß es relativ leicht war, sich zum Beispiel über die Kleidung der Menschen aus vergangenen Epochen zu informieren, darüber, welche Toiletten sie benützten und ob sie etwa zur Arbeit ritten (oder gingen) – aber der Zeitgeist war sehr schwer heraufzubeschwören. Da sich die Mentalität der Menschen von Epoche zu Epoche ändert, hinterläßt sie nur blasse Abdrücke, bruchstückhafte Überbleibsel – in Büchern, in der Musik, in Gemälden.

Das Telefon läutete. Gerade zur rechten Zeit – dieser Feind und doch auch Erlöser der Schriftsteller: das Telefon! Auwei! Es war der Rabbi.

»Isadora! Ronald Gutweiler am Apparat. Wie geht's so?«

»Schrecklich. Ich habe mich eben fast umgebracht.«

»Soll ich rüberkommen? Ich habe dieses Wochenende den Wagen.« (Ronald der Exrabbi teilte sich das Auto mit Sheila, seiner Exfrau und Exrebezen, und sie wechselten sich jedes Wochenende ab, da ihre sieben Töchter inzwischen zu erwachsen waren, um wechselweise am Wochenende ausgetauscht zu werden. Was doch die Menschen heutzutage für seltsame Scheidungsarrangements trafen!)

»Nein, danke, Ronald-Schätzchen«, sagte Isadora. »Ich schreibe.«

»Bist du sicher?«

»Keine Autorin ist jemals sicher, ob sie schreibt.«

»Ich meine, bist du sicher, daß ich nicht vorbeikommen soll?«

»Ganz sicher«, sagte Isadora. (Der Rabbi war im Bett so gut wie ein koscherer Leberknödel, und noch dazu ein kalter. Natürlich gab es im Leben noch andere Dinge als Sex, aber der Rabbi hielt sich für einen unwiderstehlichen Casanova, und die Aussicht, sich seiner erwehren zu müssen, war nicht dazu angetan, Isadoras Stimmung zu heben.)

Es war ihr Fluch – oder war es ein Segen? –, daß fast alle ihre Einnachtsfliegen sich in sie verliebten und ihr ein Dauerverhältnis antrugen. Wo waren denn all diese geschiedenen Männer mit ihrer angeblichen Furcht vor einer Dauerbindung? Es hatte den Anschein, als begegne Isadora nur verzweifelten Einzelgängern, die es nicht abwarten konnten, den Kopf wieder unters Ehejoch zu beugen – und zwar mit ihr. Kam es daher, daß sie keinen von ihnen haben wollte, weil ihr Herz immer noch Josh gehörte? Oder lag es daran, daß die Männer heute den Sex viel ernster nahmen als die Frauen? Wenigstens schien es bei älteren Männern so zu sein. Sie benahmen sich so wie die längst verschwundenen braven Mädchen der fünfziger Jahre: Nach einem einzigen Fick machten sie einem einen Heiratsantrag.

»Was ist denn passiert? Wie hast du es angestellt, dich beinahe umzubringen?«

»Mit meinem Wagen. Auf der Serpentine Hill Road. Ich zittere immer noch am ganzen Leib.«

»Rühr dich nicht vom Fleck! Ich komme«, sagte Ronald. »Ich bestehe darauf!«

»Ronald, du bist ein Schatz, aber ich will wirklich arbeiten – ganz ehrlich! Ich muß mich gerade jetzt sammeln, und zwar durch Arbeit – so gerne ich dich wiedersehen möchte.«

»Und du bist wirklich in Ordnung?«

»Aber gewiß doch! Ich rufe später noch einmal an, wenn ich zehn Seiten geschrieben habe. Recht so? Wenn du dann noch zu Hause bist, können wir vielleicht zusammen zu Abend essen.«

»Wenn du darauf bestehst – aber ich glaube wirklich, ich sollte rüberkommen ...« Seine Stimme wurde schwächer. (Lieber Gott, betete Isadora, erlöse mich von Rabbis!)

Gewiß war sie einsam, aber die Aussicht, von Ronald getröstet zu werden, linderte ihren Schmerz nicht. Aber offenbar war er nicht von seinem Vorhaben abzubringen.

»Eines Tages wirst du zur Besinnung kommen und mich heiraten«, sagte der Rabbi ganz rabbinisch. Und Isadora konnte, obwohl sie sich einsam und elend fühlte, nur mit Mühe ein höhnisches Gelächter unterdrücken. Der Rabbi sah präsentabel aus, mit beginnender Glatze, Schnurrbart und englischen Maßanzügen, zu denen er Fliegen und rote Seideneinstecktücher trug. Er übergoß sich jedesmal mit teurem Eau de Cologne, und trotzdem erschien ihr jeder über eine kurze Verabredung zum Mittagessen hinausgehende Gedanke an ihn wie eine lebenslängliche Freiheitsstrafe. Wie ein Held aus Saul Bellows Geschichten stammte er aus Chicago. Er war in Israel und England erzogen worden, trug wie ein Geck seine Fliege und die Blume im Knopfloch und hatte keine Ahnung, wie lächerlich er sich machte. (Warum haben Männer, die Fliegen tragen, immer so wenig Ahnung von sich selbst?) Wenn er zu Besuch kam, nörgelte er über ihren Gin (»Du solltest immer ›Bombay‹ kaufen, nicht ›Beefeaters‹«), ihren Wodka (»Polska«, nicht »Finlandia«), kritisierte die Manieren ihrer Tochter (die allerdings die eines fest etablierten südamerikanischen Diktators waren) und erwartete als Gegengabe, angebetet zu werden.

»Danke für den Anruf, Ronald«, sagte Isadora. »Ich rufe bald zurück. In Ordnung?«

»In Ordnung – wenn du darauf bestehst ...«

Im gleichen Moment läutete es auf der anderen Leitung. Isadora verabschiedete sich hastig und drückte auf den Knopf. »Hallo«, tönte es am anderen Ende dieser Leitung. Es war ein sehr schwer zu verstehender Roland, ein Roland, der offenbar derart viel Gras, »Valium« und verschiedene Kombinationen von Antidepressiva intus hatte, daß seine Zunge sich so schwerfällig in seinem Mund bewegte wie ein Frosch in einem Sumpf.

»Tag, Roland«, antwortete Isadora und nippte an ihrem Wein. »Wie geht's, Liebling?« Isadora mochte Roland viel lieber als den Rabbi, und das nicht nur, weil er besser im Bett war. Auf seine tolpatschige, naive Art war Roland gutmütig und zärtlich, wogegen der Rabbi ein Abkocher war. (Isadora hatte aus ihrer Bekanntschaft mit dem Rabbi gelernt, daß das Geheimnis des Priesters – jedes Priesters – darin bestand, ein Abkocher zu sein, und daß Rabbis, als Gruppe genommen, bestimmt nicht an Gott glaubten.)

»Und dir, wie geht es dir?« fragte Roland und war aufrichtig, wenn auch undeutlich besorgt. Isadora mußte ihm also die ganze Geschichte von dem Unfall erzählen, wobei sie Einzelheiten ein wenig ausschmückte, um den Vorfall noch sensationeller zu gestalten. (Das war eines der Probleme, wenn man so viele Liebhaber hatte: Man mußte die Ereignisse des Tages immer wieder erzählen, und dabei vergaß man leicht, wem man was erzählt hatte.)

»Soll ich augenblicklich kommen und bei dir bleiben?« fragte Roland.

Aber Isadora traute ihm nicht einmal zu, den richtigen Bahnsteig auf der Grand Central Station zu finden, geschweige denn ein Auto steuern zu können, also dankte sie ihm für seine Fürsorge, versprach, ihn später zurückzurufen (Roland liebte mitternächtliche Marathongespräche wie ein Teenager), und hängte auf.

Nun läutete es wieder auf der anderen Leitung.

»Wie geht's meiner Hübschen?« kam die kehlige Stimme des Diskjockeys Errol Dickinson.

Isadora hatte jetzt genug von körperlichen Trostangeboten und entgegnete deshalb mit leichter Stimme: »Gut.« Den Unfall erwähnte sie nicht.

»Für mich bist du eine Göttin, Weltkind Isadora«, sagte Errol, und sie konnte beinahe spüren, wie er ihre Brustwarzen berührte, wie seine riesigen, ungleichen Augen mythische Ungeheuer für sie allein bannten: Grendel, Gorgo, Basilisken, alle.

Weshalb sind Männer mit Durchschnittsbildung so viel bessere Liebhaber als Intellektuelle? Widmen »Versager« dem Studium der Liebe wesentlich mehr Zeit? Oder sind sie einfach freier und weniger vergeistigt? Isadora bumste mit ihrem Malocherhengst (wie sie ihn im stillen nannte) aus dem gleichen Grund, aus dem männliche Intellektuelle seit Jahrhunderten Pipimädchen bumsen. Es machte ihr riesigen Spaß, aber hinterher hörte sie sich überrascht so etwas sagen wie: »Ich kann mich jetzt nicht auf längere Zeit festlegen« oder »Ich kann dich nur jeden Mittwoch treffen, weil ich mich sonst allzusehr engagieren würde« oder »Natürlich bete ich dich an, aber jetzt bin ich mitten in einem Buch«. Sie hielt Errol von ihren Freunden, ihrem Kind und ihren Eltern fern. Kam er jemals in ihr Haus, dann war es spät abends, und er verließ es vor sechs Uhr morgens, wenn Amanda aufwachte. Niemals hatte er das Kind gesehen außer auf Fotos, und doch liebte er es aus der Ferne, schickte ihm Eintrittskarten für den Zirkus und für Kinderfilme und schenkte ihm immer wieder »Barbie«-Puppen.

Isadora wußte genau, daß Errol ein viel netterer Mensch war als die meisten ihrer vornehmen Freunde, ganz zu schweigen von seinen Qualitäten im Bett. Aber in der Öffentlichkeit genierte sie sich mit ihm (weil er sie sexuell so erregte?), und wenn sie wirklich Begleitung brauchte, nahm sie lieber Roland, ihren Psychopharmakaexperten, oder den Rabbi mit seiner Fliege, seinem Einstecktuch, seiner Blume im Knopfloch und seinen Anspielungen auf Roland Barthes. Warum eigentlich? Errol machte in der Öffentlichkeit eine durchaus passable Figur, auch wenn er keine Anzughose besaß, die nicht aus Synthetikstoff war.

»Liebste Dame, ich begehre dich«, sagte er nun, aber Isadora war, obwohl sie sich nach ihm sehnte, fest entschlossen, diese Nacht alleine durchzustehen: mit ihrem Buch und dem Gespenst des Großvaters. Deshalb bedankte sie sich für seine Fürsorge und kehrte zurück zu ihrem Komposthaufen aus Notizen. Sie durchwühlte ihn benommen und nippte dabei wiederholt an ihrem großen Glas Wein.
Aber das Telefon läutete wieder, läutete wie besessen. Nun war es, o Wunder, der Antiquitätenhändler, Rolls-Royce-Fahrer und Haarspray-Glatzengärtner namens Ralph Plotkin. Ralph, Errol, Roland, Ronald. Der Plotkinfluch ohne den Plotkindiamanten, denkt Isadora und amüsiert sich über ihre fast einer Heranwachsenden würdige Popularität – auch wenn keiner der Verehrer in Frage kommt.
»Was kriegst du, wenn du einen Tintenfisch mit einem Nigger kreuzt?« flüstert Ralph Plotkin mit seinem näselnden New Yorker Akzent. (Ralph hat die Angewohnheit, Telefongespräche ohne jede Einleitung zu beginnen, und Isadora erkennt ihn stets an der Stimme.)
»Was denn?« fragt sie.
»Einen erstklassigen Schuhputzer«, sagt Ralph und lacht unbändig.
»Das ist wohl der rassistischste Witz, den ich je gehört habe«, sagt Isadora.
»Ihr Salonbolschewistlein seid doch alle gleich«, sagt Ralph. »Gefällt dir das: Salonbolschewistlein? Stammt von mir.«
»Du bist wahrlich ein Talent«, entgegnet Isadora sarkastisch, aber für Sarkasmus ist Ralph nicht geschaffen. (Im Laufe der Jahre hat Isadora erkannt, das Männer, die Ralph heißen, meistens Arschlöcher sind. Warum das? Erzeugt der Vorname die Scheiße im Hirn, oder erzeugt die Scheiße im Hirn den Namen? Haben Männer, die Ralph heißen, Mütter, die unbewußt oder auch bewußt *wollen*, daß ihre Söhne Arschlöcher sind, damit sie sie an keine andere Frau verlieren? Eine interessante Frage.) Sylvia Sydenheim-Rabinowitz, Rolands berühmte Mama, hat Ralph als »schrecklich verletzlich und sensibel« bezeichnet, aber Sylvia findet jeden, der

zwanzig Millionen Dollar hat, »sensibel«. Ralph ist wahrscheinlich der am wenigsten sensible und verletzliche Mensch, dem Isadora je begegnet ist. Auch ist er durchaus nicht erpicht darauf, seinen Reichtum mit irgend jemanden zu teilen. Das einzige Mal, als er Isadora zum Abendessen einlud, spendierte er ihr ein Bier, Hamburger und Fritten in einem Bahnhofsrestaurant in Westport. Nun ja, er parkte zwar seinen Rolls ostentativ vor ihrem Hause, aber dann schlug er die billigsten Kneipen in der ganzen Umgebung vor. Reiche Männer verhalten sich geschiedenen Frauen gegenüber fast immer so paranoid, weil sie meinen, diese seien nur hinter ihrem Geld her. Sie führen ihre Begleiterin nur in billige Pinten, und schon bei der ersten Verabredung machen sie Andeutungen, zwar nicht die Absicht zu haben, sich jemals wieder zu verheiraten, aber sollte es doch dazu kommen, müßten sie auf komplizierten vorehelichen Verträgen bestehen. Warum also, überlegt Isadora, gibt sich überhaupt jemand mit ihnen ab, wenn sie nicht gerade unwiderstehlich sind – was aber selten vorkommt, denn die alles in Anspruch nehmende Jagd nach dem schnöden Mammon dient bei beiden Geschlechtern nicht gerade dazu, den Charme herauszukehren. Nein, danke! Mag die Freiheit für den Mann das Recht bedeuten, nicht lügen zu brauchen, so bedeutet sie für die Frau, über ein ausgiebig bestücktes Bankkonto verfügen zu können, das die Besitzerin ohne fremde Hilfe dank ihres Geschickes, ihrer Talente und ihrer Hände Arbeit geschaffen hat. Sollte Isadora tatsächlich in die bedrängte Lage geraten, sich einen Ehemann oder ständigen Partner auswählen zu müssen, dann würde sie Errol nehmen, ihren Malocherhengst, denn der wäre wenigstens dankbar und zärtlich; eine Zeitlang.

»Wie wär's mit 'nem Abendessen, Puppe?« fragt Ralph.

»Geht nicht«, sagt Isadora. »Bin schon verabredet.« Verabredet ist sie natürlich mit ihrem verstorbenen Großvater.

»Sag nicht, ich würde dich nie einladen«, entgegnet Ralph und ist deutlich gekränkt.

»Ralph, ich würde dich liebend gern treffen, aber heute abend geht es nicht.«

»In Ordnung, Baby, dann eben ein andermal.«

Nun ist Isadora tatsächlich sich selbst überlassen. Sie überfliegt den Anfang des Buches noch einmal, aber hinter den vollgeschriebenen Seiten kann sie nur den Autounfall sehen. Hier sitzt sie also bis auf Dogstojewski allein in dem Haus, das sie und Josh als ihren Elfenbeinturm erworben hatten und in das sie sich von der Welt zurückziehen wollten. Ihre Burg. Ein schönes Haus. Aber ein Haus, in dem es spukt.

Der Himmel hat sich inzwischen von einem blendenden Oktoberblau in ein herbstliches Novembergrau verfärbt. Um vier Uhr nachmittags wird es bereits dunkel. Isadora hat sich entschieden, allein zu bleiben und sich auf ihr Buch und ihre Gespenster zu konzentrieren. Auf einmal überwältigt sie die Einsamkeit. Ihr Kind ist bei Josh und dessen Freundin. Ihr süßes Malteserhündchen erinnert sie an den anderen Hund, den sie verloren hat. In ihrem Herzen spürt sie eine gewaltige, beinahe bodenlose Leere. Was für eine verdammt einsame Beschäftigung das Schreiben doch ist! Um uns ihr widmen zu können, müssen wir die Welt um uns ausschließen, und haben wir sie erst einmal verbannt, sind wir kosmisch allein. Wenn kein Gefährte da ist, der, sobald es dunkel wird, nach Hause kommt, kein Kollege, mit dem man streiten kann, kein Café, in dem man seinesgleichen trifft, steht man allein da mit seinem Haus, seinen Gespenstern und dem tückischen Gefühl, in Wirklichkeit überhaupt nicht zu existieren.

Geht die Arbeit flott voran, fühlt man sich wie bei einem Sternenritt. Man hüpft durchs Haus, als seien die Gedicht- oder Prosazeilen Seile, auf denen der Schriftsteller als eine Art Seiltänzer, Clown oder Akrobat ohne Netz arbeitet und Spaß daran hat. Ist die Arbeit jedoch blockiert, bleibt nur diese Einsamkeit. Der Autor ist ein Gefäß für die Muse, und wenn sich das Gefäß nicht füllt, zweifelt es eben an der eigenen Existenz.

Isadora kann nicht schreiben und hält sich an den Weißwein. Aber das stürzt sie noch tiefer in die Verzweiflung. Wie eine verlorene Seele wandert sie durch ihr Haus, fühlt sich verlassen, ungewollt, ungeliebt. Zehn Männer könnten sie anrufen, und doch würde sie sich, nachdem sie den Hörer aufgelegt hat, immer noch ungeliebt vorkommen. Weshalb ist sie so bedürftig und verloren? Kann sie

denn nicht *eine* Nacht alleine sein, ohne einen Mann? Oder ist es die ländliche Abenddämmerung, das fahle herbstliche Licht? Oder das Haus, das sie einmal mit Josh geteilt hat?
Plötzlich läutet das Telefon noch einmal, und Isadora greift nach dem Hörer wie nach einem Rettungsring.
»Ich habe das unbestimmte Gefühl, liebe Dame«, sagt Errol, »das Gefühl, daß du jetzt nicht allein sein darfst.« Verflucht, denkt Isadora, dieser Errol! Ein Poet wohnt in seiner Seele, die sich mit ihrer verbindet. Verspätet platzt sie mit der ganzen Geschichte heraus, und Errol, sensibel wie eh und je, besteht darauf, vorbeizukommen und ihre Hand zu halten. Diesmal ist Isadora zu geschafft, um es ihm auszureden.
Sie schiebt den Stapel bekritzelter Blätter zur Seite, geht aus dem Zimmer und die Treppe hinunter, um Dogstojewski in den Hundeauslauf zu lassen. Dann macht sie im Badezimmer ihre Liebestoilette. Die Vorbereitungen sind ausführlich: Sie benützt ein Pessar und ein Gel zusätzlich zur Spirale, die sie jetzt trägt (Pessar und Gel als Mittel gegen Herpes und Geschlechtskrankheiten; die Spirale hatte sie sich nach Mandys Geburt verpassen lassen. Ursprünglich hatte sie geplant, sie ein Jahr später zu entfernen, damit die Kleine eine Schwester oder einen Bruder bekommt, aber da war ihre Ehe bereits im Stadium der Auflösung begriffen). Dann läßt sie ein Bad einlaufen, gibt »Opium«-Badeessenz hinzu und streckt sich im Wasser aus, um den Geruch des Gels zu tilgen und ihre Schenkel, ihre Brüste und ihre Möse zu parfümieren. (Josh hatte sich jahrelang geweigert, sie auszulecken, es sei denn, sie hatte sich vorher ausgiebig gewaschen, und offenbar bemüht sich Isadora noch immer, für Josh jeden bösen Zauber zu bannen.) Danach besprüht sie sich mit »Opium«: Schenkel, Knie, Ellenbogen, Hals, ja sie betupft sich sogar ganz altmodisch hinter den Ohren. Die Beine reibt sie sich mit Erno-Lazlo-Creme ein, und schließlich legt sie ein besonders sorgfältiges Make-up auf. Ach, laßt doch die Ewiggestrigen verkünden, das Make-up sei mit der feministischen Wahrheit nicht zu vereinbaren! Isadora liebt es trotzdem. Sie ist die geborene Vagabundin, die Schauspielerin. Sie glaubt an die Form *und* an die Substanz, und obwohl sie sich

niemals nach den Brettern, welche die Welt bedeuten, gesehnt hat, weiß sie, daß sie der Star im Drama ihres Lebens ist – jener Tragikomödie, jenem Pseudoepos, jener Moritat.
Sie zieht sich sorgfältig an: schwarze Spitzenunterwäsche, alles dafür bestimmt, später vom Leibe gerissen zu werden. Errol zuliebe wählt sie ein schwarzes, mit Straß besticktes T-Shirt, schwarze Jeans, schwarze Cowboystiefel mit Silbernägeln und eine schwarze, fransengeschmückte Cowboyjacke. Sie bereitet alles für das *hot tub* vor, stellt mehr Weißwein in den Kühlschrank, Tequila (sein Lieblingsgesöff) in die Tiefkühltruhe und Schalen mit Tacochips auf den Eßtisch. (Ihre Verbeugung vor seinem plebejischen Geschmack.) Dann zündet sie das Kaminfeuer im Eßzimmer an, stellt französische Duftkerzen ins Wohn- und Schlafzimmer und bereitet eine Schale voll Avocadodip zu, seinem Lieblings-Hors d'œuvre. Im Gegensatz zur Schreibarbeit entzücken sie diese Vorbereitungen, denn sie vermitteln ihr das Gefühl, fraulich, erotisch und weise zu sein, als tue sie etwas von der Natur Vorbestimmtes. Aber wenn sie schreibt, dann tut sie offenbar etwas irgendwie Frevelhaftes, denn dann dient sie keinem Mann, sondern nur (nur!) ihrer Seele. Auch das ist eine Hinterlassenschaft von Josh. Als ihre Liebe in die Brüche ging, wurde der Umstand, daß sie schrieb, was er einst so sehr bewundert hatte, zur Zielscheibe seiner Wut. Wie unfair! Hatte er sich nicht gerade deshalb in sie verliebt, weil sie ebenfalls Bücher verfaßte? Und nun bestrafte er sie dafür. Und all die Jahre, die Isadora vor der Zeit mit Josh gebraucht hatte, um jene weibliche Gehirnwäsche zu überwinden, der zufolge eine Frau vor allem Männern und dann erst der Muse zu dienen habe, waren auf einmal verlorene Liebesmüh gewesen. Wenn ich, mit meinem Erfolg und mit meinem Kind, für das ich sorgen und das ich erziehen muß, immer noch zwischen dem Schreiben und der Liebe schwanke, was zum Teufel müssen andere Frauen empfinden, denkt Isadora. Werden wir nie frei sein, niemals? Ist unsere Selbstachtung *so* tief verletzt? Und doch bereiten ihr diese »fraulichen« Aufgaben große Freude. Sich auf die Ankunft eines Mannes vorzubereiten ist der Beweis dafür, daß man einen Mann *hat*. Isadora hat mehrere Männer – und doch ist sie im Grunde verängstigt wie ein noch nicht

flügger Sperling in einem zugigen Nest, der mit weitaufgesperrtem Schnabel auf den fetten Wurm wartet.
Dogstojewski bellt. Von der steilen Einfahrt her hört sie Errols Wagen. Isadoras Herz hüpft, weil er gekommen ist. Herbstspuk, gespenstisches Dämmerlicht, Einsamkeit, Selbstvorwürfe, Traurigkeit – mit einem Schlag ist dies alles gebannt. Es ist nicht gut, denkt sie, daß der Mensch allein sei. Selbst die Höhlenbewohner kuschelten sich aneinander. Und sie ist allein in ihrem Fünfzehnzimmerhaus mit all seinen Anbauten für Joshs Arbeit, Joshs Hobbys und Joshs Nachkommenschaft.
Errol erscheint in blaßblauen Synthetikjeans (seinen Ausgehjeans mit Steppereien im Westernstil), einem beigefarbenen »Stetson« (mit Federn im Hutband) und einer blaßblauen Synthetikfreizeitjacke, ebenfalls mit Westernsteppereien. Die Spitzen seiner Cowboystiefel biegen sich unter seinen Synthetikjeansbeinen begehrlich himmelwärts. Er ist sehr groß, fast zwei Meter, und geht wie die meisten sehr großen Männer ein wenig gebeugt. Seine verschiedenfarbigen kurzsichtigen Augen (eins blau, eins braun) wirken hinter einer bernsteingetönten Pilotenbrille noch größer. Errol kifft regelmäßig, aber offenbar ist er heute weniger *stoned* als gewöhnlich. Er ist so in Isadora verknallt, daß er manchmal kleine Abmachungen mit ihr trifft, zwischen zwei Verabredungen die Finger von *shit* zu lassen, weil er sich einbildet, er könne eine Sucht mit einer anderen kurieren. Dafür hat Isadora volles Verständnis, ist sie doch selbst ein Suchttyp. Liebe, *dope*, Alkohol, Essen, Sex, Sex, Sex. »Ich bin süchtig nach Liebe«, gesteht Isadora ihren besten Freunden, »das ist es.«
»Hallo, meine Dame«, sagt der schlaksige Errol. »Du hast mir sehr gefehlt.« Und als er zur Begrüßung die Arme um sie legt, spürt Isadora, daß seine Hände zittern. Hat er etwa Angst vor mir? überlegt sie. Es überrascht Isadora jedesmal, wenn andere sie für furchterregend und unnahbar halten, während sie doch innerlich selber so unsicher ist.
»Du bist meine Göttin«, sagt Errol und blickt von seiner gewaltigen Höhe hinunter auf die kleine, zierliche Isadora.
Der Moment ist jedesmal ein wenig peinlich, wenn Isadora über-

legt, was sie, eine diplomierte Hochschulabsolventin, mit Errol, der es nur zur mittleren Reife gebracht hat, im Sinne haben könne. Aber das gibt sich bald, denn nun rauchen sie beide *shit*, trinken Tequila und beladen ein Tablett mit Avocadodip, Tacochips, Drinks, Zitronen und Salz, um dann die Wendeltreppe hinauf zu Isadoras Baumhausstudio zu klettern.

Und dort auf dem perlgrauen Teppichboden reißen sie sich die Kleider vom Leibe, und sie lieben sich mit einer Leidenschaft, die zu einem Teil aus Verzweiflung und *dope* und zum anderen aus wahrer Zuneigung besteht – die spielt dabei auch eine Rolle. Während Isadoras Paparoman unbeachtet auf dem Schreibtisch liegt, während die vielen fremdsprachlichen Ausgaben von »Tintorettos Tochter«, »Candidas Beichte« und Isadoras anderen Büchern in ihren bunten Schutzumschlägen von den bis zur Decke reichenden Regalen herunterstarren, vergräbt Errol den Kopf zwischen ihren Schenkeln und verzehrt Isadora, als liege hier alle Urwahrheit und Urweisheit.

Wie stets läuft in Isadoras Gehirn alles in einem Wahnsinnstempo ab. Der Unfall, Josh, Amanda, ihre vergeblichen Schreibversuche von heute, der Tod des Großvaters, die ungewisse Zukunft – all das überlagert sich und glitzert in ihrem Kopf, als würden bunte Glassplitter in einem Kaleidoskop durcheinandergeschüttelt. Sie sieht sich mit Errol, und gleichzeitig hockt sie zusammen mit ihren Büchern auf dem obersten Regal. Die Bücher schleichen sich an sie heran und sagen ihr eine Zukunft voraus, in der genau diese Szene in einem Buch festgehalten wird, einem Buch, das in viele Sprachen übersetzt und mit grellbunten Umschlägen gegen Pesos, Rupien, Schekel, Kronen, Gulden, Franken, englische Pfunde, amerikanische Dollars, kanadische Dollars oder Yen verkauft wird. O Buch in einem Buche! O parthenogenetischer (wie ein Wissenschaftler es zu nennen beliebt) Roman!

Und doch ist sie nicht deshalb hier, geschweige denn mit Errol. Isadora tut niemals etwas, weil sie darüber schreiben will, noch schreibt sie über das, was sie getan hat. Die Gleichung zwischen ihrem Leben und ihrer Kunst ist weitaus subtiler. Sie läßt sich permanent in Grenzsituationen treiben, damit sie jedesmal wieder ihr Stehvermögen beweisen kann: *Schaut her, ich arbeite ohne Netz und doppelten Boden* – das scheint ihr ganzes Leben zu verkünden. Hier bin ich, eine Frau, deren Wunden nicht vernarbt sind. Ich lebe, um die Wunde, eine Frau zu sein – oder vielleicht ist es nur die Wunde, ein Mensch zu sein –, aufzudecken, damit sie jeder sehen kann.

Laß es, laß es, laß es, befiehlt sie sich jetzt. Sie weint Tränen der Dankbarkeit, weil es Errol gelungen war, sie wenigstens vorübergehend von ihrem Buch, ihrer Einsamkeit, ihrer Wunde zu erlösen.

Er hält sie in den Armen.

»Ich liebe dich, Weltkind Isadora«, sagt Errol. »Ganz gleich, wie du die Sache zwischen uns siehst, ich schaff' das schon.«

Er sagt diesen letzten, entlastenden Satz, weil er weiß, daß sie immer vor seinem »Ich liebe dich« zurückschreckt, denn Josh hat ihr zu weh getan; sie war zu geschafft und der Liebe gegenüber zu mißtrauisch geworden, um je mit einem »Ich liebe dich auch« antworten zu können. Und dennoch, irgendwie liebt sie ihn tatsächlich: Sie liebt seine unkomplizierte Zuneigung zu ihr, seine ungezwungene Art, seine Malochermännlichkeit, seinen Glauben an weibliche Stärke, seine Vergötterung ihres Mutterseins. Männer aus dem Arbeitermilieu erscheinen Isadora paradoxerweise immer weniger chauvinistisch als Intellektuelle, als die gutbürgerlichen Machos, die Wall-Street-Mittelscheitler mit ihren Ben-Franklin-Brillen, als die ganze weiße protestantisch-angelsächsische Geldaristokratie mit ihren Tenniscliquen und ihrer vornehmen Cliquenwirtschaft. Warum? Weil eben Arbeiter ganz ungeniert matriarchalisch sind: Sie achten Babys und deren Mütter, sie wissen, daß Frauen arbeiten, verflucht hart arbeiten, und sie tun nicht so, als seien Sie etwas anderes als Höhlenmenschen. Ein Malocherhengst würde nie zu seiner Frau oder seiner Freundin sagen: »Vögle mit anderen Männern, bitte schön! Es macht mich scharf.« Statt dessen würde er drohen: »Wenn dich einer nur anfaßt, bring' ich ihn um.« Und aus dieser Drohung spricht ein größeres Verständnis für die menschliche Natur als aus allen Spielchen, die Intellektuelle treiben. Sollte Isadora aus diesem

Zerwürfnis mit Josh nur eines gelernt haben, dann dies: Machst du dir über Eifersucht selbst etwas vor, schaffst du sie nicht aus der Welt, sondern du treibst sie nur in den Untergrund, wo sie noch Schlimmeres anrichtet.

Und nun, in einem plötzlichen Anflug von Übermut und mit dem Wunsch, Spukgestalten wie Josh, den Großvater und das ungeschriebene Buch ein für allemal zu bannen, taucht sie ihre Finger in die Schale mit Avocadodip, bestreicht Errols Schwanz damit und beginnt, ihn langsam wieder sauberzulecken. Errol ächzt und bäumt sich auf, stöhnt und stammelt Liebes- und Dankesworte. Auch wenn er *stoned* ist, kann sie ihm, sobald sie ihm einen bläst, jedesmal wieder den Stift anspitzen.

»Ich liebe dich, ich liebe dich, ich liebe dich«, stöhnt er, und Isadora, die erleichtert ist, daß sie sein Liebesgeflüster nicht zu erwidern braucht, weil sie ja den Mund voll Schwanz und Avocadodip hat, fragt sich, was das eigentlich soll. Macht es ihr wirklich Spaß, Goldkehlchen zu spielen, oder berauscht sie sich nur an der durch diese Zungenakrobatik erlangten Macht? Will sie sich einen Oscar für Blasmusik verdienen? Oder ist sie mit Errol auf eine ganz bestimmte, ihr nicht einmal begreifliche Art verbunden? Alles trifft zu. Der intensive Hautkontakt, die Vertrautheit seiner Genitalien mit ihrem Mund lindern den Schmerz der Trennung und bestätigen ihr, nachdem sie heute mutwillig dem Tod so nahe gewesen ist, daß sie lebt. Ich ficke, also bin ich, denkt Isadora. Ich blase ihm einen, also bin ich. Einst hieß es: Ich schreibe, also bin ich. Aber nun hat es den Anschein, als würde das Schreiben ihr Selbst vernichten und nur der Sex könne es wieder zurückbringen. Mitten in ihrer Laufbahn, angesichts von acht Büchern auf dem Regal ihres Lebens, denkt Isadora, daß jeder Band wie ein Radiergummi einen Teil ihres Daseins ausradiert hat. Allein der Sex bringt dessen Fülle zurück, mit Sex kann sie beweisen, wie quicklebendig sie ist. Sex ist alles, wofür sie augenblicklich lebt – auf diese allerflüchtigste Weise gibt und empfängt sie Lust.

Errols Schwanz wird nun richtig steif. Der Schwanz, von dem sich Errol einbildet, daß er seit einer Rückenverletzung nicht mehr richtig steif werden kann, der Schwanz, der, weil Errol soviel *shit* raucht, eigentlich nie mehr richtig steif werden dürfte, wird bocksteif.

»Laß mich in dir sein«, stöhnt Errol. »Ich *muß* in dir sein.« Er klettert in seiner ganzen schlaksigen Länge auf sie und stößt in ihre feuchte Möse, bis sie vor Freude weint. Ein-, zwei-, dreimal kommt sie, sagt, sie sei fertig, kommt wieder – und merkt auf einmal, daß wohl als Folge des Unfalls eines fehlt: das Kopfweh! Vielleicht geschieht es aus Dankbarkeit, weil die Schmerzen weg sind, daß sie »Ich liebe dich« stöhnt – Errol gegenüber das erste und vielleicht auch das letzte Mal. Dies wiederum rührt ihn zu Tränen und beflügelt seine Lenden, daß er vor Leidenschaft fast den Verstand verliert. Er zittert, stöhnt, bebt, schaudert und kommt schließlich mit einem Aufschrei, der das ganze Haus aufwecken würde, falls außer Dogstojewski noch jemand da wäre; Dogstojewski, der über eine Stunde ausgesperrt war und nun traurig winselt, um wieder hereingelassen zu werden. Im Vollgefühl ihrer befriedigten Nacktheit steht Isadora auf, geht die Treppe hinunter und öffnet die Tür zum Hundeauslauf. Der kleine Malteser tollt vergnügt hinter Isadora die Wendeltreppe zu ihrem Studio hinauf, wo Errol noch immer völlig leergepumpt und völlig bekifft auf dem grauen Teppichboden liegt. Ausgelassen wie sein Frauchen läuft der kleine Hund – er sieht aus wie die Kreuzung zwischen einem Zwergpudel und einem Staubwedel – zu Isadoras Liebhaber, schnuppert an dessen Schwanz und leckt, ohne zu zögern, den Rest des Avocadodips ab. Errol ächzt, seufzt und strampelt mit seinen überlangen Beinen.

»O du mein Weltkind, Isadora, meine Göttin!« stöhnt er mit geschlossenen Augen.

6

Isadoras Schwanzgesang oder Wenn der Märchenprinz nun doch nicht kommt?

Hoffentlich haben Sie kein Doppelleben
geführt und vorgegeben, schlecht zu sein,
während Sie in Wirklichkeit die ganze
Zeit über gut waren. Das wäre geheuchelt.

Oscar Wilde: »Bunbury«

Sagen wir denn nicht: »Laß dir einen Fick verpassen!«
Eine seltsame Wortwahl. Als könne man einen Fick bekommen,
ohne gleichzeitig einen zu geben. Selbst auf dieser elementaren
Kommunikationsebene herrscht die Vorstellung, man müsse
einen Fick bekommen und nicht geben.

Henry Miller

Jede Frau ist im Grunde ihres Herzens
ein Wüstling.

Alexander Pope

In dem Monat nach dem Unfall widerlegte Isadora Oscar Wildes Maxime, auf dem Land könne jeder tugendhaft sein. Trotz der Tatsache, daß sie tief in der Provinz wohnte, die besorgteste und verantwortungsvollste Mutter war, ein Buch zu schreiben und einen Haushalt zu führen hatte, überließ sich Isadora mit Haut und Haaren dem Lotterleben.

Ein Mensch, der so zerbrechlich und gebrochen war wie sie in dieser Lebensphase, konnte unmöglich einen Roman verfassen. Sie sah das ein und brach den »Paparoman« ab – wenigstens vorübergehend. Ihr Leben als berühmte Autorin nahm weiter seinen trubelhaften Verlauf, aber eigentlich ohne sie. Dieses Leben war eine kollektive, aus vielen Halb- und Unwahrheiten, die man über sie veröffentlicht hatte, geborene Fiktion – in vielen Beziehungen fiktiver als ihre Romane. Sie brauchte dazu nicht eine Autorin oder gar eine wirkliche Person zu sein, es genügte, daß sie sich als jemand, der Isadora Wing hieß, ausgab, wer auch immer das war. Diese Gestalt, diese Konstruktion, diese Fiktion – denn sie war ja kaum menschlich – war furchtlos, war die Ruhe selbst, war sexuell unermüdlich. Ein Künstler muß vor allem *a mentsch* sein, eine integre Person, eine Persönlichkeit, ehe er der übrigen Welt etwas mitteilen kann. Eine Berühmtheit dagegen muß das genaue Gegenteil sein: ein hohler Kern. Der Verdacht, unter der Schale könnten sich womöglich Widersprüche verstekken, bringt höchstens die Regenbogenpresse, die sich ja von den Aktivitäten Prominenter nährt, außer Fassung. Berühmtheiten dürfen nur ein- oder zweidimensional sein, wogegen die besten Künstler, die besten Sterblichen, die echten *mentschen* eben in mindestens drei Dimensionen existieren, vorzugsweise jedoch in vier oder fünf. Aber solch ein fünfdimensionales Dasein erfordert Mumm, Zivilcourage, Grütze. Um auf einer Buchseite träumen zu können, muß man fest auf dem Boden der Wirklichkeit stehen, gehegt, gepflegt und wirklich geliebt werden. Isadora aber hatte den Boden unter den Füßen verloren. Ihr ganzes Leben war ein einziger Traum von Sex, Alkohol und *dope*. Wie hätte sie auf einer Buchseite träumen können? Ihre Basis war weg. Ihre Tage waren von unwahrscheinlicheren Geschehnissen und Exzessen ausgefüllt, als sie ihre Heldinnen erlebten. Deshalb ging sie in dem erbärmlichen Roman ihres eigenen Lebens auf, in dem eine Frau namens Isadora Wing die Hauptperson war: eine blonde, fast vierzigjährige Dame, die sich irgendwie (vielleicht, weil sie niemals die verdammenswerte Verwundbarkeit ihrer Mädchenjahre verloren hatte) die Stehaufqualität und Frische der Jugend bewahrt hatte.

Isadora entdeckte, daß sie in der Tat genau das war, was Hope sie einmal genannt hatte: »der allgemeine Honigtopf«. Als sich erst einmal die Kunde verbreitet hatte, daß sie frei war, kamen Anrufe aus allen Teilen des Landes. Jeder frischgeschiedene oder getrennt lebende Mann in Fairfield County wollte mit ihr essen (und schlafen). Auch viele verheiratete Männer aus dieser lächerlichen Region riefen an – einige spielten offenbar mit dem Gedanken an Scheidung, andere nur mit dem Gedanken an Zerstreuung – und wollten sie zum »Lunch«, »Brunch« oder »Abendessen« einladen (das heißt, sie wollten Hilfe, Rettung, Blasmusik).

Isadoras Sekretärin, eine humorvolle, welterfahrene Frau in den Fünfzigern, die, ehe sie zu Isadora gekommen war, Leben und Werk einer berühmten Klatschkolumnistin betreut hatte, war jetzt kaum noch eine literarische Hilfskraft, sondern, wie sie beide es scherzhaft nannten, eine Sexualhilfe, denn alle drei Telefonleitungen summten, meckerten und rasselten unaufhörlich vor lauter Offerten und verkappten sexuellen Aufforderungen, Angeboten, »einen Vortrag zu halten«, eine »Lesung« zu veranstalten, als »Moderatorin« zu fungieren oder auch nur als »Gast« an Fernsehshows teilzunehmen, sowie bei New Yorker Abendgesellschaften Tischdame eines »attraktiven« verfügbaren Mannes zu sein.

Isadora entdeckte sehr bald, daß diese »attraktiven« Männer die schlimmsten waren. »Attraktiv« bedeutete nur, daß in einer zusehends schwuler werdenden Welt – vorausgesetzt, man teilte die Welt einfach in Schwule oder Normale ein (was Isadora nicht tat) –

der betreffende Tischherr ein verbürgt heterosexuell Veranlagter war. Und wer bürgt dafür, fragte sich Isadora oft. Die Gastgeberin? Hatte sie ihn ausprobiert? Selbst wenn es so war, bedeutete das keineswegs, daß er keine *anderen* Probleme hatte, viel ernstere als jenen dunklen Zwang, Männern den Auspuff zu lackieren. O nein! Der »attraktive« Mann auf einer eleganten New Yorker Soiree war eher ein sich im letzten Stadium der Neurose befindlicher Typ, den eine, zwei, drei oder vier Ehefrauen derart verwundet hatten, daß er ganz gewiß keinem weiblichen Wesen jemals wieder Vertrauen schenkte, und der so belastet war mit gedankenlosen halbwüchsigen Kindern, drückenden Schulden oder verknäuelten rechtlichen und steuerlichen Problemen, daß er für die »ideale Frau«, die er angeblich suchte, selbst dann, wenn sie ihm tatsächlich einmal über den Weg lief, kaum Zeit hatte. Oder aber er war ein zweiter Ralph Plotkin, reich wie Krösus und vom Verfolgungswahn heimgesucht wie Macbeth und Lady Macbeth in einer Person.

Isadoras Sekretärin hatte, und das war ein Trost, das alles schon selbst durchgemacht. Sie war vor vielen Jahren geschieden worden und fand nun alles ungeheuer lustig. Renata Loomis – so hieß sie – hatte nie wieder geheiratet, und zwar auf eigenen Wunsch, aber sie verstand es viel besser als die mehrmals verehelichte Isadora, die trügerischen Untiefen im Leben einer plötzlich allein dastehenden Frau zu umschiffen.

»Eigentlich sollten wir beide so etwas wie einen ›Knigge der geschiedenen Frau‹ schreiben«, sagte Isadora jedesmal, wenn Apparat Nummer eins, zwei und drei (fast) gleichzeitig schrillten. Denn die Vorbereitungen für ein Stelldichein Geschiedener waren in den achtziger Jahren viel verzwickter als alles, was Isadora in ihrer Mädchenzeit erlebt hatte. Als erstes schien jedermann das Problem bewältigen zu müssen, jedes zweite Wochenende seine Kinder bei sich zu haben. Dann galt es, zwischen Stadtwohnungen und Landhäusern hin- und herzukommen, Rücksichten auf die Karriere zu nehmen und mindestens zwei, drei oder mehr Liebesaffären gegeneinander abzuwägen. Die meisten geschiedenen Männer, mit denen Isadora Kontakt aufnahm, hatten offenbar eine Reihe anderer Damen in der Hinterhand, als ob sie nach den auf den Schlachtfeldern der Ehe und Scheidung davongetragenen Wunden niemals mehr alles auf eine Karte setzen wollten. Die Folge war, daß jeder auf den Haupttreffer wartete und seine Affären gegeneinander ausspielte in der ewigen Hoffnung, seine »Gewinnspanne« zu erhöhen. Manchmal hatte Isadora das Gefühl, bei einer Verabredung mindestens zwei andere Damen auf die Plätze verwiesen zu haben. Umgekehrt lernte sie, die normalerweise von skrupelloser Aufrichtigkeit war, Notlügen zu erfinden und, ohne zu zögern, Verabredungen rückgängig zu machen, falls sich inzwischen etwas Besseres anbot. Da gab es Männer, die, sagen wir, niemals mittwochs oder freitags nachts Zeit hatten, sondern nur am Donnerstag oder Samstag. Offenbar gab es eine reguläre Mittwochs- und eine Freitagsdame oder eine Mittwochs- und Freitagsdame in einer Person, obwohl der betreffende Mann natürlich deren Existenz nie zugab. Manchmal, wenn Isadora eine solche Mittwochsdame vermutete, gab sie vor, nur am Mittwoch Zeit zu haben, weil sie den betreffenden Mann testen und sehen wollte, ob er ihretwegen der anderen absagt. Wie niederträchtig das war!

All diese Verwicklungen wurden mittels zahlloser Telefonate bewältigt. Zu ihrer eigenen Verwunderung lernte Isadora sehr schnell, Entschuldigungen vorzubringen, wenn eine vielversprechende Einladung auftauchte. Da herrschte dann die Parole: Jeder für sich, und im Krieg und in der Liebe ist alles erlaubt. Dies war zwar ganz untypisch für die monogam veranlagte Isadora, aber es lenkte sie wenigstens von ihrem Kummer wegen Josh ab. Glücklicherweise hatte sie genügend echte Entschuldigungen parat – das Kind, die Karriere, das Haus –, um ohne schlechtes Gewissen Verabredungen rückgängig zu machen. Das eherne Gesetz für Verabredungen zwischen geschiedenen Leuten war offenbar: »Immer locker vom Hocker«, denn selbst die fadenscheinigste Ausrede wurde nie in Frage gestellt.

Die schlimmsten Verabredungen, erkannte Isadora, waren die von anderen arrangierten. Isadoras wohlmeinende Freunde waren übereingekommen, daß das Problem mit Josh und ihr erstens in dem Altersunterschied und zweitens im Statusgefälle seinen Ursprung hatte. Deshalb waren sie alle darauf bedacht, Isadora an »substantielle« Männer in den Vierzigern und Fünfzigern, kurz, an »attraktive« Partner zu vermitteln. So hatte es sich ergeben, daß sie sich eines Spätnovemberabends in einem sündhaft teuren chinesischen Restaurant auf der East Side neben einem dunkelhäutigen kleinen Anwalt namens Melvin Lebow fand – eine Art Karikatur aus dem »Stürmer«, der vorher von Isadora verlangt hatte, daß sie seine im Central Park South gelegene Luxuswohnung nebst riesiger umlaufender Terrasse und Panoramaaussicht begutachtete, dazu seine achtjährige Tochter in der Schuluniform der Brearleyzöglinge, seine schottische Nanny, seine portorikanische Haushälterin und seine Auswahl edler Weine.

Das einleitende Gespräch, zu dem Wein kredenzt wurde und das in der einfallslos überdekorierten Wohnung stattfand (schwarze Wände und scheinwerferbeleuchtetes, mit fuchsienfarbener Seide gepolstertes Mobiliar), wurde unterbrochen, als Klein Clarissa Lebow neckisch auf Papas Schoß hüpfte, während sich dieser über ihre Erziehung, die Qualifikationen des Kindermädchens und die neuesten Sprüche aus Kindermund verbreitete. Dabei kokettierte das kleine Biest und posierte, während Papa es zitierte, um, wenn sie seine »Dame« entsprechend beeindruckte, zur Belohnung Spielzeug zu bekommen. Man hatte den Eindruck, daß Vater und Tochter diese Routine bereits unzählige Male durchgespielt hatten, und ihre *folie à deux* duldete offenbar keinen Dritten. Die beiden waren das Ehepaar: Dad mit seiner verbrieften Vormundschaft und das Töchterchen, das seinen Daddy ganz fest um den kleinen Finger gewickelt hatte.

Später, im Restaurant, konnte Isadora das Gefühl nicht loswerden, sie werde bezüglich einer Fusion interviewt, nicht aber als zukünftige Geliebte betrachtet. Melvin Lebow, dessen Nase offenbar operiert und dessen Kinn geliftet worden war, fixierte Isadora mit kackbraunen Augen und wollte, als würde er sie vereidigen, wissen, wieviel Hektar Grund zu ihrem Haus gehöre, wie viele Autos sie ihr eigen nenne, wer ihr Anlageberater sei, wo sie den Sommer, wo den Winter verbringe und in welchen Kindergarten sie ihre Tochter schicke. Isadoras Tochter besuchte gerade einen Kinderla-

den in Westport, die alternative Blue Tree School, wo die männlichen Lehrkräfte schulterlanges Haar trugen und die weiblichen manchmal andere weibliche Lehrkräfte heirateten und wo der Hauptunterricht offenbar darin bestand, den Kleinen beizubringen, wie man Vollkornplätzchen bäckt. Sandkastenschick war dies kaum zu nennen.
»Und Ihre Trennung«, will Melvin wissen, »verläuft sie einvernehmlich?«
Jetzt, denkt Isadora, wo du beim Essen gerade zugibst, daß ihr euch »einvernehmlich« getrennt habt, ruft dein Ex bestimmt an und läßt eine nächtliche Schimpfkanonade los. Offenbar gehört es zu den ungeschriebenen Gesetzen von Trennung und Scheidung, daß sich diese sogenannte Einvernehmlichkeit wie ein Flugzeug im Handumdrehen von einer bequemen Umgebung in ein loderndes Inferno verwandeln kann.
»Was verstehen Sie unter ›einvernehmlich‹?« fragt Isadora.
Melvin findet das sehr komisch. Er findet überhaupt alles, was Isadora sagt, sehr komisch. Er blickt ihr tief in die Augen und gesteht, daß sie seit sieben Jahren sein sexueller Wunschtraum gewesen sei – seit er »dieses Buch« von ihr gelesen habe. Anscheinend hat sie genügend Landbesitz und Aktiva, um als Übernahmeprojekt in Frage zu kommen. Sie hat das Gefühl, soeben das geworden zu sein, was Anlageberater als eine »bevorzugte Lage« bezeichnen.
Aber Isadora hat auch die Zauberworte vom siebenjährigen »sexuellen Wunschtraum« vernommen, eben jene Worte, die fast unweigerlich Impotenz, vorzeitigen Samenerguß oder andere Formen sexuellen Versagens signalisieren. Deshalb entschuldigt sich Isadora, läßt das Sezuanrindfleisch mit Schalotten und die Scampi in Knoblauchsoße stehen und eilt ans Telefon, um das Kindermädchen anzurufen und sich nach der Heimatfront zu erkundigen. Die Kleine ist in Ordnung, wird ihr mitgeteilt, das Haus ebenfalls, der Hund auch.
Sie geht zurück zum Tisch und erklärt Melvin unter vielen Entschuldigungen, daß sie aufbrechen müsse. »Ich muß nach Hause zurück. Offenbar hat sich meine Tochter eine Erkältung geholt.«

Das ist echte Verzweiflung, denn Isadora hat gegen das strengste elterliche Tabu verstoßen: Man darf es nicht an die Wand malen. Wenn man lügt und behauptet, dem Kind gehe es nicht gut, wird man unweigerlich eine schlimme Krankheit heraufbeschwören. Alle Rachegötter und -göttinnen mißbilligen solche Notlügen; den Gottheiten der Unterwelt gefällt so etwas ganz und gar nicht. Aber plötzlich erfüllt die Aussicht, mit Melvin den Rest des Abends verbringen und während des Likörs und der unvermeidlichen Anmache oberflächlich konversieren zu müssen, Isadora mit Panik. Im Anfang ihrer Trennung hätte Isadora die Rechnung beglichen, um diese unvermeidliche Anmache abzuwenden. Nun aber ist sie bereits so weit »im Geschäft«, daß sie über die Gesundheit ihres Kindes Lügen verbreitet, obgleich ihr keineswegs wohl dabei ist, denn sie ist fest davon überzeugt, zur Strafe dafür zu Hause ihre Tochter von einem »Fieberfrost« (neunzehntes Jahrhundert) oder gar einem »Schwermutsanfall« (achtzehntes Jahrhundert) hinweggerafft vorzufinden.

Soviel über die »arrangierten« Verabredungen: Ärzte, Anwälte, Schornsteinfeger, »attraktive«, geschiedene »ältere« Männer, die allesamt »gute Partien« waren. Unter ihnen befand sich auch ein betagter akademisch gebildeter Exhibitionist, ein Politologe, der in seiner von Kakerlaken wimmelnden, vergammelten Westside-Küche urplötzlich seinen Schwanz herausholte und sich über dessen Umfang, Länge und Leistungsfähigkeit, mit der er Pussys befriedigen könne, ausließ. (Dies war ein weiteres schlechtes Zeichen, das Isadora zu deuten gelernt hatte. Wann immer ein Mann behauptet: »Ich bete die Pussy an«, konnte man jede Wette eingehen, daß er es nicht tat. Männer, die es können, tun es; Männer, die es nicht können, reden darüber.)

Nach dem akademischen Exhibitionisten kam ein weißhaariger Nobelpreisträger, ein Biochemiker, der Englisch redete, als würde er sich einer Fremdsprache bedienen. (Es klang, als lese er eine schlechte Übersetzung vor, wie eine englisch verfaßte Gebrauchsanweisung für in Japan hergestelltes elektronisches Spielzeug.)

Als sie sich zum erstenmal trafen, nannte er sie die »adäquate Protagonistin«, womit er sagen wollte, daß Ruhm und Reichtum sie beide ebenbürtig machten. Als er dann sinnlich sein wollte, nannte er sie »eine starke Frau«, »eine Frau von großer Klarheit« und »eine scharf umrissene Frau«. Schließlich, als sie im Bett lagen, bezeichnete er sie als »eine warme, nuancenreiche Frau« – vielleicht, weil ihre Klimax so schnell kam und sie so wenig sexuelle Komplexe hatte. Dieser Umstand gereichte ihr zum Segen, während ihre außerordentliche Verwundbarkeit ihr Fluch war. Sexuell reagierte sie auf fast jeden Mann, aber in ihrem Kopf, ihrem verfluchten Kopf, raste es weiter.

Sie verzichtete jetzt auf »arrangierte« Begegnungen mit unbekannten Partnern, merkte aber bald, daß man, vorausgesetzt, man war ausgehungert, bedürftig und gefühlsmäßig offen, *überall* Männern begegnete. Offenbar konnte sie *nirgendwo* hingehen, ohne *irgend jemandem* zu begegnen. Da sie »gute Partien« nicht mochte und fast instinktiv Männer bevorzugte, die keine Fusionen anstrebten, fand sie, daß die Welt plötzlich voller Männer war: Männer für *hot tubs*, Gärtner, Malocherhengste, Söhne von Freundinnen, junge Journalisten, Jungakademiker, Hungernde, Arme, Rastlose. Die romantische Bereitschaft junger Männer entschädigte sie hundertmal für deren Unvermögen, Restaurantrechnungen zu bezahlen.

»Soll ich einen Artikel für ›Cosmopolitan‹ mit dem Titel ›Der Lady-Chatterley-Komplex‹ schreiben?« fragte sie Renata Loomis, als sie an einem Dienstagvormittag Wochenendpläne festlegten.

»Meines Erachtens haben Sie eher einen Stella-Kowalski-Komplex«, erwiderte Renata, womit sie recht hatte.

Manchmal vergingen Wochen, ohne daß Isadora mit jemandem ausging, der die Restaurantrechnung bezahlen konnte, geschweige denn einen Anzug sein eigen nannte. Geduldig hörte sie sich die Lamentos geschiedener Frauen an, niemals irgendwelchen Männern zu begegnen. Sie versuchte dann, ihnen klarzumachen, daß sie eigentlich vielen Männern über den Weg liefen, aber daß sie einfach nicht hinschauten. Oder aber sie schauten auf die falsche Stelle: zum Beispiel auf die Brieftasche, anstatt lange und ausschließlich auf seinen Schwanz zu starren. (Und natürlich auf

sein Herz, denn was ist ein großer Schwanz ohne ein großzügiges Herz?)
Eine von Isadoras Theorien war: Angesichts des Umstands, daß die Männer die Frauen nicht mehr zu ernähren brauchten (weil sich die Frauen selbst und recht oft auch ihre Kinder ernähren wollten), hatten die Frauen wenigstens Anspruch darauf, die eine Sache, für die Männer wirklich taugten, zu bekommen: Sex. Oder vielleicht zwei Dinge, für die Männer zuständig waren: Sex und Schutz.
»Am Ende werden wir alle zu Löwinnen«, sagte Isadora zu Renata. »Wir füttern unsere Jungen, kümmern uns um unsere Höhle und wählen uns die Löwenmännchen nach ihrer Potenz aus und nach dem Mut, mit dem sie das Rudel verteidigen.«
»Dann führt uns also die Emanzipation unmittelbar in die Höhle zurück?« fragte Renata. »Ich glaube, Sie haben da tatsächlich einen Artikel.«
»Klar, aber für die ›National Review‹«, sagte Isadora.
Renata lachte. »Nein, es klingt eher nach diesen selbstgerechten Verbalexplosionen im ›Time Magazine‹, die allesamt ominöse Titel haben und deren vorwurfsvoller Ton impliziert, daß die Verfasserin sich für das moralische Gewissen der Nation hält.«
»Schreiben wir's«, sagte Isadora und diktierte emphatisch: »›Heute sehen sich die Frauen mit einer schrecklichen Wahrheit konfrontiert. Da sie sich von ihren Podesten hinunterbefreit und hinaus aus den beiden Ks, Küche und Kirche, katapultiert haben, fragen sie, wer wohl die Kinder versorgen wird.‹ – Natürlich wird der Artikel andeuten, daß uns allen recht geschehen ist, denn wären wir nur zu Hause geblieben und hätten wir unserem biologischen Imperativ gehorcht und Spitzendeckchen gehäkelt, hätte nichts von alledem passieren können.«
»Und wer ist dieses Wochenende der Glückliche?« fragte Renata.
Isadora war in einem Dilemma. Am unkompliziertesten war es bestimmt mit Errol, aber ein ganzes Wochenende mit ihm – das war zuviel. Roland würde sie so mit Drogen vollpumpen, daß ihre Gehirnzellen nie mehr funktionierten (er hielt ja diese Psilocybinpilze auf Vorrat in seiner Tiefkühltruhe, um sie bei einem katato-

nischen Wochenende auf dem Lande einzusetzen), und der Rabbi mit seinen Fliegen und Bonmots würde sie einfach zu sehr deprimieren. Vielleicht sollte sie das Wochenende offenlassen und abwarten, was sich ergibt. Oder vielleicht sollte sie sicherheitshalber eine Verabredung treffen, diese aber rückgängig machen, falls etwas Vielversprechenderes auftauchen sollte. Nur eins müßte sie vermeiden wie die Pest: nach Sonnenuntergang allein zu sein. Tagsüber war ihr Haus durchaus erträglich, aber nachts fühlte sie sich schrecklich einsam.

»Ich weiß nicht, Renata, vielleicht sollten wir erst morgen das Wochenende verplanen...« (Stimmte es, oder schien es ihr nur so, daß getrennt lebende oder geschiedene Leute neunzig Prozent ihrer Zeit damit verbrachten, ihre Bettgeschichten vorzubereiten, wogegen feste Paare sich voll und ganz ihrer Arbeit widmen konnten?)

Gerade in diesem Augenblick kam der Rotschopf Mandy in Renatas Büro gerannt. Mandy war drei. Auf ihrer Unterlippe zitterte zwar noch ein Tropfen Sabber, aber ihr Wortschatz war der einer Fünfjährigen. Zur Zeit war Dornröschen ihr Lieblingsmärchen. Sie ließ sich die Geschichte unzählige Male von Isadora vorlesen, Abend für Abend. Im Gegensatz zu allen feministischen Wünschen Isadoras liebte sie vor allem jene Passage, wo der Märchenprinz das schlafende Dornröschen wach küßt.

»Lies mir ›Dornröschen‹ vor, Mama! ›Dornröschen‹, ›Dornröschen‹!« bettelte Mandy, die wie ihre Mutter nichts nur einmal sagen konnte.

»Schätzchen, wir sind bei der Arbeit«, sagte Isadora. (Sie sagte es, weil sie mit Renata in deren Büro war, wohl wissend, daß sie überhaupt nicht arbeiteten. Aber was taten sie wirklich? Sie traten sozusagen emotionell Wasser, um Isadoras Verstand bis zum nächsten Buch hinüberzuretten, die Kopfschmerzen zu bannen, die Ängste und die Einsamkeit, bis Isadora wieder als Autorin funktionieren würde.)

»Lies mir ›Dornröschen‹ vor, Mama!« beharrte Mandy mit der Hartnäckigkeit einer Dreijährigen. Und Isadora, die wußte, daß sie nicht wirklich arbeiteten und es auch heute wahrscheinlich

nicht mehr tun würden, gestattete ihrer Tochter, die sie über alles liebte, sie bei der Hand ins Kinderzimmer zu ziehen, wo sie ihr mit ihren Patschhändchen die von Walt Disney illustrierte Fassung des Dornröschenmärchens hinhielt.
Gehorsam las Isadora. Sie las vom Spinnrad, von der Verwünschung und vom Schlaf.
»Wo sind die Zwerge«, fragte Mandy, weil sie das Märchen von Schneewittchen und den sieben Zwergen mit der Geschichte von Dornröschen durcheinanderbrachte. (Isadora verwechselte sie auch, denn beide Geschichten ähnelten sich erstaunlich: Im einen Fall bewirkte eine alte Vettel den Zauber, im anderen eine alternde Schönheit. Und jedesmal schlief die liebreizende, halb erblühte Unschuld und wartete darauf, von einem Prinzen, der ihre schlummernde Schönheit erkannte, erlöst zu werden. Sind Frauen am schönsten, wenn sie schlafen – wie Kinder?)
Mandy lauschte gespannt, während ihre Mutter ihr dieses alte Märchen vorlas. Das Kind schloß in all der unbewußten Schönheit einer Dreijährigen die Augen; Sabber auf der zitternden Lippe, sich der Herrlichkeit seiner malvenfarbenen Lider kaum bewußt. Ein blasser Finger steckte in Mandys Mund. Die unter diesen niedergeschlagenen, durchscheinenden Lidern verborgenen Augen träumten vom fernen Märchenprinzen – war es Daddy? –, der eines Tages kommen und ihre Leidenschaft wecken würde. Oh, dieser ferne Mann! Wie wir Frauen, ob drei oder dreißig, fünf oder fünfzig, uns doch nach ihm sehnen, damit alles wieder gut wird!
Als Isadora Mandy vorlas, dachte sie an ihre sexuellen Eskapaden während der letzten Monate – und an ihre Sehnsucht nach dem Märchenprinzen, die hinter dieser wahllosen Promiskuität steckte. Aber wer war dieser Märchenprinz? Daddy? Wir wissen doch, daß niemand kommen und die Welt in Ordnung bringen wird. Märchenprinzen bleiben nicht lange; uns selbst und unsere Seelen aber haben wir für immer.
Und nun war sie beim letzten Abschnitt:

> Endlich kam er zu dem Turm und öffnete die Tür zu der Stube, in welcher Dornröschen schlief. Da lag es und war so

schön, daß er die Augen nicht abwenden konnte, und er bückte sich und gab ihm einen Kuß. Wie er es mit dem Kuß berührt hatte, schlug Dornröschen die Augen auf, erwachte und blickte ihn ganz freundlich an. Da gingen sie zusammen hinab, und der König erwachte und die Königin und der ganze Hofstaat, und sie sahen einander mit großen Augen an. Und die Pferde im Hof standen auf und rüttelten sich; die Jagdhunde sprangen und wedelten; die Tauben auf dem Dache zogen das Köpfchen unterm Flügel hervor, sahen umher und flogen ins Feld; die Fliegen an den Wänden krochen weiter; das Feuer in der Küche erhob sich, flackerte und kochte das Essen; der Braten fing wieder an zu brutzeln; und der Koch gab dem Jungen eine Ohrfeige, daß er schrie, und die Magd rupfte das Huhn fertig. Und da wurde die Hochzeit des Königssohns mit dem Dornröschen in aller Pracht gefeiert, und sie lebten vergnügt bis an ihr Ende.

Mandy nahm alles in sich auf und dachte nach. Unter zitternden malvenfarbenen Lidern bewegten sich die intelligenten blaugrauen Augen. Das Märchen, die Erinnerungen, die Mutter-Tochter-Schwingungen beanspruchten sie voll. Isadora sehnte sich danach, alles, was sie in den vier Jahrzehnten ihres Lebens über die Männer erfahren hatte, an ihre Tochter weiterzugeben, aber sie wußte, es war unmöglich. Selbst wenn es ihr gelingen würde, sich über ihr eigenes Leben Klarheit zu verschaffen – aber das, schien ihr, war niemals trüber gewesen als gerade jetzt –, könnte sie diese Erkenntnis nicht an Mandy weitergeben. »Eine Frau von großer Klarheit« hatte sie der Nobelpreisträger genannt. Denkste! Sie wurde wie eh und je von ihrer Möse beherrscht und war genauso abhängig von den Launen der Unterweltgottheiten wie Medea. Ach, wäre sie nur wie Athene und nicht wie Aphrodite! Ach, wie schön wäre es, kühl, leidenschaftslos und mathematisch zu sein und nicht von tosendem Blut beherrscht.
Mandy sieht auf und richtet ihre blaugrauen Augen auf die Mutter. Dann sagt sie ganz deutlich: »Mama, und wenn der Märchenprinz nun doch nicht kommt?«

Isadora denkt lange nach. Sie weiß, dieser Satz kann die Grabschrift ihrer Mutter-Tochter-Beziehung sein. Auf der Couch des Analytikers, wenn es solche 1998 noch gibt, würde Mandy sich daran erinnern, und auch sie selber würde ihn nie und nimmer vergessen, vielleicht auch nicht in einem Leben nach dem Tode.
»Dann, mein Schatz, küßt sie sich einfach selber und weckt sich selber auf.«
Mandy ist erstaunt, aber überzeugt.
»Ja, Schätzchen. Wenn keiner da ist, um sie zu umarmen, umarmt sie sich selbst, steht auf und macht sich wieder an die Arbeit.«
Darauf umarmte Isadora ihre Tochter und machte sich wieder an die Arbeit – oder sie begab sich wenigstens in ihr Büro, um das, was noch von ihrer prinzenlosen Woche übriggeblieben war, zu organisieren.
Gab es keine Prinzen, dann wollte Isadora ihre Prinzenlosigkeit im Sex ertränken. Sie wollte jede Spindel auf Gottes weiter Welt ausprobieren, bis sie am Ende doch noch die verwunschene, die tödliche oder die, welche Vergessen bringt, fand, wenn nicht in Wirklichkeit alle drei ein und dieselbe waren.
Warum gab es kein Märchen von der Suche nach der verwunschenen Spindel? Isadora durchlebte diese Suche in den Wochen nach dem Unfall. Sie nahm sich fest vor zu arbeiten, hart zu arbeiten, zu schreiben und zu schreiben, aber wenn die Dämmerung über die Serpentine Hill Road kroch, wurde die Traurigkeit so überwältigend, daß sie in ihrem Terminkalender sogar nach ganz beiläufig hingekritzelten Männertelefonnummern suchte. Und dann lud sie jedesmal irgend jemand zu sich ein, zu Drinks oder zum Essen, oder sie setzte sich in den Wagen und fuhr die kurvenreiche Straße hinunter, um irgendeinen Typ in einer Kneipe in Westport zu treffen oder in einem billigen Restaurant in Norwalk oder in einer Eisenbahnerpinte irgendwo entlang der holprigen, unzuverlässigen Conrail-Strecke.
Oft endeten diese Begegnungen im Bett, in irgendeinem Bett in einem muffigen Motel entlang der Postroute oder im Bett zu Hause, wenn Mandy fest eingeschlafen war, sie endeten in Isadoras großem Wasserbett mit einem Mann, der weggehen mußte,

ehe die Morgendämmerung die Hügel von Connecticut zartrosa färbte wie jenes blaßfuchsienfarbene Wasser in einem Apothekerglas, an das sie sich erinnerte und das in den fünfziger Jahren in einer Apotheke an der Madison Avenue im Schaufenster gestanden hatte. Diese Glasbehälter waren in der teuer gewordenen Madison Avenue längst verschwunden, und es gab auch nicht mehr diese wundervollen Marmortheken, diese grellbunten Glanzpapierplakate für »Revlon«-Lippenstifte und die köstlichsten aller Tripeldecker-Sandwiches. Die Zweige der Hemlocktannen vor den Panoramafenstern sahen vor der lilafarbenen Morgendämmerung jedesmal wie dunkle Scherenschnitte aus, wenn eine mit Haschisch zugerauchte und schwankende Isadora aufstand, um den betreffenden – oder betroffenen – Freier hinauszulassen. *Exeunt omnes* durch die gläserne Schiebetür, die von Isadoras Schlafzimmer auf die um ihr rustikales Connecticut-Heim laufende Redwoodterrasse führte. In Kalifornien spricht man von »*Lanai*-Türen«, und das klingt für alle Welt wie ein obszönes Anagramm.

Sie fühlte sich immer erleichtert, wenn der betreffende Herr gegangen war (natürlich redete sie sich ein, Mandys wegen). Sie rannte barfuß treppauf, um sich zu vergewissern, daß ihre Tochter – das Dornröschen – auch tatsächlich schlief, als befürchte sie, die im Hause stattfindende Sexualität könne in den Traum der Tochter eingeflossen sein und deren Jungfräulichkeit korrumpieren. Dann murmelte sie ihr Stoßgebet zur Muttergöttin – »Göttin segne und Göttin bewahre« – und rannte wieder hinunter, um sich allein im breiten Bett zu aalen, bis es Zeit war, aufzustehen und ihrem Dornröschen das Frühstück zu bereiten.

Während der ersten Monate nach der Trennung bestand es immer aus heißer Grütze (womöglich aus irischem Hafer), und im Eßzimmerkamin flackerte stets ein Feuer. Isadora bildete sich ein, daß sie und Mandy, wenn sie sich nicht gehenlassen würde, mit dem prasselnden Kaminfeuer, der Hafergrütze im Topf und ohne sicht- oder hörbare Freier in ihrem Schlafzimmer den Winter überstehen würden.

An manchen Tagen stapfte sie frühmorgens im Flanellnachthemd, mit Schneestiefeln und daunengefüttertem Parka hinaus zum Holzstoß, um Scheite zu schleppen, ehe Kind und Kindermädchen aufwachten. Irgendwie war ihr das wichtig: das Feuer im Kamin, der Brei im Topf, der Eßtisch ohne die Spur eines nächtlichen Freiers, keine zerriebenen Krümel von *shit*, kein weißes Pulver, keine verräterischen einschneidigen Rasierklingen, kein »Zig-Zag« oder »Big Bambu«. Auf einmal war es für Isadora einfacher als je zuvor, Frau zu sein: Sie brauchte nur die Flamme zu hüten, die Grütze heiß zu halten, Holz zu tragen (und es auch gelegentlich zu spalten), während ihre Tochter im Dornröschenschlaf lag wie jene Prinzessin Aurora. (Prinzessin Aurora wegen ihrer rosigen Wangen und Dornröschen wegen des Dornengestrüpps, das sie für ihre Rosen brauchte, damit sie unversehrt durch diese Männerwelt gehen konnte.)

Und was lernte Isadora in diesem Lebensabschnitt über die magischen Spindeln? Sie lernte, daß nur sehr wenige einen Zauber bewirken oder auch nur Vergessen bringen konnten, und wenn, dann nur für eine ganz beschränkte Zeit. Sie lernte nicht nur, daß der Märchenprinz häufig nicht kam, sondern daß er ihn sehr oft überhaupt nicht hochkriegte. Sie lernte, daß Männer ganz unterschiedliche Schwänze haben: Manche strecken sich einem verführerisch entgegen, andere lehnen sich zögernd zurück, wieder andere wollen die Welt im Sturm erobern, und noch andere schleichen sich, wie Gegenspione, sachte, sachte ein. Manche sind rosa, manche rot, andere gelblich und wieder andere braun, und dann wieder andere schwarz. Manche sind geädert wie eine Mondlandkarte, andere glatt wie rosa Marzipanschweinchen, manche tröpfeln, ehe sie spritzen, und manche weigern sich überhaupt, einen abgehen zu lassen (weil ihre Besitzer derart mit dem Gedanken an die angebliche weibliche Unersättlichkeit beschäftigt sind, daß sie überhaupt nicht spritzen können, sondern, auweh, an einer schmerzhaften Dauererektion leiden müssen). Aber trotz all dieser Varianten bleibt eines gleich: Man kann einen Schwanz nicht lieben, ohne seinen Besitzer zu mögen.

Nun ja, man kann einen Schwanz so weit akzeptieren, daß man ein, zwei kleine Spasmen spürt, ehe man sich umdreht und sich wünscht, der Mann möge wie ein Astralleib aus unserem Schlafzimmer verschwinden. Man kann so einen Schwanz aber nicht festhalten, lieben, ihm die Möse anvertrauen, ihn zwischen die Schamlippen pressen, wie ein Geizhals eine Goldmünze festhält. Man kann ihn nicht gegen den Kitzler reiben wie einen Klumpen Butter gegen eine unebene Napfkuchenform. Nein, einen Schwanz kann man nicht wirklich lieben, wenn sein Träger jeden Augenblick etwas Idiotisches von sich gibt wie: »Du bist eine warme, nuancenreiche Frau« oder »eine adäquate Protagonistin« oder »eine Frau von großer Klarheit«. Am Ende entdeckte Isadora, daß sie keinen Schwanz lieben konnte, der nicht Sinn für Humor hatte, der Shakespeare nicht kannte und der in der Möse nur eine Kreatur sah, die man demütigen oder schlimmer noch: fürchten mußte. Die sexuellen Desaster, welche für die Jahre der angeblichen sexuellen Befreiung geradezu typisch waren, stellten alle Desaster in den Schatten, die Isadora in den fummelnden Fünfzigern erlebte – in einem Jahrzehnt, in dem dank der noch nicht auf dem Markt befindlichen verläßlichen Antikonzeptiva und der Vorherrschaft puritanischer Gesellschaftsnormen die Kunst der manuellen Befriedigung derart hoch und phantasievoll entwickelt wurde, daß kein darauffolgendes Jahrzehnt irgend etwas Vergleichbares vorweisen konnte. Fast könnte man meinen, die jungen Leute von heute versäumen etwas, weil sie sich nicht so geschickt gegenseitig abfummeln können, denn sie bekommen ja gleich zu Beginn grünes Licht für den Spontanfick. Aber erlebt man denn heute eine echte Verschmelzung mit jedem Partner? Was, wenn einem sein Geruch nicht zusagt oder seine Stimme oder seine Berührung? Jeder Mann hat inzwischen begriffen, daß vor allem die Klitoris stimuliert werden muß, aber höchstens einer von zehn versteht es auch, sie richtig zu berühren, nicht zu heftig, nicht zu leicht, nicht zu hart, nicht zu sanft.

In der Regel waren Männer über fünfzig die ärgsten, denn sie waren zu einer Zeit aufgewachsen, in der eine Aufrechterhaltung der Erektion als ausreichend galt, und jetzt ritten sie Scheinangriffe auf die Klitoris – dank der Selbsterfahrungsbücher der Feministinnen oder wohl eher dank des Verdienstes der (natürlich von

Rolands kämpferischer Mutter angeführten) Sextherapiebrigade. Diese Männer schnipsten, aber sie streichelten nicht, sie leckten, aber sie waren nicht bei der Sache. Isadora konnte ein Lied davon singen.

Der arme Rabbi war so ein Musterbeispiel. Er leckte ihre Büchse aus, als probiere er ein tausendjähriges Ei anläßlich eines chinesischen Staatsbanketts am Fuße der Großen Mauer, bei dem möglicherweise Henry Kissinger Ehrengast war. Dabei überfielen ihn jedesmal krampfartige Zuckungen, als wäre er im Begriff, in eine Welt zu tauchen, in der es keinen Sauerstoff gab: Man hätte ihm gern einen Taucheranzug mit Atemgerät angeboten, so verängstigt war er. Mit zugekniffenen Augen und herausgestreckter Zunge (als fürchtete er, mit einem Haar in Berührung zu kommen) wagte er den Sprung, leckte ein wenig – etwa eine halbe Minute nach einer imaginären Stoppuhr – und kam dann eilig und nach Luft schnappend wieder an die Oberfläche. Er machte die Augen auf und fragte: »War das genug?«

Wenn es eine *broche*, einen Segensspruch, vor dem Auslecken gäbe oder eine diesbezügliche Talmudstelle, Isadora hätte sie aufgesagt: *Boruch, ato, adonai,* Pussy *melech Haar'lochim.* Im Namen der Mutter, des Sohnes und des Heiligen Grabmals. Beim Fels der Ewigkeit – der in Wahrheit ja doch nur ein Phallussymbol war – erkläre ich dich für sexuell befreit.

Eines hatte Isadora jedenfalls gelernt: Priester sollten ihr nie wieder unter den Rock fassen – gleichgültig, ob sie ihre Kutte noch trugen oder bereits ausgezogen bekommen hatten; Priester sind zwar geil, aber es fehlt ihnen an Übung. Wie Psychiater können sie ihr Gegenüber durch ihre Berufskleidung so verunsichern, daß sie keine besondere Technik brauchen – bis natürlich die Kutte fällt und der Fick steigt.

Der Nobelpreislaureatus war fast ebenso schlimm, obwohl seine Technik, oberflächlich betrachtet, überlegter war. Er besaß die einnehmende Angewohnheit, die Namen anderer von ihm bestiegener prominenter Frauen zu erwähnen, und zwar kurz ehe er mit Isadora ins Bett ging. Dann aber war er nicht davon abzubringen, nur die klinischsten aller Terminologien zu verwenden. Die englische Sprache ist ja merkwürdig begrenzt auf diesem Gebiet. Anscheinend gibt es nur zwei Varianten: entweder latinisierte, medizinische Ausdrücke wie Vagina und Cunnilingus oder aber angelsächsische *four-letter-words*. Gewiß gibt es Menschen, deren puritanische Gehirnwäsche sie erschaudern läßt, wenn man nur einen dieser volkstümlichen Ausdrücke in den Mund nimmt. Aber wenigstens entspringen sie der Sprache des Gefühls, der Sprache machtvoller Emotionen, wogegen die latinisierten Wörter arg nach Desinfektionsmittel riechen. Wenn also, wie ein gewisser österreichischer Schriftsteller behauptet hat, die Sprache eine Hure ist, die wieder zur Jungfrau gemacht werden muß, dann können »ficken« und »Fut« von einem talentierten Autor oder Erzähler verjungfert oder vielleicht besser: veredelt werden. Und außerdem: Wenn diese Ausdrücke für einen Chaucer, einen Shakespeare und einen Joyce gut genug waren, dann waren sie gewiß auch gut genug für Isadora.

Nicht aber für den Laureatus. Der zu klein geratene Mann mit dem Gesicht eines Frettchens, einem langen weißen Bart, zwinkernden grauen Augen, rosigen Wangen und einem Schopf wolliger weißer Haare (die er vergeblich über eine hellrosa Kahlstelle auf seinem Hinterkopf zu drapieren versuchte) stürzte sich ins Vorspiel, als gelte es auch hier, den Nobelpreis zu gewinnen. Aber leider fehlte es ihm an Zündstoff. Seine Küsse waren kalkuliert, seine Berührungen nicht spontan genug, seine Finger ungeschickt. Er näherte sich einem Frauenkörper, als sei dieser eine wissenschaftliche Studie, die es zu annotieren und mit Fußnoten zu versehen gilt: *vide!*, *ibd.*, *op. cit.* Selbst Roland Rabinowitz, der auch klinisch dachte, war im Vergleich mit dem Laureatus ein wahrer Amor.

Der Laureatus war knapp einssechzig groß und wie der Rabbi ein Geck. Aber seine Stutzerhaftigkeit war anders: flatternde Schals statt Fliegen, kragenlose Hemden statt elegante englische Maßarbeit und (welch eine Überraschung) rote Minislips – seine einzige Konzession an die Mode und den Sex. Als der Laureatus sich auszog, erkundigte sich Isadora, ob diese roten Unterhosen eine Freundin oder eine Exehefrau gekauft habe. »Nein«, erklärte der

Laureatus, »meine Mutter.« Ach, welch ödipale Abgründe taten sich mit diesem Eingeständnis auf! Der Laureatus, der in Wirklichkeit Gower Grodofsky hieß, hatte einen gewölbten, mit weißem Flaum bedeckten Brustkasten und affenähnliche O-Beine. Sein Schwanz war rosa und ein ganz durchschnittliches Anhängsel des Homo sapiens.

Kopulieren Intellektuelle, ohne daß Liebe dabei im Spiel ist, fühlen sie sich bemüßigt, nachher intelligente Sachen von sich zu geben. Und der Laureatus war ein Meister im Fazitziehen. »Das war eine höchst befriedigende Ejakulation«, pflegte er zum großen Erstaunen unserer Heldin zu sagen. Oder er lobte sie etwa bei der einmaligen Gelegenheit, als sie sich beim Blasen selbst übertroffen hatte, und sagte: »Was für ein bemerkenswertes Arpeggio das war, oder sollte ich lieber von einer Kadenz sprechen?«

»Warum nennst du es nicht einfach Blasen?« fragte Isadora ungerührt. »Blasen bleibt, wie man es auch nennen mag, immer Blasen.«

Gower blickte sie an, als sei sie die vulgärste Plebejerin. Er hob die buschigen weißen Brauen, zupfte an seinem weißen Bart und sagte: »Du bist wahrlich eine erstaunliche Frau, warm und voller Nuancen.«

»Einigen wir uns darauf, daß ich einfach eine tolle Nummer bin«, erwiderte Isadora, »und belassen wir es dabei.« Und es war in der Tat genau der Moment, wo sie es für immer dabei beließen.

Nein, die magischen Spindeln waren sehr rar. Dornröschen wäre in einen tausendjährigen Schlaf verfallen, hätte es sich auf die im Amerika der achtziger Jahre verfügbaren Märchenprinzen verlassen müssen. Der Hofstaat würde weiter schnarchen, die Pferde im Hof würden weiter schlafen, die Hunde auf dem Hof, die Tauben auf dem Dach, die Fliegen an der Wand, ja, selbst das Herdfeuer würde stillstehen, und der Prinz und die Prinzessin würden nie Hand in Hand die Treppe hinuntergehen.

Das Sexkarussell und die Bettenlotterie deprimierten Isadora so, daß sich bei ihr von Zeit zu Zeit Heimweh nach den Annehmlichkeiten der Ehe einstellte, obwohl Josh ungerechtfertigt oder vielleicht nur unbeabsichtigt grausam zu ihr gewesen war. Er blieb nach wie vor derjenige, dem sich Isadora verbunden fühlte, der Mensch, mit dem sie sich Amanda teilte, mit dem sie Wehen und Geburt erlebt hatte, mit dem sie acht Jahre voller Krisen, Freuden und ganz persönlicher Scherze verbracht hatte. Früher war alles zwischen ihnen so fröhlich und locker, so harmonisch gewesen, daß sie beide ihr Glück für unzerstörbar hielten. Über alles hatten sie offen sprechen können, und es schien, als ob nichts den Einklang stören könne. Jetzt aber waren sie Teilnehmer an der Scheidungsolympiade. Sie rannten, die Fackel in der blutenden Hand, sie rannten, rannten, rannten von Bettgenoss' zu Bettgenoss' und lauschten spät abends den schmalzigen Songs im Radio, als stammten die trivialen Texte von Keats, Shakespeare und Donne in einer Person. Die Musik mußte unbedingt weiterspielen, das Kaminfeuer flackern und die Grütze warm gehalten werden.

Josh kam noch gelegentlich, angeblich, um Amanda zu besuchen, und Isadora erlaubte ihm (freilich mit der Zeit immer weniger), die Besuchstermine zu manipulieren, weil er immer noch hier zu Hause zu sein schien, weil sie das Gefühl hatte, nur er könne alles im Haus reparieren, und weil er – sie mußte es zugeben – ihr immer noch fehlte.

Bevor er eintraf, zog sie sich jedesmal sorgfältig an und legte frisches Make-up auf, aber er kam hereinmarschiert mit glasigem oder abgewandtem Blick und ging schnurstracks zum Kühlschrank, um sich, ehe er hinauf zu Amanda ging, etwas Eßbares zu holen.

»Daddy, Daddy!« rief die Kleine dann und glaubte, alles sei nur ein böser Traum gewesen und ihr Vater sei für immer heimgekehrt.

Auch Isadora empfand es so. Seine Anwesenheit im Haus löschte alle Zufallsbegegnungen aus, die bekifften nächtlichen Autofahrten, die Depressionen, die Selbstmordgedanken. Wenn er nur bleiben würde, dann würde sie schon Mittel und Wege finden, alles wieder in Ordnung zu bringen. Sie wollte ihn weniger fordern, ihm größeren Spielraum geben, ihm seine Tippse verzeihen, die Programmiererin, die Mama von Mandys Spielkameradin. Sie wollte für ihn kochen, sich ihm widmen, nie schreiben, wenn er nicht auch schrieb, niemals mehr auf eine Lesetournee gehen und ihn dabei mit dem Kind und dem Mädchen allein zu Hause lassen, niemals mehr unterwegs mit einem Mann in ein Hotelbett steigen, ihn niemals mehr um irgend etwas bitten.

Sie wollte nur geben und geben und geben – aber nichts als Gegengabe erwarten. Hatte Joshs Vater denn nicht einmal erklärt (als Isadora am Telefon weinte und sich darüber beklagte, wie sehr ihr Josh fehle), daß sie ihn »zurückgewinnen« solle? Aber wie um Himmels willen sollte sie das nun, nachdem sie alles versucht hatte, zuwege bringen? Gewiß, sie hatte ihn »hinausgeschmissen«, aber erst, nachdem sie sich jahrelang anhören mußte, wie er sich über seine angebliche Unfreiheit beklagte, wie er sich als »zweite Geige«, als »Hausmann« bezichtigte. Aber dann hatte sie es sofort bereut und ihn gebeten, zurückzukommen. Er jedoch war stur geblieben und hatte erklärt, das würde nie geschehen. Er hatte es abgelehnt, weiterhin zur Ehetherapie zu gehen, hatte sie mit Vorwürfen und Beleidigungen überhäuft, bis die Kluft zwischen ihnen so tief wie die Schluchten des Grand Canyon geworden war. *Sie* war nun die Übeltäterin, die Rausschmeißerin, *sie* hatte ihr gemeinsames Heim zerstört. Selbstgerecht leugnete er jegliche Schuld an der Entzweiung, wo doch, wie bei jeder Scheidung, beide Partner zum »Bruch« beigetragen hatten.

Und nun war er wieder hier und brachte gerade Mandy zu Bett. Vor dem Kinderzimmer ging sie auf und ab, wartete auf ihn, hörte das süße Kleinmädchengeplapper, jene bezaubernden Töne einer Dreijährigen, die zwitschert, weil ihr Daddy nach Hause gekommen ist und ihre Welt wieder heil gemacht hat.

»Hastu einen Penis?« fragte Mandy damals alle Männer.

»Bistu eine Mama oder ein Daddy?« Das waren ihre Fragen, und das war alles, was sie wissen wollte, alles, worauf es in ihrem dreijährigen Leben ankam.

Sie wollte nur Daddy, Daddy. Er war *alles* – und das um so mehr, als er kam und wieder ging.

»Geh jetzt schlafen, Schatz!« sagte Josh zu Mandy, und zwar so zärtlich, daß Isadora neidisch wurde. Ihre Tochter hatte in Joshs

Herzen ihren Platz eingenommen. Ihrer Tochter ließ er jene Fürsorge angedeihen, die sie sich für sich gewünscht hätte.
»Geh nicht weg, Daddy!« sagte Mandy. »Lies in meinem Zimmer, bitte, bitte, bitte!« Mandy hatte die Gewohnheit, das Wort »bitte« zu dehnen, so daß es klang, wie »bit-te«. Wie alle Sprachgewohnheiten Mandys liebte Isadora auch diese besonders. Weil sie so spät in ihrer Odyssee ein Kind bekommen hatte, wußte sie auch, daß diese bezaubernden Marotten des Kleinkindalters nur allzu flüchtig, flüchtig, flüchtig waren und daß, ehe sie sich versah, Mandy wie eine Erwachsene reden und aus ihrem Leben forttanzen würde.
Josh kam aus Mandys Zimmer und schaute immer noch weg.
»Da haben wir etwas Gutes gemacht«, sagte er und lächelte.
Isadora lachte. Der gemeinsame Stolz auf ihre gemeinsame Schöpfung verband sie immer noch, vielleicht würde er es bis ans Ende tun. Ihr fielen Donnes Liebende in »Die Ekstase« ein, deren Hände mit einen »Balsam« – schwitzenden Handflächen – miteinander verkittet waren und die niemals mehr getrennt werden konnten. Vielleicht war ein Kind auch solch ein »Balsam« – ein natürlicher Ausfluß, der zwei Menschen aneinanderkittet und sie zu einem macht.
»Würdest du bitte in meinem Büro mit mir reden?« fragte Isadora.
»Okay«, antwortete Josh, aber es war klar, daß er keine besondere Lust dazu hatte. Trotzdem folgte er ihr in ihr Allerheiligstes mit dem perlgrauen Bodenbelag und den violetten Samtsofas, mit all den Andenken an Isadoras Vortragsreisen: gerahmten Magazintitelbildern, Schutzumschlägen und Plakaten, die ihre Bücher in den verschiedenen Ländern ankündigten. Schon den Raum zu betreten war ein Angriff auf Joshs eigene, unspektakuläre Laufbahn. Isadora hatte ein schlechtes Gewissen, weil er sowenig Erfolg hatte – fast war es, als habe sie dies verursacht und verschuldet. Aber *so* mächtig war sie bestimmt nicht. Sie fühlte sich nicht einmal verantwortlich für ihren eigenen Erfolg. Die Muse hatte sich ihrer als Medium bedient – das war alles. Gewiß, sie hatte unerhört hart gearbeitet, aber alle harte Arbeit der Welt kann dort, wo kein Talent ist, keines entstehen lassen. Oft dachte

Isadora, daß ihre besten Einfälle, ihre gelungensten Zeilen sozusagen schräg und unbeabsichtigt kamen, als hätte der »Nigger im Keller« (wie Joyce das Unbewußte nannte) gearbeitet und nicht sie selbst. Künstlerin zu sein ist eher eine Frage des Gerufenwerdens als eine des Willens. Weshalb also fühlte sie sich Josh gegenüber schuldig? Vielleicht, weil er ihr Mann und weil sie mit größerem Erfolg gesegnet (oder auch belastet) war? Was war die Antwort? Sie brauchte ihre Arbeit *und* ihren Mann, denn schließlich war sie eine Frau und keine Laune der Natur. Sie trug ihr Talent aber in einem weiblichen Körper herum. Sollte sie deshalb ewig büßen müssen?

Isadora setzte sich auf eines der violetten Sofas und betrachtete ihren Mann, der den Blick noch immer abwandte.

»Warum können wir es nicht noch einmal versuchen?« fragte sie ihn, und ihr ganzes Innere zog sich zusammen, während sich die Kopfschmerzen wieder einstellten.

»Weil ich nicht will«, sagte Josh.

Das war eindeutig und so scharf wie möglich. Seine Worte bohrten sich wie ein Pfeil in ihre Schläfen, wie dieser alberne Pfeil, den Steve Martin immer bei seinen komischen Auftritten benutzte.

»Aber wir könnten doch wieder zur Ehetherapie gehen«, sagte sie, wohl wissend, daß ihr Appell vergeblich war. »Wir könnten es noch einmal versuchen – Mandy zuliebe.«

»Es würde nicht funktionieren«, sagte Josh, und es klang, als wäre er der allwissende liebe Gott. »Ich weiß es. Und außerdem weigere ich mich, mein ganzes Leben nach Mandy zu richten. Meine Bedürfnisse haben Vorrang.«

Nun war der Pfeil von Isadoras Kopf in ihren Nacken vorgedrungen. Sie war wütend.

»Das kann man wohl sagen«, antwortete sie. »Da hast du recht.« Sie war außer sich vor Zorn, wußte nur noch nicht, wohin mit ihm. *Mandy* hatte Vorrang, mußte Vorrang haben – das hatte die Natur so beabsichtigt, das lag in unserer Spezies, das war der Lebenszyklus. Isadora hatte Mandy jedesmal den Vorrang gegeben, vor ihrem Schreiben, vor ihrem Broterwerb, vor ihrem ge-

sunden Menschenverstand. Wie konnte Josh sich erdreisten, es anders zu machen? Ihr Zorn bahnte sich einen Weg.
»Du kannst doch nicht einfach ein Kind haben und *hinterher* behaupten, deine Bedürfnisse kommen zuerst! Das geht doch nicht!« Sie stand auf und ging zum Fenster, blieb dort mit dem Rücken zu Josh stehen, weil sie ihn nicht ohrfeigen wollte.
»Siehst du, deshalb kommen wir nicht wieder zusammen«, sagte er verärgert, »weil du nie aufhörst, auf mir herumzuhacken.«
»Ich auf dir herumhacken? Ich erinnere dich doch nur an deine Verantwortung, und das nennst du herumhacken? Was zum Teufel willst du eigentlich? Du erwartest, daß ich Mandy ernähre, den Haushalt finanziere, schreibe und von dir überhaupt nichts verlange – und jedesmal, wenn ich darauf hinweise, daß Mandy Bedürfnisse hat oder daß ich welche habe, nennst du das herumhacken. Was geschieht denn mit *meinen* Bedürfnissen? Das möchte ich wissen.«
Josh stand auf. Er gab sich so kalt und leidenschaftslos, wie er nur konnte. Seine Augen waren glasig.
»Deine Bedürfnisse gehen mich nun nichts mehr an«, sagte er. »Deine Bedürfnisse sind jetzt *dein* Problem. Wir sind kein Paar mehr.« Damit stolzierte er aus dem Zimmer. Isadora blieb mit ihren Trophäen in ihrem Studio zurück, und ihr blieb nichts, als sich auf den Boden fallen zu lassen und hoffnungslos zu schluchzen – auf dem gleichen Teppich, auf dem sie noch gar nicht so lange her Errol geliebt hatte. Unbestimmt hörte sie mitten im Schluchzen, wie Joshs Wagen die Einfahrt verließ.
»Wir sind kein Paar mehr!« tönte es immer wieder in ihrem Kopf. Der bloße Satz schmerzte sie mehr, als wenn sie all die Pfeile durchbohrt hätten, die weiland den Körper des heiligen Sebastian getroffen haben.
»Du mußt dich eben daran gewöhnen, meine Liebe«, murmelte sie, während sie auf dem Boden lag. Aber in Wahrheit wollte sie nicht mehr leben. Wäre Mandy nicht gewesen, hätte sie einen Weg gefunden, Schluß zu machen. O diese Kinder! dachte sie. Sie fressen zwar unser Leben auf, aber sie erhalten es auch – ein Paradoxon wie die meisten wahren Dinge dieser Welt. Amen.

7

Das Aroma der Geburt

Der starke Geruch von Sex ist … in Wirklichkeit nichts anderes als der Geruch der Geburt; wer ihn als unangenehm oder gar widerwärtig empfindet, hat seine Bedeutung nicht begriffen.

Henry Miller

Wenn auch nur eine einzige Frau die Wahrheit über ihr Leben sagte, würde die Welt aus den Fugen gehen.

Muriel Rukeyser

Bei Mandys Geburt war Isadora sechsunddreißig. Mandy kam nach anhaltenden, kräftigen Wehen zur Welt. Vorausgegangen waren anhaltende Skrupel wegen der Schwangerschaft, anhaltende Überlegungen, ob ein Baby mit dem Schreiben vereinbar sei. Nun – natürlich war es das, und ebenso natürlich war es das nicht. Worüber sollte man denn schreiben, wenn man sich im Haus völlig abkapselte? Und wenn man das Glück oder je nachdem auch das Pech hatte, als Frau geboren zu sein, war Mutterschaft eine Erfahrung, die man unbedingt machen mußte.

Isadora denkt an die Zeit zurück, da sie mit Mandy schwanger war. Vorher schien sie ein anderer Mensch gewesen zu sein, dann hatte die Schwangerschaft sie verdoppelt, die Geburt sie halbiert und die Mutterschaft aus ihr eine Jedefrau gemacht. Was wäre sie ohne diese Erfahrung? Eine weitere literarische Dame, die sich einbildete, die Literatur würde in ihrem Leben immer Vorrang haben? Eine weitere neurasthenische Emily oder Virginia – unfruchtbar, aber doch uterus- und mondhörig? Nein, auch wenn es in der Tat Frauen gibt, die ganz bestimmt keine Kinder wollen (und deshalb auch keine haben sollten), ist Isadora dennoch überzeugt, daß diejenigen, die sich, und sei es mit zwiespältigen Gefühlen, nach Kindern sehnten, sich konsequent dazu entschließen müßten.

Für Isadora war es eine notwendige Metamorphose – von der Kaulquappe zum Frosch –, den Übergang vom Mädchen zur Mutter zu vollziehen. Selbstverständlich war sie schon viele Jahre zuvor kein Mädchen mehr gewesen, nachdem sie als Dreizehnjährige ihre Jungfernschaft beim Fingerficken verloren hatte. Trotzdem kam ihr die Zeit vor Mandys Geburt jungfräulich vor. Sie hatte für die Literatur und nicht für das Leben gelebt. Sie hatte ihrer eigenen Sterblichkeit nicht ins Auge blicken wollen. Solche Metamorphosen rufen nur Kinder hervor, und wenn sie uns erst einmal beigebracht haben, für sie alles hintanzustellen, binden sie uns an das Leben, selbst wenn unser Lebenswille nachläßt.

Als die Samenzelle und das Ei, aus dem später Mandy werden sollte, einander begegneten, befanden sich Josh und Isadora gerade in Paris auf einer Buchtournee. Rückblickend scheint das Ereignis schicksalsbedingt gewesen zu sein, aber damals war es keineswegs eine sichere Angelegenheit. Isadora und Josh hatten es ein Jahr lang versucht oder zumindest mit dem Gedanken an ein Kind gespielt. Sie benützten kein Verhütungsmittel mehr – bei Isadora war es damals ein Pessar –, aber so ganz fest war der Entschluß nicht. Isadora benützte zum Beispiel tagelang das Pessar nicht, setzte es dann aber ein-, zweimal wieder ein. Sie war enttäuscht (umgekehrt auch irgendwie erleichtert), wenn sie wieder ihre Periode bekam. Manchmal gebrauchte sie das Pessar ohne Gel, manchmal nahm sie es viel zu früh heraus. Einmal setzte sie es überhaupt nicht ein, dann wieder ließ sie es einfach drin. Es war fast, als wolle sie den Schiedsspruch einer Gottheit überlassen; sie selber war ja bloß ein schwaches menschliches Gefäß. Sie wollte die Entscheidung jener Demeter-Persephone überlassen, die in dem Pessar wohnte.
Aber als Isadora und Josh dann nach Paris fuhren, war Schluß mit dem ewigen Gefackel. Ganz bewußt ließ Isadora das Pessar zu Hause in einer Lade im Badezimmer liegen und flog nach Paris, um dort eine Woche lang Interviews zu geben und dabei schwanger zu werden. Sie konnte sich genau der Nacht, in der es passiert war, entsinnen. Sie erinnerte sich so genau, wie die Heldin von »Die tätowierte Rose«, weil sie das Ereignis so nachhaltig empfand. Sie und Josh waren in einem kleinen Hotel am linken Seine-Ufer unweit des Boulevard Saint Germain abgestiegen. Das Hotel war ein renoviertes und umgebautes Stadthaus, ein wirkliches *hôtel* im französischen Sinne des Wortes. Ihre Suite war so eingerichtet, daß sich über dem Wohnraum eine Schlafplattform befand.
Sie hatten sich geliebt, zweimal hintereinander, und zwar auf jene verbissene und wenig vergnügliche Art eines Paares, das unbedingt ein Kind machen will. Sie hatten es wortlos getan, erschöpft nach einem mit Interviews und allzu üppigen Verlegeressen angefüllten Tag. Sie hatten sich den Magen vollgestopft und eine Menge Kopfschmerzen verheißenden Wein getrunken.
Der erste Fick war normal: Missionarsstellung, tiefe Penetration,

für beide ein durchaus annehmbarer Orgasmus. Dann aber hatte sich die Lust seltsamerweise wieder geregt, und sie fielen übereinander her wie zwei verzweifelte Fremde. Sie hätten zwei Fremde sein können, die einander zufällig kurz zuvor in einer Bar begegnet waren, oder Isadora hätte eine Hexe aus dem sechzehnten Jahrhundert sein können, die sich mit dem Großmeister paart, den sie für den Leibhaftigen hält – so leidenschaftlich und stürmisch war der Akt. Und dann, als Josh kam und seinen Samen tief in ihre pulsierende Möse hineinpumpte, hatte Isadora das Gefühl, ihr Orgasmus beginne von neuem oder habe überhaupt nicht aufgehört. Sie hatte eine Vision, ein Bild aus »2001«, eine Vision, bei der sich enorme, erderschütternde Veränderungen ankündigten, Kometen- oder Meteoritenschauer und ganze Galaxien, die von schwarzen Löchern verschlungen wurden. Sie sah einen gigantischen, glühenden, von zappelnden, kaulquappenähnlichen Spermien umzingelten Planeten. Eine dieser Kaulquappen durchbohrte den Planeten, der um so heller erglühte – und Isadora wußte mit größter Sicherheit, daß sie soeben schwanger geworden war.
Damals waren sie und Josh noch nicht verheiratet. Zwei Monate zuvor hatten sie allerdings die Formalitäten erledigt, weil Isadora ihre »bourgeoisen Eierstöcke« für die ausgebliebene Schwangerschaft verantwortlich gemacht hatte. Ohne verheiratet zu sein, wollte sie eigentlich auch nicht schwanger werden, obwohl sie rückblickend glaubt, damals nur gezögert zu haben, von Josh geschwängert zu werden, weil er ja selbst noch ein großes Baby war. Einmal, während einer früheren Parisreise, hatte sie von sich und Josh geträumt. Es war ein Traum, der allen späteren Kummer voraussagte. Seltsamerweise hatte Isadora alles aufgeschrieben, obwohl sie ungeachtet der jahrelangen Psychoanalyse ihre Träume sonst nicht notierte.
Es war im Juli 1976 gewesen, und beide waren damals in Paris Gast in der am Boulevard Saint Germain gelegenen Wohnung von Hans und Kirstin. Das Therapeutenpaar war als Orgienveranstalter allseits beliebt und bereiste als Sammler erotischer Kunst und als Verfasser von Büchern über Sex und Gesellschaft die ganze Welt. Vor langer Zeit hatten sie Josh und Isadora in die Kunst der

Orgie eingeweiht, und ihre Pariser Wohnung war vor allem für diesen Zweck eingerichtet worden: Stühle, Tische und Hocker ließen sich im Handumdrehen in Fickmobiliar verwandeln.
Isadora und Josh waren allein in der Wohnung, weil Hans und Kirstin bei Freunden in den Staaten zu Besuch weilten. Isadora war alles zutiefst unheimlich. Sie fand alles unheimlich: die Fickmöbel, die Scharen von Kakerlaken, die mit ihnen das Appartement teilten, und die Tatsache, daß die Idylle mit Josh im Begriff war zu versauern. Hatte sie sich in Josh verliebt, nur um Bennett verlassen zu können? Die übliche Gefahr, wenn man sich leidenschaftlich in Frischfleisch verliebt, um einer faulenden Ehe zu entrinnen. Wie so oft im Leben verriet der Traum der schlafenden Isadora, was die wache Isadora ausgesprochen hätte.

> Ich bin mit Josh zusammen. Ich führe Chekarf an der Leine. Wir befinden uns auf einer marmornen Galerie hoch über der Halle (*5ième étage*). Chekarf geht bis zum Rand, schaut darüber, stürzt, liegt zerschmettert unten auf dem Marmorboden: Blut, weißes Fell. Ich breche in Tränen aus, bin untröstlich, ersticke fast vor Schluchzen. Die Stimme meiner Mutter (sie kommt offenbar aus dem Nichts): »Schau, was du angestellt hast! Dir kann man nicht einmal einen Hund anvertrauen.«
> Im Traum das Gefühl, daß ich versagt habe. Ich durchlebe ein echtes Verlustempfinden, als wäre Chekarf wirklich tot und als würde es nie wieder einen Hund wie ihn geben. Als Mutter habe ich versagt, als Hüterin eines jungen Hundes. Ich bin zu nichts zu gebrauchen. Wie soll ich mich selber ernähren *und* Josh *und* ein Baby, wenn ich nicht einmal Chekarf am Leben erhalten kann? Ich liege die ganze Nacht über wach und fühle mich so total wertlos und zerbrochen, daß ich mir einbilde, mich davon nie wieder erholen zu können. Ich bin nichts. Eine Frau in den mittleren Jahren, kinderlos, mit einem toten Hund und einem Kind-Liebhaber, aber selbst er wird mich verlassen. Weinend wache ich auf. Josh nimmt mich in die Arme. Die Zimmerdecke dreht

sich. Offenbar befinde ich mich auf einem schwankenden Schiff, auf irgendeinem im nordatlantischen Nebel gestrandeten Ozeanriesen. Als es Tag wird, kann ich kaum gehen, der Boden schwankt unter meinen Füßen. Alles scheint wie durch die Linse eines Fischauges gesehen. Das *croissant* im Café starrt mich an. Der Tisch neigt sich. Das Sonnenlicht kann die Dämonen nicht verscheuchen.

Ich träume von Chekarf, träume, daß ich ihn verliere. Bin der Hund in diesen Träumen ich? Ist er ein Baby? Oder ist der Hund ein Aspekt meiner selbst?

Das träumte und schrieb Isadora ein Jahr vor dem Beginn ihrer Schwangerschaft – in ihrem fünfunddreißigsten Lebensjahr, als der Wunsch, ein Baby zu bekommen, immer stärker geworden war und sie alle Gesichtspunkte dieser Entscheidung klären wollte.

Inzwischen weiß sie, daß es kein Patentrezept gibt, jedenfalls keines, das man bewußt anwenden könnte. In gewisser Hinsicht liegt alles in den Händen der Göttin. Isadora hatte zu lange gefackelt. Und dann, als sie wirklich schwanger war, quälte sie sich mit dem Gedanken, eventuell abzutreiben, obwohl sie eine Abortion ablehnte und immer jene Situation vermieden hatte, in der sie vor dieser schrecklichen »Wahl« gestanden hätte, der Entscheidung, einen Teil von sich umzubringen. (Politisch gesehen, war sie natürlich für die weibliche Selbstbestimmung, aber persönlich hätte sie eine Abtreibung genauso schlimm empfunden wie die Amputation einer Hand oder eines Auges.)

Sie erinnert sich auch genau an den Tag, da ihr die Schwangerschaft bestätigt wurde. Sie war in New York gewesen, um einen Gynäkologen zu konsultieren. Er hieß Dr. Remsen und war ein schmächtiger, weißhaariger Mann mit roten Bäckchen und einer Praxis an der Fifth Avenue. Sie war zu ihm gegangen, nachdem sie sich ein Jahr lang nicht hatte untersuchen lassen und eine Freundin ihn ihr empfohlen hatte. Sie wohnte noch nicht lange in Connecticut und kannte dort keine Ärzte.

Während sie auf dem Gynäkologenstuhl für diesen schmächtigen,

weißhaarigen Arzt die Beine spreizte und in die Steigbügel legte, hatte sie den Einfall, daß sie, die immer und ganz bewußt frauenärztliche Untersuchungen von jeglichem sexuellen Gefühl trennte, selbst hier, sobald sie es nur wollte, von diesen kalten, behandschuhten Fingern erregt werden könnte.
»Ihre Gebärmutter ist ein wenig vergrößert«, sagte der Arzt.
Bei diesen Worten setzte ihr Herzschlag einen Moment aus – vor Furcht, aber auch vor Erregung. Dann entnahm der Arzt ihrer Armbeuge eine Blutprobe, und da sie noch am gleichen Tag auf ihre Frage eine Antwort haben wollte, schlug er vor, sie solle die Probe selber ins Labor bringen und später dort anrufen, um Gewißheit zu haben.
Es war ein frostiger Tag am Jahresanfang. (Isadora und Josh hatten sich schließlich den »bourgeoisen Eierstöcken« gebeugt und am Heiligen Abend heimlich geheiratet.) Als sie nun die Madison Avenue entlangtrottete, das Reagenzglas mit der Blutprobe fest an sich gedrückt, überlegte sie, daß es doch seltsam war, keine Gewißheit zu haben, obwohl sie die Antwort in ihrer Tasche trug.
Blut zu Blut, Fleisch zu Fleisch, Staub zu Staub. Sie hatte in jenem Monat nicht geblutet, und sie ahnte auch, warum nicht. Obwohl sie hoffte, diese phallisch geformte Ampulle voll Blut würde ihr sagen, daß sie tatsächlich in anderen Umständen war, wünschte sie sich gleichzeitig, ihre Periode möge einsetzen, damit ihr Leben sich nicht verändern würde, nicht verändern könne.
Ach, wie fürchten wir doch jene Metamorphosen, bei denen wir wirklich *a mentsch*, wahre Beispiele der Spezies Homo sapiens, werden! Auch wenn wir nicht bereit sind, diesen Veränderungen ins Auge zu sehen, suchen sie uns trotzdem heim. Eine Frau, die niemals ein Kind geboren hat, verändert sich auf andere Weise. Mögen wir uns noch so sehr auf die Hinterbeine stellen und dem Leben Beständigkeit abverlangen, es verändert sich trotzdem unter unseren Füßen wie der Sand unter den Fersen eines Menschen, der bei Ebbe das Meer betrachtet. Das Leben unterminiert uns ständig. Es wäscht unsere Strandburgen hinweg und erinnert uns daran, daß sie schließlich doch nur aus Sand und Salzwasser bestanden.

Sand und Salzwasser. Salzwasser und Blut, beide der Urstoff des Lebens, der fruchtbare Schlamm, aus dem die Welt entstand. Isadora umklammerte ihre kleine Ampulle und trottete die kalte Avenue hinunter, vorbei an den Kunstgalerien und Boutiquen, vorbei am Whitney Museum und dem »Carlyle« mit seiner von Ludwig Bemelmans ausgemalten Bar. Wie konnte sie ahnen, daß sie vier Jahre darauf aus Bemelmans »Madeline« (sie selber hatte das Buch als Kind geliebt) einem kleinen Mädchen vorlesen würde, dessen erste Spur sich in dieser Ampulle voll Blut in ihrer Manteltasche befand?

Veränderung, Veränderung, Veränderung. Veränderung im Blut, die Schwangerschaft oder Krebs ankündigen kann. Veränderung in der Luft; Veränderung in der Ozonschicht; Veränderung in allem, was wir sagen oder tun. Wir halten unsere Familie für unveränderlich oder unsere Vergangenheit, und doch verändern auch sie sich unter unseren Augen, wie Gazewände im Theater, wo mit verändertem Gegenlicht ein Szenenwechsel angekündigt wird. Die Mutter, die wir mit zwanzig Jahren kannten, ist nicht mehr die gleiche, wenn wir vierzig sind. Hat *sie* sich verändert, oder haben *wir* es getan? Auch der Schoß verändert sich, selbst wenn er nie getragen hat. Er trägt Myome, Zysten; er verliert Monat für Monat Blut, verliert unsichtbare Eier, deren Verlust der Geist betrauert – und sei es nur in Träumen.

Isadora gab die Ampulle mit dem Blut im Labor ab. Sie tat es fast beiläufig, als hinge nicht ihre ganze Zukunft davon ab. Die junge portorikanische Angestellte am Empfang notierte »Schwangerschaftstest«, und es schien ihr völlig gleichgültig zu sein, daß sich, wenn Isadora ein Kind bekam, ganze Galaxien verschoben. Natürlich war es ihr völlig gleichgültig. Es waren ja nicht ihre Galaxien. Aber Isadora war froh, jene Ampulle mit warmem Blut loszuwerden, die ihr, als sie die kalte Straße entlanggegangen war, ein Loch in die Tasche zu brennen schien. Sie war eine beinahe zu heiße Ware geworden, eine Art Konterbande: kosmisches Sperma, eine explosive Substanz, die kein Sterblicher mit sich herumtragen sollte.

Isadora verbrachte den Rest des Tages mit Einkäufen und Schaufensterbummeln. Bei »Bergdorf« erstand sie ein wunderschönes Smokkleid aus brauner Seide (mit einem gerüschten Kragen), das auch sehr gut als Umstandskleid getragen werden konnte. Sie kannte bereits die Antwort ihres Blutes. Und doch, als sie dann später das Labor von der Grand Central Station aus anrief (der Arzt hatte das Labor befugt, ihr Auskunft zu erteilen), war sie dennoch entsetzt und geschockt und von panischem Schrecken gepackt, als die Antwort lautete: »Positiv.«

»Sind Sie sicher?«

»Es steht ›positiv‹ drauf«, antwortete die Frau am Empfang gelangweilt, sie, deren Bauch nicht anschwellen, deren Füße nicht schmerzen, deren Kleider nicht zu eng werden würden.

»Es steht ›positiv‹ drauf.«

Isadora rief Josh in Connecticut an. Sie stand in einer jener karussellähnlichen Telefonzellen in der Grand Central Station und sah die graugesichtigen Pendler kommen und gehen, Menschen, die sie John-Cheever-Leute nannte, alle Lowell Strathmores dieser Welt mit Benjamin-Franklin-Brillen, leidenschaftslosen Lippen und Schwänzen, die zwar schlaff waren, aber nachts tanzen wollten – ohne zu wissen, für wen.

Ein R-Gespräch. Und gerade als Josh sagte: »In Ordnung, ich zahle«, sagte Isadora: »Bestimmt wirst du das – ich bekomme nämlich ein Kind.«

Pause.

»Schätzchen – das ist wunderbar. Wie fühlst du dich?«

»Ganz und gar verunsichert«, sagte Isadora.

Daß sie damals so ehrlich gewesen war, hat ihr – sie sollte es später erleben – Josh niemals verziehen. Die Tatsache, daß sie sich womöglich in einem emotionellen Zwiespalt befand, bezog er ganz auf sich.

»Mach dir keine Sorgen, Schätzchen«, sagte er. »Zusammen werden wir es durchstehen. Ich verspreche dir, daß ich dir bei *allem* helfen werde. Ich werde dich niemals im Stich lassen. Es besteht nicht der geringste Grund, nervös zu sein.«

Nachdem sie ihre Furcht bekundet hatte, überließ sie sich ganz ihrer Hochstimmung. Im Abteil auf der Fahrt nach Hause besah sie sich alle die graugesichtigen Pendler und jubelte innerlich. Sie war es, die Leben in sich trug; die trugen den Tod in sich. Sie war es, welche die Menschenrasse auf ihrer rasenden Reise durch den Kosmos vorwärtstrug. Sie war die Überbringerin des Pokals, die Frohe Botschaft der Gene. Und zu ihrer Überraschung gefiel sie sich in der neuen Rolle sehr. Bisher hatte sie nur durch die Leistung des Gehirns dem Leben weitergeholfen; jetzt aber, da ihre Zellen selbst dem Leben weiterhalfen, wußte sie, daß das in der DNA vorgeprägte Mysterium nun alle Arbeit übernommen hatte. Für eine intellektuelle Frau, die überzeugt ist, daß es nichts gibt, was sie nicht denkt, ist das Ausgeliefertsein einer Schwangerschaft unerhört aufregend. Der Kosmos manifestiert sich in ihr ohne ihr Zutun. Du läßt die Zügel schießen und gewinnst gleichzeitig die größte Kontrolle. Du öffnest deine Hände dem Himmel und läßt dir von den Sternen die Handflächen küssen. Du öffnest deinen Bauch dem Goldregen, und dein Reichtum vervielfacht sich.

In diesem verdrießlichen, nach Urin und Desinfektionsmitteln riechenden Nahverkehrszug fühlte sich Isadora zuversichtlich und stolz, denn sie wußte, daß sie das Leben weiter in die Zukunft vorantrug. Sie dachte daran, wie sie als kleines Mädchen in New Yorker Autobussen gesessen und sich staunend vorgestellt hatte, daß jeder Mann in seinem grauen Gabardineanzug eines jener röhrenförmigen Dinger, die man Penis nannte, zwischen den graubetuchten Beinen baumeln hatte. Das faszinierte sie und stieß sie gleichzeitig ab. Wie furchtbar, ausgerechnet dort ein Anhängsel zu haben! Sollte da Penisneid im Spiel gewesen sein, sie konnte ihn jedenfalls nicht entdecken. Für sie stand damit nur fest, daß es zumindest ihr entsetzlich peinlich gewesen wäre, ständig die Schenkel verlagern zu müssen, um für dieses Bimmelbammelding Platz zu haben.

Als Isadora in Westport ausstieg, war leichter Schnee gefallen, der sogar die grimmigen Gitterstäbe vor dem Bahnhof verzuckert hatte, Josh war nicht mit dem Mercedes gekommen. Sie rief zu Hause an.

»Die Einfahrt ist noch nicht geschippt worden, Schatz«, sagte er.

»Ich kann nicht raus.« (Die Einfahrt war schon bei leichtestem Schneefall unbefahrbar.) »Nimm dir doch ein Taxi! Ich erwarte dich dann vorn an der Einfahrt und eskortiere dich ins Haus.«
»In Ordnung«, sagte sie und war sich ihrer Enttäuschung und Wut nicht einmal ganz bewußt. Was für eine ungalante Weise, eine gerade schwanger gewordene Braut zu begrüßen!
Sie sah sich nach einem Taxi um, aber keines war zu sehen, und sie wollte gerade noch einmal zu Hause anrufen, als eine Frau, die sie bereits im Zug angestarrt hatte, auf sie zukam.
»Miss Wing«, sagte sie, »ich muß Ihnen einfach sagen, wie faszinierend ich Ihre Bücher finde.«
Isadora war überrascht. Sie war immer überrascht, wenn Fremde sie erkannten, weil sie immer vergaß, daß sie berühmt war. Sie bedankte sich herzlich bei der Frau. (Insgeheim war sie erfreut, wenn auch nach außen hin ob solchen Lobes ein wenig verlegen. Wer kann schon Komplimente würdevoll hinnehmen?) Diesmal nahm sie allen Mut zusammen und bat die Frau, ihr einen speziellen Gefallen zu tun und sie nach Hause zu fahren.
»Aber gewiß, gerne«, sagte die Frau. »Es ist mir eine Ehre.« Sie war um die vierzig, braunäugig, hatte blondiertes Haar und trug zum korrekten Schneiderkostüm »vernünftige« Pumps mit halbhohen Absätzen.
»Ich heiße übrigens Louise Mooring«, sagte sie. »Und zufällig wohne ich ganz in Ihrer Nähe in Rocky Ridge.«
Unterwegs, während der Wagen in immer beschneiterem Gebiet immer höher kletterte, erzählte Louise Isadora ihre ganze Lebensgeschichte: Wie traurig die Scheidung war, wie schwierig es sei, Kinder allein zu erziehen (und täglich nach New York fahren zu müssen, um dort in einer Werbeagentur zu arbeiten), und wie trostlos es sei, als geschiedene Frau in Connecticut männlichen Anschluß zu finden. Das könnte genausogut ich sein, durchzuckte es Isadora, und sie dachte immer wieder daran, obwohl die Wärme in ihrem Leib alle Zweifel und bösen Vorahnungen Lügen strafte.
Als sie zur Serpentine Hill Road kamen, stellte sich heraus, daß diese wie gewöhnlich tiefer verschneit war als die anderen Straßen. In der schärfsten Kurve blieb der Wagen hängen. (Es war die

Stelle, an der vier Jahre später Isadoras Auto ins Schleudern kommen und auf eine Steinmauer fahren sollte.) Das Auto rutschte seitwärts, die Reifen griffen nicht mehr.

Nach mehreren vergeblichen Versuchen, die Kurve zu nehmen, wandte sich Louise an Isadora. »Ich hoffe, Sie sind mir nicht böse, wenn ich Sie hier herauslasse. Ich habe nämlich keine Winterreifen, und meine beiden Kleinen warten aufs warme Abendessen. Ich wohne hier.« Sie zeigte auf ein weißes, im Kolonialstil erbautes Haus. Eine Tafel sagte, daß es aus dem achtzehnten Jahrhundert stammte und die Ethan-Wheatworth-Pfarrei war. Wie konnte Isadora ahnen, daß dieses Haus ein paar Jahre später den Besitzer wechseln und noch einmal in ihrem Leben eine Rolle spielen würde?

»Aber durchaus nicht«, sagte Isadora, die dankbar war, von einer völlig fremden Frau wenigstens so weit mitgenommen worden zu sein. »Und vielen Dank auch für alles Nette, was Sie über meine Arbeit gesagt haben«, sagte sie, stieg aus und setzte im rutschigen Neuschnee ihren Weg zu Fuß fort.

Auf dem Weg durch den Schnee war es unheimlich still. Die Bäume unter der nassen Schneelast schienen mit ihren halb gefrorenen Eiszapfen die Zweige abwerfen zu wollen. Isadoras dünne Wildlederstiefel waren denkbar fehl am Platz und sofort durchweicht. Es war zu finster, um den dünn zugefrorenen Pfützen auszuweichen, und bei fast jedem Schritt rutschte sie zuerst ein wenig zurück, ehe sie wieder ein Stück vorankam.

Ihr Haus lag etwa einen halben Kilometer hügelaufwärts, aber der Weg war steil, und es war dunkel. Kein Mond leuchtete ihr, und sie wußte, daß sie möglicherweise nicht sofort gefunden würde, wenn sie stürzen und sich den Knöchel verstauchen sollte. Sie war wütend auf sich, weil sie Josh nicht noch einmal vom Bahnhof aus angerufen hatte – aber irgendwie mußte sie es sich doch gewünscht haben, hinzufallen und hilflos im Schnee zu liegen, nur um Josh sein unschönes Verhalten vor Augen zu führen. Was für ein unsinniger Masochismus! Wäre es nicht klüger gewesen, sich einen liebevollen und besorgten Mann auszusuchen, statt einen Kindliebhaber bestrafen zu wollen für das, was er immer gewesen war und wohl auch bleiben würde: ein Kind?

Nach etwa zehn Minuten mühseliger Kletterei hörte Isadora ein Rascheln im Gebüsch hinter sich. Ihr Herz hämmerte. Sie drehte sich um und sah ein Reh, das graziös aus seiner Deckung kam und auf sicheren Hufen die Straße überquerte. Für den Bruchteil einer Sekunde richtete es seine großen braunen Augen auf sie, dann verschwand es wieder mit einem Rascheln von dürrem Holz und Laub im Gebüsch auf der anderen Straßenseite. Dies war einer der Reize des ländlichen Lebens, aber gleichzeitig auch oft Anlaß zu Traurigkeit, wenn tote Tiere auf der Straße lagen, deren Blut noch glänzte oder an denen die Maden bereits ihr wimmelndes Werk begonnen hatten. »Gott beschütze die Seelen der Tiere«, murmelte Isadora jedesmal, wenn sie ein überfahrenes Tier sah. Aber nun, da ein anderes weibliches Geschöpf (zugegeben einer anderen Spezies) sie ansah, spürte sie ein Aufwallen von Solidarität. Zwei weibliche Wesen trotteten durch den Schnee, allein, ohne männlichen Schutz. Wer würde den Winter besser überstehen? Sie oder das Reh?

Also stapfte sie weiter den Hügel hinauf, mit durchnäßten Strümpfen und aufgeweichten Stiefeln, die einen schmatzenden Ton von sich gaben, wenn sie mit jedem Vorwärtsschritt wieder rückwärts rutschte. Isadora war von dem Tag in der Stadt erschöpft, ausgelaugt nach der Stunde im tristen Vorortzug. Sie wollte nur noch daheim und im Bett sein, wollte sich an den Gedanken gewöhnen, schwanger zu sein, wollte in allem einen Sinn sehen. Noch nie waren ihr die paar hundert Meter bis zu ihrem Haus so lang vorgekommen. Viele Male hatte sie die Strekke im Sommer zu Fuß zurückgelegt, und bei gutem Wetter hatte sie hier oft gejoggt, aber im Dunkeln und im Schnee erschien ihr der Hügel bedrohlich.

In einzelnen Häusern funkelten noch Weihnachtslichter. Sie blinkten und winkten durch die Zweige. Die Bradleys hatten in jedes Fenster eine elektrische Kerze gestellt, und bei den Grimshaws steckten in den Hemlocktannen immer noch häßliche neongrüne Glühbirnen. Wer hatte wohl den Schlüssel zu wessen Bunker, mußte Isadora denken, denn sie konnte hier niemals vorbeigehen, ohne daß ihr Cheever einfiel, der längst ehe sie in diese seelenlose Neuenglandgegend gezogen war, alles so treffend beschrieben hatte. Gewiß, er hatte damit Ossining oder sein selbsterdachtes Shady Hill im Sinne, aber es war das gleiche, sterile, weiß-angelsächsisch-protestantische Territorium, es waren die gleichen abstoßenden antisemitischen Wälder. Sie gehörte weiß Gott nicht hierher, aber – hatte sie jemals irgendwo gewohnt, wo sie das Gefühl hatte, hinzugehören? Niemals. Sie hatte nicht nach Heidelberg oder Malibu gehört, ja nicht einmal nach New York, wo sie zur Welt kam und heranwuchs. Vielleicht fühlten andere sich hier zu Hause. Isadora jedenfalls kam sich wie ein Fremdling vor. Vielleicht war das der Grund, weshalb die menschliche Rasse Dichter und Künstler brauchte. Jeder kam sich doch wie ein Fremdling vor, aber nur Dichter konnten dieses Gefühl in Worte fassen.

Vor der Einfahrt sah sie Josh mit einer großen Taschenlampe stehen. Er trug Schneestiefel und eine Wollmütze. Um den Hals hatte er einen langen Schal geschlungen, kleine Eiszapfen zitterten in seinem roten Bart. Bei seinem Anblick wurde ihr augenblicklich warm ums Herz. Sie war glücklich und bereit, ihm alles zu verzeihen.

Sie lief ihm entgegen und schlang die Arme um ihn.

»Schätzchen«, sagte er, »wie wunderbar, daß du schwanger bist!«

Arm in Arm gingen sie zum Haus hinauf, Isadora rutschte mit ihren Stiefeln immer wieder im nassen Schnee aus. Im Schein von Joshs Taschenlampe sahen sie große Flocken, und die unzähligen Kristalle, von denen keiner gleich war, erinnerten Isadora an die Keimphase – oder war es bereits ein Fötus? – in ihrem Leib.

Sie gingen hinein, und Chekarf, das Fell verfilzt und naß vom Herumtollen im Schnee, sprang sie an. Ihre große rote Hündin Virginia Woof stand beleidigt in einer Ecke, als ahne sie bereits, daß sie von dem kommenden Baby aus dem Herzen der beiden verdrängt würde. Diese beiden Tiere waren ihre Babys gewesen, seit sie in Connecticut wohnten. Die Tiere verbanden sie. Über die Hunde verständigten sich Josh und Isadora mit einer kompletten

Geheimsprache. Jeder hatte wie die Katzen von T.S. Eliot mehrere Namen: Virginia Woof war auch Ginny und Woofly und Dame Dog, Chekarf dagegen auch Arf und Erzähler und Rußki. Viele Dinge gehen im Laufe einer Scheidung über Bord, aber der Verlust der ehelichen Kodesprache (der mit der Aufteilung der Tiere eintritt) ist wohl am schwersten zu ertragen.

»Was war mit dem Test?«

Isadora berichtete, so gut sie konnte, wie es gewesen war, als sie mit der Ampulle voll Blut in der Manteltasche die Madison Avenue entlanggetrottet war. Sie wollte ihm klarmachen, was sie empfunden hatte, als man ihr die Schwangerschaft bestätigte, aber irgendwie gelang es ihr doch nicht.

»Auf einmal hatte ich große Angst«, sagte sie. »Mag sein, daß ich selbst zu sehr Baby bin, um eins zu bekommen. Aber andererseits fühle ich mich ganz herrlich – als würde ich zum erstenmal in meinem Leben etwas tun, was mein elender Verstand nicht kontrolliert. Ich pendle zwischen zwei Gefühlen hin und her: zwischen Angst und Seligkeit.«

Josh wollte das nicht hören. Er mußte mit seinem eigenen Zwiespalt fertig werden und wollte über den von Isadora nichts hören. Er ging in die Küche und kochte Kakao – Johannisbrotkakao aus dem Reformladen. Seit kurzer Zeit hatte Josh Fleisch, Fisch, Kaffee und alkoholische Getränke aufgegeben. Im College war er früher regelmäßiger Drogenkonsument gewesen, LSD war damals, wie er es einmal formulierte, sein »Hauptfach«. Nun aber wollte er sich, wie so viele seiner Generationsgenossen, nur noch biologisch ernähren, Zen meditieren und sich dem Yoga widmen. Wie viele von uns hatte er eine Macke durch eine andere ersetzt.

Isadora setzte sich an den Tisch, um den Kakao zu trinken. In dem großen Kamin aus unbehauenem Stein prasselte das Feuer; draußen schneite es unentwegt weiter.

»Wie denkst du über das Baby?« fragte Isadora.

»Wunderbar – ich wollte es schon lange.« Dabei starrte er ausdruckslos vor sich hin. Erfreut sah er nicht gerade aus, eher betäubt.

»Hast du denn keine zwiespältigen Gefühle?« fragte Isadora. »Das wäre doch normal.«

Kaum hatte sie das gesagt, sprang Josh vom Stuhl auf und knallte die Faust so hart auf den Tisch, daß aus beiden Bechern der Kakao schwappte und auf die hölzerne Tischplatte mit den künstlichen Wurmlöchern spritzte.

»Verflucht noch mal, Isadora! Ich bin doch nicht wie du!« brüllte er. »Ich *weiß*, was ich fühle. Ich fühle mich nicht allem gegenüber ambivalent wie du, und deine gottverdammte psychoanalytische Sicht ist mir schon lange zuwider.« Mit diesen Worten stapfte er ins Schlafzimmer und schlug die Tür hinter sich zu.

Isadora war wie versteinert sitzen geblieben. Immer, wenn sie jemand anschrie, war sie völlig fassungslos, glaubte sich im Unrecht und zugleich unrecht behandelt. Sie stimmte innerlich in den Chor der Anklage ein und machte sich daran, sich selbst zu zerstören. Er hatte ja recht: Sie war nichts weiter als ein psychologisierendes dummes Ding, eine Gestalt aus einem Jules-Feiffer-Cartoon, eine blöde Gans, uneins mit sich selbst und nicht in der Lage, sich jemals ganz ungetrübt über irgend etwas zu freuen. Die Stimmen in ihrem Kopf vereinigten sich mit seinen Vorwürfen, bis sie wie damals als Kind zitterte, wenn die Mutter sie angeschrien hatte. Schließlich brach sie in Tränen aus und vergrub das Gesicht in den Händen.

Die Schlafzimmertür flog auf, und Josh stürmte wieder herein.

»Verflucht noch mal!« brüllte er. »Kannst du dich denn nie über etwas freuen, mußt du immer herumfurzen und nörgeln? Wir wollten dieses Baby, wollten es so gern, daß wir es ein ganzes Jahr lang darauf ankommen ließen. Und jetzt fällt dir nichts Besseres ein, als über deinen Zwiespalt zu reden.«

Er schrie so laut, daß die Hunde ins Gästezimmer rannten und sich unter das Messingbett verkrochen.

Isadora bebte, verzog den Mund, wollte ihn schlagen, ihn anbrüllen oder sich irgendwie wehren, aber sie wußte nicht, wie. Als der Clown der Familie, als Zweitälteste, Vermittelnde (nicht Kämpferische), konnte sie nur tanzen, singen und Rückzieher machen; sie konnte charmant sein und ihren Zorn hinunterschlucken, bis er wie ein glühendes Stück Kohle in ihren Eingeweiden brannte und Witzeleien wie Funken versprühte.

»Ich will eine Abtreibung«, sagte sie mit verkniffenen Lippen und verschränkten Armen. Es stimmte selbstverständlich nicht, war aber schlicht das Verletzendste, was ihr momentan in den Sinn kam.

Josh sah sie an, als traue er seinen Ohren nicht. Dann fiel er schluchzend auf die Knie und vergrub den Kopf in ihrem Schoß. »Bitte, töte unser Baby nicht!« rief er.

Sie gingen ins Bett, umarmten sich, küßten sich und weinten. Sie versöhnten sich unter Tränen und dachten an ihr ungeformtes Baby wie an einen über ihren Köpfen schwebenden Heliumballon. Zartrosa schwebte er im Raum, bis er allmählich seinen Auftrieb verlor und zur Erde sank, als falle er in die Sphäre des Bewußtseins.

Josh war eingeschlafen. Isadora lag wach und dachte an das werdende Baby. Natürlich wollte sie es nicht abtreiben lassen, sie hätte das sowenig fertiggebracht wie sich ein Auge auszustechen oder sich ein Bein abzusägen, aber sie war trotzdem sehr skeptisch wegen Josh – und zwar besonders wegen seiner Anfälle von Jähzorn, seinem Ableugnen jeglicher Ambivalenz und seiner Neigung, ständig sie, Isadora, für alles verantwortlich zu machen. Wie soll man das Angstgefühl einer Frau beschreiben, die das Kind eines Mannes trägt und dabei das Gefühl hat, er könne sie verraten? Ein Baby ist eine unzertrennbare Fessel, eine fleischgewordene Bindung, eine pulsierende Nabelschnur zwischen einem Mann und einer Frau. Isadora wußte sehr genau, daß dieses Baby sie auf eine Art an Josh fesseln würde, wie sie nie zuvor an einen Ehemann gebunden war. Sie stellte sich die Frage, weshalb sie ihren Lebensgefährten sozusagen aus einer Laune heraus ausgewählt hatte: wegen seines Witzes, seines Geruchs, seines pelzigen Bauches. Und doch wählten die meisten Frauen aus ähnlichen Launen heraus ihre Männer aus. Die Entscheidung wurde in den Pheromonen getroffen, jenen Drüsenabsonderungen, die weder in unser Blut noch in unser Bewußtsein gelangen. Mag sein, daß die Natur einen größeren Plan hat, daß sie die spiraligen DNA-Stränge nach ihren unfehlbaren Regeln einfädelt, daß sie mit den Chromosomen nach irgendeinem göttlich bestimmten Plan jongliert. Vielleicht sind wir nichts weiter als Chromosomenträger, so wie Dichter Gefäß einer Stimme sind, vielleicht sind wir nur die Becher und nicht der Wein in ihnen. Was für ein ernüchternd-berauschender Gedanke!

Isadora schlief. Im Traum stillte sie bereits das Baby. Beide Brüste waren voll und schmerzten. Die Milch – wie konnte sie, die überhaupt noch nicht geboren hatte, das wissen? – spritzte durchs Zimmer, wenn sie mit zwei Fingern die Warzen zusammenpreßte.

Sie sah hinunter auf das Baby, und es war Chekarf, den sie an der Brust hatte, und kein menschlicher Säugling. Im Traum kam ihr das durchaus natürlich vor. Das kleine Malteserhündchen lag auf dem Rücken, die rudimentären Brustwarzen himmelwärts, die glänzend schwarzen Augen geöffnet, mit der kleinen schwarzen Schnauze an ihrer rosa Brustwarze nuckelnd, als sei es der alltäglichste, gesündeste Säugling. Sie war stolz auf ihn, als wäre er ihr Kind – stolz auf seine Fähigkeit, so gut zu saugen, stolz auf seine süßen, glänzenden, schwarzen Olivenaugen. Isadora hatte Chekarf, als er noch jung war, oft stillen wollen. Sie hatte sich das winzige, pelzige weiße Ding angesehen und ihm die Brust geben wollen, ja sie war sogar versucht, seinen kleinen Penis (mit dem einen gelben Urintropfen an der Spitze dieser zarten, weißen Fellsträhne) in den Mund zu nehmen. Sie liebte den Hund sehr: Sie glaubte, er und sie seien ein Fleisch. Kleine, hilflose Kreaturen erzeugten immer noch derartige Reaktionen: Waschbärenbabys, Skunks, Spitzmäuse. Während ihres ersten Winters in Connecticut lebten Josh und sie mit einer Familie von Feldmäusen, sie lebten mit ihr, weil Isadora es einfach nicht übers Herz brachte, sie vergiften zu lassen. Sie duldeten die Feldmäuse, fanden sie sogar sehr nett, bis Isadora überall Mäusekot fand – in den Besteckschubladen, der Geschirrspülmaschine, dem Küchenherd, in den Dosen mit Haferschrot, Mehl, Kleie und Vollkorn – und ihr das Gesundheitsrisiko bewußt wurde.

»Was würde Swami Satchidinda dazu sagen?«

»Mäusekot nicht sehr hygienisch«, antwortete Josh mit seinem indischen Swamiakzent.

»Aber Meister, dürfen wir denn irgendein Lebewesen töten?« entgegnete Isadora mit *ihrem* indischen Akzent.
»Besser *sie* umzubringen, ehe sie *dich* umbringen«, war Joshs Guruweisheit, woraufhin er sich anschickte, die Mäuse mit einem Gift zu vernichten, das ihnen angeblich einen schmerzlosen Tod bereitete. Isadora zweifelte zwar daran, daß es so etwas gab wie einen schmerzlosen Tod, aber sie ließ es geschehen. Die pelzigen kleinen Mäuseleichname verfolgten sie lange. Wann immer sie die Küche betrat, glaubte sie, aus ihren Augenwinkeln heraus noch immer die kleinen Schatten vorbeihuschen zu sehen.

Der Beginn von Isadoras Schwangerschaft war in der Tat emotionell besetzt – wie alle beginnenden Schwangerschaften. Sobald jedoch das kleine Herz verankert war, sobald sie und Josh zum Frauenarzt gingen und es tatsächlich schlagen hörten, überkam Isadora eine solche Sicherheit und Glückseligkeit, wie sie sie niemals vorher empfunden hatte.
Die Sorgenfalten in ihrem Gesicht glätteten sich: Sie lächelte ständig. Die Stimmungsumschwünge, die sie ihr Leben lang verfolgt hatten, glichen sich aus. Sie wurde gelassen, war immer guter Dinge, war stets heiter. Sie war mit einemmal so attraktiv geworden, daß sie ihr Gesicht im Spiegel bewundern mußte. Man hatte ihr zwar immer gesagt, sie sei hübsch, aber sie hatte es bis dahin nicht recht geglaubt. Nun aber blickte sie in den Spiegel und *sah* ihr hübsches Gesicht: eine strahlende, rosigwangige Blondine mit graublauen Augen und der Energie von drei Frauen. Konnte dieser Mensch wirklich sie sein?
Sie aß und aß und aß, nahm aber trotzdem nicht nennenswert zu. Kurz vor der Entbindung hatte sie schließlich nur elf Kilo mehr. Sie verschlang Eiscreme, trank unzählige Milchshakes, aß Joghurt becherweise. Da sie um den Jahreswechsel schwanger geworden war, gestalteten sich die Monate Januar und Februar ein wenig unangenehm: Sie konnte zum Beispiel den Geruch bestimmter schwerer Parfums, wie »Bal à Versailles« und »Joy«, die sie bisher geliebt hatte, nicht mehr ertragen, und sie konnte auch keinen Kaffee mehr trinken. Sonst aber ging es ihr glänzend. Die

Schwangerschaftsmitte durchlebte sie blühend im Frühling. Um die Zeit ihres sechsunddreißigsten Geburtstags herum flog sie kreuz und quer durchs Land, um für ihr neuestes Buch zu werben: mit einem Lächeln auf dem Gesicht und in weitgeschnittenen, paisleygemusterten Seidenblusen, die den Bauch verhüllten. Glücklicherweise diktierte die damalige Mode Hängekleider mit gerüschten Kragen und weiten Ärmeln. Alles auf der Welt fügte sich zu ihren Gunsten, und es schien, als sei sie für ihren Zustand geboren. Ihre anfängliche Besorgtheit war längst einer überschwenglichen Euphorie gewichen, ihre Ängste einem inneren Frieden. Nie zuvor hatte sie eine solch unbekümmerte Zeit durchlebt.

Sie recherchierte, schrieb und schrieb, schrieb und recherchierte »Tintorettos Tochter«. Sie flog sogar nach Venedig, um sich die Scuola di San Rocco noch einmal anzusehen, die Kanäle zu riechen, die Geschichtsträchtigkeit durch die Poren und die Nasenlöcher in sich aufzunehmen.

Der Sommer verging dann wie eine einzige, lange Hausparty. Sie schrieb in ihrem warmen Studio mit dem Teppichboden, und unten schienen immer Gäste versammelt zu sein, die sie begrüßten, sobald sie die Treppe hinunterstieg: ausländische Verleger, Freunde von überall, Familienangehörige. Ihr Großvater wurde in jenem Jahr vierundneunzig, und er besuchte Isadora gelegentlich, um ihr (und ihrem sich wölbenden Bauch) Geschichten aus seiner Kindheit in Odessa zu erzählen. Es war, als wolle er sich mit dem werdenden Baby über seine Vergangenheit (und die Zukunft des Kindes) unterhalten. Isadora hoffte, er würde das Großenkelkind noch erleben, und er tat es wirklich. In jenem Sommer war er geistig immer noch ganz auf der Höhe – voll boshafter Ironie und bitterem Witz, obgleich er körperlich immer mehr verfiel.

Als der Sommer zu Ende ging, wurde Isadora immer selbstbewußter und sicherer, Josh dagegen immer nervöser. Er hatte einen Stadtplan mit den Zufahrtswegen zum Krankenhaus an die Windschutzscheibe des Autos geklebt, und weil er meinte, es könne dem Baby schaden, schreckte er davor zurück, sie zu ficken. Isadora dachte oft, es sei zwar schon für eine Frau schwer, sich an den

Gedanken, daß da ein neuer Mensch entstand, zu gewöhnen, daß es aber für einen Mann, dem ja die neun Monate körperlicher Vorbereitung fehlten, doppelt schwer sein müsse. Als die Niederkunft bevorstand, war das Baby inzwischen so sehr zum menschlichen Wesen geworden, eine so ausgebildete Persönlichkeit, daß sie einander nicht mehr kennenlernen mußten. Je näher der Tag rückte, um so glücklicher wurde Isadora; Josh dagegen flüchtete sich immer mehr in einen oft an Panik grenzenden Angstzustand. Zu Beginn des Monats August war ihr Bauch riesig geworden. Nackt posierte sie für Joshs Kamera auf der Terrasse vor ihrem Schlafzimmer. Die Bilder zeigten eine rosige Rubensgestalt auf viel zu langen und dünnen Beinen – wie eine Artischocke auf Zahnstochern. Aber das Lächeln auf dem Gesicht der Dame war einmalig – später hat es Isadora nie mehr wahrgenommen. Sie sah selig und unbekümmert aus. Weshalb war sie wohl so glücklich? War es nur die willkommene Abwechslung, einmal etwas in ihrem Leib und nicht ihrem Kopf zu tragen? War es die Erleichterung, nach der Erfüllung ihrer biologischen Bestimmung zu ihrem bisherigen Leben zurückkehren zu können? Oder war es die Genugtuung, etwas sowohl mit dem Körper als auch mit dem Hirn schaffen zu können? Shaw hätte es für unmöglich gehalten, Nietzsche hätte es für unmöglich gehalten, aber sie schrieb besser denn je, und sie trug – da war sie ganz sicher – das bemerkenswerteste Baby der Welt.

An einem heißen Augustnachmittag arbeitete Isadora in der Beinecke-Bibliothek der stickigen Krypta der Yale-Universität. Sie trug ein weites, rosa Baumwollkleid, das Josh ihr zum Geburtstag gekauft hatte, und sie recherchierte gerade etwas, was ihr jedesmal die größte Freude bereitete: ein Kostümdetail aus dem sechzehnten Jahrhundert, eine ganz bestimmte Art von Mieder, welches die Damen damals in Venedig getragen hatten. Sie fühlte dabei jene schwebende Konzentration, die sich manchmal einstellt, wenn man Nachforschungen anstellt oder schreibt: Die Außenwelt versank, nichts blieb übrig als sie und ihr Buch.

Dann, plötzlich, spürte sie Nässe unter sich. Sie stand auf und entdeckte einen großen, runden, nassen Fleck in ihrem Kleid. Sie

war nicht im geringsten alarmiert, sie wollte nur zu einem Münzfernsprecher gehen, um Josh anzurufen. Als sie im Aufzug zwischen Bücherbergen hinauffuhr, sah sie sich auf einem Bild: Ihr blühender, rosa Bauch unter dem weiten, rosa Kleid stieg zwischen Stapeln alter Bücher und Manuskripte in der klimatisierten, fensterlosen weißen Marmorkrypta auf wie ein Luftballon, dessen Schnur ein Kind losgelassen hatte; das Baby in ihrem Bauch triumphierte über all diese verstaubten Wälzer.
Sie rief Josh zu Hause an.
»Ich glaube, es ist soweit. Das Fruchtwasser tritt aus.«
»Komm sofort nach Hause!« rief er erschrocken. »Ich verständige inzwischen den Arzt.«
Sie fuhr den heißen, staubigen Merritt Parkway entlang, als wäre er eine von Tiepolo gemalte Wolke aus Cherubinen. Noch nie war sie so gelassen gewesen. Alle Befürchtungen, die sie vor ihrer Schwangerschaft gehabt hatte, alle Alpträume während der Schwangerschaft, sie könne Monster oder ein Frankensteinbaby – halb Bestie, halb Mensch – zur Welt bringen, waren angesichts der bevorstehenden Realität verschwunden. Schon Monate vor der Geburt hatte man ihr gesagt, daß sie eine Tochter bekommen würde, nachdem man im dritten Monat eine Amniozentese vorgenommen hatte. Aber wie das Baby aussehen würde, konnte sie sich nicht vorstellen – außer eben, daß es eine Version ihrer selbst als kleines Mädchen sein müsse.
Sie fuhr die an eine Bobbahn gemahnende Einfahrt hinauf und kam sich vor wie eine Königin. Josh stand besorgt an der Eingangstür und wartete auf sie und ihr Baby. Bedächtig stieg sie aus und setzte behutsam Fuß für Fuß (in weißen, flachen Sandalen) auf den Steinplattenweg zum Hauseingang.
»Was ist passiert?« fragte Josh, als sie ins Haus ging. Sie wandte sich um und zeigte auf den nassen Fleck in ihrem Kleid. »Was hat der Arzt gesagt?«
»Daß wir sofort kommen sollen.«
»Aber erst muß ich pinkeln«, sagte sie, denn Pinkeln und Schwangerschaft gehören zusammen wie die Hitze zum Sommer.
Dann stiegen sie beide in den Silbernazi mit den Zufahrtswegen

zum Krankenhaus innen an der Windschutzscheibe. Sie fuhren nach Stamford in die Arztpraxis.

Im Wagen plauderten sie vergnügt über venezianische Mieder, über Namen für das Baby, über das bevorstehende Wunder – ganz alltäglich und doch so transzendent. Josh hatte Isadora bei jedem Arztbesuch begleitet: vom ersten Abhören des Herzschlags über die merkwürdig erschreckende Amniozentese (bei der eine Nadel die Bauchdecke an der weißesten und empfindlichsten Stelle durchstach) bis zu den Lamaze-Trainingskursen, die für beide reichlich verwirrend waren. Aber nun waren sie bei einer Phase angelangt, bei der sie ganz allein sein mußte. Sie wußte nicht recht, ob sie jauchzen sollte oder Angst haben; ein wenig wohl beides. Aber noch nie war sie so stolz gewesen, eine Frau zu sein. Kurios, nicht wahr? Kurioser und kurioser, würde Alice sagen. Jahrelang hatte sie sich vor Schwangerschaft und Geburt gefürchtet, aber nun, da die Entbindung unmittelbar bevorstand, erschienen ihr die beiden als die wichtigste, wesentlichste Erfahrung ihres Lebens.

Beim Gynäkologen – ein außerordentlich sympathischer Arzt aus Stamford war an die Stelle des schmächtigen New Yorker Frauenarztes, der Isadoras Schwangerschaft festgestellt hatte, getreten – wurde Isadora untersucht und gemessen.

»Nur zwei Zentimeter erweitert«, erklärte Steve Lowenstein, der pedantische, aber sanfte Arzt und Geburtshelfer. Er war ein netter jüdischer Mann, genauso alt wie sie, hatte also sein Medizinstudium absolviert, als Isadora an der Columbia-Universität Literatur studierte. Er entsprach genau dem Typ, den sich gutbetuchte jüdische Mädchen als Ehemann ersehnen, der ihnen dann aber, weil er so langweilig ist, zum Halse heraushängt, so daß sie ihn mit dreißig betrügen wollen. Er hatte braune Augen und braunes Haar und blickte Isadora voll Sehnsucht an. Möglich, daß es kein sexuelles Verlangen war, sondern nur eine Sehnsucht nach allem Exotischen. Ihre Eierstöcke waren nicht exotisch, aber ihr Lebensstil (um dieses scheußliche Wort zu gebrauchen) war es. Für Steve Lowenstein war sie der Inbegriff der tabuierten Frau: mehrmals verheiratet, erotisch und anscheinend frei. Und sie beide waren im

Begriff, in einer Intimität, die vielleicht noch persönlicher war als die Empfängnis dieses Babys, eine der erstaunlichsten Lebenserfahrungen miteinander zu teilen.
Steve schickte Josh und Isadora wieder nach Hause und riet ihnen, die ersten Wehen abzuwarten und ihn dann anzurufen. Da die Fruchtwasserblase bereits punktiert war, würde Steve, sollten sich die Wehen allzusehr verzögern, die Geburt künstlich einleiten.
Es war heiß und sonnig. An solch einem strahlenden Augustnachmittag unter klarblauem Himmel schien Connecticut der schönste Ort auf der ganzen Welt zu sein. Sie gingen nach Hause, um sich vorzubereiten, aber wie bereitet man sich auf ein Ereignis vor, das an sich schon völlig einmalig ist? Natürlich wird täglich ein Kind geboren, und doch ist das Gebären etwas absolut Individuelles. Jede Geburt ist anders, jedes Baby ist anders.
Sie warteten also auf das Einsetzen der Wehen. Sie lasen Gedichte – Whitman, D. H. Lawrence und Thomas Hardy –, saßen auf dem Wasserbett und versuchten zu ergründen, wie diese Erfahrung ihr Leben verändern würde.
Isadora hatte das Gefühl, im Grenzbereich zur Transzendenz zu weilen. Sie entsann sich, wie Papa vom Tode ihrer Großmutter erzählt hatte, von einem Ereignis, das stattfand, als sie in Heidelberg war.
»Sie sah hinaus in den Weltraum«, hatte er gesagt, »und dabei wurde ihr Gesicht schöner, als es je zuvor war. Sie hatte Frieden mit sich und der Welt geschlossen, und als sie starb, behielt ihr Gesicht diesen transzendenten Ausdruck.«
Isadora hatte das Gefühl, daß sie sich ihrer Großmutter anschließen würde, ihrer Mutter und jener langen Reihe von Frauen, die Frauen gebären und den Tod transzendieren. Wie unerwartet dieses Gefühl war! Wie noch nie dagewesen!
Die Dämmerung senkte sich über den Kamm des Hügels, auf dem ihr Haus stand. Isadora und Josh legten sich auf das Wasserbett, kuschelten sich aneinander und sahen sich auf dem Videoschirm »Eine Geschichte aus zwei Städten« an. Etwa um acht Uhr abends, mitten in Dickens' Schilderung der Französischen Revolution, entschloß sich Mandy, auf diese sublunare Welt zu kommen.

Ach, sie war ja schon vorher dabeigewesen, in all den Träumen und dann neun Monate lang, in denen sie geatmet hatte (wenn auch keine Luft), aber nun war sie bereit, mit ihnen zusammen die Welt der Aerobier, der Luftatmer, zu teilen, die Welt der Säuger und Milchtrinker.
Nun folgten die Wehen einander in immer kürzeren Abständen. Josh kontrollierte sie mit der Stoppuhr, und Isadora machte Atemübungen: keuch-keuch-pusten. Zuerst war alles nur ein Spaß. Die Schmerzen waren erträglich, und Isadora war in Hochstimmung, weil sie im Begriff stand, jene berühmte Schwelle zu überschreiten und sich den Scharen von Frauen – als Lebende oder als Geister – anzuschließen, die vor ihr den mühsam-steilen Pfad zur Mutterschaft gegangen waren.
Sie stiegen in den Silbernazi und brausten nach Stamford. Die Wehen wurden heftiger und folgten einander immer schneller. In Norwalk rannte Josh zu einem Autobahntelefon, um eine Polizeistreife zu rufen. Aber jetzt, wo sie tatsächlich eines gebraucht hätten, war kein Polizeiauto zu sehen.
Der Arzt war bereits verständigt und sollte ins Krankenhaus kommen. Sowohl Isadora als auch Josh hatten das Gefühl, zu einer Verabredung mit dem Schicksal zu eilen, aber als sie in Stamford die Autobahn verließen, verfuhr sich Josh.
»Verflucht noch mal«, sagte er, »ich wußte doch, daß wir das Krankenhaus nicht finden.«
»Reg dich ab«, sagte Isadora. »Erstgeburten kommen niemals so schnell.«
»Wie geht es dir, Schätzchen?«
»Es geht mir gut«, sagte sie, und sie fühlte sich auch ausgezeichnet, obwohl sie sonst vor physischen Schmerzen große Angst hatte. Diesmal aber war sie gelassen. Warum war sie so gottverdammt gelassen? Sie konnte es einfach nicht fassen, wie hormongesteuert sie war und welche arterhaltende Kraft ihr die Große Mutter – Demeter, Persephone, wer auch immer – verliehen hatte, sich für die bevorstehende Zerreißprobe zu wappnen. Im Krankenhaus setzte man Isadora in einen Rollstuhl, während Josh fortgeschickt wurde, um das Auto zu parken. Als man sie durch

die Korridore des Stamford-Krankenhauses schob und die Wehen immer heftiger wurden, fühlte sie, wie zentral ihre und wie peripher seine Rolle war. Sie spürte die unüberbrückbare Kluft zwischen den beiden Geschlechtern. Hätte ich das Baby früher bekommen, ging es ihr durch den Kopf, hätte ich dann jemals eines dieser Bücher geschrieben?

Bestimmt, lautete ihre Antwort, aber welch andere Bücher es geworden wären! Bücher, die das Frausein besungen hätten und nicht beklagt, Bücher, die vom Wunder weiblicher Stärke gezeugt hätten.

Im Kreißsaal kamen und gingen die Schwestern, und sie redeten nicht wie bei T.S. Eliot über Michelangelo, sondern über den Typ, mit dem sie am Vorabend aus waren. Isadora wurde ausgezogen, man steckte sie in einen grünen Kittel und schloß sie an einen Monitor zum Messen des fötalen Herzschlags an. Sie sah, wie die Nadel auf dem Millimeterpapier Berge und Täler zeichnete, und machte sich gerade in Gedanken Notizen, als Josh, die Kamera in der Hand, erschien, um Fotos zu machen. Nur zwei Aufnahmen kamen zustande: Dann wurden die Wehen so stark, daß ein Weitermachen geschmacklos gewesen wäre.

Auf einmal war Isadora vom Schmerz überwältigt – verloren in ihm, als hätten sich die Höhen und Tiefen auf dem Millimeterpapier in blutrote Klippen verwandelt, die sie, eine nach der anderen, mit jeder neuen Schmerzwelle erklimmen mußte. Die so gewissenhaft geübte Lamaze-Atemtechnik erwies sich als nutzlos. Solange der Schmerz erträglich blieb, bot sie zwar eine gewisse Ablenkung, aber wenn der Schmerz ernstlich groß wurde, war Isadora froh, überhaupt noch atmen zu können.

Josh atmete mit ihr, aber selbst durch den Schmerzschleier hindurch konnte sie erkennen, daß ihm seine Hilflosigkeit fast den Verstand raubte. Diese Erfahrung trennte sie, brachte sie aber gewissermaßen auch einander näher. Sie erinnert sich an seine haselnußfarbenen, weit auseinanderliegenden Augen und wie verängstigt sie waren. Sie erinnert sich, wie Steve Lowenstein kam, sie untersuchte und dann nach zweistündigen Wehen erklärte, er werde einen Kaiserschnitt machen müssen. Sie erinnert sich, ihn angefleht zu haben, er möge ihr helfen, das Baby »natürlich« zur Welt zu bringen, obwohl der Ausdruck »natürlich« in diesem Zusammenhang ziemlich absurd erschien. Sie wundert sich darüber, daß vor ihr je ein menschliches Wesen auf diesem Planeten angekommen ist, so ineffizient, schmerzhaft und zwecklos erscheint ihr der Vorgang. Der Schmerz läßt nach. Steve und Josh arbeiten mit, atmen ein und aus, aber noch immer ist sie nur drei Zentimeter erweitert, obwohl sie bereits drei Stunden in den Wehen liegt. Auf blutenden Füßen kriechen die Minuten vorbei. Als man ihr eine Pitocin-Injektion gibt, kommen die Wehen so schnell und intensiv, daß sie glaubt, den Schmerz nicht mehr ertragen zu können. Man verabreicht ihr schmerzstillende Mittel, und die Wehen klingen wieder ab. Dann erneut Pitocin, erneut Schmerzen. Dann wieder Schmerztöter.

Der ganze Kreislauf erscheint ihr absurd, und die beiden Männer – Arzt und Ehemann – kommen ihr völlig nutzlos vor. Sie wollen helfen, aber sie wissen anscheinend nicht, wie. Sie sind so körperlos wie Wolken, die sich in einer Regenpfütze spiegeln: Nur sie und ihr Baby, sie und ihr Schmerz existieren am Ende noch.

Stundenlang liegt sie in den Wehen. Sie erinnert sich nur an die Uhr an der Wand, die Berge und Täler auf dem Diagramm und an Joshs weitaufgerissene Augen.

»Wir werden den Kaiserschnitt nicht vermeiden können«, wiederholt Steve, aber er ist zu anständig, zu rücksichtsvoll, um sich ihrem Wunsch, das Baby »natürlich« zur Welt zu bringen, zu widersetzen. Erst als der Herzschlag des Kindes schwächer wird, besteht er darauf. Inzwischen ist sie zu erschöpft, um noch zu protestieren.

Alles wird vorbereitet. Sie rufen im OP-Saal an, bestellen eine Tragbahre, und Steve schiebt sie die neonbeleuchteten Korridore des Krankenhauses entlang zum Aufzug. Er rollt sie hinein, drückt auf den Knopf, und irgendwo mitten in einer Wehe bleibt der Aufzug stecken.

Sie und ihr Geburtshelfer, steckengeblieben in einem Aufzug des Stamford-Krankenhauses mit dem um sein Leben kämpfenden Baby! Ihr Herzschlag setzt aus. Sie hat es immer geahnt, sie würde die Geburt nicht überleben, sie würde in einer absurden Situation wie dieser sterben. Ein zwischen den Etagen steckengebliebener Aufzug und ihr netter Geburtshelfer, der verzweifelt und wahllos die Knöpfe drückt! Schließlich betätigt er den Alarmknopf. Durch ihren fürchterlichen Schmerz hindurch vernimmt sie das Alarmsignal.

»Bitte, lassen Sie mich nicht sterben!« schreit Isadora. »Ich schreibe das beste Buch meines Lebens.« Sie denkt an Charlotte Brontë, an Mary Wollstonecraft, an Paula Modersohn-Becker, sie denkt an alle Künstlerinnen der Welt, die das Opfer ihrer Geschlechtszugehörigkeit wurden. Auch die Heldin ihres historischen Romans, Marietta Robusti, La Tintoretta, Tochter des berühmten Jacopo Tintoretto, war tatsächlich im Kindbett gestorben.

»Beruhigen Sie sich doch!« sagt Steve. Beruhigen Sie sich doch! Das sagen sie immer, aber *sie* brauchen sich ja nicht aufzuregen, wenn die Frauen ihre Kinder gebären.

Isadora blickt hoch. Ein schwarzer Pfleger in einem grünen Anzug hängt in der Klapptür des Aufzugs über ihr, sein Fuß in einem weißen, kreppbesohlten Schuh baumelt genau über ihrem aufgeblähten, pulsierenden Bauch. Plötzlich fällt ihr ein, daß Männer eigentlich nur zu einem gut sein sollten, und zwar einigermaßen narrensichere Aufzüge zu konstruieren, während Frauen die wahrhaft schwere Arbeit der menschlichen Rasse verrichteten: Sie setzen die nächste Generation in die Welt.

»Verzeihung, Ma'am«, sagt der Pfleger und vollführt einen Hechtsprung, als übe er für ein schwarzes, auf einem Harold-Lloyd-Film basierendes Musical. Isadora kann auch in der Agonie das Groteske an der Situation erkennen. Der Nachtmahr des steckengebliebenen Aufzugs – und sie, die dringend einen Kaiserschnitt haben muß, in den Wehen.

»Beruhigen Sie sich! Beruhigen Sie sich!« sagt Steve Lowenstein immer wieder. Damit will er auch seine Angst besänftigen. Der Pfleger drückt inzwischen auf die Knöpfe, um den Aufzug wieder in Gang zu bringen.

Selbst unter harmlosesten Bedingungen haßt Isadora steckengebliebene Aufzüge mit einer ans Panische grenzenden Intensität.

Aber wenn man in den Wehen liegt und das ganze Leben an einem vorbeifliegt, wenn man fest glaubt, der Schmerz werde einen töten, braucht es nur noch einen steckengebliebenen Aufzug, damit man den Verstand ganz und gar verliert.
Da liegt sie nun auf der Tragbahre, während die Männer vergebens an den Aufzugknöpfen herumfingern und das Alarmsignal schrillt, und sie läßt alle ihre Lebenstage Revue passieren. Sie wird immer jünger, bis sie schließlich selbst zu dem Pochen in ihrem Bauch wird, das geboren werden will.
»Ich will raus hier!« schreit sie. »Lassen Sie mich und mein Baby hier raus!« Im gleichen Augenblick bewegt sich, wie von ihrer Stimme angetrieben, der Aufzug wieder. Alles bewegt sich: Der Aufzug steigt hinauf, die Türen öffnen sich, die Tragbahre fliegt den Korridor entlang zum OP-Saal. Narkoseschwestern stehen bereit, der Anästhesist mit seiner langen Nadel – Lichter, keine Kamera, Action!
Einen Augenblick lang, ehe die Nadel in ihren Rücken dringt, erinnert sie sich an Geschichten, bei denen Frauen durch Rückenmarksinjektionen gelähmt wurden, aber dann wirkt die Betäubung, der Schmerz läßt nach, sie ist erleichtert und froh darüber, vom Nacken bis zu den Zehen nichts mehr zu spüren.
Ein Laken verdeckt ihr die Sicht auf den Bauch, aber unter dem Laken schneidet Steve, schneidet und schneidet.
Auf einmal hebt er ein blutiges Bündel hoch, schneidet wieder, wickelt das Ding in ein Handtuch und legt es Isadora in die Arme.
»Ist das die Plazenta?« fragt sie – so blutig ist der kleine Menschenklumpen.
»Es ist Ihre Tochter!« entgegnet er strahlend.
Isadora kann sich weder an einen ersten Schrei erinnern noch an einen ersten Atemzug, aber sie entsinnt sich ihres ersten Blicks auf das Baby, aus dem dann ihre Amanda wurde.
Das kleine Mondgesicht war mit Blut verkrustet, als wäre es ein eisenerzhaltiger Planet. Die kleinen Augenlider zuckten über den kleinen Wangen, als wollten sie guten Tag sagen, und ein Gewirr rotbrauner Haare klebte an dem kleinen Schädel. Die Weichheit dieses Schädels verriet seine Sterblichkeit.

»Hallo, mein Liebling, meine Tochter, meine vertraute Fremde«, sagte Isadora und weinte; sie und ihre Tochter hatten sich voneinander getrennt, damit sie zusammenkommen konnten.
Steve Lowenstein entschuldigte sich, weil er immer noch nähte. »Es dauert länger, Sie zuzunähen, als Sie aufzuschneiden«, sagt er. »So viele Haut- und Muskelschichten.« So viele Schichten. Das Baby, das Buch, der steckengebliebene Aufzug, die Angst vor der Geburt, die triumphierende Wirklichkeit. Ihre Heldin mußte sterben, aber sie, sie würde leben, mit ihrem Baby an der Brust, um ihr Buch zu beenden. War das gerecht, wenn man an all die Frauen dachte, die gestorben waren? War das Leben jemals gerecht?
Draußen im Korridor vor dem OP-Saal stand Josh, als eine erschöpfte, müde, aber ekstatische Isadora mit einer frisch gebadeten, frisch benamsten Amanda auf Rädern durch die Doppeltüren jenes unbegreiflichen Raumes kam, in dem sich ihr ganzes Leben verwandelt hatte. Sie würde jetzt nicht mehr nur eine Frau sein oder eine Autorin oder eine Geliebte. Jetzt war sie vor allem Mutter: schreibende Mutter, liebende Mutter, bemutternde Mutter. Selbst wenn ihr Baby – unausdenkbar! – sterben sollte, würde sie eine leidtragende Mutter bleiben. Diese Identität war unzerbrechlich, unerschütterlich.
»Schau her«, sagte sie mit ausgetrockneter Kehle, »hier ist sie.« Josh kam an die Tragbahre und besah sich das Baby voller Staunen und Entzücken. O Wunder, gerade öffnete es seine milchigen, tiefseeblauen, blinden Augen.
»Ich liebe dich, Kleines«, sagte er, und Tränen strömten über sein Gesicht.

Zu Hause veränderte sich alles. Josh und Isadora waren nun nicht mehr allein. Da war die Säuglingsschwester. Da war die Köchin. Da waren alle diese Menschen, die ihr angeblich zur Seite stehen sollten, die aber eher ein Hindernis als eine Hilfe waren.
Die Säuglingsschwester hörte nicht auf zu essen. Sie verargte es Isadora, daß sie das Kind stillte, und rächte sich in typischer Säuglingsschwesternmanier. »Mrs. Ace«, sagte sie jedesmal,

wenn das Baby weinte, mit näselnder Stimme, »Ihre Milch ist nicht sättigend genug – Ihr Baby verhungert.«
Die Schwester war eine riesige Frau aus Waterbury namens Mary Hogg. Sie selbst sprach ihren Namen nicht aus, als reime er sich auf »log«, sondern dehnte das O. Aber »hog« war und blieb ihr Name, und *hog* heißt Schwein, Vielfraß, mochte Mary sich auch noch so große Mühe geben, der Welt weiszumachen, sie heiße »Hogue«. Keine Dickensgestalt hätte beziehungsreicher heißen können. Mary Hogg aß für sich, für das Baby und für Isadora, die zwar keine Schlankheitsdiät einhielt, aber immerhin Eiscreme und Plätzchen zurückwies – eine Tatsache, die Mary Hogg ihr übelnahm, weil damit offenbar wurde, wieviel sie selber aß. Sie half in der Tat wenig, außer, daß sie das Baby windelte und Isadora und Josh arm aß. Aber die neugebackenen Eltern waren so besorgt um ihr Kind, so verblüfft über seine Gewohnheiten, daß sie sich kaum trauten, es ohne eine Mittelsperson anzufassen. Das wußte Mary Hogg, und sie machte es sich zunutze. Anscheinend hatte sie Säuglingspflege als Beruf gewählt, um sich ungehindert vollstopfen zu können. Es war fast, als wolle sie sich für die ihr versagt gebliebene Mutterrolle entschädigen.
Sie war ein Koloß von einer Frau, hatte schwarzes Haar und ein mit Leberflecken übersätes Mopsgesicht. Sie wiegte Amanda in ihren gigantischen Armen, sprach für sie, aß für sie und entschlüsselte den verwirrten, ungeübten Eltern die Launen des Kindes.
Das kleine Mädchen war schön, aber rätselhaft. Seine Schlafgewohnheiten, seine Verdauung, seine Wachsamkeit – all das erschien Josh und Isadora ganz einmalig. Weinte das Baby, tropften Isadoras Brüste. Wurde das Baby ins Zimmer gebracht, tauchte Isadora selbst aus dem tiefsten Schlaf und setzte sich im Wasserbett auf, um das kleine Bündel in die Arme zu nehmen. Die winzigen Rosenknospenlippen saugten sich mit überraschender Kraft an ihrer Brustwarze fest – das war die Urkraft, dachte Isadora, das Universum. Und Isadora sah hinunter auf das Baby und spürte, wie ihr Uterus sich zusammenzog und Tränen in ihre Augen stiegen. Aber warum sie weinte, wußte sie nicht. Weinte

sie beim Gedanken an Mandys Zukunft, oder meinte sie ihre eigene? Weinte sie, weil das Schicksal eines jeden Babys unvorhersehbar ist? Weinte sie, weil sie nun verändert war? Denn sie würde niemals irgendwo hingehen können, ohne an ihr Kind zu denken. Es war beinahe, als hätte die durchtrennte, jetzt nutzlos gewordene und vertrocknete Nabelschnur aufgehört, ein physisches Ding zu sein, und war statt dessen ein mächtiges moralisches Band geworden, eine Matrix, in der ihr ganzes Leben besiegelt war, so daß sie niemals mehr eine Entscheidung nur für sich allein treffen konnte. Jede Überlegung würde Mandy einschließen, hinter jedem Gedanken, der sich in ihrem Kopf formte, würde Mandy lauern. Jeder Traum, jede Bewegung, jede Phantasievorstellung würde Mandy widerspiegeln, wie das menschliche Blut den Salzgehalt der Ozeane widerspiegelt, in denen wir das erste Mal das Geschenk des Lebens empfingen.

Mandy war mehr als nur ein an der Brust gestillter Säugling: Sie war ein Klima geworden, eine Landschaft, ein Planet. Und Isadora spazierte jetzt auf diesem Planeten, diesem Mutterschaft genannten Himmelskörper, der größer war als ihr Leben überhaupt. Mary Hogg mit ihrem Übergewicht, ihren Flecken und Warzen, ihren kleinen, goldgefaßten Brillengläsern und ihrer Synthetiktracht war die fleischgewordene Verkörperung des Wechsels in Isadoras Leben; das Baby nicht. Das Baby war bezaubernd: gesund, mit rosigen Backen, eine Freude, auch wenn es nachts um drei gefüttert werden wollte. Aber was für ein Troß kam mit ihm! Nicht nur die Schwester, sondern auch das Laufställchen, die Babytrage, die Windeltasche, all die frischen Kleidungsstücke. Isadora und Josh konnten keinen Fuß mehr aus dem Haus setzen, ohne daß es wie der Aufbruch der Fremdenlegion oder einer Zigeunerkarawane aussah. Ihr Leben war nun alles andere als spontan. Ohne höchst komplizierte Vorbereitungen wagten sie es nicht mehr, irgendwo hinzugehen. Alles war nun unerhört schwierig geworden. Wo sollte das Baby im Wagen sitzen, was für einen Kindersitz mußte man anschaffen, wie würde der Tagesrhythmus des Kindes beeinflußt werden, welche Nahrung, was für Decken sollte man mitnehmen, welches tragbare Kinderbett,

welchen Korb, welche Spielsachen? Dieses ganze Drum und Dran stellte das Baby völlig in den Schatten.
Zu Mary Hogg, der furchteinflößenden Säuglingsschwester (ihre Amtszeit war, historisch gesehen, kurz, aber damals schien sie unendlich), kam noch eine alte schwarze Köchin namens Lilyanne. Josh hatte sie, während sich Isadora im Krankenhaus von ihrem Kaiserschnitt erholte, eingestellt, da sie begeisternde, wenn auch ein wenig zerfledderte Referenzen aufweisen konnte. Anfangs schien sie auch die Verkörperung all jener mütterlichen schwarzen Mammys zu sein, die Hattie McDaniel immer gespielt hatte. Sie war der Traum jedes jüdischen Mädchens: eine schwarze Mammy aus einem Film der vierziger Jahre, die es bemuttern würde, bemuttern, wie es die eigene, blasse weiße Mama niemals hätte können, niemals hätte wollen.
Lilyanne war alt. (Wie alt, das ließ sich nicht feststellen.) Sie hatte bei Prominenten und weniger Prominenten gearbeitet: von Gypsy Rose Lee über Verwandte der Rockefellers (welche Rockefellers dies waren, war ebenfalls nicht festzustellen) bis zu dem Richter, der seinerzeit das »Ulysses«-Urteil gefällt hatte. Ihre Zähne waren nicht mehr ihre eigenen, ihre Haare auch nicht, aber sie hatte gütigblitzende Augen und konnte immer noch höllisch gut kochen.
Höllisch war auch das Wort für den Zustand der Küche: Überall war Mehl verstreut, als hätte ein Kontingent von Rokokokavalieren hier seine Perücken gepudert, überall stand unabgewaschenes Kochgeschirr herum, überall waren Zwiebeln und Kartoffeln auf dem Boden verstreut, und alle elektrischen Geräte strotzten von Soßespritzern.
Aber kochen konnte diese Frau! Gedünsteten Salm in Dill; Fischfilets in Weißwein; einmalig knusprige Brathühnchen; im Rohr gebackene und ausgehöhlte, mit einer Mischung aus Cheddar und Sauerrahm gefüllte Folienkartoffeln; Biskuitpuddings und Soufflés als Nachtisch.
»Ist das alles biologisch?« fragte Josh jedesmal, wenn sie sich zu einem Schlemmermahl niedersetzten.
»Aber gewiß doch, Mr. Ace«, beteuerte Lilyanne.
»Erstaunlich«, sagte Josh dann, »die Kuchen sind so locker, die

Hühnchen so kroß. Noch nie habe ich so zarte Kuchen aus Vollkornmehl, niemals so köstliches Geflügel gegessen.«
»Mein Geheimrezept«, sagte Lilyanne dann verschämt.
Es stimmt: Lilyanne konnte kochen, aber sie brauchte jedesmal ein ganzes Regiment, das hinter ihr aufräumte. Überall lag Küchengerät, der Boden war naß und klebrig, ja selbst ihre stahlgefaßte Brille mußte manchmal, wenn sie ihr in der Hitze des Kochens von der Nase geflogen war, irgendwo in dem Chaos gesucht werden.
Und zudem war Lilyanne sehr unsicher auf den Beinen. Ihre Minnie-Maus-Schuhe waren mindestens drei Größen zu weit, ihre Beine aber jämmerlich dünn und zerbrechlich. Obwohl sie eine zierliche Frau war, schienen sie sie kaum tragen zu können, und da Joshs und Isadoras Haus voller Unebenheiten, Stufen, Balkone und Terrassen war, schwebte Lilyanne stets in Lebensgefahr. Ihre Augen waren schwach, ihre Schuhe ausgelatscht, und ihre Knie gaben nach. Oft stürzte Isadora aus ihrem Dachbodenstudio (die Hände auf die Kaiserschnittnarbe gepreßt), weil in der Küche Töpfe polterten und Gläser zu Bruch gingen.
»Ihr Bauch, auf den müssen Sie achtgeben«, sagte Lilyanne bei solchen Gelegenheiten, rappelte sich hoch und fegte die Scherben zusammen. Nie zerbrach sie irgend etwas Wertvolles, aber Isadora fürchtete, die Köchin könne sich die Beine brechen, denn wo immer Lilyanne im Haus war, begleiteten sie Krach und Gepolter. Einmal stürzte sie mit einem beladenen Frühstückstablett die ganze Treppe hinunter, stand jedoch offensichtlich unversehrt inmitten der Trümmer auf, erklärte, es sei »nix passiert«, und fing an aufzufegen. Isadora hatte sie zwar sehr gern, war aber schließlich doch gezwungen, sie gehen zu lassen, als eine zusätzliche Putzfrau eingestellt werden mußte, deren Aufgabe nur darin bestand, nach Lilyannes großen Feinschmeckermahlzeiten aufzuräumen. Eines Tages kam Isadora hinunter in die Küche und fand Mary Hogg, Lilyanne und Rowena (die Putzfrau) um den Küchentisch bei einer gemeinsamen Mahlzeit versammelt vor, während Amanda in ihrem englischen Kinderwagen auf der Küchenterrasse schrie.

»Seit wann schreit sie denn?« fragte Isadora, und ihre Brüste sonderten bereits Milch ab.
»Ach was, es tut ihr gut, mal zu schreien, Mrs. Ace«, erklärte Mary Hogg mit aufreizend näselnder Stimme. Die beiden anderen Prasser nickten unisono und schlangen ruhig weiter.
Daraufhin marschierte Isadora durch die Küche, öffnete die Glasschiebetür zur Terrasse, packte Amanda, stürmte mit ihr ins Schlafzimmer und stieß die Tür hinter sich mit dem Fuß zu. Sie war empört über all die Menschen, die sie ernähren und deren Unterhalt sie durch Schreiben verdienen mußte, während das Baby schrie. Ihre Heldin starb zwar bei der Geburt ihres Kindes (Isadora war mitten in der Sterbeszene), aber sie selbst hatte überlebt, und ihr stand ein komplexeres Schicksal bevor: Sie sollte über eine sterbende Heldin schreiben, während sie ein lebendes Kind stillte. Sie war wütend über ihre Haushaltshilfen (eine Fehlbezeichnung, gewiß), aber wann immer sie das Baby in den Armen hielt, war sie erstaunt. Sie war erstaunt darüber, wie ihre Körperwärme das Kind beruhigte, sie war erstaunt über Amandas Geschick beim Saugen, sie saugte, saugte, saugte, als sei dies die einzige Tätigkeit auf der Welt, sie war erstaunt über die muschelrosafarbenen Augenlider, über die rosigen Zehen, die niemals den Boden berührt hatten, über die unergründlichen, meeresblauen Säuglingsaugen.
Isadora fühlte sich zwischen Buch und Baby schmerzhaft hin- und hergerissen: Wenn sie bei ihrem Kind war, wollte sie nicht mehr an ihr Buch zurück, und wenn sie bei ihrem Buch war, störte sie das schreiende Baby, auf das ihre Brüste reagierten. Trotzdem fühlte sie sich, sobald sie ihre Tochter in den Armen hielt, als Hüterin des Vermächtnisses aller arbeitenden Frauen – und alle Mütter sind arbeitende Frauen –, deren Arbeit nie getan ist, die niemals genügend Zeit fürs Gebären und Arbeiten haben und die trotzdem ihren Kindern uneingeschränkte Zuneigung bewahren. Wer will entscheiden, welche Anstrengung wichtiger ist? Beide sollten einander ergänzen: die eine, um eine neue Generation in die Welt zu setzen, die andere, um diese Generation, ist sie einmal da, bei Kräften zu halten. Aber die Gesellschaft hat es so arran-

giert, daß beide Anstrengungen zusammen über die Kräfte einer Frau gehen. Man nimmt von beiden kaum Notiz, denn die Welt ist immer noch eine Männerwelt, aus der nur Männer Nutzen ziehen.

Isadora stillte Mandy erst an der einen, dann an der anderen Brust. Während sie sie stillte, dachte sie an Marietta Robusti, La Tintoretta, die oben im Studio auf einem gelben Notizblock bei der Geburt ihres Kindes sterben sollte. Die Brüste voller Milch, voll lebendigem Zorn und lebendiger Liebe, verfaßte Isadora die Todeschronik einer anderen Künstlerin. Sie mußte die Szene ganz und gar erfinden, denn aus dem Leben von La Tintoretta waren nur die dürftigsten Fakten überliefert. Sie war das Lieblingskind ihres Vaters, galt als dem großen Jacopo ebenbürtig, konnte genauso gut malen wie er und war so unentbehrlich in seinem Atelier geworden (oder er war so verliebt in sie?), daß der Meister ihr nur gestattete zu heiraten, wenn sie weiterhin seinem und nicht ihres Ehegatten Haushalt angehörte. Was für ein klassisch-patriarchalisches Manöver! Er hielt die verheiratete Tochter in seinem Atelier hinter Schloß und Riegel, bewahrte die Jungfräulichkeit der jungen Matrone und siegte über den Rivalen, indem er sein geliebtes kleines Mädchen nicht freigab.

Aber die Masche verfing nicht. Der Wurm schlich sich trotzdem ins Paradies ein, und zwar in Gestalt eines verirrten, zappelnden Spermafadens. Im Venedig des siebzehnten Jahrhunderts war jedoch jede Geburt eine Sache auf Leben und Tod – und der Tod sollte siegen. In der Geschichte steckte alles: Leben, Tod, Kunst, Historie, Feminismus, der Ödipuskomplex – und Isadora hatte das Thema zu ihrem eigenen gemacht und Einzelheiten erfunden, wo keine bekannt waren.

Charaktere, von denen fast nichts bekannt ist, sind immer die besten Vorlagen für historische Romane, denn hier kann sich die schriftstellerische Phantasie voll entfalten.

Marietta lag im Sterben, und Amanda saugte an Isadoras Brust. Sie nahm buchstäblich mit der Muttermilch das Schicksal aller Frauen in sich auf, aller Künstlerinnen von La Tintoretta bis zu ihrer eigenen Mutter. Falls ihr das bewußt war, verriet sie es jedenfalls nicht. Sie schloß nur vollkommen zufrieden ihre malvenfarbenen Augenlider, fächelte sanft mit den langen, rötlichbraunen Wimpern über den muschelrosafarbenen Wangen, gab ein kräftiges Bäuerchen von sich, um die Luft aus dem Magen zu lassen, und setzte eine heiße, kompakte Masse aus gelbgrüner, brustgenährter Babyscheiße in ihre Pamperswindel. Isadora wechselte die Windel, wischte den kleinen rosigen Anus mit Öl und Babylotion ab, zog Amanda ein frisches Windelhöschen an und ließ ihre Gedanken zurückwandern zu der Sterbeszene auf ihrem Schreibtisch.

»Ist das Baby fertig?« kam die näselnde Stimme von Mary Hogg.

»Sie ist gefüttert und frisch gewindelt«, antwortete Isadora durch die geschlossene Tür.

Amanda schlief. Isadora stand auf und reichte das Bündel behutsam Mary Hogg. Dann ging sie nach oben, um Mariettas Tod fertigzuschreiben.

Zu gegebener Zeit wurden Mary Hogg und Lilyanne entlassen – die erste ohne, die letzte mit Bedauern. Nachdem Lilyanne gegangen war, schrubbten Josh und Isadora die Küche von oben bis unten. In der Speisekammer entdeckten sie, versteckt hinter Vollkornmehl, Safloröl und Kleiepaketen, Tüten mit Fertigkuchenmehl, Puderzucker und »Crisco«-Bratfett.

»Donnerwetter!« sagte Josh. »Kein Wunder, daß die ›biologische‹ Kost so gut geschmeckt hat.«

8

Die nackte Nanny
oder
Die Geschichte aus Amandas Sicht

Die kleine Welt des Kindes, das familiäre Milieu, ist Modell der großen Welt. Je intensiver die Familie ein Kind geprägt hat, desto mehr wird es, wenn einmal erwachsen, geneigt sein, gefühlsmäßig in der großen Welt wiederum seine frühere kleine Welt zu sehen. Natürlich ist dies nicht als ein bewußter intellektueller Prozeß zu verstehen.

C. G. Jung

Ein Kind ist unter euch,
das alles aufschreibt,
und, bei Gott, es wird's drucken.

»Über die Wanderungen des verstorbenen Captain Grose durch Schottland im Jahre 1793«

Die gegenwärtige Nanny hieß Alva Libbey, genannt Schwester Librium, so tranig war sie. Vor ihr hatte es Rae-aus-Santa-Fe, eine geistesabwesende Vegetarierin, und vor dieser Cicely aus Stoke-on-Trent gegeben, jene immer frecher werdende Britin, die Isadoras geliebten Chekarf überfahren hatte und dann mit dem Zimmermann, der Isadoras neues Studio baute, durchgebrannt war. Vor Cicely war die ölige Olive Mandys Kindermädchen, die ihren Vornamen haßte und darauf bestand, Livi genannt zu werden.

Olive war eine rotgesichtige, mürrische, zu groß geratene etwa achtundzwanzigjährige Halbwüchsige, deren Traum es war, genügend Geld zu verdienen, um bei der Scientology-Kirche *clear* werden zu können.

Während Isadora auf einer Lesereise war (Mandy war gerade zwei Jahre alt), verliebte sich Olive (per Telefon) in Isadoras einzigen völlig geistesgestörten Fan, eine Frau, der Isadora jahrelang aus dem Weg gegangen war, weil diese in dem Wahn lebte, Isadoras verloren geglaubte Tochter zu sein (zur Welt gekommen, als Isadora vierzehn war). Irgendwie hatte es diese Frau, die bisher nur lange, verwirrte Briefe geschrieben hatte, fertiggebracht, Isadoras geheime Telefonnummer herauszukriegen. (Dieser Fan war auch der Grund, weshalb Isadora keine »Irrenpost« mehr beantwortete.) Jedenfalls hatte Olive sich nicht nur mit ihr unterhalten, sondern sie auch noch in ihrem Wahn bestärkt, und es dauerte nicht lange, bis die beiden Frauen gemeinsam telefonisch phantasierten und sich gegenseitig im wahrsten Sinn des Wortes Erleichterung verschafften.

Josh und Isadora waren gerade in Chicago, als Isadora eines Abends anrief, um sich nach Mandy zu erkundigen.

»Dem Baby geht's gut«, sagte Olive, »aber ich hab' mich verliebt.«

»Fein«, sagte Isadora. »In wen denn?«

»In Beryl Springer, Ihre Tochter.«
»Ach, du großer Gott!« sagte Isadora. »Wie hat die Sie denn gefunden?«
»Eines Abends rief sie an. Sie war ganz verzweifelt wegen ihrer Mutter, und weil Sie nicht da waren, dachte ich, ich sollte mich mit ihr unterhalten. Sie war schrecklich einsam. Und dann ergab eins das andere, und wir haben uns ineinander verliebt. Übers Telefon haben wir es dann gemacht. Isadora, das ist etwas, worüber Sie noch in keinem Buch geschrieben haben – aber es geht.«
»Bitte, verschonen Sie mich mit den Einzelheiten. Kümmern Sie sich lieber um das Baby, bis wir wieder zurück sind.«
Natürlich mußte Olive gehen. Der Telefonanschluß wurde geändert – aber Beryl, eine Psychotikerin, wie sie im Buche steht, war es irgendwie gelungen, alles über Isadoras Leben herauszufinden, einschließlich der Nummern ihrer Kreditkarten. Sie ging auf eine Großeinkaufstour und ließ die Rechnungen über Waren und Hotelaufenthalte für Tausende von Dollars von Isadoras American-Express-Nummer abbuchen. Hatte Olive die Nummern als Zeichen ihrer Liebe verraten? Jedenfalls war die ganze Situation so grotesk, daß sie nicht einmal in einen Roman gepaßt hätte, aber sie war wahr, und die Wahrheit, das weiß jeder, ist immer wunderlicher als die Fiktion.
Vor Olive war Bertha-Belle dagewesen, eine ältliche schwarze Dame aus Georgia, die nicht nur Amanda versorgte, sondern auch ganz Rocky Ridge, und die es fertigbrachte, die Haushaltsausgaben zu verdreifachen, ohne jemals etwas Eßbares im Hause zu haben.
Aber Bertha-Belle ging liebevoll mit dem Baby um, und sie war mütterlich und fürsorglich Isadora gegenüber. Oder hatte diese sie nur behalten, weil sie behauptete, übernatürliche Kräfte zu besitzen und Isadoras Bücher durch inbrünstiges Beten auf die Bestsellerlisten katapultieren zu können? Schriftsteller sind seltsame Geschöpfe, und sie nehmen alle erdenklichen Unannehmlichkeiten in Kauf, wenn diese starke Persönlichkeiten oder Magie, die ihnen beim Schreiben helfen, mit einschließen. Und Bertha-Belle war eine starke Persönlichkeit, die zudem Magie versprach. Die

dralle, milchkaffeebraune Dame trug weiße Turbane und weiße Synthetiktracht und gab offen zu, früher illegale Wetten vermittelt zu haben und eine Trinkerin gewesen zu sein, doch hatte sie inzwischen den Weg des Heils gefunden.
Sie wiegte das Baby auf ihren fleischigen Armen, war aber allerdings, wenn es um die Gesundheit ging, eine Quelle irreführender Auskünfte. So schmierte sie zum Beispiel Amandas verschnupfte Nase mit Fett ein, weil sie steif und fest behauptete, daß »Erkältungen Fett nicht ausstehen können«. Sie warnte davor, zuviel Grapefruitsaft zu trinken, weil »Grapefruit das Blut verdünnt«. Ihre Lieblingsnahrung war – so beteuerte sie ohne eine Spur von Antisemitismus – »Judenfutter«, worunter sie fette, gehackte Leber und Räucherlachs auf fingerdick mit Sahnequark bestrichenen koscheren Semmeln verstand.
Bertha-Belles liebenswertester Zug bestand jedoch in ihrer Fähigkeit, mit dem Allmächtigen wie über ein Sprechfunkgerät zu kommunizieren. Sie wußte genau, was der liebe Gott jede Sekunde dachte. Sie kannte Seinen Willen. Sie wußte, wie hoch ihr Verdienst sein sollte, welche Tage Er für ihren Ausgang bestimmt hatte, welche Automarke sie fahren sollte (einen weißlackierten Cadillac), welche Art von Mantel Er für sie ausgesucht hatte (weißer Nerz) und welches Transportmittel Er für ihre Reisen vorgesehen hatte (Flugzeug, erste Klasse). Der Herr war aber auch ihr Automechaniker, und wenn sie eine Panne hatte, betete Bertha-Belle den Wagen gesund. Auch konnte sie Kopfschmerzen heilen, indem sie den »Schmerzteufel in die Hölle, aus der er gekommen war«, zurückschickte, und gelegentlich vermochte sie auch Gedanken zu lesen. Sie besaß ohne Zweifel übernatürliche Kräfte – wobei diese zugegebenerweise meist ihr selbst zugute kamen.
Verglichen mit ihr war Alva Libbey langweilig. (Mit Bertha-Belle verglichen war jeder langweilig.) Bertha war eine schwarze Königin, Alva weißes Gesindel. »Apfelmus« sprach Alva wie »Apfelmüh« aus. Sie ging, als sei sie eine im Kreuz mit Bindfäden aufrecht gehaltene Marionette, und sie hatte ein langes, hageres, hakennasiges Gesicht. Trotz ihrer offensichtlichen Unattraktivität

verbrachte sie Stunden vor dem Spiegel, als stünde ihr Debüt bei einer Fernseh-Talentshow unmittelbar bevor. Außerdem schwärmte sie für Parfums wie »Soir de Paris«, das an ihr freilich wie »Abend in Norwalk« roch.

Schwester Librium brachte die Namen von Isadoras Freunden durcheinander, was, zugegeben, nicht schwer war, und wenn sie die Namen nicht verwechselte, versäumte sie es, die entsprechende Nachricht weiterzugeben. Wochen später murmelte sie dann, wenn sie zur Rede gestellt wurde: »Ach ja, richtig, ich erinnere mich, daß damals jemand angerufen hat – aber wie war bloß der Name?«

Auch die Küchengewohnheiten Alvas waren bizarr. Sie kaufte Nahrungsmittel in merkwürdigen Mengen ein: drei Saftorangen, eine Grapefruit, zwei Dutzend Hühnerschenkel. Die Tiefkühltruhe füllte sie mit winzigen Hackfleischbuletten, die sie »Hambergers« nannte, und jeden Abend briet sie eine für sich und eine für Amanda, bis das Kind nichts anderes als »Hambergers« essen wollte. (Isadora hegte sogar den Verdacht, daß sie auch diese nur aß, wenn man sie so nannte.)

Für Alva gab es nur zwei Gemüsegerichte: Süßkartoffeln mit Speisekartoffeln oder Süßkartoffeln mit Erbsen. Isadora konnte es ihr nie klarmachen, daß zwei Kohlehydrate keine ausgewogene Mahlzeit ausmachten. Aber was spielte es schon für eine Rolle? Alva kochte alles so lange, daß am Ende überhaupt kein Nährwert mehr übrigblieb. Manchmal stellte sie um zwei Uhr nachmittags das Abendessen auf den Herd, das sie dann um halb sechs servierte. Ihr eigenes Essen ertränkte sie in A-1-Soße, Tabasco, Ketchup und Chutney: Hätte Isadora Alvas Mahlzeiten essen müssen, hätte sie bestimmt genauso gehandelt.

Die ewig wechselnden Kindermädchen hatten Isadora bereits traumatisiert, aber wie stand es um Amanda? Dauernd verschwanden Menschen aus ihrem Leben. Kaum hatte sie sich jemandem angeschlossen, gab es irgendeine Katastrophe, sei es nun wahre Liebe oder Scientology, und sie und ihre Mutter waren wieder einmal auf sich gestellt. Diese ständig neuen Nannys waren schon schlimm genug gewesen, als Josh noch da war, aber nun, da es ihn nicht mehr gab, war die arme Amanda gezwungen, das Beste daraus zu machen. An ihren Ritualen durfte nicht gerüttelt werden: das Bad, die Muppets, die allabendliche Zusammenfassung von dem, was sich tagsüber ereignet hatte. Sie war ein fröhliches, lebhaftes Kind, war jedoch gleichzeitig so ungehalten über all diese Wechsel in ihrem Leben, daß sie häufig ihrem Ärger durch Herumkommandieren Luft machte, als könne sie dadurch eine immer unübersichtlicher werdende Welt übersichtlicher machen. Isadora wußte verdammt genau, daß sie und ihre Freunde ihr Dasein als Geschiedene und die Folgen vor ihren Kindern rationalisierten. Nach außen hin gewöhnten sich die Kinder an die wechselweisen Wochenenden und auch daran, daß sie ihren Daddy und ihre Mama niemals zusammen erleben konnten, es sei denn, die Eltern stritten miteinander. Sie lernten auch, trügerische Untiefen zu umschiffen, wenn Freunde oder Freundinnen am Wochenende erschienen und sie mit unverdienten Geschenken umgarnen wollten. Trotzdem ließ es sich nicht verleugnen, daß diese verhätschelten Sprößlinge geschiedener Eltern eine ihrem zarten Alter nicht angemessene Vorstellung von sich erhielten. Abwechselnd umkämpft und dann wieder als Last empfunden zu werden – wie kann man es da vermeiden, Schuldgefühle zu entwickeln und an sich selbst zu zweifeln?

Gelegentlich rief Isadora Josh an, um ihm ihr Leid zu klagen.

»Könnten wir es denn nicht noch einmal versuchen – wegen Amanda?« fragte sie dann.

»Du meinst wegen dir.«

»Ich sehe nicht ein, weshalb wir Amanda in all dies mit hineinziehen sollen.«

»Weil wir es müssen.«

»Müssen wir es denn wirklich?«

»Mir liegt Amanda genauso am Herzen wir dir. Ich habe sie genauso lieb wie du, und *ich* muß es tun«, sagte Josh dann.

»Warum?« fragte Isadora.

»Weil«, entgegnete Josh, »ich dir keine Rechenschaft mehr schuldig bin.«

»Du bist nichts weiter als ein egoistisches, gemeines Miststück!«

schrie Isadora, wenn der Dialog zur Schlammschlacht geworden war. Er legte dann auf. Sie rief nochmals an, weinte und legte auf. Darauf rief er sie an und entschuldigte sich. Nun entschuldigte sie sich, und beide zogen sich zurück und leckten ihre Wunden. Weshalb sie dies taten, begriff Isadora nicht, denn sie liebten doch beide Amanda. Sie war das fleischliche Band zwischen ihnen, und sie spürte es mit dem kindlichen Instinkt, den Kinder nun einmal haben. Amanda versäumte auch keine Gelegenheit, die beiden daran zu erinnern.

Wenn Daddy zu Besuch kam, bestand sie darauf, daß die Eltern sich umarmten wie zu Zeiten, da sie noch ein Baby war.

»Mama umarmen, Mama umarmen!« sagte Amanda dann. Und mit verlegenem Grinsen umarmte Josh seine beiden Damen, um sich dann schnell wieder zurückzuziehen. Es war fürchterlich. Manchmal hatte Isadora das Gefühl, Josh müsse sie einfach ablehnen, wie ein Heranwachsender einen Elternteil ablehnt, sozusagen als Pflichtübung, als Phase, die er durchzustehen hatte. Aber würde es ihm, wenn diese vorbei war, leid tun? Das wußte Isadora nicht. Sie nahm an, daß Josh eines Tages all das, was er so gedankenlos wegwarf, schätzenlernen und bereuen würde. Würde sie jedoch, wenn diese Zeit gekommen war, ihn noch zurückhaben wollen? Wahrscheinlich nicht. Die Umlaufbahnen würden sich verlagert haben, manche Sonnen würden verblaßt und erloschen sein, die ganze Galaxis würde sich total verändert haben. Überläßt man die Beziehung zwischen Männern und Frauen sich selber, macht sie Metamorphosen durch wie ein kosmisches Phänomen. Bei ihrer Entstehung leuchtete sie, dann kühlte sie sich ab, und schließlich begab sie sich auf den langen Marsch zur Entropie. Deshalb dürfen Familien nicht auf den Launen der Leidenschaft aufgebaut werden; die Leidenschaft ist eine allzu unberechenbare Macht; die Leidenschaft ist allzu unzuverlässig. Isadora wußte nicht mehr, was sie von der Leidenschaft halten sollte. Sie war *für* die Leidenschaft, denn zweifellos schlug in ihr der Puls des Universums, aber wie konnte man sich ihr überlassen und gleichzeitig Kinder aufziehen? Manchmal glaubte sie in der Tat, der Grund, weshalb ihre Generation für immer zu solch abwechselnden Wo-

chenenden verdammt war, liege in dem Faktum, daß nur dieser Preis für eine Scheidung die romantische Leidenschaft ins häusliche Dasein zurückbrachte.
Waren sie denn nicht auf Nachkommen vorbereitet gewesen, sie alle? Da sie so lange auf Kinder gewartet hatten und selbst in kleinen Familien aufgewachsen waren (ohne kleine Brüder oder Schwestern, die sie bemuttern mußten), trafen sie die Anforderungen der Kindererziehung mit voller Wucht und sorgten dafür, daß sie einander Vorhaltungen machten, statt der Mutter Natur vorzuwerfen, sie habe an allem »schuld«. War es so?
Trotzdem! Was machte das Leben lebenswerter, was machte mehr Freude, mehr Spaß als Kinder?
Jeden Abend, wenn Isadora Amanda zu Bett brachte, wurden die Ereignisse des Tages oder solche, die bevorstanden, durchgegangen.
»Reden wir über meinen Geburtstag, Mama«, sagte Amanda. Und dann wurden ausführliche Pläne geschmiedet, wie Tiere und Geschenke, Luftballons und Kuchen, Musik, Clowns, Kostüme und Blumen behandelt werden sollten.
Manchmal wurden diese Schlafenszeitunterhaltungen eschatologisch, und Amanda wollte wissen, ob Gott ein Junge oder ein Mädchen sei, ob tote Menschen uns noch sehen könnten und ob Großpapa Stoloff nun im Himmel weile.
Isadora hatte sich zwar entschieden, Gott als weiblich zu sehen, aber sie erklärte Amanda fairerweise, daß nicht alle Gott für eine Frau hielten. Amanda behauptete, sich an die Zeit vor ihrer Geburt erinnern zu können, was Isadora als überzeugte Romantikerin und Wordsworth-Verehrerin durchaus verstand.
»Bevor ich geboren wurde, weißt du, Mama, da saß ich mit all den anderen Babys oben auf einer Wolke. Und dann wurde ich geboren. Und du warst auch auf dieser Wolke, Mama, ehe du zur Welt kamst.«
»Haben wir uns auf dieser Wolke kennengelernt?«
»Bestimmt. Gott würde uns ja nicht als Mutter und Tochter zur Welt kommen lassen, wenn wir uns nicht schon auf dieser Wolke gekannt hätten.«

Was hatte dieser kleine Rotschopf nur verbrochen, daß er mit einem Elternpaar gestraft wurde, das sich bekämpfte und trennte, ehe er auch nur die Füße von dieser Wolke auf die Erde setzen durfte? Fetzen dieser Wolkenpracht schleifte Amanda immer noch hinter sich her. Manchmal schien es Isadora, als bekomme ihre ganze Generation Kinder als Auftakt zur *Trennung*. Wenn mit dreißig der biologische Imperativ unüberhörbar wurde, schnappten sie sich einen geeigneten Partner, um sich fortzupflanzen. Tauchten dann später Probleme auf, gingen sie auseinander und nahmen den unterbrochenen pubertären Lebenswandel wieder auf, nur diesmal unter der Last von Kindern, Nannys, Schulgeldforderungen und Häusern. Blieben sie denn ewig Heranwachsende – Joshs Generation der Blumenkinder aus den sechziger Jahren und Isadoras Baby-Boom-Generation? Was würden *ihre* Kinder von ihnen denken? Amandas Abiturientinnenklasse im Jahr 2000, diese Jedes-zweite-Wochenende-Kinder, diese Kinder der nuklearen Angst? Was zum Teufel würden sie von ihren Eltern halten (vorausgesetzt natürlich – und das war eigentlich kaum zu glauben –, die Welt und all ihre Einrichtungen wie Abschlußfeiern und so weiter blieben in den nächsten zwanzig Jahren mehr oder weniger intakt)? Diese Kinder mußten um so viel früher erwachsen werden, wie die Pubertät ihrer Eltern verlängert wurde. Ob sie bereits als Zwölfjährige Magengeschwüre bekamen oder zu einer Moralphilosophie zurückkehrten, mit der verglichen die eines Calvin liberal war? Amandas Altersgenossen waren altkluge kleine Seelen. Sie redeten über Scheidungen, wie Isadoras Generation über Howdy-Doody geredet hatte. Aber trotz ihrer Frühreife waren sie im Grunde nur kleine Kinder. Sie paßten sich den wechselweisen Wochenenden an, den Scheidungen, Freunden und Freundinnen – und doch war dies eine merkwürdige Vorbereitung auf das Erwachsenenleben.

Einmal hatte Isadora auf ihrem Weg vom Arbeitsstudio in die Küche (wo sie die wer weiß wievielte Tasse Kaffee holte) zufällig mit angehört, wie Amanda und Ishmael im Gästezimmer spielten. Ishmael war ein feister kleiner Rabauke und der Sohn jener mit Josh befreundeten Dame, die Isadora während der ersten Tage ihrer Trennung solchen Kummer bereitet hatte. Er und Mandy waren Freunde geworden, weil seine Mutter die Geliebte von Josh war. Sie waren sofort ein Herz und eine Seele. (Auch dies gehörte zu den Extravaganzen einer Scheidung: Werden die Kinder miteinander auskommen? Als heranwachsender Mensch macht man sich Gedanken über das, was man selber fühlt; in der zweiten Adoleszenz macht man sich Gedanken über das, was ein Kind fühlt.)

»Also, du bist Daddy«, sagte Mandy gerade, »und wir spielen Scheidung. Ich bin Mama. Ich weine am Telefon.«

Mandy hob einen eingebildeten Hörer ab.

»Schluchz, schluchz, heul, heul«, rief sie ins Telefon und befahl dann: »Nun mußt du auch weinen.«

»Schluchz, schluchz, heul, heul«, rief er gehorsam.

»Und jetzt telefonierst du mit deinem Anwalt«, sagteAmanda.

»Was ist ein Anwalt?« fragte Ishmael.

»Jemand, der böse Kerle ins Gefängnis steckt – wie ein Polizist.«

»Ach so«, sagte Ishmael.

Isadora ging am Gästezimmer vorbei, als habe sie nichts mitbekommen. In ihren Augen standen Tränen. Sie wischte sie weg. Wegen Mandy stiegen ihr oft die Tränen in die Augen. Sie hatte geweint, als sie Mandy stillte, hatte geweint, als sie ihr die ersten weißen Söckchen kaufte, hatte geweint, als sie das Kind in seinen ersten englischen Kindermantel aus Tweed mit schwarzem Samtkrägelchen steckte.

Mandy sah Isadora so ähnlich, ging so ähnlich mit Worten um und war auf eine so ähnliche Art altklug und forsch, daß Isadoras Identifikation mit ihr gefährlich wurde.

»Schluchz, schluchz, heul, heul«, kam es wieder aus dem Gästezimmer. Offenbar gefiel Ishmael sein Schluchzen so sehr, daß er nicht aufhören konnte, so daß es am Ende wie das Geheul einer Polizeisirene klang.

»Du kannst jetzt aufhören«, befahl Mandy, »und heule nur, wenn ich es dir sage. Nur so wird es ein richtiges Scheidungsspiel.«

Nun ja, dachte Isadora, als sie die Treppe zu ihrem Studio hinaufstieg, vielleicht ist Mandy besser auf das Leben vorbereitet, als ich vermutet hatte.

Mandy fiel es nicht schwer, kleine Jungen herumzukommandieren. Sie machte überhaupt keinen Hehl daraus, daß *ihre* Bedürfnisse Vorrang hatten. Isadora dagegen hatte hiermit immer noch Schwierigkeiten. Sie ließ den Bedürfnissen anderer den Vorrang und schadete sich selber dabei: Joshs Bedürfnissen, als sie noch zusammen waren, denen von Mandy, seit es Mandy gab, ganz zu schweigen von denen ihrer verrückten Liebhaber.

Auf einmal, während sie nach oben in ihr Arbeitszimmer ging, fielen ihr wieder ihr Großvater und der Roman, den sie über ihn schreiben wollte, ein. Sie dachte an die vier Generationen russisch-jüdischer Amerikaner: Mandy, die in Fairfield County im Staate Connecticut Scheidung mimte; Isadora und ihre Schwestern, die in der Upper West Side von Manhattan Verstecken vor den Nazis spielten, ihre Eltern und schließlich Papa Stoloff, der als Kind in Odessa von Amerika und von Flucht geträumt hatte und dabei eine getrocknete Erbse in den Hahn des Familiensamowars steckte.

Damals war er nur etwa dreieinhalb Jahre alt – wie Mandy –, als er, gemäß der Anekdote, die er so gerne und immer wieder zum besten gab, eine getrocknete Erbse, die irgendwie nicht in der Suppe verkocht worden war, ohne sich weiter Gedanken zu machen, immer tiefer in den Hahn des Samowars schob. Seine älteren Schwestern waren alle zum Tee gekommen, und siehe da, als der Hahn des Samowars aufgedreht wurde, kam nichts heraus. Sein Vater probierte es, die Schwestern probierten es – der Samowar blieb dicht. Inzwischen hatte sich der kleine Schmul in eine Ecke verzogen und trat mit seinen abgetragenen Knöpfstiefeln von einem Fuß auf den anderen, dazu machte er ein schuldbewußtes Gesicht. Was ist bloß los, fragten die Erwachsenen, was zum Teufel ist passiert?

»Vielleicht steckt eine Erbse drin«, kam es schließlich aus Schmuls Ecke, worauf es Schläge auf die Schultern des armen, verwirrten Kindes hagelte.

»Wie zum Teufel konnten die Erwachsenen wissen, daß ich es

gewesen bin?« fragte er jedesmal, wenn er diese Anekdote erzählte. »Wie konnten sie es nur wissen?«

Was würde Amanda einmal ihren Enkelkindern erzählen – vorausgesetzt, daß sie und der Planet das Jahr 2000 überstanden und weiter lebten, sagen wir, bis 2040, wenn Amandas Nachkommen ihrerseits Nachkommen haben würden? Amandas Erinnerungen würden ganz anders sein als die ihrer Mutter, die sich der riesigen, am Vorabend des Erntedankfestes über der Siebenundsiebzigsten Straße segelnden Luftballons und des Spiels entsann, bei dem sie und ihre Schwestern sich im Wäscheschrank versteckt hatten, um den Nazis zu entkommen. Nein, Amanda würde ihre eigenen bleibenden Eindrücke haben.

Würde sie sich daran erinnern, wie Daddy sie in ihrem Haus in der Serpentine Hill Road besuchte und immer wieder wegging? Würde sie sich an ihren alten Urgroßvater Stoloff erinnern – der selbst eine winzige Zeitspanne davor noch ein Kind gewesen war und der ihr Porträt als Säugling gemalt hatte? Würde sie sich an die Scheidungsolympiade erinnern, an das Schluchzen und Heulen am Telefon, an die Szenen im Schlafzimmer, wenn Mama und Daddy sich hinter verschlossener Tür anbrüllten? Würde sie sich der vielen Nannys entsinnen – von Mary Hogg und Bertha-Belle bis zu Schwester Librium? Isadora war ziemlich sicher, daß Amanda Cicely aus Stoke-on-Trent im Gedächtnis geblieben war, denn diese war am längsten geblieben. Das Gastspiel der anderen war ziemlich kurz gewesen.

Cicely aus Stoke-on-Trent kam, als Amanda fast zwei Jahre alt war. Sie verschwand wieder, nachdem sich ihre Eltern getrennt hatten, war also fast ein ganzes Jahr geblieben. Ihr Weggang verursachte bei Amanda ein echtes Trauma, denn Cicely war ihre Mary Poppins, die Nanny, von der man träumt und die man als Erwachsener glorifiziert – und niederträchtigerweise war sie schon zwei Monate nach Joshs und Isadoras Trennung gegangen.

Isadora hatte Cicely in London aufgetrieben. Es war kurz, nachdem Bertha-Belles Einkaufsgewohnheiten zutage gekommen waren, und auch nicht lange, nachdem sich die traurig-ölige Olive mit Beryl Springer liiert hatte. Jedenfalls mußte Isadora damals nach

London fliegen, um über einen Filmvertrag zu verhandeln (ein BBC-Produzent wollte eine Fernsehserie über Marietta Robusti machen, und Isadora sollte das Drehbuch schreiben), und da sie und Josh gerade wieder einmal ohne Nanny waren, versuchte es Isadora mal beim NNEB. (NNEB ist die Abkürzung von »National Nursery Education Board«, denn nur in England gilt der Beruf einer Nanny noch als ehrenwert.)
Eines Tages also saß sie in einer üppig mit Spiegeln dekorierten Prachtsuite des »Savoy«, vor sich einen Teewagen mit köstlichen, krustenlosen Oscar Wildeschen Gurkensandwiches, und interviewte eine kunterbunte Reihe englischer Mädchen, die alle mit dem Diplom des NNEB ausgestattet waren und die alle versessen darauf schienen, die Neue Welt kennenzulernen.
Da stellte sich zum Beispiel eine schüchterne Blondine mit farblosen Augenwimpern vor (die allerdings ausgesprochen schwanger wirkte). Sie hieß Arabella und piepste wie eine Maus. Ein irisches Frauenzimmer gab zu, einen an der Universität von New York studierenden Freund zu haben, versicherte aber, sie habe absolut keine Lust, drüben zu heiraten. Ein aus bester Kinderstube stammendes Mädchen aus Oxfordshire hieß Sophie und wollte offenbar wie in einem Schauerroman aus dem achtzehnten Jahrhundert den Nachstellungen eines lüsternen Stiefvaters entkommen. Und eine war eben jene Cicely aus Stoke-on-Trent.
Cicely war rothaarig, drall und hatte dunkle Augen. Ihr Gesicht verunzierte eine Narbe, die wie ein Schmiß aussah – offenbar rührte sie von einem Unfall her –, die sie aber irgendwie sexier aussehen ließ. Sie trug Pfennigabsätze, eine weiße Rüschenbluse und einen hautengen Rock.
»Was halten Sie von der Ehe?« fragte Isadora. Dies fragte sie jede, und zwar zuerst.
»Ach, ich werde wohl nicht vor dreißig heiraten«, antwortete Cicely und schüttelte ihre rotblonde Mähne.
Unsterbliche letzte Worte!
Ein paar Wochen darauf kam Cicely mit einer »Laker«-Maschine und mit einem begrenzten Visum in der Tasche in die Staaten. Sie und das Baby verstanden einander sofort, hatte sie doch Amanda

als Geschenk selbstgenähte Handschuhpuppen mitgebracht. Sie bereitete Steak- und Nierenpasteten, Zwiebelkuchen und Blutwurst, und sie verstand es, aus Löffelbiskuits, *crème fraîche* und Erdbeermarmelade den köstlichsten Triflepudding zu zaubern. Sie war flink, britisch und praktisch und gemahnte Isadora an die einstige Glorie des britischen Weltreichs. Und natürlich eroberte sie schnell Amandas Herz.

Isadora und Josh fiel ein Stein vom Herzen, denn sie hatten ihre Mary Poppins gefunden. Aber Mary Poppins ist, wie alle Welt weiß, dafür berühmt, daß sie nach Belieben erscheinen und wieder verschwinden kann.

Während der ersten sechs Monate war Cicely einfach brillant. Amanda liebte sie über alles, liebte ihre forsche britische Disziplin, liebte ihre Kochkünste, ihren Akzent, die Sorgfalt, mit der sie sich zurechtmachte. Und Cicely kümmerte sich hingebungsvoll um Amanda. Baby und Nanny – das war Liebe auf den ersten Blick. Dann jedoch wurde Isadoras Dachbodenstudio ausgebaut, und auf der Bildfläche des Inselparadieses erschien Carl der Zimmerer. Man konnte fast hören, wie es Cicely beim Anblick von Carl den Atem verschlug und sie innerlich flüsterte: O schöne Neue Welt, wo es solche Menschen gibt!

Dabei war er nur der typische kalifornische Strandboy-Macho, wie ihn englische Mädchen anbeten: Schnauzbart, platinblonde Surfertolle, ungehobelte Paschamanieren. In der Hand trug er einen Sechserpack Bierflaschen, in seinem Kopf die Vision von riesigen britischen Titten. Während Carl am Dachsparren hing und seinen großen Hammer schwang, rauschte Cicely in ihrem Flanellnachthemd mit wippenden Titten herein und fragte: »Möchten Sie Kaffee?«

Carl lief das Wasser im Mund zusammen, und er antwortete lächelnd: »Bitte.«

»Mit oder ohne Sahne?« flötete Cicely. »Ein oder zwei Stück Zucker?«

Dieser Balztanz fand jeden Morgen statt. Inzwischen entstand ein Grundgerippe für den Raum, der Boden wurde ausgelegt, Schreibtische und Regale wurden eingebaut, Bibliotheksleitern, Balkone und Emporen gezimmert. Den ganzen Tag über hallten Hammerschläge durchs Haus, und Hammerschläge müssen auch in Cicelys Schenkeln geklungen haben.

Carl stammte aus Canoga Park und war verheiratet (mit einer Frau, wie Cicely Isadora berichtete, die er nicht liebte), warf aber gern auch auf andere Damen ein Auge. Zweifellos war Cicely vernarrt in ihn, doch Isadora bildete sich ein, die beiden schwärmten nur füreinander – ein Zeichen, wie falsch sie liegen konnte.

Ach ja, Cicely hatte Isadora tatsächlich gefragt, ob sie jemals in einen verheirateten Mann verliebt gewesen sei – auch da klingelte es bei Isadora nicht. Sie konnte auf ihre Weise sehr naiv sein und eine sehr lange Leitung haben: Ihr Kopf war immer voller Phantasien, daß es ihr manchmal nicht auffiel, was vor ihren Augen geschah. Jedenfalls spitzte sich die Sache erst richtig zu, als eines schrecklichen Tages – es war am Frühlingsbeginn und kurz vor Isadoras Geburtstag – Cicelys Liebe sich mit Chekarfs Leben überschnitt.

Isadora war gerade beim Schminken und lauschte den Hammerschlägen, die aus dem halbfertigen Studio kamen, als sie ein schmerzliches Gebell vernahm, das ihr verriet, daß sich in der Einfahrt eine Tragödie abspielte.

Sie rannte aus dem Badezimmer, den Lippenstift in der Hand, und stieß am Hauseingang mit der verzweifelt schluchzenden Cicely zusammen.

»Ich hätte ihm nie absichtlich weh getan!« brachte sie hervor.

»Wo ist er?« fragte Isadora.

»Dort!« schrie sie und rannte an Isadora vorbei ins Haus.

In der Einfahrt saß Chekarf mit einem betäubten Ausdruck auf seinem vertrauensvollen Gesichtchen, ein kleiner, drolliger weißer Fellball, aus dem nun Blut auf die asphaltierte Einfahrt sikkerte.

Isadora riß ihn an sich und rief nach Josh, um den Hund unverzüglich verarzten zu lassen. Im gleichen Moment sah Isadora ihr anderes Baby, Amanda, auf dem Rücksitz des schwarzen Datsun, der gerade Chekarf überfahren hatte. Amanda war Zeugin des

Massakers gewesen, reagierte aber gelassen, wie es nur Zweijährige vermögen, da ihnen die Bedeutung erst später dämmert.

»Wo Cee hin?« fragte sie in ihrem Kindersingsang. Cee, das war ihr Kosename für Cicely.

Ja, wo war sie? Sie hatte im Büro der Sekretärin einen hysterischen Anfall, während das Baby im Wagen saß, der Hund starb und Isadora zu ihrem Entsetzen erkennen mußte, daß sie nicht gleichzeitig Chekarf in den Armen halten und Amanda aus ihrem Kindersitz befreien konnte. Die tödlich Verletzten haben Vorrang vor den Lebenden.

»Warte einen Augenblick, Schatz«, sagte Isadora. »Cee wird dich gleich holen.«

»Nein, du holst mich, Mama«, sagte Amanda.

»Es geht jetzt nicht, Liebling. Chekarf hat sich weh getan.«

»Chekarf *nicht* weh getan«, sagte die Tochter und wischte mit ihrer kleinen rosigen Hand den Tod weg.

In diesem Augenblick erschien Carl der Zimmerer in der Einfahrt.

»Carl, bitte nehmen Sie das Baby heraus. Wir müssen sofort zur Tierärztin.«

Carl öffnete die Tür des Datsun und nahm Amanda in die Arme. Josh erschien mit den Wagenschlüsseln für das andere Auto, und dann fuhren sie wie die Verrückten über die kurvenreichen Landstraßen zur Tierärztin. Lastwagen versperrten ihnen den Weg oder Privatwagen, deren Lenker offenbar lahm oder verkrüppelt oder hirngeschädigt waren; schließlich ein Stau hinter schweren Baufahrzeugen, Traktoren und Schulbussen.

»O Gott, lieber, lieber Gott, laß ihm nichts passiert sein!« betete Isadora und sah hinunter auf Chekarf, ihr erstes, nun sechsjähriges Baby.

Hielt sie ihn richtig? Hatte er innere Verletzungen? Ist er überfahren worden oder ist nur etwas gebrochen wie bei einer reparierbaren, angeschlagenen Tasse?

»Laß es eine gebrochene Pfote sein«, betete sie zur Gottheit, »bitte nur eine gebrochene Pfote!« Und sie glaubte es beinahe selbst trotz des Blutes, das auf ihre braune Lederjacke sickerte, trotz des betäubten Ausdrucks der wie nasse griechische Oliven aussehen-

den Augen, trotz des schmerzlichen Aufjaulens und Winselns, das er von Zeit zu Zeit von sich gab, ehe er wieder still, still, still wurde.
»Alles wird wieder gut, Chekarf, Liebes«, flüsterte Isadora. »Alles wird wieder gut.«
Josh überholte einen Wagen der Müllabfuhr und stieß fast mit einem entgegenkommenden Auto zusammen. Isadoras Leben schien ihr im Moment unwichtig, verglichen mit dem Chekarfs. Dieser kleine Hund war sie – ihr Alter ego –, ein verspieltes kleines Knäuel aus Flaum – frech und zugleich sensibel, ja fast übersinnlich begabt und doch erfüllt von kindlichem Vertrauen. Er war der Don Quichote aller Hunde, der Candide aller Kaniden, der Portnoy der Schoßhündchen, denn er wichste sich immer einen an den Sofakissen ab, bis sie steif waren. Er war das erste Tier, das Isadora wahrhaft liebte, das erste Tier, das sie erzog (wenn man es so nennen wollte), das erste Tier, das ihr zeigte, wie sehr Menschen und andere Gattungen miteinander verbunden sein können. Um Chekarfs willen spendete Isadora Geld für den Tierschutz, demonstrierte sie bei Kongressen der Kürschner und Pelzhändler; um seinetwillen schrieb Isadora Briefe an Kongreßabgeordnete und protestierte gegen das Abschlachten von Babyrobben, Delphinen und Kälbern und gegen Hühnerfarmen, wo Hennen unter gleißendem Licht Tag und Nacht Eier legen mußten, bis sie tot umfielen, um seinetwillen bekannte Isadora, daß die Seelen der Hunde und die Seelen der Menschen Teil einer großen, alles umfassenden Seele sind, daß wir alle auf einer ganz bestimmten Ebene ein einziges Lebewesen waren; um seinetwillen lernte Isadora bestimmte universelle Mysterien verstehen, über die sie vorher gespöttelt hatte.
Chekarf war ihr Hausgeist, ihr Freund, ihr Spiegelbild. Wäre sie eine Hexe gewesen, hätte er getan, was sie wollte. Mußte er deshalb umgebracht werden?
Bei der Tierärztin heulte Chekarf noch einmal traurig auf, dann wurde er in den OP-Saal getragen. Die Ärztin war eine nette, nicht besonders attraktive, aschblonde Frau. Sie riet Isadora und Josh, ein wenig spazierenzugehen. Das taten sie.

Arm in Arm und zitternd schlichen sie die Post Road hinunter, wo der Durchgangsverkehr an ihnen vorbeibrauste. Isadora dachte an die vielen Male, wo sie mit Chekarf hier spazierengegangen war und wie glücklich und froh er jedesmal an der Leine gezogen hatte, wenn es Zeit war, wieder nach Hause zu gehen. Sie dachte an Virginia Woof, ihre große rote Hündin, die sie mehr tot als lebendig und mit allen nur möglichen Hundekrankheiten infiziert aus dem Tierheim geholt hatte und die nun wahrscheinlich Chekarf überleben würde.

»Unser erstes Baby«, sagte Josh. »Ich hoffe, er kommt durch.«

»Lieber Gott, ja – hoffentlich.«

Wie Mandy war auch Chekarf ein pulsierendes Fleisch-und-Blut-Band zwischen ihnen. Sie hatten ihn zwar nicht gezeugt, aber sie hatten ihn aufgezogen, abgerichtet, geliebt, mit ihm geschlafen. Er hatte ihre Wohnungen und Häuser gehütet, im Bett zwischen ihnen geschlafen, sie beim Ficken beobachtet, sie mit seinen Possen amüsiert, sie dazu angeregt, eine ganze Intimsprache aus Witzen, Liedern und Spielen zu erfinden. Sie waren nachts auf der Suche nach ihm gewesen, wenn er auf der Straße streunte, sie hatten sogar der Nachbarin eine Abtreibung für ihre Hündin vorgeschlagen, als er den Liebling geschwängert hatte. (Das Angebot war abgelehnt worden.) Sie hatten ihn umarmt, gebürstet, ihn gebadet, ihm die Zecken aus dem Fell gesucht, ihn gegen Flöhe gepudert.

Traurig trotteten sie zurück zur tierärztlichen Praxis und beteten. Als sie ankamen, stand die Ärztin vor der Tür.

»Er starb auf dem Operationstisch«, sagte sie. »Ich glaube, er war bereits tief im Schock, als Sie ihn brachten, aber ich mußte ihn untersuchen, um absolut sicher zu sein. Er hatte schwere innere Verletzungen. Als ich eine Sonde in den Hals einführte, füllte sie sich mit Blut. Es tut mir leid. Ich konnte ihn nicht retten. Gott sei Dank ist es schnell gegangen. Ich glaube nicht, daß er gelitten hat. Er stand unter Schock.«

Isadora fielen Chekarfs große, starre Augen auf dem Weg zur Tierärztin ein. Diese geweiteten Pupillen waren ein unmißverständliches Zeichen des Schocks. Wenn er aber nichts gespürt

hatte, weshalb dann dieses herzzerreißende Heulen und Winseln? Chekarf hatte den Schmerz gespürt, und nicht nur den Schmerz, sondern auch den Verrat, den Verrat an einer kleinen Kreatur, deren Leben von großen Kreaturen abhängt.
»Wohin mit seiner Leiche?« fragte Isadora und fühlte, wie ihr Herz eiskalt wurde.
»Wenn Sie wollen, lassen wir ihn einäschern.«
Isadora sah Josh an.
»Bitte«, sagten beide gleichzeitig, denn keiner konnte es ertragen, den geschundenen Körper noch einmal zu sehen. Isadora war es, als sei es der geschundene Körper ihres Babys: die Endgültigkeit zerfetzten Fleisches. Wie schwer es uns doch fällt, in solchen Momenten an den Geist zu glauben. Wie abstrakt erscheint uns dieser Geist dann, und trotzdem, was war das für ein Lotteriespiel: Fleisch. Hätten die Reifen des Wagens nur einen kleinen Bogen gemacht, sie hätten ihr geliebtes Bündel wieder mit nach Hause nehmen können.
Wortlos vor Kummer fuhren sie zurück. Isadoras braune Lederjacke war voll eingetrocknetem Blut, an dem kleine, weiße Fellfetzen hingen. Sie schwor sich, die Jacke niemals reinigen zu lassen. Die Jacke roch nach Chekarf. Isadora liebte seinen Geruch, wie sie den Geruch von Joshs Achselhöhlen, den Geruch von Amandas Pipi und den Geruch des verschwitzten Babynackens (feucht und rosig) liebte. Wenn unser Dasein im Fleisch nichts weiter ist als eine Lehrstunde auf dem Wege zum Geist, weshalb prägt es uns derart, weshalb lieben wir es so? Weshalb hängt unser Herz so am Fleisch, wenn es doch nur eine Wegstation ist? Und wo ist sie denn, diese Welt aus reiner Spiritualität, in der wir das bloße Fleisch nicht betrauern?
Cicely war immer noch in Tränen aufgelöst. Amanda krabbelte herum und spielte mit Virginia Woof. Sie hatte die Abwesenheit des anderen Hundes noch nicht bemerkt.
»Ich hätte ihm doch nie weh getan, nicht um alles in der Welt«, sagte Cicely immer wieder.
Isadora hätte das Mädchen mit bloßen Händen erwürgen können. Am liebsten hätte sie es mit einem Besen traktiert oder ihm eins

mit einem glühenden Schürhaken über den Kopf gegeben, aber sie brachte es nicht über sich, jemanden, der so erbärmlich flennte, tätlich anzugreifen. Aber sie wollte ihr Amanda nicht mehr überlassen, damit sie die nicht auch noch umbrachte.

»Carls Frau hat schuld«, heulte Cicely, »Carls Frau.«

»Wovon um Himmels willen reden Sie denn?« wollte Isadora wissen.

»Weil sie sich nicht von ihm scheiden läßt«, winselte Cicely. »Auf keinen Fall.«

War dies die Erklärung, weshalb sie Chekarf totgefahren hatte? Lieber Gott und liebe Göttin, war Chekarf das Opferlamm, um Cicelys Heiratspläne günstig zu beeinflussen?

»Wovon reden Sie?« fragte Isadora wieder, obwohl sie die Antwort kannte.

»Carl und ich, wir lieben uns«, sagte Cicely sittsam. »Und wir wollen heiraten. Wir dachten, Sie sind bestimmt dagegen.«

Deshalb mußten Sie meinen Hund überfahren, dachte Isadora, aber sie war zu gütig, es dem unglücklichen Mädchen ins Gesicht zu sagen. Schließlich kann es jedem passieren, daß er einen kleinen Hund überfährt, oder? Besonders, wenn eine Ehe entzweigeht. Ja, besonders dann. Genau dann müssen es die Tiere büßen.

In der Nacht regnete es in Strömen. Ein mächtiges Märzgewitter ließ riesige Regentropfen auf die Fensterscheiben prasseln und auf das Dach trommeln. Es war genau eine jener Nächte, in deren Chekarf so ungern draußen gewesen war, und Isadora schien es, als höre sie ihn an den Türen kratzen, denn er tollte gern auf den Redwoodterrassen herum und kratzte dann an jeder Tür, bis ihn jemand hörte und hereinließ.

»Armer Chekarf«, sagte sie, als sie mit Josh todmüde im Bett lag.

»Chekarf ist jetzt an einem besseren Ort«, sagte Josh. »Arm dran sind wir.«

Und es stimmte: Der Tod des Hundes wurde der Vorbote des Todes ihrer Ehe. Hatten sie beide es damals bereits geahnt? Es lag in der Luft wie ein Fallout, es war im Wind.

Das ganze Wochenende über glaubten sie, ihn in seinen Lieblingsecken zu sehen. Sie gingen ins Kino, um sich abzulenken, und

sahen ausgerechnet einen Film, in dem ein Hund starb. Weinend verließen sie das Kino. Beide hielten sich von Gespenstern verfolgt. Erst Papa, dann Chekarf. Würde Gott als nächstes Amanda zu sich rufen? Nein, er nahm den Eltern nur ihre Ehe weg. Und das war Tod genug.
Ende Juli zog Josh aus, aber Cicely blieb und nahm sich mit Carl immer größere Freiheiten heraus. Damals hatte Isadora noch nicht begriffen, wie wichtig es ist, den Nannys nichts durchgehen zu lassen und gegenüber Hausangestellten Distanz zu bewahren. Sie war durcheinander, sie war traurig, und sie ließ zu, daß Carl und Cicely das Regiment im Haus führten, als gehöre es ihnen. Und sie nahmen von allem Besitz.
Wenn Isadora abends weggegangen war, benutzten sie das *hot tub* und die Sauna, und sie taten es auch manchmal, wenn Isadora zu Hause war. Vielleicht fickten sie sogar im Spielzimmer, sobald Mandy eingeschlafen war. Nie in ihrem Leben wird Isadora den Anblick der rothaarigen Cicely vergessen, wie diese in Richtung Sauna durch das Haus stolzierte mit nichts anderem bedeckt als einem von Isadoras mit den roten Initialen IWA bestickten Badetüchern. »Die nackte Nanny«, dachte Isadora, was für ein Titel für einen Pornofilm! Jeden Abend servierte Cicely Carl das Abendessen im Eßzimmer; Isadora schlich sich in ihr Schlafzimmer, enteignet von ihren eigenen »Dienstboten«. Es hatte den Anschein, als ob sie, die sich schon durch den Verlust von Josh bestraft hatte, dies nun immer wieder und auf andere Weise tun würde. Josh war sie losgeworden; jetzt fungierte Carl als der Pseudoehemann.
Und er war, weiß Gott, kein Gewinn. Er stapfte im Haus herum mit einer Zigarre im Mund und dem obligaten Sechserkarton Bier. Er setzte sich zu Tisch und bekam seine speziellen Mahlzeiten serviert: Lendensteak und Pommes frites (denn Grüngemüse und braunen Reis, die im Haushalt der Wing-Aces üblich waren, rührte er nicht an). Cicely bediente ihn und trug dabei dasselbe Flanellnachthemd, in dem sie ihn mit der Einladung zum Kaffee umgarnt hatte. Du solltest das Nachthemd ausziehen, Kleine, dachte Isadora. Anfangs war es ja durchaus originell, aber jetzt, wo du eine ledige Ehefrau bist, wird er blauen Flanell bald satt haben.

Carl kritisierte bereits Cicelys Kochkünste, ihre Kleidung und ihre Figur, und er ersann täglich neue Gründe, weshalb er Geld brauchte: Sein Lieferwagen mußte repariert werden, die Zahnarztrechnungen für die Kinder waren fällig geworden, irgendwo mußte ein Zimmer gemietet werden, damit er von seiner Frau wegziehen konnte. Cicely hatte noch keine Arbeitserlaubnis. (Ein auf Einwanderungsfragen spezialisierter Anwalt war für teures Geld eigens dafür beauftragt worden und wurde von Isadora bar auf die Hand bezahlt.) Da Cicely keine Sozialversicherungsnummer hatte, wollte sie das Geld nicht bei einer Bank deponieren, weshalb sie ihr ganzes Vermögen buchstäblich in einem Schuhkarton aufbewahrte, aus dem sich Carl immer öfter bediente.

Er gab das Geld sehr freizügig aus. Auch fand er Spaß daran, Cicelys sexuelle Vorzüge vor seinen Kollegen genüßlich auszubreiten. Einmal, als Cee mit dem Kind am Strand war, kam Isadora zufällig in ihr halbfertiges Studio und hörte gerade noch, wie Carl seinem jungen Lehrling stolz erklärte, er könne es kaum abwarten, seinem »Bumsetui« nachts eine »geballte Ladung zu verpassen«.

»Ihre Titten stehen ganz hoch – wie Haubitzen«, sagte der poetische Carl. »Kennst du das, wenn sie so nach oben zeigen – auch wenn die Schnalle flach liegt?«

»Entschuldigen Sie bitte«, sagte Isadora und tat, als habe sie nichts mitbekommen. Aber Carl sah sie an, und sein Blick sagte, daß er wußte, daß sie es gehört hatte.

Carl begriff, daß Isadora, jetzt, da Josh weg war, am Verzweifeln war und daß sie Cee mehr denn je brauchte. Aber anstatt mit Mitgefühl zu reagieren, wurden Carl und Cee immer mißmutiger und unverschämter.

Jeden Vormittag kam Cees fordernde Frage an Isadora: »Sind Sie heut abend zu Hause oder weg?« Oft wußte es Isadora noch nicht. Ihr Privatleben war so chaotisch, daß sie sich nicht einmal kurzfristig festlegen wollte. Bald entwickelte sich ein Kampf zwischen Isadora und der Nanny, wer an dem jeweiligen Abend Ausgang hatte. Cicely verlangte immer mehr Freizeit, und Isadora, die ja mitten auf dem Lande und ohne Ehemann leben mußte, fürchtete, wieder einmal ohne Kindermädchen dazustehen – also gab sie nach. Sie war sich bewußt, von dem Mädchen tyrannisiert zu werden, aber sie war zu verwundbar, um ein Machtwort zu sprechen, was sich Cicely zunutze machte. Wie verwundbar man doch ist – auch unter günstigeren Umständen –, wenn man sich auf Dritte verlassen muß, die sich um ein Kind kümmern. Welches Glücksspiel ist doch das Dasein der Alleinerziehenden!

Zum Eklat kam es eines Abends, als Cicely ein zusätzliches freies Wochenende versprochen bekommen hatte. Sie wollte am Samstag abend, nachdem sie das Kind zu Bett gebracht hatte, weggehen und erst am Montag abend zurückkommen. Ihr geliebter Carl aus Canoga Park hatte vor, in den Wäldern von Vermont (Amanda nannte es »Termont«) auf die Jagd zu gehen, um mit einigen seiner rüpelhaften Freunde Tiere abzuknallen.

Er kam etwa eine Stunde zu früh, stellte seinen Lieferwagen demonstrativ in der Einfahrt ab und blockierte so alle anderen Wagen. Dann schlenderte er mit seinem obligaten Sechserkarton Bier in die Küche, zwischen den Lippen ein übelriechendes Zigarillo, und brummelte, er wolle seine »Schnalle« haben.

»Wo steckt denn die fette Engländerin?« fragte er verärgert. »Wo zum Teufel ist sie? Wir müssen nämlich noch nach Vermont.«

»Erst muß sie das Kind zu Bett bringen, dann kann sie gehen. So war es ausgemacht«, antwortete Isadora.

»Wirklich?« sagte Carl. »Sie nutzen das Mädchen bis zum Gehtnichtmehr aus, und ich hab's satt, satt, verstehen Sie?«

Er ging zur Treppe und rief hinauf.

»Cicely! Cicely! Wenn du nicht sofort runterkommst, fahre ich ohne dich.«

Cicely, die gerade Amanda badete, vernahm die Stimme ihres Herrn und rannte zum Treppenabsatz. In den süßesten und englischsten Tönen flötete sie: »Komme gleich, Schatz. Gib mir nur noch eine Minute Zeit!«

»Verflucht noch mal«, sagte Carl. »Wenn du nicht augenblicklich runterkommst, hole ich dich.«

Dann stieg Carl die Treppe hinauf, stapfte ins Badezimmer und verlangte von Cicely, alles stehen- und liegenzulassen.

Amanda saß verblüfft in der Wanne, während die Nanny ihren Freund um Aufschub anflehte, der aber nicht nachgeben wollte.
»Ich habe Isadora versprochen, das Kind zu Bett zu bringen«, sagte Cicely.
»Verdammt noch mal«, sagte Carl, »und ich hab's satt, ständig zu hören, was du Isadora versprochen hast; ich habe diese Isadora satt. Ich fahre ohne dich.«
Cicely schwankte nur kurz zwischen dem Ruf ihrer Hormone und ihrem britischen Pflichtgefühl, ließ das Kind im Badewasser sitzen und rannte hinter Carl die Treppe hinunter. (Mary Poppins würde das nie getan haben.) Als Isadora sie herunterkommen sah, lief sie nach oben, um ihrem Kind zu helfen. Auf der Treppe drehte sie sich um und sagte mit kaum kontrollierter Wut: »Wenn Sie jetzt gehen, dann, zum Teufel, brauchen Sie nie mehr wiederzukommen.«
»Das Vergnügen ist ganz meinerseits, *Missis* Wing«, sagte Carl mit melodramatischer Ironie. »Ich komm' nicht gern in ein Haus zurück, das mit den Tantiemen für pornographische Bücher gebaut wurde.«
Sieh da, er war also auch ein Literaturkritiker, dieser komplette Analphabet. Isadora betrachtete es als unter ihrer Würde, auf seine Attacke einzugehen. Sie eilte hinauf zu ihrer Tochter.
»Wo Cee hin? Wo Cee hin?« fragte Amanda.
»Cee hat heute Ausgang, Schätzchen«, sagte Isadora und erstickte fast an den Worten. Obwohl sie am liebsten geweint und geschrien hätte, nahm sie sich wegen Amanda zusammen. Sie trocknete sie ab, puderte sie, las ihr eine Geschichte vor, kurz: sie absolvierte das übliche Schlafenszeitritual. Aber Amanda war verwirrt.
»Wo Cee hin?« fragte sie immer wieder.
»Cee hat sich mit Mama gezankt und ist weggegangen«, sagte Isadora.
»Wie Daddy?«
Darauf hatte Isadora keine Antwort. Sie wollte Amanda nie belügen, betrachtete es aber auch als ihre Pflicht, das Kind zu schonen.
»Schätzchen, Cee mußte mit Carl auf die Jagd gehen. Sie vermißt dich sehr, das weiß ich.«

»Wie Daddy?«
»Ja«, sagte Isadora. »Auch Daddy vermißt dich.«
»Ist Daddy auch jagen gegangen?« fragte Amanda.
»Wahrscheinlich«, antwortete Isadora betrübt, denn es war ja Samstag abend, und Josh war vermutlich tatsächlich »auf Jagd«.
»Weshalb streiten Erwachsene immer?« fragte Amanda.
»Ich weiß nicht«, antwortete Isadora. »Vielleicht sind sie gar nicht wirklich erwachsen.«
»Aber sie *müssen* doch Erwachsene sein«, beharrte Amanda.
»Ich weiß, Schätzchen«, sagte Isadora.
»Ich bin doch klein«, sagte Amanda. »Ich bin doch klein, stimmt's, Mama?«
An jenem Wochenende beschlossen Cicely und Carl zu heiraten. (War die Ehefrau plötzlich einverstanden?) Nun, da Cicely amerikanische Staatsbürgerschaft in Aussicht stand und sie Isadora nicht mehr brauchte, um die Arbeitserlaubnis zu bekommen, hielt sie es auch für unnötig, sich zu entschuldigen. Sie kam nur einmal zurück, um ihren Schuhkarton voll Geld abzuholen.
Beim Wettstreit zwischen den Hormonen und der Pflicht, dachte Isadora traurig, gewinnen heutzutage allemal die Hormone. Und es war ihr auch bewußt, daß sie selbst dieser Aufwertung der weiblichen Hormone Vorschub geleistet hatte. Tauchten erst einmal Kinder auf dem Kampfplatz auf, wurde der Wettstreit zwischen den Hormonen und der Pflicht noch intensiver – und unwägbarer. Es war ein echtes Rätsel, ein unlösbares Mysterium: Entfesselte Hormone führten manchmal zu Kindern, und Kinder, ob man will oder nicht, führen wiederum zu Pflichten.
Nachdem Cicely auf den Thron einer Nanny-für-ein-ganzes-Jahr verzichtet hatte, kam Rae-aus-Santa-Fe. Sie war ein einziges Desaster und ließ Kochtöpfe überkochen oder Badewannen überlaufen. Sie war so zerstreut, daß ihr Isadora das Baby nicht anvertrauen wollte, und am Ende mußte auch sie entlassen werden. Dann jedoch kam Alva Libbey, die augenblickliche Perle. Amanda wußte nun wenigstens, daß ihre Mutter immer da war. Und Isadora wußte, daß sie Amanda für immer und ewig gehörte. Ob nun auf Erden oder auf jener Wolke voller Babys – Isadora und Amanda

waren für immer verbunden. Das war alles, was Isadora wußte. War das genug?

Und was wird Amanda einmal ihren Enkelkindern erzählen? Wird sie sich an die vielen Nannys erinnern? An Daddys Auszug? Oder wird sie etwas ganz anderes im Gedächtnis behalten, irgendeinen wahllosen, flüchtigen Vorfall, vergleichbar mit Großpapa Stoloffs Samowar, in den zufällig eine Erbse geraten war? Und wenn ja, was wird das für eine Erinnerung sein? Und wie soll das eine alleinstehende Mutter wissen?

9
Meine alte Flamme

My old flame,
I can't even think
of his name.

Schlager

Ich werde brav sein.

Königin Viktoria

Irgendwann einmal in diesem schrecklichen Jahr, es war kurz vor Weihnachten, begegnete Isadora einem alten Freund wieder. Sie traf ihn auf einer Party im »Hades«, dem damaligen Treff der New Yorker Schickeria, einer Disko mit Grotten, künstlichen Flammen und als Teufel kostümierten Kellnern. Anlaß für die Party war die Veröffentlichung des Buches eines Bekannten mit dem Titel »Der teuflische Liebhaber«, aber der Titel war weit besser als das Buch – ein typischer Hollywoodschund und eine Art Schlüsselroman, in dem alle edlen Römer auf tönernen Füßen standen (oder eher tönerne Penisse hatten, ganz abgesehen von anderen, eklatanten Mängeln).

Die Party war piekfein und ein Muß. In den dunklen Grotten lauerten einige Leute, die angeblich in dem Buch vorkamen (und wahrscheinlich wünschten, sie kämen nicht vor), und andere, die angeblich nicht drin vorkamen (und wahrscheinlich wünschten, sie kämen drin vor).

Isadora trug, was die Einladung vorgeschrieben hatte: »ein teuflisches Kostüm«, obwohl sich nicht alle Gäste an die Aufforderung gehalten hatten. In einem schwarzen Samtcape mit Kapuze sah sie hexenhaft (und verhext) aus. Darunter hatte sie ein hochgeschlossenes schwarzsamtenes Kleid mit Keulenärmeln an; den Kopf zierte ein hoher, spitzer Hexenhut. Sie kam sich in dieser Kostümierung ein wenig albern vor, aber sie kam sich damals immer ein wenig albern vor, wenn sie mit gebrochenem Herzen auf Männerfang ging. Sie nahm alle Einladungen an, auch die zu Partys, auf die sie früher nicht gegangen wäre, wußte doch jeder, daß eine gattenlose Dame nicht zu Hause blieb und Trübsal blies. Also ging sie aus und strahlte. Aber tief in ihrem Herzen blies sie dennoch Trübsal, und die, welche Sinn für Widersinniges hatten, merkten es. In Isadoras Augen lag ein ebenso betäubter und enttäuschter Ausdruck wie in denen Chekarfs, als er auf dem dunklen Asphalt der Einfahrt saß. Denn in Wahrheit hatte Isadora ihr Herz rückhaltlos an Josh verschenkt, wie ein kleiner Hund seinem Frauchen sein ganzes Herz ausliefert (und endlich begriff sie auch die Bedeutung jenes dummen Spruches von einem, der »nicht klug, doch allzusehr liebte«), und als es sich herausstellte, daß Josh ein Stück von sich selbst zurückbehalten hatte, ja sogar viele Stücke von sich selbst, da war sie so betäubt wie ein angefahrener Hund. In ihren Augen flackerte jener gequälte, verfolgte Blick, den nur ein geistig minderbemittelter Rabbi oder ein ebenso blöder Nobelpreisträger für den Ausdruck grenzenloser Begierde halten konnte, obwohl es in der Tat eine Lust gibt, die der Verzweiflung entspringt.

Trotz der gedämpften Beleuchtung und des teuflischen Dekors war Isadora umlagert. Ein junger Journalist unternahm eindeutig Annäherungsversuche; ihm folgten ein alter Mogul und ein Anwalt in mittleren Jahren. Untröstliche Promiskuität zeugt untröstliche Promiskuität. Während dieser kurzen, nichtsdestoweniger endlos erscheinenden Lebensphase war Isadora so promiskuitiv, daß es ihr schnuppe war, wer sie anmachte – und die Männer konnten ein Lied davon singen. Mit fast jedem ließ sie sich *einmal* ein, danach aber ließ sie nur noch das Telefon läuten. Sie ackerte die Männer durch wie die Seiten des Branchentelefonbuchs, sie rief sozusagen jede Nummer an, legte aber auf, ehe sein Geschäft zustande kam. Sie hielt sich für launenhaft und herzlos, aber das stimmte nicht. Ihr Herz war bitter, ihr Herz war müde, ihr Herz war ausgelaugt. Sie wollte ihr Herz niemals wieder beim Ficken dabeihaben, nur ihre Möse, obwohl sie, wenn sie bei klarem Verstand war, genau wußte, daß es beim Ficken dann am besten ist, wenn Herz und Möse eins sind.

Der alte Freund verkörperte das Gegengift für all diese krank machende Promiskuität. Er bahnte sich einen Weg durch eine Gruppe eventueller Freier und fragte einfach und nicht sehr originell: »Erinnerst du dich an mich?«

Sie erinnerte sich. Erkannte das Gesicht, aber der Name war ihr total entfallen. Es war ein angenehmes Gesicht wie das Antlitz eines von Bronzino gemalten androgynen Engels: goldene Haut, seelenvolle, haselnußbraune Augen, umrahmt von verwuscheltem, graumeliertem, jungenhaft in die Stirn fallendem Haar. Er war klein und drahtig, trug einen eleganten Smoking aus den dreißiger Jahren und auf dem Kopf ein Paar rote Bockshörner. Die langen Schaumgummiauswüchse waren mit Klebstoff an seiner Stirn befestigt. Unter seiner weißen Smokingjacke sah hinten ein frecher, roter Samtschwanz hervor. Das Kostüm war einfach, aber faszinierend. Die Hörner schwankten in der Zugluft.

»Ich heiße Kevin Karnofsky«, sagte er. »Und wir waren zusammen auf der Oberschule. Ich nahm dich Weihnachten 1959 zu einem Leadbelly-Konzert ins Village mit.«

Auf einmal erinnerte sie sich. Vor ihr tauchte das Bild eines schmächtigen Jünglings auf, der oft im Wohnzimmer ihrer Eltern herumsaß und sich nie traute, einen Annäherungsversuch zu machen. Sie erinnerte sich an einen Jungen, der sie ein paarmal ausgeführt, aber nicht einmal geküßt hatte. Sie erinnerte sich, daß er im Dunkeln nicht gefummelt hatte.

Nun, meine lieben jungen Leser, auch in den fünfziger Jahren gab es so etwas wie Sex, aber Kevin hatte ihn damals noch nicht entdeckt. Oder aber er tat dergleichen nur mit »gewöhnlichen Mädchen« aus den Vororten. Jedenfalls war Isadora eine viel zu feine »Prinzessin«, war allzusehr die Marjorie Morningstar der mehrstöckigen, mit orientalischen Antiquitäten und Erbstücken ausgestatteten elterlichen Wohnung, um von solch ordinären Brooklyntypen wie Kevin Karnofsky begrapscht oder als begrapschenswert angesehen zu werden.

»Erinnerst du dich nicht?« fragte er wieder.

»Aber gewiß doch«, entgegnete Isadora, während Hunderte von Schulerinnerungen ihr Gehirn überfluteten. Was für ein tröstlicher Gedanke, wieder in die Oberschule zu gehen und noch einmal sozusagen von vorne zu beginnen mit einem Jungen, der einen noch unbeschrittenen Pfad darstellte! Noch einmal von vorne beginnen und es vielleicht diesmal richtig machen!

Verschwunden waren ihr erster Ehemann, ihr zweiter Ehemann, ihr dritter Ehemann. Weg waren all die Fummler im dunklen Wohnzimmer der Eltern. Weg war auch Steve Applebaum, der ihr, als sie dreizehn war, die hohe Kunst des Petting beibrachte und, ohne es zu beabsichtigen, eine akute nervöse Magersucht bei ihr auslöste. Weg war Ron Pixer (den sie und ihre Freundin Pia natürlich Wichser nannten). Weg waren die diversen Florentiner ihres dreiundzwanzigsten Sommers. Weg war der Dirigent Charlie Fielding, der nur seinen Taktstock liebte. Weg war Adrian Goodlove, der dämonische Liebhaber ihres Wiener Sommers (er erwies sich nicht nur als gemein und grausam, sondern auch als impotent). Weg waren dieTiefenheinis, mit denen sie sich während ihrer analytischen Phase abgegeben hatte. Weg war die verzweifelte Promiskuität des vergangenen Jahres. Sie wollte noch einmal von vorne anfangen. Sie wollte wie die Königin Viktoria brav sein.

»Ich kann mich noch gut an das Konzert erinnern«, sagte Isadora, »als sei es gestern gewesen.«

Er sah sie mit seinen Haselnußaugen aufmerksam an, und etwas in ihr schmolz. Was ihr am meisten in diesem Herbst gefehlt hatte, war ein Gefühl für Familie, für *mischpoche* gewesen, und Kevin, obwohl sie sich nur ganz undeutlich seiner entsann, verkörperte es. Keine fremden Betten mehr, keine fremden Redensarten, keine fremden Gerüche. Sie wollte wieder bei ihrem Musik- und Kunststudium anfangen, von vorne.

Ach, wie schön war doch diese Zeit gewesen, als einem die ganze Welt offenstand! Isadora dachte zurück an jene Jahre und an das, was sie damals war: aufmüpfig, begabt, erpicht darauf, bemerkt zu werden, aber auch zutiefst verunsichert, selbst wenn sie dies hinter gespielter Tapferkeit verbarg – genau wie heute. (Werden wir denn nie erwachsen, nicht einmal mit neununddreißig?) Auf einmal spürte sie den dringenden Wunsch, mit Kevin die Party zu verlassen, ihn mitzunehmen nach Connecticut und ihn ein ganzes Wochenende lang zu verhätscheln. War sie erst einmal auf heimischem Grund, konnte sie virtuos ihre Verführungskünste spielen lassen, aber der erste Schritt dazu – vor dem hatte sie jedesmal Angst. Außerdem hatte sie dem jungen Journalisten bereits mehr oder weniger fest versprochen, mit ihm nach Hause (oder wenigstens von hier weg) zu gehen. Was soll's, dachte sie, das Leben ist zu kurz, um es sich von Zufallsverabredungen vermiesen zu lassen. Sie entschuldigte sich bei ihren Möchtegernfreiern, gab Kevin das Zeichen zu warten und bahnte sich einen Weg zur Damentoilette.

Auch die Toilette war teuflisch, mit Rauchglasspiegeln und flammendroten Seidenvorhängen. Mehrere hart arbeitende Damen aus der Verlagsbranche puderten gerade ihre glänzenden Nasen. Diese Party bedeutete für die meisten Anwesenden in der Tat Arbeit und kaum Vergnügen – vielleicht auch für Isadora.

Als sie gepinkelt, sich das Gesicht gewaschen, frisches Make-up aufgelegt und ihre blonde Mähne gebürstet hatte, entnahm sie ihrer Handtasche eine Visitenkarte (bei Tiffany geprägt – Isadora ließ sie anfertigen, nachdem sie den großen Fehler begangen hatte, auf eine Vortragsreise nach Tokio ohne Visitenkarten zu gehen) und schrieb darauf: »Lieber Kevin, kannst du es übers Herz bringen, nach diesem Fiasko noch irgendwo mit mir etwas zu trinken? Wenn ja, warte, bis ich den Blödian, mit dem ich verabredet bin, abgewimmelt habe. Wenn nicht, versprich mir, mich morgen anzurufen. Küßchen! Isadora White.« (Sie unterschrieb absichtlich mit ihrem Mädchennamen, um Nostalgie zu beschwören.)

Dann kritzelte sie ihre Telefonnummer auf die nur ihren Namen und ihre Adresse tragende Karte, eilte aus der Damenhölle und sah sich in der teuflischen Finsternis nach Kevin um.

Seit sie die Metamorphose zur »befreiten Frau« durchgemacht hatte, waren diese Visitenkarten noch nützlicher als einst in Tokio. So ging sie zum Beispiel mit einem Mann auf eine Party, traf dort einen anderen, der sie mehr interessierte, und hinterließ auf ihrer geprägten Karte eine Botschaft an ihn. Sie tat dies ganz schamlos, ja sie kritzelte manchmal Worte auf die Karte wie: »Sie sehen fabelhaft aus – rufen Sie mich an!« oder »Ihnen verrate ich sogar meine Geheimnummer« oder »Werden wir Partner«. Früher hätte sich Isadora niemals solche dreisten Kriegslisten zugetraut. Aber inzwischen hatte sie begriffen, daß ihr Berüchtigtsein die Männer abschrecken könnte, und neununddreißig Jahre Liebes- und Kriegsspiele mit dem anderen Geschlecht hatten sie so vieles über dessen wunde Punkte gelehrt, daß sie nicht mehr an die Existenz eines einzigen Mannes glaubte, der keine Ermutigung brauchte – im Gegenteil, jeder brauchte eine ganze Menge davon.

Konnte man ohne Männer leben – gut und schön; dann mußte man sich auch nicht zu derartigen Taktiken herablassen, durfte, wenn man mit seinen Freundinnen ins Kino ging, getrost die Hochnäsige und Tugendhafte spielen, um sich dann nachts an den Vibrator zu halten. Aber Isadora gefielen die Männer, sie fand ihre Anwesenheit in den Federn unentbehrlich, und sie hatte sich im Alter von neununddreißig Jahren damit abgefunden, sie wie das zarte Geschlecht zu behandeln, weil sie wußte, was alle klugen Frauen wissen: Sie *sind* es.

Sie entdeckte Kevin, schlich sich an ihn heran und steckte ihm die Visitenkarte in die Brusttasche.

Dieses Manöver entzückte, kitzelte, ja verblüffte sie. Sie kam sich vor wie eine jener Gestalten in einer alten, romantischen Filmkomödie, wo Cary Grant den Kellner mit einer Nachricht, einer Rose und einer Magnumflasche Champagner quer durch das Restaurant an einen ganz bestimmten Tisch schickt.

Kevin war gleichfalls entzückt. (Jeder Typ, der einen so nostalgischen Smoking trug, wäre entzückt gewesen.) Er zog die Karte aus der Tasche, las sie sorgfältig, blickte Isadora an und strahlte. Seine Hörner bebten. Er hob den Daumen mit jener altrömischen Geste, die besagt: »Laßt den Gladiator leben!« Sie nickte, lächelte und ging weg, um dem jungen Journalisten etwas von einem plötzlichen Notfall zu erzählen (ihr Hund, ihr Kind?), der im eisigen Conneticut eingetreten sei.

Sie und Kevin trafen sich in der Garderobe und gingen eilig weg. Auf der windigen Third Avenue, in ihrer schwarz-weiß-roten Aufmachung, wandte er sich zu ihr: »Du bist so schön wie damals in der Schule – und du siehst auch nicht viel älter aus.«

Dann berührte er mit der flachen Hand ihre Wange, eine Geste, die halb Streicheln, halb Tätscheln war. Sie kam sich beschützt vor, umsorgt – alles, was sie bei keinem Mann im vergangenen Herbst verspürt hatte.

»Willst du wirklich überlegen, in welche Bar wir gehen könnten«, fragte sie, »oder sollen wir gleich zu mir nach Hause fahren?«

»Welche Antwort erwartest du?« fragte Kevin. »Meine alte

Flamme aus der Schulzeit lädt mich ein ... Glaubst du etwa, ich würde ablehnen?«
»Gut. Meine Tochter ist dieses Wochenende bei ihrem Vater...«
»Und mein kleiner Sohn ist zufällig bei seiner Mutter.«
»Dann sind ja unsere Wochenenden schon aufeinander abgestimmt«, sagte Isadora. »Glaubst du, daß das ein Omen ist?« Denn sie hatte sich oft überlegt, zu welchem Zeitpunkt innerhalb einer Beziehung zwischen zwei Geschiedenen wohl der Entschluß gefällt wurde, die wechselweisen Wochenenden zu synchronisieren. Das war tatsächlich eine tiefgreifende Entscheidung. Sie und Kevin jedoch würden diese niemals zu treffen haben. Sie waren bereits aufeinander abgestimmt.
Isadora ging voran zur stygischen Tiefgarage, wo sie QUIM abgestellt hatte.
Sie verlangte ihren Wagen, präsentierte ihren Parkabschnitt und sollte »sswanßig Dollar« Gebühr blechen. Der Wächter war ein bekifft aussehender Schwarzer mit einem Ring im linken Ohr und einer sichelförmigen Narbe auf der linken Wange.
»Ist das für den ganzen Wagen oder nur für die Radkappen?« fragte sie.
»Du machst wohl Witze, Mutti«, antwortete der Kerl nicht ohne Aggressivität.
Kevin lachte.
»Du warst schon immer das witzigste Mädchen in der Klasse«, sagte er.
»Wirklich?« fragte Isadora ungläubig. Ihr fielen nur ihre vielfältigen Pubertätsängste aus jener Zeit ein, und sie erinnerte sich nicht daran, wie oft sie ihre Begleiter (und Freundinnen) zum Lachen gebracht hatte. Aber Kevin rief ihr alle netten Dinge, die sie vergessen hatte, wieder ins Gedächtnis zurück, den frechen Humor, die Gefühlswärme. Damals schon war sie so naiv, anzunehmen, daß ihre eigene Großzügigkeit bei anderen ähnliches wecken würde, was leider nicht immer der Fall war. Sie gab und gab und gab und bekam zum Dank oft eine reingewürgt, aber das hinderte sie nicht daran weiterzumachen. War sie eine Masochistin oder eine Dichterin? Oder waren die beiden womöglich austauschbar?

»Du warst zum Totlachen«, sagte Kevin, als QUIM, der Silbernazi im Aufzug vor ihnen auftauchte.
Isadora sah, wie sich sein Gesicht veränderte, als ihm bewußt wurde, daß sie diesen teuren deutschen Schlitten mit der Spezialnummer fuhr.
»Allerhand«, sagte er.
»Nur der offizielle Wagen der SS«, entgegnete sie. »Warte ab, bis wir bei mir zu Hause sind! Da gibt es sogar Krematorien.«
Er lachte.
»Nein, Spaß beiseite, aber eine Sauna habe ich tatsächlich.«
Dann fuhren sie nach Connecticut. Oder besser: Kevin fuhr. Isadora erinnerte sich zu gut an Joshs Vorwürfe – zweite Geige, Hausmann, ihre angebliche Bevormundung –, um einen neuen Mann nach Connecticut zu chauffieren, obwohl sie liebend gerne selbst am Steuer saß.
Kevin fuhr sehr langsam. (Weshalb sind alle Männer in meinem bisherigen Leben entweder zu langsam oder zu schnell gefahren? überlegte Isadora. Gibt es keinen goldenen Mittelweg?) Wie ein kleiner Junge spielte er mit den versenkbaren Fenstern, mit dem Radio, den vorderen und hinteren Lautsprechern, dem Kasettendeck.
Isadora wies ihm den Weg, schwelgte in Erinnerungen an ihre Jugendjahre und registrierte Kevins Profil und seine Spracheigenheiten. Was sie sah und hörte, gefiel ihr: eine schön gebogene Nase mit ein wenig geblähten Nasenlöchern und einen Brooklynakzent mit einer Spur von Damon Runyon.
Würde sie gerne mit ihm schlafen? Sie wußte es nicht. Indem sie eine unbekannte Größe wie Kevin für ein ganzes Wochenende zu sich eingeladen hatte, war sie ein großes Wagnis eingegangen. Wie, um Himmels willen, sollte sie ihn wieder loswerden, falls er sich als Reinfall erwies? Aber irgendwie machte sie sich keine Sorgen. Im Wagen, an seiner Seite, kam sie sich vor, als seien sie schon ein Vierteljahrhundert miteinander verheiratet. Ihr schien, als gehörten sie zusammen und als wäre überhaupt nichts Peinliches an der ganzen Situation.
»Woran denkst du?« fragte Kevin.

»Daran, daß es mir vorkommt, als seien wir schon fünfundzwanzig Jahre zusammen.«
»Seltsam – so kommt es mir auch vor«, sagte Kevin.

Als sie anderthalb Stunden später ankamen, verflog das Gefühl der Zusammengehörigkeit. Da waren sie beide in Isadoras gähnend leerem Haus in Connecticut auf sich selbst gestellt (abgesehen von Dogstojewski und einem einsamen Goldfisch). Es gab keine Ausflüchte mehr. Die Kleine war weg, das Kindermädchen war weg, nur Dogstojewski war da und drückte sein Mißfallen aus, indem er das Bein hob, die Zedernholzfußleiste anpinkelte und wütend kläffte.
»Neue Männer mag er nicht«, sagte Isadora und eilte weg, um ein Papierhandtuch zu holen.
»Und der Fisch?« fragte Kevin. »Mag der Männer?«
»Aber gewiß doch«, antwortete Isadora, tupfte den Boden ab und stand auf, um das unmöglich schielende Geschöpf zu füttern. »Aber ich hasse ihn. Ich nenne ihn den Schuldfisch, weil er mir Gewissensbisse verursacht. Die verfluchten Viecher sterben dauernd und müssen ersetzt werden, ehe die Kleine aus dem Kindergarten kommt... Dieser Fisch ist eine Hinterlassenschaft der vorletzten Nanny. Sie hieß Cicely und überfuhr meinen Hund.«
»Du solltest ein Gedicht schreiben«, schlug Kevin vor, »wie Browning: ›Meine letzte Nanny‹, nach Robert Browning.«
Isadora war entzückt. Mit literarischen Anspielungen gewann man schnell ihr Herz. Aber konnte er auch ficken?
Um vier Uhr nachmittags, als Isadora das Haus verließ, hatte sie das *hot tub* eingeschaltet. Jetzt schaltete sie auch die Stereoanlage ein und wählte eine alte Nat-King-Cole-Platte aus ihrer Schulzeit. Sie hatte geplant, irgend jemanden abzuschleppen, fuhr aber, wenn es notwendig war, auch unbegleitet nach Hause. Das war keineswegs ausgeschlossen, und von Zeit zu Zeit war sie allein in dem einsam gelegenen Haus. Sie fürchtete keine Einbrecher oder Lustmörder, sie hatte nur Angst vor ihren eigenen Gespenstern. Schließlich war es ihr Zuhause, und hier fühlte sie sich auch einigermaßen sicher. Nur psychologisch – das war etwas anderes,

da fürchtete sie, daß der Geist von Chekarf oder von Papa Stoloff oder gar der von Josh (in Begleitung des Geistes von Virginia Woof, die mit ihm ausgezogen war) sie heimsuchen könnte.
»Möchtest du etwas trinken?« fragte Isadora. »Und danach vielleicht ein *hot tub?*«
»Zuerst möchte ich tanzen«, sagte Kevin, nahm sie in die Arme und sang laut mit Nat, der inzwischen mitten in »Mona Lisa« war:

Mona Lisa, Mona Lisa,
Men have named you.
Are you just the lady with the secret smile...

Kevins Stimme war angenehm, noch angenehmer war die Berührung mit ihm.
»Bin ich die Dame mit dem rätselhaften Lächeln?« fragte Isadora.
»Nicht so rätselhaft«, entgegnete Kevin.
Sie tranken, rauchten *shit*, stiegen miteinander in das *hot tub* und danach – das war vorauszusehen – ins Bett. Die Sterne hatten sehr klar über dem *hot tub* gefunkelt und die schwankenden Zweige der Hemlocktanne den Blick auf einen Dreiviertelmond freigegeben. Kevin gab im Wasser den Blick auf einen beträchtlichen Ständer frei. Sie waren beide nackt und *stoned*, weshalb also nicht mitsammen ins Bett gehen? Deshalb vertrugen sich *shit* und Scheidung immer so gut miteinander. Man wußte nicht, mit wem man ins Bett stieg, weshalb es ratsam war, Gras parat zu haben für den Fall, daß der Mann einem nicht zusagte. Wie anders war doch die Welt, die wir uns, als wir jung waren, erträumten!
Im Bett überkam Isadora ein Gefühl der Panik; was, wenn ihre rasenden Kopfschmerzen wiederkamen oder wenn sie entdeckte, daß Kevin wie so viele ihrer Freier impotent war?
Auch er war nervös. Wer will uns einreden, daß durch die sogenannte sexuelle Revolution auch die menschliche Natur von ihrem Lampenfieber befreit wurde?
»Gefällt dir mein Körper?« fragte er unvermittelt.
Zuerst glaubte sie an einen Witz. Die Verletzlichkeit hinter dieser Frage war zu unerwartet.

»Aber natürlich«, antwortete sie. Er hatte einen durchaus akzeptablen Körper: behaart, muskulös, mit einem langen, schlanken, in einem respektablen Winkel abstehenden Schwanz. »Dein Körper ist wunderbar«, sagte sie.

Er liebte sie bedächtig und sanft, versuchte verzweifelt, sie zu befriedigen, aber er selbst kam nicht. Es war, als mache sein Gehirn Überstunden und nicht nur sein Körper. Dies war tatsächlich sein Problem, denn selbst nach stundenlangem Ficken konnte er nicht kommen. Sie hatte das untrügliche Gefühl, daß das Ganze für ihn mehr Arbeit als Vergnügen war. Verschwommen, weil sie so *stoned* war, überlegte sie, ob vielleicht sie etwas falsch gemacht hatte. Mit neuen Männern ins Bett zu gehen war niemals ganz das, für das es gepriesen wurde.

»An dir liegt es nicht«, sagte Kevin und schüttelte seine silbrige Mähne. »Ich kann mich einfach nicht gehenlassen.«

»Bist du sicher, daß ich nicht etwas mache, was dich stört?« fragte sie.

»Nein, nein, bestimmt nicht. Es liegt an mir.«

Also fickten und fickten sie, und Isadora kam und kam, aber Kevin gelangte immer nur an den Punkt, wo er kurz davor war zu kommen, dann brach er wieder ab.

»Beim nächstenmal wird es klappen«, tröstete sie ihn und kam sich vor wie ein Mann, der ein Mädchen, das keinen Orgasmus bekommt, beruhigen will. Gut, dachte Isadora, wir müssen auch das in unseren »Knigge der geschiedenen Frau« aufnehmen. Was sagt man zu einem Mann, der nicht ejakulieren kann? Und was sagt man übrigens zu einem Mann, der ihn nicht hochkriegt (den man aber ermuntern will)? Dies war fürwahr ein Jahr, in dem sich Isadora in die merkwürdigsten Situationen hineinmanövriert hatte, was ein völlig neu konzipiertes Lexikon der sozialen Verhaltensweisen erforderte. Sie fand es faszinierend. Aufgrund der Bücher, die sie geschrieben hatte, wurde immer angenommen, sie kenne sich besonders gut mit Männern aus, aber in Wahrheit waren ihre Erfahrungen vor diesem »Wanderjahr« recht begrenzt gewesen. (Oder es waren die Erfahrungen einer unreifen und jungen Frau und nicht die einer fast Vierzigjährigen.) Erst jetzt hatte sie angefangen zu begreifen, wie vielfältig solche Erfahrungen sein können, und sie verstand auch die Ängste der Männer, weil jeder Mann sozusagen den Penis seines Daddys über seinem Haupte schweben sieht, wenn er mit einer neuen Frau ins Bett geht.

»Du bist ein wunderbarer Liebhaber«, sagte Isadora in das sanfte Gesicht neben ihr auf dem Wasserbett, und sie meinte es auch. »Du bist so rücksichtsvoll. Vielleicht zu rücksichtsvoll ... und das ist das Problem. Laß dich gehen, sei ein Tier!«

»Grr«, knurrte er, aber viel zu leise.

»Grrrrrrrrr«, knurrte sie lauter. »Laß es heraus und knurre richtig!«

»Grrr ...« kam es von ihm.

»Lauter«, befahl sie.

»Grrrrrr«, knurrte Kevin.

»Du hältst es zurück.«

»Grrrrrr«.

»Weißt du, was mit dir los ist, Kevin?«

»Nein, was?«

»Wenn du einmal wirklich alles Geknurr, das in dir steckt, rauslassen würdest, würden sich alle Frauen in ganz Manhattan vor Ekstase kieloben legen.«

Kevin lachte. »Glaubst du das wirklich?«

»Ich *weiß* es. Laß nur alles heraus und knurre!«

»Grr. Grr. Grrr«, kam Kevins spasmodische Antwort.

»Weißt du was, Kevin?«

»Was?«

»Du solltest ein richtiges Chauvischwein sein und zu deinem eigenen Vergnügen ficken, daß es nur so raucht. Mache dir keine Gedanken meinetwegen. Sei rücksichtslos. Liebe wie ein Gorilla. Wie John Wayne. Wie Superman, ehe er sich einer Selbsterfahrungsgruppe anschloß. Denk nicht an meine Befriedigung und sei einfach nur ein Vieh.«

»Ich werde dich bei den Frauenrechtlerinnen verpetzen«, sagte Kevin.

An jenem Wochenende gelang es Kevin nicht, alle seine Grrs herauszulassen, und doch verstanden sie sich prächtig. Sie tanzten zu alten Nat-King-Cole-Platten, schwelgten in Erinnerungen an die fatalen fünfziger Jahre und trieben verbale Pfähle durch die Herzen ihrer Exehegesponse.

Es war etwas so Vertrautes, Behagliches in ihrer Beziehung. In der Küche brieten sie sich Eier, als hätten sie es bereits jahrzehntelang getan. Sie nahmen soviel Rücksicht aufeinander, weil sie beide bei der Scheidungsolympiade Wunden davongetragen hatten. Beide wunderten sich darüber, wie sie tatsächlich mit fast vierzig wieder zu Halbwüchsigen werden konnten, und sie begegneten einander mit überfließender Großzügigkeit und Güte.

Isadora war ohnedies davon überzeugt, daß Güte das Öl sei, welches das Getriebe des Lebens ruhig laufen lasse, daß jedes menschliche Wesen auf dieser Welt nur durch Güte gut funktioniere und daß Güte am Ende dort siege, wo psychoanalytische Interpretationen nur Reizmittel waren. Natürlich war es wichtig, sich selbst (und auch seine Freunde und Geliebten) zu erkennen, aber am Ende war es doch nur Güte, die weiter reichte als alles andere, um die menschliche Rasse zivilisiert zu erhalten. »Was du nicht willst, das man dir tu', das füg auch keinem andren zu« schien noch immer der beste Leitsatz zu sein.

Waren dies die Lektionen der mittleren Lebensjahre? Wahrscheinlich. Abgeklärtheit war der große und unerwartete Segen dieser Lebensstufe. Nicht etwa, daß Isadora immer abgeklärt gewesen wäre. Dazu hatte sie immer noch viel zu viele *schpilkes*, das heißt Stecknadeln im Hintern. (Wollte sie denn nicht ihre Autobiographie »*Schpilkes* – Die Geschichte meines Lebens« nennen?) Sie konnte nichts auf sich beruhen lassen. War sie glücklich, wollte sie wissen, warum; war sie unglücklich, wollte sie es auf jemanden abschieben, sich ändern, sich neu organisieren. Sie lebte das Leben nicht, sie verschlang es. Sie war unfähig, halbe Sachen zu machen. Sie liebte ganz und gar, sie haßte ganz und gar. Sie war rasend geil, rasend hungrig, rasend extravagant, rasend arbeitswütig. Sie liebte ihr Kind bis zum Wahnsinn, ihre Männer bis zur Besessenheit. Wenn sie schrieb, wollte sie immer schreiben. Wenn sie fickte,

wollte sie immer ficken. Mäßigung schien das einzige zu sein, was sie nicht schaffte.
Aber manchmal bekam sie so etwas wie ein Vorgefühl der Mäßigung, welche die mittleren Jahre mit sich bringen, und sie liebte diese Vorahnung. Manchmal brachte sie es fertig, auf Distanz zu sich zu gehen und zu lachen. Dann sah sie das Positive statt des Negativen, dann erhaschte sie Augenblicke der Distanzierung, der wirklichen Loslösung, wie sie Zen-Buddhisten erfahren. Und Kevin erweckte mehr als jeder andere dieses Gefühl in ihr. Er schien die Kraft zu haben, ihr Gelassenheit zu geben. Gewiß, er hatte seine eigenen Probleme. Sein Leben war festgefahren, seine Karriere in einer Sackgasse. Er war ein Hansdampf in allen Gassen, machte Simultanübersetzungen für Werbespots, verkaufte Sendezeit, dann wieder wollte er seine eigenen Bilder auf den Markt bringen, dann wollte er überhaupt nicht mehr malen und statt dessen eine Galerie aufmachen. Er hatte in seinem Leben viele Rückschläge einstecken müssen, besaß aber trotzdem die Gabe, andere zu trösten. Er war großzügig, er war gütig (zu jedem, außer zu sich selbst), und Isadora war fest entschlossen (wie diese Figur von Mailer in »Reklame für mich selber«), Kevin einen Höhepunkt zu verschaffen. Wie weit haben wir es doch seit den fünfziger Jahren gebracht, dachte Isadora, weiter, als es drei bloße Jahrzehnte nahelegen: Damals konnten die Frauen nicht kommen, und jetzt, Göttin helfe uns, sind es die Männer!
Auf Anhieb wurden Isadora und Kevin feste Freunde. Jeden Abend vor dem Schlafengehen telefonierten sie miteinander und teilten sich die Schandtaten ihrer Ehemaligen mit. Sie bemitleideten einander, wenn es Streitigkeiten wegen der Kinderbetreuung, wegen Geld oder der Vermögensaufteilung gegeben hatte. Sie unterstützten einander, sie analysierten und rationalisierten. Sie waren fast wie ein Ehepaar, und doch waren sie keines. Sie waren befreundet, aber sie waren auch Liebende. Das Schöne an diesem Alter war eben, daß man sehr leicht beides zugleich sein konnte.
Am nächsten Wochenende brachte Kevin seinen Sohn mit. Es war die Feuerprobe. Die Kinder sollten sich kennenlernen. Als Isadora am Freitag abend mit Amanda im Rücksitz des Mercedes nach

Westport zum Bahnhof fuhr, war sie sehr nervös. Amanda hatte darauf bestanden mitzukommen. Sie war neugierig auf die Wochenendgäste. Sie ahnte, daß etwas Ungewöhnliches bevorstand, denn Isadora hatte niemals Wochenendgäste, wenn Amanda zugegen war.

Überdies stand Weihnachten bevor, der tristeste Zeitpunkt für Geschiedene. In Westport hingen kitschige Lichterketten über der Hauptstraße. Die Bars rund um den Bahnhof waren voll von erschöpften, das Nachhausegehen fürchtenden Zechern. Was für ein Ort für Geschiedene! Die Männer fuhren tagsüber in die Stadt zur Arbeit, die Frauen besorgten die Einkäufe. Alkoholismus und die feineren Arten von Drogenabhängigkeit waren an der Tagesordnung. Die Menschen waren zu untätig, zu wohlhabend und doch zu sehr Druck ausgesetzt, sie lebten ihr Leben unter einem verhaßten Streß. Aber es war nicht jener Streß, der sich beim Erlegen zähnefletschender Tiger und feuerspeiender Drachen einstellte. Eher war es der Streß, nicht genügend Drachen zum Kämpfen zu haben, dafür aber die alltäglichen Monstren einer drohenden Steuerfahndung, eines ehebrecherischen Eklats, eines magersüchtigen Kindes, einer alkoholkranken Ehefrau – kurz: moderne Drachen ohne jeden Zauber.

Etwa zehn Minuten vor Ankunft des Zuges war Isadora am Bahnhof. Sie hatte sich immer über dieses Freitagabendritual amüsiert. Es machte ihr Spaß, die Leute aussteigen zu sehen und darüber zu spekulieren, was hinter ihnen steckte. Dieser junge Mann zum Beispiel – war er der Sohn dieser Frau oder ihr Liebhaber? Und dieser graugesichtige ältere Typ mit Hängebacken – saß er bis zum Halse in der Scheiße wegen der Steuerbehörde, oder litt er nur, wie es die Werbetexter so charmant formulieren, an einem »übersäuerten Magen«? Und die Dame mit den allzu grellrot geschminkten Wangen und so hohen Pfennigabsätzen, daß sie kaum darauf gehen konnte – sie ist womöglich irgend jemandes liederliche unverheiratete Tante, eine Art Blanche DuBois von Darien, oder ist sie gar die neue Nanny, bei der sehr bald eine Schwäche für alkoholische Getränke entdeckt wird und die dann entlassen werden muß?

Aber diesmal, als Isadora langsam den Bahnhof umrundete, erspähte sie etwas, das ihr das Blut erstarren ließ: Sie sah Josh in seinem Datsun auf den gleichen Zug warten.
Glücklicherweise entdeckte sie ihn vor Amanda (oder ehe er sie entdeckte). Sie trat auf das Gaspedal und fuhr bis zum äußersten Ende des Bahnsteigs, wo sie kreischend die Bremsen anzog und auf die Ankunft des Zuges wartete.
Beim Anblick von Josh zitterte sie immer noch – vor Sehnsucht, aber auch vor Zorn. So verkettet war sie mit ihm, so verkettet mit ihrer Ehe. Ihr kleines Bündel aus DNA saß plappernd auf dem Rücksitz. Da waren sie nun und warteten in verschiedenen Fahrzeugen auf verschiedene Bettpartner. Es ergab keinen Sinn. Sie waren Gatte und Gattin, ein Fleisch, ein Traum. Weshalb benahmen sie sich nur so? Was wollten sie beweisen? Welch modernen Mythos spielten sie durch? Welch moderne Qual?
Der Nahverkehrszug fuhr ein wie ein lärmender Zyklop und schnitt den Bahnhof mit seinem Lichtstrahl entzwei. Dann hielt er und spie die Passagiere aus. Isadora befand sich so weit hinten, daß sie ihre Passagiere nicht ausmachen konnte, weil sie sich so sehr darauf konzentrierte, den Passagier, der zu Josh kam, nicht zu sehen. Wahrscheinlich war es die ehemalige Schulfreundin, Mrs. Emanon, aber Isadora wollte sie weder sehen, noch wollte sie gesehen werden. Das Bahnhofsritual ist knapp: Die Autos halten kurz an, stehen erwartungsvoll herum und fahren dann eins nach dem anderen mit ihrer menschlichen Fracht wieder davon. In diesem Teil der Welt ist das Frachtgut rosa und trägt Trenchcoats. Auf anderen Kontinenten ist es schwarz oder ocker oder gelb oder braun. Aber das Ritual ist wahrscheinlich das gleiche. Wenn man auf einen Zug wartet, denkt man nach. Über den Menschen, auf den man wartet. Ist er es wert, daß man auf ihn wartet? Sieht er noch so sympathisch aus wie in der Erinnerung, oder ist er ein Vieh? Ist er wirklich gutherzig, oder tut er nur so? Sollte man seine Zeit besser nutzen und etwas anderes tun?
Inzwischen waren alle Autos weggefahren, und Isadora stand immer noch am Ende des Bahnsteigs. Sie wendete und fuhr zurück, denn nun war sie sicher, daß der schwarze Datsun auch fort

war. Plötzlich sah sie Kevin, der mit den Armen winkte und dem ein sehr kleiner, etwa sieben- oder achtjähriger Junge folgte. Das Kind sah mürrisch aus; es trug einen leuchtfarbenen Ranzen und einen »Krieg-der-Sterne«-Schlafsack.

»Da sind ja deine neuen Freunde, Amanda«, sage Isadora, »Andrew und Kevin.« Und sie wies auf den kleinen Jungen und seinen Vater. Amanda schien nicht überzeugt, Isadora auch nicht.

Beinahe auf den ersten Blick war es klargeworden, daß Andrew, wie Bemelmans' »Madeline« es so putzig nennt, ein übler Patron war. Seine Miene war sauer und gehässig, sein Gesicht teigig. Er war der Inbegriff jenes Kindes, das Libellen die Flügel und Weberknechten die Beine ausreißt. Das Gesicht des Vaters war so strahlend, wie das des Sohnes düster war. Kevins Ausdruck war sonniger als gewöhnlich, als wolle er Andrews Verdrossenheit ausgleichen.

»Hallo! Hallo!« rief Kevin und schwenkte seinen braunen »Borsalino«. Sein Handkoffer war offenbar prall gefüllt mit extra Hemden und frischen Socken. »Das muß Amanda sein.«

»Ich hasse ihn«, sagte Amanda prompt und wies auf Kevin. »Der ist nicht mein Daddy.«

So fing das Wochenende an, und so ging es weiter. Die Kinder konnten sich auf den ersten Blick nicht ausstehen. Andrew begrüßte Amanda, indem er ihr seinen leuchtfarbenen Ranzen über den Kopf hieb, und Amanda konterte durchaus angemessen: »Ich hasse dich.«

Kevin lächelte entschuldigend, hielt aber seinen Sohn nicht zurück. Statt dessen spielte er verlegen mit dem Revers seiner Jacke und räusperte sich.

»Andrew«, sagte er schließlich, »wenn du damit nicht aufhörst, werde ich dafür sorgen, *daß* du aufhörst.«

»Das wirst du nicht«, entgegnete Andrew. »Mami sagt, du bist eine Flasche.«

Ach ja, Scheidung! Eine ihrer unbesungenen Freuden ist nur den Kindern vorbehalten: die Freude, jeden Elternteil ungestraft gegen den anderen ausspielen zu dürfen.

Zunächst schien Kevin den Tränen nahe, aber er riß sich rasch zusammen und grollte.
»Das hat Mami niemals gesagt.«
»Doch, doch, das hat sie gesagt. Sie sagt, du bist eine Flasche, wenn's ums Geschäft geht, und eine Flasche im Bett.«
Plötzlich war es im Wagen still geworden. Wie kann man die Situation nur retten, überlegte Isadora. Aber war es überhaupt ihre Aufgabe, sie zu retten? Glücklicherweise verstand Amanda nicht, was sich abspielte – oder verstand sie es doch?
Im Zweifelsfalle sag nichts, dachte Isadora. Nimm dir die Gojim zum Beispiel, du dummes Ding. Eines solltest du wenigstens in Fairfield gelernt haben: Die beste Antwort ist eisiges Schweigen.
Also fuhr Isadora nach Hause und übersah geflissentlich, daß auf den Rücksitzen des Wagens Andrew und Amanda einander schubsten, knufften und sich gegenseitig »blödes Gestell« nannten.
»Und wie geht es dir, Kätzchen?« fragte Kevin gelassen. Wie konnte jemand so viel Gelassenheit aufbringen, während die Kinder einander anbrüllten?
»Ach, mir geht's prächtig«, sagte Isadora, während ihr Nacken sich versteifte und es in ihrem Kopf zu hämmern begann.
»Es ist prima, euch beide zum Wochenende hier zu haben«, sagte sie automatisch.
»Ja«, sagte Kevin, »prima.«
Hier war noch ein Punkt für den »Knigge der geschiedenen Frau«: Was tut man, wenn sein Kind und dein Kind einander nicht ausstehen können? Soll man den Mann fallenlassen? Beide Kinder umbringen oder nur sich selbst?
Zu Hause angekommen, flitzte Isadora wie irre herum und wollte gleichzeitig die Kinder beruhigen, frische Bettwäsche heraussuchen, für Kevin einen Martini mixen und Amanda und Andrew der Obhut von Schwester Librium übergeben, damit sie, wenn auch nur vorübergehend, Kevin und ihr nicht gar zu sehr auf den Wecker gingen.
»Machen Sie sich bloß keine Gedanken, Miz Izzydorry! Ich werde mit diesen Rangen schon fertig«, versprach Schwester Librium und wollte das ungleiche Paar die Treppe hinaufbugsieren. »Jetzt

seid aber mal brav und geht rauf ins Bad«, sagte sie und schlurfte hinter ihnen die Treppe hinauf.

»Sie ist ein Baby!« schrie Andrew. »Ich will nicht mit ihr spielen!«

»Und ich hasse Jungens, die ich nicht kenne«, sagte Amanda.

»Gut – welche Jungens magst du denn?« fragte Kevin, der einlenken wollte.

»Mein Daddy ist der einzige Junge, den ich mag«, sagte Amanda.

»Natürlich«, entgegnete Kevin, »natürlich liebst du deinen Daddy.«

»Ich hasse dich«, stieß Amanda wieder hervor. »Du bist *nicht* mein Daddy.«

»Nehmen Sie sie mit!« befahl Isadora Schwester Librium.

»Ach, ich werde schon mit ihnen fertig, Miz Izzydorry. Machen Sie sich nur keine Gedanken nich!« Und dann lachte sie ihr nervöses Lachen, hinter dem sich weiß Gott welche Bosheit verbarg.

»Vielleicht war es doch kein guter Einfall«, sagte Kevin, als das Geschrei und Gebrüll oben weiterging, während sie unten den Versuch machten, ihre Martinis zu trinken.

»Vielleicht«, gab Isadora zu und war in Gedanken meilenweit weg. Sie wünschte, sie wäre in Venedig und ließe sich von einem jungen, gutaussehenden Liebhaber den Canal Grande entlangrudern. Sie wollte irgendwo sein, nur nicht hier. Statt dessen aber bemutterte sie Kevin. Der Bruch mit Josh hatte sie in bezug auf Männer so verunsichert, daß sie tat, was sie vorher eigentlich nie getan hatte: Sie übertrieb die Häuslichkeit. Sie kochte für die Männer, gab sich die größte Mühe, ihre Drinks zu mixen, und sorgte dafür, daß sie nie auch nur einen Finger zu rühren brauchten. Das gefiel den Männern natürlich, aber Isadora war nachdenklich geworden. War das tatsächlich das Ziel der sogenannten Befreiung? Die Arbeit eines Mannes zu verrichten, dazu die Arbeit einer Frau und noch dazu die ganze Zeit über schwarze (oder weiße) Spitzenunterwäsche zu tragen?

An jenem Wochenende gab es nicht sehr viel Nat King Cole. Jedesmal, wenn Kevin und Isadora sich ein wenig entspannten und sich ein wenig beschickern wollten, schrien die Kinder oben oder kamen die Treppe heruntergerast, weil sie sich wieder einmal gekabbelt hatten. Und wenn es nicht die Kinder waren, dann war es Dogstojewski, den Andrew offenbar in panische Angst versetzte. Hatte er ihn geschlagen, hatte er ihm Zahnstocher zwischen die Pfoten gesteckt, etwas Giftiges gegeben? Isadora konnte über vieles im Leben hinwegsehen, nicht aber über Tierquälerei. Da sie nicht Andrews Mutter war (sondern nur die von Amanda und Dogstojewski), konnte sie den Jungen auch nicht zur Ordnung rufen. Was sollte sie sagen? »Wenn du dem Hund auch nur ein Haar krümmst, bringe ich dich um«? Nein. Sie konnte nur besänftigend sagen: »Andrew, wir dürfen den Tieren nicht weh tun«, und: »Andrew, Dogstojewski ist so menschlich, wie du es bist.« Er war natürlich menschlicher, aber das konnte Isadora wirklich nicht sagen.

Es schien eine Ewigkeit zu dauern, bis die Kinder im Bett waren. Kevin, der sich wie alle geschiedenen Väter nach seinem Sohn sehnte und ihn die ganze Woche über vermißt hatte, mußte bis spät in die Nacht hinein bei Andrew sitzen, ehe dieser sich dazu überreden ließ, zu Bett zu gehen. (Amanda war längst eingeschlafen.) Als Kevin endlich aus dem Spielzimmer im Dachgeschoß, wo Andrew in seinen »Krieg-der-Sterne«-Schlafsack gebettet lag, herunterkam, war er völlig geschafft. »Was ist dieser Junge doch für ein Lämmchen«, sagte er. »Ich liebe ihn so.« Und seine Augen füllten sich mit väterlichen Tränen.

Isadora dachte, der Kleine sei wohl eher ein Wolf im Schafspelz, aber sie hielt den Mund, weil keine vernünftige Frau je das Kind eines neuen Liebhabers kritisiert.

»Ein Lämmchen? Ja... Stimmt, ich glaube, er überspielt alles mit seiner Ausgelassenheit.« *Ausgelassenheit* war in diesem Falle sicher neutral genug, auch wenn sie andere Bezeichnungen zutreffender fand, zum Beispiel *Garstigkeit* oder *Biestigkeit* – trotzdem waren die meisten Bestien in ihrer Bekanntschaft sanfter als Andrew.

»Er leidet so unter der Scheidung«, fuhr Kevin fort, »und seine Mutter macht mich dauernd bei ihm madig. Das bringt den Kleinen dann jedesmal in große Verlegenheit.«

Isadora konnte das nachfühlen. Ihr Bruch mit Josh war noch so frisch, daß sie manchmal an sich halten mußte, um Josh nicht Mandy gegenüber herunterzumachen. Statt dessen verfiel sie ins Gegenteil! »Daddy wird dein Bild sicher sehr schön finden«, oder: »Freust du dich nicht, Daddy dieses Wochenende zu sehen?« Aber in ihrem Herzen hegte sie bitteren Groll auf Josh – und doch liebte sie ihn immer noch. »Ich liebe und ich hasse«, sagt Catull, und auf keine Lebenssituation trifft dies besser zu als auf eine Scheidung, wenn dabei auch noch ein kleines Kind mit im Spiel ist. Du magst die Art, wie dich dein Ex behandelt, noch so verachten und doch weißt du, sobald du Vernunft sprechen läßt, daß dein Kind seinen Vater lieben muß, um sich selbst lieben zu können. Und du willst doch, daß dein Kind sich liebt, oder? Der Widerspruch der Gefühle tut weh und ist unerhört anstrengend. Manchmal kommt es dir vor, als sei dein ganzer Körper ein Schlachtfeld, auf dem nachts die miteinander streitenden Gefühle ihren Kampf austragen. Noch dazu ist es unmöglich, jemanden plötzlich nicht mehr zu lieben, mit dem man die Schwangerschaft, die Geburt und die ersten hektischen Nächte des Elterndaseins durchgemacht hat. Solche Erfahrungen verknüpfen zwei Menschen ein Leben lang. Das Band bleibt erhalten, auch wenn du es noch so gerne zerreißen möchtest. Es mag nicht so stark sein wie das Band, das dich mit deinem Kind verbindet, aber es ist fast so stark, fast so undurchtrennbar. Isadora wußte, daß ein Stück ihres Herzens immer Josh gehören würde und daß es von Zeit zu Zeit bluten würde, was auch immer sie tat, um es zu verätzen.

»Endlich«, sagte Kevin, »sind die Kinder zu Bett gegangen. Sollen wir es auch tun?«

Er ging hinüber zur Couch, auf der Isadora saß, schlang die Arme um sie und küßte sie sehr zärtlich. Sie reagierte darauf, wie sie bei keinem Mann, seit Josh weggegangen war, reagiert hatte. Es war keine wilde Leidenschaft, es war eher ein Gefühl des Trostes und Geborgenseins, das sie bis in ihr Innerstes wärmte. Sie standen auf, umarmten sich lange und spürten, wie ihre Körper sich aufs angenehmste ineinanderfügten. Isadora fühlte Kevins Erektion – sie waren fast gleich groß –, und sie spürte ihre Erregung steigen.

Ihre Möse wurde feucht, ihr Herz hämmerte. Sie gingen ins Schlafzimmer und entkleideten sich gegenseitig. Dann ließen sie sich auf den samtenen Patchworküberzug des Wasserbetts fallen und schlangen die Arme umeinander. Zum erstenmal seit vielen, vielen Wochen war Isadora ohne die Hilfe von *shit*, ohne viel Wein, ohne alles mit einem Mann ins Bett gegangen. Fast ausgezogen, ohne Hosen und nur im offenen weißen Hemd, streichelte Kevin sie, bis sie beide so erregt waren, daß sie kaum an sich halten konnten. Er kam in sie und bewegte sich sanft in ihr, und sie empfand dabei etwas, das sie mit keiner der Zufallsbekanntschaften der vergangenen Monate empfunden hatte: Vertrauen. Und während ihre Möse sich für ihn erwärmte und sie sich auch gefühlsmäßig bereit machte, kam ihr Höhepunkt, und zwar ein wenig schneller als gewöhnlich. Rhythmisch pulsierend hielt sie ihn fest und sagte: »Danke, danke, danke.« Eine seltsame Wortwahl, denn sie hatte dieses besondere Wort niemals vorher benützt. Aber sie war in der Tat dankbar, dankbar für die Wärme, für das Vertrauen und für die Wiederherstellung ihres Glaubens, daß Sex mit Gefühl möglich war.
Kevin war richtig in Fahrt gekommen. Er war erregt, weil sie reagierte, weil sie dankbar war. Er beschleunigte das Tempo und stieß in einem solchen Winkel in sie, daß er gleichzeitig ihre Klitoris und ihre Möse berührte. Sie kam immer wieder, und als sie vor Lust schrie, fing es auch bei ihm an. Er war ganz ruhig dabei, und sein Gesicht verriet grenzenlose Seligkeit.
»Daddy!« kam ein Schrei von oben. »Daddy!« Dann das Getrappel von nicht gerade winzigen Füßen, und Andrew stand plötzlich vor der Tür. Er hämmerte mit den Fäusten dagegen.
Kevins Gesichtsausdruck verdüsterte sich, als habe man ihn bei etwas Wichtigem unterbrochen (was ja auch der Fall war).
»Was gibt's, Andrew?« fragte er.
»Aufmachen!« brüllte der kleine Tyrann.
»Sofort, mein Lämmchen«, sagte Kevin.
Isadora lag wie entgeistert im Bett. Kevin hätte den Jungen erwürgen sollen; statt dessen beschwichtigte er ihn.
»Ich komm' ja schon«, sagte Kevin, warf sich einen Bademantel

über (einen japanischen Baumwollkimono, den zugegebenermaßen in diesem Herbst schon die verschiedensten Männer getragen hatten) und riß die Tür auf.
»Na ...«, sagte Andrew herausfordernd.
»Was ist los?« fragte Kevin.
»Der Reißverschluß an meinem Schlafsack sitzt fest! Kannst du ihn wieder locker machen, Daddy?«
Was für ein erstaunlicher Dialog! Kein Wunder, daß Kevin mit seinem Liebesleben Probleme hatte. Kein Wunder! Sie wußte, daß Kevin sich wegen der Scheidung Vorwürfe machte – er bildete sich ein, Weib und Kind im Stich gelassen zu haben, und wurde von Angstträumen geplagt, sein Herzblatt für immer zu verlieren (falls seine Frau ihren jetzigen Freund heiraten und mit ihm nach Hawaii ziehen würde), aber sie konnte wirklich nicht verstehen, daß er Andrew für ein so offensichtliches Manöver nicht zur Rechenschaft zog. Vielmehr mußte sie mit anhören, wie er pflichtbewußt hinter dem Jungen die Treppe hinauftrabte, um den Reißverschluß des Schlafsacks, der wahrscheinlich sowieso nicht festsaß, zu reparieren.
Nachdem Kevin verschwunden war, stand Isadora auf, zog sich einen Samtkaftan an, bürstete sich die Haare, parfümierte sich und ging in die Küche, um eine Flasche Wein zu holen. Auf ein glänzend poliertes Messingtablett stellte sie Kristallgläser, eine eiskalte Flasche »Trefethen Chardonnay«, eine Schale mit großen, feucht glänzenden Erdbeeren samt ihren koketten grünen Kappen und einen Teller mit sehr reifem Brie. Diesen Feinschmeckerimbiß trug sie ins Schlafzimmer, wo sie das Tablett mitten auf das Wasserbett stellte. Dann legte sie sich selbst aufs Bett, aß Erdbeeren, trank Wein und wartete auf Kevins Rückkehr.
Er blieb fast eine halbe Stunde weg. Während dieser Zeit grübelte und sann sie nach über die merkwürdigen Veränderungen der letzten Monate. Sie lebte eine Art Schelmenroman – episodenhaft, grotesk, mit Untertönen von großer Melancholie, ja fast mit dem Hauch wahrer Tragödie. Mag sein, daß eine Frau mit Kind nicht so einfach auf die Walze gehen kann wie eine richtige pikareske Heldin, wie Candida, die lüsterne Heroine, wegen der

sie so berühmt geworden war. Aber der Schelminnenroman ging weiter, wenn sie auch nun an den häuslichen Herd und an den Holzstoß gefesselt war. Manchmal hatte sie das Gefühl, in ihrem Kopf passierten viele Dinge gleichzeitig, als würden auf einer Leinwand ein Dutzend Filme simultan projiziert. Einer beschrieb ihre Kindheit und Pubertät, ein anderer ihre erste Ehe, wieder ein anderer ihre zweite Ehe und wieder ein anderer ihre Ehe mit Josh und die Geburt ihrer Tochter. Ein anderer Film schilderte die vielen Liebhaber in ihrem Leben und wieder ein anderer ihre Familiensaga; der eine handelte vom Leben ihres Großvaters und davon, wie seine Flugbahn die ihre überlagerte; der andere behandelte das Leben von Tintorettos Tochter, das zu ihrem eigenen Parallelen hatte und doch von ihm abwich ... Alle diese Lebensgeschichten liefen gleichzeitig mit ihrem eigenen Leben ab, und ihr eigenes Leben bestand wiederum aus allen diesen Leben, es kommentierte diese Lebensläufe, war ein *exemplum,* eine Parabel, eine Sage.
So hatte sie es nicht gewollt. Sie hatte keines dieser Musterleben führen wollen, das dann zum *exemplum* für andere, die dergleichen lasen, werden würde. Aber das Zeitalter, in das sie hineingeboren wurde, die Tatsache, daß sich die Beziehungen zwischen den Geschlechtern in diesen Jahren so drastisch verändert haben (und keiner wußte, wie man mit diesen Veränderungen fertig wurde), hatten ihren tastenden Versuchen (die sie boshafterweise aufgezeichnet hatte) eine Bedeutung gegeben, die sie nicht verdienten. Fans schrieben ihr: »Ich warte auf Ihr neues Buch, weil ich nicht weiß, wie es weitergeht.« Dabei war sie selber ganz verwirrt über das, was sie als nächstes tun solle. Und trotzdem hatte man ihr die Rolle eines Guru für andere aufgezwungen.
»Ich taste herum«, wollte sie sagen, »deshalb bin ich. Ich stolpere, deshalb bin ich.«
Dieser seltsame Schelminnenroman, den sie nun (in dem Jahr nach der Trennung) lebte – würde er ebenfalls zu einer Art Parabel werden, wenn sie ihn hinter sich gebracht hatte? Denn ihr war, als mache sie das durch, was viele Frauen ihres Bekanntenkreises durchmachten: eine Zeit völligen Wahnsinns als Folge einer gescheiterten Ehe.

Entschuldigungen murmelnd kam Kevin ins Schlafzimmer zurück.
»Bitte nicht mich um Verzeihung«, sagte Isadora, »bitte dich selbst darum, denn du bist der Geschädigte. Ärmster, Andrew hat dich mittendrin erwischt. Komm her, trink ein Glas Wein!«
Sie schenkte ihm ein und steckte ihm eine köstliche Erdbeere in den Mund.
Kevin nahm das Glas Wein, nippte an ihm und kletterte zu ihr ins Bett.
»Bring doch den Kleinen um!« Isadora lachte, aber im gleichen Augenblick tat ihr der Ausspruch leid.
Zu Recht, denn Kevin sah gekränkt aus.
»Ich meine das natürlich nicht ernst«, fügte sie hinzu, »aber trotzdem, Schatz, du solltest nicht erlauben, daß er dich derart in Anspruch nimmt. Es ist nicht einmal gut für ihn selber.«
»Aber ich liebe ihn doch so«, sagte Kevin. »Und ich sehe, wie er leidet.«
»Er würde weit weniger leiden, wenn du dich von ihm nicht so verscheißern ließest«, sagte sie. »Aber wer bin ich denn, daß ich anderen Erziehungsratschläge geben dürfte. Ich bin ja auch kaum das, was man eine Supermama nennen würde. Trotzdem weiß ich aus eigener Erfahrung, daß wir alle dazu neigen, unsere Kinder bis zum Geht-nicht-mehr zu verwöhnen, weil wir wegen unserer Scheidung Schuldgefühle haben, aber unsere Schuldgefühle helfen ihnen überhaupt nicht.«
In dieser Nacht hatten sie keinen Sex mehr; sie schliefen eng umschlungen friedlich ein. Es war fast wie ein ehelicher Schlaf – ohne Betäubungsmittel, außer etwas Wein.
Sie hatten die Schlafzimmervorhänge offengelassen, und als Isadora aufwachte, sah sie die Zweige der Hemlocktanne, und sie lauschte, wie sie im gleißenden Sonnenlicht vertraut gegen das Fenster streiften. Isadora hatte ihr Haus immer geliebt und als Zufluchtsstätte vor all dem in ihrem Leben betrachtet, mit dem sie nicht fertig werden konnte: ihre traurige Berühmtheit, ihre Gegner, ihre Fans, die meinten, in ihr eine lange verloren geglaubte Mutter wiedergefunden zu haben. Nun, da Kevin neben ihr im

Bett lag, kehrte dieses Gefühl zurück. Dabei hatte es durchaus Zeiten gegeben, in denen sie sich auch ohne die Anwesenheit eines Mannes zufrieden fühlte. Oft hatte sie morgens im Bett gelegen und dem Schicksal für ihre Einsamkeit gedankt.
Sie war dankbar dafür, daß der nächtliche Freier noch vor Sonnenaufgang verschwunden war (oder daß es überhaupt keinen nächtlichen Freier gegeben hatte). Aber an diesem Morgen war das Gefühl von Geborgenheit und Frieden so überwältigend, daß Isadora dem schlafenden Mann einen Kuß geben wollte, um dann in ihr Arbeitszimmer hinaufzusteigen und sich den Dämonen ihres schwierigen Paparomans zu stellen.
Sie küßte ihn auch – und er rührte sich und schlang die Arme um sie. Und die Beine. Sie konnte seine Erektion spüren und fühlte, wie sein Schwanz ihrem Nabel einen kleinen Stups gab, dann tiefer vorstieß und schließlich ihre Möse fand. Sie hatte das Empfinden, daß er erregter war als je zuvor, und auf einmal war sie es auch.
»Meine alte Flamme«, murmelte er. »Weißt du eigentlich, wie sehr ich dich damals angebetet habe?«
»Bete mich jetzt an«, flüsterte sie.
»Ich tue es doch, schau!« sagte er und drang in sie ein.
Sie begannen langsam und sanft zu ficken, und das Wasserbett vibrierte unter ihren Schaukelbewegungen. Es war ein himmlisches Ficken: ohne jede Gewalt, aber voller Leidenschaft.
»Du bist toll«, sagte Isadora und hielt ihn fest.
»Du auch«, erwiderte Kevin und überließ sich völlig dem, was geschehen mußte.
Plötzlich krachte es oben in einem der Zimmer; dann Kindergekreisch.
»Was war das?« fragte Isadora, rollte aus Kevins Armen und sprang aus dem Bett.
»Deine Tochter bringt gerade meinen Sohn um«, kam es mechanisch von Kevin.
Isadora gefiel das ganz und gar nicht. Das Blut schoß ihr in den Kopf. Aber vorerst sagte sie nichts. Statt dessen warf sie sich den Kaftan über, riß die Schlafzimmertür auf und stürmte nach oben. Dort, auf dem Treppenabsatz, sah sie etwas, was sie ihr Leben lang

nicht vergessen würde. Sie sah ihre kleine, dreijährige Mandy rittlings auf dem üblen Patron Andrew sitzen und mit ihren winzigen Fäusten auf ihm herumtrommeln.
Andrew war teils belustigt, teils irritiert, aber Mandy brüllte vor Zorn – dabei war Mandy kein zorniges Kind.
»Was ist passiert?« fragte Isadora. »Was, um Himmels willen, ist denn passiert?«
»Er hat meinem Kamel weh getut!« schrie Amanda.
»Ich hab' ihr Kamel überhaupt nicht angefaßt«, brüllte Andrew.
»Camelia, er hat Camelia weh getut«, weinte Mandy. Und dann rannte sie in die Arme ihrer Mutter.
»Hast du Mandys Kamel genommen?« fragte Isadora.
»Nein!« schrie Andrew.
»Er hat es genehmt! Er hat es genehmt!« protestierte Amanda.
»Stimmt das, Andrew?«
»Ich hab's nicht getan!« brüllte der Junge.
Nun war Isadora wirklich fuchsteufelswild, denn von allen »Bestien«, die Mandy besaß, war doch Camelia ihr Lieblingstier. Das Kamel war das Spielzeug, das Mandy zu Daddy mitnahm, mit dem sie schlief, es war das Kuscheltier, das ihr half, die Trennung zu überwinden. Camelia war ihr Amulett (ihr Kamulett?), ihre Wächterin, ihre Beschützerin.
Wie besessen durchstöberte Isadora alles auf der Suche nach Camelia, und Amanda trottete wimmernd hinter ihr her. Andrew sauste die Treppe hinunter und verkroch sich bei seinem Vater, während Isadora Mandys Schlafzimmer durchsuchte, wo sie einen ganzen Plüschzoo vorfand: vier Teddybären (alle Größen), zwei Miss Piggys, einen Pooh-Bär, einen Kater Garfield, einen Tigger, ein Piglet, einen braunen Plüschbären, einen riesigen Steiff-Löwen von F. A. O. Schwartz und jede Menge weißer Mäuse, gelber Küken und rosa Ferkel; daneben Fabeltiere wie Einhörner in jeder Größe (alle trugen sie Puppenkleider, denn nur so wollte Amanda mit ihnen spielen) und eine riesige Sammlung von Barbie-Puppen – »Barbie – und wie sie die Welt sah«, sagte Isadora in Anlehnung an »Garp« –, dazu Pferde, auf denen die Barbies reiten konnten – nur von Camelia keine Spur.

»Gehn wir nach oben ins Spielzimmer«, schlug Isadora vor.
»Trag mich, Mama, trag mich!« weinte Mandy.
Isadora hob das kleine Mädchen hoch, nahm es in die Arme, bedeckte sein Gesicht mit Küssen und stieg mit dem Kind die schmale Treppe hinauf.
Das Spielzimmer unterm Dach hatte für Isadora eine besondere Bedeutung. Anfangs, als sie das Haus erworben hatten, war es ihr Studio gewesen, und dort hatte sie, als sie mit Mandy schwanger war, »Tintorettos Tochter« geschrieben. Die niederen, schrägen Wände hatten ein Kuppeldach – und seitlich große Panoramafenster, die Schreibtische und Bücherregale waren eingebaut, und teppichbelegte Podien luden zum Draufliegen ein. Die Bücher, welche Isadora über das Venedig der Spätrenaissance zusammengetragen hatte, standen noch immer genauso wie ihre alten Lyrikbände aus der Collegezeit, der gesammelte Shakespeare, Chaucer, Marlowe, Donne, Ben Jonson, Shelley, Keats und vor allem die Werke ihres Lieblingsdichters des frühen neunzehnten Jahrhunderts, jenes klassischen Romantikers, jener widersprüchlichen Figur: Byrons. Auf dem Boden lagen nun überall verstreut Mandys Spielsachen herum, und Isadoras ausgedienter Schreibtisch war mit Fingerfarben, Buntstiften, Aquarellfarben und kunterbunten Klebeschildchen jeder nur erdenklichen Art bedeckt. Obwohl sie längst in ihr Baumhausstudio umgezogen war, liebte Isadora dieses Zimmer immer noch – seine Wärme, seine Gemütlichkeit, die süßen Erinnerungen an das, was sie rückblickend als die glücklichste Zeit ihres Lebens betrachtete, die Zeit, als sie »Tintorettos Tochter« in ihrem Kopf und Amanda in ihrem Bauch getragen hatte.
Sie blickte auf das wimmernde Kind in ihren Armen.
Amandas schönes Gesicht war vor Kummer verzerrt, als wüßte sie bereits, was mit Camelia geschehen war.
»Er hat Camelia weh getut, Mama! Er hat Camelia weh getut!«
»Wo ist denn Camelia, Amanda? Weißt du es?«
Das Kind schüttelte den Kopf.
»Weißt du es, Amanda – antworte mir!« Isadora sagte dies mit einem Nachdruck, als hätte Dogstojewski blutend in irgendeiner

Ecke gelegen, wo man ihn schnellstens auffinden und zur Tierärztin bringen müßte.

»Im Spielhaus«, gestand Amanda schließlich.

In der Mitte des Raumes stand ein Kinderspielhaus aus gelbem Plastikmaterial mit Fenstern aus durchsichtigem Kunststoff, einer grünen Klappe als Eingangstür und grünen, sich die Plastikwände emporrankenden Reben, zwischen denen rosa Winden dem Spielzeughimmel entgegenkletterten. In diesem Spielhaus sah es tatsächlich aus wie in Babi Yar: Es glich einem Massengrab wahllos hineingeworfener, ausgestopfter Tiere. Dafür war Andrew nicht verantwortlich, aber für das, was Isadora als nächstes erblickte, war er bestimmt verantwortlich. Camelia war der Bauch aufgeschlitzt worden, sie lag zuoberst auf dem Haufen von Stofftieren, und die Füllung quoll aus ihrem Inneren.

Isadora preßte die verwundete Camelia an die Brust. Sie fühlte sich so ungerecht behandelt und so verletzt wie damals, als sie den tödlich verwundeten Chekarf in ihren Armen gehalten hatte. Mandy schluchzte.

»Schätzchen, wir können Camelia wieder zunähen«, sagte Isadora.

»Glaube mir, es geht.« Und es wurde ihr klar, daß sie dies bei Chekarf nicht hatte tun können.

»Wir holen das Nähzeug und flicken sie wieder zusammen.«

Inzwischen waren Andrew und Kevin ins Spielzimmer gekommen.

»Andrew, warst du das?« fragte Isadora.

Der Junge trat von einem Fuß auf den anderen und widersprach nicht.

»Sag, daß es dir leid tut, Andrew«, befahl Kevin.

»Es tut mir leid«, kam Andrews Antwort, aber sie klang nicht überzeugend.

Mit Isadora an der Spitze zog die Prozession ins Gästezimmer, wo das Nähzeug war. Isadora setzte sich auf das breite Messingbett (Amanda neben sich), stopfte Camelias Eingeweide sorgfältig in den Bauch zurück und nähte ihn wieder zu. Dabei mußte sie an jene sich wiederholende Szene in Hellers »Catch 22« denken, wo

Yossarian das dunkle Geheimnis der heraustretenden Gedärme löst, und sie kam sich ein bißchen wie Gott vor, weil sie einen ähnlichen Zauber für Amanda bewirken konnte.
»Na siehst du«, sagte sie, »wie neu.«
Sie war zwar keine Nähkünstlerin, aber Amanda schien zufrieden.
Als ihr Isadora das so wundersam geheilte Kamel hinhielt, applaudierte Kevin, doch er wechselte mit Isadora Blicke, die besagten: Nie wieder ein Wochenende mit Kindern!
Andrew in seinen Turnschuhen stampfte nur mit einem Fuß auf und sah alles andere als zerknirscht aus. Der Sonntag war noch nicht ausgestanden.
Er sollte sich zwar als anstrengend, aber nicht als chaotisch herausstellen, und am Abend, nachdem Isadora und Mandy Kevin und Andrew zur Bahnstation gebracht hatten, gab es ein gemeinsames Bad, eine Geschichte und in Mandys Zimmer eine Gutenachtunterhaltung.
»Hast du etwas Trauriges oder Fröhliches, das du mir sagen möchtest, ehe du einschläfst?« fragte Isadora Amanda, welche die wunderbar geheilte Camelia an sich drückte.
Amanda bedeckte ihre Augen mit den Händen und sagte: »Auf beiden Kanälen schlechte Träume, Mama.«
Das war Amandas Kurzformel, um ihre Furcht auszudrücken, wenn sie nachts aus bösen Träumen erwachte.
»Ich weiß es, Herzchen«, sagte ihre Mutter, »aber ich dachte, die schlechten Träume würden vergehen. Schließlich hast du ja Camelia, die auf dich aufpaßt.«
Lange Pause.
»Ich hasse Kevin«, sagte Amanda schließlich. »Er ist *nicht* mein *Daddy.*«
»Natürlich ist er es nicht«, entgegnete Isadora. »Und du brauchst ihn auch nicht liebzuhaben. Aber daß du ihn haßt, solltest du ihm nicht ins Gesicht sagen, weil du ihm damit weh tust.«
»Mir hat er aber weh getut«, erwiderte Amanda. Sie war einen Augenblick still, überlegte, umklammerte ihr Kamel und sagte dann: »Darf ich sagen, daß ich ihn hasse, wenn er nicht im Zimmer ist?«

Darauf hatte Isadora keine Antwort parat. »Vielleicht, Schatz, aber ins Gesicht darfst du es ihm nicht sagen.«
»Aha«, sagte Amanda, »ich verstehe.«
Isadora war sich nicht ganz sicher, ob sie es selber verstand, aber wenn Amanda diese Alice-im-Wunderland-Logik begriff, mußte sie sie wohl auch begreifen.
»Ich liebe dich, ich liebe dich, ich liebe dich«, sagte sie.
»Laß meine Tür gespalten, ja?« bat Amanda und umklammerte ihr Kamel.
»Wird gemacht«, versprach Isadora und stand auf. »Ich bin in meinem Arbeitszimmer, Schatz. Rufe, wenn du mich brauchst. Ich komme noch mal, wenn du schläfst, und geb' dir einen Kuß.«
Amandas gleichmäßiges Atmen verriet ihr, daß das Kind bereits am Einschlummern war. Sie kehrte also gleich um und küßte sie. Das kleine Mädchen, schon halb im Traum, drehte die Augäpfel unter den malvenfarbenen Lidern nach oben und murmelte: »Mama.« Dann drehte es sich um, stieß die Decken weg, streckte den Popo in die Luft und ließ sich in einen tiefen Schlaf treiben. Isadora deckte sie zu. Und wieder stieß die Kleine die Decke weg. Isadora küßte sie auf den hochgestreckten *toches*, richtete ein Stoßgebet an die Muttergöttin und verließ das Zimmer. »Göttin segne, Göttin bewahre sie!« murmelte Isadora und fügte dann hinzu: »Und stehe uns bei in diesem Winter. Ich verspreche dir dafür, daß ich dich nie wieder um etwas bitten werde.«
Von jener mondgesichtigen Mama mit ihrem weißen Nebelschleier dort oben kam jedoch keine Antwort. Sie zog ruhig ihre Bahn am Himmel über Connecticut. Ihr rätselhafter Glanz bedeutete wohlwollendes oder unheilverkündendes Lächeln – je nachdem, wie man es betrachtete.
»Ich nehme das zurück«, sagte Isadora, als sie die Halle durchquerte und in ihr Studio ging. »Wahrscheinlich werde ich dich doch noch um vieles bitten.«
Jawohl, sie hatte das untrügliche Gefühl, daß es ihr besserging.

10

Ziellos und verloren

Mais où sont les neiges d'antan?

François Villon: »Ballade des Dames du Temps Jadis«

Wie eine Krähe geisterhaft
Den Schnee der Hemlocktanne auf mich streute,
Hat meinem Herzen neuen Lebensmut verschafft
Und hat den Rest des Tags
Mir lebenswert gemacht,
Den ich bereits bereute.

Robert Frost: »Schneestaub«

Es war um die Weihnachtszeit, und es hatte bereits drei schwere Schneestürme gegeben. Die Wasserleitungen froren ein. Die Einfahrt war vereist. Morgens, wenn Isadora hinaus auf die Terrasse ging, war das *hot tub* voller Schnee, und an den Zweigen der Hemlocktanne hingen Eiszapfen. Schneewächten rutschten die Atelierfenster hinunter, der Heizofen streikte, und die Telefonverbindungen brachen ständig zusammen.
Wie eng Isadora und Kevin noch immer verbunden waren, wurde deutlich, als sie sich trotz dieser Zustände weiterhin trafen. Manchmal kam er noch am Freitagabend per Bahn, auch wenn die Züge Verspätung hatten oder ganz ausfielen, und Isadora mußte den Fuhrunternehmer am Ort beauftragen, ihn mit einem Jeep am Bahnhof abzuholen, da ihre eigene Einfahrt unpassierbar war.
Diese Einfahrt war überhaupt ein Alpdruck. Sie schien ihr eigenes Leben (oder ihren eigenen Geist) zu haben. Sie war verhext. Schließlich hatte sie Chekarf das Leben gekostet, und sie schien nach Blut zu dürsten. Wann immer Schwester Librium Mandy in den Kindergarten fuhr, fürchtete Isadora, daß der Einfahrt das Opfer von Chekarf vielleicht nicht genügt haben könne und sie auch Mandys Leben fordere. Im vergangenen Jahr hatte Isadora so viel verloren – Papa, Chekarf, Josh –, und sie konnte sich nicht vorstellen, daß dies schon alles war. Hätte sie Horrorgeschichten geschrieben, hätte sie einen Roman über ihre Einfahrt verfaßt und darüber, daß diese noch immer mehr Blut verlangte. Lag es vielleicht an der Asphaltierung, an irgendeiner unheilvollen Substanz, wie man es von den Knochen eines ungerächten unschuldig Ermordeten her kannte? Oder wirkte hier das Karma des Bauherren weiter, der zwar sein Haus auf einem Felsvorsprung mit Blick auf das schöne Flußtal errichtet hatte, dabei aber nicht genug Weitblick besaß, die Fenster im oberen Stockwerk ebenfalls zur schönen Aussicht hin einzuplanen? Lediglich die unteren Fenster gestatteten den Blick aufs Tal, und es war Isadoras Traum, im

Spielzimmer Panoramafenster einzubauen und es in ihr Schlafzimmer umzuwandeln.

Dieser Bauherr, ein etwas weltfremder junger Mann, mit dem sich Isadora dann anfreundete, hatte die Einfahrt mit einem Maximum an Skurrilität anlegen lassen. Von der Serpentine Hill Road bog sie in einem Winkel von sechzig Grad ab, mündete dann in eine Haarnadelkurve (die schlecht drainiert und daher immer vereist war) und machte schließlich einen kleinen Buckel, und zwar unmittelbar nach jener Stelle, an der auch das Fahrzeug mit der besten Straßenlage ins Schleudern geraten war. Die Einfahrt war die exzentrischste, unmöglichste Partie des ganzen Anwesens. Der Mercedes mit seinem weiten Radstand und dem Hinterradantrieb schaffte sie zu dieser Jahreszeit nicht, und da Josh sowohl den Geländewagen als auch den Datsun mitgenommen hatte, mußte Isadora für die Nanny einen zusätzlichen Wagen mit Vorderradantrieb kaufen, nur damit Mandy in den Kindergarten gebracht und abgeholt werden konnte. Aber manchmal war der Weg so verschneit, und der Schneepflug kam so spät, daß selbst der Saab nichts half. An solchen Vormittagen saß Isadora trübselig an ihrem Fenster, wartete auf den Schneepflug und betete, daß die Heizung nicht wieder streikte. In diesem Winter mußte so oft Heizöl angeliefert werden, daß sich am Boden des Öltanks ein schmieriges Sediment gebildet hatte, weshalb der Brenner immer wieder ausfiel. Die Folge war, daß es urplötzlich im ganzen Haus kalt wurde, kalt wie in den Spukhäusern jener Art von Schauerroman, den Isadora so gerne geschrieben hätte. (Ach, *alles* hätte sie an diesem Punkt dem Paparoman vorgezogen, und alles dämmerte ihr eher als die Einsicht, daß sie, ehe sie überhaupt an ein nächstes Buch denken konnte, erst einmal ihr eigenes Leben in Ordnung bringen mußte.)

Für eine junge Frau aus New York, die früher nichts weiter zu tun hatte, als bei häuslichen Pannen den Hausmeister zu verständigen, war Isadora technisch schon sehr versiert. Sie hatte nämlich den Knopf, mit dem man die Heizung wieder in Betrieb setzte, entdeckt. Sie hatte sich ihren Parka übergeworfen, war in die wattierten Stiefel geklettert und durch den Schnee gestapft, hatte

sich durch die winzige »Alice-im-Wunderland«-Tür gezwängt, durch die man in den Raum unter dem Haus gelangte, in dem man nur kriechen konnte (es gab keinen Keller, denn das Haus stand auf einem Felsvorsprung), und hier hatte sie sich in der Dunkelheit bis zu besagtem Knopf vorwärtsgetastet. Sie betätigte ihn, die Heizung sprang an, und das bedeutete, daß sie auch ohne einen Mann auskommen konnte, daß Joshs Verschwinden sie nicht hilflos am Boden zerstört hatte und daß sie ihrer Tochter vorleben konnte, wie man – diese *contradictio in adiecto* – »eine freie Frau« ist. Denn das bedeutete doch Freiheit, nicht wahr? Den Knopf, der die Ölheizung wieder in Betrieb setzte, zu entdecken? Nun brauchte sie nur noch den Mercedes gegen einen Jeep mit Schneepflugvorrichtung zu tauschen und zu lernen, ihreEinfahrt zu räumen – dann war sie eine wahrhaft befreite Frau! Aber bis es soweit war – so lautete ihr Entschluß –, wollte sie sich die Männer nach ihren Fähigkeiten im Pflügen, Sandstreuen und Holzhacken aussuchen. Wieviel besser würde es einmal sein, wenn sie gelernt hatte, ihren eigenen Pflug zu handhaben!
Von Zeit zu Zeit träumte sie davon, ganz autark zu sein und eine jener unerschütterlichen Connecticut-Damen zu werden, die in soliden Stiefeln Hunde züchteten, ihr Grundstück selbst pflügten, ihren Boiler reparierten und glücklich und zufrieden ohne einen Mann im Haus (auch nicht besuchsweise) auskamen. War es das, was diese Irrfahrt für Isadora bereithielt? Vielleicht noch nicht gleich – aber womöglich am Ende doch irgendwann einmal? Wäre es nicht eine Erleichterung, nicht mehr dem Stürmen und Drängen einer Leidenschaft unterworfen zu sein und einfach zufrieden allein zu leben? Mag sein. Zum erstenmal in ihrem Leben verspürte Isadora so etwas wie die Verlockungen der Einsamkeit.
Welch eine Welle des Selbstvertrauens hatte sie durchflutet, als sie die Heizung wieder in Gang bringen konnte! Diesen Winter würde sie schon deshalb nicht vergessen, weil sie entdeckt hatte, daß sie es hier draußen alleine schaffen konnte.
Immerhin – an den Wochenenden kam Kevin und linderte die Einsamkeit. Und außerdem gab es noch andere Freier. Mit Kevin verglichen, bedeutete keiner von ihnen viel, aber Isadora hatte

trotzdem einige Vorbehalte (teils, weil Kevin ein solches Scheusal gezeugt, und teils auch, weil er eine zweite, mit Isadora alternierende Freundin hatte), so daß sie sich ihm nicht völlig ausliefern wollte. Das paßte Kevin vorzüglich in den Kram, denn nichts scheute er mehr, als eine feste Bindung einzugehen. Manchmal dachte Isadora an den Witz über den Mann in der Singles-Bar, der von einer hübschen jungen Frau gefragt wird: »Wie spät ist es?« und der dann antwortet: »Ich kann mich noch nicht binden«.

Als Weihnachten näher rückte, machte sich Isadora Gedanken darüber, ob sie und Mandy die Feiertage allein verbringen sollten. Möglicherweise hatte Kevins andere Freundin an Feiertagen den Vortritt. Isadora fürchtete sich, ihn zu fragen. Aber die Vorstellung, Weihnachten allein zu verbringen, versetzte sie in Panik. Deshalb rief sie alle Bekannten und Verwandten an, von denen sie annahm, daß sie allein sein würden, und lud sie zu einer großen Weihnachtsparty ein. In diesem Jahr war Mandy bei ihr, im nächsten Jahr würde sie über Weihnachten bei Josh sein. (Die Anwälte feilschten gerade die Scheidungsbedingungen aus und teilten Mandys Leben auf.) Josh wollte mit Ms. Emanon nach Las Vegas fahren und trat seinen Urlaub etwa eine Woche vor Weihnachten ausgerechnet während des allerärgsten Blizzards an.

Als Josh sich von Mandy verabschieden wollte, waren der Strom ausgefallen, die Heizung unterbrochen und das Telefon gestört. Es war gegen fünf Uhr nachmittags, aber bereits so finster wie um Mitternacht. Schwester Librium wollte Mandy gerade im Schein einer Laterne in dem Badewasser baden, das sie glücklicherweise eingelassen hatte, ehe der Strom ausgefallen war (die Wasserpumpe drohte für ein paar Tage auszufallen). Isadora sauste herum, zündete Kerzen an, suchte nach Batterien für die Stablampen, füllte Kochtöpfe mit Wasser und versuchte, sich mit dem Installateur in Verbindung zu setzen, um die Heizung reparieren zu lassen, bevor das Telefon vollends aufgab. (All das muß während eines Schneesturms in Connecticut erledigt werden.) Plötzlich kommt also Josh in seinem Geländewagen die verschneite Einfahrt herauf und läutete an der Haustür.

Bei Kerzenlicht wirkt das Haus gespenstisch, man könnte meinen, es spukt darin. Im Wohn- und Eßzimmer flackern Kerzen, und in allen offenen Kaminen brennen Feuer, aber in der Dunkelheit und Stille wirkt alles merkwürdig verlassen. Josh ist sich offenbar der Notstandssituation seiner Umgebung nicht bewußt und marschiert stracks ins Haus, um Mandy zu sehen.

»Sie wird gerade gebadet«, sagt Isadora.

Josh nimmt seine rote Skimütze ab, schält sich aus seinem daunengefütterten Parka (Isadora hat ihn im Vorjahr für ihn gekauft), nickt Isadora nicht einmal zu und stapft die Treppe hinauf.

»Daddy!« ruft Mandy begeistert, als er das laternenbeleuchtete Badezimmer betritt.

Daddy! Isadora könnte schreien. Wo sind sie denn alle geblieben die Daddys, die einst gelobten, uns zu beschützen, vorausgesetzt, wir bleiben schön brav und sie rangieren immer, immer vor unserer eigenen Selbstachtung? Nirgendwo! Daddy ist tot – oder im Winterschlaf – wie Gott. Nun erhört die Muttergöttin unsere Gebete – oder niemand.

Josh verbringt knappe zehn Minuten mit Mandy, kommt wieder herunter und will in den Parka schlüpfen.

Es war Isadora nicht möglich gewesen, den Installateur oder die Schneepflugfirma oder sonst irgend jemanden zu erreichen. Das Telefon bimmelt zwar auf jene für Connecticut typische sporadische Art, aber das ist nur ein Signal, daß die Leitungen bald ganz tot sein würden. Isadora wird hysterisch.

»Josh«, sagt sie, »gibt es denn gar keine Nummer, unter der du notfalls zu erreichen bist?«

Komisch. Merkt sie denn nicht, daß dies bereits ein Notfall ist? Was sollte sie zum Beispiel tun, wenn mit der Kleinen etwas passiert und das Kind unverzüglich ins Krankenhaus müßte? Sie konnte ja nicht einmal die Einfahrt schaffen.

»Ich will im Urlaub nicht belästigt werden«, sagt Josh kalt.

»Aber was ist mit Amanda? Wenn ihr etwas zustößt?«

»Ihr wird schon nichts zustoßen – wenn es sein muß, kannst du meine Schwester anrufen oder meine Eltern. Die wissen, wo ich zu erreichen bin.«

»Und was ist mit mir, wie kann ich hier raus, wenn ein Unfall passiert?«
»Das ist nicht mein Problem, Isadora«, entgegnet er. »Ich habe dir bereits erklärt, daß wir kein Ehepaar mehr sind.«
»Du Miststück!« schreit Isadora. »Du willst dich nicht um dein Kind kümmern, du hinterläßt keine Telefonnummer! Mir fehlen die Worte, was ich von dir halte!«
»Ich weiß, was du von mir hältst«, sagt Josh, »und es ist mir egal.«
»Leihst du mir wenigstens den Geländewagen? In Las Vegas wirst du ihn wohl kaum brauchen.«
»Ich habe ihn bereits Ishmaels Mutter versprochen«, kam die grausame Antwort. »Sie braucht ihn nötiger als du.«
»Raus mit dir, du gemeines Aas!« schreit Isadora außer sich und holt aus, um ihn zu ohrfeigen, aber er duckt sich, geht seelenruhig hinaus in den Schneesturm und verläßt wieder einmal Heim, Kind und Weib. Ist es ihnen beschieden, diese Szene bis in alle Ewigkeit zu wiederholen?
Isadora stößt einen markerschütternden Schrei aus, dann geht sie zum Kühlschrank, mixt sich einen sehr steifen Wodka-Grapefruit-Cocktail und macht sich wieder an ihre hektische Herumtelefoniererei.

Glücklicherweise gab es bald wieder Strom, die Telefonleitungen brachen nicht völlig zusammen, aber die Leute mit dem Schneepflug kamen erst zwei Tage später.
Während sie eingeschneit war, hatte Isadora genügend Muße, über Joshs Verhalten ihr gegenüber nachzudenken. Offenbar brauchte er die Rache an ihr so dringend, daß er es in Kauf nahm, jenem Menschen, den er über alles auf dieser Welt liebte, nämlich Mandy, Kummer zu bereiten, ja, ihn sogar zu gefährden. Warum? Es ergab keinen Sinn. War der Durst nach Vergeltung so überwältigend, oder merkte Josh einfach nicht, wie weh er damit Mandy und Isadora tat?
»Ich will niemals wieder von ihm abhängig sein«, sagte Isadora später, als sie mit Kevin telefonierte. Sie hatten sich über Joshs ungalanten Abschied unterhalten. »Falls er sich beruhigt und sich

wieder wie ein Mensch benimmt – gut und schön. Für Mandy hoffe ich es, aber mir braucht er nie wieder einen Gefallen zu erweisen. Nie wieder. Es tut mir einfach zu weh, wenn ich jedesmal eine reingewürgt bekomme.«

Es war eine Art Wendepunkt, denn bis dahin hatte Isadora sich als Penelope gesehen, die geduldig wartete, bis ihr verlorener Odysseus nach Hause kommt. Obwohl sie jetzt das Leben eines alleinstehenden Menschen führte, hatte ein Teil von ihr die Unabhängigkeit immer noch nicht akzeptieren wollen. Gewiß, sie wollte lernen, ihre Heizung selbst wieder in Betrieb zu setzen, ihr Brennholz selbst zu schleppen und ihre Einfahrt selbst zu räumen – aber danach würde Josh heimkehren und ihr einen Kuß auf die Stirn drücken, weil sie so unabhängig geworden war. Daddy würde sie am Ende doch belohnen – belohnen für ihre Selbständigkeit.

War das nicht widersinnig? Je stolzer sie auf ihre Unabhängigkeit wurde, desto eindringlicher wurden die Illusionen, daß er sie deshalb lobte. Sie wußte, daß dies paradox, ja absurd war. Eigentlich hätte sie ihre Unabhängigkeit um ihrer selbst willen genießen sollen, genießen, weil sie damit Chancen bekam, und nicht, weil es Josh vielleicht oder vielleicht auch nicht gefallen würde zurückzukommen. Aber ganz hatte sie diesen Wendepunkt noch nicht erreicht. Würde sie ihn je erreichen? Sie wünschte jenen wunderbaren Augenblick ihrer neuen Einkehr herbei, in dem sie sich ihrer Stärke bewußt sein würde und sich keinerlei Gedanken mehr zu machen brauchte, ob ihr ein männliches (oder weibliches) Publikum stürmischen Beifall zollte oder nicht. Alle anderen Schlachten, welche die meisten Frauen nie gewinnen, hatte sie gewonnen. Sie hatte ihren eigenen Beruf, ihr eigenes Einkommen, ihre Unabhängigkeit von Vater und Ehemann. Aber tief in ihrem Herzen saß immer noch Daddy als Gebieter, Zensor und Richter über all ihre Leistungen. Und wenn selbst sie trotz all ihrer Freiheit derart unfrei geblieben war, wie war es dann mit den anderen Frauen bestellt?

Es schneite, schneite und schneite. Schnee wirbelte um das *hot tub* und bedeckte Pfade und Einfahrt. Schnee trieb nebelig um die Hauslaternen, die ihren Schein in die Hemlocktannen warfen,

Schnee polsterte Mandys hölzernes Klettergerüst und die Zweige der empfindlichen jungen Obstbäume, die Josh und sie in ihrem letzten gemeinsamen Frühjahr gepflanzt hatten und von denen die meisten eingegangen waren. Schnee färbte den Himmel rosafarben, ja fast fleischrosa. Er war keineswegs so blendend weiß wie in einem gläsernen Briefbeschwerer.
Nachdem Mandy zu Bett gebracht worden war und Schwester Librium sich in ihren tranigen Privathimmel begeben hatte, zog Isadora sich Schneestiefel und Parka an und trat hinaus auf die Terrasse, um sich die Landschaft anzusehen. Das Tal unterhalb des Hauses war buchstäblich im Schneetreiben untergegangen; jeder der vielen Tannenwipfel, auf die sie hinunterblickte, hatte seinen eigenen kleinen Schneesturm überstehen müssen. Jeder Baumwipfel war ein kleines Universum, um das Flocken wirbelten, bis die Nadeln sie bremsten. Was doch der Schnee für eine erstaunliche Substanz war! In seiner Macht lagen Ewigkeit und gleichzeitig auch Vergänglichkeit. Seine Kristalle priesen die erstaunliche Vielfalt der Schöpfung, aber seine Vergänglichkeit war auch Symbol für die brüchige Zartheit dieser Schöpfung. Und wir alle standen am Rande des nuklearen Abgrunds wie Isadora über ihrem schneeverhüllten Connecticut-Tal. Nach dem Holocaust würde es keine Schneeflocken mehr geben, keine Hemlocktannen, keine bezaubernden Kinder mit rosigen Wangen und malvenfarbenen Augenlidern. Wie albern und unwichtig erschien Isadoras Scheidung von Josh Ace angesichts einer nuklearen Katastophe, wie geringfügig erschien sie selbst angesichts ihrer kurzen Irrfahrt auf diesem Planeten, die auf ihre Weise ebenso kurz war wie das Leben einer Schneeflocke.
Die Redwoodliegestühle waren zu diesem Herbst nicht in die Garage gebracht worden (zu Krisenzeiten werden diese herbstlichen Rituale leicht vergessen), und ein dichtes Schneepolster lag gleich einem daunigen Kissen auf ihnen. Die einzelnen Schneepolster erinnerten an Wolken und verliehen der Terrasse etwas Himmelartiges: Isadora auf einem himmlischen Balkon über allen irdischen Verstrickungen.
Der Schnee hatte sie in ihr Haus, in ihre eigenen Gedanken

eingeschlossen, sie aber zugleich auch befreit. Sie streckte sich auf einem verschneiten Liegestuhl aus, blickte hinauf in den wirbelnden rosa Himmel und öffnete ihren Mund, um die Schneekristalle als Sakrament zu empfangen. Zeilen aus ihrer Lieblingserzählung von James Joyce kamen ihr in den Sinn, aber nur bruchstückhaft. Irgend etwas »schwand«, während der Schnee »still durch das All« fiel, »auf alle Lebenden und Toten«.

Verflucht! Warum konnte sie sich denn nicht an die ganze Stelle erinnern? Während ihrer Zeit als Englischlehrerin am College hatte sie diese Geschichte oft mit den Studenten durchgenommen. Und diese Geschichte hatte sie immer wieder fasziniert, so wunderbar reich war sie gewesen. Andere geliebte Werke konnte sie auswendig – große Brocken Prosa und Lyrik –, aber diese Stelle wollte ihr einfach nicht einfallen.

Schwand nun der Schnee oder jemandes Seele? Bedeckte er Irland oder das ganze All? Sie durchblätterte ihre Gedanken, als wären sie ein Buch, dessen Seiten sie umwendete. Sie wollte nicht aufstehen und hineingehen, um die Stelle nachzuschlagen, aber sie wußte, daß sie es früher oder später doch tun würde. Die Erinnerung an das Joyce-Zitat hatte sie wieder auf den Geschmack gebracht. Sie wollte schreiben – und genau das war es gewesen, was Josh ihr mehr als alles andere verdorben hatte: die Lust am Schreiben, die immer ihr Zentrum, ja ihre Seele gewesen war.

Widerwillig erhob sie sich von ihrer Schneechaiselongue, bewunderte den flügellosen Engelsabdruck, den ihr Körper im Schneepolster hinterlassen hatte, und ging ins Haus, um sich Joyce' Erzählband »Dubliner« zu holen. Sie schlug den letzten Absatz von »Die Toten« auf und las jene erstaunlichen Zeilen:

> ... Schneefall in ganz Irland. Schnee fiel überall auf die dunkle Zentralebene, auf die baumlosen Hügel, fiel sacht auf den Bog of Allen, und, weiter gen Westen, fiel er sacht in die dunklen aufrührerischen Wellen des Shannon. Er fiel auch überall auf den einsamen Friedhof oben auf dem Hügel, wo Michael Furey begraben lag. Er lag in dichten Wehen auf den krummen Kreuzen und Grabsteinen, auf den Speeren des

kleinen Tors, auf den welken Dornen. Langsam schwand seine Seele, während er den Schnee still durch das All fallen hörte, und still fiel er, der Herabkunft ihrer letzten Stunde gleich, auf alle Lebenden und Toten.

Sie schauderte, als die Weiße Göttin über ihrem Kopf schwebte, und sie hörte ihr Herz pochen. Dies war der Prüfstein wahrer Literatur, und auf einmal wollte Isadora wieder unversehrt sein, damit sie sie wieder erleben konnte. Plötzlich fiel ihr ein, daß sie seit Joshs Weggang kein Buch mehr hatte lesen können, so kurzlebig, so labil, so fiebrig war ihre Konzentrationsfähigkeit gewesen. Und jetzt hatte dieser Schneesturm ihr die Bücher zurückgegeben.

»Ich danke dir dafür«, sagte sie zu der Göttin hoch oben, denn sie wußte, daß es ihr ohne diesen Schneesturm nicht gelungen wäre, sich Joshs Abtrünnigkeit zu stellen, noch sich loszumachen. Wenn sie sich nicht mehr an ihn klammern, wenn sie sich zusammenreißen und wieder arbeiten würde, wären selbst diese Schmerzen nicht vergebens gewesen.

»Ich danke dir«, sagte sie wieder und grüßte den rosafarben wirbelnden Himmel.

Die Swamis und Gurus erklären uns, daß wir die Lektionen, die unsere Seele braucht, anlocken, und vielleicht war das Scheitern dieser Ehe in der Tat eine Lektion, die sie angelockt hatte, um ihre Seele wachsen zu lassen.

Heute abend, entschied sie, werde ich ein Buch lesen. Und sie tat es und las die »Dubliner« wieder. Sie hatte eine weitere Phase der Trennung überwunden: Sie konnte wieder lesen.

Weihnachten kam, und Kevin erklärte, es mit ihr verbringen zu wollen. (Was mit der Freundin geschehen war, entzog sich ihrer Kenntnis, sie stellte auch keine Fragen. Es war nicht ohne Ironie, daß zwischen ihr und Kevin nicht jene Intimität herrschte, die ihr solche Fragen gestattet hätte.)

Am Heiligabend war es bitter kalt. Kevin kam in Westport mit einer großen Einkaufstüte voller Geschenke an und stieg aus dem

klapprigen Nahverkehrszug, dessen Fahrgäste alle große Einkaufstüten voller Geschenke trugen.
Die Straßen waren so vereist, daß Isadora sogar mit dem Saab ins Schleudern geriet. Auf dem Weg zur Bahnstation wäre sie beinahe auf der Serpentine Hill Road an einen Briefkasten gefahren. Auf dem ganzen Rückweg schlitterte sie entweder auf Eis, oder sie rutschte auf Sand. Vereiste Straßen waren ihr zutiefst verhaßt. Sie gaben ihr jedesmal das Gefühl, ihr ganzes Leben nicht unter Kontrolle bringen zu können – ihm hilflos ausgeliefert zu sein. Sie träumte davon, wieder nach New York zu ziehen, der Stadt, wo sie geboren war. New York, wo der Verkehrslärm sie bei der Arbeit störte, New York, wo das Telefon nie stillstand, New York, wo man tagsüber in einem beengenden Apartment schrieb und nachts auf Partys ging, New York, der Stätte des Überengagements und des kreativen Chaos, New York, wo es in der Luft zwar von Einfällen nur so schwirrte, wo man aber meist zu gehetzt war, um sich an den Schreibtisch zu setzen und diese Einfälle zu verarbeiten. In New York war es Isadora niemals möglich gewesen, sich beim Denken zuzuhören. Aber wenn sie sowieso nicht mehr viel schrieb, sollte sie nicht lieber zurück nach New York gehen und sich amüsieren? Es wäre einfacher gewesen, dieses vergangene Jahr in New York zu überstehen, statt im eisigen, einsamen Connecticut, in dem Haus, das sie mit Josh geteilt hatte, wo die Sonne um vier Uhr nachmittags unterging und wo sie jeder Balken, jede Bohle, jedes Möbel an Josh erinnerte.
»Und wie sieht es in New York aus?« fragte sie Kevin, als sie die Straßen, die sie heimführten, entlangrutschten.
»Hysterisch«, antwortete er. »Hier draußen ist es viel besser. Du weißt ja, wie New York am Weihnachtsabend ist – der Verkehr bricht zusammen, die Untergrundbahn ist gerammelt voll. Die ganze Atmosphäre ist aufgeheizt. Hier ist es wenigstens friedlich.«
»Manchmal frage ich mich, ob du mich oder ob du mein Haus liebst«, sagte Isadora. Es war riskant, so etwas zu sagen, denn zwischen ihnen beiden war das Wort »Liebe« nie gefallen – nicht einmal im Bett.

»Ich liebe *dich*«, sagte Kevin. »Da gibt's kein Entweder-Oder.«
»Ich liebe dich auch«, sagte Isadora.
Sie hielten sich an den Händen und ließen die Worte tief in sich einsinken, während der Wagen quer über die Straße schlitterte.
»Liebe ist rutschig«, sagte Isadora.

Zu Hause, im Eßzimmer, sollte der Baum geschmückt werden. Mandy tollte herum und drückte die geheilte Camelia an sich. Schwester Librium hatte eine Platte mit einem Potpourri von Weihnachtsliedern aufgelegt und sang mit tonloser Stimme mit. (Es war das erste Mal, soweit Isadora sich erinnern konnte, daß Schwester Librium von sich aus so etwas tat. In der Regel jammerte sie, wenn man sie bat, den Plattenspieler zu betätigen: »Ich hab' vergessen, wie das geht. Wo ist die Anstelltaste?« Schwester Librium drückte sich vor den einfachsten Aufgaben und tat jedesmal so, als habe sie einen Hirnschaden oder als sei sie schwachsinnig. Aber Isadora nahm ihr das nicht ab. So war es der Nanny zum Beispiel gelungen, handsignierte Erstausgaben aller Bücher, die Isadora veröffentlicht hatte, zu ergattern und ihren Verwandten zu schicken, obwohl sie niemals eine Zeile las, es sei denn im »National Enquirer« oder im »Star«, was man ja schwerlich als Lektüre bezeichnen konnte. Isadora freilich hatte ein Faible für diese Art Regenbogenpresse und stahl Schwester Librium die Ausgaben, um sie auf dem Klo zu lesen. Sie waren die ideale Klolektüre und die absolute Garantie dafür, daß das Gehirn ausgeschaltet wurde, um dem Anus die Denkarbeit zu überlassen.)
Während Kevin auspackte (wobei Mandy ununterbrochen wiederholte: »Ich hasse ihn, der ist nicht mein Daddy!«), mixte Isadora Martinis. Der typische Drink für Menschen im reiferen Alter, dachte sie dabei. Ihre Eltern tranken lauwarme Martinis und Gibsons; sie selber bevorzugte Wodka und frischen Grapefruitsaft oder Weißwein. Aber seit es in ihrem Leben Kevin gab, hatte sie die Kunst des Martinimixens gelernt. Kevins Drink basierte auf Gin, unverdünnt, mit einem kräftigen Schuß Wermut, denn so mochte er ihn; sie selbst genehmigte sich einen Wodkamartini auf Eis mit so gut wie gar keinem Wermut. Sie konnte sehr gut ganz

ohne Wermut auskommen. Nur ein einziges Mal hatte ihr Wermut gefallen, und zwar in jenem Gedicht von e. e. cummings, wo er das wermutfarbene Haar eines Mädchens beschreibt. Und das war vielleicht ein Dilemma! War es weißer oder roter Wermut? Was für eine faszinierende Haarfarbe! Wie ging es noch?

Natürlich war es Marjorie ...
indem er Marjorie schuf
setzte gott hastig einen
knabenkörper auf
harmlose mädchenbeine. seine
linke suchte
das quarzgesicht. seine rechte schlug
die witzige große vitale wilde
pflanze ihres mundes.
dann klatschte er aufs ganze
einen winzigen sonnenuntergang
aus wermutfarbenem haar.
zwischen ihre lippen legte er
einen feuchten fehler dessen
duft mich in tränen stürzt
wie die staubige neuheit ihres
obsoleten blicks. lehne ...
dich ein wenig an mich wenn ich für zwei
dollar ihre hüften mit jungen und mädchen fülle

»Einen winzigen Sonnenuntergang aus wermutfarbenem Haar.« Oh, wie war e. e. cummings doch sentimental! Im Wermut ist kein Sonnenuntergang – die Metapher hinkt ein wenig, aber der »feuchte Fehler« zwischen den Lippen entschädigt uns um ein Vielfaches dafür. Niemand, auch keine cummings-Heldin, hat wermutfarbenes Haar. Aber wie köstlich von ihm, sich nach so einem Mädchen zu sehnen und es mit seiner Sehnsucht Wirklichkeit werden zu lassen.
Langsam ging Isadora ins Schlafzimmer, wo Kevin gerade in seine Jeans steigen wollte. Sie bot ihm den Martini an.

»Frohe Weihnacht!« sagte sie. Beschickern wir uns!«
Er aber stellte das Glas hin und schlang die Arme um sie. Er gab ihr einen zärtlichen, sanften, sehr nassen, offenen Kuß. Das war kein »feuchter Fehler«. Seine Küsse waren wunderbar, aber ein wenig dünn und nicht vollmundig. Im Hintergrund geisterte gewissermaßen ein Nebengeschmack, ein Untertext; es roch ein wenig nach Verwesung, nach Tod. Dabei hatte Kevin überhaupt noch nicht begonnen, etwas mit seinem Leben anzufangen. Was war los mit ihm? Hinter all seiner Liebenswürdigkeit steckte immer etwas Melancholie – Melancholie gemischt mit Liebenswürdigkeit wie ein altmodisches Parfum aus den zwanziger Jahren. Er sah jung und gut aus, aber innerlich war er alt. Es fehlte ihm an Energie, an *élan vital*. Es war, als wären seine Gesichtszüge jung geblieben, aber sein Geist gealtert – wie bei Dorian Gray. Im Gegensatz zu den meisten Menschen schien seine Seele alt zu sein, während sein Fleisch jung geblieben war.
»Ich liebe dich«, sagte Kevin, wich ein wenig zurück und umfaßte Isadoras Gesicht mit beiden Händen.
»Ich liebe dich auch«, erwiderte Isadora.
Aber selbst während sie es aussprach, wußte sie, daß sie wahrscheinlich nicht bei ihm »landen« würde. Kevin verzehrte sich vor Sehnsucht nach seinem Griesgram von einem Sohn, der an diesem Wochenende bei seiner Mutter war. Und Isadora verzehrte sich insgeheim vor Sehnsucht nach Josh.
Isadora, Mandy und Kevin schmückten zwar gemeinsam den Baum, aber das machte sie noch nicht zu einer Familie.
»Wo kommt der hin?« fragte Kevin und hielt einen albernen Rauschgoldengel, den Isadora und Josh einmal von einem Künstlerfreund aus Dänemark geschenkt bekommen hatten, hoch. Wäre Kevin ihr Ehemann gewesen, hätte er nicht zu fragen brauchen.
»Ganz oben auf die Spitze«, sagte Isadora.
»Und das Neujahrsbaby, wohin gehört das?« fragte Kevin und wies auf ein schwebendes, in Windeln gewickeltes Porzellanbaby. Auf der Windel stand: »PROST NEUJAHR!«
»Es gehört hierhin, du blödes Gestell!« sagte Amanda, riß ihm das Baby aus der Hand und ließ es, ehe es an einem Zweig befestigt

werden konnte, zu Boden fallen. Das Baby zerschellte auf den eichenen Bohlen – genauso, wie es Isadora immer von Amanda befürchtet hatte, solange diese noch ein Baby war.

Amanda fing an zu weinen. »Bistu böse, Mama?« fragte sie.

»Aber nein doch, nein«, sagte Isadora. »Das hast du ja nicht absichtlich getan.«

»Es tut mir leid«, sagte Amanda und lief zu ihr.

Isadora nahm sie hoch und küßte sie. Was für ein trauriges Fest, dachte sie, was für ein trauriges Weihnachten.

Das kleine Neujahrsbaby war ein Geschenk zu Amandas erstem Weihnachtsfest gewesen und hatte ein Päckchen mit Strampelhöschen geziert, denen sie längst entwachsen war. Von Zeit zu Zeit tauchten vor Amandas geistigem Auge all die Kleidungsstücke auf, die Mandy längst zu klein geworden waren und die sich wie eine Prozession hinter ihr erstreckten – wie eine symbolische Collage des körperlichen Wachstums und der auf unserem langen Wege zum Tode durchgemachten Metamorphosen. Zuerst war Mandy ein Säugling gewesen, dann drei, sechs, neun Monate alt. Dann trug sie Einjährigengrößen, dann Größe zwei, drei und vier. Nun, mit drei Jahren, trug sie Größe fünf. Kommendes Jahr würde es sechs sein. Und während sie aus all diesen Kleidern herauswuchs, folgte ihr ein Phantomkind, sammelte die zu klein gewordenen Sachen auf und zog sie sich an. Dieses Phantomkind war der Tod, der Träger aller abgelegten Sachen. Ob Klcider oder Fleisch, es ist alles dasselbe. Nichts paßt später mehr, und am Ende sind wir nur noch mit unserem Geist bekleidet.

Und beim Weihnachtsbaum, ist es da anders? Eine Zeitlang erstrahlt er bunt geschmückt im Glanz der Lichterketten, dann fällt langsam alles herunter, der Baum nadelt und wird schließlich verheizt. Wenn das Feuer sein Gerippe einäschert, kehrt seine Seele dann zu den Ur-Wäldern zurück? Ach, was hatte Isadora doch an diesem Heiligen Abend für melancholische Gedanken!

»Soll der Puter vom Erntedankfest aufgehängt werden?« fragte Kevin.

»Was für eine alarmierende Frage!« sagte Isadora, und ihr fiel der Christbaumschmuck ein, auf den er anspielte. Es handelte sich um einen sehr kitschigen Spielzeugputenbraten aus gebackenem Teig, der nachher mit passenden Acrylfarben angemalt worden war.

Damals, zu Weihnachten, war Isadora schwanger, damals, zu Weihnachten, hatten sie und Josh geheiratet, und damals hatte sie diesen Baumschmuck nebst vielen anderen Stücken einer Frau aus der Nachbarschaft abgekauft, deren Spezialität diese künstlichen Teignippes waren. Dutzendweise hatte Isadora sie damals gekauft: Adventskränze, Rentiere, Weihnachtsmänner, Engel – und die Teigdame hatte ihr als Andenken zwei spezielle Figürchen geschenkt, die ihre beiden Hunde, Chekarf und Virginia Woof, darstellen sollten. Die Miniaturlieblinge befanden sich noch immer in dem Pappkarton mit dem Weihnachtsschmuck, auf rotem Seidenpapier ruhend, aber die beiden lebendigen Hunde waren weg. Virginia Woof hatte mit Josh das Haus verlassen, Chekarf lebte nicht mehr. Die ganze kleine Familie – sie beide, die Hunde und Mandy *in utero* – bestand nicht mehr. Nie mehr würde ihr Mandy so nahe sein, und der eine Hund war geschieden, der andere tot. Manchmal kam Virginia Woof mit Josh zu Besuch, aber sie beschnupperte Isadora, als sei diese ein fremdes Wesen, als habe sie vergessen, daß Isadora sie aus dem Tierheim gerettet und ihr das Leben, das zu erlöschen drohte, wiedergeschenkt hatte.

Isadora nahm Kevin das Puterfigürchen ab und hängte es an einen der oberen Zweige. Dann nahm sie behutsam die beiden kleinen Hunde aus dem Karton und befestigte sie ebenfalls am Baum.

»Eines Tages werde ich dir von meinen Hunden erzählen«, sagte Isadora, »und wie sehr ich sie geliebt habe. Ich bin überzeugt, daß ich nie mehr einen Hund so gern haben kann.« Und auch einen Mann, wollte sie hinzufügen, verkniff es sich jedoch.

»Was ist mit ihnen passiert?« fragte Kevin.

»Das ist eine lange Geschichte«, antwortete Isadora, wäre er jedoch ihr Ehemann gewesen, hätte er nicht zu fragen brauchen.

»Wau, wau, wau«, sagte Mandy, ließ sich auf alle viere nieder und spielte Hund. Das Baumschmücken langweilte sie, und au-

ßerdem hatte sie bereits etwa dreißig Figuren und Kugeln an die wenigen unteren Zweige gehängt, die sie erreichen konnte. Sie waren so überladen, daß der Schmuck jeden Moment herunterzufallen und zu zerbrechen drohte.
»Du bist der süßeste Hund, den ich je hatte«, sagte Isadora zu Mandy.
»Warum kann Daddy nicht bei uns sein?« kam unvermittelt die Frage.
Isadora brach in Tränen aus. »Weil Mama und Daddy nicht mehr zusammenwohnen«, sagte sie.
»Warum nicht?« fragte Mandy.
»Das weiß ich eigentlich auch nicht«, antwortete Isadora.
Um sie zu trösten, schlang Kevin die Arme um Isadora, und sie bekam es mit der Angst zu tun. Jedesmal, wenn Kevin sie im Beisein von Mandy umarmte, erstarrte sie und dachte sofort an Sorgerechtskabbeleien.
»Du sollst Mama nicht umarmen!« befahl Mandy. Aber Kevin ignorierte die Aufforderung genauso wie Isadoras Panik.
»Es ist durchaus in Ordnung, wenn es liebevoll geschieht«, sagte Kevin. »Glaub mir!«
Aber Isadora glaubte es nicht. Was waren sie doch für eine liederlich-lumpig-melancholische Familie! Ein untröstliches Kind, eine überängstliche Mama und ein Daddy, der nicht bei dem Kind, nach dem er sich sehnte, sein konnte. Isadora dachte ans vergangene Weihnachtsfest, als Josh ihr Brillantohrringe geschenkt hatte, in der Hoffnung, ihre trüb gewordene Liebe zueinander wieder aufglitzern zu lassen. Sie hatten sich damals mitten in der Krise befunden wegen der angeblich offenen Ehe, wegen seiner gescheiterten Hoffnungen, wegen ihres Erfolgs und wegen all der Todesfälle, die sie in jenem Jahr hatten miterleben müssen. Hätten sie sich doch nur – dachte Isadora jetzt – ein wenig mehr angestrengt, hätten sie doch nur ein wenig mehr Geduld miteinander gehabt! Isadora meinte oft, ihr Leben leide unter einem ganz großen tragischen Fehler: ihrer ewigen Ungeduld. Vielleicht hätten all diese Probleme mit nur ein wenig Geduld gelöst werden können. *Warten* soll über Kafkas Schreibtisch gehangen haben. Das war

sehr richtig. Viele Probleme beim Schreiben lösen sich ganz von selbst, wenn man abwartet und dem Unbewußten erlaubt, seine unterirdische Arbeit zu verrichten. Viele Lebensprobleme werden auf diese Art gelöst.

So sinnierte sie, doch dann fragte sie sich: Bin ich verrückt? Gerade vor ein paar Tagen war Josh mitten im Schneesturm und Stromausfall fortgestapft und hatte sie zurückgelassen mit dem kleinen Kind, dem Haus und dem Blizzard. Er hatte ihr nicht einmal den Wagen geliehen, den er überhaupt nicht brauchte, den er aber aus reinem Daffke einer seiner Freundinnen versprochen hatte. Wie konnte sie sich nur selber so erniedrigen und sich nach einem Mann sehnen, der sie derart behandelte? Bestimmt hatte sie Besseres verdient. Vielleicht aber bildete sie sich ein, sie verdiene Schlimmeres. Da lag der Hase im Pfeffer: Ehe sie nicht von ihrem Recht, gut behandelt zu werden, überzeugt war, würde sie niemals gut behandelt werden – zumindest nicht auf Dauer.

Nach schier endlosen Verzögerungen und zahllosen Fragen über den Weihnachtsmann (für den vorschriftsmäßig Milch und Kekse vor die Tür gestellt wurden) ging Mandy schließlich ins Bett.

Als Kevin und Isadora endlich allein waren, setzten sie sich zu Tisch. Isadora hatte das Weihnachtsabendessen vorbereitet: Putenbraten mit Walnußsoße, Steckrübenpüree, Süßkartoffeln und zwei Sorten Wein. Dann gab es »Perrier-Jouet«-Champagner und ein Schokoladenfondue mit frischem Obst. Während sie aßen und das Kaminfeuer loderte, redeten sie wieder von ihrer Schulzeit. Es war, als wollten sie alle Erlebnisse, die sie getrennt hatten, auslöschen, um sich sozusagen eine gemeinsame Basis von Erfahrungen zu schaffen. Sie spielten Weißt-du-noch? und Erinnerst-du-dich?. Sie riefen sich bestimmte Schulkameraden ins Gedächtnis zurück, aber es fielen ihnen zu wenige ein, um das Spiel interessant zu machen.

Im rötlichen Feuerschein, mit dem Schnee draußen und der Musik im Raum hätten sie eigentlich von der Umgebung (und voneinander) viel mehr bezaubert sein müssen. Immerhin, sie trösteten einander, amüsierten sich gemeinsam, aber Isadora wurde das Gefühl nicht los, Kevin sei irgendwie in seinem Innern zu sehr

verletzt worden, als daß er sich jemals wieder ganz hingeben könne. Sie dagegen war im Begriff, jeder romantischen Liebe ganz abzuschwören – doch wenn sie das aufgab, was würde denn um Himmels willen noch übrigbleiben?
Romanze, Leidenschaft, Suche nach einem feurigen, dämonischen und alle Vernunft auslöschenden Liebhaber, nach der Zauberspindel – das hatte ihr Leben bestimmt. Gewiß, sie hatte gelebt, um zu schreiben, hatte sich mit eiserner Disziplin dazu gezwungen, aber mehr als fürs Schreiben hatte sie für die Liebe gelebt. Und die Bücher, mit denen sie ihren Unterhalt bestritt, befaßten sich alle mit Frauen auf der Suche nach Liebe. Ohne diese Suche wäre ihr nichts mehr geblieben, worüber sie hätte schreiben können: Das verband sie mit anderen Frauen, das berührte sie zuinnerst und regte nicht nur ihre Sexualität, sondern auch ihre Dichtung an, und das ließ sie – trotz ihrer Außenseiterrolle als prominente und wohlhabende Frau – eins werden mit anderen Frauen, mit ihren Freundinnen, ihren Schwestern, ihren Leserinnen.
Und nun stand ihr ein liebeleeres Leben bevor. Sie sah Kevin an, den sie *fast* liebte, und kam zu dem Schluß, daß ein Mann wie er das Ende der Leidenschaft verkörperte. Gewiß, sie konnte ohne weiteres mit ihm zusammenleben, konnte wahrscheinlich auch mit ihm unter demselben Dach schreiben – aber *worüber* zum Teufel? Mit Kevin solch ein geregeltes Leben zu führen würde Resignation und Kapitulation vor den mittleren Lebensjahren bedeuten. Trotzdem wollte sie sich nicht weiter von der Liebe beuteln lassen wie während der ersten neununddreißig Jahre ihres Lebens. Das war einfach zu strapaziös. Sie hatte Josh allzusehr, allzu endgültig geliebt, und seinen Weggang hatte sie als einen allzu schmerzlichen Verlust empfunden.
»Woran denkst du?« fragte Kevin.
»Daran, daß ich mein ganzes Leben lang von der Liebe gebeutelt wurde«, antwortete Isadora. »›Von der Liebe gebeutelt‹, wäre das nicht ein Titel für meine Autobiographie?«
»Ja«, sagte Kevin, nahm ihre Hand und sah sie mit seinen großen, haselnußbraunen Augen an. »Stimmt. Aber du wirst es niemals wieder sein.«

Isadora schauderte vor abergläubiger Furcht. Trotz ihres Wunschtraums, völlig unabhängig zu sein, ein einsames Leben in Connecticut zu führen und die Heizung wieder in Gang zu setzen, kannte sie kein anderes Gefühlsleben als die Höhen und Tiefen romantischer Leidenschaft. Welch ein Dilemma! Sie könnte so unabhängig sein wie Jane Eyre – und doch suchte sie noch immer ihren Rochester.

»Du mußt verstehen«, sagte Kevin, »wenn wir uns in unserem Alter aufs neue verlieben, tun wir es nur in Menschen aus Fleisch und Blut und nicht in Phantasiegestalten. Als wir jung waren, verliebten wir uns nur in Phantasiegestalten.«

»Aber *jede* romantische Liebe ist doch Phantasie«, entgegnete Isadora. »Ist der geliebte Mensch erst einmal gezähmt und domestiziert worden, geht etwas von der Liebe verloren.«

»Nicht notwendigerweise«, sagte Kevin und spießte ein Stück Süßkartoffel auf die Gabel. »Könnte das Leben nicht friedlich sein – wie jetzt?«

War das ein Antrag? Isadora glaubte, nicht richtig zu hören.

»Ja«, gab sie zu, »sehr friedlich. Aber ich weiß nicht, ob ich dazu schon reif genug bin.«

»Bist du denn reif genug, noch mehr Schmerz zu ertragen? Und von der Sorte, wie Josh ihn dir zugefügt hat?«

»Nein. Aber dieser Friede hat etwas von Tod. Ich sehne mich danach, aber – wie soll ich es sagen? – er kommt mir langweilig vor.«

»Das scheint dir nur so, weil du noch zu verwirrt bist«, sagte Kevin und streichelte ihre Wange. »Warte ab, und ich verspreche dir, daß die Zeit kommt, wo du dich nach diesem Frieden sehnst: ein nettes Kaminfeuer, ein nettes kleines Abendessen und hinterher ein netter kleiner Fick...«

Und genau den hatten sie. Aber während sie ihn hatten, dachte Isadora: Etwas ist schiefgelaufen, wenn ein Fick »nett« und »klein« sein kann.

Kevins Lieblingsadjektive waren »nett« und »klein«. Sein Leben war nett und klein, und das, welches er Isadora wünschte, war ebenfalls nett und klein. Aber sie, die ja bereits ein gebranntes

Kind war, weil sie versucht hatte, ohne Netz und doppelten Boden zu leben, sie, die sich mit Köpfchen und Leidenschaft durchs Leben schlug, sie konnte sich nicht mit nett und klein zufriedengeben. Es stimmte, sie wollte nicht noch einmal verletzt werden, aber sie wollte auch nicht ohne Risiko leben. Jedesmal, wenn sie sich für das entschied, was sie für risikolos hielt, handelte sie sich eigene Schmerzen damit ein. Bei der Wahl ihrer Männer pendelte sie zwischen Raserei und Sicherheit hin und her, und wer konnte sagen, was besser, was schlechter war? Brian Stollerman war ein Psychopath gewesen, Bennett Wing dagegen ein konservativer Arzt. Josh Ace dann war in jenen hirnrissigen siebziger Jahren (als ein Altersunterschied von sechs Jahren bedeutsam erschien) der »jüngere Mann«, Kevin nun wiederum der sichere »alte Jugendfreund«, das Gegengift für die Schmerzen und Qualen des vergangenen Jahres. Wer würde nach ihm kommen? Denn angesichts ihres bisherigen Lebens stand ihr wieder ein teuflischer Liebhaber ins Haus. Und würde nach diesem wieder ein Gegengift kommen und danach ein Gegengift für das Gegengift und so weiter bis zum Tod? Nein. Bald war sie vierzig, und so konnte es nicht ewig weitergehen. Bedeutete vierzig ein Ende von Liebe und Verirrung? Würde sie friedlich in ihre Pantoffeln schlüpfen (und dabei ein metaphorisches Pfeifchen schmauchen), um für die nächsten vierzig Jahre – sie entstammte einer langlebigen Familie – am Kamin ihr Nickerchen zu machen? Würde sie sich damit abfinden, nur noch allgemein formulierte philosophische Essays ohne Menschen aus Fleisch und Blut und voll von geistreichen Abstraktionen und langen, latinisierten Wörtern zu verfassen? Würde sie aufhören, ihre extravaganten Modellkleider aus lavendelfarbigem Samt und fuchsienroter Seide zu tragen? Würde sie sich bieder kleiden, als respektgebietende Matrone? Würde sie ihre weichen Kontaktlinsen und die riesigen Sonnenbrillen für schildpattgefaßte Ben-Franklin-Brillen oder Bifokalgläser eintauschen? Würde sie stricken, statt zu ficken? Würde sie sich damenhaften Hobbys widmen, wie etwa Bilder aus gepreßten Trockenblumen fertigen, oder würde sie Sandplätzchen backen und diese zu horrenden Preisen dem Delikatessenhändler am Ort verkaufen? Bedeutete das vierzigste Lebensjahr das Ende der Liebe – und wenn ja, worüber zum Teufel sollte sie dann schreiben?

»Woran denkst du?« fragte Kevin, nachdem sie sich geliebt hatten.

»Ich weiß nicht, wie ich es formulieren soll«, log sie.

Wie konnte sie ihm verraten, was sie gedacht hatte? Er hatte sie getröstet, ihr geholfen, sie geheilt: War sie so undankbar, diese keineswegs zu verachtenden Geschenke zu verschmähen?

»Ich komme mir«, sagte sie dann, »ziellos und verloren vor, als hätten sich alle Gegebenheiten meines Lebens plötzlich geändert, ohne daß ich weiß, was an ihre Stelle treten wird.«

Nun ja, es war wahr, wenn auch etwas vage. Während sie sich den Vierzigern näherte, spürte Isadora, daß ein ganz neuer Gang in ihrem Leben eingelegt würde. Ob sie aber danach eine rasende Talfahrt oder für den Rest ihres Lebens ein mühsames Bergaufkraxeln erwartete, das wußte sie nicht. Wahrscheinlich weder das eine noch das andere. Wahrscheinlich würde sie einen neuen Modus vivendi finden müssen – auf halbem Weg zwischen Selbständigkeit und nicht enden wollender Liebe (die aber leider immer endet). Gab es überhaupt so eine Zwischenstellung? Und wie zum Teufel würde man sie *empfinden*?

Sie hatte stets jene Romane aus dem achtzehnten Jahrhundert geliebt, in denen Held und Heldin in der Schlußszene friedlich ihren Garten bestellen. Danach sehnte sie sich, und doch schien sie weit von dieser Idylle entfernt zu sein wie schon immer.

»Was wünschst du dir am meisten?« fragte Kevin. »Ich meine: für deine kommende Lebenshälfte?«

»Ich möchte meinen Garten bestellen«, erwiderte Isadora. »Ich möchte wieder blühen, wieder in der Erde Wurzeln schlagen und wieder blühen...«

»Dann wirst du es auch«, versicherte ihr Kevin. »Der Boden ist nur vorübergehend gefroren, deshalb bist du ziellos und verloren, wenn du mir diesen ein wenig hinkenden Vergleich gestattest. Wenn der Frühling kommt, wirst du wieder Wurzeln schlagen und blühen. Das verspreche ich dir.«

»Danke«, sagte Isadora und war sichtlich gerührt. »Ich liebe dich,

weil du das gesagt hast.« Und sie schliefen, die Arme umeinander geschlungen, auf den sanften Wogen des Wasserbettes ein. Würden sie, wenn erst einmal der Frühling gekommen war, immer noch so umarmt schlafen?
Lieber nicht fragen, sondern diesen Winter in tageweisen Häppchen durchstehen, wie es bei den Anonymen Alkoholikern heißt.

11

Gut nächtens zu Weihnacht

Ich möchte aus meinem
Herzen hinaus
unter den großen
Himmel treten.

Rainer Maria Rilke

Es hatte am ersten Weihnachtsfeiertag bereits ganz früh angefangen zu schneien. Jede Flocke versetzte Isadora in Angst und Schrecken, weil Schnee in Rocky Ridge Isolation bedeutete. Isadora hatte eine buntzusammengewürfelte Gesellschaft feiertagseinsamer Freunde und Bekannter eingeladen, mit ihr, Mandy und Kevin Weihnachten zu feiern, aber die Gäste waren erst für drei Uhr nachmittags eingeladen, und bis dahin konnten die Straßen unpassierbar geworden sein.

Um sieben Uhr morgens hämmerte Mandy an Isadoras Schlafzimmertür, weckte sie und Kevin auf und befahl ihnen, gefälligst aufzustehen und die Geschenke unter dem Weihnachtsbaum zu begutachten.

Kevin seufzte und drehte sich im Wasserbett auf die andere Seite. Schließlich kam der Befehl nicht von seinem Kind, und Isadora wollte ihn aus dem gleichen Grund weiterschlafen lassen und die Geschenke allein mit Mandy auspacken.

»Schlaf weiter, Schatz«, sagte sie. »Ich werde dich dann zu einer zivilisierteren Zeit wecken.«

Er ließ sich das nicht zweimal sagen. Isadora zog einen warmen Hausmantel an und folgte Mandy zum Weihnachtsbaum, unter dem ein wahres Füllhorn mit Geschenken ausgeschüttet worden war. (Ach, wie verwöhnen wir doch unsere Kinder an einem nur mit einem Elternteil verbrachten Weihnachtsfest! Wir hoffen, ihnen mit materiellen Dingen das zu ersetzen, was sie sich am meisten wünschen und was wir ihnen doch nicht schenken können: eine intakte Familie, im Kreis derer die Geschenke ausgepackt werden.) Unter den vielen Dingen, die wir in einer Ehe als selbstverständlich erachten, mag uns der Umstand, gemeinsam mit einem Partner das Geschenkritual zu vollziehen, recht unwesentlich erscheinen – bis uns dieser Mensch fehlt.

Isadora und Mandy setzten sich unter den Baum und suchten jene Pakete heraus, auf denen Mandys Name stand. Mandy war zwar glücklich, während sie die Geschenke auspackte und jedes neue Kuscheltier, jedes neue Spielzeug und jedes neue Würfelspiel begeistert an sich drückte, aber Isadora fühlte sich völlig am Boden zerstört, sie konnte nur an vergangene Weihnachtsfeste denken, sie war nicht imstande, sich auf den Augenblick zu konzentrieren und sich über das zu freuen, was gerade geschah. Sie konnte den Gedanken nicht loswerden, daß Mandy erst drei Jahre alt und schon eine Halbwaise war. Ein Mann, den die Kleine nicht ausstehen konnte, schlief im Wasserbett und wollte sich nicht einmal dazu bequemen, das Glück des Kindes mitzuerleben.

Als könne dies Freude in die freudlose Situation bringen, legte Isadora eine Platte mit Weihnachtsliedern auf. Sie nahm die Lautstärke zurück, um Kevin nicht aufzuwecken. Sie und Mandy sangen sporadisch mit, und sie war immer wieder entzückt von Mandys eigenwilliger Textinterpretation der einzelnen Lieder.

»Gut nächtens euch allen und all euren Freunden«, sang Mandy mit ungeübter Kinderstimme. »Gut nächtens zu Weihnacht und ein gutes neues Jahr!«

Wenigstens bleibt mir Mandy, dachte Isadora – und das war als großer Trost gedacht; natürlich war es das auch. Hätte man ihr Mandy weggenommen, wäre ihr ganzes Leben sinnlos geworden. Und doch war etwas Kostbares verlorengegangen: die Möglichkeit, Mandy mit dem einzigen Menschen auf der Welt, der genausoviel in das Kind investiert hatte wie sie, zu teilen. Dies war ein ungeheurer Verlust, und Isadora wußte noch nicht, welcher Gewinn, wenn es hier überhaupt einen gab, ihn wettmachen würde.

Die Weihnachtsparty am Nachmittag war eine ziemlich triste Angelegenheit. Lola Birk Harvey erschien in ihrem roten Cherokee, begleitet von ihrem Gatten und ihrem Liebhaber Errol Dickinson, dem Glitzercowboy. Was für eine wunderliche, wenn auch ungewollte Dreieckskonstellation sie verkörperten! Sylvia Sydenheim-Rabinowitz war in Begleitung ihres Sohnes Roland gekommen. Auch Isadoras Eltern waren da und dazu Schwester Chloe, die Kinder im Schlepptau. Außer den bereits Erwähnten tauchte noch ein ganzes Potpourri verlorener Seelen auf: eine exzentrische, mit siebzehn herrenlosen Hunden und zwölf Katzen hausende Autorin (die Hunde im Zwinger, die Katzen im Haus), ein älterer Schriftsteller, der Bücher über Lexikographie verfaßte und zweifellos ein wenig merkwürdig war, ein lesbisches, Barsois züchtendes Paar in den Siebzigern, die Witwe eines berühmten Dramatikers, die Witwe eines berühmten Schauspielers, die Witwe eines berühmten Filmproduzenten und die Witwe eines berühmten Lyrikers.

Wirklich, für Witwen war Connecticut der ideale Staat: Allmählich kam sich Isadora selbst als eine solche vor. Diese buntgemischte Gesellschaft umarmte sich, packte Geschenke aus und war sofort sturzbesoffen, als wolle sie die Gefahr ausschließen, sich samt und sonders eingeschneit in einem alten Agatha-Christie-Knüller wiederzufinden. Sollten sie alle der Reihe nach ermordet werden? Der Nachmittag war ganz dazu angetan. Einige der anwesenden Gäste hatten miteinander geschlafen, obwohl nur Isadora dies wußte (und Lola Harvey, die fast soviel wußte wie Isadora und die alles sehr amüsant fand). Lola strahlte; sie war beseelt, angetörnt. Die Tatsache, daß sie und Isadora sich Errol teilten, fand sie berauschend, berauschend wie den Umstand, daß sie mit ihrem Ehemann da war und Isadora mit ihrem alten Schulfreund. Aber Errol, was der wohl dachte? Errol war so *stoned*, daß seine verschiedenfarbigen Augen glasig wurden; und Roland war gleichermaßen zu. All diese Personen, deren einziges Verbindungsglied Isadora war, liefen im Wohnzimmer herum und gaben sich lustig und vergnügt, täuschten Familienzusammengehörigkeit vor und mimten fröhliche Weihnacht – oder kam es Isadora nur so vor, weil sie so deprimiert war? Vielleicht amüsierten die anderen sich tatsächlich köstlich.

Isadora beobachtete, wie Bruce Harvey mit Errol Dickinson Konversation machte. Zwei Männer, die weniger gemeinsam hatten, gab es nicht, wirklich! Bruce war ein Kapitalspekulant, Errol ein kapitaler Rammler, Diskjockey und Drogenfreak. Bruce wußte alles über das Silicon-Tal, Errol dagegen alles über das Tal von Bruces Ehefrau. Worüber, um Himmels willen, unterhielten sich die beiden? Isadora ging zu ihnen.

»Hallo, schöne Dame«, sagte Errol.

»Hallo, meine Hübsche«, sagte Bruce.
»Wir haben gerade festgestellt, daß dieses Weihnachten einsame Spitze ist«, sagte Errol.
Man sah wieder, wie wenig Isadora Bescheid wußte.
Zur normalen Zeit Isadoras Gast zu sein fand Errol aufregend (und viel besser, als mitten in der Nacht ins und aus dem Haus geschmuggelt zu werden). Es war ihm nicht einmal aufgegangen, daß zwei ihrer anderen Liebhaber ebenfalls anwesend waren. Außerdem hatte er Mandy nur aus der Ferne ins Herz schließen können, und jetzt war er begeistert, sie endlich in natura kennenzulernen.
Isadora gab sich Mühe, sich von der guten Stimmung um sie herum anstecken zu lassen.
»Es freut mich, daß du dich amüsierst, Errol«, sagte sie.
»Es ist einmalig toll«, sagte er, und seine Augen waren wie Windrädchen.
Sie winkte Kevin, der mit einem Martini auf der Couch saß und dem Treiben zuguckte. Kevin war ein Partybeobachter, ein Lebensbeobachter, ihm gefiel es, die Szenen an sich vorbeiziehen zu lassen. Er war eher ein Zuschauer beim Weltgeschehen als ein Teilnehmer. Bei der Schlacht von Waterloo würde er zugeschaut haben, bei der Schlacht von Bull Run, in der Schweinebucht. Er hätte beim Untergang Roms zugesehen, beim Londoner Blitzkrieg, bei der Detonation der Bombe von Hiroshima. Kevin, wenn er da war, wirkte tröstlich wie ein Teddybär, aber ganz lebendig war er offenbar nicht.
Genau das Gegenteil war Mandy: eine Pistole. Es war (Isadoras Mutter behauptete dasselbe von Isadora), als sei ihr bei der Geburt eine extra Dosis Adrenalin mitgegeben worden. Sie sauste herum wie verrückt, sammelte die Geschenke ein, die ihr die Gäste mitgebracht hatten, stopfte sich mit den Leckerbissen des Buffets voll, holte sich Bonbons, Gummibärchen, Konfekt. Ihr Herumgerenne war irgendwie frenetisch, gehetzt, war mehr als nur die Ausgelassenheit einer Dreijährigen zur Weihnachtszeit. Isadora hatte das Gefühl, ihre Tochter habe zuviel Zeit mit Erwachsenen verbracht, sei allzusehr Schaustück, frühreifes Kind, kluge kleine Erwachse-

ne. Und irgendwie war es ungerecht Mandy gegenüber. Sie mußte zu schnell erwachsen werden. Isadora war als Zweitälteste von vier Schwestern aufgewachsen, eingezwängt zwischen Geschwistern und stets auf der Hut, ihren Anteil an Aufmerksamkeit nicht zu verpassen. Doch sie war niemals einsam gewesen. Mandy aber war trotz all der Erwachsenen, die sich um ihre Gunst bemühten, ein einsames Kind, und Isadora wußte nicht recht, wie sie dem abhelfen sollte. Seit sie und Josh auseinandergegangen waren, hatte sie sich nach einem zweiten Kind gesehnt, und zwar um so inniger, als ihre Zeit, Kinder zu bekommen, knapper wurde. Wer aber sollte der Vater ihres Traumkindes sein? Errol mit den Windrädchenaugen? Der ruhige, halbkatatonische Kevin? Der zornige, passiv-aggressive Josh, der gerade mit Ms. Emanon in Las Vegas weilte? Warum nicht einfach ein Baby bekommen und sich einen Teufel um den Vater scheren? Am Ende würde sie es ja doch alleine aufziehen müssen. Vielleicht würde sie tatsächlich, wenn sich die Situation einigermaßen stabilisiert hatte, ein zweites Kind haben – wenn sie sich einmal beruhigt hatte und an die Arbeit zurückgekehrt war. Vielleicht könnte sie sogar den Paparoman schreiben und gleichzeitig ein Baby bekommen, einen kleinen Jungen, den sie nach ihrem Großvater nennen würde. Das wäre doch etwas: ein Baby bekommen und gleichzeitig ein Buch schreiben.

Plötzlich drang ein markerschütternder Schrei aus dem Eßzimmer.

Das war Mandy. Isadoras Herzschlag setzte aus. Ihr Magen schien sich vor Schreck umzudrehen. Sie rannte ins Eßzimmer und sah dort ihre Dreijährige auf dem Boden liegen, unter sich einen zerbrochenen Teller, auf dem sich kurz zuvor noch Eiscreme getürmt hatte, der jetzt aber voller Blut war.

Mandys Gesicht war gerötet und schmerzverzerrt.

»Sie ist mit einem Teller Eiscreme ins Eßzimmer gerannt, gestolpert und hat sich in den Finger geschnitten«, sagte Roland. »Sehen wir ihn uns an.«

Mandy wehrte sich, aber er und Isadora durften dann doch ihre rechte Hand untersuchen, aus der wie aus einem winzigen Geysir

unaufhörlich Blut sprudelte. Der kleine Finger war unter dem ersten Gelenk aufgeschlitzt, der Schnitt ging bis auf den Knochen. Der kleinen, schimmernd weißen Stelle tief in der Wunde antwortete ein Schimmern in Isadoras Herzen.
»O Gott!« sagte sie und nahm das schreiende Kind in die Arme. »Lieber, lieber Gott!«
»Können wir den Cherokee nehmen?« rief sie Lola und Bruce zu.
»Natürlich«, riefen diese zurück. »Was ist denn passiert?« Alle rannten herbei, um zu sehen, was los sei.
Isadora antwortete nicht, wickelte das brüllende Kind in eine Wolldecke, griff nach ihrem Mantel und rannte hinaus.
»Laß mich fahren«, sagte Errol, setzte sich den Cowboyhut auf und schlang sich seinen langen Seidenschal um den Hals.
»Du bist doch zu bekifft«, protestierte Isadora.
»Mir geht's ausgezeichnet, liebe Dame«, entgegnete Errol, stürzte hinaus in den Schnee und setzte sich hinters Steuer.
Roland folgte ihm und bestand darauf, daß er als Student der Medizin genau wisse, was zu tun sei. Der Bekiffte führt den Bekifften, dachte Isadora. Aber Gefahr war im Verzug, und Errol half ihr mit der schreienden Mandy in den Cherokee.
Roland hatte mit einem sauberen weißen Geschirrtuch Mandys verletzten Finger lose umwickelt.
»Soll man den Finger nicht abbinden?« fragte Isadora ängstlich.
»Das könnte das Gewebe verletzen«, antwortete Roland. »Schlage das Tuch locker darüber.«
»Kannst du fahren?« wollte Isadora von Errol wissen.
«Und ob«, antwortete er. Hatte er Mandy zuliebe seine Drogenbenommenheit abgeschüttelt? Er liebte das kleine Mädchen abgöttisch, und daß er es persönlich hatte kennenlernen dürfen, war die Krönung seines Weihnachtsfestes gewesen. Isadora betete zu den Göttern und hoffte, daß sie wußten, was sie taten, als sie ihr diese beiden Boten schickten.
Ihre Eltern und Kevin hatten gerade von dem Unfall erfahren und kamen in den Schnee herausgerannt.
»Wir fahren sofort ins Krankenhaus nach Norwalk«, sagte Isadora. »Ihr findet uns dort. Wir dürfen keine Minute verlieren.«

Es schneite immer noch. Große Kristallflocken schwebten langsam von einem rosa Himmel. In der Einfahrt lag über dem Glatteis dichter Schnee. Mandy schrie vor Schreck, überall war Blut. Isadora saß zwischen Errol und Roland und hielt das laut jammernde Kind auf dem Schoß.
»Hab keine Angst«, sagte Roland. »Heutzutage haben wir großartige mikrochirurgische Techniken. Wenn wir rechtzeitig hinkommen, wird dem Finger nichts passieren.«
Aber Isadora war nicht so leicht zu trösten. Sie betete, bis sie glaubte, ihr Gehirn würde vor Konzentration zerspringen. Sie betete um einigermaßen passierbare Straßen, sie betete um Zeit, damit Mandys Finger wieder zusammengeflickt werden konnte. Sie mußte an eine ähnliche Fahrt mit dem verwundeten Chekarf denken und daran, wie diese endete. Sie betete und betete.
Errol schaffte die Einfahrt bis zur vereisten Kurve. Dann blieb der Wagen im Schnee stecken. Errol stieß zurück, startete aufs neue, aber wieder drehten sich die Reifen auf der Stelle. Erst beim dritten Anlauf kam der Wagen durch die Kurve, und Errol raste mit dem auf dem Glatteis schlingernden Wagen die restliche Einfahrt entlang.
Sie bogen schleudernd in die Serpentine Hill Road ein und rutschten langsam den Hügel hinunter. Dann kämpften sie sich durch hohen Schnee bis zur I-95. Das Kind bebte immer noch vor Furcht. Das Geschirrtuch war blutgetränkt, als sie endlich auf dem Highway waren. Auch Isadoras hellrosa Seidenbluse war blutgetränkt, Blut tropfte auf ihre rosaseidenen Sandalen. Das Blut war klebrig zwischen den Zehen, und sie mußte an Jacqueline Kennedy bei dem Attentat von Dallas denken und an deren rosa Kostüm, auf das das Blut ihres Ehemanns spritzte. Isadora freilich war vom Blut ihres Kindes befleckt, und ihr schien, als sei es ihr eigenes. Hätte sie sich doch nur selbst den kleinen Finger abgetrennt, statt zu wissen, daß der von Mandy fast abgetrennt war. Ihr war, als würde sie selber in diesem Wagen bluten und schreien. Trotz des tiefen Schnees stieg Errol bei jeder Notrufsäule auf der Strecke aus, um nach einem Streifenwagen zu telefonieren, der Mandy ins Krankenhaus bringen sollte, und Isadora

erinnerte sich an Josh, der dasselbe getan hatte, als Mandy zur Welt kam. Auch diesmal war alles vergebens – kein einziges Polizeiauto war in der Nähe.
Die Ambulanz bot am Weihnachtsabend einen trostlosen Anblick. Auf einer Bahre lag ein junger Schwarzer und stöhnte. Offenbar hatte man ihm mehrere Messerstiche beigebracht, und er blutete stark. Kinder liefen verloren umher, und auf den Bänken hockten Blaugeschlagene, Verprügelte und Verwundete. Beim Anblick von so viel Elend wäre es einem nie in den Sinn gekommen, daß das Fest der Liebe gefeiert wurde. Der Friedensfürst schien sein Kommen in eine Welt irdischer Verstrickungen mit Blut, Wunden und menschlicher Zwietracht ankündigen zu wollen. Aber Isadora waren all diese Menschen hier völlig gleichgültig. Ihr ging es nur um ihre Tochter, um deren Finger. Gewöhnlich legte sie keinen Wert darauf, bevorzugt behandelt zu werden, aber diesmal stürmte sie in die Ambulanz, nannte ihren Namen und verlangte von der diensthabenden Schwester, ihre Tochter unverzüglich einem Unfallchirurgen vorzuführen.
Mandy zitterte und schluchzte immer noch. Sie hielt ihre verletzte Hand unter dem blutgetränkten Geschirrtuch weit von sich ab, als wäre es ein fremder, von ihr nicht identifizierbarer Gegenstand.
»Mein Name ist Isadora Wing«, sagte Isadora, »und dies ist meine Tochter Mandy. Sie hat sich tief in den kleinen Finger der rechten Hand geschnitten.«
Die diensthabende Schwester, eine hübsche Frau von etwa vierzig Jahren mit krausem Haar, antwortete höflich, aber bestimmt: »Ich weiß, wer Sie sind, ich habe alle Ihre Bücher gelesen. Bitte, nehmen Sie Platz. Wir werden einen Kinderarzt benachrichtigen.«
»Wir sollten lieber gleich einen Chirurgen holen«, sagte Isadora und kam sich vor wie die jüdische Urmutter.
»Ich werde nachfragen, ob Dr. Settecampo da ist«, sagte die Schwester. »Bitte, gehen Sie in diesen Raum, und warten Sie dort auf den Arzt.« Sie legte eine Hand beruhigend auf die Isadoras und wies nach einem kleinen Untersuchungszimmer, in das Isadora ihr zitterndes Kind führte.
Draußen bemühte sich Errol, einen Parkplatz für den Wagen zu

finden, drinnen kümmerte sich Roland um die Anmeldung und füllte Formulare aus. Er kam in das Untersuchungszimmer, um Isadoras Krankenversicherungsschein zu holen. Sie war ganz verblüfft, ihn unter diesen Umständen so schnell und reibungslos handeln zu sehen. Entweder war er immun gegen all den *shit*, den er rauchte, oder er hatte plötzlich einen klaren Kopf bekommen, weil die Situation so ernst war.

»Kann sie den Finger abwinkeln?« fragte er.

»Sie läßt ihn mich nicht anfassen«, sagte Isadora, die ohnedies den Anblick des zerfetzten Fleisches ihrer Tochter nicht ertragen konnte.

»Sag ihr, sie soll es versuchen«, bat Roland. »Sie werden dich nämlich fragen, ob sie das Gelenk überhaupt bewegen kann.«

»Ich werd's probieren«, sagte Isadora. »Und könntest du, wenn du die Formulare ausgefüllt hast, versuchen, Josh zu erreichen? Ruf seine Eltern an oder seine Schwester – sie stehen im Telefonbuch. Ich habe seine Nummer nicht.«

»Wird gemacht«, sagte Roland, »obwohl es der Mistkerl nicht verdient.« Dann ging er hinaus.

Isadora wandte sich wieder an ihr verängstigtes Kind.

»Mandy, Herzchen«, sagte sie und nahm mit einem unterdrückten Schaudern das blutgetränkte Geschirrtuch weg. »Versuch doch mal, den Finger abzuwinkeln.«

»Es geht nicht, es geht nicht!« schrie Mandy. Auch sie konnte es nicht ertragen, den Finger anzusehen. Sie drehte das Gesicht weg.

»Du mußt es versuchen«, sagte Isadora, »du mußt!«

»Ich kann's aber nicht, Mama!«

Schreckliche Gedanken schossen Isadora durch den Kopf. Ihre Tochter würde wegen der Scheidung einen Finger einbüßen – oder gar das Leben, wie damals Chekarf. Josh würde sich endlich besinnen, wenn ihm klargeworden war, was in seiner Abwesenheit passiert ist, und er würde zurückkommen, damit Mandys Wohl nie wieder aufs Spiel gesetzt wird. Mandy würde sich weigern, die Ärzte an sich heranzulassen, und nicht nur den Finger einbüßen, sondern die ganze Hand, und zwar aus schierer Bockigkeit, aus mangelnder Disziplin. Isadora fiel die Szene aus »Sophies Ent-

scheidung« ein, in der Sophie ihre Tochter opfert. Sie dachte an Iphigenie, die von Agamemnon für einen günstigen Wind geopfert wurde. Sie dachte an alle die kleinen Mädchen, Jungfrauen und jungen Mütter, die im Laufe der Geschichte der Eitelkeit ihrer Väter geopfert, die wegen ihren Vätern vergewaltigt und verkrüppelt wurden – wegen Vätern, die ihre Töchter weder geboren noch gestillt hatten, die sich aber anmaßten, deren Schicksale zu bestimmen – und sei es in absentia. Sie dachte an die lange Reihe blutender Frauen, in der ihre Tochter nur die letzte war. Dann aber befahl sie sich: Schluß damit! Und sie zwang sich, alle düsteren, pessimistischen Gedanken aus ihrem Kopf zu verbannen. Sie wollte sich nur noch darauf konzentrieren, Mandy dazu zu bewegen, den Finger abzuwinkeln – und sich dazu zu bewegen, dies mit anzusehen. Niemals in ihrem Leben hatte sie so inbrünstig gebetet.
Der Kinderarzt erschien. Er war ein sympathischer junger Mann namens Bruce mit einem pechschwarzen Schnauzbart, der sehr sanft mit Mandy umging.
»Was ist denn mit dir passiert?« fragte er sie.
»Nicht anfassen!« brüllte Mandy.
»Ich werde deine Hand nicht anfassen«, sagte er. »Ich will sie mir nur ansehen.«
»Nein!« schrie Mandy.
»Schätzchen – bieg deinen Finger – für mich, ja?«
»Nein!« schrie Mandy wieder.
Dann reichte er dem schreienden Kind einen Zungenspatel und drückte Mandys Finger darum, da die Wunde heftiger blutete.
»Wirst du nun die Finger biegen?«
Schließlich gab Mandy nach. Isadora sah weg und wünschte, sie könne alles ungeschehen machen. Wenn es doch nur nicht Weihnachten wäre, nicht schneien würde, nicht das schlimmste Jahr ihres Lebens hinter ihr läge! Hör sofort auf! sagte sie zu sich. Werd erwachsen! Denk daran, was andere Menschen ertragen müssen! Und dann geschah es. Während sie sich wieder in den Griff bekam, nicht ruhig, aber ruhiger wurde, übertrug sich dies auf das Kind, als seien sie immer noch miteinander verbunden.

Mandy gestattete dem Arzt, sich den Finger anzusehen. Sie weinte jetzt kaum noch, auch wenn der kleine Mund zitterte. Die Augen waren gerötet und verweint, aber Mandy war, obwohl sie Angst hatte, kooperativ.
Das ganze Ritual mußte natürlich noch einmal durchgespielt werden, als der Chirurg erschien. Und dann mußten schwierige Entscheidungen gefällt werden.
Dr. Settecampo war der Chirurg, den sie so gebieterisch verlangt hatte. Er war kurz angebunden, sachlich, aber nicht unsympathisch. Er erklärte Isadora, daß er entweder den Finger einfach nähen könne, ohne zu wissen, ob Sehnen oder Nerven durchtrennt seien, oder aber eine sogenannte Explorationsoperation ausführen müsse. Zu diesem Zweck würde er freilich Mandy eine Vollnarkose geben und sie in den OP-Saal nehmen müssen.
»Wann hat sie das letztemal etwas gegessen?«
»Sie hat den ganzen Tag über gegessen«, antwortete Isadora.
»Dann müssen wir mindestens sechs Stunden warten, anderenfalls könnte sie sich erbrechen und das Erbrochene in die Luftröhre bekommen.«
»Ist der Eingriff ungefährlich?« fragte Isadora.
»Alles, was eine Narkose erfordert, ist nicht risikolos«, entgegnete der Arzt.
»Und wenn wir nun auf eine Explorationsoperation verzichten?«
»Dann *kann* sich der Finger zwar regenerieren, aber wenn die Sehnen durchtrennt sind, wird wahrscheinlich das Gelenk steif.«
»Für immer? Obwohl sie noch so jung ist?«
»Auch bei kleinen Kindern regenerieren sich die Sehnen nicht jedesmal. Wollen Sie sich lieber mit dem Anästhesisten besprechen, ehe Sie sich entscheiden?«
»Es wäre mir lieber«, antwortete Isadora.
Der Narkosearzt wurde geholt, und er machte Isadora mit den Risiken der Vollnarkose bei einem Kind vertraut. Sie würden abwarten müssen, bis Mandy die Nahrung verdaut habe. Sie hofften, daß sie nicht allergisch reagiere. Welch ein erschreckender Gedanke für die Mutter einer einzigen Tochter, jeder Tochter, jedes Kindes.

Isadora wünschte von Herzen, Josh wäre bei ihr. Sie war wütend auf ihn. Sie kam sich verlassen, verloren und verraten vor, denn schließlich war er ja Mandys Vater, und er hätte seinen Teil an der Entscheidung mittragen müssen. Da sie aber nicht wußte, wo er zu erreichen war, biß sie in den sauren Apfel und nahm die Entscheidung voll auf sich.

»Es wird operiert«, erklärte sie den beiden Ärzten. »Ich möchte alles tun, um Mandy die rechte Hand voll funktionsfähig zu erhalten.«

In Isadoras Hinterkopf schwirrten alle möglichen Ängste herum: Tod während der Narkose, Tod durch einen ärztlichen Kunstfehler, Tod durch Ersticken an Erbrochenem. Wie jeder normale Mensch fürchtete Isadora Krankenhäuser. Sie wußte sehr gut, daß ein Mensch dort zu Tode kommen kann und man dann nur zu sagen braucht: »Tut uns leid, wir haben eben Mist gebaut.« Aber sie wollte nicht, daß ihre Bedenken Mandy eventuell die voll funktionierende Rechte kosteten. Das Leben ist riskant, Mutterschaft ist riskant. Und weil Mandy noch nicht alt genug ist, selbst die Verantwortung für ein Risiko zu übernehmen, muß ich es für sie tun, wie immer die Konsequenzen für uns beide aussehen mögen.

Die Ärzte gingen weg, und Mandy wurde in die Kinderabteilung gebracht. Sie bekam einen vorläufigen Verband angelegt und ein weißes Engelshemd angezogen. (Der bloße Gedanke gab Isadora eine Gänsehaut, denn das Wort »Engelshemd« beschwor jedesmal Bilder von Tod und Verklärung in ihr herauf.) Das Kind hatte sich zwar einigermaßen beruhigt, aber im Grunde war es noch immer völlig verängstigt. Roland und Errol brachten Mandy Bilderbücher und Spielzeug aus dem Spielzimmer und bemühten sich nach Kräften, sie abzulenken. Errol erbot sich sogar, nach Hause zurückzufahren, um Mandys Spielsachen zu holen, aber inzwischen waren Isadoras Eltern und Kevin mit Armen voll Mandys vertrauten Dingen eingetroffen, und es war nicht mehr notwendig.

Die Stunden krochen dahin. Mandy mußte ihre Nahrung verdauen, und Isadora versuchte, ihrer Tochter zu erklären, was mit ihr geschehen würde. Sie würde einschlafen und den Finger wieder zusammengenäht bekommen. War das klar?

»Bistu dabei, Mama?«

Das war die schwierigste Frage.

»Nein«, sagte Isadora. »Mamas dürfen nicht in den Operationssaal hinein.«

Mandys Lippen zitterten wieder, ihr verängstigter Blick war herzzerreißend.

»Du wirst schlafen, Schatz«, sagte Isadora. »Du wirst gar nichts spüren, und wenn du wieder aufwachst, wird Mama dasein.«

»Und Daddy?« fragte Mandy. »Wird er dasein?«

»Ich weiß, er würde gerne hier sein, und falls ich ihn erreiche, wird er bestimmt sofort kommen.«

»Daddy wird hiersein?«

»Das weiß ich nicht, Schatz«, sagte Isadora. »Ich kann für Daddy keine Versprechungen machen, aber ich weiß, daß er hier sein *will*. Und ich weiß auch, daß er dich sehr, sehr lieb hat.«

»Oh«, sagte Mandy mit zitternden Lippen.

Nach sechs Stunden mußte Isadora zusehen, wie man ihren Schatz auf eine Bahre schnallte, ihm ein Beruhigungsmittel gab, ihm ein Hemd und eine Kappe anzog und ihn die langen Krankenhauskorridore entlangschob. Am Ende verschwand Mandy durch die Doppeltür des OP-Saals.

Jetzt war Mandy auf sich selbst gestellt – genauso wie Isadora die Entscheidung ohne Josh getroffen hatte. Wir werden allein geboren, wir sterben allein, und was wir dazwischen an Freundschaft und Liebe empfangen, ist ein Bonus und nicht notwendigerweise ein Erstgeburtsrecht. Wenn wir die nötige Entschlußkraft haben, wird es uns auch gelingen, dieses Alleinsein in Unabhängigkeit umzuwandeln – aber niemand hat uns Liebe garantiert.

Als Isadora sah, wie man die winzige Gestalt ihres Kindes in den riesigen, bedrohlichen OP-Saal schob, dachte sie: Geh nur, kleines Mädchen, die Göttin segne und schütze dich! Mutterschaft ist ein endloses Loslassen. So ist nun einmal das Leben.

Die Operation schien niemals enden zu wollen. Isadora, ihre Mutter, ihr Vater, Roland, Errol und Kevin – sie alle warteten in dem Spielzimmer der Kinderabteilung und machten gezwungene Konversation. Worüber konnten sich Errol, Roland und Kevin unterhalten? Sie hatten doch nur Isadoras Körper gemeinsam. Früher wäre Isadora dieser Gedanke peinlich gewesen, aber jetzt schien ihr das alles ganz und gar unwichtig. Sex war unwichtig. Alles war unwichtig außer Mandys Hand und Mandys Schicksal. Die Männer redeten über Fußball. Isadora wandte sich an ihre Mutter. »Möchtest du dir die Füße vertreten?« fragte sie.

»Gerne, Liebling. Und vielleicht bekommt man irgendwo einen Kaffee.«

Das konnte die Wartezeit verkürzen. Welch ein Glück, daß die Cafeteria weit genug von der Kinderabteilung entfernt war, um aus diesem Besuch eine Expedition zu machen. Isadora und ihre Mutter mußten zuerst einen langen Korridor entlanggehen, dann mit dem Fahrstuhl in den Keller fahren, roten Markierungen auf dem Fußboden folgen, die sie von einem Flügel in den anderen führten, vom alten in das neue Gebäude, vom neuen Gebäude in den Anbau und so weiter. Als sie endlich die Cafeteria fanden, war diese geschlossen. Gut. Dann würde ihre Suche noch länger dauern. Sie gingen und gingen, sie gingen denselben Weg zurück, immer noch auf der Suche nach einer Cafeteria, nun einer anderen, und zwar einer Automatencafeteria, auf deren Spur sie ein Pfleger gebracht hatte, der ihnen in ihrem gespannt-nervösen Zustand wie ein Götterbote vorgekommen war. Der rote Strich auf dem Boden symbolisierte Mandys Schicksal, und Isadora und ihre Mutter verfolgten ihn, als wären sie Parzen, welche die Schicksalsfäden für die Zukunft einer Sterblichen spannen. Isadoras Bewußtsein war völlig geschärft, ganz kosmisch – es kam ihr beinahe so vor, als sei sie bekifft.

»Ich muß gerade an die Nacht denken, als du zur Welt kamst«, sagte Isadoras Mutter träumerisch und nahm einen Anlauf, um die oft erzählte Geschichte wieder einmal vorzutragen.

»Ach ja – und wie spät war es damals?« fragte Isadora. (Dies war ein wunder Punkt, denn Isadora erhielt häufig Angebote von Astrologen, die ihre Bücher gelesen hatten und ihr das Horoskop stellen wollten. Aber da ihre Mutter sich nicht an Isadoras Ge-

burtsstunde erinnern konnte, stand den Astrologen nie genügend Material für ein exaktes Horoskop zur Verfügung.)
»Es war während des Krieges«, sagte Isadoras Mutter. »Wie soll ich mich an die Tageszeit erinnern?«
»Was hat denn der Krieg damit zu tun?«
Isadoras Mutter sah gekränkt aus, als hätte Isadora eigentlich wissen müssen, daß *alles* mit dem Krieg zu tun hatte. (Ach, diese Kluft zwischen den Generationen! Isadora würde niemals eine Ahnung vom Zweiten Weltkrieg haben und davon, wie ihn ihre Mutter erlebt hatte, genausowenig hatte ihre Mutter eine Ahnung davon gehabt, wie der Erste Weltkrieg war und wie *ihr* Vater, Isadoras Großpapa, ihn erlebt hatte, und beide würden sie niemals wissen, was Mandy von *ihrem* Zeitpunkt in der Geschichte mitbekam – beginnend mit jetzt, mit ihrer einsamen Erfahrung im OP-Saal, ihrem ersten größeren Krieg.)
»Der Krieg hat sehr viel damit zu tun«, sagte Isadoras Mutter. »Vor allem gab es kaum Ärzte, sondern nur Krankenschwestern – das war genau das richtige für mich. Ich hätte dich innerhalb von dreißig Minuten entbinden können, so offen war ich, und du warst mein zweites Kind. Aber die Schwester befürchtete, ich würde den Arzt belangen, wenn ich erführe, daß er bei der Entbindung nicht anwesend war. Also drückte sie mir, unmittelbar nachdem das Baby herausgeglitten war – nachdem du herausgeglitten warst –, die Äthermaske aufs Gesicht, damit ich die Abwesenheit des Geburtshelfers nicht mitbekam. Du kannst dir vorstellen, wie fuchsteufelswild ich wurde, ich war außer mir. Du warst ja bereits geboren, und ich wollte dich in den Armen halten. Deshalb biß ich die Schwester in die Hand ... zu spät. Kurz bevor ich wegtrat, hörte ich sie schreien ...«
Endlich hatten sie die Automatencafeteria gefunden. Bläuliche, wie in einem Technicolor-Alptraum flackernde Leuchtstoffröhren warfen ein gleißendes Licht auf die Szene. Große Bilder von Krapfen, von Donuts, von Tassen mit Kaffee, Hühnerbrühe und heißem Kakao mit Marshmallows klebten wie in einer Pop-art-Vision an den verschiedenen Automaten. Die ganze Cafeteria war irgendwie schön, dachte Isadora, auf eine bizarre Weise schön.

Isadora und ihre Mutter holten sich erst einmal Wechselgeld aus dem Wechselautomaten. Dann drückten sie die Tasten für Doppelportionen Sahne, für extra starken, extra süßen Kaffee. Dieser mechanisierte Fütterungsvorgang (das Bewußtsein, daß Mandys Schicksal dort oben in der Schwebe hing, blieb dabei stets präsent) erweckte in Isadora intensive Essenserinnerungen an ihre früheste Kindheit. Wie sagt schon Lin Yutang? Patriotismus ist nichts weiter als die Erinnerung an das, was wir als Kinder gegessen haben. Der Geschmacksnerv ruft unsere tiefste Loyalität auf den Plan.

Isadora entsann sich, wie sie als kleines Kind durch die Kellerarkade des Rockefeller Center gerannt war. Damals befand sie sich etwa in Mandys Alter, war also groß genug, um die Welt als einen Wald aus Beinen, einen Wald aus Kniescheiben zu erleben, aber doch zu klein, um die Gesichter, die zu diesen Beinen und Knien gehörten, zu sehen. Sie klammert sich an eine Erwachsenenhand und läuft, so schnell ihre kurzen Beinchen sie tragen können. Sie hat Angst, diese Hand zu verlieren und auf Nimmerwiedersehen im Erdinneren zu verschwinden wie eine Baby-Persephone, die den unverzeihlichen Fehler begeht, Demeters Hand loszulassen. Sie rennt und rennt, will mit dem Erwachsenen, der natürlich ihre Mutter ist, Schritt halten (denn die würde sie niemals absichtlich verlieren wollen – oder doch?), da überwältigt sie plötzlich ein beseligender, süßer Duft, der in ihre Nasenlöcher, in ihren Gaumen, ja selbst, so scheint es, in ihre Augen steigt. Und dann kommt eine große Hand von oben herab und stopft ihr einen klebrigen Schokoladen*fudge* in den Mund – einen frisch zubereiteten *fudge* von irgendeinem unterirdischen Süßwarenverkaufsstand, den sie wie ein Sakrament aus der Hand ihrer Mutter (der Muttergöttin) empfängt.

Nun, sechsunddreißig Jahre später, sind die Göttin und ihre Jüngerin gleich groß. Gemeinsam kaufen sie sich Kaffee, um die Wartezeit, in der sich das Schicksal ihres kleinen Sprößlings entscheidet, zu verkürzen, des gemeinsamen Schößlings auf ihrem Baum des Lebens: Amanda.

Isadora stürzt ihren Kaffee hinunter, verbrennt sich die Zunge und stellt ihre Tasse auf einen Tisch. Dann nimmt sie die Mutter fest in die Arme.

»Dank dir«, sagt sie, »daß du die Schwester in die Hand gebissen hast. Dank dir, daß du mich geboren hast. Dank dir für alles, alles!«

Damit sagt sie, was die meisten Mütter nie zu hören bekommen, was die meisten Töchter nie aussprechen, weil Segen uns verlegen macht, Flüche aber um so leichter von den Lippen gehen.

Isadoras Mutter ist gerührt. Trotzdem rückt sie von ihr ab, schämt sich ihrer eigenen Gefühle – und des Überschwangs ihrer Tochter.

»Na und?« sagt sie ein wenig pikiert. »Was hast du denn erwartet?«

Nachdem sie ihre Mission erfüllt haben, gehen sie wieder hinauf in das Spielzimmer, wo die Männer sich noch immer über Fußball unterhalten.

»War der Arzt da?« fragt Isadora.

»Noch nicht«, sagt ihr Vater.

»Noch nicht«, sagt Roland.

»Nein«, sagt Kevin.

»Er kommt sicher bald«, sagt Errol.

Dann wird weiter gewartet.

Isadora denkt an Mandy, an deren kurzes, kaum begonnenes Leben, das trotzdem so fest in ihr, in allen, die um sie sind, verwurzelt ist. Würde ihr Mandy weggenommen werden, könnte ihr nichts jemals den Lebenswillen wiedergeben. Die Kunst könnte sie nicht dafür entschädigen, die Religion könnte sie nicht dafür entschädigen, gute Werke zu tun könnte sie nicht dafür entschädigen. Es war unvorstellbar, und doch stellte sie es sich vor. Josh hatte ihr dieses Kind gegeben – aber nun war er weg, und er hatte ihr alle Entscheidungen, alle Konsequenzen fast gänzlich überlassen.

»Hat jemand Josh erreichen können?« fragte sie.

»Ich habe mit seiner Schwester telefoniert«, sagte Roland. »Sie wird ihn benachrichtigen.«

»Der arme Josh«, sagte Kevin, »er wird untröstlich sein, wenn er erfährt, was in seiner Abwesenheit passiert ist.«

»Der arme Josh!« sagte Roland. »Arm? Dieses Schwein! Wäre Mandy mein Baby, ich würde sie und ihre Mama nicht um alles in der Welt verlassen. Was für ein Narr! Der verdient es nicht besser.«
In diesem Augenblick erschien der Chirurg im Türrahmen des Spielzimmers. Sekundenlang setzte Isadoras Herzschlag aus.
»Mrs. Ace«, sagte er und dann, zu Roland gewandt: »Mr. Ace...«
»Nein«, erwiderte Roland, »leider bin ich nicht Mr. Ace. Mr. Ace ist nicht hier.«
»Also«, fragte Isadora, »wie geht es ihr?«
»Alles in Ordnung«, sagte der Chirurg, »ausgezeichnet. Und es war sehr klug, daß wir uns für eine Operation entschieden haben. Es waren tatsächlich Sehnen und Nerven durchtrennt, und sogar ein kleines Stück Knochen war abgesplittert. Sie haben die richtige Entscheidung getroffen.«
»Wann kann ich zu ihr?« fragte Isadora.
»Sie erholt sich gerade in einem Krankenzimmer von der Operation«, antwortete der Arzt. »Sie wird erst nach einer Weile aufwachen, aber Sie können schon zu ihr gehen und vor dem Zimmer warten.«
Isadora umarmte impulsiv den Arzt, und ihr Vater, Roland, Errol und Kevin klatschten spontan in die Hände.
Später, als Isadora vor dem Krankenzimmer stand und wartete, bis Amanda wieder zu sich kam, überlegte sie: Also gut, ich habe es ohne Josh hinter mich gebracht; ein weiterer Meilenstein. Aber ihr fehlte er, ihr fehlte er noch immer.
Und als Mandy dann die Augen aufmachte, waren ihre ersten Worte: »Wo ist Daddy?«

12

Bean, Botkin & Pennerträume

Wenn's heißt, ein Paradies der Huris winkt,
Lob' ich den Wein, den man auf Erden trinkt.
's ist bares Geld. Auf Hoffnung pfeife ich!
Von fern nur schön die tapfre Trommel klingt.

Omar Chajjám: »Rubaijat«

Jeder Mann über vierzig ist ein Schuft.

George Bernard Shaw: »Maximen für Revolutionäre«

Nachdem Josh von Amandas Unfall erfahren hatte, kam er so schnell wie möglich zurück. Der Flug von der West- zur Ostküste erscheint immer unerträglich lang (wegen der Zeitverschiebung), zu Weihnachten hatten aber obendrein noch alle Maschinen Verspätung.
Als Josh in Connecticut ankam, war Amanda schon zu Hause, spielte – wenn auch nur mit einer Hand – mit ihren Weihnachtsgeschenken und wirkte bereits wieder putzmunter. Noch immer lag hoher Schnee. Die Einfahrt war mehrmals geräumt und gestreut worden. Josh fuhr wie gewöhnlich mit seinem Geländewagen bis vors Haus. Doch als er eintrat, war sein Verhalten völlig verändert. Er sah aus, als könnten seine Beine ihn kaum noch tragen. Weinend schloß er Isadora in die Arme. Vor Schluchzen bebte er am ganzen Körper.
»Was ist mit ihr?« fragte er. »Was ist mit ihr?«
»Es wird alles wieder gut.« Isadora tröstete ihn, tröstete den Mann, der versucht hatte, sie zu zerstören – als Mutter, als Künstlerin und als Frau. Na schön, sie würde ihn trösten. Er machte sich schon genug Vorwürfe. Das war nicht der Moment, sich zu rächen.
»Wir haben alles getan, um die volle Bewegungsfähigkeit des Fingers zu retten«, sagte Isadora. »Sehnen und Nerven sind wieder intakt. Es wird bestimmt gut verheilen.«
»Du hast die richtige Entscheidung getroffen. Alles, was du getan hast, kann ich nur rückhaltlos billigen.«
»Danke, daß du das gesagt hast, Josh! Es bedeutet mir viel, ehrlich.«
»Warst du sehr böse auf mich, weil ich nicht da war?«
»Eigentlich nicht. Ich war eher traurig. Schließlich war es ein Unfall. Niemand konnte was dafür.«
Er schluchzte und zog sie fester an sich. Isadora spürte, daß seine Grausamkeit ihr gegenüber nicht seiner Stärke entsprang, son-

dern seiner Schwäche, und daß an allem, was sie durch ihn hatte erdulden müssen, nur seine Schwäche schuld war. Ein Stärkerer als Josh hätte sie nicht zu verlassen brauchen. Für einen Stärkeren wären die Umstände, von denen Josh sich bedroht fühlte, keine Drohung gewesen. Er war ein zu groß geratenes Kind mit beginnender Glatze; seine Eltern hatten ihm das tödliche Erbe immerwährender Infantilität aufgezwungen. Sie brauchten ihn als *Kind*, er hatte gehorcht und war nie erwachsen geworden. Deshalb war er kein schlechter Mensch, er war nur schwach. Isadoras Fluch aber war ihre Stärke. Die Starken müssen die schwerere Bürde tragen, das ist ein Naturgesetz. Sie haßte Josh nicht; sie sah ihn nur zum erstenmal so, wie er wirklich war. Seine Schwäche wurde nur deshalb zum Verbrechen, weil auch Mandy unter ihr zu leiden hatte. Hätte er nur gegen Isadora gesündigt, wäre es erträglich gewesen.
Aber wollte sie es denn ertragen? Wollte sie ihn zurückhaben, falls er jetzt den Wunsch äußerte, heimzukommen? Zum erstenmal konnte sie diese Frage nicht bejahen. Sie wußte keine Antwort, aber sie ahnte, daß sie allein besser dran war. Sie träumte nicht von einem Mann, der anders war als Josh. Zum erstenmal in ihrem Leben kam überhaupt kein Mann in ihren Träumen vor; nur sie selbst hatte darin Platz. Und das war sehr viel.

Übersättigt und gelangweilt schleppt man sich durch die Woche nach Weihnachten. Für das eintönige Wetter entschädigt die Erleichterung, daß die Feiertage vorbei sind. Weihnachten lastet nicht mehr auf der Brust wie ein Hundertpfundgewicht bei der Tortur dritten Grades, jener reizenden Folter, der sich im guten alten Deutschland des sechzehnten Jahrhunderts vermeintliche Hexen unterziehen mußten. Oh, die Schrecken des Silvesterabends stehen noch bevor – auch dieser eine Variante mittelalterlicher Folter –, aber bald hat man all die widerliche Pseudofröhlichkeit hinter sich gebracht, und das Leben beginnt von neuem in all seiner wunderbaren Alltäglichkeit.
Isadora hatte oft den Eindruck, im tiefsten Innern auf Sonnenwende und Tagundnachtgleiche eingestimmt zu sein. (Vielleicht wa-

ren das alle sensiblen Menschen, oder aber sie war tatsächlich eine Hexe. Jedenfalls bekam sie immer vor Weihnachten, wenn die Sonne am weitesten von der Erde entfernt war, Depressionen, und ihre Stimmung besserte sich zusehends, wenn die Sonne nach Weihnachten allmählich zurückkehrte – oder genauer gesagt: wenn die Erde auf ihrer elliptischen Umlaufbahn sich dem Kraft und Leben spendenden Gestirn wieder näherte.) Am Tag nach Mandys Unfall schickte Isadoras beste Freundin Hope ihr einen Korb voller Frühlingsblumen. Auf der beigefügten Karte stand: DER FRÜHLING KOMMT IMMER WIEDER. Isadora konnte sich vorstellen, wie es Frühling wurde: Mandys Finger würde heilen; der Schnee würde eines Tages schmelzen; die Einfahrt würde wieder passierbar und die Welt, wenn auch nicht in Ordnung, so doch erfreulicher sein.

Sie beschloß, den Frühling mit einem Fitneßprogramm zu begrüßen. Wenn sie jetzt wirklich noch nicht schreiben konnte, wollte sie sich zumindest dafür in Form bringen wie ein Boxer für einen Kampf. Denn schreiben, das wußte sie, erfordert auch körperliche Anstrengung. Nicht nur der Geist, auch der Körper mußte in guter Verfassung sein.

Zur Feier des überstandenen Weihnachtsfestes und als Dank für Mandys gerettete Hand begann Isadora zunächst eine Entschlakkungskur mit Obst und Gemüse. Ferner beschloß sie, einem Fitneßklub beizutreten und regelmäßig hinzugehen. *Le chujim* – auf die Gesundheit! Ein paar Tage nach Weihnachten ließ sie sich von einem Bekannten zum Besuch des Nautilus-Klubs in einer benachbarten Stadt einladen, wo er ihr zeigen wollte, wie man die »Maschinen« bediente.

Es war ein piekfeiner Connecticut-Klub, frequentiert von schmallippigen Damen der protestantisch-angelsächsischen Geldaristokratie, die sich in Form brachten für Liebesaffären, die nie stattfanden, und Tennisturniere, die sie verloren, oder auch für einen Urlaub in der Karibik, bei dem sich nur herausstellte, welch leere und schale Ehen sie führten.

Isadora trug ein schwarz-rot gemustertes Trikot im Harlekinstil und dazu eine graue Trainingshose mit roten Sternchen. Sie fühlte sich wohl in ihrer Haut, wie man es während einer Obst- und Gemüsediät eben tut. Sie hatte zwar ihre Periode, aber diesmal empfand sie sie weniger als schwächenden Blutverlust denn als Reinigung. Sie war seit Weihnachten ein paar Pfund losgeworden, und ihr Gang hatte etwas Beschwingtes. Sie war froh, daß sie lebte, daß Weihnachten vorbei war, froh, daß Mandys Hand wieder heilen würde – und daß sie es schaffte, einen ganzen Tag lang nicht an Josh zu denken. Josh war zwar nicht gänzlich aus ihren Gedanken verschwunden, aber sie berücksichtigte ihn nicht mehr bei all ihren Plänen, und sie begann endlich, ihre Unabhängigkeit zu genießen. Während sie die Geräte im Fitneßklub ausprobierte, musterte sie die attraktiven, schwitzenden Männer im Umkreis und dachte, daß sie sich diesen oder jenen rauspicken, mit jedem, der ihr gefiel, ein Wochenende verbringen, aber je nach Lust und Laune am Wochenende auch allein bleiben könnte. Allmählich fühlte sie sich sogar für letzteres stark genug. Die Säfte stiegen wieder, sie gewann ihre Lebenskraft zurück. Der Funke ihrer Tapferkeit, der schon erloschen schien, begann wieder zu sprühen.

Der Bekannte, der sie im Klub einführte, war ein echter Kumpel, ein gutaussehender, schwarzbärtiger Journalist namens Steve Rinaldi. Sie hatten sich kennengelernt, als sie beide noch mit anderen Partnern verheiratet gewesen waren, hatten mit dem Gedanken an eine Affäre gespielt, waren aber nie übers Vorspiel hinausgekommen. Entweder war es ihnen nicht bestimmt, oder es war einfach noch zu früh gewesen. Sie hatten sich dankbar auf eine platonische Freundschaft geeinigt, trafen sich ab und zu zum Essen in einer Kneipe in Westport, saßen die ganze Nacht lang am Feuer, tranken Wein und sprachen über Gedichte. Sie mochten einander wirklich gern und trösteten sich gegenseitig in ihren Scheidungsnachwehen. Sie telefonierten noch spät nachts miteinander (wie kann man nur eine Scheidung ohne Telefon durchstehen?), aber sie waren fest entschlossen, kein Verhältnis miteinander anzufangen. Vor Verhältnissen kann man sich kurz nach der Scheidung kaum retten, wahre Freunde aber sind Mangelware.

Steve zeigte Isadora, wie man die einzelnen »Maschinen« benutzt, und sie kamen beide ganz schön ins Schwitzen. Dann gingen sie in die Sauna und ins *hot tub.* Als sie gerade zum Essen gehen wollten, stießen sie an der Tür mit einem hochgewachsenen jungen Mann zusammen, dessen Namen Isadora nicht gleich verstand. Was ihr nicht entging, waren seine unwahrscheinlich blauen Augen, in denen gleichzeitig eine Spur Wahnsinn und große Verletzlichkeit lagen.

»Isadora, das ist Bean«, sagte Steve.

»Bean?«

»Berkeley Sproul der Dritte«, erklärte der junge Mann.

»›Bean‹ ist eine Koseform, die seit Kindestagen an mir hängengeblieben ist. Das kommt davon, wenn man Kinder mit den Namen ihrer Altvorderen belastet. Berkeley war der Mädchenname meiner Mutter – wie der Platz, wo die Nachtigall sang...«

Isadora hörte die Nachtigall, es war eine ausgesprochene Keatssche Nachtigall, deren Lied ihr Herzweh bereitete und ihre Sinne mit dumpfem, betäubendem Schmerz erfüllte. Was war das nur für eine Droge? War es LSD – oder DSL, *die süße Liebe?* War es ein Erdbeben oder nur Schock? War es Mockturtlesoup oder nur Mock? War es Keats, oder war es nur (nur!) Cole Porter?

Bean hatte aschblondes Haar, wirr und zerzaust wie das eines Kindes, und er hatte ein umwerfendes Lächeln. Isadora sah ihn an und konnte nur noch einen Gedanken fassen: Wie stelle ich es an, seine Telefonnummer zu bekommen? Mist! Sie hatte nicht einmal ihre geprägten Visitenkarten dabei.

»Bean ist Schauspieler«, sagte Steve.

»Nein, wirklich, so ein Zufall. Meine Schwester ist Besetzungschefin. Sie ist ständig auf der Suche nach neuen Gesichtern.«

Chloe, Isadoras jüngste Schwester, hatte wirklich einige Jahre als Besetzungschefin gearbeitet, aber sie hatte längst den Beruf gewechselt (im Moment ließ sie sich zur Psychotherapeutin ausbilden), doch das brauchte Bean ja nicht zu wissen.

Erstaunt sah Steve, wie Isadora und Bean einander im blaublitzenden Netz ihrer Blicke gefangenhielten. Sie hatten beide die gleichen Augen: veilchenblau mit gelben Sprenkeln. Sie umfingen einander mit den Blicken, wie es in John Donnes metaphysischen

Dichtungen heißt. (Im romantischen Roman leitet solch ein dramatischer Augenkontakt stets jene Szene ein, in der die verfolgte Unschuld auf den Helden trifft, der aber ein Wüstling ist, was sie daran erkennt, daß seine Augen undurchdringlich grau sind und seine Unterlippe sich kräuselt – was der geneigte Leser wohl dahingehend interpretieren soll, daß der Wollüstige die Tugendhafte durch ein höhnisches Lächeln brüskiert, an welchem seine jahrelangen Ausschweifungen ebenso schuld sind wie der Verzicht auf die Liebe einer guten Frau oder auf die »einzig wahre Liebe«, der allein es gelungen wäre, ihn – und seine Lippe – geradezubiegen. Beans Lippen aber kräuselten sich nicht vor Hohn, sondern einzig vor Entzücken.)

»Ich hab' Ihren Namen nicht verstanden«, sagte er.

»Isadora W...« Steve war so verwirrt von der elektrisierenden Sphärenumarmung, die sich da vor seinen Augen vollzog, daß er Isadoras Nachnamen verschluckte.

»Was für ein ausgefallener Name!«

»Das Kompliment kann ich Ihnen zurückgeben.« Isadora lachte.

»Haben Sie ein Stück Papier? Ich möchte der Dame meine Telefonnummer geben – für ihre Schwester, selbstverständlich.« Er schenkte Isadora ein strahlendes Lächeln.

Steve alias Amor holte einen zerknitterten Zettel aus der Tasche, auf den Bean und Isadora ihre Namen und ihre Nummern kritzelten, dann riß Bean ihn vorsichtig auseinander. Er behielt die Hälfte mit Isadoras Nummer und gab ihr die andere. (Isadora hatte nicht ihre Privatnummer aufgeschrieben, sondern die vom Auftragsdienst, doch die Entscheidung war ihr nicht leichtgefallen. Eine innere Stimme hatte ihr hartnäckig zugeflüstert: »Die Privatnummer, die Privatnummer...«)

Sie gingen ebenso unvermittelt auseinander, wie sie sich über den Weg gelaufen waren. Bean winkte ihnen zum Abschied zu, ehe er im Trainingsraum verschwand, und Isadora und Steve gingen zum Essen.

»Wer war denn das?« fragte sie auf dem Parkplatz.

»Ich kenn' ihn nicht gut, aber hier draußen begegnen wir uns ziemlich oft. Der Junge ist echt brauchbar. Hat mir schon eine

Menge Beziehungen verschafft. Ich weiß eigentlich gar nicht, warum, denn wir kennen uns wirklich nur flüchtig.«

»Oh, man sieht es aber den Leuten an, ob sie vertrauenswürdig sind«, sagte Isadora.

Sie glaubte das aufrichtig. Isadora konnte andere Menschen instinktiv richtig einschätzen, sie besaß eine Menge Intuition, aber manchmal – ziemlich oft sogar, um die Wahrheit zu sagen – wurde diese Intuition von ihren Bedürfnissen überschattet. Sie konnte nach Belieben lebensechte Charaktere auf dem Papier erschaffen, sei es der dämonische Liebhaber, sei es der zuverlässige Vater, aber dieselbe Fähigkeit – oder ihre Begierde – trübte oft ihre Urteilskraft, wenn es galt, wirkliche Menschen einzuschätzen.

Ich sollte Berkeley Sproul unter der Rubrik »Vergessen« ablegen, dachte Isadora, während sie neben Steve Rinaldi herging. Das letzte, was mir fehlt, ist ein neuer Liebhaber. Doch im gleichen Moment überlegte sie sich einen Spitznamen für diesen neuen Freund: Bean Sproß, Bean Sproß der Erste.

Zu Hause in Rocky Ridge gab es Ärger. Zuerst mit der Nanny und dann – der Himmel steh uns bei! – mit der Steuer. Ärger mit dem Kindermädchen war das letzte, was sie in dieser ruhigen Nachweihnachtszeit gebrauchen konnte, aber nun hatte sie welchen. Anscheinend wurde jeder gebannte Dämon durch einen neuen ersetzt. Das war das Leben auf der Überholspur – oder vielleicht einfach das Leben an sich.

Als Isadora gegen vier Uhr nachmittags das Haus betrat, teilte ihr Renata, ihre Sekretärin, mit, sie hätten große Probleme. Während Isadora im Fitneßklub in den Gesang der Nachtigall versunken war, hatte Alva Libbey ihre Tochter mit Geschichten über Fegefeuer und Verdammnis in Panik versetzt.

»Ich habe zufällig gehört, wie Alva dem Kind einredete, daß es sich in den Finger geschnitten habe, sei nur eine Strafe für die Sünden seiner Mutter. ›Die Sünden der Mutter werden heimgesucht an den Kindern‹, hat sie gesagt. Ich finde, wir sollten uns wirklich nach einer neuen Nanny umsehen! Das war nämlich heute nicht das erste Mal, daß Alva Mandy mit solchen Gruselgeschichten erschreckt hat.«

»Woher wissen Sie das?«
Renata antwortete mit der ihr eigenen trockenen Sachlichkeit: »Weil Mandy mal bei mir reinplatzte und rief: ›Alva sagt, ich komm' in die Hölle. Was ist das, Hölle?‹«
»O nein! So was würde sie dem Kind doch nie weismachen, oder?«
»Sie würde nicht nur, sie tut es. Ich glaube zwar nicht, daß Mandy sich unter Hölle etwas vorstellen kann, aber schon der Ton dieser Schauermärchen jagt ihr Angst ein. Alva erzählt ihr außerdem, sie dürfe nicht nach draußen auf ihre Schaukel, weil sie dort von Kidnappern geschnappt würde. Das erfindet sie aus purer Faulheit. Sie hat einfach keine Lust, im Garten auf Mandy aufzupassen.«
Isadora vertraute in fast allen Angelegenheiten auf Renatas Urteil, und wenn es um Kinder ging, vertraute sie ihr rückhaltlos. Sie stieß einen tiefen Seufzer aus: Die große Suchaktion nach einem Kindermädchen ging in die nächste Runde.
Isadora konnte Alva nicht hinauswerfen, ja sie konnte ihr nicht einmal damit drohen, ehe sie keine neue Nanny an der Angel hatte. Also hielt sie sich vorerst zurück, trat den quälenden Marsch durch die Vermittlungsbüros an und ließ sich die Lahmen, die Blinden und die Einäugigen präsentieren. (Woran liegt es, daß in einer Gesellschaft, die vorgibt, Kinder zu vergöttern, der Kinderbetreuung ein Makel anhaftet wie den Unreinen in Indien?) Unterdessen versuchte sie, Mandy gegen Alvas Greuelgeschichten zu wappnen, indem sie ihr erklärte, daß es erstens keine Hölle gebe, zweitens, wenn es eine gäbe, sie nicht hineinkäme, und drittens die Warnung vor Kidnappern unbegründet sei.
Mandy fragte: »Leute, die Kinder stehlen, kommen in die Hölle, stimmt das, Mama?« Was sollte Isadora darauf antworten?
»Nein. Es gibt keine Hölle, Mandy. Und hier bei uns stiehlt niemand Kinder.«
»Oh.« Mandy schien nicht zu wissen, was sie glauben sollte. »Darf ich mir die ›Muppetshow‹ angucken?«
Es war ein Wunder, daß Mandy überhaupt fragte, denn Alva ließ sie anscheinend Tag und Nacht vor dem Fernseher sitzen. Alva gehörte zu den Leuten, die den Bildschirm für einen praktischen

Babysitter halten. Daß Isadora Schwester Librium überhaupt so lange behalten hatte, war ein Rätsel, das sich wohl nur mit dieser Kavalkade von Nannys vor ihr erklären ließ. Isadora war der Meinung gewesen, daß eine ältere, standhafte Person in *jedem* Falle einem jungen englischen Küken mit prallreifen Eierstöcken vorzuziehen sei. Doch in Wirklichkeit war Alva Libbey vermutlich weniger standhaft als jedes andere Kindermädchen. Sie war erzkatholisch, las den »National Enquirer« nicht nur als Pflichtübung, sondern zum Vergnügen, gab sich vor Isadora servil und zog hinter ihrem Rücken furchtbar über sie her.

»Was Sie von mir und meinem Lebenswandel halten, ist mir völlig egal«, sagte Isadora zu Schwester Librium. »Aber schüchtern Sie mein Kind gefälligst nicht mit Ihren religiösen Anschauungen ein!«

»Oh, das würde ich nie wagen, Miz Izzydorry«, rief Schwester Librium. »Nicht in hundert Jahren würde ich so was tun.«

»Na schön, halten Sie sich dran«, sagte Isadora drohend und stieg hinauf in Renatas Büro, um wieder einmal mit der ermüdenden Suche nach dem idealen Kindermädchen zu beginnen; oder wenn schon nicht nach dem idealen, dann zumindest nach einem zuverlässigen.

Sie rief Vermittlungsbüros an, Freunde, die ein schwedisches Au-pair-Mädchen hatten (mit Freundinnen in Schweden), Bekannte, die ein dänisches Au-pair-Mädchen hatten (mit Freundinnen in Dänemark), und Nachbarn, die ein finnisches Au-pair-Mädchen hatten (mit Freundinnen in Finnland). Zwischen all diesen Telefonaten teilte Renata ihr etwas mit, was vielleicht das ganze Kindermädchenproblem auf immer in die graue Theorie verbannen würde.

»Sie sollen Mel Botkin anrufen. Es sei wichtig. Handelt sich um eine Steuerprüfung.«

Gibt es in unserer Sprache einen bedrohlicheren Begriff als »Steuerprüfung«? Wenn ja, dann ist es wohl die Frage: »Ist das ›in‹?« oder die Diagnose: »bösartige Geschwulst«. Jedenfalls klingt kaum etwas so verhängnisvoll wie »Steuerprüfung«, die Formulierungen in Krankengeschichten einmal ausgenommen.

»Oje, Mel Botkin!« Isadora seufzte. »Was um Himmels willen könnte Mel veranlassen, ein Problem telefonisch anzukündigen?«

»Ein großes Problem. Soll ich Sie mit ihm verbinden?«

»Hm-hm.« Isadora sah im Geiste ein Schuldgefängnis aus dem achtzehnten Jahrhundert vor sich (das getreue Abbild des New gate aus der »Bettleroper«), in dem sie, Mandy und Dogstojewski ihre besten Jahre zubringen. Sie müssen sich ihr Essen und wenige kümmerliche Vergünstigungen von dem geizigen Gefängniswärter erbetteln, der diese nur gewährt, weil es ihn nach der inzwischen heiratsfähigen Amanda gelüstet und nach ihrer alternden, aber noch immer knusprigen Mutter.

Mel Botkin war Isadoras Manager und Finanzberater. Die Vorfahren des kräftig gebauten, rundlichen Juden, seines Zeichens diplomierter Wirtschaftsprüfer, stammten aus einer Stadt in der Ukraine, in der vermutlich eine ganze Generation jüdischer Großmütter von Tataren vergewaltigt worden war. So hatte denn auch Mel asiatisch anmutende Schlitzaugen, hohe Wangenknochen (wie ein feister Pan) und einen hochaufgetürmten schwarzen Haarschopf im Afro-Look (den er freilich als »Isro« bezeichnete). Botkin verfügte über eine Ehefrau auf Long Island, eine Geliebte in SoHo und Dutzende von Klienten aus dem Showbusineß, die von ihm ebenso sklavisch abhängig waren wie von ihrem Therapeuten.

Isadora war zu einer Zeit an Mel geraten, als ihr die Regelung ihrer Finanzen über den Kopf zu wachsen drohte. Zu ihrem eigenen Erstaunen fing sie damals an, große Summen zu verdienen, und sie hatte nicht die leiseste Ahnung, was sie mit dem Geld anfangen sollte. Sie bewahrte weder Quittungen noch Kassenzettel auf, verstand nichts von Buchführung und begriff erst recht nicht das Kleingedruckte in den Broschüren, die das Finanzamt am laufenden Band verschickt. Es ist paradox, daß ausgerechnet in dem Land, in dem der Selfmademan erfunden wurde und in dem Benjamin Franklin in »Poor Richard's Almanack» dem kleinen Mann den »Weg zum Reichtum« wies – von den Meriten der puritanischen Vorväter (und Vormütter) ganz zu schweigen –, daß ausgerechnet in diesem Land eine Regierung herrscht, die alle

Bürger mit Ausnahme der völlig Mittellosen in totale Abhängigkeit von ihren Steuerberatern zwingt.

Mel Botkin war ein Star seines Berufsstandes. Seine Klientenkartei hätte er als »Who's Who« der neurotischen Juden im Showbusineß veröffentlichen können (um des gesunden Ausgleichs willen war sie freilich mit ein paar neurotischen Vertretern der protestantisch-angelsächsischen Geldaristokratie durchsetzt). Mels bester Klient war vermutlich Ham Garland, sozusagen sein Urklient. Ham Garland alias Herman Grabowsky war ein kleiner, dürrer, rothaariger Komiker, der in Nachtklubs aufgetreten war, bis er sich zum Filmproduzenten und Kinostar mauserte. Allein mit Verstand, Witz und kraft seiner Persönlichkeit war es ihm gelungen, sein käsiges, mit Sommersprossen übersätes, degeneriertes Ich als Sex-Appeal zu vermarkten (in einem Land, in dem Berühmtheit selbst den häßlichsten Mann sexy macht, ein Gesetz, das sich freilich nicht unbedingt auch auf häßliche Frauen übertragen läßt). Ham Garland war in mancher Beziehung ein wahres Genie und in anderer Beziehung ein echtes Arschloch. Ihm war es gelungen, in den siebziger Jahren einen *Stumm*film zum Kassenschlager zu machen. Er schaffte es, großartige Kritiken im »New Yorker« zu kriegen, während der »National Enquirer« darüber rätselte, welches schwedische Sexsymbol gerade in seiner »entzückenden« Stadtwohnung im West Village logierte. Er hatte den Trick, über Hollywood herzuziehen und gleichzeitig dort abzukassieren, zur hohen Kunst stilisiert.

Ham Garland war der ideale Klient für Mel Botkin. Ham wollte mit Geld nichts zu tun haben, und Mel Botkin war ein Meister des Zerbrich-dir-nicht-deinen-hübschen-kleinen-Kopf-darüber (oder auf Ham übertragen: deinen-kahl-werdenden-kleinen-Kopf). Ham Garland war bekannt dafür, daß er nie auch nur ein Zehncentstück zum Telefonieren bei sich trug. Sein Chauffeur (der ihm bei seinen Spaziergängen durch New York in einem schwarzen Jensen-Healey folgte, auf dessen Nummernschildern – Gott steh uns bei! – zu lesen stand: AUTEUR) hielt das Kleingeld für ihn bereit, so, wie die Hofdamen Elizabeths der Zweiten die Shillings und Pence Ihrer Majestät tragen. Isadora hatte mehrmals miter-

lebt, wie Hams Sekretärin in Mels Büro anrief und ihn beauftragte, nach Venedig, Paris oder Rom Geld zu überweisen. Einmal warf sie heimlich einen Blick in Hams Abrechnung, und sie stellte verblüfft fest, daß er in einem einzigen Jahr vierzehn Millionen Dollar verdient hatte. Das bedeutete Steuerprobleme, im Vergleich zu denen Isadoras Schwierigkeiten kleine Fische waren.
Mel spielte die Rolle des freundlichen Onkels, der von seinen Klienten jedoch nie verlangte, daß sie sich ihm wie unmündige Kinder fügten. Aber seine Kanzlei war so strukturiert, daß einem gar nichts anderes übrigblieb: Mel beschäftigte Scharen von Beratern und Sekretärinnen, deren Hauptaufgabe darin bestand, den Klienten Händchen zu halten und sie dazu zu bringen, alles Mels dienstbaren Geistern zu überlassen und sich nicht weiter um die Geschäfte zu kümmern. Was war das Problem? Der Ablieferungstermin für ein Manuskript, die Dreharbeiten für einen Film, die Einstudierung eines Stücks? Mels Kanzlei zahlte die Rechnungen, machte die Steuererklärung, investierte das Geld, kaufte den Wagen, den man brauchte (kümmerte sich um Zulassung und Versicherung, ja, ließ sogar in einer Werkstatt, die nur er kannte, feine Streifen auflackieren, die eine Spezialanfertigung vortäuschten). Wollte man für ein halbes Jahr ans Meer? Die Kanzlei besorgte ein Haus am Strand, fand einen Interimsmieter für die Stadtwohnung, arbeitete die Reisepläne aus und brachte es sogar fertig, den Hund so sachgerecht unterzubringen, daß er während des Flugs nicht umkam. Es war unmöglich für einen überbeschäftigten, gestreßten, neurotischen, besessenen, schöpferischen Menschen, sich von diesen schier unbegrenzten Dienstleistungen nicht verführen zu lassen. Mel war ein Mittelding zwischen Weihnachtsmann und liebem Gott. Nach einiger Zeit gewöhnte man sich so sehr daran, zu seinem Ehepartner, zur Sekretärin oder zum Liebhaber zu sagen: »Schick die Rechnung an Mel«, daß man den Eindruck bekam, *Mel* verdiene das Geld für einen und erlaube einem gütigerweise, sich auf seine Kosten ein schönes Leben zu machen.
Mel tat nichts, um diese Illusion zu zerstören; im Gegenteil, er unterstützte sie noch. Er war charmant, gesprächig, besaß eine

wundervolle Begabung zum Zuhören (oder etwa Verhören?) und hatte immer Zeit für seine Klienten: Zeit, um nach Connecticut zu kommen und den ganzen Tag lang darüber zu diskutieren, ob man ein *hot tub* einbauen solle; Zeit, Häuser in der Zehnten Straße West anzuschauen, wenn man sich unbedingt ein altehrwürdiges Sandsteinhaus in den Kopf gesetzt hatte; Zeit, bei den Vorbereitungen für den geplanten Urlaub in Venedig zu helfen; Zeit, einen beim Kauf eines Rolls-Royce, eines Jensen-Healey oder gar eines Ferrari zu beraten.

Als Isadora nach Jahren die Psychologie entdeckte, die hinter Mels Konzept verborgen lag, war es bereits zu spät. Kreative Menschen – um diesen abgenutzten Terminus einmal mehr zu strapazieren – können ihr Wirken nicht in Relation zu Geld setzen (geschweige denn zum Kleingedruckten in den Broschüren des Finanzamtes), weil sie nicht um des Geldes willen arbeiten. Sie empfangen ihre geistigen Produkte als Geschenk und geben sie so selbstverständlich weiter, wie ein Baum seine Blätter sprießen läßt. Sie könnten ihre Werke gar nicht zurückhalten, ob sie nun dafür bezahlt werden oder nicht. So, wie sich die Künstler bei den Shakern schlicht als »Instrument« bezeichneten, macht jeder, dem ein Gedicht, ein Lied oder ein Stück aus der Feder fließt, die Erfahrung, daß die Gabe ihm nicht wirklich gehört, er sie folglich auch nicht verkaufen kann. Er kriegt sie geschenkt und gibt sie weiter, gibt sie zurück an den Strom der Schöpfung, aus dem sie gekommen ist. Natürlich braucht man etwas zu essen, und man muß Miete zahlen, da die Hauseigentümer sich kategorisch weigern, statt barer Münze Lieder und Gedichte anzunehmen. Aber Künstler haben grundsätzlich ein gestörtes Verhältnis zum Geld, weil sie nicht für Geld schaffen; sie würden auch dann arbeiten, wenn sie es umsonst tun müßten. (Isadora zum Beispiel schrieb schon Gedichte und Romane, lange bevor sie hoffen durfte, einen Verleger dafür zu finden, und sie schätzt immer noch jene Bücher am meisten, die sie ohne Bezahlung, ohne Vertrag und ohne Vorschuß verfaßt: ganz besonders ihre Gedichte.) Angesichts dieses Paradoxons von der Kunst als Geschenk in einer Gesellschaft, die vom Geld regiert wird, darf es nicht überraschen, daß viele Künstler einen Mittelsmann benötigen, um mit der Welt des Geldes, in der sie so wenig bewandert sind, zu verhandeln. Für Isadora war Mel dieser Mittelsmann. Er war wie der *schabbes-goj*, der am Sabbat das Feuer für die orthodoxen Juden anzündet. Mel beschmutzte seine Hände mit Geld, damit Isadora ihre rein halten konnte. Nur seine Finger berührten die Kasse. Nur seine Finger waren *in* der Kasse.

Aber konnte man etwas anderes erwarten? Rechnete man denn damit, einen jüdischen *schabbes-goj* umsonst zu bekommen? Man schrieb seine Bücher, weil man nicht anders konnte (und ohne daß man sich einen Nickel davon versprach). Wenn der Geldsegen dann über einen hereinbrach, war man fassungslos wie ein Kind. Was blieb einem also übrig, als sich einen Daddy zu suchen, dem man den ganzen Reichtum anvertrauen konnte?

Mel hatte übrigens eine wunderbare Art, mit Geld umzugehen – er war so großzügig mit Geld wie Dichter mit Worten. *Er* war es, der Isadora lehrte, wie man Reichtum genießt, wie man lebt. »Warum fliegen Sie Touristenklasse«, sagte er, »wo doch der Staat die Hälfte der Kosten übernimmt, wenn Sie erster Klasse fliegen?« – »Warum nehmen Sie nicht dieses Modellkleid für zweitausend Dollar – Ihr Image im Fernsehen erfordert das.« – »Warum nicht einen Sechzigdollarhaarschnitt? Sie sind schließlich eine Persönlichkeit.« Wann immer Isadora ein schlechtes Gewissen hatte, weil sie zuviel Geld ausgab – besonders wenn es zu ihrem Vergnügen geschah –, befreite Mel sie von ihren Schuldgefühlen, indem er versicherte, es sei wichtig für ihre Arbeit, ihr Image, ihren Seelenfrieden. Er war das beste Heilmittel gegen puritanische Moralvorschriften. Er war Mr. Spendabel – mit ihrem Geld. Jedesmal, wenn Isadora ihn anrief und sich besorgt erkundigte, ob sie sich dies oder jenes leisten könne, sagte Mel: »Wir können es uns leisten.« Isadora wußte, daß alles in schönster Ordnung war, solange Mel »wir« sagte. Hätte er angefangen, »Sie« zu sagen, etwa: »Sie können es sich nicht leisten«, dann hätte das bedeutet, daß sie ganz schön in der Tinte saß.

Hatte sie gar keine Bedenken, was Mel betraf? Natürlich hatte sie welche. Sie wäre jedem mit Mißtrauen begegnet, der Vollmacht

über ihr Geld besaß. (Mel kümmerte sich um alles, mit Ausnahme von Mandys Treuhandvermögen, das Lowell Strathmore verwaltete.) Aber was hätte sie tun sollen? Erstens verstand sie die Broschüren des Finanzamts nicht. Zweitens war sie so vom Schreiben in Anspruch genommen, so besessen vom nächsten Buch oder gar vom übernächsten, daß die Schriftstücke der Steuerbehörde ihr wie lästige Fliegen erschienen, die ihr um die Ohren summten – und Mel war ihre Fliegenklatsche. Sie war ständig im Streß, versuchte entweder bis Weihnachten zweihundert Seiten zu schaffen oder vierhundert bis zum Unabhängigkeitstag. Während ihrer Schwangerschaft entwickelte sich eine Art Wettlauf zwischen dem Manuskript und dem Baby. Sie wollte wenigstens den Entwurf zu »Tintorettos Tochter« fertigstellen, ehe die Wehen einsetzten. (Sie schaffte es nicht.) Von ihrem Mann konnte sie die Regelung der Finanzen nicht erwarten. Josh hatte auf alle Fälle noch weniger Geschäftssinn als sie, und er war überglücklich, den leidigen Kram Mel überlassen zu können. »Überlaß das Mel« wurde in ihrer Ehe zur stehenden Redensart. »Überlaß das Mel« war darüber hinaus eine Ausflucht, die beide der Notwendigkeit enthob, sich mit der Tatsache auseinanderzusetzen, daß Isadora den Haushalt finanzierte. Mel zahlte ja die Stromrechnung, die Gasrechnung, die Hypothekenzinsen, den Kindergarten – nicht Isadora. Mels Existenz war wie ein Trostpflaster für Joshs zerbrechliches, bedrohtes Ego. Wenn Isadora selbst die Schecks hätte ausstellen müssen, wäre Josh schon früher fortgegangen.
Hin und wieder verfolgte sie die Vorstellung, Mel könne sich klammheimlich in ein Land absetzen, mit dem keine Auslieferungsvereinbarung bestand. Mel war ein begeisterter Segler. Er besaß ein seetüchtiges Boot, und Isadora malte sich aus, wie sie eines Tages vor seinem schäbigen kleinen Büro an der Vierundvierzigsten Straße West stehen würde. (Mels Kanzlei befand sich in einem jener alten Agenturbürokomplexe mit Glastüren, auf denen der Firmenname steht.) Die Tür ist mit Brettern vernagelt, auf einem Schild steht in ungelenken Buchstaben BIN BEIM ANGELN, und Mel Botkin ist auf und davon nach Venezuela. Während Isadora gegen die Tür hämmert, erscheinen auf einmal alle ande-

ren Klienten von Mel auf der Bildfläche: Matthew Myers, der hinreißende, grünäugige, hohlwangige Talkmaster (der nebenher Werbespots für »Atari« macht); die schwarzhaarige, behoste Lola Thornton, eine Versprengte der sechziger Jahre (mit ihrem regenbogenfarbenen Nachwuchs und ihren diversen zwanzigjährigen Liebhabern, von denen die meisten als Drummer in ihrer Band angefangen haben); Hassell Lewis, der rundliche Kabarettist, der von College zu College zieht und Ronald Reagan und Richard Nixon parodiert; Jennifer Hines und Stedman Stillman, das große alte Bühnenpaar des amerikanischen Theaters; Hilly Workman, der zwergenhafte Drehbuchautor; und natürlich Ham Garland (der zwar noch nie in dem Büro gewesen war, denn Mel kam zu ihm, der diesmal aber eine Ausnahme machte). Wie sie alle so versammelt sind, dämmert ihnen die furchtbare Wahrheit: Mel Botkin ist mit ihrem Geld davongesegelt! Sie organisieren auf der Stelle eine Expedition – organisieren »eine Expotition«, um mit Pooh dem Bär zu sprechen, die den betrügerischen Mel in Venezuela aufspüren und der Gerechtigkeit auf dem Boden der Vereinigten Staaten in die Arme führen soll (vielleicht mit Supermans Hilfe?). Es wird so ähnlich wie bei den irren Verfolgungsjagden in einem Belmondofilm. All diese verdutzten Intellektuellen und Theaterkäuze verwandeln sich auf einen Schlag in pfiffige französische Abenteurer (die »Gauloise« lässig im Mundwinkel) oder in Karibikpiraten mit einem Säbel zwischen den Zähnen. Und auf geht es nach Venezuela, zur großen Verfolgungsjagd! Endlich sind sie einmal Menschen der Tat, keine Luftakrobaten mehr! Große Kämpfe und große Gefahren müssen sie bestehen, aber sie bringen Mel zur Strecke, und er fällt reumütig vor ihnen auf die Knie und verspricht, ihr Geld nie, nie mehr anzurühren. Dann segeln sie im Triumph durchs Bermudadreieck (nachdem sie ihr Geld haben *ent*verschwinden lassen) nach New York zurück, und alles ist wieder so wie früher, nur daß der geläuterte Mel ihre Geschäfte jetzt ehrlich führen wird. Hah!

Soviel zu den Ausgeburten der Phantasie, aber die Realität ist stets noch eine Spur unwahrscheinlicher.

»Hallo, Mel. Was gibt's?«
»Nichts Besonderes«, antwortete Mel mit der Guten-Onkel-Stimme. »Aber ich meine, wir sollten uns mal unterhalten.«
»Wieso? Was ist los?«
»Tja, ich bin der Meinung, wir sollten das persönlich besprechen – nicht am Telefon. Soll ich nach Connecticut kommen, oder sind Sie in den nächsten Tagen in New York?«
Er fragte das ganz beiläufig, aber Isadora hörte die unterschwellige Panik heraus – nur wußte sie nicht, ob es seine Panik war oder die ihre.
»Wie bald muß denn diese Unterhaltung stattfinden?«
»Och, mir wäre jeder Termin recht.« Mel wirkte ganz gelöst. »Aber je eher, desto besser. Sind Sie morgen in New York?«
»Ich komme, wenn es so wichtig ist.« (Insgeheim war Isadora erleichtert, weil Mel nicht darauf bestanden hatte, zu ihr zu kommen; das wäre der Beweis dafür gewesen, daß das Problem noch größer war.)
Na wunderbar! Sie mußte morgen nach New York und war gezwungen, ihr Kind in der Obhut einer Frau zu lassen, die ihm Geschichten vom Fegefeuer erzählte. Isadora dachte eine Weile darüber nach und kam zu dem Schluß, daß sie Alva Libbey keinen Tag länger behalten konnte. Vielleicht hatte Amandas Psyche schon Schaden gelitten, aber jetzt, da Isadora alles über die Gruselgeschichten wußte, durfte sie als Mutter Alva auch nicht einen Tag mehr im Hause dulden. Schlimmstenfalls würde sie ihre Arbeit Arbeit sein lassen und sich selbst um Mandy kümmern, bis sie ein akzeptables Ersatzkindermädchen gefunden hatte. Inzwischen würde sie sich mit Babysittern behelfen, von denen es etliche in der Nachbarschaft gab.
Alva konnte die plötzliche Kündigung gar nicht fassen. »Ich hab' nichts falsch gemacht, Miz Izzydorry«, beteuerte sie. Isadora erwog, die Fegefeuerfrage nochmals aufs Tapet zu bringen, entschied aber, daß es sinnlos sei. Sie verabschiedete Alva so schnell wie möglich, während Mandy zeterte: »Ich will keine neue Nanny! Ich will keine neue!« (War das Kind einer Gehirnwäsche unterzogen worden?) Isadora holte die rothaarige Danae als not-

dürftigen Ersatzbabysitter ins Haus, damit sie ihre Verabredung mit Mel in New York einhalten konnte.
Danae war eine von den Typen, wie man sie nur in der Szene von Malibu oder Venedig, in Kalifornien, Woodstock, New York – oder in Rocky Ridge, Connecticut, antrifft. Sie war eine bildschöne, ein bißchen verrückte Engländerin (aus dem Norden – aus Lancashire, um genau zu sein), arbeitete als Serviererin in diversen Vegetarierlokalen, half bei großen Partys aus, ging babysitten, machte bezaubernde Petit-point-Stickereien, unterrichtete Joga und brachte ungedeckte Schecks in Umlauf. Sie war erst fünfunddreißig, hatte aber schon vier halberwachsene Kinder aus verschiedenen Ehen (die Kinder waren reizend und offenbar das Gegenteil ihrer jeweiligen Väter). Danae ließ sich treiben: von einem Gelegenheitsjob zum anderen, von einem Mann zum anderen, von einem Babysitten zum anderen. Sie schien keinerlei Unterstützung zu bekommen, und doch hielt sie sich irgendwie über Wasser. Die Kinder vergötterten Danae – sie war schließlich Lady Madonna –, und Amanda machte da keine Ausnahme. Danae hatte Mandy, seit diese ein Baby war, ab und zu gehütet. Sie war ziemlich chaotisch, aber zuverlässig, weshalb Isadora Mandy beruhigt in ihre Obhut gab und nach New York fuhr, um Mel Botkin zu treffen.

Mels Büro machte auf Isadora stets den beruhigenden Eindruck, ihr Finanzberater müsse im Grunde doch ein anständiger Kerl sein. Hätte ein Gauner ein so bescheidenes Büro? Hier residierte kein Hollywood-Wirtschaftsmanager mit Chromblenden an den Art-deco-Wänden und Stühlen für siebentausend Dollar das Stück von Karl Springer (oder vom Design Centre an der Westküste). Hier gab es kein Chichi à la »Architectural Digest«. Beruhigend war auch, daß Mel weder eine Sauna hatte noch ein Trimmgerät, an das man sich mit dem Kopf nach unten hängen konnte, geschweige denn cremefarbene Wildledersofas von Brunschwig & Fils oder eine von Spots angestrahlte Kakteenzucht. Er prunkte auch nicht mit Sammlerstücken (wie zum Beispiel alten Quilts) im Vorzimmer. Nein – sein Büro roch nach kaltem Zigarrenrauch und sah aus wie ein Szenenaufbau für »Die Macher«. (Und man weiß doch, daß die letzte Sequenz dieses Films im Gefängnis spielt.)

Mel hatte nur eine Couch, ein altes, durchgesessenes braunes Lederding, dessen Sprungfedern schon seit vielen Steuerperioden kaputt waren; die Stühle, einfache Bürostühle Jahrgang 1930 aus Nußbaum, knarrten, wenn man sich darin zurücklehnte; die Aktenschränke waren khakifarben. Alte Ausgaben von »Variety« und dem »Hollywood Reporter« lagen herum (dazwischen ein paar »Wall Street Journals«). Die Sekretärin hatte einen Kaugummi zwischen den Zähnen und eine grüne Strähne im Haar. Da man hier sowenig Wert auf Äußerlichkeit legte, mußte der Kunde unwillkürlich annehmen, daß man mit seinem Geld sinnvoll und vernünftig umging in der Firma »Botkin & Sohn«. (O ja, Mel Botkin hatte einen Sohn, den er wie einen Lakaien behandelte und dem er keinerlei Kontakt mit den Klienten erlaubte.)

Isadora wurde in Mels Heiligtum geführt. Wie gewöhnlich schien er unbegrenzt Zeit für sie zu haben und absolut nichts Geschäftliches besprechen zu wollen.

»Na, wie geht's denn der lustigen Scheidungswitwe?« Er stand auf und umarmte sie herzlich wie ein tapsiger Bär. Bärenhafte Umarmungen waren Mels Spezialität. Sein dicker Bauch war dabei zwar im Wege, aber andererseits wirkte er gerade dadurch wie ein echter Meister Petz.

»So lala«, antwortete Isadora. »Allmählich schwimme ich mich wieder frei.«

»Ja, ja, die Umstellung ist besonders schwer«, sagte Mel, der keine einschlägige Erfahrung besaß, da er seit dreißig Jahren verheiratet war und seit zehn Jahren dieselbe Geliebte hatte. Aber er strahlte soviel Einfühlungsvermögen und Wärme aus, daß Isadora sich wohl fühlte und glücklich war, hier in seinem Büro zu sitzen. Eigentlich war sie hergekommen, um mit ihm über eine Steuerprüfung zu sprechen, aber jetzt schien er nur über erfreulichere Dinge plaudern zu wollen. Da Isadora in dem Ruf stand, obszöne Bücher geschrieben zu haben, versuchte Mel sie ständig über Sexklubs und Massagesalons, Kabelfernsehstationen mit Softpornoprogramm oder die neuesten schlüpfrigen Bücher auszufragen. Heute wollte er ihr von einem Besuch in New Yorks bekanntestem Sexklub berichten, dem »Eros Anonymous«, wo er anscheinend mit seiner Geliebten gewesen war. (Mel spielte nie direkt auf sie an, aber unter seinem Schreibtisch befand sich ein Privattelefon, in das er mit einer Stimme sprach, die verriet, daß die Person am anderen Ende ihm all seine erotischen Phantasien entlockte.) Isadora nannte es in Gedanken das »Mätressentelefon«. Wenn Mel ein Gespräch von diesem Apparat aus führte, verrieten ihr sein Zwinkern und seine verstohlenen Seitenblicke, daß er eine heimliche Gefährtin für die Besuche jener Vergnügungsstätten haben mußte, die Florence Botkin aus Cedarhurst, Long Island, freiwillig nie betreten hätte. Isadora tat es übrigens auch nicht mehr. Sie war einmal (gewissermaßen als berufliche Pflichtübung) gleich nach der Eröffnung im »Eros Anonymous« gewesen, und sie vertrat seitdem die These, daß die Klöster ihre Mönche dorthin schicken sollten, um die Einhaltung des Keuschheitsgelübdes durchzusetzen. Dieser Partnertauschklub hätte sie beinahe dazu gebracht, dem Sex abzuschwören. Sie und Josh konnten dort nicht einmal miteinander! Als sie das merkten, nahmen sie Reißaus. Aber Mel fand »Eros Anonymous« wunderbar. Er hatte japanische Geschäftsleute und Callgirls dorthin eingeladen, und sie hatten offenbar alle viel Spaß gehabt.

»Hatten die Japaner ihre Kameras dabei?« erkundigte sich Isadora. (Sie stellte sich zwei winzige Japaner im dreiteiligen Anzug vor, die wild drauflosknipsten, während zwei nackte Riesendamen an ihrem Arm hingen.)

»Nein.« Mel lachte fröhlich. »Ich glaube nicht, daß man dort fotografieren darf.«

»Als ich dort war, hatte ich Angst, ich krieg' Fußpilz – und das am ganzen Körper!«

»Nein, so was! Wenn man sich vorstellt, daß Sie ihn erfunden haben...«

»Was, den Fußpilz?«

»Nein, ich spreche vom Sex«, sagte Mel.

»Ich? Den Sex erfunden? Sie schmeicheln mir.«
»Nein, nein, ich meine... Waren Sie das nicht, die den Begriff vom spontanen Fick geprägt hat?«
»Spontanfick«, korrigierte ihn Isadora. »Und ich werde es mein Leben lang bereuen. Wahrscheinlich werden sie auf meinen Grabstein schreiben: ›Hier ruht die Frau, die als erste vom Spontanfick sprach‹, all meine Gedichte und Romane aber werden vergessen sein.«
»Das glaube ich nicht.«
»Wahrscheinlich bin ich immer noch depressiv. Aber zur Sache, Mel. Was ist das für eine Steuerprüfung?«
»Also, es ist nichts *sehr* Ernstes... nichts, was sich nicht höchstwahrscheinlich wieder geradebiegen läßt... Erinnern Sie sich noch an die Beteiligung an Lotus Limited?«
»Nein. Klingt wie ein chinesisches Restaurant.«
»Also ich bin mir sicher, daß ich Ihnen davon erzählt habe. Es war im Grunde ein Stellagegeschäft.«
»Was ist das?«
»Im Grunde so was wie eine Gegendeckung.«
»Und was ist das?«
»Tja, also man erzielt Gewinne aus der Differenz zwischen zwei Preisen – dem geforderten und dem erzielten... Es ist ziemlich kompliziert, doch wenn Sie wollen, gebe ich Ihnen die Unterlagen zu lesen. Sie sind zwar furchtbar lang und entsetzlich verwirrend, aber...«
Mit diesen Worten brachte Mel mehrere dicke Bündel Fotokopien zum Vorschein. Es waren gewiß Hunderte von Seiten, die da in Klarsichtmappen vor ihr lagen.
»Raus damit! Was ist passiert?«
»Also, Sie hatten ziemlich viel Geld bei Lotus Limited investiert... und es ist so... das meiste von dem Geld... also das Management war miserabel, und die Schutzklausel...«
»Heißt das, dieses Unternehmen lag in einem Steuerparadies?«
»Ja... also durch Fehler im Management, die wir nicht verhindern konnten, ist ein Großteil der ursprünglichen Investition... also... verpulvert worden.«

»Sie wollen damit sagen, ich habe eine Menge Geld verloren. Wieviel?«
»Also, man kann es nicht direkt als Verlust bezeichnen, denn Sie können eine große Summe abschreiben...«
In Isadoras Kopf drehte sich alles. Daddy, Meister Petz, der sie schützen und ihre Interessen wahren sollte, versuchte ihr klarzumachen, daß sie ihr ganzes Geld verloren hatte.
»Wieviel, Mel?«
»Also, die eigentliche Beteiligung belief sich lediglich auf zweihunderttausend Dollar. Aber wenn die Investition nicht als solche anerkannt wird, könnte es sein, daß Sie mit einer Million Dollar Steuernachzahlung rechnen müssen...«
»Ich... was sagen Sie da?«
Es war ein kafkaesker Alptraum. Am Ende würden ihre Schulden womöglich höher sein, als ihr Besitz es ihres Wissens je gewesen war.
»Hätte ich das Geld für diese Steuernachzahlung?«
»Also, ich glaube, es wird viele, viele Jahre dauern, ehe dieser Fall entschieden ist. Und dann ist aufgrund der Inflation der Dollar viel weniger wert als heute. Aber in der Zwischenzeit haben Sie das Geld zur Verfügung, das sonst an die Steuerbehörde gegangen wäre.«
»Das verstehe ich nicht.«
»Also, passen Sie auf, Sie können *jetzt* etwas mit dem Geld anfangen.«
»Aber was nützt mir das, wenn die Investition verloren ist?«
»Sie brauchen die Steuernachzahlung nicht zu leisten, bevor der Fall abgeschlossen ist, verstehen Sie? Und wenn das geschieht, werden die Dollars, die Sie bezahlen müssen, viel, viel weniger wert sein als heute... Können Sie mir folgen?«
»Nein.« Isadora begriff nur, daß sie in großen Schwierigkeiten war. Der drohende Schuldturm des achtzehnten Jahrhunderts rückte näher.
Mel legte sich gewaltig ins Zeug, um einen eleganten Rückzieher zu machen. »Wahrscheinlich wird nichts von alledem eintreten. Wenn die Regierung den Steuerschutz aufhebt, gehen wir in

Berufung, und wenn wider Erwarten doch der Tag kommen sollte, an dem Sie das Geld zurückzahlen müssen, dann wird es kaum ins Gewicht fallen...«

Isadora war wie vom Donner gerührt. Sie hatte nur dann das Gefühl, viel Geld zu besitzen, wenn sie ein Modellkleid oder einen neuen Wagen kaufte. Ihr Begriff vom Geld unterschied sich nicht sonderlich von dem eines Schwarzen im Getto. Wenn sie es nicht anziehen oder damit fahren konnte, glaubte sie nicht daran, daß sie es besaß. Ansonsten gab es nur unverständliche Auslagen und rätselhafte Steuervorschriften. Darum hatte sie alles Geschäftliche Mel anvertraut – doch nun stellte sich heraus, daß Mel ernsthaft Mist gebaut hatte. Gott sei Dank hatte er nicht auch noch Mandys Treuhandvermögen, das Strathmore verwaltete, flüssig machen können. Die Vollmacht dazu fehlte ihm. Sie selbst war zu sehr mit den Hochs und Tiefs in ihrem Leben beschäftigt gewesen, um sich darum zu kümmern.

Natürlich kam es ihr auch nicht in den Sinn, Mel die entscheidenden Fragen zu stellen: Hatten er und seine Gesellschaft ein Honorar dafür bekommen, daß sie Lotus Ltd. unterstützten? Was war Lotus Ltd. überhaupt? Und wer leitete diese Firma? Aber Isadora hatte es die Sprache verschlagen, so sehr überwältigten sie panische Angst und das Gefühl, allein und hilflos dazustehen. Oh, sie wußte nur zu gut, daß es für den Schutz von Daddys keine Garantie gab. Josh hatte versprochen, Amanda gemeinsam mit ihr großzuziehen – und er hatte sich davongemacht. Mel hatte ihr Geschäftssinn (wenn nicht gar absolute Sicherheit) versprochen – und nun sah es so aus, als habe er ihr Geld in ein Unternehmen gesteckt, das so solide war wie Wundertüten oder Knallbonbons. Wie gewonnen, so zerronnen, ging es ihr durch den Kopf. Aber ihr nächster Gedanke war: Was soll ich tun? Für Probleme gibt es Lösungen, und dieses Problem muß ich angehen.

»Was machen wir jetzt?« fragte sie Mel.

»Erst einmal gar nichts. Ich wollte Sie nur über das Ausmaß des Problems in Kenntnis setzen.«

»Gibt es noch irgend etwas, das Sie mir verschweigen?«

»Nein. Ich darf Ihnen lediglich versichern, daß ich untröstlich bin über diese Entwicklung.« Damit erhob sich Mel und umarmte sie wie ein großer, tolpatschiger Bär.

Isadora irrte durch die Straßen wie eine obdachlose Waise. Sie hatte QUIM in einem Parkhaus an der Sechsundvierzigsten Straße abgestellt, aber sie ging nicht dorthin zurück, sondern in Richtung Broadway. Sie betrachtete die Penner vor den Bars und lauschte der Kakophonie des Lebens auf dieser Vergnügungsmeile der Stadt. Der Broadway hätte genausogut das London des achtzehnten Jahrhunderts sein können, und Mel ein Straßenräuber, der sie beraubt und frierend im Graben ausgesetzt hat, so allein und hilflos fühlte sie sich. Sie hatte keinen Mann, niemanden, der ihr half, ihr Kind großzuziehen, und das einzige, womit sie Geld verdienen konnte – das Schreiben –, wollte ihr seit einem Jahr vor lauter Depressionen nicht mehr gelingen. Sie war schon auf dem Weg gewesen, ihre Kräfte zurückzugewinnen, aber jetzt hatte sie das Gefühl, jemand habe ihr einen Schlag in die Magengrube versetzt, der sie erneut zu Boden warf. Wo sie auch hinsah, überall hatte sie nur Verluste erlitten. Erst Papa, dann Chekarf, dann Josh, dann ihr Erspartes – was kam wohl als nächstes an die Reihe? Sie konnte natürlich wieder einen Lehrauftrag annehmen und ihre Schulden abstottern. Aber sie müßte fünfhundert Jahre alt werden, wenn sie diese Summe mit einem Professorengehalt zurückzahlen wollte. Sei's drum – vielleicht könnte sie in eine hübsche Kleinstadt in Vermont ziehen (Middlebury zum Beispiel), Vorlesungen über Literatur halten, in einem weißen Farmhaus wohnen, Mandy auf eine staatliche Schule schicken und eines Tages einen zerstreuten Professor heiraten, der sie um ihrer selbst willen lieben würde und nicht wegen ihres vergänglichen Ruhms und Reichtums. Diese Vorstellung war gar nicht so schlecht. Isadora unterrichtete gern, und sie wäre wirklich froh gewesen, einen guten Mann zu haben, der sie unabhängig von ihrem Talent und ihrer Prominenz liebte. Doch dann schoß ihr ein ganz anderer Gedanke durch den Kopf. Vielleicht konnte sie einen reichen Mann an Land ziehen, noch bevor die Regierung ihr alles fortnahm – so sehr ihr diese Taktik auch widerstrebte. Na schön, mein Kind, sagte sie sich, warum versuchst du nicht mal Männer im

Anzug attraktiv zu finden, Männer mit goldenen Uhrketten, Männer, deren Erektion umgekehrt proportional zu ihrem Kontostand ist? Hoffnungslos. Isadora hatte ihre Möse noch nie gewinnbringend einsetzen können. Dazu war sie zu ehrlich – auf ihre besondere Art. Sex bedeutete ihr zu viel, als daß sie ihn zur Ware hätte pervertieren können. Sie wußte, daß sie sich einen reichen Mann angeln konnte, sobald sie es wirklich darauf anlegte. Das Dumme war nur: Sie mußte ihn auch lieben können. Sie war unfähig, nur des Geldes wegen zu heiraten.

Der Broadway war die passende Umgebung für einen Spaziergang mit solch düsteren Gedanken. Überall Scharen von Pennern. Isadora hatte mit ihnen mindestens ebensoviel Mitleid wie mit den Tieren, die auf den Straßen von Connecticut überfahren wurden. Als sie die Frostbeulen an den Händen dieser Männer sah, fing sie an zu weinen. Sie wünschte, die Penner von New York hätten diese zweihunderttausend Dollar bekommen, um sich Pullover und Mützen dafür zu kaufen, statt dessen hatte Mel Botkin das Geld Lotus Ltd. in den Rachen geworfen. Wenn sie je geahnt hätte, wieviel Geld auf einem Haufen sie (vor dem Zusammenbruch von Lotus Ltd.) besaß, hätte sie es großzügig unter die Penner verteilt. In Wirklichkeit identifizierte sie sich mit ihnen. Sie, die obdachlos waren, Schutz in Hauseingängen suchten, die geröteten Hände nach dem Vierteldollar ausstreckten, der hineingelegt wurde oder auch nicht – sie waren ebenso abhängig von den Launen der großen Göttin wie jeder Künstler.

Das Buch würde entstehen – oder auch nicht –, wenn die Zeit dafür reif war. Das Publikum würde es kaufen – oder auch nicht – je nach Wankelmut der Leserschaft, nach Kritikerlaunen oder zufälligen Zeitungsstreiks. Man konnte sich das Herz aus dem Leib schreiben und dann das Pech haben, daß der Verleger das Buch während eines Streiks, einer Flutkatastrophe, Feuersbrunst oder Seuche herausbrachte. Isadora hätte ebensogut Pennerin sein können wie Künstlerin. Sie dachte an ihren Großvater, der die Pennbrüder von der Straße geholt und mit nach Hause in sein Atelier genommen hatte, um sie zu malen. Sie hatten Großmutters Hühnersuppe gegessen, ihre Zehen an ihrem Perserteppich gewärmt, ihre samtenen Polstersessel mit Gestank verpestet, und Papa hatte sie gemalt, hatte ihr Leid für alle Zeiten festgehalten – oder doch zumindest für eine Weile, bis die Leinwand vermoderte oder die Bilder verlorengingen.

Isadora machte vor einer Einfahrt halt und betrachtete einen schlafenden Stadtstreicher, der sie an eins von Großvaters Bildern erinnerte. Seine Nase war gerötet und mit einem Netz von geplatzten Äderchen überzogen. Er trug eine zerrissene grüne Skimütze, hatte sich auf einem Lager aus alten Zeitungen zusammengerollt und schnarchte laut. Was träumte sein hohler Pennerkopf? Pennerträume? Träume von Köstlichkeiten, die er als Kind gegessen hatte, oder von Fegefeuergeschichten, die eine alte Kinderfrau ihm erzählt hatte (hatte er einmal bessere Tage gesehen?), von verlorener Liebe und von Reichtümern, die ihm durch die Finger geronnen waren? Der Penner bewegte sich, seufzte und murmelte etwas Unverständliches wie ein schlafendes Kind. Isadora zog ihren Mantel fester um sich und rannte die ganze Strecke bis zu dem Parkhaus, wo sie QUIM abgestellt hatte.

Auf dem Heimweg begann es wieder zu schneien, und die Fahrbahn wurde glatt. Auf der I-95 hatte es einen schweren Unfall gegeben, und sie saß fast eine Stunde lang im Stau fest, während die Polizei die schrottreifen Wracks zweier Lastwagenanhänger und dreier Personenwagen abtransportierte. Als sie endlich in die Serpentine Hill Road einbog, war es fast Abendessenszeit, und Isadora fühlte sich völlig erledigt. Mandy saß mit Danae vor dem Fernseher und guckte sich »Sesamstraße« an (ohne zu ahnen, daß sie und ihre Mutter vielleicht schon bald bettelarm sein würden). Renata war nach Hause gegangen, nicht ohne zwei Seiten voller Telefonnotizen zurückzulassen: Mel Botkins Büro hatte seit ihrem Weggang dreimal angerufen; ihr Agent wollte sie sprechen; mehrere Vertreter hatten sich gemeldet; ein Anruf von Kevin; zwei Dutzend lästiger Anrufe wegen einer Prominentenauktion (Isadora hatte anfangs gemeint, man wolle *sie* versteigern, doch es ging nur um ihre abgelegten Kleider oder um Manuskripte) und wegen irgendwelcher Vorträge ohne Honorar, die man immer wieder für Wohltätigkeitsveranstaltungen von ihr erbat; außerdem hatte Bean Sproul alias Bean Sproß dreimal angerufen.

Als erstes wählte sie die Nummer von Mels Büro, doch dort meldete sich niemand mehr. Dann rief sie Renata an.

»Isadora«, Renatas Stimme klang sehr ernst, »Mel ist heute nachmittag an einem schweren Herzinfarkt gestorben – keine zwei Stunden nach Ihrem Besuch bei ihm. Er war im Büro eines Klienten auf der Fifth Avenue, als es passierte. Mehr weiß ich auch nicht.«

»Das muß ein übler Scherz sein.« Isadora setzte sich und zog ihre Stiefel aus.

»Ich wünschte, es wäre so. Sie sollen seine Sekretärin zu Hause anrufen, wenn Sie Näheres erfahren möchten.«

»Kann ich die wirklich jetzt noch stören?«

»Sie hat extra darum gebeten. Ich hatte den Eindruck, sie würde gern mit Ihnen reden. Halten Sie mich auf dem laufenden. Ach, die Nummer liegt auf Ihrem Schreibtisch. Sie steht auf dem Block, auf dem ich die Anrufe notiert habe.«

Gladyce, Mels Sekretärin, war eine rundliche Frau um die Fünfzig, die ebenso mütterlich wirkte, wie Mel väterlich gewesen war. Isadoras Gefühle gerieten in Aufruhr. Da hatte sie nun immer befürchtet, Mel könne sich davonmachen und nach Venezuela segeln, statt dessen war er jedoch geradewegs in den Hades gesegelt. Ihre Finanzen aber hatte er in völligem Chaos zurückgelassen. Diese Entwicklung der Ereignisse wirkte so unrealistisch, daß alles einfach wahr sein *mußte*.

»Gladyce, ich habe es eben erst erfahren«, sagte sie, als Mels Sekretärin sich meldete. »Was ist denn genau passiert?«

»Er fuhr zu Ham Garland, um ein paar Computerdaten zu seinem neuen Film mit ihm durchzugehen. Wie es aussieht, erlitt er einen Herzanfall. Ich bin sofort losgefahren, als man mich benachrichtigte, und kam gleichzeitig mit dem Notarzt an. Aber da war er schon tot. Er ging gegen vier Uhr nachmittags von uns.«

»Es ist unfaßbar.« Der taktvolle Euphemismus in Gladyce' letztem Satz war ihr nicht entgangen.

»Ja, das ist es«, sagte Gladyce. »Er war ein so wunderbarer Mensch. Niemand wird seinen Platz einnehmen können.«

»Wir haben ihn alle geliebt.«

Es stimmte. Isadora *hatte* ihn geliebt. Welche Gemeinheit, im letzten Moment entdecken zu müssen, daß er nicht der Mann war, für den sie ihn gehalten hatte. Sie kam sich ein wenig wie die treue Ehefrau vor, die den Nachlaß ihres Gatten ordnet und feststellt, daß er sein gesamtes Vermögen einem kleinen Flittchen vermacht hat. (Apropos: Auch Mels Frau stand jetzt eine hübsche kleine Überraschung bevor.)

»Wann ist die Beerdigung?« fragte Isadora.

»Die Familie hat zwar noch nichts arrangiert, aber ich denke, in den nächsten Tagen.«

»Rufen Sie mich an, wenn der Termin feststeht?«

»Aber natürlich, Miss Wing.« Gladyce' Ton sollte Isadora zu verstehen geben, daß man sich weiterhin um alles kümmern würde wie bisher. Gleichgültig, ob Mel im Himmel oder in der Hölle gelandet war, man konnte nach wie vor die Rechnungen an Mel schicken, und Mel würde sie bezahlen wie immer. Er warb gerade für Steuerfreiheit im Himmel, wenn er nicht auf seiner Harfe klimperte. Hatte der liebe Gott in diesem Geschäftsjahr zuviel eingenommen? Hatte er Schulden beim Finanzamt? Mel würde das in Ordnung bringen: »Überlaß das Mel.« Gewiß konnte es passieren, daß der Allmächtige eines Tages eine saftige Steuernachzahlung würde leisten müssen – aber die Hauptsache war doch, daß Er inzwischen etwas anfangen konnte mit Seinem Geld.

Angesichts der Sinnlosigkeit von Mels plötzlichem Tod verwandelte sich Isadoras Schwermut in wilde Unbeherrschtheit. Es war heller Wahnsinn: Erst eröffnete man ihr, daß sie so ziemlich vor dem Bankrott stehe, und dann schlich sich der Täter, der an dem Zusammenbruch schuld war, mir nichts, dir nichts aus dem Leben und ließ sie auf dem trockenen sitzen. Isadora sollte das Unheil ohne seine väterliche Führung ausbaden. Welch eine Lektion in Wankelmut und Unbeständigkeit! Welch eine Lektion über die Unwirklichkeit alles Irdischen!

Sie wollte gerade aufstehen, da klingelte das Telefon. Obwohl es der zum Auftragsdienst geschaltete Apparat war und nicht ihr

Privatanschluß, hob sie, ohne zu zögern, ab. Was konnte denn *noch* passieren? Organisierten Ham Garland und Konsorten eine Expedition zum Himmel, um ihr Geld von Mel zurückzufordern? Es würde so ähnlich werden wie in Warren Beattys Verfilmung von »Der Himmel soll warten«. Isadora und Ham würden durch eine Kulisse voller Schäfchenwolken tanzen und singen wie Judy Garland und Ray Bolger. Ach nein, das war ja im »Zauberer von Oz«! Aber was machte das schon für einen Unterschied? Mel Botkin war ein Schwindler. Er hatte sie über einen Regenbogen geführt, an dessen Ende nur traurige Ernüchterung wartete.
»Hallo, Isadora?« meldete sich die Stimme am anderen Ende der Leitung. »Hier ist Berkeley Sproul, Sie erinnern sich, Bean...«
»Oh, wie geht's?«
»Ich bin zufällig in der Gegend und würde gern auf einen Schluck Wein vorbeikommen. Laden Sie mich ein?«
Mann, der ging aber ran! Normalerweise hätte Isadora nein gesagt. Sie hatte einen gutbestückten Stall junger Männer zur Auswahl, und sie hatte nicht vor, Berkeley Sproul den Dritten in ihr Gestüt aufzunehmen. Er war zu hübsch und zu attraktiv – versprach zuviel potentiellen Ärger. Mit arbeitslosen jungen Schauspielern hatte man immer Ärger. Auch alte Schauspieler mit Engagement machten Ärger. Junge Männer machten Ärger. Alte Männer machten Ärger. Das Leben machte Ärger. Der Tod auch. Aber Mels unerwarteter Tod und der unerwartete Verlust ihres Vermögens machten Isadora trunken vor Hemmungslosigkeit, und so hörte sie sich zu Bean sagen: »Klar. Kommen Sie nur her! Vielleicht kriegen Sie sogar etwas zu essen.«
»Spitze! Ich kann's kaum erwarten.«
»Ich auch nicht«, sagte Isadora trocken.
Sie legte den Hörer auf und sah aus dem Fenster. Es schneite jetzt heftiger, und die vereiste Einfahrt – der tagsüber aufgetaute Weg war nach Sonnenuntergang wieder überfroren – verschwand unter einer weichen Flockendecke, was sie noch tückischer machte als gewöhnlich. War sie verrückt – einen völlig Fremden einzuladen? Sie war erschöpft von den Anstrengungen dieses Tages, erschöpft und ernüchtert. Ihre Periode war auf dem Höhepunkt. Den gan-

zen Tag über war das Blut nur so aus ihr herausgeflossen, jede weitere Belastung wurde von einem neuen Schwall begleitet. Auch hatte sie keine Nanny – abgesehen von der unbezähmbaren Danae, die ursprünglich nicht vorgehabt hatte, über Nacht zu bleiben, es sich angesichts des starken Schneefalls jedoch anders überlegte.

Ach, was soll's, dachte Isadora. Wenn ich schon kurz vor der Pleite stehe, kann ich mich wenigstens amüsieren. Also brachte sie Mandy mit Gutenachtgeschichten und Küssen zu Bett, besorgte Danae ein Nachthemd und gab ihr saubere Bettwäsche für den Raum gegenüber dem Kinderzimmer, frischte ihr Make-up auf, wechselte den Tampon, übergoß sich mit »Opium«, heizte optimistisch das *hot tub* an, legte eine verträumte George-Shearing-Platte auf, öffnete eine Flasche Wein und wartete auf ihren Herrenbesuch.

13

Geschliddert

boys wie ich sind gar nicht fein
haben ein girl das beißt und spuckt
dem machen sie's dreizehnmal die nacht
weder welt noch geld sie juckt

sie hängen den Hut ihrem girl an die titten
brennen das kreuz in seinen hintern ein
sie scheißen halt auf gute sitten
boys wie ich sind gar nicht fein

kommen nur bei 'nem girl das beißt und spuckt
das nicht schreiben kann und auch nicht lesen
das sich nicht ziert und nie geniert
und wie der teufel onaniert

boys wie ich sind gar nicht fein
keiner ist ein kavalier
die kunst steht schlecht in ihrer gunst
sie machen dich kalt zwischen zwei schluck bier

sie nehmen nie ein blatt vor'n mund
lassen munter die hose runter
boys wie ich sind gar nicht fein
tanzen sie stürzen die berge ein

e. e. cummings

Der Weg der Maßlosigkeit
führt in den Palast der Weisheit.

William Blake

Er kam in ihr Leben geschliddert, pflegte sie nach dieser Nacht zu sagen, und so war es auch. Wenn Mel ihr Geld nicht bei Lotus Ltd. investiert hätte und plötzlich tot umgefallen wäre, wenn Alva Libbey nicht den Weg aller Nannys gegangen wäre, wenn es nicht *wieder* geschneit hätte, wenn sie nicht erschöpft, ausgelaugt und blutend heimgekommen, gleichzeitig aber merkwürdig erheitert gewesen wäre angesichts der Vorstellung, völlig mittellos ein neues Leben beginnen zu müssen – hätte sie dann je ein so explosives Element wie Berkeley Sproul in ihr Leben gelassen? Wahrscheinlich nicht.

Er kam in einem bunten Lieferwagen, der seinem Temperament entsprechend rot, violett, gelb und leuchtend orange gestrichen war – jeder Kotflügel in einer anderen Farbe. Auf den Seitenflächen prangten wilde Spraybilder, die an einen schlechten LSD-Trip erinnerten. Der Fahrer dieses Unikums wirkte wie ein fröhlicher Schelm oder Hofnarr mit seinen funkelnden blauen Augen, dem ungebändigten aschblonden Haar und diesem Lächeln, vor dem sie dahinschmolz. Er hatte verschiedenfarbige Socken an: einen roten und einen grauen. Er war überhaupt nachlässig angezogen, und seine Kleider rochen schwach nach Mottenpulver. Er trug einen weiten, weißen Seemannspullover, der sich unter den Achseln auftrennte, (sprengte ihn soviel geballte Lebenskraft?), einen langen Wollschal (rot), aber keinen Mantel. Er sah wirklich aus wie ein Vagabund.

Als er Isadora eine weiße Orchidee in einer schlanken Silbervase überreichte, fragte sie: »Orchideen – zu dieser Jahreszeit! Wo haben Sie die her?«

»Meine Mutter züchtet sie in ihrem Gewächshaus in Darien«, sagte er. »Da-rien: ›ja‹ auf russisch und ›nichts‹ auf Französisch. ›Ja, nichts!‹ Das charakterisiert das Nest ganz prima! Es ist die Heimat der unnützen angelsächsisch-protestantischen Geldaristokraten, der weidwunden Gewinner.«

Isadora lachte. Es kam ihr vor, als habe sie ihn in einem Buch erfunden und als werde sie nun Zeuge einer erstaunlichen Verwandlung, die ihn zum Leben erweckte. Er hätte Marietta Robustis Freier sein können, aber nicht ihrer. Nein, er paßte nicht einmal zu Marietta Robusti; er war wie eine Figur aus einem anderen Zeitalter. Vielleicht entstammte er dem Artusroman, den Nebeln der Frühgeschichte; der edle Ritter Lancelot – oder Gawan.

»Was hatten Sie denn hier in der Nähe zu tun?«

Bean sah sie verständnislos an. »Ich war nicht hier in der Nähe«, sagte er. »Ich war bei meinen Eltern in Darien. Ich hatte Angst, Sie nie wiederzusehen, wenn ich nicht schnell handelte. Als Sie mir das Stück Papier mit Ihrem Namen gaben, bin ich erst mal total ausgeflippt. Da hielt ich Sie zunächst bloß für eine unverschämt hübsche Frau, und auf einmal stellt sich heraus, daß Sie auch noch meine Lieblingsautorin sind.«

»Mit Ihrer Schmeichelei werden Sie's noch weit bringen.«

»Ich meine es ernst. Sie sehen noch besser aus als auf den Fotos. Ich wär' nie darauf gekommen, daß Sie *die* Isadora sind.«

»Gibt es denn noch viele andere Isadoras?«

»Nun, da wäre zum Beispiel Isadora Donkey...«

»O Gott! Sie werden vom Kalauer-Teufel geplagt... Sie sind der Mann meiner Träume. Noch so ein Wortspiel, und ich bin auf ewig die Ihre... Wollen Sie etwas trinken?«

»Und essen... wenn Sie bei Ihrer Einladung bleiben. Sie müssen wissen, daß ich Ihre Sekretärin in den letzten vierundzwanzig Stunden gut ein dutzendmal angerufen habe. Sie hat mir andauernd erzählt, Sie seien nicht da oder unter der Dusche oder in der Sauna. Entweder sind Sie die sauberste Frau in ganz Connecticut, oder Sie geben leichtfertig Ihre Telefonnummer her und überlegen sich's dann gründlich. Ich habe zwar nicht jedesmal eine Nachricht hinterlassen, weil ich nicht aufdringlich erscheinen wollte, aber ich *mußte* Sie wiedersehen.« Er lächelte sein betörendes Lächeln.

»Ich hole uns etwas zu trinken.« Isadora lief in die Küche und stellte Gläser und den gekühlten Wein auf ein Tablett. Sie war erschöpft, sie hatte Bauchschmerzen – aber sie war auch aufgekratzt.

»Würden Sie bitte im Kamin Feuer machen?« rief sie zu Bean ins Wohnzimmer hinüber.
»Klar. Was ein waschechter Connecticut-Boy ist, der kann das. Aufgewachsen bin ich in New York und hier draußen. Das war vor dem Krach.«
»Vor was für einem Krach?«
»Das verrate ich Ihnen, wenn Sie versprechen, wieder herüberzukommen.«
»Bin gleich da!«
»Das hoffe ich.«
Als sie mit Wein und Käse ins Wohnzimmer kam, kniete er vor dem Kamin und schichtete geschickt die Holzscheite auf.
»Feuer schüren können Sie«, sagte Isadora.
»Auf diesen Kalauer sage *ich* nichts«, konterte er.
»Sie heitern mich auf, und ich habe einen grauenvollen Tag hinter mir. Wie auch immer – erzählen Sie mir von diesem Krach.«
»Also, eigentlich hat es zweimal gekracht. Zuerst der große Krach, bei dem meine Familie den Großteil ihres Vermögens an die Finanzbehörde abtreten mußte...«
»Was für ein erstaunliches Zusammentreffen!« unterbrach ihn Isadora.
»Und dann krachte der Wagen in den Graben... Welche Geschichte wollen Sie zuerst hören?«
»Ich weiß nicht recht. Trinken Sie erst mal einen Schluck. Das ist ein ausgezeichneter ›Trefethen Chardonnay‹, den ich mir vielleicht schon bald nicht mehr leisten kann.« Sie reichte ihm ein langstieliges Kristallglas und erkundigte sich: »Wie alt sind Sie, Bean?«
»Fünfundzwanzig. Disqualifiziert mich das?«
»Als was?«
»Als Ihr Freund«, antwortete er.
Sie sah ihm in die Augen und wußte, daß er es ernst meinte. Seine Augen konnten fröhlich sein, aber manchmal lag ein sehr verletzlicher Ausdruck in ihnen. Ob sich hinter all seiner Forschheit Furcht verbarg?
»Ich möchte Ihr Freund sein«, wiederholte er. »Ihre Bücher geben

mir das Gefühl, als sei ich es schon... kriegen Sie das oft zu hören?«

»Nicht so, wie Sie es gesagt haben. In der Regel erzählen mir alle, ich sei seit sieben Jahren ihr sexueller Wunschtraum, und dann gehen wir zusammen ins Bett – und pfff...« Sie deutete mit dem rechten Zeigefinger einen Penis an, der bis zur Unkenntlichkeit zusammenschrumpfte.

Bean lachte. »Übrigens fand ich Ihren angeblich so skandalträchtigen ersten Roman nicht annähernd so gut wie den zweiten und dritten oder gar wie ›Tintorettos Tochter‹. Dieses erste Buch steckt voller Selbsthaß. Hören Sie denn nie auf, sich selbst zu quälen? Sie sollten das lassen. Sie haben mehr auf dem Kasten als die meisten Männer. Sie sind ein echter Held – im klassischen Sinn.«

»›Was ist ein Held?‹« zitierte Isadora. »›Im wesentlichen einer, der seine Ängste bezwungen hat.‹«

»Genau.«

»Das ist Henry Millers Definition und nicht meine«, sagte Isadora. »Und nach seiner Auslegung bin ich *kein* Held, weil ich mich nämlich andauernd fürchte.«

»Ah, Sie mögen Furcht *empfinden*, aber Sie lassen sich nicht von ihr beherrschen. Ich wette, selbst Odysseus hat sich gefürchtet. Ja, das ist sogar belegt. Nicht die Gegenwart oder Abwesenheit von Furcht machen den Helden aus, sondern die Tat, die er *trotz* seiner Furcht vollbringt. Und Sie hören nie auf zu handeln. Sie marschieren geradewegs ins Auge des Orkans. Darum sind Sie meine Heldin.«

»Danke«, sagte Isadora. »Es tut gut, das gerade im schlimmsten Jahr meines Lebens zu hören. Ich wäre im letzten Jahr beinahe gestorben. Ich habe mich nie für suizidverdächtig gehalten, aber nachdem mein Mann mich verlassen hatte, wäre ich in der Lage gewesen, mich vor ein Auto zu werfen. Ich hab's sogar getan. Ich habe mich vor *sein* Auto geworfen.«

Bean sah sie aufmerksam an, als wisse er genau, wovon sie sprach. »Ich bin ein Unfall auf der Suche nach einem Ort, an dem er sich ereignen kann«, sagte er. »Ich habe mehr Narben am Körper, als Sie je an einem Menschen finden werden.«

»Ich nehm's mit Ihnen auf, Narbe für Narbe.«
»Ist gebongt. Ziehn wir uns aus.«
»Bin ich seit sieben Jahren Ihr sexueller Wunschtraum?« scherzte Isadora.
»Nein, erst seit sieben Minuten.«
»Sie sehen ein Wrack von einer Frau vor sich. Ich habe meinen Beruf fast an den Nagel gehängt – aber nicht freiwillig. Ich, die ich in meinem ganzen Leben nie einen Block hatte, kann plötzlich überhaupt nicht mehr schreiben.«
»Das ist nur eine Phase der Umorientierung«, versicherte Bean. »Oder die schöpferische Pause vor dem neuen großen Wurf. Ich glaube nicht einen Moment, daß Sie wirklich blockiert sind. Kunst ist nichts Mechanisches – sie ist organisch. Sie können sie nicht produzieren, wie eine Fabrik Schrauben und Muttern herstellt.«
»Danke, daß Sie mich daran erinnern. Ich hab' mich noch nie so verbraucht, so am Ende gefühlt.«
»Irgend etwas müssen Sie aber trotzdem richtig anpacken, sonst könnten Sie nicht so lebendig sein und so schön.«
Aus ihren Augen sprach Dankbarkeit, vielleicht sogar Vertrauen.
»Also, erzählen Sie mir von diesen zwei Krächen.«
»Mach' ich, wenn ich etwas zu essen kriege.«
»Das ist die Sprache eines wahren Vagabunden«, sagte Isadora. »Als nächstes werden Sie noch ein Bett für die Nacht verlangen.«
»Der Fußboden tut's auch.« Bean lachte.

Beim Abendessen (das Danae gekocht hatte und das folglich vorzüglich schmeckte) ließ Bean sich über die haarsträubende Geschichte seiner Familie aus. O Mann, da bilden die Juden sich ein, sie hätten das Monopol auf *meschuggas*, aber wenn es um wirklich *meschuggene* geht, können sie den alteingesessenen Gojim nicht das Wasser reichen. Beans Familiengeschichte war voll von Duellen (zufälligen und inszenierten), vergeudeten Erbschaften, Kämpfen um Grundbesitz und Antiquitäten (wie in einer Geschichte von Cheever), Alkoholismus, Inzest, Habgier, Unterschlagungen, Prozessen, Haftstrafen, Heldentaten und Burlesken. Seine Vorfahren hatten im Unabhängigkeitskrieg gekämpft, im

Krieg von 1812 und im Sezessionskrieg. Der unmittelbare Familienbesitz war von ursprünglich fünf Häusern (in New York, Paris, Palm Beach, Martha's Vineyard und Darien) auf eines geschrumpft: einen verfallenen Bauernhof in Connecticut, vollgestopft mit morschen Möbeln, vermodernden Bildern und Büchern, die allerdings die Finanzbehörde über kurz oder lang als Pfand für die fällige Steuernachzahlung einziehen würde. Was Beans Hoffnung auf einen persönlichen Anteil betraf, so hatte er diesen ohnehin zerstört, als er seinen Wunsch durchsetzte und Schauspieler wurde.

»›Kein genealogisches Handbuch erwähnt Schauspieler‹ ist ein Lieblingssatz meiner Mutter.«

»Stimmt nicht – *eine* Ausnahme muß es doch geben. Wie steht es mit Dina Merrill?«

»Na ja, vielleicht. Aber eine Schauspieler*in*, das zählt nicht. Es ist eben ein Beruf für Huren und Vagabunden. Ich kenne keine einzige Frau, die das Leben eines Schauspielers auf die Dauer ertragen könnte; nicht mal eine, die selbst vom Bau ist. Wir arbeiten die halbe Nacht und verschlafen den Tag, tollen mit schönen Mädchen herum, die meist halb nackt sind, wir haben keinen festen Wohnsitz, tragen keine Anzüge, rasieren uns nur selten, haben zweifelhafte sexuelle Gewohnheiten – oder sind total enthemmt –, besitzen in der Regel keinen Pfennig Geld, geben aber rasend gern das anderer Leute aus. Außerdem essen wir wie die Schweine.«

Um die letzte Behauptung zu illustrieren, schlenkerte er ein Hühnerbein zwischen den Zähnen und klemmte sich eine Zitronenschale als Schnurrbart unter die Nase. (Danae hatte ihr sagenhaftes Zitronenfrikassee mit Sesamsamen gemacht.)

Isadora lachte. »Jetzt erzählen Sie mir endlich von den Krächen«, bat sie ihn.

»Also, beim ersten handelt es sich um die altbekannte Geschichte vom Niedergang einer reichen Familie, die der Möchtegernverführer dem staunenden Mägdlein erzählt.«

»Mägdlein? Ich bin ein ziemlich altes Mädchen...«

»O nein, nicht nach drei Ehen.«

»Woher wissen Sie das?«

»Ich? Ich weiß nur, was die ganze Welt weiß. Ihr Leben ist ein offenes Buch.«

»Haben Sie eine Ahnung, wie alt ich bin?«

»Ich vermute, Sie müssen älter sein als ich, sonst hätten Sie nicht all diese Bücher geschrieben – aber ich begreife nicht, wie Sie das geschafft haben, ohne zu altern.«

»Ha! Noch so eine Schmeichelei. Als Sie auf die Welt kamen, da wurde ich gerade geschlechtsreif.«

»Und jetzt werde ich Ihnen zeigen, daß sich das gelohnt hat.«

»Sie wären wirklich imstande, mich in Schwierigkeiten zu bringen.« Isadora lachte wieder. »Erzählen Sie mir von dem zweiten Krach.«

»Wie? Ach so – von *dem*. Tja, dann überspringe ich die Geschichte von den zerronnenen Reichtümern und den in Trümmern liegenden Herrschaftssitzen ...«

»... die Sie dem potentiellen Verführungsopfer erzählen.«

Bean nickte. »... und fahre fort mit der Schilderung meines Versuchs, Hand an mich zu legen, wie man im Elisabethanischen Zeitalter zu sagen pflegte. Stellen Sie sich vor, seit *ich* geschlechtsreif wurde, habe ich indirekt ständig versucht, mich umzubringen. Vielleicht liegt es daran, daß ich zuviel überschüssige Energie habe, die ich nirgends ausleben kann. Oder ich habe zum fraglichen Zeitpunkt kapiert, daß mein Vater mich seit meiner Geburt loswerden wollte, habe seinen Wunsch internalisiert und zu meinem eigenen gemacht – das behauptet jedenfalls mein Seelenklempner. Wie auch immer, ich baue dauernd Unfälle, bei denen ich ums Haar hops gehe. Den letzten hatte ich vor zwei Jahren: Mein Kopf flog durch die Windschutzscheibe des Wagens, meine Brust flog gegen das Steuer, meine Milz flog durch den ganzen Körper, und ich schwebte zwei Wochen lang zwischen Leben und Tod. In dieser Zeit hatte ich übersinnliche Erlebnisse, meine Eltern dagegen drehten durch, und eine junge Krankenschwester versuchte, mir einen zu blasen, während ich mich gerade mit Gott und den Engeln unterhielt.«

»Und was haben Sie aus diesem Gespräch mit Gott und den Engeln erfahren?«

Bean wurde auf einmal ganz ernst, beinahe feierlich. »Daß Gott und die Engel sich nicht drum kümmern, wer dir den Schwanz lutscht, aber daß ein Leben ohne Liebe nicht wert ist, gelebt zu werden – selbst wenn man reich und berühmt ist und Hühnerfrikassee zu essen hat. Als ich Sie im Fitneßklub traf und Sie so schön, so frisch aussahen, in Ihren Augen aber dieser gequälte Blick lag, so als fühlten Sie sich verletzt, betrogen, verfolgt, da wußte ich, daß ich Sie wiedersehen *mußte.*«

»Ritter Galahad, der tapfere Befreier! Gehören Sie etwa zu den Männern, die sich nur in bedrängte Damen verlieben?«

»Nein. Normalerweise verliebe ich mich überhaupt nicht. Da vögle ich mir das Hirn aus dem Kopf und gehe heim, ohne irgend etwas zu fühlen. Aber bei Ihnen spüre ich, daß jede Begegnung zwischen uns mein Herz erfüllen wird, selbst wenn ich nie mit Ihnen schlafen sollte.«

Isadora konnte nur mit Mühe die Tränen zurückhalten. Sie war sich nicht sicher, ob er es ehrlich meinte oder ihr nur schmeicheln wollte. Es war ihr Fluch, daß sie eine Schwäche für wortgewandte Männer hatte, gleichgültig, wie blumig sie daherredeten. Ob ihre große Verwundbarkeit einen Fluch oder eher einen Segen darstellte, darüber war sie sich nicht im klaren. Sie wappnete sich. Sie würde nicht mit Bean schlafen, egal, wie charmant er sie rumzukriegen versuchte, und wenn sie noch so sehr auf seinen Charme abfuhr. Seine Offenheit und seine Empfindsamkeit waren ihrer verletzlichen Psyche entweder wahlverwandt – oder er war tatsächlich ein guter Schauspieler und ein klein wenig auch ein Hochstapler (was darstellende Künstler eben sein müssen – und Schriftsteller vielleicht genauso, wer weiß?).

»In letzter Zeit hab' ich auch ziemlich oft bis zum Gehtnichtmehr gefickt und bin leer und ohne etwas zu empfinden heimgefahren«, sagte Isadora. »Das wird schnell langweilig. Ich hab' es früher nie oft genug praktiziert, um das rauszufinden – wenn man das bei meinem Ruf auch nicht glauben würde. Aber ich habe fest vor, mit diesem Leben Schluß zu machen und nicht mehr wahllos herumzuschlafen.«

Bean schnippte mit den Fingern. »Was für ein Pech, daß ich Ihnen ausgerechnet *jetzt* begegnet bin, wo Sie es sich anders überlegt haben.«

Wieder mußte Isadora lachen. Sie versuchte herauszukriegen, wieviel an seinem Gerede Ernst und wieviel Schwindel war. Bean war ohne Zweifel einer der charmantesten Menschen, denen sie je begegnet war. Er hätte mit seinem Charme die Vögel von den Bäumen locken oder den Kindern ihre Lutscher und Geizhälsen das Geld abschmeicheln können. Aber sie war entschlossen, nicht zuzulassen, daß er sich mit seinem Charme in ihr Bett schlich.

Das Feuer im Wohnzimmerkamin verglomm, aber im Eßzimmer brannte ein kräftiges Feuer, und sie legten immer wieder Scheite nach. Draußen schneite es noch immer, und der Himmel schimmerte rosig wie ein Kinderpopo. Für gewöhnlich geriet Isadora in Panik, wenn es in Connecticut schneite, aber dieser Schneefall erschien ihr warm und freundlich, weil Bean bei ihr war. Hoch oben in dem großen Holzhaus am Ende der tückischen, gewundenen Einfahrt der Serpentine Hill Road setzten Bean und Isadora ihre Unterhaltung fort.

»Was meinen Sie – warum sind Sie so selbstzerstörerisch?« fragte Isadora. »Ich meine, wenn Sie ganz ehrlich sind. Liegt es nur am Verhältnis zu Ihrem Vater? Verstehen Sie mich nicht falsch, ich glaube an so etwas. Ich denke, daß ein Mann, der nie seinen Vater erschlägt, auch nie erwachsen wird. Mein Exehemann, Josh, ist der Beweis dafür. Aber warum wollen Sie sich selbst umbringen?«

»Meinen Sie, daß ich eigentlich ihn töten will, die Aggressionen dann aber verinnerliche und gegen mich selbst richte?«

»Zu oberflächlich. Hören Sie, ich habe auch die ersten fünfundzwanzig Jahre meines Lebens damit zugebracht, Narben zu sammeln. Narben, gebrochene Knochen, zerbrochene Ehen. Ich wäre beinahe zum Krüppel geworden, als ich in Texas vom Pferd stürzte. Der Gaul war zu wild für mich. Ich zog mir ein Dutzend Verletzungen am Schienbein zu, als ich in den österreichischen Alpen hinter dem rätselhaften Orientalen, der mein zweiter Mann war, eine vereiste Piste runterfuhr, von der ich *wußte*, daß ich mich nie hätte drauf wagen dürfen. Ich glaube, ich habe mich ständig selbst bestraft, weil ich mich so schuldig fühlte. Ich machte

mir Vorwürfe, weil ich begabter war als meine Schwestern und weil ich mein Talent nutzte, während meine Mutter das ihre nicht genutzt hatte; ich fühlte mich schuldig, weil ich so gut dran war.«
»Sie geben es also zu! Sie *sind* gut dran?«
»Ich denke schon.«
»So wie einer, der mit einem silbernen Löffel im Mund geboren wird, wie es bei der alteingesessenen Elite heißt.« (Bean machte einen spitzen Mund und imitierte den gezierten Akzent der protestantisch-angelsächsischen Geldaristokratie, den Isadora in Gedanken die »Locust-Valley-Kieferklemme« nannte.)
Diese Sprache war so atypisch für ihn, daß sie lachen mußte.
»Oder mit einer Extradosis Adrenalin, wie meine Mutter von mir behauptete, als ich noch klein war«, sagte Isadora.
»Eben dieses meinte ich.« Bean äffte noch immer die gekünstelte Sprechweise der Vornehmen nach. »He, gefällt Ihnen das? Gefällt's Ihnen, wenn ich beim Sprechen den Mund nicht aufmache?«
»Ich finde es himmlisch. Es paßt so überhaupt nicht zu Ihnen. Sie reißen den Mund eigentlich weiter auf als alle Männer, denen ich je begegnet bin. Aber abgesehen davon müssen Sie jetzt nach Hause fahren.«
Bean wirkte äußerst niedergeschlagen. Seine struppigen Augenbrauen rutschten nach unten. Der Funke in seinen blauen Augen erlosch mit einem Schlag. Sogar die für seine Herkunft typische leichte Stupsnase (die ein romanischer Autor als *retroussé* bezeichnet hätte) schien sich der Oberlippe zu nähern, als wolle sie auf einmal semitisch aussehen.
»Aber wir müssen doch noch über so vieles reden«, sagte er. »Wir müssen über Nietzsche diskutieren, über Schopenhauer und über Sex.«
»Den Sex haben wir schon abgehakt. Nietzsche und Schopenhauer können warten.«
»Aber brauchen Sie denn den Sex nicht, um Ihre Kreativität anzufachen?«
»Heute abend nicht. Mein Manager ist gerade ganz unerwartet gestorben, und ich stehe mit grauenhaften Steuerproblemen da.

Zudem habe ich meine Tage, und ich bin total erschossen. Ich werde jetzt aufstehen, falls ich das noch schaffe nach all dem Wein, und werde Sie bitten zu gehen.«

»Wie kann ich Sie davon abbringen?«

»Überhaupt nicht.« Sie schwankte ein bißchen, als sie aufstand. »Ich schwöre Ihnen, überhaupt nicht.«

Bean sah auf einmal aus wie ein sehr großer Holden Caulfield. Er wirkte wie fünfzehn und nicht wie fünfundzwanzig. Seine Oberlippe zitterte, als wolle er gleich anfangen zu weinen. Seine unwahrscheinlich blauen Augen füllten sich mit Tränen. Plötzlich konnte sich Isadora vorstellen, daß er sich umbringen wollte. Er hatte ihr erzählt, daß er eine Pistole besaß und auch mit ihr umgehen konnte. Er hatte ihr außerdem anvertraut, daß er sein Auto als Todeswaffe benutzte – und die Straßenverhältnisse waren heute nacht tückisch genug. Sollte sie ihm anbieten, im Gästezimmer zu übernachten?

Nein. Unmöglich. Unmöglich, mit einer solchen Ladung von geballtem Sex unter einem Dach zu schlafen und nicht mit dem Typ zu vögeln. Wenn er diese selbstzerstörerischen Anwandlungen hat, dann ist das sein Problem, dachte sie. Sie war es leid, sich um alle Welt zu kümmern. Sie war es leid, sich um junge Männer zu kümmern. Josh, Roland, Bean – sie alle würden sich allein durchschlagen müssen. Aber waren alte Männer denn besser? Wie es schien, hatte sie sich gewissenhafter um Mel Botkin gekümmert als umgekehrt.

»Sie sollten jetzt nach Hause gehen.« Isadora hielt sich an der Stuhllehne fest. Sie hatte wieder Krämpfe im Unterleib und konnte sich nur mühsam aufrecht halten. Ob der Tampon schon durchgeweicht war? In ein paar Minuten würde ihr das Blut in dünnen Rinnsalen über die Schenkel laufen.

»Ich habe den Abend sehr genossen«, sagte Isadora. »Aber ich bin wirklich der Ansicht, Sie sollten nach Hause gehen.«

Sie wußte selbst nicht recht, weshalb sie so entschieden dagegen war, mit ihm zu schlafen. Schließlich war sie schon mit vielen Männern ins Bett gegangen, die ihr weit weniger gefielen als er. Vielleicht spürte sie, welche Macht er über sie gewinnen könnte;

vielleicht wußte sie sogar, welch ungeheure Rolle er dann in ihrem Leben spielen würde. Wenn eine Frau sich besonders stark zu einem Mann hingezogen fühlt, rennt sie manchmal gerade vor dieser Anziehungskraft davon. Kommt aber ein hohler Typ daher, dann kann sie mit ihm ins Bett steigen und hernach ganz cool ihrer Wege gehen.

»Ich werde Ihnen wenigstens noch ein signiertes Buch mitgeben«, sagte Isadora mit einem Blick in Beans verschleierte Augen. Es war das alte Lied: Bücher statt Bett. Oder Bücher als Vorspiel zum Bett? Sie war sich nicht ganz sicher. Mit fünfzehn hatte sie Männern Gedichte geschrieben, statt mit ihnen ins Bett zu gehen. Mit fünfundzwanzig hatte sie immer noch das gleiche gemacht. Mit achtundzwanzig hatte sie einen ganzen Roman geschrieben wegen eines Mannes, den sie nicht haben konnte. (Er war nämlich boshafterweise gerade bei ihr impotent.) Als sie einunddreißig war, erschien dann dieser Roman, und plötzlich lag ihr die Welt zu Füßen, jener Mann allerdings nicht. Mit neununddreißig hatte sie die Bücher durchs Bett ersetzt und war von jedem Abenteuer mit trockenen Augen und einsamem Herzen heimgekehrt. Was war die endgültige Lösung dieses Buch-Bett-Dilemmas? Gab es die überhaupt? Liebte sie nur den unerreichbaren Mann, den Mann unterm Bett, das unmögliche Objekt der Begierde – letztlich den Vater?

»Kommen Sie mit!« sagte sie und führte Bean hinauf in ihr Baumhausstudio. Sie bewegte sich vorsichtig und preßte beim Gehen die Schenkel zusammen, um das Blut zurückzuhalten.

Sie stiegen die Wendeltreppe zu ihrem Studio hinauf. Dort oben in ihrem Heiligtum mit dem perlgrauen Teppichboden und den bis zur Decke reichenden Regalen zeigte er sich erstaunt über die vielen Ausgaben, die es von ihren Büchern gab. Er sah sie als Frau, nicht als Buchmaschine, aber sie war augenscheinlich das eine wie das andere. Es hatte in den Wäldern etlicher Kontinente eines Kahlschlags bedurft, damit ihre Worte sich in vielen Sprachen fortpflanzen konnten.

»Französisch, Spanisch, Deutsch, Italienisch – und was noch?« fragte er beeindruckt.

»Japanisch, Hebräisch, Holländisch, Schwedisch, Finnisch, Norwegisch und sogar Serbokroatisch und Mazedonisch – aber Suaheli nicht.« Man merkte ihrer Stimme an, daß sie betrunken war. Warum war sie so stolz auf ihre fremdsprachlichen Ausgaben? Sie hatte keinen blassen Schimmer, ob die Übersetzungen auch nur entfernt das wiedergaben, was sie geschrieben hatte. Gut, mit Französisch, Italienisch und Deutsch kannte sie sich ein bißchen aus, aber sämtliche anderen Sprachen waren ihr völlig unbekannt. Dabei klaffte eine so beträchtliche Lücke zwischen Absicht und Wirkung, daß ihre Bücher selbst in ihrer Muttersprache nicht genau das aussagten, was sie beim Schreiben im Sinn gehabt hatte. Es war, als habe sie ein Einhorn zeichnen wollen, aber nur eine Ziege mit angepapptem Horn zustande gebracht. Das Ergebnis war stets so weit entfernt von dem, was sie beabsichtigt hatte, daß es ihr kaum Freude machte. Das Beste war das Schreiben selbst: der Wortstrom, der sich übers Papier ergoß, das Vergnügen, das sie empfand, wenn sie ihre gelben Notizblöcke mit verschiedenfarbigen Stiften vollschrieb. Sollten andere Autoren ruhig auf den Bildschirm ihres Computers starren, sie mußte Seiten fühlen, die Tinte schmecken; sie brauchte den physischen Akt des Schreibens.

Aber das fertige Produkt? Das hatte sie weder zu genießen noch zu beurteilen. Es war für sie ein Artefakt: nur der Schaffensprozeß zählte. Gewiß empfinden alle Künstler so; bestimmt spüren sie alle die schmerzliche Kluft zwischen Absicht und Wirkung. Selbst wenn die Leser hingerissen waren, fühlte man sich versucht, abzuwehren: Nein, nein, das Leben ist viel interessanter, komplexer und reichhaltiger, als Literatur es je sein kann.

»Hier.« Sie nahm eine Leinenausgabe von »Tintorettos Tochter« vom Regal und schrieb eine Widmung für Bean hinein: FÜR BERKELEY SPROUL III. MÖGE ER DEN IV. UND V. UND HOFFENTLICH DEN VI. ERLEBEN. UND MÖGE ER SICH EINES TAGES IN VENEDIG VERLIEBEN WIE MARIETTA ROBUSTI – ABER OHNE DAFÜR SEIN LEBEN ZU LASSEN. IN AUFRICHTIGER ZUNEIGUNG, ISADORA WING.

Sie gab ihm das Buch. Als er die Widmung las, verschleierten sich seine Augen noch mehr. Dann zog er sie plötzlich an sich und hielt sie fest umschlungen. Sie spürte seinen steifen Schwanz durch die

Jeans, während seine großen, unvorstellbar sanften Hände ihr Gesäß umspannten. Dann wanderten die Hände ihren Rücken hinauf, und er streichelte sie, als wolle er ihren Körper in den seinen hineindrücken. Aber was sie wirklich verblüffte, war die Art, wie er ihren Hals und ihr Haar berührte. Seine Finger fanden genau den Punkt im Nacken, der ihr immer am meisten weh tat, wenn sie diese gräßlichen Kopfschmerzen hatte. Unendlich behutsam massierte er die Stelle. Woher wußten seine Finger so genau, wo sie ansetzen mußten? Es war unheimlich. Eine Hand blieb auf ihrem Nacken, die andere strich ihr über den Kopf und streichelte sie mit solcher Zärtlichkeit und Liebe, daß sie sich in ihre Kindheit zurückversetzt fühlte, als ihr Großvater ihr vor dem Einschlafen übers Haar gefahren war.

Panischer Schrecken ergriff sie. Kein Mann (außer ihrem Großvater) hatte je diese empfindlichen Punkte gefunden; kein Mann hatte es verstanden, ihren Nacken und Kopf so zu streicheln. Wenn er das konnte, was mochte er sonst noch von ihrem Körper wissen? Sie fürchtete sich davor, es herauszufinden.

»Du mußt jetzt gehen.« Sie machte sich von ihm los. »Es ist wirklich Zeit.«

Er nickte traurig. Sie nahm ihn bei der Hand und führte ihn die Wendeltreppe hinunter. War sie verrückt, daß sie ihn gehen ließ, oder war gerade das vernünftig? Schluß mit der Liebe! hatte sie sich versprochen. Schluß mit den verführerischen jungen Männern, deren Herzen »wie Wachs sind, bis sie ihr Ziel erreichen, doch dann zu Marmor erstarren« (wie Byron es formulierte).

»Recht so! Wirf mich wieder in die Gosse. Da gehören Vagabunden ja auch hin«, klagte Bean theatralisch.

Unten in der Halle reichte Isadora ihm seinen langen roten Schal und seinen Seemannspullover. Sie bot ihm sogar eine alte Skimütze von Josh an, aber er lehnte ab. »Nein, danke. Wenn ich dich nicht haben kann, dann will ich gern erfrieren. Ich sterbe freiwillig in der Gosse.«

»›In der Gosse sind wir alle. Aber einige von uns schauen hinauf zu den Sternen.‹« Isadora öffnete die schwere Eingangstüre, und Schneeflocken wirbelten herein.

»Das ist aus ›Lady Windermeres Fächer‹«, sagte Bean. »Aber jetzt werde ich dir ein Zitat aus ›Bunbury‹ vortragen, das zutreffender ist.« Er trat hinaus auf den verschneiten Gehweg, drapierte sich den roten Schal malerisch um die Schultern und deklamierte: »›Hoffentlich haben Sie kein Doppelleben geführt und vorgegeben, schlecht zu sein, während Sie in Wirklichkeit die ganze Zeit über gut waren. Das wäre geheuchelt.‹«

»*Touché*«, rief Isadora. »Und nun ab mit dir!«

Obwohl sie nur in Jeans und Pullover war, begleitete sie ihn zu seinem Lieferwagen. Sie genoß die rosafarbene Schneenacht und fand, es sei eigentlich gar nicht sehr kalt.

»Gib acht, daß du nicht ausrutschst.« Er nahm sie behutsam beim Arm. Als er die Tür des Wagens (dessen grelle Farben unter einer dünnen Schneedecke verschwunden waren) öffnete, sah er sie traurig an.

»Fahr nach Haus!« Sie umarmte ihn flüchtig. Er beugte sich über sie, nahm sie in die Arme und küßte sie auf den Mund. Seine Zunge kannte ihr innerstes Wesen. Es hätte sie kaum mehr erregen können, wenn er statt ihres Mundes ihre Möse geküßt hätte. Seine Zunge wußte alles über ihren Mund, so, wie seine Finger den empfindsamen Punkt in ihrem Nacken gekannt hatten. Sie spürte, daß er sie mit einem bloßen Kuß zum Orgasmus bringen konnte.

»Fahr nach Haus!« wiederholte sie und löste sich aus seiner Umarmung. Ihr war nicht klar, weshalb sie ihn so unbedingt loswerden wollte. Wir alle wünschen uns nichts sehnlicher, als erkannt zu werden, und Bean hatte sie erkannt, das stand fest. Mußte er deshalb gehen? Sie stellte sich auf die Zehenspitzen und fuhr ihm ausgelassen mit der Zunge ins Ohr. »Fahr nach Haus!« sagte sie noch einmal.

Wortlos stieg er ein, ließ den Motor an und setzte zurück. Sie winkte und ging wieder ins Haus. Ihr war, als habe sie knapp ihr Leben, ihre Freiheit und ihre Seele gerettet.

Göttin sei Dank! dachte sie erleichtert, als sie den Wagen mit dröhnendem Motor die Einfahrt hinunterfahren hörte.

Sie zog sich aus, wechselte den Tampon (gerade noch rechtzeitig, um ein Blutbad zu verhindern) und schlüpfte in ein altes Flanellnachthemd, eins von ihren Großmuttergewändern. Sie wusch sich das Gesicht so ausgiebig mit schwarzer Seife, daß sie das Vermögen von Dr. Lazlo dadurch gewiß vergrößerte. Wo mochte Dr. Lazlo wohl stecken? Vielleicht war er im Himmel und machte Geschäfte mit Mel Botkin?

Beans Eintritt in ihr Leben hatte ihr unwahrscheinlichen Auftrieb gegeben. Und wenn ich pleite gehe, was soll's, dachte sie. Ich werde noch einmal von vorn anfangen, genau wie beim ersten Mal. Sie war übermütig, unternehmungslustig, furchtlos und überschwenglich. Sie spürte, daß sie wieder zu leben begann, vielleicht noch intensiver als früher, weil sie erneut bei Null anfangen mußte. Sie würde Konkurs anmelden, ihren Besitz verkaufen und ein einfaches Leben führen. Der klassische Wagen würde verschwinden – vielleicht würde sie sich von beiden Autos trennen und von den Brillantohrringen, die Josh ihr gekauft hatte. Sie konnte auch mit einem kleineren Haus und einem kleineren Wagen zufrieden sein, ja sogar ohne Haus und ohne Auto. Allein das Schreiben zählte, nicht Geld oder Berühmtheit – das Schreiben und Amanda. Und die Liebe? Nein. Die Zeit der Liebe war noch nicht gekommen.

Gut, daß sie Bean heimgeschickt hatte. Er stellte eine Bedrohung ihres Vorsatzes dar, frei zu bleiben, eine echte Bedrohung.

Isadora beendete die Lazlo-Kur, machte Licht im Schlafzimmer und beschloß, sich mit einem Buch ins Bett zu verziehen. Sie würde sich einen Klassiker aussuchen, statt die lästigen Fahnensätze zu lesen, die sich auf ihrem Nachttisch türmten und auf ein Kollegenurteil warteten. »Lest nicht die Zeiten, lest die Ewigkeiten«, sagt Thoreau, und wenn man unmittelbar vor dem Bankrott steht, braucht man die Klassiker mehr denn je. Sie würde also Thoreau lesen. Sie würde noch einmal »Walden oder Leben in den Wäldern« studieren als Auftakt zum Verkauf von Haus und Autos und zum Neuanfang in der Wildnis. Sie konnte das Leben ganz gewiß auch ohne schwarze Seife meistern!

Die amerikanische Literatur stand in dem Zimmer unterm Dach, in dem sie »Tintorettos Tochter« geschrieben hatte und das jetzt Mandys Spielzimmer war. Die Erwachsenenbücher waren noch nicht ausgeräumt. Isadora zog ihre lustigen roten Eddie-Bauer-Pantoffeln an (die hinten runtergetreten waren und in denen sie aussah, als habe sie Clownsfüße) und tappte zur Treppe, um unterm Dach nach Thoreau zu suchen. Als sie an der Haustür vorbeikam, hörte sie ein hartnäckiges Klopfen.

»Isadora!« Es war Beans Stimme. »Isadora!«

»Scheiße!« murmelte sie. Ich muß ja zum Kotzen aussehen.« Sie riß die Tür auf.

Bean stand draußen und klapperte mit den Zähnen. Sein Haar war voller Schneeflocken. Seine Nase war gerötet und tropfte.

»Was ist passiert?« fragte Isadora.

»Ich bin auf der Einfahrt ins Rutschen gekommen, und der Wagen ist in einer Schneewehe steckengeblieben. Ich krieg' die verdammte Karre nicht wieder auf die Straße.«

»Eine glaubhafte Geschichte«, sagte sie ironisch.

»Sie ist wahr«, versicherte Bean. »Der Wagen ist geschliddert und wäre ums Haar gegen einen Baum gekracht.«

Isadora musterte ihn spöttisch. »Du bist absichtlich ins Schliddern gekommen.« Sie war riesig erleichtert, daß er nicht tot und daß er zurückgekommen war.

»Ich schwöre, ich hab's nicht vorsätzlich getan. Der Wagen kam in der vereisten Kurve ins Schleudern und rutschte nach hinten weg.«

»Aber sicher.« Isadora lachte. »Wer so scharf drauf ist, aufs Kreuz gelegt zu werden, der muß schon eine Wucht im Bett sein.« Damit nahm sie ihn bei der Hand und führte ihn in ihr Schlafzimmer.

Sie rissen sich die Kleider vom Leib – Pullover, Schal, Großmutternachthemd, Jeans – und fielen sich in die Arme, als sei ihr ganzes Leben nur eine Vorbereitung auf diesen Augenblick gewesen.

Was heißt da Spontanfick! Was heißt Erfüllung eines unmöglichen Traums! Bean war im Bett in seinem Element wie ein Fisch im Wasser, wie ein Eisbär am Nordpol oder wie ein Verhungernder, wenn er ein Stück Fleisch bekommt. Er machte sich über Isadoras Körper her, daß man hätte denken können, er habe sein Leben lang vergeblich nach einer Frau gelechzt – doch das war offensichtlich nicht der Fall. Er war so hungrig, so geil (und doch so seltsam rein in seinem Hunger und seiner Brunft, daß sie versucht war, ihn zu beschwichtigen: »Ruhig, nur ruhig! Es nimmt dir ja niemand was weg!« Aber sie hielt sich zurück, aus Angst, seiner unglaublichen Sexualität nicht gerecht zu werden). Auch Riechen und Schmecken gehörte zu seinem Repertoire, und er genoß Gerüche, Säfte, Schweiß und Blut. Ganz hingerissen tauchte er seine Finger in ihre Muschi, teilte sie, entdeckte den weißen Faden, der keusch zwischen ihren Schamlippen baumelte, und mit den Zähnen zog er triumphierend den Tampon heraus.

»Aha! Ein Ariadnefaden!« Er kaute ein bißchen auf dem Tampon herum, prüfte seinen Geschmack, dann spuckte er ihn auf den Boden und rammte sie mit der Zunge. Er spielte einen lustvollen Walzer auf ihrer Klitoris und stieß den Finger gekonnt so weit in ihre Möse, daß er den süßesten Punkt an der Vorderwand traf. Er rieb ihn mit wunderbarem Geschick, während seine Zunge weiter auf ihrem Kitzler trillerte. Die andere Hand hielt er auf ihren Bauch gepreßt, und Isadora erlebte den berauschendsten Orgasmus ihres Lebens.

Sie wollte die Beine schließen und ein wenig ausruhen, doch er spreizte sie mit Gewalt (ohne sich um ihren Protest zu kümmern) und stieß seinen Schwanz in ihre Möse. Er wiegte sie in seinen Armen und berührte Stellen im Innern ihres Körpers, von denen sie hätte schwören können, daß noch keiner sie berührt hatte. Unvermittelt glitt er heraus, rammte sie aber gleich darauf wieder. Schonungslos stieß er wieder und wieder in sie hinein. Er stützte sich auf die Arme und räumte mit seinem harten Schwanz in ihrer Fotze auf, als wolle er jede Spur ihrer früheren Liebhaber auslöschen. »Für Josh«, keuchte er, »für Bennett, für Brian, für alle.« Er stieß so heftig zu, daß sie fast schon wieder gekommen wäre, doch da wich er zurück. »Noch nicht, Baby, noch nicht«, sagte er, warf sie auf den Bauch, schlug ihr mit der flachen Hand auf den Hintern und drang von hinten in sie ein. Er zog sie hoch, so daß sie im Bett kniete, und dann fickte er sie, bis ihre Sicherungen durchbrannten, während seine Finger ihre Kli-

toris rieben. Sie kam und kam und kam, schrie und übergoß seinen Schwanz, die Laken, den Quilt und die Kissen mit schwärzlichrotem Monatsblut.
Er triumphierte. Die Laken starrten vor Blut. Sein Gesicht, sein Schwanz und sein Bauch waren blutverschmiert. Er hatte einen Schnurrbart aus Blut, einen Bart aus Blut, und blutige Kriegsbemalung zierte seine Wangen; auch ihr Leib war voller Blut. Sie wollte seinen Schwanz lutschen, ihr eigenes Blut ablecken, aber er stieß sie zurück, warf sich ihre Beine über eine Schulter und fickte sie aufs neue mit wilder Entschlossenheit und Energie. Sie war noch nie jemandem begegnet (sie selbst vielleicht ausgenommen), der sich so rückhaltlos hinzugeben vermochte. Gewöhnlich versucht der andere beim Sex, einen Teil von sich zurückzuhalten, sucht einen gewissen Abstand, Ironie, Bewußtheit – alles, nur keine vollkommene Vereinigung mit dem Partner. Aber Bean bedurfte keiner solchen Distanz. Er lieferte sich der Sexualität völlig unerschrocken aus, er vertraute auf seine Männlichkeit mit einer Sicherheit, von der Isadora glaubte, sie sei mit den Wikingern ausgestorben. Auf seinem Gesicht spiegelte sich äußerste Spannung: Er wäre gegen einen Baum gerast und hätte sich umgebracht, wenn er sie nicht hätte ficken können, und nun fickte er sie, als sei dies eine Sache auf Leben und Tod.
Er spreizte ihre Beine, klemmte ihre Füße in seinem Nacken fest und fickte sie wie besessen. Sie konnte weder die Position bestimmen noch kontrollieren. Sie konnte diesen Partner nicht führen, aber merkwürdigerweise erregte sie das mehr als alles andere je zuvor, und sie kam wiederholt in Stellungen, von denen sie bisher geglaubt hatte, sie seien für sie nicht vorteilhaft.
Er jubelte und lachte jedesmal, wenn sie kam. Er fühlte ihren zuckenden Orgasmus mit seinem Schwanz – so perfekt harmonierten ihre Körper miteinander.
»Du paßt genau zu mir, wir sind *das* Paar«, sagte er, und seine Augen funkelten vor Lust. »Gönn dir noch einen auf meine Kosten!«
Er kniete über ihr und hielt ihr seinen Penis entgegen wie eine todbringende, von ihrem Blut rot gefärbte Waffe. Vor ihren Au-

gen reckte sich sein Schwanz in einer aufreizenden, leicht geknickten Kurve.
»Ich will dich ficken, bis du alles andere vergißt.« Wieder stieß er in sie hinein. »Ich will alle Liebhaber und alle Gatten auslöschen. Ich will dein *Mann* sein«, keuchte er und stieß zu. »Dein Mann, dein Mann.«
Isadora stöhnte unter seinen wilden Stößen. Sie stöhnte vor Lust und Staunen. Beans Augen funkelten wild.
»Du bist wahnsinnig«, flüsterte sie. »Du bist irr!«
»Ich hab' noch nicht mal richtig angefangen, dich zu ficken«, sagte er. Er glitt aus ihr heraus, drehte sie wieder auf den Bauch und schlug ihr klatschend auf den Hintern. »Was für einen schönen Arsch du hast – aber er ist längst noch nicht rot genug. Ich werd' dafür sorgen, daß er rot wird.«
Er schlug sie, bis das Klatschen seiner Schläge den ganzen Raum erfüllte, bis ihr Hintern brannte und schmerzte und die glühende Flamme auf ihre Möse überzuspringen schien. Dann warf er sie wieder auf den Rücken und peitschte ihre Muschi mit seinem steifen Schwanz. Und wieder trieb er ihn in sie, zog ihn zurück und rammte sie gleich noch einmal. Wieder peitschte er ihren Kitzler und hörte nicht auf, bis sie um seinen Schwanz bettelte, ihn anflehte, doch in sie zu stoßen.
»Noch nicht, Baby, noch nicht.«
Er beugte sich hinunter, drückte den Kopf zwischen ihre Beine und leckte sie aufs neue. Seine Zunge kreiste auf ihrem Kitzler, seine Finger spielten in Möse und Hintern.
»Ich werd' dir den Finger so tief reinstecken, daß ich dein Geheimnis fühlen kann«, sagte er und leckte sie aus.
Sie war außer sich vor Verlangen, Erschöpfung und Verlangen. Sie wollte dagegen ankämpfen und ihm mit keinem weiteren Orgasmus mehr Freude machen. Sie hatte es aufgegeben mitzuzählen, wie oft sie schon gekommen war – aber sie war sicher, daß der nächste Höhepunkt sie auf immer an ihn binden und ihr Ego und ihre Freiheit auslöschen würde. Sie war entschlossen, nicht noch einmal zu kommen. Sie bemühte sich, an Josh zu denken oder an Kevin; sie versuchte sogar, die Kopfschmerzen heraufzu-

beschwören – doch es war umsonst. Schon bebte sie auf der Klippe zum nächsten Orgasmus, einem Orgasmus, der die Kundalini zu wecken schien, ihre Beine sich konvulsivisch bewegen und ihre Hände sich in Beans Nacken festkrallen ließ, bis er vor Schmerz schrie. Und dann machte er sich wieder über sie und vögelte sie noch leidenschaftlicher als zuvor. Er wandte den Kopf zur Seite, und sein Gesicht verzog sich wie im Schmerz. Er stützte sich auf die Arme und schlüpfte, glitt, nein flog in sie hinein und wieder heraus, als schösse er geradewegs ins All.

»Flieg, Liebster, flieg!« jubelte sie.

»Baby, Baby, Baby, Baby!« Er stieß in sie hinein und schrie vor Lust. Sein Becken und seine Schenkel zuckten wie im Fieberkrampf, als er endlich kam. In seiner Leiste pochte wild eine Ader. Dann brach er auf ihr zusammen.

»Mein Liebling.« Er streichelte ihren Kopf und ihren Nacken und murmelte immerzu: »Mein Liebling, Liebling, Liebling, Liebling.«

Überwältigt von der Gewalt ihrer Vereinigung, überwältigt auch von dem geheimnisvollen dritten Geschöpf, das ihre beiden Körper gebildet hatten, hielten sie einander in den Armen.

»Daß du ein harter Brocken bist, wußte ich gleich«, sagte Isadora. »Aber ich hatte keine Ahnung, *wie* hart.« Sie kam sich vor wie Venus, die Adonis in den Armen hält, wie Ischtar mit Anu, ihrem Gemahl, wie Kleopatra mit Marcus Antonius. Ihr war eine unvergleichliche erotische Erfahrung zuteil geworden, das wußte sie: die Vereinigung einer voll erblühten Frau mit einem jungen Mann, dessen Lebenssäfte noch ungehemmt fließen. Die Männer opfern ihrer gesellschaftlichen Macht und Position so viel Energie, daß ihre Lebenskraft, ihre sexuelle Kraft eher versiegt als die der Frauen. Frauen werden mit jedem Jahr, mit jedem Kind und jedem Schicksalsschlag stärker, Männer dagegen wirken mit zunehmendem Alter erschöpft und ausgelaugt. Eine Neununddreißigjährige und ein Mann von fünfundzwanzig sind einander sexuell ebenbürtig. Die französischen Romanciers entdeckten diese große Wahrheit, doch die Amerikaner wollen sie nicht anerkennen. Colette kannte sie, als sie mit einundfünfzig zu Maurice ins Bett

stieg. Sie wußte, warum sie ihn, den Fünfunddreißigjährigen, mit einundsechzig heiratete; sie nannte ihn damals ihren besten Freund. Kluge Frauen kennen und hüten das Geheimnis, daß ihr Lebensfaden länger ist als der des Mannes.
Das Klingeln des Telefons schreckte Isadora aus ihren Gedanken. »Das ist mein Manager – im Himmel«, witzelte sie. »Hallo?«
Es war Kevin.
»Oh ...« Sie war verlegen, als könne er sie sehen, wie sie dalag mit ihrem blutverschmierten Bauch. »Wie geht's dir?«
Bean kicherte.
»Schhhh.« Sie legte die Hand über die Muschel.
Bean hob den blutigen Tampon vom Boden auf und begann erneut, daran herumzuschnüffeln. »Mmmmmm«, stöhnte er genießerisch.
»Scht!« Isadora schirmte mit der Hand die Sprechmuschel ab. »Du, Kevin, hör mal, ich schlaf' schon halb ... Kann ich dich morgen früh zurückrufen?«
»Ist was nicht in Ordnung?« fragte Kevin. »Fehlt dir *wirklich* nichts?«
»Ich fühle mich großartig.«
»Du wirkst so matt, richtig kraftlos.«
»Das ist nur, weil ich schon fast eingeschlafen war, bestimmt!« Sie verstellte ihre Stimme und bemühte sich, schläfrig zu klingen statt halb totgefickt.
»Schwindelst du auch nicht?«
»Ganz ehrlich«, gurrte sie ins Telefon und sah Bean dabei an, der auf dem Tampon herumkaute. War er von Sinnen – oder bloß berauscht? Durchaus möglich, daß er verrückt ist, dachte sie. Wer außer einem Wahnsinnigen könnte sich den dunklen Göttern so rückhaltlos ausliefern? Aber dann wäre ja sie auch verrückt. Kevin dagegen war es nicht: Kevin, der Meister des netten kleinen *flüchertjes* zum Nachtisch. Kevin würde nie ihre Seele fordern, aber er würde auch nicht die Bacchantin in ihr erwecken oder ihre Verrücktheit, den schier animalischen Wahnsinn.
»Ich rufe dich morgen früh an«, sagte sie zu Kevin mit einem Blick auf Bean. »Schlaf gut! Küßchen!« Sie legte auf.

»Wer war das?« fragte Bean.
»Meine Nummer eins.«
»Deine was?«
»Meine Nummer eins. Willst du mir etwa deswegen eine Szene machen?«
»*Ich* möchte deine Nummer eins sein.«
»Du bist zu jung für mich«, erwiderte Isadora, doch ihr Herz sagte ihr, daß das nicht stimmte.
»Ich habe das Gefühl, bei dir werde ich schnell altern. Ach, da fällt mir ein – ich hab' ja was für dich.«
Er führte ihre Hand an seinen steifen Schwanz. »Komm!« Er half ihr aus dem Wasserbett, türmte die Kissen vor ihr auf, damit sie sich darauf stützen konnte, umspannte ihre Brüste mit den Händen und nahm sie von hinten. Er stieß noch härter in sie hinein als zuvor. Ihr Möse pochte, schmerzte, prickelte. Sie flehte ihn an, sie noch fester zu rammen, sie zu schlagen, zu zermalmen – mehr, ja, mehr. Wenn Bean in sie eindrang, war es, als nehme ein *dybuk* von ihr Besitz. Bei jedem Stoß feuerte sie ihn an mit einer Stimme, die gar nicht ihr zu gehören schien – als sei sie wirklich zur Bacchantin geworden, als habe die Grenze zwischen Schmerz und Lust sich aufgelöst. Er war ihr Gebieter, ihr Priapus, der nicht nur in ihren Körper, sondern auch in ihre Seele stieß.
Ah, sie gab vor, der Großen Mutter zu huldigen, aber in Wirklichkeit war sie dem Phallus hörig, sie war schwanzabhängig, schwanzbeherrscht, schwanzverunsichert. Sie hatte schon immer gewußt, daß Männer diese latente Macht über sie besaßen, doch noch nie hatte sie so hundertprozentig den ihr sexuell ebenbürtigen Partner gefunden: einen Mann, der des Fickens nicht müde wurde, der wild darauf war, sich bis zur Erschöpfung wund zu vögeln, einen Mann, der gleich ihr nicht vor Schweiß, Gerüchen und Blut zurückschreckte, einen erdgebundenen Mann, der wußte, daß der Mensch nur durchs Irdische zum Göttlichen emporsteigen kann.
»Ich will dein *Mann* sein«, stöhnte er und fickte sie wie ein Rasender von hinten. Sein Mittelfinger stieß in ihren Hintern, sein harter, gekrümmter Schwanz füllte ihre Möse, sein leiden-

schaftliches Verlangen, seine Glut, seine Sicherheit, seine Lust füllten ihre Seele.
Sie war noch nie in dieser Stellung gekommen, aber diesmal war es, als würden die Orgasmen von neununddreißig Jahren auf einmal explodieren, und sie stöhnte und winselte wie ein Tier. Das erregte ihn so sehr, daß er vor Leidenschaft fast den Verstand verlor. Er spritzte mit einem wilden Aufschrei. Sein Becken zitterte, bebte, sein Schwanz stieß heftig in ihre Möse und füllte sie mit seiner Ladung, bis sie beide keuchend vor Erschöpfung vornüber aufs Bett fielen.
»Komm her zu mir«, flüsterte er, legte sich aufs Bett und reichte ihr die Hand. Er schlang den Arm um sie, sie kuschelte sich in die Mulde, die sein Körper bildete, und er streichelte ihren Kopf. Selbst im Liegen fügten sich ihre Körper wunderbar zusammen. Obwohl sie nur einszweiundsechzig, er dagegen fast einsneunzig war, lagen sie aneinandergeschmiegt, als gehörten sie zusammen, ja, als hätten sie schon immer zusammengehört. Erstaunlich, wie selten es das gibt: zwei Körper, die ideal zusammenpassen. Es ist wohl das einzig Gute an der Promiskuität, daß sie uns diese Lektion erteilt, und zwar gründlich.
»Du und ich, wir passen zusammen. Du gehörst zu mir«, sagte er. »Jetzt, wo ich dich gefunden habe, laß ich dich nie mehr fort.«
»Mein Liebling.« Isadora kämpfte gegen den Wunsch an, seinen Worten Glauben zu schenken. Nach dieser Nacht werde ich ihn nie wiedersehen, dachte sie. Er ist ein Wunder, ein Traum, ein Zauberer aus einer Geschichte von I. B. Singer, er ist der Leibhaftige in der Gestalt eines Engels. An eine solche Leidenschaft darf man sich nicht klammern, sie kann nicht dauern, nicht bewahrt werden. Ein Mann wie er könnte sich mit seinen romantischen Einfällen glatt die Liebe einer Frau erschleichen und sie dann mit gebrochenem Herzen zurücklassen. Sie war zu einem solchen Abenteuer nicht bereit, nicht so kurz nachdem Josh ihr Herz gebrochen hatte. Vielleicht würde sie nie mehr bereit sein, sich so bedingungslos auf einen Mann einzulassen.
»Woran denkst du?« fragte er.
»An nichts.«

»Du bist eine Frau, die in ihrem ganzen Leben keine Sekunde lang an nichts gedacht hat«, sagte Bean. »*Davon* bin ich überzeugt.«
»Ich habe bloß gedacht, daß du ein harter Brocken bist, ein sehr harter.«
»Nur ein ungestümer junger Mann. Genau dein Fall: der Feld-Wald- und-Wiesen-Wüstling.«
»Der Spender irdischer Freuden. Aus bekehrten Wüstlingen werden übrigens die besten Ehemänner – jedenfalls glaubte man das im achtzehnten Jahrhundert, siehe ›Tom Jones‹.«
»Sapperlot! Frauenzimmerchen, macht sie mir etwa gar einen Antrag?«
»Höchst unwahrscheinlich. Mein Bedarf an Ehe ist gedeckt.«
»Ich würde dich auf der Stelle heiraten«, sagte er, »und dabei glaube ich nicht einmal an die Ehe.« Unendlich sanft streichelte er ihren Kopf. So brutal er sich vorhin verausgabt hatte, so zärtlich war er jetzt. Was war echt, die Zärtlichkeit oder die Brutalität? Oder war am Ende beides echt? Ungezügelter Sex bringt die Extreme in uns ans Licht: Lamm *und* Wolf, Engel *und* Bestie. Sie spürte das unverkennbare Zeichen einer kosmischen Verbindung, eine winzige Sonne, die in ihrem Becken glühte, einen leuchtenden, wärmenden Strahl fünf Zentimeter unter dem Nabel, genau an der Stelle, auf welche die Zen-Meister sich bei Kontemplationsübungen konzentrieren, das Chakra zwischen Nabel und Schambein.
»Was soll ich bloß mit dir machen, Bean? Ob ich dich adoptieren muß?«
»Schhh, mein Liebling, komm, wir lassen uns treiben!«
Und sie schliefen einer in des anderen Armen ein, schliefen eng umschlungen, ohne daß es der geringsten Verrenkung bedurft hätte; eingehüllt in ihren Schweiß, in Sperma und Blut schliefen sie glückselig und friedlich.
Isadora schlief so gut wie noch nie, seit Josh ausgezogen war. Sie schlief ohne »Valium«, ohne Alkohol, ohne *dope*. Sie träumte sich zurück in die Wohnung in Manhattan, in der sie aufgewachsen war. Sie kletterte wieder die Treppe zu Papas Atelier hinauf und spähte über die Brüstung in das überhohe Wohnzimmer hinab.

Sie versuchte, sich festzuhalten (merkwürdigerweise war das Geländer nicht mehr da), um nicht in die Tiefe zu stürzen, wo ihre Eltern eine Gesellschaft für ihre Freunde gaben. Dort unten prosteten sich die Gäste mit echtem Champagner in langstieligen, kelchförmigen Gläsern zu. Die Champagnerbläschen stiegen auf, begleitet von den Klängen der Barmusik, die jemand auf dem Klavier klimperte. Die Leute waren ausgelassen und lustig, sie kicherten über Dinge, die Kinder nicht verstanden. Aber jetzt sprachen sie wie aus heiterem Himmel über sie, ohne zu ahnen, daß sie zuhörte. »Sie wird sich durchbeißen müssen«, sagten sie. »Sie wird es schwer haben.«

Auf einmal jagten ihr diese unklaren Worte der Erwachsenen Angst ein. Sie wollte rufen: »Ich bin hier, ich höre zu«, aber es war verboten zu lauschen, und außerdem hätte sie schon längst im Bett sein müssen, also durfte sie sich nicht verraten. Sie verlor den Halt und fiel hinunter. Aber sie schwebte vom Luftzug getragen durch den Raum, wie ein geflügeltes Samenkorn, das träge abwärts segelt. Sie wußte, daß sie über kurz oder lang auf dem Fußboden des elterlichen Wohnzimmers aufschlagen mußte und daß ihr schreckliches Geheimnis, ihre furchtbare Schuld ans Licht kommen würden. Kurz vor dem Aufprall schreckte sie hoch. Sie erwachte in panischer Angst, spürte, wie ihr das Blut über die Schenkel strömte, und erblickte neben sich auf dem Kissen ein fremdes Gesicht. Durch die Ritzen der Jalousien vor ihren Schlafzimmerfenstern drangen die rötlichen Strahlen der aufgehenden Sonne. Die Digitaluhr zeigte fünf Uhr neunundfünfzig. Ihre Tochter wachte oft um sechs auf.

Sie sprang aus dem Wasserbett und rannte ins Bad, wo sie sich in fieberhafter Eile säuberte (wie Lowell Strathmore, der wie ein Keystone-Cop zappelte, ehe er zu seiner Ehefrau zurückhastete). Sie führte einen frischen Tampon ein, wusch Beine und Bauch mit dem Schwamm, spritzte sich kaltes Wasser ins Gesicht, besprühte sich von Kopf bis Fuß mit »Opium«, bürstete ihr Haar, legte ein wenig Make-up auf, lief zurück ins Schlafzimmer und schüttelte den Fremden, der da in ihrem Bett gelandet war.

»Liebling«, murmelte der, »Liebling.«

»Du mußt weg. Mein Kind kann jeden Moment aufwachen.«
Der Schweiß brach ihr aus – ob der Alptraum daran schuld war oder die bacchantischen Ausschweifungen der vergangenen Nacht? Sie wußte es nicht. Sie wußte nur, daß sie ihn loswerden mußte, und zwar schnell.
»Bitte, Bean, bitte!« Isadora schüttelte ihn heftig. Er blinzelte verschlafen und streckte die Arme nach ihr aus.
»Entschuldige meinen Drachenatem«, sagte er.
»Macht nichts.« Sie küßte ihn zärtlich, machte sich dann von ihm los und sagte: »Du mußt jetzt wirklich gehen.« Sie brachte ihm seine Kleider. Mit trägen Bewegungen, wie ein Mann unter Wasser, zog er sich an. »Werden jetzt die Penner vertrieben?« fragte er halb verletzt und halb amüsiert.
»Meine Tochter wird jeden Moment aufwachen. Ich fand's *großartig* letzte Nacht – du bist wunderbar –, aber was soll ich machen, wenn Amanda plötzlich hier hereinspaziert?«
Sie öffnete die Tür zum Hundeauslauf, wo Malteserhündchenkot unter dem frischgefallenen Schnee hervorschimmerte.
»O Gott, der Wagen!« rief sie.
»Keine Sorge, den schieb' ich raus. Für körperliche Arbeit bin ich ganz gut zu gebrauchen. Geliebte, ich bete dich an. Vergiß das nicht, ja?«
Er lief hinaus und warf sich den roten Schal über die Schulter.
»Raus in den Kot, wo ich hingehöre!« Übermütig sprang er über die gefrorene Hundescheiße.
Sie sah ihm nach. Er lief zur Einfahrt, fand den Lieferwagen (der kaleidoskopisch in einer Schneewehe leuchtete) und versuchte, ihn auf die Fahrbahn zurückzuschieben. Es schien unmöglich, aber entweder hatte er soviel Kraft, oder die Macht der Göttin, die ihn erst festgehalten und dann losgelassen hatte, war mit ihm, jedenfalls gelang es ihm binnen weniger Minuten, den Wagen ein Stück zur Fahrbahn zu schieben.
Er stapfte durch den Schnee zu Isadoras Sandkiste, nahm die Schaufel, die dort lehnte wie ein phallisches Symbol, und verteilte Sand und Salz um die Räder seines Wagens. Dann stieg er in das grellbemalte Fahrzeug und brachte den Motor auf Touren. Der

Wagen schaukelte vor und zurück, als Bean versuchte, wieder auf die Fahrbahn zu gelangen. Selbst sein Fahrstil war sexy! Verdammt noch mal, dachte Isadora, dieser Mann könnte mich wahnsinnig machen. Sie konnte es kaum erwarten, daß die Räder im Sand Halt fanden, daß sie griffen und ihn für immer aus ihrem Leben entführten.

Als es klappte, hätte sie beinahe Beifall geklatscht. Raus, raus, raus! Für immer raus aus meinem Leben, dachte sie, ob du nun ein Wunder, ein Dämon oder *dybuk* bist! Aber noch während sie dem Wagen nachsah, wie er die Einfahrt hinunterfuhr, begann sie zu singen. Sie trällerte Liebeslieder vor sich hin, als sie unter die Dusche ging. »Niiiieeee war ich so verliebt...«, sang sie, und dann lachte sie sich selbst aus. Sie wusch Blut und Sperma aus ihrem Schamhaar und sah, wie sich das Wasser rostrot färbte, ehe es in schwindelerregendem Tanz den Abfluß hinunterwirbelte.

14

Im Bunde mit dem Vagabunden

Ein Liebesroman kann nicht beim
Liebesakt geschrieben werden.

Colette

O heilige Jungfrau du,
verbirg jene, die hilfesuchend zu dir flüchten,
und jene, die da Vagabunden sind,
verstoße sie nicht.

John Lydgate nach Déguileville

Das Glück wollte es, daß weder Mandy noch Danae vor acht aufwachten. Isadora war zwar völlig erschöpft, aber sie summte fröhlich vor sich hin, während sie in der Küche die Grütze zubereitete, im Eßzimmer das Feuer schürte und sich innerlich für die Katastrophen rüstete, die der neue Tag bringen mochte. Was nun? Keine Nanny, kein Geld, kein Botkin und kein Bean. So unvermutet, wie er gekommen, war er auch wieder aus ihrem Leben verschwunden, hatte Schlidderspuren auf der vereisten Einfahrt hinterlassen, Blut auf dem Laken (sie hatte die Bettwäsche bereits in die Waschmaschine gesteckt) und sich unauslöschlich in ihr Herz eingebrannt. (Wenigstens *glaubte* sie, es sei ihr Herz, doch es läßt sich nicht verhehlen, daß es unserer Heldin nicht ganz leicht fiel, zwischen ihrem Herzen und ihrer Möse zu unterscheiden.) Ihr Von-Mitternacht-bis-Morgen-Besucher hatte sich davongemacht und sie im ungewissen darüber gelassen, ob er überhaupt richtig existierte, war er ihr doch wie eine Erscheinung vorgekommen. Auch aus seinem Charakter wurde sie nicht klug. In mancher Hinsicht schien er ein Wüstling, ein Flegel, ein Verrückter zu sein, in anderer Hinsicht wieder kam er ihr vor wie ein galanter Ritter aus einem versunkenen heroischen Zeitalter, kühn im Bett und in der Schlacht, bereit, für seine Angebetete sein Blut zu vergießen (wie sie für ihn). Sie wußte nur, daß sie gesungen hatte, als er ging: ein untrügliches Zeichen von *etwas*, vielleicht Liebe, was immer das sein mochte.

»Guten Morgen, Danae!« rief Isadora, als die zerzaust die Treppe herunterkam, eine frisch gewaschene und gekämmte Amanda im Schlepptau.

»Na, *wir* sind aber gut aufgelegt heut morgen, was?« sagte Danae. Hatte sie die ganze Nacht gelauscht, oder hatte sie den Vagabunden im Morgengrauen abziehen sehen?

Isadora hielt den Mund und summte weiter. Das Kinder- und das Mädchenzimmer waren weit von ihrem Schlafzimmer entfernt

und lagen außerdem ein Stockwerk höher. Es war höchst unwahrscheinlich, daß etwas von der wilden, blutigen Vögelei dort hinauf gedrungen war.
»Mama, Mama, Mama!« zwitscherte Amanda.
Isadora merkte nun erst richtig, wie erleichtert sie war, Bean los zu sein. Sie setzte Danae und Amanda das Frühstück vor und fragte sich, ob Bean wohl lebend nach Hause gekommen sei, ob er wirklich existiere oder ob er nur eine von ihr erfundene Figur vorstelle, eine Projektion ihres Bedürfnisses nach einer ekstatischen Flucht vor den Problemen, die sie bedrängten: Botkins Tod, die Steuerprüfung, die Jagd nach einem neuen Kindermädchen.
Immer wenn sie allein mit Amanda in ihrem einsamen, eingeschneiten Haus war, überwältigten Isadora Angst und das Gefühl völliger Verlassenheit so sehr, als habe ihr jemand einen Tritt in die Eingeweide verpaßt. Es war schon schwer genug, ein Kind zu bemuttern, wenn der Vater im Haus war, aber ohne ihn und ohne eine andere Mutter, die einen selbst bemutterte, war es nachgerade unmöglich. Gewiß, eine Frau konnte ein Kind auch ohne Mann aufziehen, aber dann brauchte sie dringend ein ganzes Netz von Frauen: Mütter, welche die Mütter bemutterten, die ihre Kinder bemutterten, Mütter, die Mütter stärkten, wenn sie sich verausgabt hatten, Mütter, die Mütter streichelten, während sie das fieberheiße Köpfchen ihres Kindes hielten.
Isadora konnte sich ein versunkenes Zeitalter des Matriarchats sehr wohl vorstellen. Sie konnte sich durchaus so ein Netz von Müttern, Großmüttern und Tanten vorstellen, die einander bemutterten. Aber von einem solchen System sind wir in unseren isolierten Ein-Elternteil-Haushalten Lichtjahre entfernt. Isadoras Mutter wohnte in New York; ihre Schwestern waren über den ganzen Erdball verstreut. Diejenigen unter ihren Freundinnen, die Kinder hatten, waren zum Großteil verheiratet – oder ihre Kinder waren wesentlich älter, weil sie schon früher eine Familie gegründet hatten; in beiden Fällen hatten sie nicht die gleichen Probleme wie Isadora. Nur wenige ihrer Freundinnen schrieben Romane, noch weniger schrieben Romane und brachten gleichzeitig Kinder zur Welt, und noch weniger mußten ihre Familie

ernähren. Mochte das auch in der heutigen Zeit das Los vieler Frauen sein, ihre Freundinnen waren ihm jedenfalls entgangen. Außerdem war Isadora vor sieben Jahren mit einem Mann nach Connecticut gezogen, in den sie wahnsinnig verliebt war. Sie hatten das Haus gekauft, gerade *weil* es von aller Welt abgeschnitten war. Dieses Haus, das von der Höhe aufs Flußtal hinunterblickte und nur über eine unvorstellbar steile Einfahrt zu erreichen war, schien prädestiniert zu sein für zwei Liebende, die in ihrer *folie à deux* ganz sich selbst genügten (oder das zumindest glaubten). Das Haus war auch alles andere als ein Kinderparadies: überall Treppen, Balkone und Brüstungen, die steile Schluchten überragten. Damals hatte Isadora ein solches Haus gebraucht, um erst die Recherchen für »Tintorettos Tochter« machen und dann das Buch schreiben zu können. Sie hatte sich von der Außenwelt abriegeln müssen, um in ihren Träumen und Phantasievorstellungen vom Venedig des sechzehnten Jahrhunderts zu leben. Während sie über den Karten brütete, in denen die Kanäle verzeichnet waren, und die Grundrisse der *palazzi* studierte, war es ihr gelungen, Venedig in ihrem Kopf nachzubauen – und das verdankte sie zum Teil diesem abgelegenen Haus in Connecticut. Wenn sie neuen Antrieb brauchte, flog sie ins tatsächliche Venedig, oder sie fuhr nach Yale und stöberte in den kostbaren alten Folianten der Beinecke-Bibliothek. Sie wollte nicht teilhaben an jener Welt, die New York für Leute ihrer Sparte repräsentierte. Es verlangte sie weder nach Schlagzeilen noch nach Galadiners für noble Zwecke, weder nach Wohltätigkeitsveranstaltungen noch nach todschicken Parties, Fernsehauftritten, Vernissagen und Premieren. Sie hatte diese zweifelhaften Vergnügungen nach der Veröffentlichung ihres ersten Romans zur Genüge kennengelernt. Sie hatte es satt, sich die Freundschaft von Leuten antragen zu lassen, die sie zuvor nicht einmal beachtet hatten; sich Leuten öffnen zu müssen, die ihrerseits anonym bleiben konnten; geistreich auf Stumpfsinn reagieren zu müssen und unbegründeter Grausamkeit mit einem dicken Fell zu begegnen. Denn Isadora hatte sehr wohl ihre Runde auf dem Prominentenkarussell gedreht, hatte am eigenen Leib erfahren, wie Lobhudelei und Beleidigung einander ablösen und wie der pauschalen Verdammnis eines Stars dessen behutsamer Wiederaufbau folgt. Sie hatte das alles erlebt und war des Rummels gründlich überdrüssig. Sie war ein so sensibles Pflänzchen, daß sie vor dem Starzirkus davonlief. Und sie lief nach Connecticut, dem nahrhaften Muskatnußstaat, wie der südlichste der sechs Neuenglandstaaten genannt wurde, dem Staat, der die ausgeflippten achtziger Jahre mit kolonialem Charme überdeckt, dem winterlichen Notstandsstaat (Strom, Schnee, Überschwemmung), dem grünen Sommerparadies, dem gesegneten Schlupfwinkel, wo man vor dem nervenaufreibenden Hexenkessel New York sicher ist.

Aber jetzt im Winter, allein mit einem dreijährigen Kind, verwandelte sich das Haus, das einst Zufluchtsstätte gewesen war, in eine Falle. Hier oben war man so abhängig von seinen Haushaltshilfen, daß sie arrogant wurden. Der Installateur und der Fahrer des Schneepflugs hielten die Schlüssel zum Königreich in der Hand – und zwar eisern. Schneeketten, Vierradantrieb und Öfen für Holzfeuerung wurden wichtiger als Brot, Wein und Liebe.

Welches Problem sollte sie heute morgen zuerst angehen? Die Marathonjagd nach einer Nanny oder die Suche nach einem neuen Manager (und vielleicht zudem nach einem Anwalt, der einen Prozeß gegen Botkins Erben anstrengte)? Oder sollte sie sich einfach hinsetzen und schreiben, als existiere keines dieser Probleme, denn es war nun einmal das Schreiben, das sie immer wieder rettete? Aber leider (oder vielleicht auch Gott sei Dank), das Leben hat nun einmal Vorrang vor der Kunst. Und jetzt meldete sich das Leben in Gestalt ihrer Tochter.

»Ich will keine neue Nanny«, sagte Amanda. »Ich will Danae!«

Danae lächelte glückstrahlend und entblößte ihre so sexy wirkenden Zahnlücken. Sie schüttelte ihre rote Mähne. Amanda hatte Danae schon als Baby geliebt, und für sie stand unumstößlich fest, daß die Liebe eines Kindes zwei Frauen gehörte: der Mama und einer Ersatz-Mama, der Babymacherin und der Babysitterin.

»Danae soll meine Nanny sein«, bettelte Amanda. »Danae, ich will Danae!«

»Tja, würden Sie denn für ein, zwei Wochen bei uns bleiben?«

fragte Isadora die lächelnde Rothaarige aus dem hohen Norden Englands (die sich in kindermädchenlosen Notzeiten immer wie ein Goldregen eingestellt hatte). »Ich müßte nämlich dringend einiges in New York erledigen.«

»Aber klar doch«, sagte Danae. »Ich saus' gleich los und hol meine Sachen.«

Isadora spielte mit Amanda, während sich Danae mit dem Saab aufmachte, um ihre Koffer, ihre Kinder und ihre diversen Liebhaber einzusammeln. Natürlich wußte Isadora, daß ihr mit Danaes Einzug – wenn auch nur vorübergehend – neben großer Kochkunst auch große Unordnung bevorstand. Manchmal würde Danae sich um Amanda kümmern, manchmal würden ihre Söhne es tun und manchmal auch ihre Liebhaber. Das Haus würde überquellen vor Leben, es würde exotische Gerichte geben und laute Musik. Danae würde Amanda entweder mitnehmen (wenn sie ihren anderen Jobs nachging), oder sie würde ihre Jungen als Babysitter bei Mandy lassen. Aber niemand würde dem Kinde Geschichten vom Fegefeuer erzählen, das stand fest. Und Amanda würde unter Danaes wohltuend nachlässiger Obhut prächtig gedeihen.

Isadora war noch so erschöpft von den Anstrengungen der letzten Nacht, daß sie sich vor den alltäglichen Aufgaben scheute. Wo sollte sie auch anfangen, das Chaos zu entwirren, als dessen Erbin Mel Botkin sie zurückgelassen hatte?

Jetzt würde sie erst einmal die Platte von der »Sesamstraße« auflegen und mit Amanda dazu tanzen. Anschließend würde sie ihre Tochter in QUIM zum Kinderladen fahren (falls die Einfahrt rechtzeitig gestreut wurde), und dann wollte sie in Ruhe über ihre Probleme nachdenken. »Ich werde morgen darüber nachdenken«, hatte Scarlett O'Hara gesagt, aber für Isadora war es bereits morgen.

»Willst du tanzen, Amanda?«

Was für eine Frage! Das Kind war die geborene Tänzerin. »Mein Keks, mein Keks ist in der Disko unterwegs«, sang das Krümelmonster, und Isadora und Amanda drehten sich dazu im Kreis, stampften mit den Füßen und klatschten mit den Händen den

Takt. Sie übersprangen »Die glücklichste Straße der Welt« (ein Lied, das sie beide ziemlich blöd fanden) und ein paar unbekannte Nummern, bis sie zu ihrer Lieblingsmelodie kamen, dem Lied Oskars: »Quatsch macht Spaß.«

Amanda tanzte wie ihre Mutter: mit einem natürlichen Gefühl für Rhythmus, obwohl sie gerade erst übers Kleinkindalter hinaus war und ihre Bewegungen noch nicht übermäßig koordiniert wirkten. Sie tanzte wie Isadora mit der völligen Hingabe eines Kindes. Wie sie so tanzte mit funkelnden blauen Augen, rosigen Handflächen, die sie in der Luft zusammenschlug, und Turnschühchen, die auf den Boden stampften, schien sie dazu bestimmt, in die Fußstapfen ihrer Mutter zu treten – der Himmel steh ihr bei! Isadora spürte die unverkennbare Sexualität ihrer Tochter, deren Lebenskraft, und dachte, daß auch Amanda all jene Lektionen würde lernen müssen, die sie, Isadora, gerade erst zu lernen begann.

Wie konnte man rasende Leidenschaft mit häuslichen Pflichten, mit künstlerischer und finanzieller Verantwortung in Einklang bringen? Warum hatte sie nur alles so verpfuscht! Was für ein Vorbild war sie ihrem Kind? Ein Vorbild an Ratlosigkeit, Chaos und Verwirrung! Sie hatte versucht, ein freies Leben zu führen und keine Seite ihrer Weiblichkeit, ihres Menschseins zu unterdrücken. Aber wohin hatte sie das gebracht? In diesen unwegsamen Irrgang! Drei Monate vor ihrem vierzigsten Geburtstag wußte sie weniger denn je, wohin die kurvenreiche Straße sie führen würde. Sie hatte die Nacht mit einem Vagabunden durchtanzt, und nun vertanzte sie den Morgen mit ihrer Tochter!

Als Renata zur Arbeit kam, fand sie Mutter und Tochter im begeisterten Diskorausch in der Halle.

»Guten Morgen, meine Damen«, trällerte sie.

Heute morgen war scheinbar jeder verrückt und ausgelassen. War das die Wirkung des Todes, zumindest wenn es sich bei dem Toten um einen Manager handelte? Isadora kannte Leute, die sogar auf den Tod geliebter Menschen ähnlich reagierten. Statt sie traurig zu stimmen, machte der Tod die Hinterbliebenen fidel und verrückt – wenigstens für eine Weile, bis man die Unwiderruflichkeit der Trennung begriff.

Schneepflug und Streufahrzeug trafen kurz nach Renata ein. Und obwohl es inzwischen schon ein wenig spät geworden war, beschloß Isadora, Amanda doch noch zum Kinderladen zu bringen. Während QUIM über die vereisten Straßen kroch, plapperte Amanda glücklich über alles, was ihr in den Sinn kam. Die Trennung von Schwester Librium schien ihr nicht nahezugehen im Gegensatz etwa zu der Trennung von Cicely, der nackten Nanny. Für gewöhnlich machten junge Kindermädchen, die sich Amanda gegenüber eher wie ältere Schwestern verhielten und nicht wie Großmütter, den stärksten Eindruck auf das Kind. Manchmal balgten sie sich mit ihr wie Geschwister. Sie stellten willkürliche Regeln auf, aber sie fühlten sich ihr aufs innigste verbunden, und die Trennung von ihnen war für Mandy stets äußerst schmerzlich. Isadora wünschte sich nichts sehnlicher, als ihrer Tochter ein vollkommenes und gesichertes Leben zu bereiten. In ihrer Phantasie trug sie ein kitschiges Bild vom idealen bürgerlichen Dasein mit sich herum, von einem Leben, dem sie selbst so geflissentlich aus dem Weg gegangen war: ein kleines Haus, an dem Kletterrosen emporrankten, Amanda auf der Schaukel im Garten und Mama und Daddy drinnen als trautes Paar. All die Ideale, die sie als Schriftstellerin verfolgt hatte, wenn sie versuchte, wie die Heldin eines pikaresken Romans zu leben, waren genau das Gegenteil von dieser Sicherheit, die sie sich für ihre Tochter wünschte. Sie war versucht, ihrer Tochter den Rat zu geben, den sie selbst von ihrer Mutter bekommen hatte: »Tu, was ich sage, und nicht, was ich tue!« Sei beständig, obwohl ich dich nur Unbeständigkeit gelehrt habe. Sei gelassen, obwohl ich dich nur Raserei gelehrt habe. Isadoras Mutter hatte sich ihrer Tochter gegenüber ähnlich widersprüchlich verhalten. Geh und erobere dir die Welt der Männer, hatte sie gesagt, obwohl ich das nicht getan habe. Tu, was ich sage, und nicht, was ich tue! Isadoras Mutter hatte sich sogar einmal zu folgender Prophezeiung verstiegen: »Wenn du erst eine berühmte Schriftstellerin bist, dann kommt alles andere von selbst: Geld, schöne Kleider, die Liebe phantastischer Männer.« Mutter hatte recht behalten, nicht wahr? Aber wie der chinesische Fluch »Mögest du in einer aufregenden Zeit leben« hatten auch

Ruhm, Geld, Modellkleider und die Liebe phantastischer Männer ihre Schattenseiten. Phantastische Männer ganz besonders, obwohl sie einen in Schwung brachten – oben und unten.

Isadoras Hintern und Möse waren wund von der Raserei der letzten Nacht. Aber der Schmerz, den sie spürte, war der süße Schmerz eines Wüstlings des achtzehnten Jahrhunderts – allerdings ohne die Furcht vor dem Tripper, unter der diese trunkenen Kerle litten, sooft sie Unzucht trieben. Sapperlot! Mußte sie sich am Ende auch vor dem Tripper fürchten? Bean war gewiß ein Wüstling in der guten alten Tradition eines John Cleland oder Henry Fielding. Oder mußte man sich heutzutage vor Herpes fürchten? Seit ihrer Jugend hatten so durchgreifende Veränderungen stattgefunden, daß sie kaum noch wußte, *wovor* man sich gerade in acht nehmen mußte. In ihrer Jugend während der fünfziger Jahre wurde die Angst vor der Schwangerschaft großgeschrieben. Damals war es schwer, sich dem Sex hinzugeben, weil einen die Vorstellung plagte, daß man vielleicht auf dem Küchentisch eines Abtreibungsarztes in Jersey City sterben würde (warum geschah das immer in Jersey?) – und das bloß, weil man die Fummelei und die Stöße eines pickligen Collegejünglings hatte über sich ergehen lassen. Als sie in den Zwanzigern war, da wurde die Pille großgeschrieben, und man brauchte keine Angst mehr vor einer unerwünschten Schwangerschaft zu haben, bis sich (nur knapp zwei Jahre später) herausstellte, daß *wieder* Furcht geboten war, diesmal vor Blutgerinnseln und Embolie. Es dauerte gar nicht lange, und die Gesellschaft erlebte eine kollektive Vertreibung aus dem Pillenparadies; Diaphragma und Kondom kehrten zurück. Doch da hatten sich die Geschlechtskrankheiten bereits zu einer Epidemie ausgeweitet, die sich als resistent gegen Antibiotika erwies. Kaum war alle Welt damit beschäftigt, diese Nachricht zu verdauen, als die Presse auch schon von Herpes berichtete. Und dann kam AIDS – was war wohl als nächstes an der Reihe?

Isadora und Amanda hielten vor der Blue Tree School, aber die Stunde war anscheinend in vollem Gang, denn draußen war weit und breit keines der (um diese Jahreszeit wie kleine Michelinmännchen warm eingepackten) Kinder zu sehen. Isadora parkte

Quim neben einer Schneewehe und betrat mit ihrer Tochter den Kinderladen. Sie gingen einen Korridor entlang, der mit Bildern von weihnachtsähnlichen Festen in den Ländern der Dritten Welt geschmückt war: Neujahr im Iran, Lichterfest in China, Allerheiligen bei den Maori, Dreikönig in Madagaskar und so fort. Die Blue Tree School feierte alles, solange es nicht jüdisch-christlich war. Vor der Tür zum Spielzimmer der Dreijährigen, das den Namen »Rosa Zimmer« trug (was aber keine politische Anspielung war), machte Isadora halt und hängte den Anorak ihrer Tochter in Amandas Spind (darauf prangte ein entzückendes Foto von Mandy neben den Bildern von Mom und Dad). Amanda ließ sich die roten Gummistiefel ausziehen, dann rannte sie los, um ihre Kameraden zu begrüßen.

Da waren sie – die Ranzenkinder, die zwei Haushalten angehörten, die Kinder der Scheidungsolympiade.

Jeremy, Lauren, Moses, Elihu, Jennifer, Jennifer, Allison, Alison, Alyson, Noah, Simon, Caleb und Kimberley – so hießen sie, und acht von vierzehn (die vierzehnte war Amanda) kamen aus zerbrochenen Familien. (Isadora haßte den Begriff »zerrüttetes Zuhause«, weil das Zuhause in den meisten Fällen durch die Scheidung eher gestärkt war.)

Als echte Kinder ihrer Zeit waren diese Dreijährigen nach biblischen Erzvätern benannt oder nach literarischen Vorbildern wie den Heldinnen Chaucers (das Eheweib von Bath aus den »Canterbury Tales« war schließlich Alisoun geheißen) oder nach englischen Aristokraten (Jennifer und Amanda). Eines Tages, dachte Isadora, werde ich einen Essay über die Phänomenologie von Kindernamen schreiben und darüber, wie diese Namen die Ambitionen der Generation ihrer Eltern verraten. Im Nazideutschland beispielsweise erhielten fast alle Kinder germanische Namen wie Holger, Heike und Gudrun. Die von Schuldgefühlen geplagte deutsche Nachkriegsgeneration nannte ihre Kinder nach Gestalten des alten Testaments wie Rebekka und Rachel, Abraham und Isaak. Diese Entwicklungen sind leicht zu erklären – aber warum wuchs in Amerika nach dem Vietnamkrieg eine Generation von kleinen Noahs heran? Stand etwa eine Sintflut bevor? Und was hatten

Namen wie Kimberley und Stacy und Tracy zu bedeuten? Göttin sei Dank hatte niemand sein Kind Isadora getauft, selbst dann nicht, als »Candidas Beichte« die Bestsellerliste anführte. Candida freilich hatte sich Mitte der siebziger Jahre für kurze Zeit einiger Beliebtheit erfreut.

Isadora winkte ihrem Ranzenkind zu (das ein Kaninchen namens Peter herzte – Tiernamen zeigten in den siebziger und achtziger Jahren eine auffallend konservative Tendenz), und sie grüßte die beiden Betreuer Amandas, Simba alias Arnold Greenspan und Karma alias Diane Grossman. (Simba hatte schulterlanges Haar und trug einen Smaragdohrring. Karma verzehrte sich nach ihm, doch ohne Aussicht auf Gegenliebe. Jedenfalls wurden die Kinder hier in Westport angemessen auf das Leben im nachatomaren Zeitalter vorbereitet.) Isadora bestieg QUIM (was konnte man aus den Autonamen der siebziger und achtziger Jahre schließen?) und fuhr zurück zur Serpentine Hill Road (nicht zu vergessen: Was verraten die Straßennamen?).

Zu Hause waren die Telefone heißgelaufen.

Bean hatte mehrmals angerufen, und Kevin, der sich wegen des vergangenen Abends Sorgen machte, hatte ebenfalls versucht, sie zu erreichen. Mel Botkins Büro hatte sich gemeldet, und Hope, die dank ihrer telepathischen Fähigkeiten spürte, daß etwas im Busch war, wollte Isadora gleichfalls sprechen. Während Renata von einem Apparat zum andern eilte und die Anrufer vertröstete, zog Danae mit Sack und Pack ein. Sie schleppte Kassettenrecorder, Töpfe und Pfannen für ihre Gourmetgerichte sowie ihre wertlosen Schecks ins Haus und sang dabei. Warum konnte Isadora nicht so unbeschwert sein wie Danae? Warum? Sie war nicht umsonst Jüdin; die Sorgen und Ängste lagen ihr im Blut. Danae war pleite, aber glücklich. Danae stellte ungedeckte Schecks aus und fand nichts dabei. Wenn Danae Schulden beim Finanzamt hätte, würde das ihren Schlaf nicht stören. So sorglos wie Danae konnte Isadora nur sein, wenn sie vögelte. Vielleicht war das Vögeln deshalb so wichtig für sie. Sex war ihr »Valium«, ihr *dope*, ihre Sucht. Sex entspannte ihre Muskeln, bezwang ihre Ängste, war für sie Gift und Gegengift zugleich.

»Mit wem soll ich Sie zuerst verbinden?« fragte Renata. »Hope? Bean? Mels Büro? Kevin?«
»Geben Sie mir Hope«, sagte Isadora. Wenn sie nicht wußte, was sie tun sollte, rief sie Hope an, ihre gute Fee. Ihre Freundschaft war einzigartig: eine Seelenfreundschaft, eine Herzensfreundschaft. Da Hope zwanzig Jahre älter war als Isadora, gab es zwischen ihnen weder Spannungen noch Konkurrenzneid, und ihre vom Karma gestiftete Verbindung blieb rein und ungetrübt. Daß sie gemeinsam schon viele Wiedergeburten erlebt hatten, bewies jedes Gespräch zwischen ihnen aufs neue.
»Na, was ist los?« fragte Hope. »Ich mußte die ganze Nacht an dich denken – hab' kein Auge zugetan.«
»Ich war auch die ganze Nacht wach«, antwortete Isadora. »Aber zum Denken kam ich nicht.«
»Also red schon! Wer ist es? Kenne ich ihn?«
»Ein junger Schauspieler, der auf meiner vereisten Einfahrt ins Schliddern kam.«
Isadora hörte Hopes volles, kehliges Lachen. »Das ist *auch* eine Möglichkeit, Männer an Land zu ziehen! Einfach eine steile Einfahrt bauen und warten, bis sie reinschliddern.«
»Ich muß dir das ausführlich erzählen«, sagte Isadora. »Es war wirklich sensationell.«
»Einverstanden. Wann sehen wir uns, mein schönes Kind?«
»Ich weiß nicht. Seit gestern ist mein Leben total aus den Fugen. Ich mußte Schwester Librium feuern, weil sie Mandy mit Fegefeuergeschichten Angst eingejagt hat. Dann eröffnete mir Mel Botkin, daß ich gräßliche Steuerprobleme habe, und ein paar Stunden später fiel er um und war tot. Und dann kam dieser junge Schauspieler auf meiner Einfahrt ins Schleudern.«
»Hast du dein Horoskop für heute befragt?«
»Ich möchte gar nicht wissen, was drin steht. Ehrlich, Hope, ich weiß nicht, wo ich anfangen soll.«
»Hol erst mal tief Luft, und dann hör dich um. Sondiere die Lage, aber unternimm vorläufig gar nichts.«
Das Orakel hatte gesprochen. Hope war wirklich Isadoras gute Fee. Sie kannte den Hang ihrer Freundin, impulsiv zu handeln,

statt nachzudenken und zu planen. Sie wußte, daß Isadoras Probleme nicht auf diese Weise zu lösen waren und daß man keine Abhilfe erzwingen konnte.

»An deiner Stelle würde ich erst mal Rat einholen. Konsultier doch andere Manager, sprich mit Anwälten, aber triff noch keine endgültige Entscheidung.«

Isadora wußte, daß dies ein kluger Rat war.

»Okay«, sagte sie. »Wenn ich zufällig in deine Gegend komme, schau' ich kurz vorbei, ja?«

»Ich würd' mich riesig freuen, dich zu sehen.« Sie verabschiedeten sich liebevoll und legten auf.

Renata und Isadora handelten gerade Termine mit verschiedenen Gutachtern und Beratern (darunter auch Lowell Strathmore) für die kommende Woche aus, als der Privatanschluß klingelte. Isadora nahm den Hörer ab – eine schiere Macht der Gewohnheit. Am anderen Ende meldete sich Bean.

»Hallo«, sagte er mit seiner schönen, volltönenden Stimme.

»Woher hast du denn *die* Nummer?«

»Direkt von dem Apparat neben deinem Bett. Ich habe mir gedacht, wenn deine Nummer eins sie benutzt, muß es *die* Nummer sein.«

»Du raffinierter Kerl!«

»Danke für die Blumen, aber das war noch keiner von meinen Spezialtricks.«

»Das glaube ich – davon kriegte ich ja letzte Nacht eine Kostprobe.«

»Lady, das war noch gar nichts! Hör zu, ich *muß* dich wiedersehen. Wie wär's mit heute abend?«

Schon bei dem Gedanken daran klopfte Isadoras Herz bis zum Hals – und dabei war sie doch fest entschlossen, ihn nie mehr wiederzusehen.

»Geht nicht. Ich muß nach New York und Massen von langweiligen Finanzberatern aufsuchen. Keine Ahnung, wie lange das dauert.«

»Dann ruf mich an, wenn du fertig bist. Ich mach' solange einen Stadtbummel.«

»Ich weiß nicht, ob sich das lohnt. Vielleicht geht auch der Abend für die Besprechungen drauf.«
»Dann komme ich nach Connecticut.«
»Wann?«
»Heute nacht, morgen abend, übermorgen abend, überübermorgen. Du kannst es dir aussuchen. Ich steh' auf dich, Lady. Ich muß dich wiedersehen.«
Isadoras Vorsatz geriet ins Wanken. Sie hätte mit Freuden alle Termine abgesagt und den Tag mit Bean verbracht – aber gerade *deswegen* blieb sie schließlich doch standhaft.
»Wie wär's mit Freitag abend, in Connecticut?«
»Das ist ja erst in drei Tagen – eine Ewigkeit!« protestierte Bean.
Isadora kam es genauso vor, aber sie mußte dieses unbändige Verlangen irgendwie in den Griff bekommen.
»Hör zu«, sagte sie in einem halbherzigen Versuch, ihre Distanz zu wahren, »wenn ich vorher einen Abend frei bin, rufe ich dich an.«
»Ehrenwort?«
»Ehrenwort.«

Und sie fuhr nach New York, um sich Überblick zu verschaffen. Während sie zusah, wie Matsch, Schnee und der Dreck vom Highway ihre Windschutzscheibe vollspritzten, fragte sich Isadora, was ein normaler Mensch (was sie zwar zugegebenermaßen nicht war, aber wer ist schon normal?) von ihrer jetzigen Situation halten würde. War sie gesegnet, oder war sie verflucht? Wo war der »Knigge für die geschiedene Frau« jetzt, da sie ihn so dringend brauchte? Was soll eine Frau tun, wenn sie angesichts einer schweren Finanzkrise einem umwerfenden jungen Mann begegnet und sich nichts sehnlicher wünscht, als Tag und Nacht mit ihm zu ficken?
Gehörte diese Frage zum Problemkreis »Umgangsformen« ihres imaginären Leitfadens, oder fiel sie eher unter die Rubrik »Ratespiele« einer ihrer imaginären Fernsehshows? Isadora dachte sich ständig Titel aus – Titel von Büchern, die sie nie schreiben, von TV-Sendungen, die sie nie produzieren würde. Auf dem Höhe-

punkt einer Krise konnte ihr der Name für ein Buch oder eine Fernsehserie einfallen, als sei dieser die Lösung ihres Problems – und vielleicht *war* er das auch.
Vor kurzem hatte sie einen Freund getroffen, der Talkmaster beim Fernsehen war. Sie hatten herumgeblödelt, und dabei waren Isadora irrwitzige Einfälle für zwei Shows gekommen. Die erste hieß »Schiksemania«. Dahinter verbarg sich ein spannender Wettbewerb zwischen jüdischen Männern, die versuchen sollten, sich gegenseitig mit dem Preislied auf ihre *schikse* zu übertrumpfen. Man würde das Bild teilen, so daß beide Partner gleichzeitig auf dem Schirm erscheinen konnten. Links würde der jüdische Kandidat die phantastischen *schikse*-Qualitäten seiner nichtjüdischen Geliebten bejubeln, die auf der rechten Hälfte zu sehen wäre: die Sprungschanzen-Titelbild-Nase, vollendet kegelförmige Brüste, eine schmale Taille, ein hoher, strammer Hintern. Im Pendant zu dieser Show, das »Schejgez-o-Rama« heißen würde, sollten zwei jüdische Mädchen mit ihren *schkozim* auftreten. (Isadora wäre jetzt natürlich bestens dafür geeignet gewesen, diese Sendung mit Bean zu eröffnen.)
Die andere Show, die sich Isadora ausgedacht hatte und an die zu denken sie seltsamerweise beruhigte, während sie auf dem Highway der Konfrontation mit ihrem finanziellen Ruin näher und näher kam, hieß »Menschen in auswegloser Situation«. Auch bei dieser Sendung handelte es sich um ein Gewinnspiel, und zwar wetteiferten hier Unglückliche um die zweifelhafte Ehre, wer von ihnen am tiefsten im Elend stecke. Während die Teilnehmer den Gästen im Studio ihre traurige Geschichte erzählten – von AIDS, finanziellen Sorgen, verlorener Liebe –, würde auf der Bühne ein riesiges Angstometer ihre Kümmernisse taxieren. Die Skala hätte mehrere Meßwerte – verdrossen, geknickt, unglücklich, gepeinigt, vom Schicksal heimgesucht –, und Sieger würde jener Teilnehmer, der am bemitleidenswertesten war.
Schon beim Gedanken an das Angstometer begann Isadora zu kichern. Wohin gehörte sie auf der Unglücksskala? Konnte man mit Steuerproblemen die Qualifikation »vom Schicksal heimgesucht« erwerben? Das schien verdammt unwahrscheinlich. Sie

war gesund; ihr Kind war wohlauf und munter; sie hatte einen Mann kennengelernt, der sie mächtig in Schwung brachte. Was machte es da schon aus, ob die nächsten drei noch nicht geschriebenen Bücher bereits dem Fiskus gehörten? Bücher waren nur entliehen, sie gehörten einem nicht – genausowenig wie das Leben. Sie kamen nicht *von* ihr, sondern *durch* sie – genau wie ihr Kind. Bücher waren für die Welt bestimmt und nicht dafür, daß ihre Autoren sich an ihnen erfreuten und bereicherten. Scheiß drauf! dachte Isadora. Auf einmal war sie bester Laune. Ja, sie war in Hochstimmung wie noch nie. Wann immer sie an Bean dachte, verspürte sie den Wunsch zu singen. Und sie tat es auch. Sie legte eine Kassette der Manhattan Transfer ein und sang mit ihnen: »*A Nightingale Sang in Berkeley Square*«. Oh, sie konnte den Verlauf ihrer Krise nach der Trennung von Josh an Hand der Musik verfolgen, die sie im jeweiligen Stadium am liebsten hörte. Als der Schmerz am größten war, verrannte sie sich in Billie Holidays Bluesklagen über Machomänner. Das war ihre *Ain't-Nobody's-Business-If-I-Do*-Phase. Dann, als sie die Welt nicht mehr ganz so düster sah, begab sie sich in die bittersüße Berkeley-Woodstock-Sphäre von Michael Franks: »*Popsicle Toes*« für fröhliche Tage und »*Burchfield Nines*« für traurige. Als schließlich die Manhattan Transfer von der Kassette erklangen, wußte sie, daß es wirklich wieder aufwärtsging mit ihr. »*Twilight Zone*«, »*Spies in the Night*« und »*A Nightingale Sang*« bezeugten eine beachtliche emotionale Entwicklung seit Billie Holiday und ihren Songs vom Masochismus der Frauen. »Ich hole nie die Bullen, wenn ich Zoff kriege mit mei'm Ollen« – welch ein passender Text für eine erklärte Feministin (noch dazu, wenn sie ihn im Herzen billigte)! Aber lag hierin nicht *das* weibliche Paradoxon überhaupt? Gerade die leidenschaftlich unabhängigen Frauen sehnten sich am stärksten nach der Eroberung durch einen Mann. Aphra Behn, Mary Wollstonecraft, Colette – in ihrem Leben gab es mehr als genug gemeine Paschas, nach denen sie sich verzehrten und unter denen sie litten. Die Intelligenz einer Frau läßt sich nicht unbedingt auf ihr Gefühlsleben übertragen. Wir beobachten vielmehr oft das Umgekehrte: Je intelligenter eine Frau ist, desto blöder stellt sie sich im Umgang mit Männern an. Yeats hat das in »Ein Gebet für meine Tochter« auf den Punkt gebracht:

So hat die Frau, von Wahn gelenkt,
Zur Hand oft den Verstand verschenkt,
Und dadurch wird das Füllhorn dann zerstört.

Amen.

In New York angekommen, stellte Isadora den Wagen in einem Parkhaus an der Siebenundfünfzigsten Straße ab und begann ihre Erkundungstour.

Als ersten traf sie einen kahlköpfigen, rundlichen Manager namens Hillel Marantz, der sich nicht sonderlich für das interessierte, was Mel Botkin getan oder nicht getan hatte, aber für den Fall, daß sie ihn zu ihrem Vertrauensmann machte, alles für sie zu tun versprach, außer sie zu heiraten. »Und vielleicht sogar das«, sagte er augenzwinkernd. Er würde ihr Geld anlegen (was davon übrigblieb) und sich um alles kümmern: Buchprüfungen, Hypotheken, Versicherungen, Rückversicherungen, Rechnungen, Bilanzen. »Ich kann Ihnen alles versprechen, bis auf Beschälerdienste.« Sein Zwinkern war noch widerlicher als beim erstenmal. Isadora bedankte sich und ging.

Der nächste auf ihrer Liste war ein großer, hagerer Jurist und Wirtschaftsprüfer namens Marcus Marcus, der an Kampflust und Prozeßsucht nichts zu wünschen übrigließ und der zu ihr sagte: »Geben Sie der Witwe Saures! Hängen Sie ihr einen Prozeß an, und zwar gleich, noch bevor die Leiche kalt ist, sonst kriegen Sie auch nicht einen Penny aus ihr raus. Merken Sie sich meine Worte gut!«

»Ich markier' Sie mir, Marcus Marcus«, war Isadora versucht zu sagen, doch sie besann sich eines Besseren und ging weiter zu: Lionel Lowry, einem sehr distinguierten, silberhaarigen Manager mit luxuriösen Büroräumen in einem der oberen Stockwerke des Rockefeller Plaza Nummer dreißig, Räumen, die mit den Hochglanzfotos von Rockstars geschmückt waren. Er gab ihr zu verstehen (höflich, aber unmißverständlich), daß sie (und überhaupt jeder mit einem Jahreseinkommen unter einer Million) ein zu

kleiner Fisch für ihn sei. Also bedankte Isadora sich freundlich und ging weiter zu:
Oliver Glascock junior, einem Wirtschaftsprüfer mit angelsächsisch-protestantischem Stammbaum, dem sie schon wegen seiner Vorfahren mißtraute: Was mußte das für eine verdrehte weiße, angelsächsisch-protestantische Geldaristokratenmutter sein, die ihren Sohn ermunterte, Wirtschaftsprüfer zu werden?
Das letzte Gespräch führte sie mit Seymour Wolitzky von Wolitzky, Werfel & Ruben. Seymour war wohlbeleibt, trug einen Bart, half ihr aber kaum weiter mit seiner Behauptung, sie könne heute reich und abgesichert sein, wenn sie nur schon vor Jahren zu ihm gekommen wäre.
Gegen fünf wußte sie nicht mehr, wo ihr der Kopf stand. Sie wollte die Entscheidung verschieben und in der kommenden Woche noch andere Berater aufsuchen. Sollte sie inzwischen Bean anrufen, um sich von ihm trösten zu lassen, oder sollte sie sich bei Hope melden? Zuerst Bean, beschloß sie (er würde sowieso nicht dasein), dann Hope. Mit klopfendem Herzen wählte sie Beans Nummer und hoffte ehrlich, er möge nicht zu Hause sein. Das Telefon klingelte und klingelte. Als sie gerade erleichtert auflegen wollte, nahm er den Hörer ab.
»Lady, ich dachte schon, du rufst *nie* an«, sagte er. »Ich hab' hier gesessen und überlegt, ob ich mir selbst einen runterholen soll oder warten und alles für dich aufheben.«
»Führst du mich zu einem Drink aus?«
»Klar doch, aber warum kommst du nicht hierher in mein bescheidenes Heim, meine beheimste Scheide, wie ich es zu nennen pflege?«
»Sapperlot, Sir! Ich soll zu einem Mann in dessen Wohnung gehen? Oh, achten Sie meine Tugend! Sie wollen mich doch nicht kompromittieren?«
»Sie tun mir großes Unrecht, werte Dame, wenn Sie annehmen, ich würde die Tugend einer so reinen Schönheit, wie Sie es sind – oder soll ich sagen: wie Ihr es seid? –, auch nur in Versuchung führen.«
»Dann treff' er mich in einer Gastwirtschaft, Spitzbube, und nicht in seiner ruchlosen Junggesellenwirtschaft.«

»Mylady, ich schwöre bei meiner Ehre...«
»Was denn für eine Ehre?«
»Die Ehre, die ich für Euch erringen werde, wenn Ihr mir nur vertrauen wolltet. Kommt zu mir, nur auf einen kurzen Augenblick! Ich bin gar bald zu Euren Diensten und führe Euch, wohin Ihr wollt.«
»Wer's glaubt, wird selig.«
Schließlich ließ sie sich doch überreden, schwor sich aber feierlich, daß sie nicht mit ihm ins Bett gehen würde. Irgendein Weiser hat es gewiß schon bemerkt: Frauen huldigen dem seltsamen Wunderglauben, sie könnten mit einem Mann schlafen, ohne ihm zu verfallen, wenn sie ein- und nicht zweimal, zwei- und nicht dreimal, drei-, aber nicht viermal mit ihm ins Bett gehen. Drei ist ohnehin eine magische Zahl, und Isadora hatte schon oft gespürt, daß ein verführerischer Mann emotional keine Gewalt über sie gewann, wenn sie sich ihm nur ein- oder zweimal hingab. Dreimal oder öfter bedeutete Gefahr. Dreimal oder öfter, und sie steckte tiefer in einer Beziehung drin, als sie wollte.
Bean wohnte in einem heruntergekommenen Viertel im fünften Stock eines Hauses ohne Aufzug. Das Apartment war ein Schlüssel zu seinem Charakter – genau wie sein Lieferwagen. Es gab außerdem Aufschluß über seinen Familienstand: nicht ganz *single*. Damenschuhe, Make-up, Post und Fotos einer Frau lagen überall herum. (Isadora war froh darüber. Sie zog es vor, die geheimnisvolle Geliebte zu sein, statt die Hausfreundin.)
Er begrüßte sie leidenschaftlich. Auf jeder erdenklichen Ablage waren Kleider verstreut. Das Doppelbett mit einem leopardengemusterten Laken war ungemacht. Die Küche war mitten im Wohnzimmer, und überall standen schmutzige Töpfe herum. Es war das Apartment eines Collegejungen, eines Halbwüchsigen. Hanteln und Sportsuspensorien ersetzten das Dekor; dazu gehobene Literatur und Revolverblättchen, Kakerlaken, der Geruch von altem Fett und frischem Sinsemillagras, ein paar alte Möbel, Familienerbstücke, alles umrankt von dreckiger Wäsche.
Isadora nahm die Einzelheiten in sich auf (während Bean sie umarmte) und dachte: Wie hübsch, wie hübsch, wie hübsch! Mein

Leben fängt wieder und immer wieder von vorn an. Neue Liebhaber, junge Liebhaber machten ihr vor allem deshalb Spaß, weil sie ihr die Gelegenheit zu einem Neuanfang gaben – und zu noch einem und wieder einem. Zum erstenmal seit der Trennung sah sie das ständige Auf und Ab in ihrem Leben eher positiv als negativ. Sie hätte jubeln können. Es war, als sei sie wieder zwanzig und beginne noch einmal von vorn. Ob sie es wohl diesmal richtig machen würde?

Isadora und Bean küßten sich und küßten sich. Unter seinen Küssen wurde ihr Magen zu Brei, und ihre Möse tropfte. Ehe sie sich dagegen wehren, ehe sie einen klaren Gedanken fassen oder auch nur ein Wort sagen konnte, riß er ihr die Kleider vom Leib und vögelte sie wie ein Wahnsinniger auf dem ungemachten Bett. Sie hatte sich einzureden versucht, daß ihr perfektes Zusammenspiel in der vergangenen Nacht nur eine Täuschung, eine Einbildung, eine vorübergehende Laune gewesen sei – aber das stimmte nicht. Es war umwerfend, unglaublich, wie sie zusammenpaßten, gleichgültig, ob sie sich nur in den Armen hielten oder fickten wie brünstige Tiere.

Für sie beide schien der Sex weder Anfang noch Mitte oder Ende zu haben. Sie versetzten sich gegenseitig in purpurne Lustsphären, die im Irgendwo zu beginnen und im Nirgendwo zu enden schienen. Kaum waren sie fertig, begannen sie von neuem. Die Erregung erlosch keinen Augenblick, machte nie der unsicheren Frage Platz: »War's gut so, auch für dich?« Sie brauchten sich nicht zu vergewissern. Es war klar, daß zwischen ihnen eine kosmische Verbindung bestand, gewaltig und unermeßlich wie die Weiten des Alls. Es war, als strahlten sie beim Vögeln blaues Licht aus, jenes blaue Licht, von dem Wilhelm Reich kopulierende Paare umstrahlt sah. Wenn es die Reichsche Orgon-Energie gab, wenn etwas wie Kundalini-Energie existierte, dann hatten Bean und Isadora sie entdeckt. Alle Sorgen der Welt versanken ins Nichts angesichts dieser Kraft, dieses Feuers, das sie mit ihren Körpern entzündeten. Sie konnten es nicht aufhalten, konnten ihm nicht widerstehen: es war der Pulsschlag des Kosmos. Isadora verlor sich in diesem Orkan, der über ihr Leben hereingebrochen war, und kümmerte sich nicht um Steuerprobleme, Geldprobleme, Joshprobleme. Alle Sorgen waren aufgehoben, solange sie in Beans Armen lag. Eine körperlose Stimme (ihre eigene?) drang schwach an Isadoras Ohr, als sie ihrem Körper entschwebte: »Es wird alles gut«, sagte die Stimme immer wieder. »Es wird alles gut.«

Nachher gingen Isadora und Bean zum Abendessen in ein japanisches Restaurant in Murray Hill. Sie saßen auf dem Fußboden eines kleinen, mit Papierwänden abgeteilten Raums und konnten weder die Hände voneinander lassen noch die Augen voneinander wenden.

»Ich liebe dich. Ich liebe dich. Ich liebe dich«, wiederholte er nach jedem Bissen *sushi.*

Ein Kobold verwirrte Isadoras Verstand und gab ihr so verrückte Dinge ein, wie *sushi* in ihre Möse zu stopfen und es von ihm herauslecken zu lassen, ehe die spröde, in einen Kimono gehüllte Serviererin zurückkam. Sie lachten so laut, daß sogar die Gesellschaft japanischer Geschäftsleute im angrenzenden Papierzimmer hereinzuspähen versuchte, als das Mädchen die Tür aufschob. Mit blinkenden Goldzähnen, die Kameras schußbereit vor dem Bauch, kicherten sie, bis die Papiertür wieder zugeschoben wurde.

Bean und Isadora tranken Sake und blickten sich in die Augen, die in diesem Moment von genau der gleichen Farbe waren: kornblumenblau mit gelben Sprenkeln.

»Bean, du bist der hinreißendste Mann, der mir je begegnet ist«, sagte Isadora.

»Das kann nicht sein. Ich bin bloß ein *Mann.* Vielleicht ist dir nur noch nie ein richtiger begegnet. Ich verdiene dich eigentlich gar nicht. Wenn es nicht so viele ausgeflippte, beknackte Typen gäbe, hätte ich den Stößel nie innen Mörser gekriegt.«

»Was?«

»Innen Mörser«, wiederholte er, fuhr mit der Hand unter ihren Rock und berührte die fragliche Stelle. »Mörser, Fut, Futteral, Sahnekrüglein, Honigtopf, Ritze, Flötenmundstück, Soßenschüssel, Samtpastete, Damendegen...«

»Woher kennst du bloß diese Ausdrücke?«

»Ich liebe den Sexualslang, besonders den der Shakespearezeit. Ich hab' mich auf der Uni damit beschäftigt.«

»Nein, so was! Stell dir vor: ich auch! Um ein Haar hätte ich meine Magisterarbeit über Shakespeares Sexualwortschatz geschrieben, aber dann bin ich auf die Literatur des achtzehnten Jahrhunderts umgestiegen.«

»Wahnsinn! Weißt du, Lady, wir sind enger miteinander verbunden, als du dir träumen läßt – auch wenn ich von schuldlosen angelsächsischen Protestanten abstamme, während du ein schuldgeplagter Jude bist.«

»Bei dir fühle ich mich überhaupt nicht schuldig.«

»Darum brauchst du mich ja auch. Ich bringe dir Schuldlosigkeit bei, wenn du mich Schuldgefühle lehrst, abgemacht?«

»Warum wünschst du dir Schuldgefühle, den Fluch der Juden?«

»Weil jeder Künstler eine angemessene Dosis davon braucht, um seine Rollen lebensechter zu gestalten. Meine Rasse, der Klüngel der schuldlosen angelsächsischen Protestanten, stirbt aus. Wir haben der Welt nichts mehr zu bieten oder jedenfalls nichts, was sie interessiert.«

»Und was haben die Juden der Welt zu bieten? Schuldgefühle?«

»Die Welt hat Schuldgefühle nie nötiger gebraucht als heute. Oder ein Gewissen, wie ich es lieber nenne. Und falls du es noch nicht gemerkt haben solltest: Die Juden sind das Gewissen der Welt. Darum sind sie ja so verhaßt. Seit wir uns begegnet sind, sehne ich mich danach, ein Jude zu sein. Weißt du, wenn sie die Juden wieder zusammentreiben, um sie in die Gaskammern zu führen, dann gehe ich lieber mit dir, als daß ich ohne dich weiterlebe. Ich liebe dich, Lady. Ich kann nicht mehr ohne dich leben, das weiß ich.«

Isadora betrachtete ihn skeptisch. »Wir kennen uns doch kaum, wie konntest du dich so schnell verlieben?«

»Nicht schnell genug.« Bean hielt ein vergessenes Stück *sushi* in der Rechten. »Ich hab' mich in dich verliebt, als ich dich zum erstenmal im Fitneßklub sah. Die letzte Nacht hat dann bloß meine Lust geweckt und mich etwas gelehrt, was mir bisher völlig unbekannt war: daß Lust und Liebe im selben Bett schlafen können.«

»Ich glaube, ich liebe dich auch.« Isadora hatte Mühe, ihre eigene

Stimme zu erkennen. »Entweder ist es Liebe oder Vagabundentum, aber wie auch immer, jetzt gibt's kein Zurück mehr, verdammt...«
»Warum ›verdammt‹?«
»Weil man den ersten Schritt zum gebrochenen Herzen tut, wenn man sich verliebt.«
»Ich schwöre, daß ich dir nie das Herz brechen werde. Im Gegenteil, ich bin da, um es zu heilen.«
»Das sagen sie alle – am Anfang.«
»Oh, du bist ganz schön zynisch! Was hat dich eigentlich so gemacht?«
»Das Leben auf diesem Planeten. Drei Ehen. Vier Jahrzehnte Erdendasein.«
»Und du hältst Zynismus für zuverlässiger als Hoffnung, hm?«
»Mir scheint, das lehrt uns alle die Erfahrung.«
»Nur wenn man sich jede Geschichte selbst zu Ende schreibt und die eigene Rolle dann bis zum bitteren Ende durchspielt.«
»Raffiniert. Sehr raffiniert. Ich wünschte, ich könnte den Zynismus überwinden, aber ich möchte mich nicht noch einmal zum Narren machen.«
»Und wann hast du das getan?«
»Als ich mit Josh zusammen war. Weil ich ihn so bedingungslos geliebt habe.«
»Ist das etwa was Schlechtes?«
»Schlecht nicht, aber ziemlich qualvoll, wenn die Beziehung in die Brüche geht.«
»Und deshalb wirst du nichts mehr anfangen, damit du auch nie mehr etwas zu beenden brauchst. Welch ein Entschluß für eine Heldin! Welch ein Entschluß für die mutigste Frau deiner Generation!«
»Reiz mich nicht – und schon gar nicht mit Schmeicheleien!«
Bean wirkte ehrlich zerknirscht. »Entschuldige! Ich weiß, wie schwer es ist, wieder Vertrauen zu fassen, wenn man arg verletzt wurde. Aber versprich mir eins, das ist alles, worum ich dich bitte...«
»Was?«

»... daß du mir ein bißchen Zeit gibst. Ich werde dir beweisen, wie sehr ich dich liebe, ganz gleich, wie lange es dauert. Ich will nur die Zeit dazu. Abgemacht?«

»Ich muß darüber nachdenken.«

»Schön, denk nach!« Er küßte sie, bis die Papiertür auf-, dann aber gleich wieder zugeschoben wurde, da die Serviererin merkte, daß sie störte, und, begleitet vom Knistern der Seide und vom Rascheln der Strohsandalen, verschwand.

15

Das Vagabundentum geht weiter & eine lagniappe

Ach, welch ein köstlich Ding ist der Beginn einer Romanze.

Aphra Behn

Von Gewalttat (Ehe) zu Gewalttat (Ehebruch)
erhob sich nichts denn Gewalttat (Kopulation),
doch dem ehelichen Vergewaltiger der ehelich
Vergewaltigten war von dem ehebrecherischen
Vergewaltiger der ehebrecherisch Vergewaltigten
keine Gewalt geschehen.

James Joyce: »Ulysses«

Isadora war tatsächlich im Bunde mit dem Vagabunden, das heißt, sie war dem Vagabundentum verfallen. Das »Oxford English Dictionary« definiert zwar »Vagabundentum« als »den Zustand, die Bedingungen oder das Wesen des Vagabundendaseins«, aber Isadora zog ihre eigene Definition und deren irgendwie sadomasochistische Bedeutung vor. Im Vagabundentum liegt Seligkeit, dachte sie, und ich bin ein Vagabundierer – oder heißt es eine Vagabundiererin? Sie nahm sich fest vor, Bean fernzubleiben, ihn nicht anzurufen und seine Anrufe nicht entgegenzunehmen. Aber dann war er am Telefon, oder er erschien wie aus heiterem Himmel in seinem klapprigen Lieferwagen, und alle Vorsätze waren vergessen. Wenn sie sich gerade erfolgreich eingeredet hatte, daß er nur eine von ihr erfundene Romanfigur sei, tauchte er in ihrer Einfahrt auf. Mal kam er im Lieferwagen, mal in einem alten roten MG, dessen Rückwärtsgang nicht funktionierte. Und immer ließ sie alles liegen und stehen, um nur mit ihm zusammenzusein. Sie versuchte seine Besuche auf Dienstag- und Freitagabend zu beschränken (Kevin gehörten noch immer die Wochenenden, und verschiedene andere »attraktive« Freier hatten ihren festen Abend unter der Woche), aber Schritt für Schritt drängte er sich in ihr Leben. Er rief immer erst in letzter Minute an, und sein Kommen und Gehen war ebenso unvorhersehbar wie bei einem echten Vagabunden. Eines Abends kam er, als sie gerade weg wollte, um Kevin vom Bahnhof abzuholen. Sie mußte ihn fortschicken, auch wenn es ihr fast das Herz brach. (In dieser Nacht schlief sie mit Kevin, aber sie träumte von Bean.) Überhaupt waren ihre Nächte voller Bean-Träume und ihre Tage voller Bean-Wachträume, so wie sie auch alle anderen unfehlbaren Anzeichen des Verliebtseins offenbarte: Sie sang auf der Straße, hüpfte durchs Haus und sah dem Bankrott mit unerklärlicher Fröhlichkeit entgegen.

Sobald das Telefon klingelte, stieg ihr Adrenalinspiegel. Wenn es nicht Bean war, sank ihre Stimmung schlagartig. Wenn er anrief,

geriet sie aus dem Häuschen und zählte die Stunden bis zum Wiedersehen. Wenn er nicht anrief, geriet sie aus dem Häuschen bei dem Gedanken, er könne sich nie mehr melden.
Sie befragte Horoskope: erst seines, dann ihres. (Dann, mit einiger Verzögerung, Amandas.) Sie war sicher, daß die Sterne eine plötzliche glückliche Wende verkünden würden.

> Widder: 21. März – 20. April
> In diesem Jahr erreicht die Sonne am 20. März Ihr Sternzeichen und bannt den Einfluß des beherrschenden Planeten Mars. Alle anstehenden Probleme verblassen vor der zentralen Frage: Schaffen Sie es, unter eine noch immer konfliktgeladene Beziehung endlich den Schlußstrich zu ziehen? Leider ist Ihnen die Entscheidung weitgehend aus der Hand geglitten; der Partner hat sich von selbst zurückgezogen. März und April bringen positive Überraschungen. Endlich geht es wieder aufwärts! Der Einfluß der Gestirne wirkt sich günstig auf Ihre Finanzlage aus; langfristige geschäftliche Erfolge bahnen sich an. Vor allem aber verkündet der Neumond am 25. März eine große Reise und neue Bekanntschaften, weit, weit weg von daheim. Unerwartete Ereignisse geben Ihnen Ihren Optimismus zurück und schenken Ihnen den Mut, Ihr Leben neu zu gestalten.

Ausgerechnet auf meine Finanzlage soll sich der Einfluß der Gestirne günstig auswirken, dachte Isadora. Ausgerechnet! Das *konnte* einfach nicht stimmen. Und doch glaubte sie felsenfest – so unerschütterlich, wie nur Kinder und Narren es können –, daß alles sich zum Guten wenden würde.
Sie war nicht müßig gewesen in den letzten Tagen. Sie kratzte so viele Aufträge zusammen, wie sie bewältigen konnte: Zeitschriftenartikel, Buchprojekte, Vorlesungen, Filmtreatments. Ihr Großvater hätte an ihrer Stelle genauso gehandelt, er hätte sich das Herz aus dem Leib gemalt, und sie hatte ihre Familienlektion gut gelernt. Sie waren nicht nur Künstler, sondern auch Hand-

werker. Sie warteten nicht auf das Glück, sie schufen es mit den eigenen Händen.

Obwohl sie an nichts denken konnte als an Bean – Beans Augen, Beans Schwanz, Beans Stimme –, wußte sie doch, daß sie arbeiten mußte. Sie versuchte, die verworrenen Vermögensverhältnisse, in denen Mel sie zurückgelassen hatte, zu entwirren und gleichzeitig so viele Aufträge an Land zu ziehen, wie sie bewältigen konnte. »Arbeit macht frei«, sie erinnerte sich dieses Mottos. Die Nazis hatten es in teuflischer Ironie über die Tore ihrer Höllenpforten geschrieben – in Auschwitz und den anderen KZs. Der Spruch war vielleicht nicht so poetisch wie der über Dantes Höllentor: »*Lasciate ogni speranza voi ch'entrate*«, aber ins Ohr ging er schon, oder?

Die Arbeit würde sie retten; die Arbeit würde sie befreien; dieses Rezept hatte immer gewirkt.

Aber es war nicht leicht, sich auf die Arbeit zu konzentrieren, während alles pulsierte: ihr Herz, ihre Möse und das Telefon. (Im zwanzigsten Jahrhundert hatte sich das Telefon zu einem Körperorgan entwickelt, zu einem erogenen noch dazu!) Während Danae weiterhin als ständige Interimsnanny fungierte, während Danaes Söhne und Liebhaber Mandys Ersatzfamilie bildeten, schlichen Bean und Isadora sich ständig davon, um Stunden, Nachmittage, ganze Tage und Nächte in ekstatischer Umarmung zu verbringen. Isadora hatte eine Menge Unterschlupfmöglichkeiten zur Auswahl, sowohl in Connecticut als auch in New York. Seit der Trennung von Josh hatte ihr eine stattliche Anzahl von Freunden und Verwandten die Schlüssel zu allen möglichen Zweitwohnsitzen angeboten, wo sie dafür sorgte, daß die Leitungen nicht einfroren, und wo sie die Post abholte. Als Gegenleistung stand ihr eine ideale Spielwiese für heimliche Rendezvous zur Verfügung. Was könnte schöner sein als ein leeres Haus am Sound an einem stürmisch-verhangenen Februartag, wenn keine Segelboote den Horizont sprenkeln und keine Drachen in den Himmel steigen? Die beiden heimlich Liebenden schleichen sich auf Zehenspitzen ins Haus, obgleich niemand da ist, der ihre Schritte hören könnte (außer den Leichen im Keller).

»Hallo, hallo!« ruft sie.
»Keiner da außer uns Sexsüchtigen!« knurrt er.
Oft lassen sie sich, noch ehe die Tür richtig zu oder der Thermostat auf zwanzig Grad eingestellt ist, auf den zottigen Teppich im Wohnzimmer fallen, hoch über dem stürmischen Sound mit den kreischenden Seemöwen, und sie verzehren sich so gierig, als hätten sie jahrelang nacheinander gehungert, wo sie doch nur zwei Tage getrennt waren. In den Pausen zwischen ihren leidenschaftlichen Umarmungen tanken sie bei einem mitgebrachten Picknick auf: gekühlter Weißwein, Hummersalat, ausgelöstes Krebsfleisch im eigenen Panzer. Der Wein geht von Mund zu Mund, der Joint geht von Mund zu Mund.
»Und jetzt kriegst du eine Perlenkette«, sagt er, holt sich langsam einen runter und bespritzt sie mit seinem perlenfarbenen Samen.
»Und jetzt mußt du einen Krebs selber knacken«, sagt sie und spreizt die Beine weit, damit er ihr das Krebsfleisch in die Möse stopfen und dann mit der Zunge rausholen kann.
Alles ist salzig und scharf, süß und sauer zugleich – so wie der Sound bei Ebbe. Sie sind wie Strandgut und Treibholz, die zusammenkommen, um mit ihren Körpern Musik zu machen, blaues Licht, weißen Schaum und süß-saure Hoffnungen. Die gewöhnlichen Organe, mit denen sie sich vereinigen – ihre Körper bilden einen pulsierenden Punkt –, sind nichts anderes als die Anhängsel der Affen (wenn nicht der Engel), und doch können diese läppischen, empfindlichen Körperteile sie hinaustragen in den Kosmos.
Von ihrer Liebe überwältigt, von deren reiner Sinnlichkeit (die so vergeistigt wirkt) und deren geistiger Natur (die so sinnlich scheint), nehmen sie plötzlich an allem ringsumher lebhaften Anteil. Das Meer entzückt sie mit seinem blau-grauen Farbenspiel; das Krabbenfleisch scheint eigens für ihre Zungen einen neuen Geschmack angenommen zu haben; der Wein aus dem Napa Valley scheint nur für sie aus prallreifen Reben gekeltert zu sein.
Sie entdecken alles neu, als kämen sie in ein frisch geschaffenes Paradies. Obwohl sie nur für sich und ihre bekifften Sinne leben, sehen sie doch die Familienbilder in der Diele (und lachen über

sie), sie nehmen das übriggebliebene »Valium« im Bad ebenso wahr wie die Nagellackfläschchen, die auf dem Nachttisch vergessen wurden – sie vögeln sich nämlich von Zimmer zu Zimmer – und deren poetische Aufschriften sie sich vorlesen: »Etoile«, »Ein Hauch von Flieder«, »Münzen im Brunnen«, »Disco Platinum«, »Feuer und Eis«, »Mokka-Polka«, »Kakaobohne«, »Mokkabohne«, »Japanische Goldorange« und »Mango-Pink«.
»Klitoris-Pink«, erfindet sie.
»Vorhaut-Purpur«, kontert er.
Ihre Liebe hat sie albern werden lassen, albern auf jene intime Weise, die nur Liebenden eigen ist und die ihnen ebensoviel bedeutet wie Sex.
Da Isadora diese Vertrautheit so lange entbehren mußte, genießt sie jetzt die Kalauer und Zweideutigkeiten, die sie sich ausdenken, genauso wie das Ficken. Zufallssex, Lotteriesex ersetzt nicht das, was einem die Liebe schenkt: die Scherze, die Blicke, die zärtlichen Neckereien. Wie kann man ohne sie das Leben ertragen? Sie hatte es getan, aber *wie*, das weiß sie selbst nicht recht. Ein Leben ohne diese innige Vertrautheit ist eine Wüste, die sich bis zur letzten Silbe der Überlieferung erstreckt. Sie war mit Josh so intim gewesen, daß sie, als das Band des Vertrauens riß, mit einem blutenden Stumpf zurückblieb. Beans Liebe beginnt, die Wunde zu verätzen. Schon die Lust vermag die Amputationsstelle zu verätzen – und doch, und doch ist ihre Sehnsucht nach der Vertrautheit mit Josh noch nicht wirklich gestillt.
Ihre Beziehung zu Bean hat etwas Seltsames: An den leidenschaftlichen Koitus klammert sich der Tod. Sie hat ständig das Gefühl, daß er vor ihrer nächsten Verabredung sterben wird; er wird endgültig von der Straße abkommen, wird auf dem Eis schliddern, wie damals, als er beinahe ums Leben gekommen wäre; er wird einen Joint zuviel rauchen, eine Pille zuviel einwerfen, seinen Verstand so zurauchen, daß er ihn völlig verliert.
Denn sie sind beide sensationsgierig, maßlos in ihrem Verlangen. Keiner bremst den anderen. Ihre Sinnlichkeit schäumt unbändig wie ein Champagnerstrom, den kein Kelch zu fassen vermag; die geschlechtliche Vereinigung droht von ihrem Leben Besitz zu

ergreifen, bis Paarung alles ist, was im Leben zählt: Paarung und Tod. Aber ist das Leben denn mehr als das? Isadora hat ihre Zweifel.

Sie fallen so hungrig übereinander her, als sei dies der letzte Fick auf Erden. Isadora gräbt die Nägel in seinen Rücken; er fällt nach dem Orgasmus schluchzend in ihre Arme. Seine Schenkel beben und fliegen. Sie weint, wenn er in sie eindringt, weint, wenn er sie vögelt, weint, wenn er aufhört. Sie treffen sich nicht zuletzt deshalb in verlassenen Häusern, weil ihr Sex so laut und so zügellos ist. Das Stöhnen, das sich der Kehle entringt, verlängert und steigert den Orgasmus. Der Schrei verdoppelt die Befriedigung. Liebende wie Isadora und Bean können in keinem modernen Wohnblock mit hellhörigen Wänden leben. Sie brauchen solide Steinhäuser am Sound, die ihr Stöhnen und ihr Schreien für sich behalten.

Und doch, und doch, er wird noch vor seinem dreißigsten Geburtstag sterben. Sie spürt das so sicher, als sei es eine unwiderlegbare Tatsache. Und so umklammert sie ihn nur noch fester, denn sie weiß ja, daß ihre Trennung unweigerlich vorherbestimmt ist; die Geschichte wird sie trennen. Die Geschichte des Todes.

Wenn sie auf ihn wartet, zittert sie manchmal vor Angst: Angst davor, daß er nicht wiederkommt, oder Angst vor seinem Tod? Ach, was macht das schon für einen Unterschied. Wenn sie und Josh, die sich doch so nahe waren, auseinandergerissen werden konnten, dann ist Trennung Tod, und Tod ist Trennung, und sie ist schon viele Male gestorben – und wieder zum Leben erwacht.

Obwohl das Verhältnis mit Bean sie fast ganz in Anspruch nahm, hatte sie noch andere Aufgaben zu erfüllen, und sie drückte sich nicht vor ihnen. Vor allem das Treffen mit Lowell Strathmore stand schon seit einiger Zeit an, aber seltsamerweise verschob er es immer wieder. Ursprünglich hatten sie sich in seinem Büro in New York verabredet, aber er zögerte den Termin wieder und wieder hinaus, bis er eines Tages anrief und fragte, ob er zum Abendessen nach Rocky Ridge hinauskommen dürfe. Das war wirklich ein ausgefallenes Ansinnen von einem Mann, der so gewaltige Angst vor seiner Frau hatte.

»Leona ist wohl verreist?« fragte Isadora ihn am Telefon.
»Wie hast du das erraten?«
»Weil du sonst nicht einmal auf die *Idee* gekommen wärst, mit mir zu essen.«
»Sie ist bei ihrer Schwester in Southampton. Ihre Mutter ist gestorben, und die beiden kratzen sich im Streit um den Familienschmuck die Augen aus.«
»Bist du sicher, daß sie nicht plötzlich unangemeldet zu Hause aufkreuzt?«
»Da bin ich todsicher. Sie wird dortbleiben und die Klunker bewachen.«
»Dann komm zum Essen«, sagte Isadora; sie hatte ja Danae.
Danae stellte in der Tat ein sagenhaftes Menü zusammen: gebratene Wachteln mit wildem Reis, Mangomousse, Cappuccino. Lässig und heiter hantierte sie in der Küche, während Isadora Amanda zu Bett brachte. Dann trollte Danae sich ins Kino, begleitet von ihrem zweiundzwanzigjährigen Liebhaber, einem angehenden Rocksänger. Ihre Kinder trieben sich in der Stadt herum, dealten *dope*, machten Schularbeiten und ließen sich vögeln.
Isadora las Amanda nicht eine, sondern drei Gutenachtgeschichten vor: »Der verirrte Adler« (ein Indianerepos zum Heulen und Zähneklappern – ah, eines Tages würde Isadora ein Buch zum Heulen und Zähneklappern für Erwachsene schreiben, das mit sämtlichen Büchern zum Heulen und Zähneklappern Schluß machte), »Zu Tisch« (ein schlichtes, aber wunderschön illustriertes Buch, bei dem Amanda richtig mitmachen und all ihre Lieblingsgerichte auswählen konnte) und als letztes Bemelmans Buch von Madeline und dem üblen Patron (eine von Isadoras – und Amandas – Lieblingsgeschichten). Dann exerzierte sie mit Amanda deren Einschlafritual – bestimmte Lichter mußten anbleiben, andere ausgemacht werden; bestimmte Türen mußten offenbleiben, andere geschlossen werden; Camelia mußte sicher in ihrem Arm ruhen –, und schließlich lief sie hinunter, um sich für Lowell aufzutakeln.
Da sie wußte, daß er »Opium« mochte, badete sie förmlich darin: Puder, Körperlotion, Parfum. Ihre Hemdbluse aus hellem Wildle-

der hatte die gleiche Farbe wie die Haut eines weißen Babys; die dunklen Wildlederjeans hatten die Farbe eines schwarzen Babys, und die Wildlederstiefel mit Pelzbesatz waren von der Farbe eines Chicanobabys. Sie bürstete ihre blonde Mähne, schminkte sich sorgfältig, legte eine Fats-Waller-Kassette ein und sang laut mit, als sie in die Halle hinaustanzte: *»Your Feets Too Big!«*

Bald schon läutete es, und ihr »Big Foot« war da.
Isadora hatte Lowell zwar nicht mehr gesehen, seit Bean in ihr Leben getreten war, aber sie erinnerte sich noch dunkel an Lowells Sonderklasse in angelsächsisch-protestantischer Sinnlichkeit, und sie erinnerte sich gern daran. Er war ein maskuliner Typ – wie Bean –, ein leidenschaftlicher Mann, ein rasender Priapus unter seinem konservativen Äußeren. Er wollte vorbeikommen, um Isadora zu beraten, wie sie das von Mel Botkin hinterlassene Chaos ordnen könne, aber ihr Gefühl verriet ihr, er habe noch etwas Wichtigeres auf Lager.
Sie öffnet die Haustür. Dogstojewski knurrt mörderisch. (Seit der Trennung ist Dogstojewski noch männerfeindlicher geworden, wenn es gilt, Isadora vor ihren diversen Verehrern zu schützen.)
Lowell sieht genauso aus, wie sie ihn in Erinnerung hat: ein gebeugter Hüne von einem Mann, das rote Haar in der Mitte gescheitelt, auf der Nase die Ben-Franklin-Brille, zum frischgestärkten Hemd (das nur von Turnbull & Asser stammen kann) als Krönung eine elegante, tadellos sitzende Fliege aus Paisleyseide.
»Ich bewundere Männer, die es verstehen, eine Fliege zu binden«, sagt Isadora.
»Und ich bewundere Frauen, die sie aufmachen können«, antwortet Lowell. Er breitet die Arme aus, hebt sie hoch und drückt sie an seinen gewaltigen Torso, als sei sie nur eine Anziehpuppe aus Papier. Er ist ein so großer Mann; schon seine Größe ist erregend.
»Nein... laß mich!« wehrt Isadora ab.
»Warum? Keine Frau, die duftet wie du, meint wirklich ›nein‹, wenn sie es sagt.«
»Meine Kleine ist oben.«
»Schläft sie?«

»Ich nehm's an.«
»Gut«, meint Lowell. »Ich hatte so einen Ständer, als ich von Southport herüberfuhr, daß ich dachte, ich müßte anhalten und mir einen runterholen, damit ich nicht vor lauter Geilheit von der Straße abkomme.«
»Scheint meine Wirkung auf Männer zu sein.« Isadora lächelt.
»Darauf möchte ich wetten.«
Er legt sie sich über die Schulter und trägt sie ins Schlafzimmer. Dort läßt er sie aufs Wasserbett fallen und schält sie aus ihren Kleidern.
»Alles Wildleder. Ich dachte, du bist ein Tierfreund?«
»Nur wenn es Tiere wie du sind.« Isadora bleibt ungerührt von seinem Versuch, bei ihr die gleichen Schuldgefühle zu wecken, die ihn vermutlich quälen. Sie fühlt sich Bean und Kevin gegenüber nicht schuldig. (Sie sind heute abend wahrscheinlich beide mit anderen Freundinnen zusammen. Allerdings empfindet sie sinnlose Schuld gegenüber den Tieren, die für ihr Komplet das Leben lassen mußten.)
Lowell gegenüber empfindet sie hauptsächlich Neugier. Ob sie immer noch so geil und fickrig auf ihn sein kann, jetzt, wo Josh nicht mehr im Spiel ist? Oder wird er ihr nun überflüssig vorkommen? Der Ehebruch, den man als Betäubungsmittel gegen eine vergiftete Ehe einsetzt, verliert in der Regel seine Wirkung, sobald das Gift aus dem Körper und die Ehe vorbei ist. Wer einen ehebrecherischen Geliebten heiratet, ist eine Närrin, denkt Isadora; ein solcher Geliebter bäumt sich doch nur gegen die Ehe auf, in der er sich gefangen fühlt, ohne wirklich einen neuen Partner zu suchen. Und dann fällt ihr ein, daß es bei Josh genauso war!
Lowell hat ihr all die hautfarbenen Wildlederstücke ausgezogen und entblößt nun Isadoras eigene Haut vom cremefarbenen Spitzenhöschen und dem cremefarbenen, spitzenbesetzten Mieder.
»Ich hab' deine sagenhaften Titten nicht vergessen.« Lowell schiebt das Mieder hoch. »Die rosigsten Brustwarzen zwischen New York und München.« Er spielt auf ihr erstes Rendezvous an, doch Isadora erinnert sich nur verschwommen. »Weißt du, daß ich von deinen Brustwarzen träume?« fragt er und lutscht erst an

der linken, dann an der rechten. »Und du, träumst du von meinem großen Schwanz?« Er streift die Mokassins mit den Bommeln von den Füßen, zieht sich geschickt mit einer Hand Hose und Boxershorts herunter und entblößt das prächtige rosa Objekt der Begierde.
Isadora betrachtet es neugierig. Ist Lowells Schwanz größer als der Beans? Und wenn schon? Besitzt er auch die gleiche Zauberkraft? Auf alle Fälle steht ihr ein interessantes Experiment bevor.
Lowell stöhnt leidenschaftlich und gebärdet sich wie ein Irrer vor Freude über die unverhoffte Abwesenheit seiner Frau. Er packt Isadora an den Haaren, bei den Schultern, an den Hinterbacken. Er reißt ihr das Bikinihöschen herunter und spreizt ihre Beine so brutal, als wolle er sie vergewaltigen.
»Du hast mir gefehlt.«
Er stößt in ihre Möse.
»Du hast mir auch gefehlt.« Aber sie bleibt seltsam unbeteiligt, während er sie vögelt.
Der Schwanz fährt rein, der Schwanz fährt raus. O Bean, denkt sie, ich liebe dich. Oh, wie ich dich liebe!
Lowell stößt und stößt wie ein Verrückter. Endlich gelingt es ihm, sie ein wenig zu erregen – aber da kommt er auch schon.
Erschöpft und atemlos fällt er auf sie. Er trägt noch immer Hemd und Fliege, was völlig absurd wirkt.
»Ich fürchte, ich hab' vergessen, wie ich es dir besorgen muß, damit du kommst«, sagt er. »Entschuldige.«
»Schon gut, Schatz. Ich bin heute abend irgendwie zerstreut, nicht ganz da, verstehst du. Es hat bestimmt nichts mit dir zu tun.«
Der Verkehr mit Lowell an diesem Abend ist so belanglos, als habe er gar nicht stattgefunden.
»Tut mir so leid, daß du nicht gekommen bist.« Damit rutscht Lowell hinunter zwischen ihre Beine und beginnt pflichtgetreu, sie auszulecken – so, wie Leona es ihm wahrscheinlich beigebracht hat.
Die geübte Zunge schnellt über ihre Klitoris – vor und zurück; die Finger erforschen die purpurne Höhle im Innern; die andere Hand wandert an ihrem Körper empor, tastet nach ihrer Brust und

reibt die Warzen. Das ist Sex nach dem Lehrbuch, Southport Sex, die Wall-Street-Version von »*Joy of Sex*«, denkt Isadora. Und doch ist sie entschlossen, zum Orgasmus zu kommen, und sei's bloß um der guten alten Zeiten willen. Aber sie kann sich einfach nicht auf sein Spiel einlassen. Er zieht zwar alle Register, aber irgend etwas stimmt nicht. Woran mag es nur liegen? Sie fand Lowell Strathmore doch immer so sexy – in seiner ur-angelsächsisch-protestantischen Art.

Aha – der ur-angelsächsisch-protestantische Erbe, denkt sie, und vor ihrem inneren Auge erscheint Bean, während Lowell zwischen ihren Schenkeln liegt. Fort ist der Mittelscheitel, fort die Fliege, fort sind die wasserblauen Augen, die für gewöhnlich von einer Ben-Franklin-Brille vor der Welt geschützt sind. Statt dessen liegt Bean zwischen ihren Beinen, Bean, der sie leckt, Bean, der sie mit der Zunge streichelt, Bean, der mit ihren Brustwarzen spielt. Jetzt, da ihre Phantasie endlich das richtige Stimulans gefunden hat, kommt sie mit einem triumphierenden Schrei: »Bean Sproß!«

»Was?« fragt Lowell, richtet sich auf und zupft ein Schamhaar aus seinen Vorderzähnen.

»O Schatz, das ist bloß ein alter Witz, weiter nichts. Josh sagte immer, Sex sei besser als Sprossen – du weißt doch, was für ein überzeugter Vegetarier er war. Also hab' ich manchmal, um ihn aufzuziehen, eine Anspielung auf diverse Gemüse gemacht, wenn wir vögelten. ›Bean Sproß‹ – Bohnensproß – wurde unser stehender Ausdruck für den stärksten Orgasmus, die Nummer zehn auf der Skala von eins bis zehn. O Mann, und *das* war's jetzt.«

Diese schmeichelnde Erklärung scheint Lowell einigermaßen zu überzeugen, und schließlich ist sie zu albern, um nicht glaubhaft zu klingen. Lowell wiegt sie in seinen Armen.

»Ich hatte ganz vergessen, was für eine heiße Nummer du bist«, sagt er. »Verdammt, das wird mir wieder für ein Jahr reichen müssen.«

»Bis die nächste Verwandte Leonas in Southampton stirbt?«

»Sie starb in New York«, berichtigt Lowell sie humorlos. »In Southampton teilen sie bloß die Beute.«

»Welch eine *lagniappe* für dich«, sagt Isadora.

»Eine was?«
»Eine *lagniappe* – etwas Unerwartetes, ein Extravergnügen, ein kleines Geschenk. Das ist kreolisch und bedeutet Überraschungsgeschenk, Zugabe.«
»Eine heiße Nummer mit einem phantastischen Wortschatz.« (Lowells Direktheit im Bett macht einen Teil seines Charmes aus.)
»Das habe ich schon öfter gehört. Wenn du noch eine Marke drauflegst, kann ich gratis U-Bahn fahren.«
»Du bist eine fabelhafte Frau«, sagte Lowell. »Ich würde dich auf der Stelle heiraten, wenn...«
»Wenn ich nicht ganz so fabelhaft wäre?« fragt Isadora. »Du hast mir doch schon in Deutschland gesagt, und in Fort Lee hast du es wiederholt, daß meine Fähigkeiten dich einschüchtern – ausgerechnet dich, der du dennoch Leonas mürrischer Sklave bleibst.«
»Na und, aber ich war doch der Dumme?« Diesmal klingt es weniger rhetorisch.
»Jetzt wirst du nie mehr von ihr loskommen. Nach dem Tod von ihrer Ma ist sie wahrscheinlich *so* reich, daß du dir vorkommen wirst, als seist du mit Fort Knox verheiratet.«
»Und das nicht nur in einer Beziehung.«
»Und ich bin pleite.« Isadora seufzt.
»Nun – nicht ganz.« Lowell setzt sich im Wasserbett auf, greift nach seiner Brille, zieht sein Hemd zurecht und zupft an der Fliege (die albernerweise immer noch gebunden ist, wenn auch etwas verrutscht).
»Du erinnerst dich doch an den Treuhandfonds für Mandy?«
»Na, und ob!«
»Nun, dieses Geld wird, wenn ich mal so sagen darf, obgleich es ziemlich unbescheiden klingt, von einem sehr begabten Anlageberater verwaltet.«
»Der außerdem ein sehr begabter Liebhaber ist«, das Kompliment kommt ihr wie von selbst über die Lippen, »wenn auch ein sehr seltener.«
Lowell lächelt. »Als Liebhaber kann ich dir nicht soviel bieten wie als Anlageberater. Als solcher stehe ich dir täglich zur Verfügung. Dein Desinteresse, was deine geschäftlichen Angelegenheiten be-

trifft, war für mich übrigens sehr günstig. Es gab mir den Spielraum, den ich brauchte, um richtig zu spekulieren. Andere Kunden rufen mich dauernd an und stören mich mit ihrem Gelabere; das irritiert mich, es lenkt mich ab. Ich hänge mich zu sehr rein und spekuliere falsch. Aber wenn's um dich geht – du heiße Nummer –, dann stelle ich mir nur deinen phantastischen Hintern vor und greife zu, wenn mir ein Aktienangebot gefällt. Und wie sich herausgestellt hat, funktioniert dieses System einfach sagenhaft.«

»Wie hoch ist denn Mandys Vermögen inzwischen?«

»Die genaue Zahl kann ich dir erst morgen früh vom Büro aus durchgeben. Aber der Fonds ist bestimmt auf das Mehrfache dessen angewachsen, was du seinerzeit angelegt hast. Ich rufe dich morgen früh an und nenn' dir die konkreten Ziffern.«

Sagt es, steht auf, legt Fliege und Hemd ab und geht unter die Dusche.

»Warum duschst du denn, wenn Leona gar nicht da ist?« fragt sie.

»Damit die Bettwäsche nicht nach ›Opium‹ riecht. Sie benutzt nämlich ›Arpège‹«, brüllt er aus dem Bad herüber.

»Hätte ich mir denken können. Leona ist der Typ für ›Arpège‹.«

Isadora folgt ihm ins Badezimmer.

»Was hast du gesagt?« fragt Lowell.

»Ich habe gesagt: Sie ist der Typ für ›Arpège‹.«

»Und was für ein Typ ist das?«

»Zickig.«

»Ich kann nichts verstehen, das Wasser rauscht so laut«, brüllt Lowell.

»Ist auch gut so«, sagt Isadora.

Sie bewundert seinen riesigen, rosigen Körper hinter der beschlagenen Glastür der Duschkabine, während er sich in atemberaubendem Tempo von Kopf bis Fuß einseift.

»Als Mann bist du Spitze.« Sie meint das ehrlich, obwohl er sie jetzt kaum noch erregt. Sie hält ein großes Badetuch bereit und hüllt ihn darin ein, als er aus der Dusche tritt.

»Ihr Handtuch, Sir.« Sie bedient ihn wie eine Geisha, einfach, weil es ihr Freude macht.

»Ich muß nach Hause.« Lowells alte Furcht, erwischt zu werden, bricht durch.
»Warum, um Himmels willen? Ich denke, Leona ist in Southampton.«
»Sie ruft um halb elf an. Wenn ich nicht da bin, schöpft sie Verdacht.«
»Meine Güte, Lowell, du machst mir richtig angst.«
»Ich mache mir oft selber angst«, sagt er und wirft sich in die Kleider: Boxershorts, Hemd, Hose, Fliege, Brille, Seidensocken, Bommelschuhe. Isadora ihrerseits schlüpft in einen Kaftan, um ihn zur Tür zu begleiten.
»Du bist nicht so pleite, wie du meinst«, sagt Lowell, während er sich die Haare kämmt.
»Willst du mir etwa vorschlagen, das Vermögen meiner Tochter zu plündern?«
»Du wärst nicht die erste Mutter der Weltgeschichte, die das macht, oder? Wir müssen alles in Erwägung ziehen, was das sinkende Schiff wieder flottmachen kann.«
»Ist so was denn legal?«
»Ich weiß nicht, wie die vertraglichen Vereinbarungen des Fonds genau lauten.« Lowell zieht seinen Mantel an und öffnet die Tür. »Aber den Fonds, der nicht zu knacken ist, den gibt es unter dem ganzen blauen Himmelszelt von Connecticut nicht.«
»Was für ein blaues Himmelszelt?« fragt Isadora.
Dogstojewski ist unter der Wohnzimmercouch hervorgekrochen und stimmt ein wütendes Gebell an.
»Ach du! Wir haben ja noch gar nicht gegessen! Willst du nicht noch ein Weilchen bleiben und bei mir essen? Es gibt Wachteln mit wildem Reis und ein phantastisches Dessert.«
»Geht nicht«, sagt Lowell. »Stell dir vor, sie ruft an und ich bin nicht zu Hause, was dann?«
»Aber es ist doch erst halb zehn!«
»Und wenn sie nun früher anruft als ausgemacht?«
»Ja, ja, du hast recht«, sagt Isadora und überlegt, ob sie um diese Zeit noch jemand anderen zum Abendessen verführen kann. Wäre doch ein Jammer um Danaes Festmahl!

Lowell stürmt hinaus.
»Deine Tochter ist wohlversorgt – auch wenn du pleite bist. Gott, machst du mich scharf! Ich könnte glatt noch mal von vorn anfangen.«
»Ich auch«, sagt Isadora, während er seine langen Gliedmaßen wie einen zusammenklappbaren Regenschirm in den kleinen schwarzen Porsche zwängt.
»Tschau!« ruft er, als der Motor anspringt.
»Tschau!« ruft sie zurück und winkt.
Er braust die Einfahrt hinunter zu seinem Telefonanruf, während sie wieder hineingeht, allein an den Wachteln herumknabbert und grübelt, grübelt, grübelt: über ihr Leben und dessen Ungereimtheiten.

16

Nimm ihn

Nimm ihn und mach daraus kein Drama.
Nimm ihn gratis, abgemacht?
Nimm ihn, er sieht süß aus im Pyjama.
Aber wie der schnarcht!

Lorenz Hart: »Pal Joey«

Dank für die Ablösung.

William Shakespeare: »Hamlet«

Wie versprochen, rief Lowell am nächsten Morgen an und bestätigte Isadora, daß Mandys Fonds – vorausgesetzt, er entwickelte sich günstig weiter – einen Teil der Steuernachzahlung decken würde. Wie groß die Tilgung ausfiel, hing sowohl vom Zeitpunkt ab, zu dem der Fiskus seine Forderungen geltend machte, als auch vom Börsenklima. Wenn Isadoras Konten damit auch nicht wieder ausgeglichen waren, so steckte sie doch nicht so tief in den roten Zahlen, wie sie befürchtet hatte (natürlich nur, falls Mel Botkin ihr nicht noch weitere Überraschungen hinterlassen hatte, was keineswegs auszuschließen war). Aber all das kümmerte Isadora längst nicht mehr so wie zu Anfang. Der Schuldturm drohte ihr nicht mehr. Pleite oder nicht, in den roten Zahlen oder nicht, sie arbeitete wieder, und Arbeit stimmte sie von jeher optimistisch. Es war alles drin: Sie konnte einen Hit landen oder einen Flop, aber ob sie nun ein Vermögen verdiente oder verlor, zu fürchten brauchte sie nur das eine: Stagnation. Sie hatte ihre Depression ein für allemal überwunden.

Sie würde neu anfangen und wie verrückt schuften, wenn es sein mußte. Wieder einmal war sie gerettet, dank ihrer Tochter und dank ihrer Zufallsbeschäler. Lowell war zwar nicht gerade ein verläßlicher Liebhaber, aber er war ein verläßlicher Freund und Ratgeber. Der finanzielle Druck jedenfalls hatte sie von ihrer Schreibhemmung befreit, und das war die Hauptsache. Sie schrieb Liebesgedichte an Bean, und zwar mindestens zwei bis drei pro Tag (obwohl sie mit Liebesgedichten gewiß nie ihre Steuerschuld tilgen konnte); der Paparoman, der sich so festgefahren hatte, lief endlich wieder; und sie arbeitete an einem Drehbuch mit dem Titel »Die Vagabundin und der Filmstar«, das von einer bekannten neununddreißigjährigen Schauspielerin und ihrer Liaison mit einem fünfundzwanzigjährigen Schauspieler handelt.

Isadora genoß es, sich wieder mühelos und wortgewaltig artikulieren zu können. Sie hatte immer noch kein richtiges Kindermädchen für Amanda, und Bean drängte sich immer noch sprunghaft und planlos in ihr Leben und ihren Seelenfrieden. Aber zumindest schrieb sie wieder, und so fühlte sie sich einigermaßen normal – soweit sie überhaupt normal sein konnte. Der tägliche Wortaderlaß bewahrte sie vor dem Ausflippen.

Natürlich war es nicht leicht, ihre Arbeit mit allen häuslichen Pflichten, Fahrten nach New York, erotischen Abenteuern und anderem mehr in Einklang zu bringen. Isadora hatte ständig das Gefühl, in einem Wanderzirkus zu sein. Sie kam sich vor wie ein rasender Keystone Cop: jetzt drei Stunden schreiben, jetzt mit Amanda spielen, jetzt etwas zum Anziehen für Amanda kaufen, jetzt den Hund füttern, jetzt mit Amanda zum Kinderarzt oder mit dem Hund zum Tierarzt, jetzt nach New York zu Verhandlungen mit weiteren Anwälten und weiteren Managern, jetzt sich mit Josh über die Scheidung zanken, jetzt Kevin treffen, jetzt Bean treffen.

Sie hatte einen Weg gefunden, Bean treu zu sein, ohne je eingestehen zu müssen, daß sie ihm treu war. Wann immer Kevin bei ihr übernachtete (oder sie sich in New York trafen), aßen sie miteinander zu Abend, und wenn sie ins Bett gingen, schlief sie sofort ein. Sie schlief in Kevins Armen und träumte von Bean. Morgens fiel ihr dann immer eine Verabredung ein, zu der sie nicht zu spät kommen durfte. Welche Ironie, dachte sie, nach dieser Phase der Promiskuität kommt mir Treue fast verboten, jedenfalls aber so exotisch vor, daß ich Entschuldigungen suchen muß (sogar vor mir selbst), um treu sein zu können.

Tatsache war: Sie hatte keine Lust mehr, wahllos herumzuvögeln. Wozu auch? Sie neigte von Natur aus zur Monogamie, und nun hatte sie ihren Partner gefunden. Sie wollte weder mit Lowell ins Bett gehen und »Bean Sproß!« schreien noch mit Kevin im Bett liegen und von Bean träumen. Sie wollte auch nicht mit Roland oder Errol die Matratze teilen und Entschuldigungen erfinden, die klangen, als stammten sie aus einem fernöstlichen Kochbuch. Was zuviel ist, ist zuviel.

Aber Bean trieb sie zum Wahnsinn. Er kam und ging völlig willkürlich. Er lebte mit einer anderen Frau zusammen, der seine

Wochenenden gehörten (obwohl auch das nicht immer sicher schien). Er war telefonisch oft stundenlang nicht zu erreichen, weil er den Stecker herauszog. Manchmal schien es, als liefen sie sich rein zufällig über den Weg. Sie hatte etwa eine Verabredung in New York, der Termin platzte, und auf einmal stieß sie unverhofft auf der Straße mit ihm zusammen. Dann verkrümelten sie sich in seine Räuberhöhle und verbrachten den halben Tag im Bett.

Sie fingen beide an, alles abzusagen – Besprechungen, Vorsprechtermine, berufliche Verpflichtungen jeglicher Art –, nur um füreinander Zeit zu haben. Wenn sie zusammen waren, konnten sie sich kaum voneinander trennen. Wenn sie sich trennten, fürchteten sie, einander nie wiederzusehen.

Isadora hielt ihr altes Leben zum Schein aufrecht – Kevin, Roland, Errol –, weil sie immer noch das Gefühl hatte, Bean sei ihrer Phantasie entsprungen und keine reale Person. Sein unvermitteltes Auftauchen und Verschwinden sowie die Schwierigkeiten, ihn zu erreichen, ließen ihn wie einen *dybuk* erscheinen oder wie ein Märchenwesen (im reizenden, altmodischen Sinne des Wortes). Wenn er verschwand, wohin ging er dann? In eine unterirdische Höhle? Schlüpfte er hinter eine Dornenhecke? Verschmolz er mit den Regentropfen? Versank er im purpurnen Schatten zwischen den Schneewehen?

Aber was auch immer mit ihm geschah (und ob sie ihn nun erfunden hatte oder nicht), er gab ihr allmählich ihren Lebenswillen zurück und den Glauben, daß sie wieder lieben könne.

Als Josh sie verließ, hätte sie um ein Haar das Schreiben aufgegeben. An ihrem ersten gemeinsamen Abend hatte sie Bean erzählt, daß sie wohl nie mehr schreiben würde, und das hatte sie ganz ernst gemeint. Er hatte ihre Hand genommen, sie gedrückt und gesagt: »Aber natürlich werden Sie wieder schreiben.« Doch sie war nach wie vor überzeugt gewesen, daß es vorbei sei. Wozu schreiben, hatte sie gedacht, wenn man dadurch nur den Menschen verliert, den man liebt? Denn Isadora glaubte nicht mehr, daß die Kunst wichtiger sei als das Leben. Sie glaubte nicht, daß Künstler, die ihre Familien unglücklich machten, dadurch gerechtfertigt waren, daß sie hervorragende Bücher schrieben. Sie fand, jeder habe die Pflicht, in erster Linie ein guter Mensch und erst an zweiter Stelle Künstler zu sein. Mit zwanzig hatte sie es noch nicht so gesehen; vielleicht hatte sie es erst begriffen, als sie ein Kind bekam, das sie zur Menschlichkeit erziehen wollte; aber jetzt dachte sie ganz bestimmt so. Die Bedürfnisse des Lebens stehen fast immer im Gegensatz zu den Bedürfnissen der Kunst. Ein schreiendes Baby trägt nicht gerade dazu bei, einen in jenen Zustand des Tagträumens zu versetzen, den man braucht, um Gedichte schreiben zu können. Die Fahrt zum Tier- oder zum Kinderarzt bereitet einen nicht angemessen darauf vor, ein Kapitel über die *palazzi* im Venedig des sechzehnten Jahrhunderts zu schreiben. Oder etwa doch? Schließlich lebten in jenen *palazzi* des sechzehnten Jahrhunderts auch Katzen und Hunde und Babys. Und gewiß empfanden die Menschen damals für sie das gleiche wie wir heute für unsere Katzen und Hunde und Babys. Selbst der unerwartetste Vorfall beim Kinder- oder beim Tierarzt kann zum Ansporn für das Buch werden, das man schreibt. Der Blick eines leidenden Tieres. Die Art, wie ein nasses Baby sich anfühlt. Wie kann ein Künstler nur annehmen, er fördere sein Werk, wenn er das Durcheinander und den Lärm des täglichen Lebens ausschaltet? Künstlerinnen glauben das nicht. Sie wissen, daß das schreiende Baby irgendwie in Einklang gebracht werden muß mit dem Manuskript, das aufschreit, wenn man es liegenläßt. Denn was man auch an Konzentration einbüßen mag, man gewinnt ungleich mehr an Beobachtungsfülle hinzu. Man steht mit der Kraft des Lebens in Berührung, mit dem alltäglichen, normalen, wunderbaren Leben.

Isadora hatte wirklich geglaubt, sie würde nie mehr schreiben, aber Bean wurde ihre Muse. Sie hatte auch geglaubt, nach Josh würde sie keinen Mann mehr lieben können, aber allmählich begann sie zu begreifen, daß Lieben eine Fähigkeit ist, die sich nicht unbedingt auf einen exklusiven Klub beschränkt. Als sie zaghaft anfing, Bean zu lieben, nicht ohne sich diese Liebe ständig vorzuwerfen und an sich zu zweifeln, an ihrer Aufrichtigkeit ebenso wie an seiner, da ließ der Schmerz um Josh allmählich nach und klang ab. Vielleicht waren sie und Josh gar nicht so schicksalhaft miteinander verbunden, wie sie geglaubt hatte. Oder waren sie nur eine Zeitlang füreinander bestimmt gewesen? Vielleicht brauchten Wesen, die in einem Leben viele Leben lebten, auch viele Partner. Oh, welch blasphemischer Gedanke! Und doch war es womöglich so.

Bean kam zu ihr wie ein frischer Lufthauch zu einer Eingeschlossenen, wie einst Robert Browning zu Elizabeth Barrett; er war wie eine Staroperation für eine alternde Frau, die von Jahr zu Jahr mehr erblindete.

Der Lebensfaden wird durch unser Fleisch weitergegeben. Unser schwaches, sterbliches Fleisch schafft die Verbindung mit der Welt des Geistes. Der Sex ist der Motor. Die Haut stellt den elektrischen Kontakt her. Diejenigen, die über den Sex spotten und das Fleisch verlachen (etwa weil es nicht von Dauer ist?), haben keine Ahnung, daß nicht die Dauerhaftigkeit darüber entscheidet, ob etwas wirklich oder unwirklich ist. Moleküle verändern ihre Anordnung, gruppieren sich neu, aber der Tanz des Lebens geht immer weiter. Unsere Haut macht uns zu gegenseitigen Boten unserer Moleküle. Solange diese Moleküle sich bewegen, solange sind wir lebendig.

Eines Nachts, als sie in Beans Armen lag, hatte sie einen Traum, der ihr bewies, welch großen Fortschritt sie schon gemacht hatte. Es war ein ausführlicher Traum: in Farbe und mit Musik. Auf der Bühne war die Kulisse für ein Musical aus den dreißiger oder vierziger Jahren aufgebaut. Eine Tanzkapelle stimmte die Instrumente. Isadora zog ihr Kostüm und die Stepschuhe an.

Auf einmal stieg sie eine Plexiglastreppe hinauf, die von roten Neonlichtern gesäumt wurde. Sie trug einen weißen Zylinder und hatte einen Stock aus Plexiglas unterm Arm. Ihre weißen Frackschöße flatterten im Luftzug, und ihre weißen Satinshorts glitzerten im Licht. Zum Steppen trug sie rote Lackschuhe. Sie begann zu singen und zu tanzen, und die Band begleitete sie.

Nimm ihn und mach daraus kein Drama.
Nimm ihn gratis, abgemacht...

Sie sang Veras komisches Klagelied aus »Pal Joey«.

Nimm ihn, er sieht süß aus im Pyjama.
Aber wie der schnarcht!

Bean, Josh und Joshs nicht mehr namenlose Begleiterin Wendy saßen im Publikum. Bean klatschte begeistert. Josh blickte bestürzt und ratlos drein (wie er es auch in Wirklichkeit oft tat). Und Ms. Emanon kam auf die Bühne gesaust wie ein tollwütiger Hund und biß Isadora ins Handgelenk.

Isadora lachte, als Ms. Emanons vorstehende Zähne sich in ihr Fleisch gruben.

»Wenn mich einer darum bäte, ich schriebe glatt ein Buch...«, trällerte sie, und dann verblaßte der Traum.

Sie erwachte in Beans Armen und fühlte sich wunderbar erleichtert. Sie lachte sogar.

»Darling, was ist los?« fragte er und strich ihr übers Haar.

»Ich hab' mich beinah von ihm befreit«, antwortete sie. »Beinah. Oh, was ist das für eine Erleichterung!« Sie war euphorisch.

Bean zog sie ganz fest an sich, und sie roch seinen köstlichen Duft. Sie liebte seinen Schweißgeruch, den Geschmack seines Samens und seiner Tränen.

»Ich liebe dich«, sagte sie. »Nach diesem Traum kann ich dich sogar noch mehr lieben.«

Wen kümmert's, ob es von Dauer ist oder nicht? dachte sie. Jetzt haben wir einander. Das Leben besteht nur im Jetzt, nicht im Gestern, nicht im Morgen. Wir betrügen uns bloß selbst, wenn wir uns einreden, daß Vergangenheit und Zukunft wirklich existieren.

»Was denn für ein Traum?« fragte Bean.

Also erzählte sie ihm, was sie geträumt hatte. Und das Erstaunlichste war, daß er es verstand.

»Dein Leben hört nicht auf, es fängt gerade erst an«, sagte er. »Mit vierzig wirst du einen anderen Gang einlegen und in eine ganz neue Phase deines Lebens starten.«

»Woher weißt du das?«

»Keine Ahnung. Ich *weiß* es einfach, weil wir so fest miteinander verbunden sind wie zwei Glieder einer Kette. Besser kann ich es dir nicht erklären.«

Und als der Februar eisig voranschritt, vernahm man tatsächlich ein Frühlingssummen in der Luft. Isadora fand einen neuen Manager und Anwalt, der sich ihrer Steuermisere annahm, und gemeinsam begannen sie, allmählich das Durcheinander zu entwirren, das Mel Botkin hinterlassen hatte. Das Gesetz ist zwar manchmal gerecht, aber nie von der schnellen Truppe. Auch Einladungen bekam sie. Einladungen, in San Francisco und anderen Orten an der Westküste Vorträge zu halten, ferner die Einladung, im Sommer in die Sowjetunion zu reisen und sich am »kulturellen Austausch« zu beteiligen – was immer das sein mochte. Da sie ohnehin nach besten Kräften mit dem Paparoman rang, verstand es sich von selbst, daß sie die Einladung nach Rußland annahm. Die Reise fiel überdies in den Monat, den Mandy bei Josh verbringen sollte – sie war ihr also gewissermaßen vom Schicksal bestimmt. Isadora hatte Verwandte über ihre Erinnerungen an Papa und an Rußland befragt; sie hatte versucht, das große verschollene Gemälde aufzutreiben, das sich angeblich in jenem mysteriösen Lagerhaus im Mittleren Westen befand. Die Einladung in die Sowjetunion aber war ein unvorstellbarer Glücksfall. Natürlich wollte sie hinfahren. Sie wollte nach Odessa reisen und versuchen, ihren Großvater dort aufzuspüren.

Inzwischen rückte der Frühling immer näher. Der Februar in Connecticut war so trügerisch und frostig wie eh und je, aber an manchen Tagen blies ein anderer Wind vom Sound herüber: ein milderer Wind, ein Wind, der die gesegnete Zeit des alljährlichen Schlamms ankündigte und all dessen, was sich darunter regt. Wurzeln, Würmer, Knollen und Ranken würden den Schlamm von Connecticut mit Leben durchdringen. Connecticut würde das eisige Leichentuch zerreißen und darunter zum Vorschein kommen, und wieder würde Persephone aus der Unterwelt emporsteigen, und ihre triumphierende Mutter würde der Erde neues Wachstum bescheren.

Im Grunde gibt es keinen Ort auf der Welt, in dem der Frühling nicht Einzug hält. Selbst in Malibu (wo Isadora ein schicksalsschweres Jahr verbrachte) gibt es Jahreszeiten, auch wenn die Leute von der Ostküste sie nicht gleich erkennen. Aber die Gezeiten des Pazifischen Ozeans verschieben sich, die Wale ziehen fort, phosphoreszierende Körper färben das Wasser neonblau, und Pelikane tauchen im Sturzflug in die schimmernden Wellen. Jeder spürt dann, daß es soweit ist. Sogar die düster dreinblickenden, niedergeschlagenen Drehbuchautoren, die alljährlich Millionen scheffeln (aber von Romanen träumen, die sie nie schreiben werden), und die bekifften, sonnengebleichten Surfer und Surferinnen blicken auf und begrüßen die Geburt eines neuen Frühlings. In der Wüste läßt der Frühling seinen Blütenregen auf das Senfgras entlang der staubigen *arroyos* niedergehen. Am Meer verändert der Frühling die Luft und das Leben unter Wasser. Im frostigen Connecticut hält der Frühling schon im Februar Einzug, wenn das Eis sich drohender auftürmt denn je. Wenn erst der März kommt, wenn die Winde wehen und der Regen die Eisdecke zu durchweichen beginnt, kann selbst der dichteste Schneesturm nicht mehr verhehlen, daß die Krokusse aus dem Erdreich ans Licht drängen.

Papa hatte fast zwei Winter unter der Erde überlebt; es war an der Zeit, seine Geschichte zu schreiben und zum Abschluß zu bringen. Sie und Josh hatten als Liebende ausgespielt. (Ob sie eines Tages Freunde sein würden? Oh, es war noch zu früh, um darüber nachzudenken.) Sie und Bean aber standen gerade erst am Anfang. Isadora mußte irgendwie die Kraft aufbringen, all diesen Pfaden zu folgen und festzustellen, wohin sie führten. Also fand sie sich mit ihrem Verlust ab, um größeren Schaden zu vermeiden. Sie stritt nicht mehr mit Josh darüber, ob er für Mandy zahlte oder nicht. Sie beschloß, allein für Mandy aufzukommen – und dankbar dafür zu sein, daß sie wieder arbeiten konnte. Damit wollte sie ihrer Tochter ein Beispiel geben. Joshs kindisches Verhalten war Gott sei Dank nicht mehr ihr Problem, damit mußte sich nun Ms. Emanon herumschlagen. Ab und zu hatte sie ganz deutlich die Vorstellung, Josh sei ihr Feind, und diese Einsicht half ihr weiter. Er hatte den zwei kostbarsten Elementen ihres Lebens Schaden zugefügt: ihrem Kind und ihrer Arbeit. Nicht, daß sie mit dem Vater ihres Kindes nicht befreundet sein wollte (dieser Traum stirbt nie), aber sie hoffte nicht mehr darauf. Sie erwartete von ihm nichts anderes mehr als Ärger. Das allein war schon eine Hilfe.

Als sie einmal aufgehört hatte zu hoffen, hörte sie auch auf, wütend zu sein. Wut ist nämlich nichts anderes als enttäuschte Hoffnung. Sie erhoffte sich nichts mehr von ihm außer einem gewissen Maß an Höflichkeit. Und selbst wenn das ausbleiben sollte, würde es sie nicht überraschen.

Sie und Josh führten lange Telefongespräche über Mandy, aber sie vermieden ein tatsächliches Zusammentreffen. Doch eines schönen Tages im März, als ihr vierzigster Geburtstag näher rückte und sie sich damit abfinden wollte, daß die Hälfte ihres Lebens vorbei war, liefen sie sich zufällig in Westport über den Weg. Die Füllung fiel aus dem Loch in ihrem Herzen, und sie bekam weiche Knie. Er hatte einen Wäschesack über der Schulter und war auf dem Weg zum Waschsalon. Sie trug eine antike Lampe, für die sie ein neues Kabel besorgen wollte.

Die Lady mit der Lampe traf den Mann mit dem Sack.

»Trinken wir einen Kaffee zusammen?« fragte sie.

(Mandy blieb an diesem Tag bis zwei in der Blue Tree School, und es war grade erst zwölf.)

»Klar«, antwortete er.

Sie gingen in ein Lokal, das sie oft besucht hatten, als sie noch zusammenlebten. Es hieß »Zum Angler« und war ein Fischrestaurant. Der Schuppen war ziemlich schäbig auf Seemannsatmosphäre getrimmt: Fischernetze an den Wänden, bunte Glaskugeln an der Decke und ähnlich sinniges Zeug.

Die Lady mit der Lampe setzte ihre Lampe ab. Der Mann mit dem Sack stellte den Sack hin. Ein hilfsbereites Garderobenmädchen nahm sich dieses unhandlichen Beiwerks an. Der Mann und die Lady bedankten sich etwas zu überschwenglich bei ihm. (Sie waren beide befangen in der Gegenwart des anderen.)

»Was jetzt?« fragte er.

»Wir könnten essen.« Sie merkte, daß die Gäste sich nach ihnen umdrehten, sie erkannten und sich fragten, ob dies die große Versöhnungsszene war, von der die Lady (oder beide) so oft geträumt hatten.

Josh kam ihr im Vergleich zu Bean sehr kahl vor, sehr kahl und ein bißchen albern. Er fühlte sich nicht wohl in seiner Haut. Das spürte sie; und auch, daß sie sich in der ihren gerade wieder wohl zu fühlen begann. Nicht aus demselben Grund wie früher, weil sie irgendwo einen heimlichen Liebhaber hatte, sondern auf eine neue und zumindest für sie radikale Art. Sie fühlte sich wohl, einfach weil sie mit sich selbst im Einklang lebte. Sie war in den Hades hinabgestiegen (wie Persephone) und ans Tageslicht zurückgekehrt. Sie war bereit, neu zu erblühen, genau wie Bean es vorausgesagt hatte.

Ihre Unterhaltung kreiste um Unverfängliches.

Josh, der technische Spielereien liebte, erzählte ihr von seinem neuen Dekodiergerät, mit dem er Programme des Kabelfernsehens anzapfen konnte, von seinem neuen Teleskop und von seinem neuen Schreibautomaten.

Sie merkte, daß diese Dinge ihn faszinierten wie einen Zehnjährigen. Er war, so gesehen, noch nicht einmal bis zur Pubertät vorgedrungen! Nicht allein war ihm der Gedanke fremd, sich am Unterhalt für Mandy zu beteiligen, es kam ihm nicht einmal in den Sinn, daß dies seine Pflicht war. Er war wie ein Bonsaibäumchen, das seine Eltern sorgfältig gehegt und gezogen hatten. Sie wollten partout Eltern bleiben, deshalb hemmten sie ihn in seinem Wachstum – zu ihrem, nicht zu seinem Besten. Und er war artig und blieb ein kleiner Junge. Doch es fand sich immer eine Frau, die bereit war, sich selbst um den infantilsten Kind-Mann zu kümmern.

Das eigentlich Erstaunliche war, daß er sich nicht zur Wehr setzte. Er wehrte sich nur gegen Isadoras Versuch, ihn aus seinem zu klein geratenen Blumentopf zu befreien, nicht gegen den Versuch seiner Eltern, ihn weiter darin gefangenzuhalten. Er würde für immer mit seinen Apparaten herumspielen, während sie ihr Leben wieder in den Griff bekam.

»Na? Wie geht's denn so?« fragte sie.
»Besser. Nächsten Monat mache ich in Colorado bei einem Joga-Workshop mit, und im Sommer – nach Mandys Ferien bei mir – fahre ich mit Wendy zu Zen-Meditationen in die Karibik.«
Isadora sah rot. Das Blut pochte hinter ihren Augäpfeln, und ihr Herz begann wild zu klopfen. Vor ihr saß ein Mann, der fast jeder Gelegenheit auswich, für sein Kind zu sorgen, der sich ständig auf seine Armut herausredete, der es sich aber leisten konnte, sein Leben mit allen möglichen Erbauungskursen zu vertrödeln.
»Ich dachte, du bist total pleite«, sagte Isadora so ruhig wie möglich. (Ihr fiel ein, wie sehr er das haßte. Zu den Dingen, die er ihr ständig vorgeworfen hatte, als sie zusammenlebten, gehörte die Fähigkeit, mit leiser und sanfter Stimme zu sprechen, auch wenn sie wütend und aufgebracht war. Er versuchte, sie immer wieder dazu anzustacheln, mit Tassen und Tellern herumzuwerfen, so als seien solche Ausbrüche ein Beweis für wahres Engagement.)
»Na ja, ich schlage mich gerade so durch, mit der Hilfe meiner Eltern, und Wendy greift mir auch unter die Arme, aber...«
»Für deine Marotten scheinst du jedenfalls immer genug Geld zu haben«, fauchte sie.
Oh, warum hatte sie das nur gesagt? Sie hatte sich doch fest vorgenommen, das Thema ad acta zu legen. Wenn er ein Müsli sein wollte – bitte! Ob er nun erwachsener wurde als Mandy oder nicht, sie hatte bei ihm nicht länger die Mutterrolle übernehmen und keine Kritik mehr an ihm üben wollen.
»Du fängst ja schon wieder an, auf mir herumzuhacken.« Er stand auf und wollte gehen.
Sie hatten noch nicht einmal die Bestellung aufgegeben (auf dem Tisch stand nur Eiswasser), und er wollte sich einfach davonmachen. Sie fühlte sich betrogen, weil er ihr eine Aussprache verweigerte. Sie hätte das Thema gern ein für allemal durchdiskutiert und abgeschlossen. Ein Gefühlsausbruch hätte ihnen beiden Erleichterung verschafft, doch er wollte sich nicht mit ihr auseinandersetzen.
»Es ist besser, wenn ich jetzt gehe«, sagte er.
Sie geriet in Panik. Vor einem Augenblick hatte er sich noch mit

ihr zu Tisch gesetzt, willens, mit ihr das Brot zu brechen, und jetzt wollte er sie schon wieder verlassen. Dieses abermalige Verlassenwerden war so unerträglich, daß sie etwas tat, was sie noch nie im Leben gemacht hatte: Sie nahm ihr Glas und schüttete ihm das Eiswasser ins Gesicht. Sein Blick verriet Schrecken, dann Verachtung, schließlich Spott. Die Leute an den Nachbartischen glotzten sie an. Ein paar Wassertropfen hingen in Joshs Bart, einer an seiner Nasenspitze.

»Leb wohl, Isadora«, sagte er und machte kehrt – der klare Sieger dieser Runde. *Sie* hatte die Beherrschung verloren. *Sie* hatte sich wie ein Idiot aufgeführt. Dabei hatte sie sich geschworen, nicht wütend zu werden, ihn nicht anzugreifen, keine Forderungen an ihn zu stellen – doch sie hatte versagt.

Als er seinen Anorak anzog und das Lokal verließ, bedeckte sie ihr Gesicht mit den Händen und weinte vor aller Augen. Es war ihr gleichgültig, wer sie beobachtete.

Plötzlich sprang sie auf und rannte nach draußen.

Sie stieg in den Wagen und brauste los wie eine Wahnsinnige. Sie war blind vor Tränen, und in ihrer Brust stiegen die unterdrückten Sehnsüchte auf wie ein unverdauliches Mahl. (Sie wollte ihn halten, ihn lieben, ihn beschützen, ihn zurückgewinnen, ihn verstümmeln, ihn umbringen, ihm einen Pfahl durchs Herz stoßen und ihn begraben.) In ihr tobte noch immer der Aufruhr verwirrter, widerstreitender Gefühle. Acht Monate genügten nicht, um sich innerlich von einem Menschen zu lösen, den man so sehr geliebt, mit dem man eine Schwangerschaft, mit dem man Tiere, Geburten und Tode jeglicher Art geteilt hatte.

Isadora machte sich den Vorwurf, daß sie immer noch auf einer Berg-und-Tal-Bahn der Gefühle dahinsauste, aber sie wußte auch, daß sie behutsam mit sich umgehen und sich mehr Zeit lassen mußte. Sie sehnte zwar das Ende der Trauerarbeit herbei, allein es war noch nicht soweit. Sie wollte überaus verständnisvoll sein, alles verzeihen und ihr Leben selbst in Angriff nehmen, aber sie war immer noch böse auf Josh, weil er sie und Amanda verlassen hatte. Als er auszog, hatte sie geglaubt, er würde einen Reifungsprozeß durchmachen und sie danach erst richtig schätzen lernen;

seine ganze Entwicklung bestand jedoch darin, daß er sich noch mehr gehenließ als zuvor. Sie konnte es nicht fassen, daß sie nicht mehr die Hüterin ihres Mannes war. Jetzt war sie die Hüterin ihrer eigenen Seele.

Während der Fahrt fiel ihr etwas ein, woran sie schon lange nicht mehr gedacht hatte: Mandys Angstzustände im Frühjahr vor der Trennung ihrer Eltern. Es war gewesen, als hätte das Kind (und mit ihm die Tiere) etwas erkannt, das sie und Josh sich noch nicht eingestehen konnten: Ihre ganze Welt war aus den Fugen.

Es geschah, kurz nachdem Josh aus diesem Zen-Kloster in Kyoto zurückgekehrt war und kurz bevor Cicely, die nackte Nanny, Chekarf überfahren hatte. Mandy war gerade zweieinhalb. Ohne erkennbaren Grund bekam sie plötzlich Angst vor Ungeziefer: unsichtbaren Spinnen, Spinnen, die es gar nicht gab, Spinnen, die Projektionen der drohenden Trennung ihrer Eltern zu sein schienen.

Zu diesem Zeitpunkt schlief das Baby – sie nannten Mandy immer noch »das Baby« – in einem leuchtend roten Kinderbett mit abnehmbarem Seitengitter. Mitten in der Nacht schreckte Mandy aus dem Schlaf hoch und schrie: »Spinnen! Spinnen!«

Erschrocken rannten Josh und Isadora hinauf in ihr Zimmer. Ihre Züge waren angstverzerrt, ihr Mund aufgerissen wie auf einem Edvard-Munch-Gemälde. Ihr Körper bebte, als habe sie einen Anfall. Ihr Gesicht war kreidebleich.

»Spinnen!« schrie Mandy. »Spinnen!«

»Wo denn, wo?« fragte Daddy.

»Hier sind keine Spinnen«, versicherte Mama.

»Spinnen!« wiederholte das Kind und schrie angstvoll.

Zuerst bestritten sie die Existenz der Spinnen. Aber das half nichts. Das Kind schrie nachts weiterhin das ganze Haus zusammen. Mandy zitterte und bebte.

Dann änderten sie die Strategie und gingen auf die Phantasievorstellungen ihrer Tochter ein.

»Ich hole einen Besen und mache alle Spinnen tot«, sagte Mama.

»Ja, ja!« rief Daddy.

Mama lief hinunter und kam mit einem struppigen Strohbesen

zurück. Wie eine verrückte alte Hexe schwang sie ihn durchs Zimmer. »Spinnen!« rief sie und fuhr mit dem Besen in jede Ecke. »Ich mache die Spinnen tot. Oh, da ist ja noch eine...«

Rums!

»Ich hab' sie!«

Rums!

»Das ist aber die letzte!«

Rums!

Das Kind ließ sich in der Regel für ein paar Minuten beruhigen, brach aber dann erneut in Angstgeschrei aus.

»Komm, Mandy, mach *du* die Spinnen tot«, sagte Mama, hob die Kleine aus dem Bett und gab ihr den Besen.

Mandy ergriff ihn und rückte nun selbst den Spinnen zu Leibe, schlug auf sie ein, brüllte sie an und machte Jagd auf sie. Ihre Eltern feuerten sie scheinbar begeistert an, so als seien sie die Zuschauer eines Baseballspiels und ihr Kind habe gerade zum wiederholten Mal einen *home run* gelandet. Doch in ihrem Herzen waren sie so besorgt, wie nur Eltern es sein können, die befürchten, ihrem Kind unwiderruflich Schaden zugefügt zu haben, und nicht wissen, wie sie ihn wiedergutmachen sollen. Endlich brach das Kind vor Erschöpfung zusammen.

»Jetzt sind alle Spinnen weg«, sagte Mama, nahm Mandy auf den Arm und brachte sie zurück ins Bett.

»Spinnen«, murmelte das Kind schläfrig, und die Augen fielen ihm zu. »Spinnen«, murmelte es schon halb weggetreten. Die Eltern, Verschwörer eines Komplotts, welches sowohl das Kind als auch seine Probleme zur Folge hatte, faßten sich bei der Hand und schlichen auf Zehenspitzen die Treppe hinunter. Jeder betete still für sich um die Ausrottung der »Spinnen«, was immer sich dahinter verbergen mochte. Beide hofften, daß ihr Kind durchschlafen und am Morgen in einer Welt ohne Spinnen aufwachen würde.

Die Erinnerung an diese Folter tröstete Isadora darüber hinweg, daß sie und Josh nicht zusammengeblieben waren. Mandy war jetzt besser dran – auch wenn sie große Schwierigkeiten hatte, mit Daddys Abwesenheit zu Rande zu kommen. Sie war selbstbewußt, putzmunter – und frei von eingebildetem Ungeziefer. Sie weinte um ihren Daddy, vermißte ihren Daddy, aber ihre Gefühle und ihre Ängste standen in einem ausgewogenen Verhältnis zueinander. Sie war traurig, wenn Daddy ging, und glücklich, wenn er kam. Obwohl sie sich zwischen Mamas und Daddys Haus hin- und hergerissen fühlte, sah sie keine Spinnen mehr, wo es keine gab. Schon das war ein Segen.

Und was war aus der eingebildeten Spinnenplage geworden? Sie war wie ihre Ehe erledigt. Oh, Isadora liebte Josh immer noch, sie wünschte noch immer, er möge erwachsen werden, sich ändern und als ein besserer und stärkerer Mann zu ihr zurückkommen, aber in gewisser Weise hatte sie ihn doch aufgegeben. Sie und Mandy mußten damit fertig werden. Besser pleite zu sein und mit geheilten Wunden kräftiger, als sich ein Leben lang vor dem drohenden Bruch zu fürchten.

Hör auf zu weinen, ermahnte sie sich. Es ist gut so, wie es ist. Sie sah auf die Uhr und stellte fest, daß es schon fast an der Zeit war, Mandy von der Blue Tree School abzuholen.

Mist, verdammter! Ich habe die Lampe im Lokal vergessen. Sie würde sich später darum kümmern. Es sollte wieder hell werden bei der Lady mit der Lampe.

»Es werde Licht«, sagte sie und fuhr weiter, um ihre Tochter abzuholen.

17

Hexen & Göttinanbeterinnen oder Die Magie verlasse dich nie

Bedenk ich, daß, wenn aller Haß verjagt,
Die Seele ihre tiefste Unschuld wieder hat
Und endlich weiß, daß sie sich selbst entzückt,
Sich selbst besänftigt, selbst erschreckt –
Des Himmels Wille stimmt mit ihrem überein –;
Dann kann mein Kind, obgleich ihr jeder grollt,
Der Wind aus allen Ecken heult
Und alle Bälge platzen, dennoch glücklich sein.

William Butler Yeats: »Ein Gebet für meine Tochter«

Der Wirbel bleibt Sieger.

Aristophanes

Sie war nach Kalifornien eingeladen worden, um auf einer Tagung neuzeitlicher Hexen und Göttinanbeterinnen zu sprechen. Man hatte von ihrem Interesse an der Muttergöttin erfahren und wünschte nun, daß sie sozusagen stellvertretend für die Göttin das Wort ergreife. Da man nicht Ischtar persönlich haben konnte (oder Isis oder Persephone oder Demeter), wollte man mit Isadora vorliebnehmen. Wenn das kein Angebot war! Die Konferenz unter dem Motto »Isis kommt wieder« sollte Ende März stattfinden, gleich nach Isadoras vierzigstem Geburtstag, und zwar außerhalb von San Francisco, im *swinging* Marin County (wo Isis gewiß erscheinen würde, vorausgesetzt, sie hatte überhaupt die Absicht, in den USA der frühen achtziger Jahre zu erscheinen).
Eine solche Vergnügungsreise, noch dazu auf Kosten anderer, konnte Isadora schwerlich allein antreten. Nur die Göttin wußte, welch irre Typen sich dort an sie heranmachen würden. Isadora hatte schon vor langer Zeit den Entschluß gefaßt, sich auf solche Abenteuer nicht mehr ohne eine verwandte Seele im Schlepptau einzulassen. Allein war man zu wehrlos – zumindest empfand sie es so. Eingesperrt in einem fremden Hotelzimmer und jedem Zudringlichen ausgeliefert, der klopfte und Einlaß begehrte, gingen Isadora Konferenzen mit lauter Fremden schrecklich auf die Nerven. Ihr war weder die hemmungslose Grobheit noch die kühle Arroganz zu eigen, mit der man sich Verrückte vom Leib hält; sie war zu freundlich, zu umgänglich.
So kam es, daß sie sich manchmal vor übelwollenden Zeitgenossen nicht retten konnte. Ihr fehlte die Routine auf der VIP-Schaukel. Nach all den Jahren ging sie immer noch davon aus, daß die meisten Menschen anständig waren und es gut meinten – trotz einer Menge gegenteiliger Erfahrungen. Isadora bat Hope, sie nach Kalifornien zu begleiten, aber Hope hatte keine Zeit. Dann wandte sie sich an Kevin, doch Kevin mußte sich am fraglichen

Wochenende seinem Sohn widmen. Schließlich lud sie – eher aus Spaß – Bean zu der Reise ein. Bean sagte begeistert zu.
Sie war sich bis zur letzten Minute nicht sicher, ob er am Flughafen sein würde – so unberechenbar war er.
Aber da stand er! Unter dem Schirm einer unerhört jungenhaften grauen Flanellmütze blitzten ihr seine blauen Augen entgegen. Er sah aus wie ein richtiger Lausebengel, und sie hatte vor zwei Tagen ihren vierzigsten Geburtstag gefeiert! Doch sie hatte sich nie jünger gefühlt. Ihr Geburtstag war das reinste Frühlingsfest gewesen. Von Freunden aus nah und fern trafen Blumenkörbe ein, die das Haus schmückten. Dutzende von Rosen, ganze Luftballontrauben und Kisten voll Champagner begleiteten ihren Einzug ins fünfte Lebensjahrzehnt. Als der Tag endlich anbrach, schienen vierzig Jahre das beste Alter von der Welt zu sein. Nur der Tag *davor* war ein Graus, sobald Isadora der Vierzig ins Gesicht sah, fühlte sie sich großartig. Man konnte jeden Skrupel, jedes Angstgefühl mit dem Bewußtsein beschwichtigen, daß man sein Leben vielleicht schon zur Hälfte hinter sich hatte. Nun hieß es: Hinein ins Vergnügen, nutze den Tag, koste ihn aus – wer weiß, welche Enttäuschung das Morgen bringen mag.
Isadora hatte die Suche nach dem idealen Kindermädchen aufgegeben und Danae gebeten, nebst Familie bei ihr und Amanda zu bleiben. Sie hatte eingesehen, daß ihr Traum von Mary Poppins ein Anachronismus war, eine Verwirrung, der sie durch die exzessive Lektüre verstaubter Romane aufgesessen war. Im Amerika der achtziger Jahre gab es keine Nannys, statt dessen mußte man sich »arrangieren«. Die Lösung hieß: Wohngemeinschaft. Wenn man ein großes Haus in einer einsamen Gegend hatte, tat man besser daran, es mit Leuten zu teilen, die einem im Fall eines Schneesturms beim Ausschaufeln halfen, statt vergeblich dem Traum vom perfekten Personal nachzuhängen. Im Amerika der achtziger Jahre wollte niemand im Haushalt helfen, zumindest nicht als Angestellter.
Weil Danae daheim in Rocky Ridge war, konnte Isadora beruhigt nach Kalifornien fliegen und dort ihren Vortrag halten, wußte sie doch, daß für Mandy gut (wenn auch exzentrisch) gesorgt wurde. Sie war auf alle Fälle wesentlich besser dran als mit Schwester

Librium, die beduselt vor dem Fernseher klebte, oder mit Cicely, der nackten Nanny, die sich mit ihrem Freund im *hot tub* vergnügte, ganz zu schweigen von Olive, der Scientology-Fetischistin, die pausenlos telefonierte, und Bertha-Belle, die eifrig die Metzgerrechnungen fälschte, aber Gespräche mit dem lieben Gott führte. Halleluja.

Als Isadora sich mit Bean am Flughafen traf, war sie vergnügt und unbeschwert, weil sie wußte, daß Danae bei Amanda blieb, das Haus voller Kinder war, die kamen und gingen, und daß trotz des chaotischen Rummels Lachen und Kameradschaft herrschten.

Sie und Bean waren verblüfft, als sie entdeckten, daß sie zusammen reisten, als hätten sie das schon ihr Leben lang getan. Sie waren beide darauf gefaßt, eines Morgens aufzuwachen und den anderen gründlich satt zu haben, aber diese Befürchtung erfüllte sich nicht. Von dem Augenblick an, als sie sich auf dem Flughafen umarmten und gemeinsam an Bord ihrer Maschine gingen, waren sie miteinander glücklich: glücklich, unbefangen und gelöst. Isadoras Angst vorm Fliegen war schon lange einer freudigen Erregung gewichen. Manchmal hatte sie sogar das Gefühl, in der Luft glücklicher zu sein als auf der Erde.

Das Wetter in Kalifornien war phantastisch. Blau leuchtete der Himmel über Marin, die grünen Hügel verschmolzen in der Ferne mit dem Horizont, selbst die fast immer dunstverhangene Golden-Gate-Brücke spannte sich wie ein glitzerndes Märchenband über die Bucht, so als führe sie geradewegs zum Goldenen Topf am Ende des Regenbogens.

Sie und Bean stiegen im »Stanford-Court-Hotel« ab, wo sie oft mit Josh, aber noch öfter allein übernachtet hatte. Es kam ihr vor wie ein verlängerter Geburtstag. Auf ihrem Zimmer war Champagner kalt gestellt, die Veranstalter der Konferenz hatten Tüten voll Sinsemillagras geschickt, und von einer Freundin aus Kalifornien war noch ein Blumenkorb gekommen.

»Auf uns«, sagte Isadora, als sie mit Bean anstieß.

»Auf uns«, wiederholte er.

Oh, sie glaubte keineswegs, daß diese Affäre von Dauer sein

würde. Glück ist vergänglich, Schmerz aber unvergeßlich. Doch das Leben währt schließlich auch nicht ewig. Besser, man lebt in der Gegenwart, als daß man vor der Zukunft bangt oder der Vergangenheit nachtrauert.

Es gibt Zeiten, da scheint der Fluch aufgehoben, das Leben wirkt so klar und durchsichtig wie ein Tropfen Quellwasser, der an einem kristallnen Cocktailstäbchen hängt, das große Leid ist plötzlich verflogen und hat großer Freude Platz gemacht: dies war eine solche Zeit.

»Mein Admiral Mottenkugel.« Isadora umarmte Bean.

»Mein Baby, mein Hopser, mein Liebling.« Bean drückte sie an sich.

Sie nannte ihn »Admiral Mottenkugel«, weil seine Kleider immer ein wenig nach Kampfer rochen – wie es sich für den Sproß einer echten Puritanerfamilie gehörte. Er nannte sie »Hopser« wegen ihres federnden Ganges, der dem *loping*, dem leichten Kanter eines Rassepferdes, glich. Deshalb und in Anspielung auf den fruchtbarsten (und glücklichsten?) Autor in der Geschichte der Menschheit nannte er sie manchmal auch »Loping de Vega«. Oh, sie waren wild aufeinander, wild auf San Francisco, wild auf die Hügel, die Bay, auf *dope*, Champagner, Meeresfrüchte und auf ihre Körper. Sie verzehrten einander gierig im Bett, verschlangen sich mit den Augen, in deren verwandtem Blau sie zu ertrinken glaubten, sie aßen und tranken und rauchten *shit* miteinander, bis das ganze Leben von süßem Sinnentaumel durchwogt schien.

Isadora, die so lange gelitten und die in den letzten acht Monaten mit einer qualvollen Leere im Herzen gelebt hatte, fand sich wunderbar erfüllt von *dieser* Liebe, *dieser* Sinnenlust. Es war nicht bloß Sex (als ob solcher Sex jemals nur »bloß« sein könnte) – es war auch Schutz, Aufmerksamkeit, Fürsorge. Bean begegnete ihr mit einer Sanftheit, die sie noch bei keinem Mann gefunden hatte. Er war von unermeßlicher Zärtlichkeit (ungeachtet seiner wilden Leidenschaft im Bett). Er wollte sie beschützen. Sie fühlte seinen Schutz wie einen stählernen Panzer um ihren Körper. Sie spürte die Kraft seiner Männlichkeit so intensiv, als koste sie deren Beigeschmack auf der Zunge. Er war für sie der

erste Mann, der nicht im geheimen den Schlaffi in sich zu bekämpfen brauchte. Er war zärtlich, aber es stand außer Frage, daß er ein Mann war.
Die Konferenz selbst war ein einziges Gesülze. Den Vorsitz hatte eine gewichtige Brünette mit Damenbart und mächtigem Hängebusen, die sich Lisa Göttin-Priesterin nannte (abgekürzt Lisa G. P.). Die Tagungsmitglieder setzten sich zusammen aus Feministinnenhexen, Hippielandwirten (die in den Hügeln des Humboldt County Sinsemillagras anbauten), Hippietierzüchtern (deren Einhörner verdächtig nach Ziegen mit nur einem Horn aussahen) und Hippiekindern, die kostümiert waren wie für einen Auftritt in Arkadien oder wie in einer nordkalifornischen Inszenierung des »Sommernachtstraums«. Isadora fand alles hochamüsant (und war im übrigen froh, Bean bei sich zu haben). Auf der Tagung wimmelte es nur so von Verrückten, die sich samt und sonders mit Isadora anlegten. Eine Frau trat ihr in den Weg und erklärte, »Tintorettos Tochter« sei ein sexistisches Buch. »Warum haben Sie es nicht ›Mariettas Vater‹ genannt?« wollte eine ausgesprochen kampflustige Göttinanhängerin wissen.
»Weil dann niemand erkannt hätte, welche Marietta ich meine.«
»Aber indem Sie Tintoretto zur Titelfigur erhoben, haben Sie doch genau das Patriarchat bestärkt, das Sie kritisieren.«
»Nein, das finde ich nicht. Jeder, der das Buch liest, weiß, daß ich nicht auf seiten des Patriarchats stehe.«
»Trotzdem, ich hätte es ›Mariettas Vater‹ genannt.«
»Dann schlage ich vor«, entgegnete Isadora (mit geheuchelter Liebenswürdigkeit), »Sie schreiben *selbst* ein Buch und nennen es so.«
Bean war wütend über die Kollektivfeindschaft, die Isadora sogar von einigen Gastgebern entgegenschlug.
»Warum haben sie dich eingeladen, wenn sie dich bloß angreifen wollen?«
»Aber Schatz, das ist doch meine *Funktion* als Schriftstellerin: den Phantasien und Ängsten der Leute, ihren Fehden mit der Welt als Blitzableiter zu dienen. Ich bin dran gewöhnt.«
»Ich nicht. Man muß dich beschützen. Sonst spazierst du eines

Tages zur Haustür raus, und dir passiert das gleiche wie John Lennon. Aber nicht, solange ich da bin. Ich würde mein Leben für dich opfern.«
Er meinte es ernst, und Isadora fühlte das.
Bean war noch jung und naiv genug, um Ruhm mit Ehre gleichzusetzen, statt ihn als komplexe Verbindung von Beachtung und Anfeindung zu erkennen. Isadora beglückwünschte sich im stillen dazu, einen Verbündeten mitgebracht zu haben, dessen Gegenwart die Reise trotz allem zu einem Vergnügen machte.
Als sie das Messegelände erkundeten – diese Nachbildung eines mittelalterlichen Jahrmarkts in den grünen Hügeln von Marin County (nicht weit vom Mount Tamalpais) –, da fiel Isadora ein, daß sie vor zehn Jahren an einer Tagung freudianischer Seelenklempner in Wien teilgenommen hatte. Nun war sie zum Gast einer Konferenz feministischer Hexen und Göttinanbeterinnen in Marin »aufgestiegen«. Damals war sie mit einem acht Jahre älteren Mann zusammengewesen; jetzt hatte sie einen vierzehn Jahre jüngeren Begleiter (der noch die Schulbank gedrückt hatte, als sie sich mit Adrian Goodlove in Europa herumtrieb), einen Mann, der die Kunst der Liebe zum Teil aus ihren Büchern gelernt hatte! Es kam ihr alles so unwirklich vor – sogar ihr Leben. Sie hatte aus ihrem innersten Wesen Bücher geschaffen, und diesen Büchern waren die äußeren Fesseln ihres Lebens entsprungen: Häuser, Autos, der Unterhalt für ihr Kind, ganz zu schweigen von betrügerischen Managern, verrückten Kindermädchen, kniffligen Steuerproblemen – der ganze Mist! Es war, als habe sie die Welt erträumt und dann zugeschaut, wie ihr Traum zum Leben erwachte. Aber war es ein euphorischer Traum, oder war es ein Alptraum? Durfte sie wählen, oder wurde die Wahl ihr aufgezwungen? Doch war die Börse, diese Welt aus Gewinn und Fusion, oder die akademische Welt nicht auch nur ein Traum?
Heute erschien alles wie ein heiterer Traum – ein heiterer Traum, emporgestiegen aus den Nebeln der Sagen, die den Artus-Epen zugrunde liegen. Wer waren die kostümierten Gestalten, die da über den Rasen wandelten? Hatte sie die auch erfunden, wie den Gefährten, der sie mit ihr betrachtete? Krethi und Plethi mar-

schierten vorbei – ein bißchen Monty Python, ein bißchen Mantel-und-Degen-Film mit Spezialeffekten. Die Göttinanbeterinnen waren in schmuddelige Klamotten gekleidet, die den Boden streiften. Darunter lugten orthopädische Sandalen hervor. Die feministischen Hexen protzten mit der zweischneidigen kretischen Axt, der Labrys, die sie als Amulett um den Hals trugen. Und zwischen den Einhörnern tollten kleine Kinder herum. (Wozu den Zauber zerstören und sie einhörnige Ziegen nennen?)
Die Tagung war ein Lumpenball mit kosmischen Dimensionen. Fliegende Händler versuchten von astrologischen Karten bis hin zu Abdrucken des Perineums alles nur Erdenkliche an den Mann zu bringen. (Ja, es wurde tatsächlich behauptet, wer sich erst auf einen Einschwärzballen und dann auf ein Blatt Reispapier hockte, erhalte einen Abdruck seines Damms, aus dem sich die Zukunft weit besser herauslesen lasse als aus einer Handfläche!) Andere Scharlatane, die dem Mittelalter entstiegen zu sein schienen, verkauften »Pyrakuppeln«, kleine Drahtpyramiden, die man auf dem Kopf tragen sollte, »um die kosmischen Strahlen auf sich zu konzentrieren und sowohl Inspiration als auch Intelligenz zu steigern«. Der Zauber schien bei den Verkäufern nicht gewirkt zu haben (großtuerischen Oststaatlern, die aussahen wie durchschnittliche kalifornische Fixer). Kräuterheilmittel und Zaubertränke wurden an anderen Ständen feilgeboten, darunter auch solche, die bei Beschwörungsformeln und magischen Ritualen halfen, ferner Plätzchen in Form von Tierkreiszeichen, bestrichen mit dem süßlichen Fruchtmark des Johannisbrotbaums, und sogar durch Sonnenenergie gespeiste Vibratoren (für ökologiebewußte Onanisten). Das gute neue Neoheidentum schien dem Kommerz nicht erfolgreicher widerstanden zu haben als die schlechte alte jüdisch-christliche Welt. Anscheinend spielte es keine Rolle, ob Gott männlich oder weiblich war – die Jagd nach Profit war Ihm/Ihr gleichermaßen heilig, von der Jagd nach Sinsemillagras gar nicht zu reden. Sein süßlicher Geruch hing über dem ganzen Gelände. Isadora wußte kaum, wieviel von dem, was sie sah, ihren bekifften Sinnen entsprang und wieviel »wirklich« war – was »wirklich« auch immer bedeuten mochte.

Sie hielt ihren Vortrag über den weiblichen Aspekt der Gottheit – und erntete lebhaftes Interesse. Wie die meisten Menschen neigte auch Isadora dazu, sich auf die wenigen zu konzentrieren, die sie nicht leiden konnten, statt auf die vielen, die sie liebten und bewunderten. Tatsache war jedoch, daß ihr Vortrag vom Großteil des Publikums mit lebhaftem Beifall bedacht und gewürdigt wurde. Stürmischer Applaus begleitete sie, als sie das Podium verließ, aber sie hätte auch ohne ihn das Einverständnis ihrer Zuhörer gespürt.

»Warum bin ich nur so negativ eingestellt?« fragte sie Bean nach ihrem Auftritt. »Ständig erwarte ich Kritik und stelle mich darauf ein, statt mich über all den Beifall zu freuen, den ich kriege.«

»Das geht wahrscheinlich keinem Künstler der Welt anders, mit Ausnahme der echten Spinner und Angeber. *Die* sind nie selbstkritisch.«

Bean war Balsam für Isadoras Seele. Er akzeptierte und unterstützte sie. Er hatte den wundervollen Optimismus der Jugend, Optimismus und Unschuld, jene Eigenschaften, die Treuebrüche, Scheidungen und Steuerprüfungen im Laufe der Zeit korrumpieren. Mit vierzig hat sich ein echter Freund des Menschengeschlechts unweigerlich zum Zyniker gewandelt; so viele Hoffnungen wurden zertrümmert. Aber mit sechsundzwanzig besitzt man noch blühenden Optimismus. Bean war unschuldig, ungeachtet all seiner Bravour im Bett. Sein Herz – das wichtigste Organ – war rein. Darum liebte Isadora ihn so sehr: Er gab ihr den Glauben an die Unschuld zurück, den Glauben daran, daß in Wahrheit doch die Vision des Dichters zählt (und nicht die des Steuerprüfers).

Als sie ihren Auftritt hinter sich hatte, verließen sie fluchtartig die Tagung und fuhren in die Muir Woods, das Paradies der Rotholzmammutbäume vor den Toren von San Francisco. Trunken von ihrer Liebe, berauscht von Gras und Rebensaft, fuhren sie in die Muir Woods und schwelgten im Grün.

Ein leichter Nieselregen besprühte ihre Gesichter, als sie unter den uralten Bäumen spazierengingen. Sie weideten sich am Grün, schlürften das Grün, saugten das Grün durch die Poren ein und fühlten sich beide wiedergeboren, neu erstanden, wieder eins mit

dem Leben. Die Liebe ist grün (Shakespeare wußte das), den Liebenden grüne Kränze blühn (sangen die Elisabethaner).
Ab und zu wurde der Regen stärker, und sie suchten Schutz unter den mächtigen Bäumen. Moos bedeckte die Stämme mit seinen Küssen; die Felsen waren so schlüpfrig wie die Schenkel von Liebenden; die gewaltigen Baumkronen verdunkelten den Himmel.
Der Regen hatte die Touristen vertrieben, und so war es, als wanderten sie durch einen Zauberwald – nur für sie der Erde entsprungen, eher ein Geisteszustand als Materie, eher in Brigadoon beheimatet als in Kalifornien. Sie sahen in den bemoosten, umgestürzten Baumstämmen die Köpfe von Fabelwesen: Basilisken, Greifen, grüne Einhörner. Das schienen echte Fabeltiere zu sein, die auf der Tagung dagegen nur Hokuspokus. Die Pflanzenwelt hier draußen schien in einer Metamorphose zur Tierwelt begriffen zu sein, die Mineralien in einer Metamorphose zum Pflanzenreich.
»Wir sind in einem Zauberwald aus grauer Vorzeit«, sagte Bean. »Wenn wir ihn verlassen, wird er vergehen.«
Und so schien es, obgleich sie beide sehr wohl wußten, daß *sie* vergehen, die Bäume aber bleiben würden. Sie wandelten auf dem schmalen Grat der Zeit über dem Abgrund der Ewigkeit. Aber in ihrer knospenden Liebe fühlten sie sich stark und geborgen – als könnten sie die Dämonen für eine Weile in Schach halten.
»›Auf der Insel Welt sind wir alle nur Schiffbrüchige‹«, sagte Bean.
»Das ist wunderschön.«
»Ich weiß – leider stammt es nicht von mir, sondern von Loren Eisley. Aber mit dir fühle ich mich zum erstenmal in meinem Leben nicht wie ein Schiffbrüchiger. Ich habe das Gefühl, ich gehöre endlich wohin ...«
»Wohin?«
»In deine Arme.« Bean zog sie an sich und küßte sie, während der Regen die beiden durchnäßte.
Ihre Zungen schlangen sich umeinander, und Isadora und Bean verloren sich in ihrem süßen Naß innen (und dem süßen Naß von

außen). Ihr Kuß war wie ein Blitzstrahl in einem Wolkenbruch – Feuer, übertragen durch Wasser. Wenn sie sich küßten, verdichtete sich die Intensität ihrer Verbindung oft so sehr, daß ihnen schwindlig wurde.

»Bei dir fühle ich mich nie einsam«, sagte Bean. »Ich erwarte dauernd, daß ich mich einsam fühle oder ausgeschlossen oder auch irritiert, aber je länger wir beisammen sind, desto selbstverständlicher kommt es mir vor, desto mehr scheinen wir zueinander zu gehören.«

Isadora empfand wie er, aber sie hatte Angst, es einzugestehen. Sie hatte Angst vor der Verpflichtung, die damit verbunden war, Angst vor dem Herzeleid und der Verwirrung, die zu schmerzlichem Verlust führt. Bean wartete auf Isadoras Treueschwur, aber die Angst und das noch kaum überwundene Herzeleid machten sie stumm. Sie blickte zu ihm auf.

»Du bist schön«, sagte sie.

Er schüttelte den Kopf. »Ich bin nur ein Mann, der dich liebt. Aber ich liebe dich ohne Vorbehalt. Du wirst sehen. Laß mir Zeit!«

Sie faßten sich an den Händen und gingen weiter im Regen spazieren, ohne sich darum zu kümmern, daß sie bis auf die Haut durchnäßt und ihre Schuhe ruiniert waren und daß sie sich auf etwas eingelassen hatten, wovon sie sich nicht so leicht würden befreien können.

Isadora hatte ihre Beziehung zu Bean von Anfang an mit Vorbehalt gesehen. Ihre Bindung entsprang einer dämonischen Leidenschaft und schien dazu verdammt, ebenso jäh zu enden, wie sie begonnen hatte. Ihre Nächte waren oft so alkoholgetränkt und voll von bekifften Halluzinationen, daß es durchaus möglich schien, sie würde eines Morgens erwachen und feststellen, alles sei nur ein Traum gewesen – wie in der Schlußszene des kitschigsten Schmachtfetzens aus dem Strichmilieu. »War es nur ein Traum?« fragt die Hauptdarstellerin –, aber dann findet sie ein reales Versatzstück aus der Traumwelt, das sie herübergerettet hat. Es ist einer der ältesten literarischen Kunstgriffe: Die zwölf tanzenden Prinzessinnen entdecken, daß ihre Schuhe abgetragen sind; Mary Poppins' Schützlinge, die Banks-Kinder, kehren zurück aus der

Welt des Royal-Doulton-Tellers auf dem Kaminsims, stellen aber fest, daß sie einen Wollschal liegengelassen haben, der nun in der Welt des Tellers zurückbleiben muß, wo er für immer unter der Porzellanglasur gefangen ist. Ein alter literarischer Trick, gewiß, aber einer, der seine gespenstische Wirkung nicht eingebüßt hat. Was würde Isadora mitbringen von ihrem Ausflug mit Bean in die Welt der Phantasie? Den Tripper? Herpes? Oder ein Herz, das heilt und wieder ganz wird?

Im Moment kümmerte sie diese Frage überhaupt nicht. Die Gegenwart war so wundervoll, daß sie jeglichen Mißton auslöschte. Sie, die sonst ständig um die Zukunft bangte und die Vergangenheit bereute, erlaubte sich endlich einmal, nur in der Gegenwart zu leben. Sie erlaubte sich, San Francisco, ihren Gefährten und das Leben zu genießen.

Sie fuhren Cable Car und gingen an der Waterfront spazieren. Sie stapften hügelauf und hügelab; kauften wertlosen Plunder in Chinatown; »*watched it grow dark from the top of the Mark*«, dem Aussichtsrestaurant im obersten Stock des vornehmen »Mark-Hopkins-Hotels«, von wo sie hinabblickten auf die Lichter der Stadt, die Schiffe in der Bay, die Brücken und Wagenkolonnen, die auf die Entfernung aussahen wie winzige Leuchtkäfer, die Stege aus Spinnweben überqueren. Sie durchstreiften Marin County mit dem Wagen, fuhren auf gewundenen Sträßchen durch Tiburon und Sausalito und folgten den Serpentinen des Mill Valley. An der Landstraße entdeckten sie einen Wegweiser, auf dem zu lesen stand: ISADORAS WAY.

»Ob die Straße nach Isadora Duncan benannt wurde?« fragte Isadora.

»Nach dir«, antwortete Bean.

»Das bezweifle ich.« Isadora schaffte es einfach nicht, an ihre eigene Berühmtheit zu glauben.

»Dann ist's Zauberei«, erklärte Bean. »Dieser Wegweiser wartet schon seit Jahren auf dich.« Ihr Name auf dem Schild schien ein gutes Omen zu sein, aber während der paar Tage in San Francisco wirkte schließlich alles wie ein gutes Omen. Bean und Isadora stolperten in ihrem Hotelzimmer nie übereinander, gerieten sich

in Restaurants, Bars oder im Auto nie in die Haare. Er machte ihr nie Vorwürfe, wenn sie falsch abbog, und zog sie nie damit auf, daß sie unterwegs so oft anhielt, weil sie pinkeln mußte. Er hatte überhaupt keine Ähnlichkeit mit den Männern, die sie vor ihm gekannt hatte: Er war weder launisch noch herrisch oder reizbar.
»Was stimmt nur nicht mit uns?« überlegte Isadora laut. »Wir kommen so prima miteinander aus.«
»Wart es ab«, sagte Bean. »Wart es nur ab. Mit uns stimmt alles. Aber manchmal läßt sich Vollkommenheit schwerer verkraften als Unvollkommenheit und Liebe schwerer als Herzeleid.«

Und doch lauerten Chaos und Anarchie hinter Isadoras und Beans Idylle, so als sei Pan mit seinen Streichen stets präsent und als müsse der Wirbel Sieger bleiben.
In einem Cable Car wurde Isadora die Brieftasche geklaut – mit dreihundert Dollar in bar, Kreditkarten, Führerschein und sämtlichen Papieren. Schuld an dem Diebstahl waren die beiden eigentlich selbst, weil sie sich küßten und nicht bemerkten, was um sie herum vorging. Isadora mußte zu Hause anrufen und Renata veranlassen, die Konten zu sperren und telegrafisch Geld nach San Francisco zu überweisen. Seit diesem Vorfall nagten an Isadora Zweifel ob ihrer Liebe, die alle Welt auslöschte, und die Frage verfolgte sie, wohin diese Liebe sie wohl führen werde.
In der Nacht nach dem Diebstahl, als sie wie die Irren in ihrem Hotelzimmer vögelten, knabberte Bean ihr einen der Brillantclips vom Ohrläppchen, die sie von ihrer Mutter zum vierzigsten Geburtstag bekommen hatte. Entweder verschluckte er den Clip, oder dieser verschwand auf Nimmerwiedersehen in einer Ritze. Erneut nagte der Dämon Zweifel an ihr. Nicht, daß Geld, Kreditkarten oder Brillanten ihr im Vergleich mit Bean auch nur das Geringste bedeuteten – aber von Zeit zu Zeit suchte das Gespenst der Bourgeoisie, dieses Relikt aus ihrer Kindheit, sie heim, setzte sich auf ihre Schulter und schimpfte sie ein schlechtes Mädchen, eine schlechte Mutter, eine verantwortungslose Hedonistin, eine verdorbene Frau, ein Flittchen, eine Schlampe und Hure. Es drohte ihr mit Bankrott, Geschlechtskrankheiten und allem Unheil, das

schlechten Frauen widerfährt, die jüngere Männer verführen und aushalten.
In solchen Momenten durchfuhr sie eine schmerzliche Sehnsucht nach Amanda (obwohl sie wußte, daß ihre Tochter während dieser drei Tage gut aufgehoben war). Aber in der Welt ihrer Kindheit ließen Mütter ihre Kinder nicht einmal für drei Tage allein (obwohl *ihre* Mutter das sehr wohl getan hatte), und sie verreisten schon gar nicht mit vierzehn Jahre jüngeren Männern.
Manchmal, wenn sie Bean in den Armen hielt, konnte Isadora sich des trüben Gedankens nicht erwehren, ihr Idyll stehe unter einem schlechten Stern: Sie würde fünfzig sein, wenn er sechsunddreißig war; ihre Reize würden verblassen, wenn er auf dem Höhepunkt stand. Ihre Wege kreuzten sich auf den Rolltreppen des Lebens: Sie fuhr abwärts, den Wechseljahren entgegen, er stieg auf zur Blüte der Männlichkeit. In der explosiven Gewalt ihrer Umarmungen lag etwas Beängstigendes – Beängstigendes und Vergängliches. Ihre Liebe war halb Zauberei, halb Phantasie und schien somit zu jenen Dingen zu gehören, die notgedrungen vergehen – wie die Idylle der Banks-Kinder im Royal-Doulton-Teller oder die wilden Nächte der zwölf tanzenden Prinzessinnen im Märchenland.
Ihren Umarmungen haftete gewiß ein Hauch vom Märchenreich an, aber sie waren auch das Ergebnis der ungeheuren Wandlung, die sich auf dem Gebiet der Sexualität in den letzten vierzehn Jahren vollzogen hatte. Binnen vierzehn Jahren hatten die Sitten sich dermaßen geändert, daß ein Mann in Beans Alter vielleicht noch nie eine Frau gehabt hatte, die so empfänglich, so offen für seine Liebe war wie Isadora. Er gehörte zu jener Generation – geschlechtsreif geworden mit *ihren* Büchern –, die darauf gefaßt war, daß eine Frau Anfälle kriegte (und ihren Partner aus dem Bett schmiß), wenn sie nicht drei Orgasmen hintereinander bekam, ehe der Mann auch nur die Chance hatte, an sein Vergnügen zu denken. Sie aber war trotz ihres Rufs in der Öffentlichkeit (oder vielleicht gerade deswegen) noch so sehr ein Kind der fünfziger Jahre, daß es ihr wichtiger erschien, einen Mann zu hätscheln, ihn zu verwöhnen und zu befriedigen, als ihr eigenes Vergnügen zu

suchen. Folglich mußte sie ihm als die willigste Frau erscheinen, mit der er je geschlafen hatte, und umgekehrt sah sie in ihm den willigsten Mann, der ihr je begegnet war. Männer aus seiner Generation – das hatte sie schon an Roland festgestellt – waren so an Frauen gewöhnt, die sich im Bett wie Verkehrspolizisten aufführten, daß eine Frau in den Dreißigern oder Vierzigern ihnen wie eine Offenbarung altmodischer Weiblichkeit vorkam.
Aber all das konnte Isadora nicht daran hindern, sich bisweilen wie eine alte Kupplerin zu fühlen, wie das Eheweib von Bath oder wie eine alte Vettel. Jedenfalls war sie bestimmt nicht jenes würdige, wenn auch etwas einschüchternde Wesen, das man unter »einer guten Frau« verstand.
Erst vor kurzem hatte sie mit angehört, wie die Freundin einer Freundin einer Freundin das Urteil ihrer Exschwiegermutter über Joshs neue Gefährtin, Ms. Emanon, weitergab.
»Sie ist bei Gott keine Schönheit«, hatte Joshs Mutter gesagt. »Aber sie ist wenigstens eine gute Frau.«
Welch vernichtendes Urteil, das noch dazu zwei Schwiegertöchter mit einem Schlag erledigte! Denn es implizierte natürlich, Isadora sei keine gute Frau gewesen, habe zu sehr für ihre Karriere gelebt und sich zu leidenschaftlich dem Schreiben gewidmet, um auch nur im entferntesten dem Bild einer guten Frau zu entsprechen. Eine gute Frau unterdrückte eigene Karrierewünsche zugunsten ihres Mannes (selbst wenn sie die Familie ernährte – schön, dann arbeitete sie eben heimlich, um die Gefühle des Mannes nicht zu verletzen). Eine gute Frau tötete eher ihre Kreativität, als ihren Mann damit zu bedrohen (auch wenn sie die talentiertere von beiden war). Eine gute Frau lebte ihrer Tochter vor, daß Frauen ihre Talente zügeln und beschneiden, ja sich in nur halb lebendige Bonsais verwandeln – um der Liebe eines Mannes willen.
Joshs Mutter hatte natürlich dieses Verhaltensmuster befolgt, so wie fast alle begabten Frauen ihrer Generation – gleichgültig, wie talentiert sie waren. Die glänzende Pianistin, die bei legendären Künstlern studiert hatte und der man eine phänomenale Karriere voraussagte, hatte ihre ganze Zukunft über Bord geworfen, um Joshs Vater zu verhätscheln, ihn von Stück zu Stück, von Film zu

Film zu päppeln. Sie war sogar seine Mitarbeiterin an der Schreibmaschine geworden und wagte sich nur noch heimlich an die ihr angestammten Tasten, wenn er nicht zu Hause war (was praktisch nie vorkam, da Autoren notorische Heimarbeiter sind). Er bekam von ihrem Klavierspiel unweigerlich rasende Kopfschmerzen. Sie aber hatte es als ihr Schicksal auf sich genommen, einen Künstler zu hätscheln und zu verwöhnen, der nicht so begabt war wie sie – nur weil er den Schwanz hatte. Schließlich war sie seine Coautorin geworden, um ja keine Kunst auszuüben, die sie hätte von ihm entfernen können. Natürlich verurteilte sie Isadora, weil die nicht fähig gewesen war, es ihr gleichzutun und, kurz gesagt, eine »gute Frau« zu sein.

Oh, Isadora hatte sich viele Male danach gesehnt, immer noch mit einem Arzt verheiratet zu sein (wie es allen guten Mädchen vom Central Park West an der Wiege gesungen wird), ein Leben zu führen, in dem kein brillanter Beschäler ihr glänzende Brillantclips vom Ohrläppchen knabberte – aber der Dämon ihres Schicksals hatte sie gezwungen, einen anderen Weg zu gehen: den Weg des schlechten Mädchens, das den Serpentinen des Künstlertums folgt. Gute Frauen starben – im Kindbett (wie Marietta Robusti), durch Selbstmord (wie Virginia Woolf) oder an der Ehe (wie Joshs Mutter), schlechte Mädchen lebten entschieden länger, manche von ihnen überlebten sogar ihre Schönheit, ihre Gesundheit, ihr Vermögen, ihre Ehemänner und Liebhaber. Colette war ein schlechtes Mädchen – wie die meisten Überlebenden. Nur die guten Mädchen starben jung. Von Frauen forderte die Berufung zum Künstlertum den höchsten Einsatz: Es ging um Leben und Tod. Man übte seinen Beruf unter Gefährdung des eigenen Lebens aus. Aber selbst wenn man den Serpentinen folgte, suchte einen die Kindheit mit ihren bourgeoisen Lehren immer wieder heim. Dauernd spürte man die bohrende Angst, ein Freak zu sein, eine Schlampe oder gar eine Hure – und alle Schwiegermütter der Welt hatten sich verschworen, um einen in den schlimmsten Befürchtungen zu bestärken.

Die Tatsache, daß Isadora für ihren Vortrag bezahlt wurde und das Geld dringend brauchte, weil sie die alleinige Verantwortung für ein Kind und einen Haushalt trug, milderte ihr Schuldgefühl keineswegs. Wenn sie ihr Kind verließ, um zu arbeiten, empfand sie das jedesmal als Pflichtverletzung; wenn sie sich hingegen ausschließlich ihrem Kind widmete, war ihr bewußt, daß sie ihre Arbeit, ihre beruflichen und finanziellen Obliegenheiten vernachlässigte. Es schien keinen Ausweg aus diesem Dilemma zu geben, und Josh samt seiner Familie ließen keine Gelegenheit verstreichen, ihre Lage noch schmerzlicher zu machen. Manchmal glaubte sie, Josh habe sie in erster Linie verlassen, um ihre Arbeit zu sabotieren, als sie gerade gute Fortschritte machte. Sie hatte zu viel gehabt: ihre Bücher *und* ihr Baby. Er aber, der vor Eifersucht schäumte, weil seine Bücher unbeachtet blieben, versuchte, ihr so viele Hindernisse in den Weg zu legen wie möglich.

Es war ihm gelungen. Sie hatte wie gewünscht reagiert und aufgehört zu arbeiten, als ihr und Amandas Leben mehr Probleme aufwarf, als sie verkraften konnte. Nun war die Arbeitslust endlich wieder erwacht, aber was tat sie? Sie sabotierte sich selbst mit dem Dilemma der guten/schlechten Frau!

»Scheiß auf die gute Frau!« rief sie plötzlich. Bean und sie krochen immer noch auf dem Boden herum und suchten nach dem Brillantclip.

»Was zum Teufel meinst du damit?«

»Mein ganzes Leben habe ich darunter gelitten, nicht gut zu sein, habe meine Ehe bereut, meine Reisen, ja sogar meine Bücher – bloß, weil sie nicht in das dumme, bürgerlich-jüdische Erziehungsbild von 'ner guten Frau passen!«

»Du bist die beste Frau der Welt«, sagte Bean. »Weißt du das denn nicht? Du bist sogar die beste Mutter, denn du gibst deiner Tochter entschieden das bestmögliche Beispiel. Was hättest du tun sollen? Weiter mit einem Mann zusammenleben, der sich nie zufrieden gegeben hätte, außer du hättest das Schreiben aufgegeben? Das wäre ein hundsmiserables Vorbild für deine Tochter gewesen!«

»Du hast ja so recht!« rief Isadora überschwenglich, aber an ihrem Herzen nagte noch immer der kleine Wurm des Zweifels, und sie fürchtete, die Neinsager könnten vielleicht recht haben und selbst Bean könne sie womöglich eines Tages betrügen. Ihr Gebet für

ihre Tochter lautete stets, Mandy möge ohne diesen Konflikt aufwachsen und nie zwischen dem Mann, den sie liebte, und der Arbeit, die sie liebte, wählen müssen. Möge sie sich nie selbst in ihrer Entwicklung hemmen, nie mit sich selbst kämpfen und kostbare Zeit im Streit zwischen Ich und Seele verschwenden.
Isadoras Tochter sollte ihre eigenen Gaben kennen und deren Früchte ernten. Sie sollte schön und freundlich sein, sollte überschäumen vor Temperament und den Mut haben, ihrem Talent an den dunklen Ort zu folgen, zu dem es unweigerlich führt.
Vor dem Rückflug schlenderten Isadora und Bean durch die Buchhandlung am Flughafen, die üppig bestückt war mit Ausgaben von »Tintorettos Tochter« und sogar von Isadoras erstem Roman, »Candidas Beichte«, zu dem sie ein zwiespältiges Verhältnis hatte (wie es ihres Erachtens jeder Autor gegenüber seinem Erstlingswerk haben sollte). Ein merkwürdiges Gefühl beschlich Isadora, als sie beobachtete, wie eine dicke ältere Dame mit halbmondförmiger, silbergefaßter Brille und bläulich getöntem Haar »Candida« öffnete, flüchtig die ersten Kapitel durchblätterte, das Buch zurückstellte und statt dessen zu Melissa Mallows »Liebesstürmen« und Rhonda O'Tooles »Tagebuch einer Küchenmagd« griff (letzteres eine moderne Version von »Aschenputtel« mit deutlich sadomasochistischen Szenen zwischen den Stiefschwestern und Aschenputtel). Isadora, die eigentlich geglaubt hatte, das Schicksal ihres acht Jahre alten Romans sei ihr inzwischen gleichgültig, fühlte sich schmerzlich zurückgewiesen, als die völlig Fremde das Buch zurückstellte. Ihr war zumute wie einem jungen Mädchen, das bei der ersten Damenwahl einen Korb bekommt. Sie wäre am liebsten zu der Frau hingegangen, hätte sie an der Schulter gepackt, ihr das Buch in die Hand gedrückt und gesagt: »Hier – lesen Sie *das.*« Aber sie konnte gleichzeitig über diesen Impuls lachen. Seit ihre Bücher gedruckt wurden, hatte sie keine Freude mehr daran, in Buchhandlungen zu schmökern. Entweder war sie sauer, weil ihre Titel nicht deutlich sichtbar plaziert waren, andernfalls verfolgte sie gespannt, ob ihre Bücher verlangt wurden oder nicht. Ach, wie sie sich nach ihren unschuldigen Jugendtagen zurücksehnte, in denen der hochfliegende Traum von der Schriftstellerei

die schmutzige Wirklichkeit noch so weit hinter sich gelassen hatte!

Als sie an der Sperre Metallprüftest und Röntgenkontrolle passierten, wurde Bean angehalten. Klingelzeichen ertönten, worauf mehrere Wachhabende herbeieilten und ihn durchsuchten. Bean winkte Isadora zu und bedeutete ihr, nicht auf ihn zu warten, sondern weiterzugehen, aber sie blieb wie angewurzelt stehen, gelähmt von der Angst, ihn zu verlieren.

Aus geringer Entfernung beobachtete sie, wie man ihn abtastete, las die Besorgnis in seiner Miene und sah dann, wie er ein langes Messer aus der Hosentasche zog und den Männern vom Sicherheitsdienst übergab. Jeder von ihnen untersuchte es, dann holten sie einen Uniformierten, und auch er prüfte das Messer. Isadora sah, wie sich Beans Lippen bewegten (aber sie konnte nicht hören, was er sagte), als er sich aus seiner mißlichen Lage herauszureden suchte. Das Herz hämmerte in ihrer Brust, ihr Mund war trocken, und sie begann tatsächlich zu beten.

Es schien eine Ewigkeit zu vergehen, bis man ihn endlich laufenließ (allerdings ohne sein Messer).

Als Bean auf sie zukam, war er sichtlich aufgeregt. »Warum bist du nicht an Bord gegangen?« fragte er. »Ich möchte, daß du so tust, als ob wir uns nicht kennen, wenn ich in der Klemme bin. Ich möchte *dich* auf gar keinen Fall in Schwierigkeiten bringen.«

Isadora blickte zu ihm auf, und ihre Augen füllten sich mit Tränen.

»Warum hast du dann das Messer mitgebracht?« Sie mußte an die gestohlene Brieftasche denken und an den verlorenen Ohrclips. Und nun hätte man ihn um ein Haar als Hijacker festgenommen. Hinter Beans rührender Sanftmut lauerte aufkeimende Gesetzlosigkeit. Er war der Typ, der *dope* über die Grenzen totalitärer Staaten schmuggeln und jahrelang in einem türkischen oder arabischen Gefängnis schmachten würde – oder in einem eisigen sibirischen Lager. Wollte sie dabeisein, wenn sein Schicksal ihn ereilte, und sein Los mit ihm teilen? Nicht ums Verrecken! Warum war sie dann aber mit ihm zusammen? Warum riskierte sie ihren Kopf? Aus sexueller Hörigkeit?

»Warum hast du das Messer mitgebracht?« wiederholte sie ihre Frage.

»Um dich vor deinen Bewunderern zu schützen. Ich darf dich nicht unbewaffnet in die Welt hinauslassen. Du glaubst, du kannst ketzerische Bücher schreiben und trotzdem in diesem Urwald, den wir die Welt nennen, ohne Leibwache herumspazieren. Mein Liebstes, du bist ein wehrloses Geschöpf. Aber ich nicht. Ich werde nicht zulassen, daß dir oder deinem kleinen Mädchen etwas geschieht.«

»Du brauchst meinetwegen kein Messer mit dir herumzuschleppen«, sagte Isadora.

»O doch! Es ist verdammt nötig.« Bean sah sie aus seinen sehr blauen, sehr zärtlichen Augen an. »Weil du lieb und sanft bist, denkst du, die ganze Welt muß genauso sein. Ich bin zwar noch jung, aber von der Welt versteh' ich viel mehr als du. Du brauchst jemanden, der auf dich aufpaßt, und ich kann mir nicht erklären, warum es nicht mehr Bewerber für den Posten gibt.«

Er legte ihr den Arm um die Schultern, und sie gingen rasch auf die wartende Maschine zu.

Als das Flugzeug aufstieg und Isadora zusah, wie unter ihnen die Bay und die Halbinsel verschwanden, da wußte sie, daß etwas in ihrem Leben sich unwiderruflich verändert hatte durch diese Reise, die sie sozusagen aufs Geratewohl unternommen hatte. Es war, als habe man von ungefähr die richtige Kombination eines Zahlenschlosses gefunden, und nun war sie so offen für Bean, wie sie es nie hätte werden können, wenn sie in Connecticut geblieben wären oder wenn sie zufällig mit Kevin oder Hope nach Kalifornien gereist wäre. Es war mehr als sexuelle Hörigkeit, das wußte sie, viel, viel mehr.

Bean offenbarte sich ihr in San Francisco, und was sich da offenbarte – trotz all ihrer Zweifel, trotz des Narbengewebes, das ihr Herz umhüllte –, war ein Mensch, der sie aufrichtig liebte und der sie leidenschaftlich verteidigen würde – gleichgültig, wieviel Donquichotterie es erforderte. Er wollte ihr Lanzelot sein und war fest entschlossen, sich nicht abweisen zu lassen. Er hatte erkannt, daß sich unter ihrer notorischen Berühmtheit (die Josh am Ende so verstört hatte) nur eine Frau verbarg, die sich nach Liebe und Treue sehnte. Bean ließ sich von ihrem Ruhm nicht einschüchtern, er sah sie weder als abschreckende Festung noch als potentielle Trophäe. Er sah nur den Menschen in ihr: eine starke und doch verletzliche Frau.

»Wenn sie wirklich zusammengehören, wenn sie eine echte Partnerschaft haben«, sagte Bean, »dann sind ein Mann und eine Frau die unbesiegbarste Kraft des Universums.«

»Glaubst du das wirklich?« Isadora war von Josh her noch so verletzt, daß ihr die Partnerschaft zwischen Mann und Frau wie ein hübsches Märchen erschien, das drei Jahre von Leidenschaft und sieben Jahre von Leidenschaft und Sadomasochismus getrieben überdauern kann.

»Ja, das glaube ich wirklich«, sagte Bean. »Aber ich erwarte nicht, daß du mir zustimmst. Noch nicht. Doch ich bin verdammt hartnäckig. Gib mir die nötigen sieben Jahre, und du wirst sehen.«

18

Das Rußland des Herzens
oder
Das rosarote Notizbuch

Täusche dich nicht.
All unsre Gedanken sind aufbewahrt im Rattenland.
Kein einziger vergeht. Sie werden bloß hin und her
geschleppt, diese ungleichen Erinnerungen,
in der Wüste aus einer Billion Neuronen,
werden niedergelegt, wieder aufgehoben
und von den Packratten des Geistes aufs neue verschleppt.
Kein Gedanke geht unter, nur verschollen bleibt
manch einer, bis die Elektrode des Chirurgen
die Melodie eines elektrischen Klaviers anstimmt,
dessen Walzen von Staub sind.
Oder du selbst holst die Erinnerung zurück,
wenn du des Nachts dich ruhclos herumwälzt,
ja vielleicht sogar am Tage, wenn auf einer fremden Straße
das Lied des Leierkastens tönt.
Nichts geht verloren, und doch
kann es nie mehr werden wie zuvor.
Du wirst nur Scherben finden und aufschreien,
weil sie einmal du selbst waren.

Loren Eisley

Nur ein Narr stolpert
über das, was hinter ihm ist.

Jüdisches Sprichwort

So sagte er – doch als sie heimkamen und ihre anarchische Affäre fortsetzten, wurde alles noch verrückter als vorher. Er war ihr unentbehrlich geworden, und die Zeit ohne ihn schleppte sich endlos dahin. Sie stand die Tage nur durch, indem sie Gedichte an ihn schrieb und auf das Klingeln des Telefons wartete wie ein Teenager, der zum erstenmal richtig verknallt ist. Der Frühling hatte Connecticut im Sturm erobert, was freilich alles nur noch schlimmer machte. Selbst die Luft war ein sexuelles Stimulans – ebenso wie die Knospen, die aufplatzten, wohin man auch sah: Krokusse triumphierten über den Schnee, Narzissen und Jonquillen siegten über die matschigen Felder, gefolgt von zartrosa Kirschblüten und weißem Apfelbaumkonfetti.

Eines Tages lagen drei Eier in dem Nest, das die Rotkehlchen in einer Astgabel des Kirschbaumes vor dem rechtwinkligen Treppenfenster des Hauses an der Serpentine Hill Road gebaut hatten. Während der Baum blühte und dann seine Blüten gegen blaßgrüne Blätter tauschte, bereitete die Vogelmutter sich emsig auf das Ausschlüpfen ihrer Jungen vor. Jedesmal, wenn Isadora die Haustür öffnete, flog die Mutter aus dem Nest und setzte sich auf den Türsturz; sobald die Tür wieder geschlossen war, flatterte sie zum Nest zurück und ließ sich auf ihrem Triumvirat bläulicher Eier nieder.

Als die Kleinen endlich schlüpften – sie waren zunächst nur hungrige Schnäbel und pulsierende rote Hälse –, da wertete Isadora es als gutes Omen, daß alle drei ausgebrütet worden waren und überlebten. Die Treppe war ein idealer Beobachtungsposten, von dem aus sie und Mandy die Fütterungsorgien der Jungen und den Pflichteifer der Alten verfolgten. Hand in Hand standen sie da und sahen zu, wie die Vogelmama fette Würmer in die weit aufgerissenen roten Kehlen ihrer Jungen stopfte.

»Guck, Mama«, sagte Mandy dann zu ihr, »sie füttert die Babys.«

Ja, dachte Isadora, das tut sie und ich auch, ich auch.

Die jungen Rotkehlchen waren nicht das einzige Omen, das Hoffnung versprach. Zwei Obstbäumchen, die Isadora wegen des langen, harten Winters schon aufgegeben hatte, standen in voller Blüte. Und ein kranker Ahorn (den Isadoras Gärtner schon letzten Herbst für tot erklärt, dem er aber noch eine Gnadenfrist bis zum nächsten Frühjahr gewährt hatte) schlug plötzlich aus und bekam neue Triebe und Blätter. Isadora spürte, daß auch sie selbst sich die Gnadenfrist eines neuen Frühlings gesetzt hatte. Im letzten Herbst wäre sie beinahe gestorben – und jetzt, als Vierzigjährige, blühte sie unwahrscheinlich auf. Sogar die Zweige des Gummibaums im Wohnzimmer schienen einen Sprung zu tun, bis sie fast gegen die Decke des doppelstöckigen Raumes stießen. Und Dogstojewski (dieser übermütige Strolch) deckte die Hündin eines Nachbarn. Kein Zweifel, Frühlings blaues Band flatterte jetzt überall.

Bean und Isadora trafen sich in New York und schlenderten durchs Blütenmeer des Central Park, oder sie fuhren in Isadoras altem Mercedes mit offenem Verdeck in Connecticut spazieren. Sie rauchten *shit* am Sound, aßen Krebse und tranken Weißwein. Sie aalten sich spätnachts im *hot tub* oder tanzten bis in die frühen Morgenstunden in vergammelten Diskotheken entlang der Post Road, wo selbst Bean gemessen am sonstigen Publikum alt wirkte. »*Let's get physical – physical...*«, leierte der geistlose Text vom Plattenteller, aber sie brauchten keinen Antrieb. Sie vögelten die Nächte durch, als sei das Vögeln gerade erst erfunden worden und vielleicht nur ein Geschenk von kurzer Dauer. Sie spürte, daß er ihr das Leben zurückgegeben hatte – und doch schien ihr Leben erst zu beginnen. In der Sorge um ihre Liebe war sie wie ein Kind, das weiß, wenn Mami und Daddy fortgehen, ist alles verloren. Sie zweifelte keinen Augenblick daran, daß lieben und geliebt zu werden das Wichtigste im Leben war – weitaus wichtiger als die Eitelkeiten der Kunst.

Manchmal schien es ihr wie pure Ironie, daß ausgerechnet sie nach ihrem harten Kampf für den Feminismus so endete: in Demut vor der Liebe als einzig wahrer Lebensspenderin. Sie erwartete nicht, daß diese Liebe von Dauer sein würde. Sie erwartete, daß ihr Kind

und ihre Arbeit ihr blieben, diese Liebe aber den Weg jeder Liebe gehen würde. Und doch spürte sie, daß sich das Leben ohne solche Erneuerungen nicht lohnt. Mochten die Zyniker ruhig daran zweifeln. Mochte die Antisexliga es getrost leugnen, sie wußte: Nur die Verbindung zweier Liebender besiegt die Hoffnungslosigkeit, besiegt den Tod, besiegt den Defätismus.
Der Frühling wirbelte dahin in einem Sturm von Blüten und wilder Vögelei. Isadora war immer noch mit den Recherchen zum Paparoman beschäftigt, kümmerte sich um ihre steuerlichen und juristischen Probleme und versuchte sich so weit zu sanieren, daß die Forderung des Fiskus sie im fraglichen Moment nicht wie ein unerwarteter Schlag treffen würde. Aber sie war nicht mehr hysterisch – nur entschlossen, sich nicht unterkriegen zu lassen. Vor ihr lag eine Herausforderung, ein Problem, das es zu lösen galt. Seltsamerweise hatte gerade die unmittelbare Gefahr des Bankrotts und der Katastrophe ihr geholfen, etwas so Triviales wie Geldsorgen in die richtige Perspektive zu rücken.
Roland und Errol hatten eigentlich keinen Platz mehr in ihrem Leben; Kevin gehörte nach wie vor dazu, aber mehr und mehr als kameradschaftlicher Freund. Sie und Josh gingen um Mandys willen relativ zivilisiert miteinander um, und Bean war so unberechenbar wie eh und je. Ihr Bruch mit Josh war nicht einmal verjährt, und von Zeit zu Zeit fragte sie sich auch jetzt noch, ob sie nicht wieder zusammenfinden würden. Aber der Gedanke kam ihr immer seltener. Sein bitterer Haß gegen sie schien nun eine unumstößliche Tatsache, und ihre Flucht davor mutete fast wie eine Schicksalsfügung an: Rettung in letzter Minute. Der Traum von der Wiedervereinigung hatte sich nicht in Luft aufgelöst, aber Isadora konnte ihn inzwischen als das akzeptieren, was er war: ein Traum. Sie glaubte, alles würde gutgehen, wenn erst ein volles Jahr verstrichen sei, so als bringe dieser Wendepunkt sie der Heilung näher.

Als der schicksalhafte Jahrestag anbrach, war sie in Rußland, der Heimat ihrer Vorfahren. Alle hatten sie davor gewarnt, die Spuren ihrer Ahnen in Rußland zu suchen.

»Dort werden Sie Papa nicht finden«, hatte ihre französische Verlegerin gesagt, eine sehr kluge und schöne Frau mit einem langen roten Zopf, der ihr über den Rücken fiel, und mit dem Hang zum Kettenrauchen. »Sie schreiben über das Rußland des Herzens, nicht über das brutale Rußland der Apparatschiks.« Aber Isadora wollte nichts davon hören. Sie *mußte* nach Rußland reisen, und sei es nur, um herauszufinden, daß jenes Rußland ihres Großvaters nicht mehr existierte.

Mandy verbrachte den Monat, der Josh laut Scheidungsurteil zustand, bei ihrem Daddy. Bean hütete Isadoras Haus in Connecticut, und er war es auch, der sie im QUIM zum Flughafen brachte. Am Abend zuvor hatte er ihr ein Notizbuch geschenkt, in dem sie all ihre Eindrücke von der Reise festhalten sollte. »Das rosarote Notizbuch«, hatte er scherzhaft auf die erste Seite geschrieben und damit Doris Lessing gehuldigt, deren »Goldenes Notizbuch« Isadora mehr liebte als jeden anderen modernen Frauenroman, und Bean wußte das. Sie liebte dieses Buch, weil ihm die Anarchie und das Chaos des wirklichen Lebens anhafteten. Sie liebte es, weil seine Heldin eine Frau »in mittleren Jahren« war, die als quicklebendige Person vorgeführt wurde (obgleich jeder *wußte*, daß Frauen »in mittleren Jahren« erledigt waren, daß es mit ihnen bergab ging und es nicht lohne, über sie zu schreiben). Sie liebte das Buch, weil es bis zum Bersten vollgestopft war mit den Widersprüchen des menschlichen Lebens – die kein bloßes Buch je in eine »Ordnung« fügen kann.

Sie reiste mit einer Delegation amerikanischer Schriftsteller, die von sowjetischen Kollegen zu einer Konferenz nach Kiew eingeladen worden waren. Zu der amerikanischen Delegation gehörten eine Zweizentnerdame, die anämische Haikus verfaßte, eine verbiesterte Intellektuelle, die Essays für den »Commentary« schrieb (und eine verächtliche Haltung gegenüber allem und jedem kultivierte – so als sei Verachtung zwangsläufig gewichtiger als Lob), ferner ein eleganter, silberhaariger Chronist des Zweiten Weltkriegs, ein Verfasser populärer Geschichtsromane, dessen Bücher in alle Sprachen der Sowjetrepublik übersetzt wurden, ein schalkhafter Autor von Gesellschaftsromanen (dessen Büchern der

Schalk fehlte) sowie ein liebenswürdiger Kritiker des Sittenverfalls, der außerdem Balalaika spielte. Die Frauen reisten typischerweise ausnahmslos allein; die Männer waren verheiratet und in Begleitung ihrer nützlichen Ehefrauen, die geflissentlich Notizen machten und Kameras schleppten. Man hatte den Delegierten erklärt, daß nur Ehepartner mitreisen dürften – wegen der berüchtigt puritanischen Haltung Rußlands –, und so fuhr Isadora wie die anderen Frauen solo. (Ah, warum waren die Schriftstellerinnen alle ohne Gatten, wo doch die Schriftsteller so reichlich mit Gattinnen gesegnet waren? War am Ende das Schreiben nur dann eine unverzeihliche, mit Einsamkeit bestrafte Sünde, wenn Frauen sich darin übten?)
Sie vermißte Bean sehr. Vor ein paar Wochen war er bei ihr eingezogen, und sie empfand es als wohltuendes Vergnügen, mit einem Mann schlafen zu gehen und mit ihm aufzuwachen. Entgegen all ihren Beteuerungen, sich nie mehr ins Joch der Häuslichkeit spannen zu lassen, genoß sie es, wieder mit einem geliebten Mann zusammenzuleben. Unmerklich war Bean in ihr Leben gerutscht, ohne je direkt anzukündigen, daß er bei ihr einziehen würde. Eines Tages merkte sie plötzlich, daß seine nassen Sportsuspensorien ihr Bad und seine Hanteln ihren Schlafzimmerboden zierten. Und sie freute sich darüber. Sie freute sich sogar über die herumliegende Verschlußkappe der Zahnpastatube, die er ständig zuzudrehen vergaß, weil ihr Anblick sie darin erinnerte, daß er da war und zurückkommen würde. Sie hatte von ihren geschiedenen Freundinnen gehört, wie lästig es sei, wieder ständig einen Mann im Haus zu haben, wenn man sich erst einmal an das Leben allein gewöhnt hätte, aber (zu ihrem Erstaunen) fielen ihr weder Sportsuspensorien noch Hanteln oder Zahnpastaverschluß zur Last. Im Gegenteil, ihr Anblick beruhigte sie ebenso wie sein Rasierzeug und das Gesichtswasser, wie seine dreckige Unterwäsche, seine Jeans und Sweatshirts. Es machte sie glücklich, das Chaos und die Unordnung, die zu Bean gehörten, im Haus zu haben. Chaos und Unordnung waren gleichbedeutend mit *Leben*. Ordnung fand man erst im Grab. Wie ein Kind, so brachte auch ein Mann ein Quantum dreckiger Wäsche und Unordnung ins Haus. Mit jener

endgültigen Ordnung würde sie früh genug Bekanntschaft machen, vorläufig aber stand sie noch mitten im Leben.
Der Abschied von Bean am Flughafen fiel ihr ebenso schwer, wie der Abschied von Mandy am Vortag gewesen war. Sosehr Isadora sich wünschte, eine jener asexuellen Nonnen zu sein, die einzig und allein für die Literatur lebten, sie konnte nicht leugnen, daß Männer und Mutterschaft sie nach wie vor bis ins Mark aufwühlten. Was war da zu tun? Die Trennung von Bean war wie eine Amputation. Sie spürte noch den Phantomschmerz. Die erste Etappe ihrer Rußlandreise führte von New York nach Kopenhagen, und bereits diesem Flug haftete etwas Surrealistisches an. Einmal schreckte sie aus tiefem Schlaf auf und fand das Gesicht eines fremden Mannes neben sich. Im Glauben, es sei Bean, sagte sie: »Ich liebe dich« und küßte ihn mehrmals, ehe sie wieder einschlief. Als sie am nächsten Morgen erwachte und ihr klar wurde, was sie getan hatte, war sie entsetzlich verlegen und starr vor Furcht. Der Mann hatte eins dieser beinernen skandinavischen Gesichter: ein Totenkopf mit Haut bespannt. Isadora brachte es nicht fertig, den Mann anzusprechen. Sie fühlte sich schrecklich gedemütigt und schwieg. Als die Stewardeß mit Orangensaft durch die Kabine ging, schüttelte er sie heftig, um sie aufzuwekken, so als verschaffe der somnambule sexuelle Kontakt ihm ein Recht über sie, das sich unmittelbar in Gewalt ausdrückte. Sie war so daran gewöhnt, Bean neben sich zu haben, daß sie ihn für Bean gehalten hatte. Die Verwechslung jagte ihr Angst ein. Hatte sie irgendwann letzte Nacht den Tod geküßt? Diese surrealistische Begegnung schien sie auf das unwirkliche Erlebnis Rußland vorzubereiten. Außerdem erinnerte sie Isadora an den irren Flug nach Stockholm im letzten September, als sie wie verrückt mit einem völlig Fremden geknutscht hatte. Wie hatte sich dieses Jahr doch im Kreis gedreht! Aber sie war nicht mehr so verzweifelt wie im September. Der schreckliche Schmerz, der sie nach der Trennung von Josh befallen hatte, war verschwunden. Die ständige Qual in der Magengrube war zeitweiliger Hohlheit gewichen.

Als die Delegation in Moskau eintraf, beschlich Isadora ein seltsam zwiespältiges Gefühl: Ihr war, als sei sie daheim und gleichzeitig am fremdesten Ort der Welt. Den amerikanischen Schriftstellern wurden die Pässe abgenommen, und man drückte ihnen statt dessen verwelkte Rosen und kleine Bündel abgenutzter Rubelscheine in die Hand.
Sie wollte sich nicht von ihrem Paß trennen und begründete ihre Weigerung dem Delegationsleiter gegenüber damit, daß sie sich ohne Ausweis identitätslos vorkomme.
»Aber ich bitte Sie«, entgegnete er (es war der silberhaarige Chronist, der Charles Cochran hieß), »wir haben *alle* unsere Pässe abgegeben – der Schriftstellerverband wird sich um uns kümmern.«
Das überzeugte Isadora zwar nicht sonderlich, aber was blieb ihr übrig? Sie überließ ihren Paß einem lächelnden Funktionär mit Goldzähnen und wagte nicht zu hoffen, daß sie ihren Ausweis je wiedersehen oder Rußland lebend verlassen würde.
Von diesem Moment an war sie an die Gruppe gebunden, war abhängig von ihr und von den verschiedenen Führern, welche die Russen stellten. Die amerikanischen Schriftsteller reisten durchs Land, als ginge es mitten in einen Traum hinein. Ein Hauch höfischer Eleganz umwehte Rußland wie ein Gruß aus dem neunzehnten Jahrhundert. Es war, als lernten sie eine Zeitmaschine kennen und keinen Staat. Ständig hatten sie den samtenen Wohlklang der russischen Sprache im Ohr (die Isadora zwar nicht verstand, die ihr aber dennoch vertraut schien – wie die unleserliche Sprache in Büchern, die man im Traum versteht). Der rote Widerschein am Himmel bei Einbruch der Dunkelheit, die überwölbten Bahnhöfe, die aussahen wie der Bauch eines Wals, die Babuschkas mit ihren Kopftüchern, alles schien ihr vertraut und fremd zugleich, schien ihr Heimkehr, aber auch Abschied für immer.
Das erste Hotel, in dem man sie unterbrachte, rief Erinnerungen an »Anna Karenina« wach: ein riesiger Gebäudekomplex mit schmalen Fenstern, feierlich hohen Zimmern, geräumigen Holzschränken und knarrenden Betten. Ihr war, als sei sie in einem früheren Leben schon einmal hiergewesen.

Sie hatten den Nachmittag zur freien Verfügung, um sich auszuruhen und die Kleider zu wechseln. Als Isadora in dem höhlenartigen Raum allein war, untersuchte sie neugierig die brokatbespannten Wände und die dunklen Möbel nach »Wanzen« und anderen Zeugen des KGB. Aber es war nichts zu entdecken. Ah, sie war noch zu kurze Zeit in der UdSSR, um das Wesen der Spionage, wie sie dort betrieben wird, zu verstehen. (Mit der Zeit lernte sie, daß ganz Rußland sozusagen ein militärischer Stützpunkt ist, auf dem alle im Dienst desselben Oberbefehlshabers stehen. In diesem Zusammenhang gewann der Begriff »Spion« eine neue Bedeutung, eine, die ihm im Westen wohl nicht zukommt.)

In Moskau gab man ihnen zu Ehren das erste Festessen – göttlich glitschigen, grauen Kaviar in kleinen Butterröschen, eisgekühlten Wodka, der pur serviert wurde, um den Schmerz über den Verlust der Pässe zu lindern, Borschtsch, Blini, geschmortes Rindfleisch mit Reis und dazu unzählige Gläser grusischen Wein. Als nach Tisch Toasts ausgebracht wurden (mit Krimsekt), forderte Cochran einige seiner Gruppe auf, sich in politisch einwandfreien Trinksprüchen zu versuchen.

Der schalkhafte Gesellschaftsromancier (namens Quentin Lawrence) trank auf den unverfänglichen Moskauer Sonnenuntergang. Isadora erhob ihr Glas vorsichtig auf Puschkin, und die Intellektuelle vom »Commentary« (die Clarissa Cornfeld hieß und jene scheußlichen flachen Leisetreter trug, die amerikanische Hippies über alles schätzen) schoß im Ich-bin-linker-als-ihr-Spiel den Vogel ab, indem sie einen Toast auf das Küchenpersonal ausbrachte, zum Dank für das vorzügliche Essen. Isadora fing an zu begreifen, daß Delegationen eine Angelegenheit voller Fallstricke sind. Man mußte sich nicht nur vor den roten Gegenspielern in acht nehmen, sondern auch vor den eigenen Landsleuten, die Punkte sammelten für ein zukünftiges literarisches Match.

Nach dem Essen wurden sie zum Bahnhof eskortiert, wo der Nachtzug nach Kiew bereitstand.

Abfahrt um Mitternacht, ein schaukelndes Abteil mit Glasschiebetüren. Roter Plüsch, Schutzdeckchen, Federkissen, *tschai*,

(Tee), in Gläsern serviert, und überall die Gesichter *ihres* Volkes: hohe Wangenknochen, lockiges Haar und sanfte Zungen, von denen die wohlklingende Sprache ihrer Träume floß.

Man pferchte sie in ein Schlafwagenabteil mit der gewichtigen Dichterin (die Rya Dubinsky hieß und glücklicherweise – aber gewiß auch gezwungenermaßen – das untere Bett belegte). Isadora trank Wodka aus einer Taschenflasche, um die nötige Bettschwere zu bekommen, und lauschte der klagenden Balalaikamusik aus dem Nachbarabteil (wo der Kritiker des Sittenverfalls Clarissa Cornfeld den Hof machte, auf daß sie ihr züchtig hochgestecktes Haar herunterlasse, die Brille mit dem Metallgestell abnehme und ihm vielleicht die russische Nacht versüße. Ob er jedoch Erfolg hatte, erfuhr Isadora nicht mehr, denn das Rattern des Zuges und der Wodka wiegten sie lange vor der Zeit in Schlaf).

Um sechs Uhr morgens weckte sie ein forsches Klopfen, und gleich darauf flog die Tür ihres Abteils auf. Ein weißbekleideter Arm schob sich herein, an dessen Ende eine weißbehandschuhte Hand ein Glas hielt. Ein zweites Glas folgte. Als nächstes kamen zwei gekochte Eier, dann riesige Stücke Brot und Käse, und alles wurde kontrapunktisch zum Rattern der Räder serviert.

»Du meine Güte!« rief Rya und griff nach dem ersten Glas Tee. »Welch ein Fest!«

Auch am Bahnhof von Kiew empfingen sie Würdenträger des Schriftstellerverbandes mit welken Rosen und zerknitterten Rubeln. Wieder wurden sie *en masse* in ein weiträumiges Hotel verfrachtet (diesmal war es ein helles, modernes Gebäude, ähnlich den Bettenburgen an westlichen Flughäfen), wo weißbekittelte Frauen mit der Figur von Hydranten die Flure bewachten, die Aufzüge bedienten und mit Schlüsselbunden klirrten.

Isadora stellte fest, daß sie ihr Zimmer unmöglich betreten oder verlassen konnte, ohne von diesen Matronen mit Schlüsselbund und Aufzugsgewalt beobachtet zu werden. Eine neue Dimension des allumfassenden russischen Spionagesystems offenbarte sich ihr. Sämtliche Bürger dieses Landes schienen auf den Status von Klassenordnern reduziert zu sein, wie Isadora sie aus ihrer Schulzeit kannte. Hier waren die Menschen in dem Sinn Spione, in dem alle Zehnjährigen es sind. Welche Geheimnisse wollten sie ihr wohl entlocken? Ihr Leben war ein offenes Buch. (Obwohl ihr manchmal zumute war wie Nabokov, der sagte, er habe sein Leben lang zwischen den Deckeln eines Bandes gelebt, den zu lesen er nie schaffte.)

Kiew entpuppte sich als wunderschön: Der breite, graugrüne Dnjepr teilte die anmutige, von Bäumen gesäumte Stadt, deren goldene Kuppeln bonbonfarbene Kirchen überstrahlten. Die Konferenz fand in einem kobaltblauen Palais statt, das im achtzehnten Jahrhundert für einen Fürsten erbaut worden und nun Eigentum des Staates war. Die Delegierten in ihren dunklen Anzügen versammelten sich auf den Zuckerterrassen eines zartblauen Hochzeitskuchens mit weißer Glasur. Die sowjetische Delegation bestand nur aus männlichen Teilnehmern, die meisten von ihnen über sechzig. Zierliche Frauen in bunten Kleidern – Dolmetscherinnen, Lektorinnen, Journalistinnen – umschwirrten dienstbereit die Männer. In der UdSSR wurden Frauen wie in den USA um ihrer Nützlichkeit und ihrer dekorativen Wirkung willen geschätzt, weniger jedoch (allem Anschein nach) wegen ihrer literarischen Fähigkeiten. Auf amerikanischer Seite nahmen drei Autorinnen an der Konferenz teil, auf russischer Seite keine einzige.

Ein hufeisenförmiger Tisch, eine gläserne Dolmetscherkabine, hohe, bonbonblaue Wände, weiße Zuckergußgirlanden und goldene Rosetten. Isadora wurde sich der durchs Übersetzen bedingten zeitlichen Verzögerung schmerzlich bewußt. Über den hufeisenförmigen Tisch hinweg blickte sie auf einen Wall eisiger Mienen. Doch dann tauten die Gesichter auf, und die Züge der Dichter wurden weich im Frühlingsschmelz der Sprache.

Die Konferenz begann mit Dutzenden langer, ermüdender Reden der sowjetischen Delegierten. Sie sprachen (anhand von ausgearbeiteten Manuskripten) über den »Großen Vaterländischen Krieg«, den »Krieg gegen den Faschismus« und die »wachsende nukleare Bedrohung«. Sie sprachen, als erwarteten sie, daß die Partei jedes Wort abhöre, als sei kein spontaner Einfall gestattet, als sei jedes Wort ein potentieller Sargnagel. Aber des Abends, wenn die Poeten am Ufer des Dnjepr spazierengingen, rezitierten sie unter dem Einfluß des Krimsekts ihre Gedichte (und die von Puschkin), die Romanciers gestanden ihre Frustrationen ein, und all die drallen, knackigen Dolmetscherinnen (von denen viele geschieden waren) schütteten Isadora das Herz aus und erzählten ihr, wie schrecklich schwierig das Leben für eine Frau in Rußland sei. Natürlich hatten sie alle Kinder (in der Regel *ein* gehätscheltes Kind), die sie allein aufziehen mußten, und sie träumten von einer Welt, in der Frauen daheim bei ihren Kindern bleiben können und von ihren Männern versorgt werden. Oh, welche Ironie! Die revolutionäre Idee hatte sich um dreihundertsechzig Grad gewendet. Diese Frauen sehnten sich nach jener Abhängigkeit, gegen die Isadoras Baby-Boom-Generation zwanzig Jahre lang gekämpft hatte! Doch Isadora konnte sich in die Frauen hineinversetzen. Ein Kind aufziehen *und* den Lebensunterhalt verdienen – das war ein hartes Bravourstück. Stets fühlte man sich gespalten. Stets hatte man das Gefühl, das Herz werde einem in Stücke gerissen.

»Wir sind befreit worden, um vierundzwanzig Stunden pro Tag zu arbeiten«, sagte eine Russin.

»Auch wir sind befreit worden, um bis in alle Ewigkeit ausgelaugt zu werden«, versicherte ihr Isadora.

Die amerikanischen Männer und die russischen Männer diskutierten über Politik. Die amerikanischen Frauen und die russischen Frauen dagegen einte die gemeinsame Sorge, wie man Kinder aufziehen und gleichzeitig den Lebensunterhalt verdienen könne. Zwischen den Frauen gab es keine politischen Auseinandersetzungen – nur die wechselseitige Erkenntnis der ihnen allen gemeinsamen Probleme. Das Karussell der Männerwelt drehte sich inzwischen sinnlos weiter; man baute im Geiste Bomben und stritt über abstrakte Fragen. Man diskutierte über die Wahnsinnslogik wetteifernder Todesmaschinerien und schien blind und taub für die Probleme der Frauen zu sein. Die Männer betrachteten die Frauen sentimental als lebende Denkmäler von Abstraktionen wie »Weiblichkeit«, »Mutterschaft« und »Liebe«. Besonders einer unter den Dichtern – ein Typ namens Anatoly

Klimow mit den platten Zügen eines Tataren, blitzenden Goldzähnen und geschlitzten Augen, die fast in seinen Wangen verschwanden – schnappte sich Isadora ständig bei den offiziellen Empfängen, sah ihr tief in die Augen und rezitierte Gedichte, meterweise, pudweise, steppenweise Gedichte auf ukrainisch und russisch. Sein Atem war so gewaltig wie sowjetische Flugkörper und sein Englisch so beschränkt, daß Isadora und er sich nur mit einem gelegentlichen »Danke schön« und »Gern geschehen« verständigen konnten. Doch er schien von dem brennenden Verlangen getrieben, sie zu packen und ihr Gedichte vorzutragen, wann immer sie ihm über den Weg lief. Als sie die rhythmischen, aber unverständlichen Worte aus seinem Mund sprudeln hörte und den sehnsüchtigen Ausdruck in seinen asiatischen Schlitzaugen sah, da war ihr, als empfange sie eine Botschaft von ihrem Großvater, nur wußte sie nicht, was diese Botschaft bedeutete.

Die steife Förmlichkeit der russischen Delegation trieb Isadora zu einer immer fröhlicheren und immer freieren Sprechweise an. Sie wollte diese verdammte Bürokratie sprengen, diese förmlichen, steinernen Gesichter aufrütteln, wollte die Konferenz zu einem echten menschlichen Austausch von Liebe und Furcht machen. Für die Teilnehmer war sie offensichtlich schon fast eine Berühmtheit, obgleich sie ihren Vortrag noch gar nicht gehalten hatte. (Aber für eine elegante Frau aus dem Westen war es nicht weiter schwer, in Rußland Eindruck zu machen, wo alles so trist und eintönig wirkte.) Die russischen Damen bewunderten ihre Modellkleider, ihre Schuhe und ihre Parfums. Die Dichter machten ihr mit unverständlichen Versen den Hof. Ihre Bücher waren zwar in Rußland verboten, aber man hatte von der angeblichen Anstößigkeit ihrer Romane gehört und sah in ihr eine interessante Persönlichkeit: die jüngste Teilnehmerin ihrer Delegation und zugleich die rätselhafteste. Die ältlichen sowjetischen Poeten waren sich nicht im klaren darüber, ob sie ihr als einer Vertreterin der Demimonde den Hof machen oder sie als literarische Berühmtheit behandeln sollten. Wie konnte sie aber eine »echte« Literatin sein, wenn sie nach französischem Parfum roch, blonde Locken hatte und buntgemusterte Kleider trug? War die Literatur denn nicht

ein staubiges Geschäft, dessen wahre Diener sich durch ihre farblosen Gewänder auszeichneten?
»Meine Verehrrrteste«, sagten die Russen mit mahnend erhobenem Zeigefinger zu ihr, »meine Verehrrrteste, Sie müssen uns Ihre Gedichte vortragen.«
Und das tat sie auch. Nach ihrem offiziellen Vortrag über den Status der Frau in den USA (den alle Dolmetscherinnen mit Begeisterung, die Männer dagegen mit versteinerten oder koketten Mienen aufnahmen) las sie der sowjetischen Delegation jene Elegie an ihren Großvater vor, die sie vor vielen Monaten auf Papas Beerdigung vorgetragen hatte. Jetzt hatte sie auch einen Titel dafür gefunden: »Das Höllenpferd«. Ganz zwanglos sprach sie über ihren Großvater und sein Leben, ehe sie ihren Zuhörern das Gedicht – auf den Flügeln ihres Atems – ins Herz trieb. Sie spürte, was es bedeutete, hier, in dem Land, in dem er geboren war, über ihren Großvater zu reden: Es war, als bringe sie seinen Geist heim zur letzten Ruhe im Land seiner Ahnen.

Das Höllenpferd

Ein Traum von phantastischen Pferden,
aus dem Meer galoppierend,
das Meer selbst ein Traum,
ein Traum von Grün in Grün,
eine Zeit der Müßigkeit,
da Quallen erblühen, noch einmal, zu Gliedern,
Gehirnen, donnernden Hufen,
aus der schrecklichen Unschuld
der Wellen.

Venedig auf dem Kamm
des Höllentaifuns,
tsunami meiner Träume,
wenn ich ganz unverhofft
um drei Uhr nachts erwache
in einer Flutwelle von Liebe & Schlaflosigkeit,
Angst & Schrecken...

Vom Traum hinauf
auf einem schimmernd weißen
Vorsprung aus Furcht
baggere ich die Tiefe aus
nach Zeichen, daß wir nicht sterben,
nach Zeichen, daß Liebe
ein Deich ist gegen Verzweiflung,
& finde nur
die qualligen Träume
sich teilend & teilend
wie im Urlicht von einst.

O mein Großvater,
du, der du das Meer
so besessen gemalt hast,
galoppierend, galoppierend
aus der Gischt heraus –
zieh jetzt,
reitend auf dem Rücken
des ungesattelten,
unsattelbaren Pferdes,
das dich schnurstracks
zur Hölle trägt.

Galoppiere auf dem Rücken
meiner sämtlichen Alpträume,
tanze in der Gischt
in einer Orgie von Hufen,
& laß den Teufel dich holen
mit seinem seegrünen Pinsel;
laß ihn dich malen
hinein in die Wellen,
bis du endlich fällst,
immerdar läutend
durch die Algenglocken,
verloren wie San Marcos Pferde,
aber nicht für immer.

Hinab durch die Glocken
gallertiger Fische
durch gischtlose Gischt,
die dir die Knochen bedeckt,
hinab durch das Unterseegrün,
das dein Fleisch verändert
zu reinem Pigment,
deine Augen zerreibt
zum wahren Kobaltblau.

Laß die Knochen meiner Gedichte
das stützen, was von dir geblieben ist:
Asche & Alpdruck,
unfertige Leinwände & schwindende Skizzen.

O mein Großvater,
während du stirbst,
entsteht ein Gedicht auf meinen Lippen,
wie Gischt sich bildet
auf des Ozeans Morgenmund,
& ich singe ein Preislied des Meeres
& ein Preislied für dich:

des Meeres, das allen Gemälden trotzt
& allen Gedichten,
& für dich,
der du dem Meere
trotzt.

Hier zog kein Rabbi die Luft ein, doch das Publikum war sichtlich bewegt. Sie verstanden sie, waren auf ihrer Seite. Selbst die Dolmetscherinnen in der gläsernen Kabine schienen bezaubert. Als Isadora spürte, mit welcher Intensität ihr die Wärme, ja Liebe dieses Publikums entgegenschlug, fuhr sie fort. Plötzlich war ihr das erste Gedicht für Papa, das sie als Erstsemester im Barnard College geschrieben hatte, wieder gegenwärtig. Mit all der Leidenschaft, die ihr zu Gebote stand, trug sie es ihren russischen Kollegen vor:

Der Künstler als alter Mann

Wenn eines Tages du ihn fragst, so wird er stundenlang erzählen:
Wie er mit vierzehn Schilder hämmerte, die Finger vor Kälte
Steif, und wie er später sich mit Girlanden quälte
Für feine Boudoirs; wie er zwei Wochen hinter Gittern
Dame spielte und sich von Schwarzbrot nährte;
Wie er die Grenze überschritt zu einem Land,
Das unter Krieg und aber Krieg elend verschwand;
Wie ohne Freund er einen Kontinent durchquerte, als
Unser Jahrhundert begann. Kaum spricht er noch von Malerei.
Junge Männer haben Ideen und Zeit; den alten bleibt die Arbeit.
Unzählige Gesichter malte er, bleiche,
Namenlose Gesichter; unsterblich unterm Firnis zieren
Sie nun den Ehrenplatz überm unbekannten Kamin.
Vertraut scheint der Geruch von Terpentin.
Seine Hand aber zittert, als sei sie hier fremd.
Gestützt auf den Malerstock nur erreicht sie die Staffelei.
Resignation heißt jetzt sein liebster Begleiter.
In seinen Skizzenbüchern lauschen tintenschwarze Kosaken
Dem Schnauben der Rosse überm knirschenden Schnee.
Nur sein Pinsel erinnert sich an den Wagenlenker,
Den vor Jahren im Traum er traf
Und der ihm lachend eine Fahrt um die Sonne versprach.

Als sie geendet hatte, brachen die mürrischen russischen Schriftsteller in ihren dunklen Anzügen in stürmischen Beifall aus. Die Poesie hatte sie von Allgemeinplätzen wie dem »sowjetischen Menschen« und der »atomaren Bedrohung« zum persönlichen Leben eines einzelnen Künstlers geführt. Hier fielen Worte, die sie verstanden.

Von da an löste sich die Konferenz in eine Flut von Dichterlesungen auf. Keine Stunde verstrich, ohne daß sich an dem hufeisenförmigen Tisch jemand erhob und schier endlos Verse deklamierte (während die Simultandolmetscher in der Glaskabine sich fast ein Bein ausrissen, um Metaphern und Allegorien so schnell wie möglich zu übertragen).

Das Klima der Tagung änderte sich von Grund auf. In den Fluren, auf den Treppen und Balkonen des bonbonfarbenen Palais sprachen die Dichter einander an und sprudelten ihre Verse heraus. Selbst die Romanciers begannen, Lyrik zu rezitieren (die meisten Romanschriftsteller haben schließlich irgendwann einmal Gedichte verfaßt). Sogar die Journalisten und Dolmetscherinnen deklamierten, vom allgemeinen Vergnügen angesteckt, die Verse anderer. Der blaue Hochzeitskuchenraum wurde zum Schauplatz der Vermählung literarischer Stile und Sprachen. Die Poesie hatte der Konferenz Leben eingehaucht. Das blaßblaue Palais war zum Turm von Babel geworden.

Mitte Juli ist es in Kiew heiß und staubig; die mächtigen Kastanien zeigen sich im vollen Schmuck ihres dunkelgrünen Laubes, und die Stadt ruft Erinnerungen an Paris wach. Die kastaniengesäumten Boulevards entlang fuhren sie mit dem Bus – nach Babi Jar. Am ersten Jahrestag ihrer Trennung von Josh setzte Isadora ihre Schritte so vorsichtig über die Gräber der Toten von Babi Jar, als gehe sie über die bläulichen Vogeleier, die das Rotkehlchen im Frühling vor ihrem Haus in Connecticut ausgebrütet hatte. Langsam folgte sie den Mitgliedern der Delegation um die Schlucht, in der so viele begraben wurden – tot oder lebendig. Ihre geopferten Seelen heiligten den Ort, und Isadora verspürte den Wunsch, die Erde von Babi Jar zu küssen, aber Scham hielt sie zurück.
Ein kleines Kind tappte durchs grüne Gras – grüner als alles Gras der Ukraine, weil seine Halme gedüngt wurden vom Blut der Toten, die darunter begraben lagen. Hoch über dem lebenden Kind (das wie alle in seinem Alter mit dem Kopf voran durchs Gras torkelte) ragte ein anderes Kind auf – ein riesiges bronzenes Baby, das von seiner Mutter Abschied nahm. Seiner riesigen Bronzemutter waren die überlebensgroßen Hände auf den Rücken gefesselt. Das Bronzebaby blieb auf ewig in einer Pose des Abschieds erstarrt, das lebende Kind aber lief in die Arme seiner Mutter. Isadora dachte an Wosnesjonskys Ausspruch: »Kinder sind die Periskope der Toten.« Sie dachte auch an Lisa Erdman in »Das weiße Hotel«, die diese Szene geträumt hatte, um dann mit anse-

hen zu müssen, wie sie zum Leben erwachte, zum Tode gefror und sich schließlich zur Verklärung wandelte. Sie dachte an das unvorstellbare Gemetzel (das zum Teil nur deshalb geschehen konnte, weil die Opfer es für so unvorstellbar hielten).

»Was für ein eindrucksvolles Denkmal«, sagte Isadora zu Anatoly Klimow.

»Danke schön«, antwortete er, wie er immer antwortete.

Wenn Papa hier gelebt hätte, dachte Isadora, während sie zu der überlebensgroßen Mutter und dem Kind aufschaute, die über den Opfern von Babi Jar schweben, wenn er hier gelebt hätte, wäre er ein gefeierter Künstler gewesen, denn in Rußland ist die gegenständliche Kunst immer noch en vogue. Aber dann wurde ihr klar, daß Papa, wäre er geblieben, die Revolution wahrscheinlich gar nicht überlebt hätte. (Die meisten ihrer Verwandten waren verhungert.) Doch selbst *wenn* er die Revolution überstanden hätte, Babi Jar hätte er gewiß niemals überlebt. Seine Bilder wären dann genauso verschollen wie jetzt. Papier, Leinwand, Fleisch, dachte sie – nichts davon überdauert. Wir sind nicht unsterblich, und unsere Werke sind es auch nicht. Hatte sich die menschliche Rasse deshalb in einem kollektiven Wutanfall dazu verschworen, alles Leben auf unserem Erdball zu vernichten? Weil sie es nie schaffte, die Unausweichlichkeit des Todes zu akzeptieren? Mit den patriarchalischen alten Männern, die der Kriegsmaschinerie dienten, verhielt es sich gewiß so. Wenn *sie* nicht ewig leben konnten, dann sollte das auch keinem anderen vergönnt sein. Und dennoch konnten ihre Repräsentanten über ihre Gedichte an Papa weinen.

Die Luft von Babi Jar war sehr rein, und das Gras prangte im sattesten Grün, das sie je gesehen hatte. So viele Tote bürgen für den besten Garten, die köstlichste Luft. Ohne Mist kann man keine Rosen züchten, sagt ein französisches Sprichwort. Omar Chajjám, der Lieblingsdichter ihres Großvaters, hat es ganz ähnlich ausgedrückt:

Mich dünkt, nie leuchten die Rosen so rot
Als wo ein Feldherr fand den Tod;
Und alle Hyazinthen, die im Garten prangen,
Sind Widerspiel einst rosenfrischer Wangen.

Aber nicht nach einem Atomkrieg – nein, dann nicht. In Babi Jar, wo so viele auf so entsetzliche Weise umgekommen waren, wehte die reinste und würzigste Luft von ganz Kiew. Sie dachte an ihre einzige Amanda und stellte sich vor, wie ihr Kind über diesen Rasen lief, das rotgoldene Haar ein Banner im Wind, und wie es über dieses Heer von Leichen triumphierte. Und dann – die Sehnsucht übermannte sie – dachte sie an Bean und stellte sich vor, wie sie trunken vor Leidenschaft auf der grasbewachsenen Klippe vögelten – über der Schlucht, in der so viele Tote lagen. Tränen traten ihr in die Augenwinkel; ihre Möse wurde feucht. Sie wollte sich auf den Boden werfen, die Erde mit Küssen bedecken, sie mit ihren Tränen tränken und mit Gedichten übersäen.

Statt dessen kniete sie nieder und hauchte keusch einen einzigen trockenen Kuß auf den Boden.

»Das hilft jetzt auch nicht mehr«, sagte Clarissa Cornfeld, die inoffizielle Kassandra ihrer Delegation.

Am Abend rief Isadora Bean in den Staaten an. In Connecticut war es früh am Morgen, und seine Stimme klang benommen und schläfrig.

»Ich steh' auf dich, Lady«, sagte er. Und dann fügte er unaufgefordert hinzu: »Ich bin dir treu, weil ich es möchte. Es gibt keine Ersatzfrauen im *hot tub.*«

Das war mehr, als sie von ihm erwartet hatte – obgleich auch sie ihm treu war, und zwar aus eigenem Antrieb, nicht, weil sie sich dazu verpflichtet fühlte. Es gab auch keine Ersatzmänner in ihrem schmalen Bett in Kiew (obwohl ein Russe, ein großer, schlanker Typ mit Bart und nur einem Goldzahn, offensichtlich den Auftrag hatte, sie zu verführen).

»Ich bin dir auch treu«, sagte sie und dachte: Wie albern sie klingen, diese altmodischen Beteuerungen. Und doch waren sie tief empfunden. »Ich rufe dich aus Odessa wieder an.«

Von Odessa anzurufen war leichter gesagt als getan. Kiew und Moskau hatten Telefonverbindungen, von denen das übrige Land nur träumen konnte. Zudem hatte Isadora sich während der ersten beschaulichen Konferenztage nicht klargemacht, daß man ihnen in Kiew einen Luxus geboten hatte, der in der UdSSR nicht seinesgleichen kannte.

Die Sowjetregierung hatte freundlicherweise allen amerikanischen Autoren einen Dolmetscher-Führer zur Verfügung gestellt sowie Freifahrten zu jedem Ort, den sie besichtigen wollten. Aber sobald sie die Konferenz verließen und so reisten wie die Russen, verschwanden die Fröhlichkeit und Galanterie der Hochzeitskuchentagung, und zurückblieben nichts als Warteschlangen sowie verspätete (oder gar gestrichene) Flüge. Es gab weder Telefon- noch Telegrammverbindungen, dafür begegnete einem allenthalben das Chaos, welches gleichbedeutend ist mit Reisen in der UdSSR, sofern es sich bei den Reisenden nur um Sowjetbürger handelt.

Als Isadoras Betreuer für die Fahrt nach Odessa hatte der Schriftstellerverband einen gewissen Wladimir Glotartschuk ausgewählt – einen sowjetischen Mr. Gradgrind, einen richtigen Steißwipper also, der auf all ihre Fragen nur die eine Antwort hatte: »Wir müssen die zuständigen Behörden fragen.«

Als er Isadora in Kiew vorgestellt wurde und sie begriff, daß sie ihm für weiß Gott wie lange ausgeliefert sein würde, war sie ganz niedergeschlagen.

Glotartschuk hatte sich auf Amerikanistik spezialisiert, war aber nie in Amerika gewesen und erklärte, er habe auch nicht die Absicht hinzufahren, weil er alles über die Vereinigten Staaten gelesen habe und auswendig kenne. Er schlug sich an die Brust, als er das sagte.

»Aber sind Sie denn gar nicht neugierig auf andere Länder?« fragte Isadora.

»Ich war in Polen und auf Kuba. Und ich habe alle Bücher und Zeitungsartikel über die USA gelesen.«

Auch Glotartschuk hat die Statur eines Hydranten, dachte Isadora und verglich ihn im Geiste mit den weißbekittelten Etagenleiterinnen im Hotel. Sein welliges, aschblondes Haar drehte sich auf der feuchten Stirn zu krausen Löckchen. Er hatte fade, sowjetblaue Augen, und seine schmale, goldgeränderte Brille funkelte abweisend.

»Ich bin Fremdenführer«, sagte er, »Dolmetscher, Professor, gewissermaßen ein Paß fürs Landesinnere.«
»Wie sind Sie auf mich gekommen? Haben Sie mich etwa per Los gezogen?« Aber Glotartschuk hatte kein Organ für Humor: Entweder hatte die Partei es ihm amputiert, oder man hatte eine humorfreie Rasse gezüchtet, der er entstammte.
»Ich Sie gezogen? Wie in der Lotterie? O nein! Im Gegenteil, ich möchte Sie bekehren. Ich werde Ihnen beweisen, daß ›Candidas Beichte‹ ein bürgerlich-dekadentes Machwerk ist und eine Gefahr für jede gute sozialistische Frau darstellt.«
Aha, dachte Isadora, es ist also hüben wie drüben das gleiche: Die gute Frau – sei sie sozialistischer oder kapitalistischer Provenienz – wird durch meine Bücher gefährdet.
»Dann reisen Sie also mit mir, um mich in die Mangel zu nehmen?«
»In die was?«
»Mangel – wo man Wäschestücke durchdreht, um sie zu glätten, wissen Sie? An Ihrer Stelle hätte ich mir nicht so zeitig in die Karten schauen lassen. Sogar Sally Quinn lügt einem ein bißchen was Hübsches vor, ehe sie zuschlägt.«
»Sally wer?«
»Na ja, die ›Washington Post‹ ist hier wohl verboten.«
»Nix verboten, nix verboten!« protestierte Glotartschuk. »Wir dürfen alles lesen, was wir wollen. Ich lese die ›New York Times‹. Ich lese das ›Wall Street Journal‹. Und, natürlich, lese ich die ›Washington Post‹.«
»Aber sicher doch«, feixte Isadora. »Nur – wissen Sie auch, daß manche Leute in meinem Land der Meinung sind, die Lektüre der Nachrichtenorgane des kapitalistischen Establishments vermittle kein genaues Bild vom Leben in den Vereinigten Staaten?«
Glotartschuk schien verwirrt.
»Was sollte ein Wissenschaftler denn dann lesen, wenn nicht die ›New York Times‹ und das ›Wall Street Journal‹?« Er sah aus wie ein kleiner Junge, dem man soeben erklärt hat, es gebe keinen Weihnachtsmann.
»Oh, lesen Sie ruhig diese Blätter! Aber nicht nur die allein,

sondern auch alle anderen, und Sie sollten auf jeden Fall die USA kennenlernen. Lesen Sie die ›National Review‹, ›Mother Jones‹ und ›The Nation‹, lesen Sie ›Commentary‹, die ›New Republic‹, ›Rolling Stone‹ und ›Playboy‹, meinetwegen auch ›Penthouse‹, ›Harper's Bazaar‹, ›Atlantic‹ und den ›New Yorker‹. Na, und je mehr bürgerlich dekadente Romane Sie sich zu Gemüte führen, desto besser – denn nur aus Romanen lernen Sie das Leben wirklich in all seiner Verworrenheit kennen.« (Isadora sah, wie Glotartschuks Augen aufleuchteten, als sie den »Playboy« erwähnte. Glotartschuk hätte einen Mord begangen für eine Nummer des »Playboy«, an den in Rußland schwerer ranzukommen war als an die Quartoausgaben von Shakespeare. Nur in den USA – und vielleicht noch in Skandinavien – war Sex so weit zur Selbstverständlichkeit geworden, daß man gelangweilt darauf reagieren konnte. Nur in den USA hatte man genügend Promiskuität, um zu erkennen, daß Promiskuität kein Allheilmittel ist. Rußland kitzelte seine Bürger immer noch mit dem Puritanismus – diesem großen Kitzler.)

»Aber welches ist die eine wahre Sicht der USA?« wollte der verblüffte Glotartschuk begierig wissen.

»Manche sagen, es gebe keine *eine* wahre Sicht der USA. In meinem Land« – war es nicht erstaunlich, wie man in der Sowjetunion plötzlich Worte wie »mein Land« in den Mund nahm? –, »in meinem Land glauben wir nicht, daß es *eine* wahre Sicht gibt. Wir vertreten vielmehr nachdrücklich die Meinung, daß jedes Ding viele wahre Seiten hat. Darum wirkt unser Land nach außen hin manchmal so chaotisch und gewalttätig. In diesem Chaos liegt unsere Stärke.«

Heiliger Bimbam! Isadora entwickelte tatsächlich patriotischen Eifer. Je öfter sie sich mit Glotartschuk unterhielt und je länger sie die UdSSR bereiste, desto ausgeprägter wurde ihr Patriotismus. Noch nie hatte sie Amerika so innig geliebt. Heute liebte sie sogar die Oberste Finanzbehörde: Welch kleinen Preis fordert sie doch dafür, daß man Amerikaner sein darf, dachte sie und fürchtete gleichzeitig, an Gehirnerweichung zu leiden, weil ihr verkümmerter Patriotismus plötzlich so vehement an die Oberfläche drängte.

Ihr Paß und ihr Rückflugticket lagen immer noch beim Schriftstellerverband in Moskau, und für ihre Reise nach Odessa war ein strenges »Kulturprogramm« geplant. Nachdem sie erfahren hatte, welche Motive ihren Betreuer bewegten, versuchte sie, den Ausflug abzublasen, aber das erwies sich als gänzlich unmöglich. Ohne nach ihrer Meinung zu fragen, hatte der Schriftstellerverband ein zweiwöchiges Programm für sie und Glotartschuk in Odessa geplant, und anschließend noch eine weitschweifige Odyssee durch Rußland mit dem nämlichen Begleiter. Dieser Zeitplan war völlig indiskutabel. Sie wollte sich am 1. August mit Bean in Italien treffen, und am 15. August kam ihr Kind wieder nach Hause. Obwohl sie den Sowjets bereits vor Monaten telegrafisch ihre Termine übermittelt hatte, war man in Moskau unbekümmert darüber hinweggegangen und hatte eigene Pläne für sie gemacht. Man wollte sie den ganzen August in der Sowjetunion behalten und sah keinen Grund, ihre Meinung dazu einzuholen, geschweige denn auf ihr Kind oder ihre weiteren Reisepläne Rücksicht zu nehmen.
Es folgten ausgiebige Verhandlungen mit den Funktionären in Kiew (die ihrerseits mit den Funktionären in Moskau verhandeln mußten). Endlich wurde ein Kompromiß erzielt: Sie erklärte sich bereit, eine Woche mit Glotartschuk in Odessa zu verbringen und anschließend in Leningrad wieder zu ihrer Delegation zu stoßen. Von dort sollte es zurück nach Moskau gehen und dann (wenn sie Glück hatte) nach Mailand.
Als sie und Glotartschuk Kiew verließen und nach Odessa aufbrachen, hatte sie immer noch nicht die Zusicherung, daß sie das Land am 1. August verlassen durfte.
»Wann wird man meine Buchung bestätigen?« fragte sie Glotartschuk.
»Wenn die zuständigen Behörden es für ratsam halten«, gab er zurück. »Die Sowjetunion ist ein vernünftiges Land. Sie hat kein

Verständnis für weibliche Hysterie. Wenn die zuständigen Behörden zustimmen, werden wir Tickets bekommen. Wenn die zuständigen Behörden nicht einverstanden sind, werden wir keine Tickets bekommen.«
Statt ihn zu erwürgen, nahm Isadora einen kräftigen Schluck Kiewer Pfefferwodka (das Geschenk eines trinkfreudigen, verliebten Dichters). Sie begann die Tragweite des berüchtigten russischen Alkoholproblems zu verstehen. Nach einer Woche mit Glotartschuk würde ihre Leber vielleicht nicht mehr die alte sein, von ihrem Hirn ganz zu schweigen.
Die Abreise nach Odessa war etwa so heiter wie die Deportationen, die in Büchern über den Zweiten Weltkrieg beschrieben werden. Ohne die Fahrer und Dolmetscher, welche der Verband bereitgestellt hatte, entpuppte sich der Flughafen von Kiew in all seiner Scheußlichkeit. Brüllende Kinder, Pappkoffer, die unversehens aufsprangen und die armselige Existenz ihres Besitzers enthüllten, die darin zusammengepfercht war, Warteschlangen, die sich ohne erkennbares Ziel im Schneckentempo voranschoben, Menschen, die einander schubsten und drängelten, als gelte es, Strafaufschub für die Vollstreckung eines kafkaesken Urteils zu erringen. (»Es gibt Hoffnung, aber nicht für uns«, sagt Kafka. Isadora hatte diesen Ausspruch nie wirklich verstanden, bevor sie mit der »Aeroflot« geflogen war.)
Drei Stunden nach der planmäßigen Abflugzeit starteten sie und flogen über die goldenen Weizenfelder der Ukraine Richtung Odessa, in die Heimat ihrer Vorfahren. Während man die Passagiere bewußt darben ließ, bekam die Crew zu essen und zu trinken. (In grotesker Umkehrung der Gepflogenheiten amerikanischer Fluglinien erhält bei der »Aeroflot« nur die Besatzung einen Drink, während die Passagiere leer ausgehen.) Doch plötzlich entstand unter den Stewardessen im Heck der Maschine ein Tumult, den Isadora hoffnungsvoll als Auftakt zum Lunch deutete.
»Kriegen wir Mittagessen?« fragte sie.
»Nein, das ist für die Crew«, sagte Glotartschuk.
Minuten verstrichen. Die Maschine erreichte ihre vorgeschriebene Flughöhe. Isadora stieg ein merkwürdiger Geruch in die Nase.

Sie drehte sich um und sah riesige schwarze Rauchwolken aus der Bordküche dringen. Die Stewardessen hatten den Lunch in Brand gesetzt!
»Es brennt! Sie haben die Maschine angezündet!« rief Isadora.
»Ich bin sicher, die zuständigen Behörden werden den Schaden beheben«, sagte er, wirkte aber blasser als gewöhnlich.
Der Copilot stürzte aus dem Cockpit, rannte durch die Kabine und riß einen Feuerlöscher von der Wand. Isadora blickte sich nach ihm um. Die Pantry war voller Leute, die vergeblich versuchten, den Feuerlöscher zum Einsatz zu bringen. Obwohl schon schwarze Rauchschwaden die Kabine verdunkelten, würdigte man die Passagiere keiner Erklärung.
Isadora blickte auf den Grund der Wodkaflasche, wo der Kobold der Gelassenheit seinen Wohnsitz hat. In dem Augenblick, als die Absurdität der Situation alle Verzweiflung auslöschte, als der Gestank verkohlter Blini, angesengter Polster und feuchter Teppiche die Maschine durchdrang, fielen ihr folgende Verse ein:

Der Kobold in der Wodkaflasche
hat funkelnde Augen, und seine Seele ist
aus reinem Pfeffer.
Er verbrennt dir die Zunge.
Seine Augen sprühen
wie glühende Kohlen.
Er sagt:
Ich schenke Vergessen
ohne Kopfweh.

Wurde sie etwa zur Russin? Sie fühlte sich unfähig, etwas anderes zu tun, als in ihre Wodkaflasche zu starren.
Glotartschuk warf Isadora einen geringschätzigen Blick zu, weil sie beim Alkohol Zuflucht suchte.
»Möchten Sie einen Schluck?« fragte sie.
»Wodka ist keine Lösung«, dozierte Glotartschuk, als wäre er einer von diesen gräßlichen sowjetischen Sozialarbeitern.
»Sind Sie verrückt? Der Wodka hält das Flugzeug in der Luft! In den USA würde kein Mensch ohne Alkohol fliegen.«

Ihr Begleiter betrachtete sie mit einem dieser Hab'-ich's-mir-doch-gedacht-Blicke, mit denen er seine Meinung über die amerikanische Kultur zu signalisieren pflegte. Obwohl er entsetzliche Angst hatte, gratulierte er sich zur Überlegenheit des Sowjetsystems, die darauf beruhte, daß die Russen in ihren Flugzeugen keinen Alkohol ausschenkten – außer natürlich an die Besatzung. »In den USA zu fliegen ist wunderbar.« Isadora seufzte. (Was hatte sie da gesagt? War sie verrückt geworden?) Sie versank plötzlich in einen Traum über das Reisen mit amerikanischen Fluggesellschaften und dessen besondere Annehmlichkeiten. Wie klug war doch die Erfindung dieser kleinen Plastikbehälter mit aufwärmbaren Mahlzeiten! Wie großzügig waren die graziösen Stewardessen, die den Alkohol in Strömen ausschenkten! Wie tapfer waren die Flugkapitäne mit dem markanten Profil des Marlboro-Mannes, den breiten Schultern, die an glorreiche amerikanische Footballsiege erinnerten, und ihrer leicht himmelwärts gebogenen, angelsächsisch-protestantischen Aristokratennase, ihren weit ausgreifenden, männlichen Schritten, den schönen goldenen Schnittlauchlocken... Rußland brachte sie anscheinend wirklich um den Verstand – wie anders hätte sie Heimweh haben können nach amerikanischen Fluglinien, nach deren Essen und sogar noch der Steuerbehörde! Nicht auszudenken, wonach sie sich als nächstes sehnen würde. Etwa nach den Eisenbahngesellschaften »Conrail« und »Amtrack«? Oder nach der Schnellstraße hinüber nach Long Island freitags nachmittags um fünf? Nach der Untergrundbahn zur Stoßzeit? Den Peep-Shows und Absturzkneipen am unteren Ende der Zweiundvierzigsten Straße? Ja, ja, tausendmal ja! Sie vermißte all das wie verrückt. Sie sehnte sich nach den göttlichen Silbervögeln der »Pan Am«, den phantastischen blauschwänzigen Jets von »Eastern Airlines«, den königlichen Großraummaschinen der »TWA« mit ihren karmesinroten Markierungen. Sie, die amerikanische Flugzeuge so oft verflucht hatte, die bei all ihren Buchungen einen weiten Bogen um die DC-10 machte (und trotzdem manchmal nicht um sie herumkam), sie war auf einmal schrecklich verliebt in *alle* Fluggesellschaften ihres Heimatlandes. Sollten sie doch die DC-10 einsetzen! Sollten sie fliegen, was immer sie wollten! Ihre Mahlzeiten waren Manna, ihr Service eine Wonne und ihre Höflichkeit sagenhaft. Wenn ein Flug mit der »Aeroflot« ihr so zusetzen konnte, war es nicht auszudenken, in welchem Zustand sie dieses trostlose Land verlassen würde – *wenn* es je dazu kommen sollte. Jeder linksgerichtete Amerikaner sollte gezwungen werden, »Aeroflot« zu fliegen, folgerte Isadora – oder versuchen, in der Snackbar eines russischen Flughafens einen Tee zu bekommen. Russische Snackbars ließen »Wendy's« wie eine Oase der Rassengleichheit und Humanität erscheinen – von »Mc Donald's« und »Burger King« ganz zu schweigen, die ihr im Vergleich reizvoller schienen als der alte »Pavillon« in seiner Glanzzeit. Schon nach einer Woche in Rußland stand sie politisch noch eine Spur weiter rechts als William F. Buckley!

Der Tumult in den Gängen der Maschine war inzwischen zum regelrechten Aufmarsch geworden, und der schwarze Rauch fraß sich unaufhaltsam weiter.

»Warum sagen Sie den Passagieren nicht, was los ist?« fragte Isadora ihren Begleiter.

»Weil das alles nur noch schlimmer machen würde«, antwortete Glotartschuk teilnahmslos. »Die Leute würden nervös werden.«

»Sind sie das jetzt vielleicht nicht? Wollen Sie mich etwa auf den Arm nehmen?«

»Ein russisches Sprichwort sagt: ›Wenn man dich mit der Faust schlägt, dann sei froh, daß es kein Stock war.‹«

»Heiliger Himmel! Jetzt begreife ich, wo mein Großvater seine Lebensphilosophie her hatte: Unterwerfung, Unterwerfung und nochmals Unterwerfung, das ist alles, wovon Sie reden...«

»Was meinen Sie mit ›Unterwerfung‹?« fragte Glotartschuk.

»Glaubt ihr denn gar nicht an Optimismus? Glaubt ihr nicht an *action*?«

Verständnislos blickte Glotartschuk sie an.

»Hier, halten Sie das!« Isadora drückte ihm die Wodkaflasche in die Hand (in der eine einsame rote Pfefferschote hin und her hüpfte).

Sie sprang auf und rannte zum Heck, wo nicht weniger als fünf hustende Menschen sich bemühten, den Feuerlöscher funktionstüchtig zu machen. Der Copilot hatte sich offenbar an einem Metallring geschnitten, der zur Wandhalterung des Feuerlöschers gehörte. Zwei ungeschickte Stewardessen versuchten, ihn zu verbinden. Der schwarze Rauch drang immer noch in dicken Schwaden in die Kabine.

»Kann ich helfen?« fragte Isadora.

Ratlose Gesichter, da niemand von der Crew Englisch sprach.

Isadora nahm einer Stewardeß den Feuerlöscher ab, riß die Ventilkappe weg, drückte den Schlagstift ein und richtete den Schaumstrahl auf den Herd.

»Die Herdklappe auf, schnell!« rief sie, doch niemand verstand, was sie meinte.

Die Stewardeß entwand ihr den Feuerlöscher wieder und richtete den Strahl völlig sinnlos auf die Umkleidung des geschlossenen Herdes. Unterdessen packten ein stämmiger Steward und jemand, der aussah wie ein Techniker, Isadora unter den Achseln und schleppten sie zurück an ihren Platz. Ob das wohl bedeutete, man würde sie bei der Ankunft in Odessa verhaften und für den Rest ihres Lebens in der UdSSR festhalten? Und wenn schon – was spielte das noch für eine Rolle, da die Maschine vermutlich in die Luft fliegen würde, lange bevor sie auch nur in die Nähe des Schwarzen Meeres kämen!

»Was haben Sie getan?« fragte der entsetzte Glotartschuk. Er war für sie und für ihr Auftreten in seinem Land verantwortlich, was seine Besorgnis durchaus verständlich machte. Na wenn schon! Wahrscheinlich würden sie ja sowieso zusammen sterben, sie beide, dieses wunderliche Duo, dieses seltsamste aller seltsamen Paare, diese Fortsetzung von »Ninotschka« mit umgekehrten Vorzeichen.

»Ich habe versucht, denen zu zeigen, wie der verdammte Feuerlöscher funktioniert – aber die lassen mich nicht mal an das Ding ran. Es nützt nichts, wenn sie einfach blindlings in der Pantry herumspritzen. Sie müssen den Herd aufmachen und den Schaum direkt ins Feuer spritzen. Glauben Sie mir, ich bin technisch nicht sehr bewandert, aber ich weiß, wie man einen

Feuerlöscher bedient. Wenn man mit einem kleinen Kind allein auf dem Land lebt, dann lernt man so einiges. Bitte, Wladimir, ich flehe Sie an, gehen Sie in die Bordküche und sagen Sie ihnen, daß sie den Herd öffnen und innen einschäumen sollen. Und bitte sagen Sie ihnen, sie müssen die Düse *unter* die Flammen halten, ja?«

»Es wäre anmaßend von mir, dem Kapitän Ratschläge zu erteilen.«

»Es wäre dumm von Ihnen, hier sitzen zu bleiben und zuzusehen, wie die Maschine in die Luft fliegt, bloß weil Sie Angst davor haben, was man von Ihnen denken könnte. Ich würde ja selbst gehen, aber leider spreche ich nicht russisch.«

Widerwillig, zögernd wie ein Schuljunge, der Angst vor Bestrafung hat, stand Glotartschuk auf und schlurfte zum Heck der Maschine. Isadora rutschte auf seinen Gangplatz und reckte den Hals, um seinen Auftritt zu beobachten.

Sie sah, wie Glotartschuk den Kapitän antippte und schüchtern das Wort an ihn richtete. Der Pilot hörte ihn an. Sie sah, wie man die Herdklappe öffnete – worauf der Qualm dichter wurde. Mehr konnte Isadora nicht erkennen.

Mittlerweile husteten und spuckten alle Passagiere. Einige beteten. Andere saßen stumm da und umklammerten so heftig die Armlehnen, daß ihre Fingerknöchel weiß hervortraten. Kein Zweifel, sie hatten ausgespielt. Aber was empfand Isadora in diesem Moment? – Sie, die sich den Tod beim Fliegen so oft ausgemalt hatte? Wenn sie auf einem »Aeroflot«-Flug ums Leben kam, würde man ihren Tod vielleicht nicht einmal ihren nächsten Angehörigen mitteilen – das wußte sie. Und doch fühlte sie sich wunderbar leicht und durchsichtig. Die Angst war verflogen, als sie jetzt zur Göttin betete, diese möge Amanda beschützen und Bean und ihre Eltern und Schwestern. Das also war ihr persönliches Babi Jar! So sei es! Sie mußte heimkehren zu Mütterchen Rußland, um zu sterben. Welch seltsames Karma. Mit vierzig zu sterben und nur *ein* Meisterwerk zurückzulassen: Amanda. (Oh, sie konnte auch zu »Tintorettos Tochter« stehen. Dieses Buch wird mich überdauern, dachte sie, und ein paar meiner Gedichte

dazu – andererseits: wer konnte je eine gültige Voraussage über das Schicksal der eigenen Bücher machen?)
Glotartschuk kam zurück. »Sie haben die Flammen gelöscht«, sagte er. »Jetzt gibt es nur Rauch ohne Feuer, umgekehrt wie im russischen Sprichwort.«
»Sind Sie sicher?«
»Absolut. Ich hab' ihnen gezeigt, wie man's macht«, sagte Glotartschuk selbstgefällig, setzte sich auf Isadoras Fensterplatz und legte den Sicherheitsgurt wieder an.
»So, haben Sie das? Werden Sie jetzt womöglich ein Held der sozialistischen Arbeit?«
»Ich glaube, man ist mir dankbar.« Und tatsächlich kamen Pilot und Copilot nebst vier Stewardessen den Gang herunter, um ihm zu gratulieren. Sie klopften Glotartschuk auf den Rücken und sprudelten Dankesworte hervor.
»Ich bin zufrieden«, sagte Glotartschuk, als die sechs Besatzungsmitglieder sich zurückgezogen hatten. »Ich habe – wie heißt es doch? – die Situation gerettet!«
Haßerfüllt lächelte Isadora ihren Fremdenführer an. Um ein Haar hätte sie sich gewünscht, die Maschine wäre abgestürzt.

Am Flughafen von Odessa wurden Isadora und Glotartschuk von einer Abordnung der Würdenträger des örtlichen Schriftstellerverbandes empfangen. Ihr Sprecher, Michail Beresny, ein weißhaariger Herr mit offenem Gesicht, rosigen Wangen und blitzenden Augen, sah einigen von Isadoras russisch-jüdischen Verwandten ähnlich (besonders denen, die sie auf Kindergeburtstagen in der Umgebung von Golders Green getroffen hatte.)
»*Madame la poétesse*«, begrüßte Michail sie galant und überreichte ihr die obligaten welken Rosen und das Bündel schmieriger Rubelscheine (Spesengeld mit den besten Empfehlungen der Sowjetrepublik). »Ihr Ruhm ist Ihnen vorausgeeilt. Wieder und wieder haben wir Ihre herrlichen Gedichte auf Ihren Großvater gelesen, die unsere Kollegen aus Kiew uns zukommen ließen.« (Welche Ironie, daß hier in Rußland, wo ihre Bücher verboten waren, die wenigen Verse flüchtig übersetzter Gedichte fast mehr

gewürdigt wurden als in ihrer Heimat, wo ihre Lyrik unbegrenzt verfügbar war. In Rußland sehnte sich jeder nach Büchern, aber kaum einer konnte welche bekommen. In Amerika landeten selbst die besten Bücher auf den Ramschtischen, während die Masse sich mit Computerspielen unterhielt.)

»Danke«, sagte Isadora, »haben Sie vielen Dank.« Sie nahm Rosen und Rubel entgegen, und man geleitete sie zu einem wartenden Wagen – mit bester Empfehlung des Schriftstellerverbandes –, der sie ins Hotel »Schwarzes Meer« bringen sollte. Als Isadora sich vergewisserte, ob ihr Gepäck mitgekommen war, stellte sie fest, daß die Koffer mit »Addis Abeba« statt Odessa ausgezeichnet waren – und doch hatten sie wunderbarerweise ihr eigentliches Ziel erreicht! Ah, die Göttin hat Pläne mit uns (und unserem Gepäck), die sie nicht enthüllt. Unser Schicksal liegt in ihren (Gepäck ans rechte Ziel befördernden) Händen!

Erste Eindrücke von Odessa: Die ganze Stadt roch nach Meer und Moder. Es herrschte eine geräuschvolle, jüdische, brueghelsche Atmosphäre. Selbst Kiew schien im Vergleich gojisch und zurückhaltend, und Moskau wirkte daneben frostig und abweisend.

Michail Beresny war Jude. In ihm begegnete Isadora dem ersten Russen, der seine Sprache mit jiddischen Ausdrücken würzte. (Freilich, an der Konferenz in Kiew hatte ein vom KGB entsandter offizieller jüdischer Vertreter teilgenommen – derselbe, der den Auftrag hatte, sie zu verführen, und der gescheitert war, aber dieser Mann war russischer gewesen als ein Goj und hätte nie gewagt, in den farbigen Abgrund des Jiddischen hinabzusteigen. Er hatte den Status eines offiziellen Vertreters des Judentums gehabt und die Konferenzteilnehmer mit seinen unermüdlich wiederholten Beteuerungen gelangweilt, die Russen seien nicht antisemitisch, lediglich antizionistisch, wobei er ständig ein Preislied auf die PLO anstimmte.) Michail dagegen war stolz darauf, Jude zu sein; mit der nötigen Ermunterung hätte er sich vielleicht sogar zum Zionismus bekannt. Aber Isadora hatte keineswegs die Absicht, ihn zu ermuntern.

»Willkommen in der jüdischsten Stadt von ganz Rußland!« Michail half Isadora vor dem Hotel »Schwarzes Meer« aus dem

Wagen. »Unser geliebtes Odessa und wir begrüßen Sie daheim, wie eine Tochter unserer Stadt.«

In der Hotelhalle wimmelte es von Touristen aus der DDR. Auch einige amerikanisch-jüdische Gruppen auf der Suche nach ihren Wurzeln waren vertreten. Isadora und Glotartschuk erfuhren an der Rezeption, daß ihre Zimmer erst in einigen Stunden fertig würden. Daraufhin schlug Michail vor, sie sollten ihr Gepäck beim Portier deponieren und als erstes einen Ausflug ans Schwarze Meer machen, das für die meisten Touristen die Hauptattraktion von Odessa war. Isadora und ihre Führer kramten eilig das Badezeug aus dem nach Addis Abeba adressierten Gepäck und folgten Michail zurück zum Wagen. (Der Rest des Empfangskomitees zerstreute sich. Die Mitglieder hatten anderweitige Verpflichtungen, doch wollte man sich am Abend in der Oper wieder treffen.)

Die Fahrt ans Schwarze Meer war eine halsbrecherische Tortur. Michail schwärmte in einem fort von der sonnigen, südlichen Atmosphäre Odessas; er nannte es das Neapel Rußlands. Tatsächlich entdeckte Isadora eine Spur des überschäumenden süditalienischen Temperaments, erkannte den gleichen Modergeruch wie in den Seebädern am Golf von Salerno, die rauhbeinige Herzlichkeit der Bevölkerung, die ebenso verzweifelt entschlossen war, sich zu amüsieren, wie ein einsamer Zecher in der Silvesternacht.

Als sie die Küste erreichten, parkten sie oben auf einer steilen Düne und schlitterten mehr, als daß sie gingen, zum Strand hinunter. Über einen Wall von schmuddeligen, so gut wie nackten Menschen hinweg erblickte Isadora die brackigen, blaugrünen Wogen: das Schwarze Meer. Über dieses Meer war Jason auf der Suche nach dem Goldenen Vlies gesegelt, vor dieser Küste hatte der Panzerkreuzer »Potemkin« Geschichte gemacht, an diesem Strand hatte ihren Großvater der süße Duft der Freiheit übermannt.

Mehrere Frauen von gewaltigen Ausmaßen, die wahre Berge von Bäuchen vor sich hertrugen und unzählige Speckringe um die Hüften schleppten, standen wie angewurzelt im Sand und schwatzten miteinander. Eine von ihnen, die mit weitgespreizten

Beinen wie ein Koloß im Sande festgewachsen schien, kaute bedächtig auf kleinen Nüssen herum, die sie in synkopischen Intervallen ausspie. Seit ihrem Aufenthalt in Deutschland hatte Isadora nicht mehr so viele übergewichtige Frauen gesehen. Es war, als werde das Schwarze Meer von einem Wall von Frauen umringt, die es wie Gorgonen vor Eindringlingen schützten.
Michail und Glotartschuk zeigten Isadora, wo sie sich umziehen könne, und verschwanden dann in einer Badehütte.
Bald darauf trafen sie sich wieder. Glotartschuk wirkte ohne Anzug bleich und aufgedunsen – wie der sprichwörtliche Grottenolm. Isadora hatte ihre »Nikon« dabei und knipste wild drauflos – als könnten Fotos das Wesen eines Ortes jemals einfangen. Mit ihrer touristischen Neugier und ihrem modischen amerikanischen Badeanzug fiel sie natürlich auf. Ein großer, dunkelhaariger Mann mit langer Nase, schwarzem Bart und unheimlich behaartem Bauch schlenderte auf sie zu und fragte freundlich:
»*Amerikanski?*«
»*Da*«, antwortete Isadora.
»Verwandte in Brookliin.« Der Mann deutete eifrig auf sich. »*Mischpoche.*«
»Ich auch.« Isadora staunte über dieses offene Bekenntnis zum Judentum ebenso wie über die Allgegenwart von »Verwandten in Brooklyn«.
»Schwager Taxifahrer«, sagte der Mann. Doch damit schien sein Englisch erschöpft. Woher wußte er, daß sie Jüdin war? Warum hatte er sie angesprochen? War das wieder eine Botschaft von Papa?
Glotartschuk sprintete ins Wasser und winkte Isadora und Michail, ihm zu folgen. Sie liefen an dem Wall halbnackter Frauen entlang und zwängten sich zum Wasser durch.
Mit chaplinesken Pantomimen, die sportlichen Enthusiasmus im allgemeinen und Schwimmbegeisterung im besonderen ausdrükken sollten, bückte Glotartschuk sich und rieb seinen teigigen, haarlosen Körper mit Salzwasser ein.
»Brrr«, machte er theatralisch und stolzierte tiefer ins Wasser. Isadora und Michail folgten, und für eine Weile hüpfte dieses

seltsame Trio im Schwarzen Meer auf und ab wie Mazzenklößchen in der Suppe. Das Wasser war sehr salzig und trug phantastisch. Isadoras Gedanken wanderten zum Panzerkreuzer »Potemkin«, zu den Samowargeschichten ihres Großvaters und zu den Gerichten, die ihre Großmutter gekocht hatte. Warum hatte sie diese weite Reise unternommen, und wonach suchte sie wirklich? Irgendwo in ihrem Gepäck befand sich ein kleines Notizbuch mit den Namen eventueller Verwandter in Odessa und den Namen der Straßen, in denen Papa vielleicht gewohnt hatte. All diese Angaben waren bisher ungeprüft. Aber sie wußte, daß sie im Grunde nicht gekommen war, um Verwandte oder Straßen auszukundschaften. Sie suchte den Geist der Stadt, deren Seele, den Atem des Schwarzen Meeres, den ihr Großvater ihr in die Lungen gehaucht hatte.
Als sie ins Hotel zurückkehrten, bekamen sie endlich ihre Zimmer. Isadora landete in einer feuchten Suite. Die Zimmer rochen nach Schimmel und waren vollgestopft mit riesigen Schränken und überpolsterten Sesseln, welche die Räume optisch zu erschlagen drohten. Als sie ein Bad einlassen wollte, lief brackiges Wasser in die Wanne. Sämtliche Rohre waren defekt (und so sickerte das Wasser aus Waschbecken und Wanne kläglich auf den Fußboden). Auch die Toilettenspülung war undicht, außerdem gab es keinen Fetzen Klopapier. Ach, Osteuropa – ein Königreich für einen Klempner!
Als Isadora sich ans Auspacken machte, hatte sie das untrügliche Gefühl, man habe ihr Gepäck gefilzt, und zwar sowohl den zusammenfaltbaren Kleidersack als auch den Aktenkoffer (darin waren sämtliche Notizen für die »Traumarbeit« und Werkstattberichte über ihre Gedichte gewesen, außerdem Pressekritiken, »Das rosarote Notizbuch« und das Büchlein mit den Personen- und Straßennamen von Odessa). In fieberhafter Eile untersuchte sie beide Gepäckstücke. »Das rosarote Notizbuch« und das Adreßbüchlein waren spurlos verschwunden. Auch die Elegie an ihren Großvater war gestohlen und mit ihr Papas Biographie, die sie auf der Beerdigung verlesen hatte. Und doch war sie absolut sicher, all diese Dokumente in Kiew eingepackt zu haben.
»Das rosarote Notizbuch« enthielt ihre Bemerkungen über den

Tagungsverlauf (darauf konnte sie verzichten – so lebhaft hatte sie die Konferenz in Erinnerung; und von Papas Biographie und der Elegie besaß sie zu Hause noch Kopien), aber ohne das Büchlein mit den Namen und Adressen aus Odessa war die Reise hierher für ihre Recherchen vollkommen sinnlos. Warum mochte jemand ausgerechnet diese Aufzeichnungen gestohlen haben? Dumme Frage! Isadora wußte, daß ein Polizeistaat sich bei der Beschlagnahmung schriftlichen Materials nicht von Vernunftgründen leiten läßt. Ein Polizeistaat konfisziert Geschriebenes nur, weil es Worte transportiert (und das Wort verkörpert Macht). Ob die Beschlagnahmung einem *unmittelbaren* Zweck dient, ist unerheblich. Erst zupacken, dann fragen, lautet die Devise.
Isadora wurde von Panik überfallen. Erst das Feuer im Flugzeug und jetzt das. Wollte man *sie* als nächstes konfiszieren? In fliegender Hast frischte sie ihr Make-up auf, zog sich um (all ihre Kleider waren feucht, verknittert und stanken nach Rauch) und ging hinunter, um Michail und Glotartschuk zu treffen. Was sollte sie sagen? Oder sollte sie lieber schweigen? Bildete sie sich womöglich nur ein, daß man ihre Aufzeichnungen und Notizbücher gestohlen hatte, während die Sachen versehentlich in Kiew vergessen worden waren? Unmöglich! Sie hätte eher ihre Kleider und Kosmetika, die Kamera und den Schmuck vergessen. Dem Aktenkoffer galt stets ihr erster Gedanke bei der Abreise, und ihn verlangte sie als erstes bei der Ankunft.
Glotartschuk und Michail erwarteten sie an einem der niedrigen Tischchen in der Halle. Sie boten ihr warmen, süßen Krimsekt an (der ungeachtet seines legendären Rufes wie schlechter deutscher Sekt schmeckte). Die Männer waren angeregt vom Schwimmen, von der Aussicht auf ein Festmahl und voller Vorfreude auf Rimskij-Korsakows »Zarenbraut«. Isadora hatte nicht die geringste Lust, in die Oper zu gehen. Sie war besessen von dem Plan, in die Staaten zu telefonieren, besonders, um ihre Cousine Abigail zu erreichen (von der sie einige der Namen und Adressen in dem verschwundenen Büchlein bekommen hatte). Außerdem wollte sie Bean wissen lassen, daß sie in Gefahr sei. Seine Familie hatte Beziehungen zum Außenministerium und konnte sie vielleicht

gegen Bürgschaft freibekommen. Aber womöglich war es ihr noch wichtiger, einfach mit ihm zu sprechen, um sich selbst zu beweisen, daß Amerika noch existierte.

»Meinen Sie, ich könnte in die Staaten telefonieren?« fragte sie Michail.

»Ich werde mich erkundigen«, sagte er freundlich. »Aber setzen Sie sich doch, meine Liebe, setzen Sie sich!«

Und obwohl sie in einem Anfall panischer Angst am ganzen Körper zitterte, setzte Isadora sich und ertränkte ihre Angst in Krimsekt. Das anschließende Essen war zweitklassig, und die Bedienung schien sich unter Wasser zu bewegen, so langsam ging das Servieren vonstatten. (»Typisch weibliche Unfähigkeit«, bemerkte Glotartschuk auf seine charmante Art – aber Isadora ließ sich nicht mehr provozieren, sie hatte jetzt andere Sorgen.)

Bevor sie das Hotel verließen, fragten sie an der Rezeption nach, für wann Isadora ein Gespräch in die Staaten anmelden könne. Nach etlichem beschwerlichen Hin- und Herübersetzen und telefonischen Anfragen bei »zuständigen Behörden« stellte sich heraus, daß sich von Odessa aus keine Überseeverbindungen herstellen ließ, außer einmal die Woche, und auch das schien ungewiß.

»Wissen Sie«, meinte der freundliche Michail, »das Telefon arbeitet mit – wie sagt man? – Relais. Keine Direktverbindung.«

»Oh.« Isadora glaubte ihm nicht, sie glaubte überhaupt niemandem mehr.

»Aber wir können morgen früh ein Telegramm schicken, wenn Sie möchten. Und jetzt – auf in die Oper!«

Es war höchst unwahrscheinlich, daß sie das, was sie zu sagen hatte, per Telegramm würde übermitteln dürfen (das Michail übersetzen und das Gott weiß wer genehmigen müßte). Darum schüttelte Isadora nur den Kopf, und sie fuhren in die Oper, um »Die Zarenbraut« zu sehen.

In dem schönen, säulengeschmückten Opernhaus mit seiner prunkvollen Fassade und den imposanten Statuen auf dem Dach steigerte sich Isadoras Angstzustand ins schier Unerträgliche. Ihr Herz begann zu klopfen, als wolle es ihr die Brust sprengen. Ihr Mund wurde trocken, und ihre Hände waren kalt wie Eis.

In der mit rotem Plüsch ausgeschlagenen Loge hatten es sich schon einige Würdenträger des Odessaer Schriftstellerverbandes bequem gemacht. Die Vorstellung hatte bereits begonnen. Ein sehr furchterregend wirkender Iwan der Schreckliche war im Begriff, seine zigste Geliebte zu enthaupten, auf daß er die einundzigste in sein Bett holen könne.

»Die Heldin ist eine reine russische Seele«, flüsterte Glotartschuk Isadora zu und deutete auf die juwelengeschmückte, liebreizende Sopranistin, welche die neue Geliebte (in Wirklichkeit Nummer sieben) verkörperte. »Sie ist gehorsam und leidenschaftlich zugleich.« Er warf Isadora einen halb feindseligen, halb lüsternen Blick zu. Aus ihren Gesprächen mit den russischen Frauen auf der Tagung wußte Isadora sehr wohl, daß seine Behauptung blanker Unsinn war. Russische Frauen waren keine Spur gehorsamer als amerikanische, aber sie war vor Angst so gelähmt, daß sie Glotartschuk nicht widersprach. Ihr war, als sei *sie* die sechste Geliebte Iwans des Schrecklichen und als werde gleich das Fallbeil auf ihren Nacken niedersausen. Einer der Lieblingsaussprüche ihres Großvaters fiel ihr ein: »Rußland litt unter Iwan dem Schrecklichen, und Rußland hat immer noch seinen Iwan den Schrecklichen.« Sie fragte sich, wie sie diese Oper durchstehen sollte, wenn sie sich jetzt schon so elend fühlte.

Sie griff in ihre Tasche, in der Hoffnung, das Fläschchen mit den Fünf-Milligramm-Tabletten »Valium« zu finden, die sie gewöhnlich auf Reisen mitnahm, um schlaflosen Nächten in fremden Hotelzimmern vorzubeugen. Nur eine einzige Pille war noch übrig. (Diesmal hatte sie nur zwölf Stück dabeigehabt.) Verstohlen steckte sie die Tablette in den Mund und schluckte. Aber das Biest rutschte nicht! Während vorne auf der Bühne Iwan der Schreckliche seine Drohungen herausdonnerte und seine Geliebten trällerten und tremolierten, wanderte das »Valium« langsam ihre trockene Kehle hinunter. In ihrer Angstpsychose erschien ihr die Tablette so groß, daß sie daran zu ersticken fürchtete. Aber vielleicht verwechselte sie das »Valium« mit dem Kloß in ihrer Kehle.

Die Oper war endlos – und grauenvoll. Obwohl das Akademische

Staatstheater Odessa für Oper und Ballett einen beachtlichen Ruf genoß, war diese Inszenierung einfach schauderhaft: effektheischend, gespreizt, altmodisch und nicht einmal stimmlich gut besetzt.
Isadora verspürte den unwiderstehlichen Drang zu fliehen. Es war ihr unmöglich, länger stillzusitzen. Also floh sie auf die Toilette. Dann ging sie im Foyer spazieren, spülte den Nachgeschmack der steckengebliebenen Tablette mit einem Schluck Wasser hinunter, klapperte schließlich mit ihren spitzen Absätzen die breite Marmortreppe rauf und runter und hoffte wider alle Vernunft, ganz Rußland sei »nur ein Traum«. Sie würde einschlafen, und wenn sie aufwachte, läge sie in ihrem gemütlichen Wasserbett daheim in Connecticut (und ihr drohte nur eine Steuerprüfung, aber kein Iwan der Schreckliche).
Doch es sollte nicht sein. Schon bald kamen Glotartschuk und Michail, um sie zu suchen. Sie war zu lange ausgeblieben – und die beiden hatten die Aufgabe, sie zu überwachen.
»Was ist denn los?« fragte Michail. »Haben Sie *zores?*« Und ob sie *zores* hatte! *Zores* war gewissermaßen ihr zweiter Vorname!
»Ich habe nur rasende Kopfschmerzen und eine Rückgratverkrümmung, die mir das Sitzen erschwert.«
Die beiden schnalzten mitleidig mit der Zunge. Ein Hoch der Universalität eines »kaputten Rückens«, der wirksamen Entschuldigung für nachgerade alles, angefangen von schlechten Opern bis hin zu schlechtem Sex!
»Dann lassen Sie uns sofort aufbrechen«, sagte Glotartschuk.
»Nein... Ich bring's nicht übers Herz, Ihnen den Abend zu verderben«, widersprach Isadora. »Außerdem – was wird aus den anderen Autoren?«
»Unsinn«, unterbrach Michail sie. »Wir sind hier, um Sie zu unterhalten. Die anderen können ruhig bleiben. Wenn Sie sich nicht amüsieren, tun wir es auch nicht. Wir brauchen mehr Sekt, das ist die Lösung!«
Die drei verließen das Opernhaus (würdigten die architektonische Meisterleistung) und kehrten ins Hotel zurück. Dort leerten sie zwei Flaschen Krimsekt und lauschten dem Sewastopol-Quartett,

das fünfundzwanzig Jahre alte amerikanische Rockmusik in einem Stil präsentierte, den man nur als osteuropäisch bezeichnen konnte.
»Hübsche Musik«, sagte Isadora.
»Bürgerlich dekadente amerikanische Musik«, parierte Glotartschuk mit funkelnden Brillengläsern. Anscheinend hoffte er immer noch, sie entweder zu reizen oder zu erregen (vielleicht gehörte er zu den Männern, die zwischen beidem keinen Unterschied sehen?), aber Isadora kümmerte sich nicht mehr darum. Sie hatte jetzt nur noch den Wunsch, sich so sternhagelvoll laufen zu lassen, daß sie schlafen konnte. Ihr graute bei dem Gedanken, sich womöglich die ganze Nacht im Bett herumwälzen und darüber nachgrübeln zu müssen, warum man ihre Aufzeichnungen gestohlen hatte und was dieser Diebstahl bedeutete. Als sie schließlich die nötige Bettschwere zu haben glaubte, wollte sie sich entschuldigen, aber beide Herren bestanden darauf, sie auf ihr Zimmer zu begleiten, so als sei sie ein Kind, das man zudecken müsse.
»Gute Nacht, und vielen Dank«, sagte sie, als die beiden bei der Etagenleiterin ihren Schlüssel geholt hatten.
»Gute Naaacht«, trällerte Michail gutgelaunt, als er zum Aufzug zurückging.
»Gute Nacht, meine Fürstin«, sagte Glotartschuk und schloß ihr die Tür auf. »Das ist aus dem ›Hamlet‹ Ihres großen Dichters Shakespeare«, setzte er hinzu.
»Er gehört Ihnen so gut wie mir«, entgegnete Isadora. »Nennen wir ihn einfach unseren Shakespeare.«
Die beiden Russen winkten zum Abschied fröhlich und gingen hinunter, um weiterzutrinken.
Sie stolperte ins Zimmer und schloß die Tür hinter sich. (Es hätte sie nicht verwundert, drinnen Geheimpolizisten mit blankgeputzten Reitstiefeln à la Hollywood vorzufinden.) Rasch zog sie sich aus, streifte einen blau-weißen Yukata über, den sie immer mit auf Reisen nahm, entfernte ihr Augen-Make-up, wusch sich in dem trüben Wasser mit ihrer schwarzen Seife (wie albern der Gebrauch von Dr. Lazlos Luxusartikeln doch hier in Rußland

wirkte – noch alberner als in den Staaten, falls eine solche Steigerung überhaupt möglich war) und sank erschöpft auf die durchgelegene Matratze. Momentan überfiel sie die Angst, nicht einschlafen zu können, aber sie war so sturzbetrunken, daß sie sofort wegkippte.

In ihrem Traum waren Papa und Mama Malke nicht tot. Sie tauchten vielmehr ganz plötzlich wieder auf, und als sie merkten, daß Isadora ihre Wohnung auf der Siebenundsiebzigsten Straße verkauft hatte, waren sie völlig verzweifelt. Ihre sämtlichen Möbel waren fort, entweder unter der Verwandtschaft aufgeteilt, bei Auktionen versteigert oder von Isadoras Exehemännern gestohlen. Aber ihre Post hatte sich jahrelang in der leeren Wohnung gestapelt (so als wisse außer Isadora jeder, daß die Großeltern nicht wirklich tot waren). Die beiden wanderten ziellos durch die Räume und warteten darauf, daß Isadora ihnen ihr Zuhause zurückkaufe. Sie, die Enkelin, verspürte ein unbestimmtes Schuldgefühl; sie hätte wissen müssen, daß Papa und Mama Malke nicht wirklich tot waren. Alle anderen wußten es ja schließlich auch.

Sie schreckte hoch. Trotz der geschlossenen Läden drang ein unheimliches Licht herein. Es war unnatürlich kalt im Zimmer, wie an einem Kältepunkt im Meer. Papa war da, dessen war sie ganz sicher. Wie eine Schlafwandlerin stand sie auf, öffnete die Läden und trat hinaus auf den Balkon. Vor sich sah sie eine Kirche mit zwei silbrigen Kuppeln, die eine dritte und höhere flankierten. Diese kupferne Kuppel glich mit ihrer Patina einer verwesenden roten Zwiebel, deren äußere Haut schon halb verfault ist. Zwiebeln hatten in ihren ersten Gedichten eine wichtige Rolle gespielt. Sie waren Metaphern für das eigene Ich mit seinen endlosen Selbstprüfungen und der Suche nach dem stachligen grünen Herzen (das sich auch Schicht für Schicht abziehen läßt, bis nichts übrigbleibt als Duft und Erinnerung).

»Papa«, rief sie. »Papa!«

Sie blickte hinauf zu den Kuppeln und hinunter auf die Straße. Dann zog sie sich an – Pullover, Hose, flache Schuhe – und verließ eilig das Hotel.

Blau stieg die Dämmerung herauf, als sie forsch durch die unbekannten Straßen (mit den unleserlichen Straßenschildern) lief, ohne zu wissen, welche Macht ihre Schritte lenkte. Sie ging über bläulich schimmerndes Kopfsteinpflaster und glänzende Schienenstränge, vorbei an schattenhaften Marktplätzen, auf denen die ersten Lastwagen vom Land eintrafen und Babuschkas mit riesigen, blauen Kopftüchern Körbe voll bläulicher Kirschen und bläulicher Aprikosen zu ihren Ständen schleppten. Sie ging an öffentlichen Gebäuden vorbei und an Mietblocks, und immer roch sie das Meer, immer spürte sie die Nähe von Papa wie ein Prickeln auf der Kopfhaut, wie einen kalten Luftzug an der Schulter.

Streunende Katzen kreuzten ihren Weg, herrenlose Hunde liefen ihr ein Weilchen nach und bettelten um etwas zum Fressen. Sie hatte nichts, was sie ihnen geben konnte. Während sie unbeirrbar ihren Weg fortsetzte, färbte das Blau des Himmels sich heller und heller. Schließlich führte die unsichtbare Macht sie zu einem verfallenen vierstöckigen Haus in einer engen Gasse (wo Küchenabfälle und Kot den Rinnstein säumten und zwei struppige Köter sich um einen Knochen balgten).

Sie blickte hinauf. In einem blauen Fenster im vierten Stock brannte einsam flackernd ein bläuliches Licht. Ein junger Mann mit dichtem, schwarzem Haar, Knollennase und hängendem Schnurrbart trat ans Fenster. Bildete sie es sich nur ein, oder trug er wirklich in einer Hand eine hölzerne Palette und in der anderen ein Bündel Pinsel?

Aber der Mann war mindestens fünfundzwanzig Jahre alt, und Papa hatte Rußland schon mit vierzehn verlassen. Während sie noch darüber nachdachte, verwandelte sich der junge Mann am Fenster in einen gesetzten, mürrischen Familienvater um die vierzig, dann in einen siebzigjährigen Greis mit rosigen Wangen und schließlich in einen Sterbenden von siebenundneunzig Jahren: eine gebeugte, bleiche Gestalt mit offenem Hosenlatz und unter der Jacke hervorblitzender Unterwäsche.

Ein Baby schrie klagend in der Nacht. Hunde bellten. Irgendwo brüllten ein Mann und eine Frau einander an, dann liebten sie sich geräuschvoll. Sie begriff, daß sie fast neunundneunzig Jahre zu spät kam – in *jeder* Beziehung. Er war bereits geboren, aufgewachsen, alt geworden und gestorben. (Aber das galt nur, wenn man an die Existenz der Zeit glaubte.)

»Papa?« rief sie zu der Gestalt am Fenster hinauf, deren Konturen langsam verblaßten – und mit ihnen das Haus, die Straße, das Baby, die Liebenden, die Hunde, Abfall und Kot; ja selbst der kalte Windhauch legte sich. Bläuliche Straßen lockten sie zur Umkehr, vorbei an einem Markt, auf dem schon munteres Treiben herrschte. Unter den Zwiebelkuppeln zog sie sich aus und ging wieder ins Bett. Sie schlief wie eine Tote, fest und traumlos.

Am nächsten Morgen frühstückten sie und Glotartschuk mit Mohnbrötchen und *tschai*.

»Na, wie steht's – wollen wir heute nach Ihrem Großvater suchen?« fragte er, als habe er keine Ahnung, daß ihre Notizbücher verschwunden waren, als sei er an allem unschuldig.

»Ich habe ihn vielleicht schon gefunden«, sagte Isadora.

Sie, Glotartschuk und Michail Beresny gingen zusammen auf den Markt von Odessa, wo beleibte Bauersfrauen mit karierten Kopftüchern an ihren Ständen Eimer voll saurer Kirschen und süßer Aprikosen, Tomaten, Karotten, Gurken und Pfefferschoten auswogen. Die Gesichter der Babuschkas waren so faltig wie die Reliefkarte einer Mondlandschaft. Rätselhaft, fast sibyllinisch sahen sie aus mit ihren harten, glitzernden Augen, während sie dastanden und die leuchtenden Früchte wogen, wobei ihre langen, altmodischen Ohrgehänge auf und ab tanzten. Sie würde noch eine Woche in Odessa bleiben und dann eine Woche in Leningrad und Moskau verbringen, um die Kunstschätze zu besichtigen sowie Puschkins und Tolstois Häuser kennenzulernen – aber sie wußte schon jetzt, was sie wissen wollte. Sie begriff, daß sie keine Russin war, sondern Amerikanerin, daß ihre Wurzeln nicht in Odessa lagen, sondern in ihr, in ihrer Seele. Sie wußte auf einmal, daß weder verlorene Notizbücher noch verlorene Bilder oder Manuskripte wirklich etwas bedeuten, weil wir die Flamme des Lebens durch unser Fleisch und Blut vererben; durch unsre Begierden; unsre Lieben und die Poesie unseres täglichen Lebens. Wie eingebildet sind wir doch, wenn wir glauben, daß alles andere mehr ist als ein Traum! Selbst unsere Vorfahren sind Träume, gesponnen, um uns unser eignes Ich zu erklären. Sie wußte jetzt, daß sie nicht der Schatten ihres Großvaters war, sondern sie selbst: Schöpfung und Schöpfer in einer Gestalt, das Gedicht und die Dichterin, das geschriebene Wort und das gesprochene – beide vereint in einem Körper, dem es bestimmt war, zu sterben.

19

Ein venezianisches Ende oder Das grünste Eiland

Kann man denn das Herz,
darf man die Kühnheit haben und nach Venedig reisen?
Wollte Proust es deshalb nie wagen?
Denn wenn es bei Tage zu heiß sein mag
oder der Gestank zu groß,
muß es im Vergleich doch allzu leicht erscheinen,
im Mondlicht aufzubrechen, wo es keinem Paar,
dem diese wunderbare Chance zuteil wird,
mißlingen kann – so sie sich nur auf sich selbst besinnen –,
Venedig untergehn zu lassen, was morgen
schon die Gondel vollbringen mag, die auf einem
Mondstrahl ins Meer hinausgleitet. Wer aber so
die Lagunenstadt verläßt, kehrt unweigerlich zurück und bereitet
sein Lager in Venedig.

Henry Green

Ich beabsichtige, den Winter über in Venedig
zu bleiben, vermutlich, weil es immer noch
das grünste Eiland meiner Phantasie (nächst
dem Orient) ist. Es hat mich nicht
enttäuscht... Ich bin schon zu lange mit Ruinen
vertraut, als daß Verfall mich schrecken könnte.

Lord Byron

Irgendwie schaffte sie es, aus Rußland herauszukommen. Irgendwie überstand sie die endlosen Tage mit Glotartschuk, die endlosen Tage ohne Amanda und Bean. Sie ertrug die Travestie, die Weißen Leningrader Nächte mit Glotartschuk teilen zu müssen, und die Absurdität, Puschkins Haus und den Platz, auf dem er sich duelliert hatte, mit diesem widerlichen sowjetischen Gradgrind, diesem Steißwipper, zu teilen.

Sie erinnert sich, wie sie um Mitternacht mit ihm die erleuchteten Kais der Newa entlangschritt und sich nach Bean sehnte, an Bean dachte, Bean spürte in Fingern und Zehen, in ihrer Möse und in ihrem Bauch.

Leningrad war die schönste Stadt, die sie je gesehen hatte. Die Newa stellte den Dnjepr in den Schatten und die silbrige Seine, die herrliche Themse und den glitzernden Arno, die hingetupfte Donau und den legendären Neckar, ja selbst den majestätischen Hudson (an dessen Ufer sie geboren war). Vom Fluß bis zu den Palästen, von den Palästen bis zu den Parks war nichts an Leningrad zu hoch gepriesen: weder die Weißen Nächte noch das Gold der Skythen in der Eremitage, weder der Platz, auf dem Puschkin sich duellierte, noch der ehemalige Heumarkt, das Zentrum des Viertels, in dem Dostojewskijs »Schuld und Sühne« spielt; und auch nicht die Newa-Anlagen, wo der Asphalt leuchtet wie blankes Zinn, wo goldene Paläste prangen und bengalisches Licht die Sommernacht erhellt (ein Geisterlicht, das allen Lichterglanz von Paris und Kopenhagen und Amsterdam am nördlichen Himmel vereinigt); wo die Säulen des Winterpalais sich in grünmetallenem Feuer in den Fluten spiegeln und Kunstliebhaber ihr Mekka finden; wo die *kwaß*-Wagen entlangfahren (umringt von trinkfreudigen Gruppen); wo wahre Wunder an Landschaftsgärten aus Wald und Stein komponiert wurden.

Doch das Erlebnis Leningrad war überschattet von der Angst um ihre Rückflugkarte, von der ständigen Anwesenheit des teil-

nahmslosen Glotartschuk und dem unheimlichen Gefühl (das mit jedem Tag in der UdSSR stärker wurde), in eine düstere Gesellschaft geraten zu sein, deren Einfluß so verheerend auf die Seele wirkte, wie Kafka es in seinen Romanen vorgeführt hat.
Sie erfuhr nie, ob ihre Aufzeichnungen gestohlen worden waren und wenn ja, von wem. Sie stellte sich vor, irgend jemand im sowjetischen Staatsapparat habe verhindern wollen, daß sie ihre Verwandten ausfindig machte (falls sie überhaupt noch am Leben waren) oder daß sie von deren Tod erfuhr (falls sie tot waren). Was diese vermeintlichen Verwandten ihr hätten erzählen können, wußte sie nicht – und die Russen wußten es wahrscheinlich genausowenig. Sie vereitelten ihre Suche vermutlich aus einem reinen Reflex heraus. Jegliche Informationen sind prinzipiell zurückzuhalten, denn Informationen sind ein Mittel zur Unabhängigkeit. »Freiheit«, sagt Camus, »ist das Recht, nicht zu lügen.« Er hätte auch sagen können: »Freiheit ist das Recht auf Information, auf Notiz- und Adreßbücher.« Man könnte dieses Recht *droit des cahiers* nennen in Analogie zum *droit moral.*
Gewiß, ihre Regierung hatte Dokumente in den Reißwolf stecken lassen, hatte Watergate verbrochen und den Vietnamkrieg verschuldet, hatte Amerikaner japanischer Abstammung interniert und abscheulich blutrünstige Regimes in Salvador und anderen Krisenherden auf der südlichen Halbkugel unterstützt. Aber selbst diese Greueltaten galt es abzuwägen gegen einen Freiheitsgrad im Inland, wie es ihn nirgends sonst auf der Welt gab. Wenn Papa Sowjetrußland gekannt hätte, wäre der letzte noch glimmende Funke seines marxistischen Glaubens ausgelöscht worden, so, wie er in den meisten Sowjetbürgern erloschen war. Aber Papa hatte seine Heimat verlassen, noch ehe das zwanzigste Jahrhundert angebrochen war, und sein ganzes Wissen über den Kommunismus stammte aus Büchern. Während er in Paris und Edinburgh, in London und New York malte, träumte er von einem Marxismus, den es nie gab – außer in der Theorie – und dessen Zerrbild er nie persönlich kennengelernt hatte.
Der Schriftstellerverband hatte sie in Rußland festhalten wollen. Tag für Tag wartete sie im alten, fürstlichen »Sowjetskaja-Hotel«

von Moskau, während die Funktionäre über ihr Schicksal berieten. Endlich brach sie zusammen und vertraute sich weinend einer molligen, mütterlichen Angehörigen des Schriftstellerverbandes an (der auf mollige, mütterliche Damen spezialisiert schien): einer rotgelockten Übersetzerin englischer und amerikanischer Lyrik (mit Grützbeuteln im Gesicht und großen, vorstehenden Zähnen).
»Ich bin verliebt.« Isadora schluchzte. »Und ich will mit meinem Geliebten nach Venedig. Und dann muß ich heim zu meiner Tochter. Bitte, helfen Sie mir, damit ich mein Ticket bekomme.«
In Rußland sind Liebe und Kinder noch immer geheiligte Begriffe, und Tränen wirken ebenso stark wie Wodka. Die Übersetzerin Larissa Jahupowa weinte mit ihr.
»Ich habe Ihre Gedichte auf Ihren Großvater gelesen«, sagte sie. »Und ich weiß, Sie haben ein großes Herz.« Diese Gedichte sollten ihr Passierschein für die Heimreise sein – so, wie sie ihr den Weg hierher geöffnet hatten!
Wie durch ein Wunder trafen die Flugkarten ein. Wie durch ein Wunder brachte Larissa Jahupowa sie zum Flughafen. Wie durch ein Wunder war in der »Aeroflot«-Maschine von Moskau nach Mailand ein Platz für sie frei. Wie durch ein Wunder konnte sie unbehelligt an Bord gehen (wenn auch nicht ohne die übliche Konfusion und Verzögerung).
Ihr fiel nur Henry Bech ein (Updikes fiktives Alter ego mit der nostalgischen Literatensehnsucht nach seinem jiddischen Ursprung), als sie überlegte, was mit den Rubeln anzufangen sei, die sie von den Empfangskomitees des Schriftstellerverbandes in vier Städten bekommen hatte, allerdings ohne die geringste Chance, sie auszugeben. Die *berioschkas* (Souvenirläden) schienen immer dann geschlossen zu sein, wenn sie einen Moment Zeit gehabt hätte, ein paar Geschenke zu kaufen. Ihre Ausgaben auf allen Stationen der Reise jedoch wurden direkt erstattet. Als sie Moskau verließ, mußte sie eine Gebühr von dreihundertzwölf Dollar (bitte nur in amerikanischer Währung) für angeblich übergewichtiges Gepäck entrichten. Mein Gepäck hat Untergewicht, wollte sie protestieren (meine Notizbücher wurden nämlich gestohlen), aber natürlich tat sie nichts dergleichen. In jeder Stadt, die sie besuchte,

hatte man sie mit schweren Almanachen, Kunstbüchern und Gedichtbänden mit Widmung beschenkt: Vielleicht hatte ihr Gepäck also wirklich Übergewicht. All diese russische Lyrik war zentnerschwer. Ah, sobald sie heimkam, würde sie sofort anfangen, Russisch zu lernen.
Was sollte sie also mit den Rubeln machen? Sie hatte alle Scheine zusammen in einen Umschlag gestopft, ein dickes, schmieriges Bündel. Am liebsten hätte sie es in den Abfall geworfen, aber sie fürchtete, man könne sie beobachten und diese Geste als ihren Kommentar zur Sowjetunion interpretieren. Also behielt sie das Päckchen in der Tasche, voller Angst, was passieren könnte, wenn sie es fortwarf, und was geschehen würde, wenn sie das Geld außer Landes schaffte. Sie war wie gelähmt.
Zwei Wochen in Rußland hatten sie in ein zitterndes Nervenbündel verwandelt, und die einfachsten, selbstverständlichsten Dinge jagten ihr Angst ein. Die Einbildung, ständig bewacht zu werden, war vielleicht eine wirksamere Kontrollmaßnahme als *tatsächliche* Beschattung. Es war illegal, sowjetisches Geld außer Landes zu schaffen (Larissa hatte sie eigens darauf hingewiesen, ehe sie zu ihren mysteriösen Pflichten beim Schriftstellerverband zurückeilte und Isadora allein auf ihre Maschine warten ließ). Dabei konnte man die Rubel nicht einmal umwechseln. Wahrscheinlich machte man sich andererseits eines Staatsvergehens schuldig, wenn man das Geld auf den Müll warf.
Sie ging in der Abflughalle hin und her und wartete ungeduldig auf den Aufruf der Maschine nach Mailand. Das schmierige Rubelpäckchen schien durch ihre Tasche zu leuchten wie unter einem Röntgenschirm. Sie erwog, es einem Polizisten auszuhändigen, doch dann fiel ihr ein, daß man solch eine Geste als Bestechung auslegen und sie gerade deswegen verhaften könnte. (Aber Bestechung wozu? Ihr Verstand arbeitete nicht mehr rational; ihre Paranoia drohte überhandzunehmen.) Da wurde ihr Flug plötzlich aufgerufen. Sie ging zum angegebenen Flugsteig, der auch richtig mit der Nummer der Maschine nach Mailand ausgezeichnet war, und wartete eine ganze Weile in der langen Schlange. Aber nach geraumer Zeit kam sie durch Zufall mit dem einzigen unter den

Wartenden, der Englisch verstand, ins Gespräch und erfuhr, daß diese Maschine nach Odessa gehe! (Wollte man sie etwa nach Odessa zurückholen? Und wenn ja, warum?)
Sie lief verstört herum, immer den schweren Aktenkoffer mitschleppend, bis sie an einem anderen, unbeschilderten Flugsteig eine Reisegruppe älterer Italiener erblickte. (Sie erkannte an den wunderhübschen Schuhen, den braungetönten Brillengläsern und der freundlichen, aufgeschlossenen Art, welcher Nationalität sie angehörten, noch bevor sie nahe genug herangekommen war, um *la bella lingua* zu hören.) Sie fragte eine freundliche, grauhaarige Dame nach ihrem Reiseziel.
»*Milano.*« Wie sich herausstellte, war die Dame genauso erpicht darauf, Rußland zu verlassen, wie Isadora.
»*Quel buona fortuna!*« Aus schierem Entzücken darüber, unversehens in den Fluß italienischer Sprachmusik eingetaucht zu sein, begann Isadora zu zitieren – aus der nebelhaften Erinnerung an ihr Anfangssemester am Barnard College –, und zwar den ersten Canto der »*Divina Commedia*«:

Nel mezzo del cammin di nostra vita
Mi ritrovai per una selva oscura,
Chè la diritta via era smaritta.
Ah quanto a dir qual era è cosa dura
Esta selva selvaggia e aspra e forte
Che nel pensier rinova la paura!

»*Lei parla Italiana!*« rief die Dame mit jener echten freudigen Überraschung aus, die es für den Ausländer zum Genuß macht, Italienisch zu lernen (diametral entgegengesetzt zur Demütigung des Französischstudierenden, denn in Frankreich schlechtes Französisch zu sprechen ist eine Sünde, wogegen es in Italien zum guten Ton gehört, schlechtes Italienisch zu sprechen).
»*Non parlo exactamente – ma posso recitare la poesia.*«
»*Ah, signorina*«, seufzte die Dame und versetzte Isadora weit, weit zurück bis in ihre Studentenzeit (als sie noch so jung wirkte, daß man sie in Italien immer nur *signorina* nannte und nie *signora*).

»Ah, signorina, la Russia a me non piace. Andiamo insieme all' Italia!«
Sie sprach Isadora aus dem Herzen. Sie standen in der Schlange vor dem Flugsteig – der richtigen Schlange – und schwatzten glücklich auf italienisch darüber, wie erleichtert sie seien, Rußland zu verlassen. Aber noch während sie sich unterhielten, überlegte Isadora, ob man sie wohl bespitzele und einsperren wolle. Und sie befühlte noch immer die schmierigen Rubel in ihrer Tasche und fragte sich ratlos, was sie damit tun sollte.
Warum war Larissa Jahupowa zum Schriftstellerverband zurückgeeilt und hatte sie in dieser prekären Lage allein gelassen? Wäre sie Henry Bech oder irgendein anderer männlicher Autor, sei er nun fiktiv oder nicht, gewesen, dann hätte man ein ganzes Komitee zu ihrer Verabschiedung entsandt, so, wie auch ein Komitee zur Begrüßung erschienen war, als sie mit ihrer Delegation eintraf. Aber nein, jetzt mußte sie sich ganz allein durchschlagen.
Auf einmal öffnete sich die Tür zum Flugsteig: die Maschine nach Mailand war bereit zum Einsteigen.
Was sollte sie bloß mit den Rubeln machen? Bech hatte sie zu einem festen Ball zusammengeknüllt und unbekümmert auf die Rollbahn geworfen. Was für ein mutiger Kopf! Ihn hatte Rußland augenscheinlich nicht so in Angst und Schrecken versetzt wie Isadora. Sein Alptraum lauerte anderswo, vielleicht im tiefen Süden oder in Israel.
Beim Betreten der Maschine nahm Isadora all ihren Mut zusammen und bot der Stewardeß die Rubel an. Die Stewardeß lehnte ab. (Würde sie nun die Polizei rufen und Isadora wie einen randalierenden Betrunkenen aus der Maschine zerren und auf ewig in einem russischen Kerker verschwinden lassen?) Isadora steuerte kurz entschlossen auf die Toilette zu, trat ein und verriegelte die Tür hinter sich. Sie blickte sich um, und als sie keine versteckte Kamera entdecken konnte, stopfte sie die Rubelscheine in den Abfallbehälter, nicht ohne sie sorgfältig mit braunen Papiertaschentüchern zuzudecken. Sie fürchtete immer noch, man könne sie festnehmen, aber was hätte sie sonst mit dem Geld tun sollen? Ein rotes Licht über der Tür zeigte an, daß es Zeit sei, die Sicher-

heitsgurte anzulegen. Sie ging zurück in die Kabine und setzte sich auf ihren Platz.

Als die Maschine über Moskau aufstieg, klatschten alle Italiener (und Isadora) Beifall. Mit jeder Minute, die sie weiter von dem unheilvollen Einfluß Rußlands entfernte, wurde ihr leichter ums Herz.

Was hatte dieses Land nur an sich? Es war, als durchdringe ein unsichtbares Gas den Körper und flöße einem Paranoia, Mißtrauen und Vorsicht vor jedweder falschen Bewegung ein. Zunächst spürte man es gar nicht, aber Schritt für Schritt kam es über einen; Schritt für Schritt ergriff es von einem Besitz; Schritt für Schritt vergiftete es das Bewußtsein. Nach zwei Wochen in Rußland verstand Isadora Kafkas »Schloß«, Nabokovs »Bastardzeichen« und auch Orwells »1984«. Sie fühlte das Prinzip des Polizeistaates in Fingerspitzen und Zehen, in Lunge und Eingeweiden.

Als das Flugzeug den sowjetischen Luftraum verlassen hatte, ebbte Isadoras Paranoia ab, und sie begann wieder rational zu denken. War es möglich, daß sie den Paparoman aufgegeben hatte, nur weil ihre Notizbücher gestohlen worden waren? Das wäre absurd! Sie betrieb ihre Recherchen mit großem Fleiß. Eine falsche Spur hatte sie noch nie in die Knie gezwungen. Diese erste Rußlandreise war gewiß nur ein Anfang. Sie würde heimkehren, Russisch lernen, sich die Namen und Adressen wiederbeschaffen und so bald wie möglich zurückkommen. Das nächste Mal würde sie sich ernsthaft vorbereiten (sie würde sogar die Namen und Adressen auswendig lernen, so, wie Nadeschda Mandelstam Osips Gedichte memoriert hatte), und dann würde sie wiederkommen. Das hatte sie sich geschworen. Wenigstens wußte sie jetzt, woher Papa seine Furchtsamkeit hatte. Sie wußte, daß Osteuropa vom Tod geschwängert war, daß die Erde dort vor Leichen überquoll, was in Amerika nicht der Fall war – noch nicht –, und daß all die verschiedenen Schichten des Todes und die Erzählungen vom Tod Papas Bewußtsein angegriffen hatten, ihn negativ stimmten, wo sie positiv eingestellt war, ihn traurig stimmten, wo sie fröhlich war, ihn zum Defätisten machten, wo sie auf Sieg versessen war. Aber würde sie wirklich zurückkommen? Trotz all seiner erhabe-

nen Naturschönheiten war Rußland das unangenehmste Land, das sie je kennengelernt hatte – unangenehm in einer Weise, die sich nicht einmal beschreiben ließ; unangenehm auf eine Art, an die sie sich womöglich kaum noch würde erinnern können, wenn sie wieder im Westen war. Das unsichtbare Gas würde sich verflüchtigen, und nur die herrlichen Sehenswürdigkeiten würden in ihrem Gedächtnis haften.
Nicht ganz. Das Bewußtsein der Furcht würde auf immer präsent bleiben. Papas Furchtsamkeit. Seine Angst vor dem Risiko, der allerdings der Wagemut entgegenstand, mit dem er als Vierzehnjähriger quer durch Europa gewandert war. Ohne dieses Wagnis wären weder sie noch Amanda auf der Welt. Sie verdankte ihr Leben seiner paradoxen Furcht ebenso wie seinem paradoxen Mut. Sie wollte seine Geschichte trotz allem niederschreiben.
Die Maschine stieg noch immer. Sie überflogen Rumänien, dann Österreich und schließlich das herrliche, gesegnete Italien. Als die Adriaküste unter ihnen auftauchte, jauchzten die Italiener. Und Isadora stimmte mit ein. Nie war sie so glücklich gewesen, ihre geistige Heimat – *Italia* – wiederzusehen.

Ob Bean in Mailand sein würde? Vor einer Ewigkeit hatten sie dieses Treffen vereinbart, vor einer Ewigkeit hatte sie ihn von Kiew aus angerufen und ihn gebeten auszuharren, abzuwarten, darauf zu vertrauen, daß die Russen ihr Ticket bestätigten. Nichts schien gewiß. Vielleicht würde man sie festnehmen, weil sie die Rubelscheine weggeworfen hatte. Als sie zur Landung ansetzten, schwand ihre Hoffnung, ihn wiederzusehen, von Minute zu Minute.
Auf dem Flughafen von Mailand herrschte das für den Ferienmonat August typische Durcheinander. Haufenweise stürmten die Italiener die Sperren, schubsend, schreiend und drängelnd. Das Gute war: Bean überragte alle anderen. Isadora hielt sehnsüchtig Ausschau nach seiner zerzausten aschblonden Mähne, seinen blitzenden blauen Augen und seinem strahlenden Lächeln. Keine Spur von ihm.
Sie schleppte den schweren Aktenkoffer, den Kleidersack *und*

ihren großen Reisekoffer (der in Rekordzeit aufs Förderband gekommen war – für sie der erste Tüchtigkeitsbeweis der »Aeroflot«). Sie war also ziemlich bepackt und dementsprechend unbeweglich. Mühsam zwängte sie sich durch die Sperre und suchte in der Menge nach Bean. Kein Bean weit und breit – dabei war sie inzwischen wieder sicher gewesen, er würde sie erwarten und ihr bei der Ankunft wie toll zuwinken.
Sie überprüfte die An- und Abflugzeiten auf der elektronischen Anzeige. Seine »Alitalia«-Maschine von New York war längst gelandet. (Aber die Nummer ihres Fluges war überhaupt nicht aufgeführt – ein Rückfall in den altbekannten »Aeroflot«-Kurs.) Wer weiß, vielleicht war er gar nicht in der Maschine aus New York gewesen. Vielleicht war etwas dazwischengekommen. Er hatte ein Mädchen kennengelernt, war völlig *stoned*, war abgehauen, um drei Tage und Nächte lang bis zur Bewußtlosigkeit zu vögeln, wie er es zu Anfang mit ihr getan hatte. Er war genauso verdorben und unzuverlässig, wie sie schon immer befürchtet hatte – ein zweiter Adrian Goodlove (mieser Charakter unter der Maske eines entwaffnenden Lächelns); oder ein zweiter Brian Stollerman (ein Irrer, dem es gelang, *alles* glaubhaft klingen zu lassen, falsche Treuegelöbnisse inbegriffen); oder auch ein zweiter Josh Ace (scheinbar liebevoller junger Mann mit der Seele eines Nassauers). Sie war wieder einmal reingelegt worden. Wahrscheinlich hatte er sogar das Flugticket zu Bargeld gemacht und mit irgendeiner Nutte auf den Kopf gehauen, oder er hatte sich (was wahrscheinlicher war) Kokain oder Sinsemillagras dafür gekauft (wahrscheinlich beides). Sie war ein hoffnungsloser Naivling, sobald Männer ins Spiel kamen. Oh, warum schaffte sie es nur nicht, sich für eine gute Partie zu begeistern – für Männer in den Fünfzigern, die einem Lebensversicherungen schenkten; Männer in den Vierzigern, die einer Frau die Rechnungen bezahlten, statt umgekehrt; Männer in den Sechzigern mit Landhäusern in Palm Springs und Geld wie Heu (von Leberflecken ganz zu schweigen). »Ich wäre lieber eines alten Mannes Schatz als eines jungen Mannes Sklavin«, hatte ihre Mutter ihr häufig vorgesagt, als sie noch klein war. (Es hatte aber nichts genützt, oder?) Ihr

ganzes Leben lang hatte sie immer das Gegenteil von dem getan, was ihre Mutter ihr geraten hatte. »Trag das Herz nicht auf der Zunge!« hatte ihre Mutter immer gesagt, aber sie kannte nur blutendes Herz auf triefender Zunge (von triefender Möse und blutender Brieftasche ganz zu schweigen, denn ihre Männer ließen sie, abgesehen von allem anderen, stets ärmer zurück, als sie es vorher gewesen war; in der Regel räumten sie auch noch ihre Möbel aus und ließen Videogeräte und Stereoanlagen mitgehen).
Sie hatte es also wieder mal geschafft, einen herzlosen Schuft zu finden, um ihrem unheilbaren Masochismus zu frönen. Das brachte ihr garantiert weitere vierzig Jahre Analyse ein! Sie würde sich noch im Grab analysieren lassen müssen! »Nächstes Mal probiere ich es mit Lourdes«, sagt Woody Allen im »Stadtneurotiker«. Vielleicht sollte sie es auch mit Lourdes versuchen. Schließlich hatte sie schon alles andere durchprobiert – Woody Allens Analytiker eingeschlossen. Vielleicht konnte sie zum Katholizismus übertreten wie Graham Greene. Ah, endlich etwas, das sie noch nicht versucht hatte.
Auf einmal entdeckte sie Bean.
Er winkte wie toll, und seine blauen Augen blitzten wie Leuchtfeuer. Er kämpfte sich durch eine Gruppe Italiener und schloß sie in die Arme.
»Liebling, Liebling, Liebling.« Er weinte. »Ich dachte schon, ich sehe dich nie wieder.«
Auch ihr liefen Tränen über die Wangen – Tränen der Erleichterung, weil sie aus Rußland entkommen war, weil sie noch lebte und sich wieder in der freien Welt befand. Oder doch wenigstens in einer freieren.
»Ich habe auch nicht geglaubt, daß ich dich wiedersehe«, sagte sie.
Sie weinten und umarmten sich, umarmten sich und weinten. Ihre Maschine nach Venedig ging erst in drei Stunden, und so beschlossen sie, unverzüglich ins Flughafenhotel zu gehen.
Das Zimmer war ein moderner, kastenartiger Kubus, der wie eine futuristische Zelle anmutete oder wie das Pullmanabteil eines Raumschiffes. Sie zogen sich aus und duschten gründlich.

Isadora wußte nicht, wonach sie sich mehr sehnte: nach einer westlichen Dusche oder nach Beans Armen (und Beinen) um ihren Körper.

Vermutlich nach beidem, dachte sie. Sauber und immer noch halb naß sanken sie aufs Bett. Er nahm ihr Gesicht in seine Hände.

»Ich hatte eine schreckliche Ahnung, daß wir uns nie wiedersehen würden«, sagte er. »Ich war vor Angst um dich halb wahnsinnig. Ich habe dir ganze Bände von Briefen geschrieben, die ich aber nicht abschicken konnte – du hättest sie ja doch nie bekommen.«

»Wo *sind* sie?« Isadora war schon immer dafür gewesen, das Wort zu bewahren, für den Fall, daß das Fleisch den Weg allen Fleisches ging – oder schwach wurde.

»Ich gebe sie dir später«, sagte Bean.

»O Gott, bin ich froh, daß du da bist.« Isadora spürte, wie Müdigkeit, Verzweiflung und Angst von ihr abfielen und die russische Paranoia sich bei der Berührung mit seinem Körper auflöste.

»Ich liebe dich von ganzem Herzen«, sagte sie. »Ich möchte nicht, daß wir je wieder getrennt werden.« (Was hatte sie da gesagt? Was hatte sie versprochen – sie, die doch allen Versprechungen abgeschworen hatte?)

»Ich weiß jetzt, daß ich ohne dich nicht leben kann.« Er weinte.

»Oh, ich muß dir so viel erzählen«, sagte sie. »So ungeheuer viel, daß ich nicht weiß, wo ich anfangen soll...«

»Hast du deinen Großvater gefunden?«

»Ja und nein«, antwortete sie. »Oder doch, ja, ich habe ihn gefunden.«

Sie liebten sich so behutsam, wie Liebende es nach einer langen Trennung tun, so als müßte einer den Körper des anderen neu kennenlernen, ja als müßten sie die Liebe selbst neu erlernen, indem sie ihren Weg noch einmal zurückverfolgen, einer am Körper des anderen.

Es ist der Tod, der uns zu diesen gefährlichen Versprechungen, diesen gefahrvollen Bindungen treibt, dachte Isadora, während sie sich liebten. Wenn wir noch wie die Heranwachsenden glaubten, wir bräuchten nie zu sterben, könnten wir von einem Partner zum nächsten gehen, ohne uns je ganz zur Liebe zu bekennen, ohne uns der Liebe anheimzugeben, ohne uns zu binden. Aber die Nähe des Todes verleiht der Liebe erst ihren wahren Wert. Das Leben ist zu kurz, um es mit Oberflächlichkeiten, Ausweichen und Angst vorm Fliegen, mit Abstürzen und Feuerfangen zu vertändeln. Isadora hatte in Rußland die ganze Geschichte des Todes erfahren; in Odessa angesichts des Schwarzen Meers und in Kiew angesichts jenes Geistermeers der versiegelten Schlucht namens Babi Jar. Und sie wußte, daß W. H. Audens Postulat (aus einem Gedicht, das sie vor vielen Jahren im College besonders gern gemocht hatte) zutraf: »Wir müssen einander lieben oder sterben.« (Obwohl wir einander in Wirklichkeit natürlich lieben und trotzdem sterben. Aber stirbt unsre Seele auch? Nein, nicht wenn wir lieben. Das ist es, was Papas russischer Geist sie gelehrt hatte.) Wenn die Mörder und Scharfrichter unseren Planeten eines Tages nach ihrem Willen zerstört, wenn sie jedes Lebewesen (selbst Gräser und Insekten) vernichtet haben – werden dann die Gedichte der ausgerotteten Menschheit noch um den Globus und hinaus in den sternenflimmernden Äther fliegen? Isadora vertraute darauf.

Die Stunden im Hotel vergingen wie im Flug. Gewaschen und frisch angezogen, brachen sie nach Venedig auf.

»Venedig wird dir unglaublich erscheinen«, sagte Isadora.

»Wenn es dich gibt, dann glaube ich auch an Venedig.« Bean legte den Arm um sie.

Als sie auf dem Marco-Polo-Flughafen landeten, sandte die schrägstehende Sonne ihre letzten Strahlen über die Lagune. Das Gefühl der Freiheit und Phantasie, die schiere Euphorie darüber, am Leben, in Italien und wiedervereint mit Bean zu sein, waren so übermächtig, daß Isadora sich im letzten Augenblick fragte, ob Venedig womöglich eine Enttäuschung werden würde. Sie war schon oft hiergewesen – zum erstenmal mit neunzehn (als sie allein von Florenz hergefahren war und für zwei Dollar die Nacht in einem Studentenheim auf der Isola del Giudecca gewohnt hatte). Damals war sie mit einer Ausgabe von »Childe Harolds Pilgerfahrt« durch Venedig gewandert, hatte auf der Piazzetta darin gelesen und von einem Byronschen Helden geträumt, der kam, um sie mit sich zu nehmen – zwar nicht fort (denn was war Venedig anderes als die Inkarnation des »Fort«?), aber doch wenigstens, um sie zu *nehmen*.

»›Ich weilte auf Venedigs Seufzerbogen‹«, las sie. »›Ein Kerker, ein Palast zu jeder Hand.‹«

Sie saß auf der Piazzetta, im heiratsfähigen Alter von neunzehn Jahren, über die Schaumhaube ihres Cappuccinos gebeugt, und sprach diese Zeilen aus dem vierten Gesang laut vor sich hin (denn Byron verlangt danach, laut gelesen zu werden – das Wesen und der Prüfstein wahrer Dichtung):

Ich weilte auf Venedigs Seufzerbogen,
Ein Kerker, ein Palast zu jeder Hand;
Ich sah die Bauten steigen aus den Wogen
Wie Zaubrers Blendwerk; ein Jahrtausend stand
Vor mir, die dunklen Flügel ausgespannt;
Sterbender Glanz umfloß die sieggewohnte
Versunkne Zeit, da manch bezwungnes Land
Dem Marmorsitz des Flügellöwen fronte,
Wo stolz Venezia auf hundert Inseln thronte.

Und ein Byronscher Held tauchte auf, als hätten die Verse ihn angelockt (und die Muse, die in ihnen verborgen war).

Er war ein junger, schlanker chinesischer Arzt aus Australien, groß und schlank wie ein Vorbote des schlanken chinesisch-amerikanischen Arztes, den sie eines Tages heiraten sollte. (Stimmte es wirklich, oder bildete Isadora sich nur ein, daß jeder wichtige Mann in ihrem Leben einen Vorläufer, einen Herold und Vorboten hatte? Zuerst traf man den Vorboten, oder man erschuf ihn in einem Buch, dann begegnete man dem wirklichen Mann – so als gäbe es tatsächlich *zwei* Gestalten eines jeden Mannes, den wirklichen und den der Träume. Dann waren die Begriffe vom *wirklichen* Mann und dem *Traummann* also doch nicht ganz wertlos? Frauen benutzten sie immerhin: »Ich bin einem richtigen Mann begegnet«, oder: »Ich habe den Mann meiner Träume kennengelernt.« Isadora neigte leider dazu, die Charaktere zu erfinden, die das Epos ihres Lebens verlangte, und dann enttäuscht zu sein, wenn die Figur, die sie sich ausgedacht hatte, und die Person, der sie begegnete, nicht miteinander übereinstimmten. Das widerfuhr übrigens allen Schriftstellern: Es war einer der Gründe dafür, daß ihre Ehen so unterhaltsam und kostspielig ausfielen – unterhaltsam natürlich nur, wenn man sie nicht selbst zu durchleben brauchte. Autoren verlieben sich in erdichtete Charaktere, die aber sind nicht notwendigerweise gute Partner.)

Der chinesische Arzt, den sie mit neunzehn getroffen hatte, war mit ihr durch den Dogenpalast gegangen, hatte ihr auf der Piazzetta Veilchen gekauft und ihr bei »Florian« zum Spumante Gedichte vorgetragen. Sie hatte nicht mit ihm geschlafen. Es war 1961, und 1961 schlief man nicht mit jedem (außerdem wohnte sie im Studentenheim). Aber das hatte die Begegnung nur um so romantischer gemacht. Sie tauschten unschuldige Küsse und auch ihre Adressen (obwohl sie einander hernach nie schrieben). Ich wüßte gern, wo er jetzt ist, dachte Isadora träge, als die DC-9, in der sie und Bean saßen, den Anflug auf Venedig begann. (Mit der DC-9 flog sie, aber nicht mit der DC-10 – obgleich sie sich vorstellen konnte, daß sie nach der »Aeroflot« *jede* westliche Maschine dankbar besteigen würde.)

Die zweite Venedigreise hatte sie zusammen mit Pia, ihrer Schulfreundin, gemacht. Sie übernachteten in einer verlausten kleinen Pension unweit von San Marco und kämpften wie Blutsschwestern gegen die leidigen Bettgenossen. Das nächste Mal fuhr sie mit Bennett Wing (von Heidelberg aus) nach Venedig, und Bennett hatte natürlich die ganze Zeit schlechtgelaunt rumgehangen, wieder und wieder den »Tod in Venedig« gelesen und düster deprimierende psychoanalytische Interpretationen dazu geliefert.

Die vierte Venedigreise unternahm sie mit Josh kurz vor der Vollendung von »Candidas Beichte«; sie hatten eine Suite im »Gritti« und ständig die *papparazzi* auf den Fersen. (In diesem Fall war *Josh* schlechter Laune, weil die *papparazzi* nicht *ihm* auf den Fersen waren.) Seitdem war sie nur noch allein nach Venedig gekommen, eine emsige Forscherin auf den Spuren von Marietta

Robusti und ihrem berühmten Vater. Oh, Venedig barg viele Erinnerungen für Isadora – ihre eigenen und die ihrer Charaktere. Es waren ihre Erinnerungen und die ihrer Alter egos, denn natürlich war Marietta ebenso ein Alter ego wie Candida (wenn das auch die Welt nicht erkannte, die sich so leicht durch Äußerlichkeiten täuschen ließ, durch Reifröcke und Krinolinen, durch Mieder und Halskrausen, Perücken und Masken). Das Erinnerungsvermögen einer Romanschriftstellerin weist vielleicht mehr Schichten auf als das anderer Menschen. Denn sie hat neben ihren eigenen Erinnerungen auch die ihrer Charaktere (die sich manchmal mit den ihren decken und manchmal nicht – oder die bisweilen den ihren zwar ähnlich sind, aber seltsam gebrochen erscheinen, wie die *palazzi*, die sich im Canal Grande spiegeln).

Wie würde Venedig sie diesmal empfangen? Sie kehrte zurück nach Venedig, in dieses unirdische Paradies, an ihrer Seite einen dämonischen Liebhaber, und was würde sie finden – was? Ah, das gerade war ja das Geheimnis dieser Stadt, die so wandelbar ist wie das »I Ging« und doch getreulich all unsre Stimmungen widerspiegelt. Man wird nie wirklich klug aus Venedig – dieser schimmernden Chimäre an der Lagune der Erinnerungen.

Isadora wandte den Kopf und sah Bean in die Augen, während das Flugzeug über die Landebahn raste. Winzige Fältchen umrahmten seine Augen, die Iris schimmerte feucht und glänzte azurfarben im Spätlicht. Seine Pupillen waren geweitet und so dunkel, daß sie darin zu ertrinken wähnte. Erst Bean hatte Isadora gelehrt, wie man in den Augen eines Menschen liest. Er hatte ihr oft erzählt, daß er in den Jahren, in denen er wahllos herumhurte, gelernt hatte, durch einen prüfenden Blick in die Augen einer Frau zu erkennen, ob sie gefährlich war und ihm schaden konnte. »Eine Schlange erkennt man immer«, sagte Bean. »Ihre Augen sind kalt und haben einen leeren, teilnahmslosen Ausdruck. Genau den sehe ich auf deinen Fotos von Josh. Seine Augen wirken tot.«

Isadora hatte sehr lange gebraucht, um das zu erkennen – ganze sieben Jahre –, aber als sie zur Einsicht kam, wußte sie, daß Bean recht hatte. Josh hatte wirklich tote Augen. Sie waren nicht etwa kalt und berechnend, nein, aber der Funke des Gefühls war erloschen und der Strahl des Lebens durchbrochen. Es gab so viele Dinge, die Josh nicht sehen wollte – vielleicht war das der Grund. Er wollte weder die Beziehung zu seinem Vater im rechten Licht sehen noch die zu Isadora, ja nicht einmal die zu sich selbst. Und so hatte er sich denn abgekapselt, hatte ein paar lebenswichtige Sinnesempfänger in seinem Hirn ausgeschaltet, und das konnte man in seinen Augen lesen.

Isadora wußte, daß Joshs Augen nicht immer tot gewesen waren. Als sie einander kennenlernten und er voller Hoffnung für sein Leben und für ihre Liebe war, da strahlten seine Augen Milde aus und die Bereitschaft zu sehen. Dann begann er sich zu verschließen: Er wurde blind und kalt. Sie wußte, daß diese Wandlung stattgefunden hatte, aber sie wußte nicht, warum. Das Leben sollte die Menschen öffnen, sie nicht verschließen, es sollte ihnen die Furcht nehmen, sie zugänglicher und liebesfähiger machen. Aber manchmal geschieht das Umgekehrte. Man kann nicht voraussagen, wer sich mit zunehmendem Alter zum Positiven entwickeln und wer zum Negativen neigen wird. Fest steht jedoch, daß Versagen und Enttäuschung über sich selbst den Menschen so verhärten, daß er nie mehr frei und gelöst sein kann.

Und so hatten sie denn die Kühnheit, nach Venedig zu reisen. Bei Sonnenuntergang. Erschöpft vom Fliegen, von ihrer wilden Sehnsucht nacheinander, erschöpft von ihrer verrückten sechsmonatigen Liaison, die Rußland auseinandergerissen und wieder vereint hatte. Bei Sonnenuntergang sahen sie Venedig zusammen, und es war auch für sie wie zum erstenmal.

Ihr Gepäck wurde auf ein *motoscafo* verfrachtet, der Bootsmann übernahm das Steuer, und eng umschlungen tuckerten sie jener feenhaften, durchsichtigen Erscheinung entgegen, als die sich die Lagune von Venedig bei Sonnenuntergang präsentiert. Sie fuhren und fuhren unter einem weiten, blauen Himmel, aus dem Seemöwen herabstießen und ins Wasser tauchten, um sie zu begrüßen. Sie kamen an Bojen, Markierungen und Dämmen vorbei. Und plötzlich tauchten sie in das silbrig glitzernde Band des Canal Grande ein.

Die Paläste erzitterten in ihren grünlichen Spiegelbildern; die Sonne wurde im Wasser gefangen und versank. Isadora blickte empor zu den verfallenen *palazzi* entlang der Kaimauer und jubelte innerlich. Venedig war noch da! Die Fluten mochten steigen (die Stadt sinkt nämlich nicht, wie manche behaupten), aber Venedig war noch da: Man hatte die Kulisse nicht zerstört.
Bean sah das alles zum erstenmal. Und durch ihn war ihr, als ob auch sie es zum erstenmal sähe. Es war eine zauberhafte, aber auch eine melancholische Stadt, eine Stadt der Katzen, nicht nur der Menschen: eine Stadt, in der alle Geister der Vergangenheit in den Körpern von Tieren Wohnung genommen hatten, um nun einer hinter dem anderen durch die engen Gassen zu jagen. Bean, der Katzen liebte, begriff das sofort instinktiv. Isadora hatte zuvor nie ganz verstanden – bevor sie nicht mit ihm hierhergekommen war –, daß Venedigs lange Herrschaftsgeschichte und der darauffolgende qualvolle Niedergang (begleitet von wüsten Gelagen) die Mauern der Stadt mit Geistern belebt zurückgelassen hatten, wie es sie in anderen Städten nicht gab. »Wer ein Gespenst beißt, findet kein Blut«, sagt ein altes taoistisches Sprichwort, aber in Venedig ist das anders. Die Geister von Venedig sind blutrünstig. Die Geister von Venedig verlangen nichts Geringeres als Sex und Tod.
Und Bean und Isadora opferten ihnen. Versteckt in einer Suite im Hotel »Cipriani«, verblüfften sie einander damit, daß sie so wild und so oft vögelten, bis sie zu wund waren, um auszugehen. Einmal, zweimal, drei-, vier-, fünf- und sechsmal am Tag waren nicht genug. Sie fickten den ganzen Morgen, stärkten sich am späten Vormittag im Garten mit Croissants und Omeletten, schwammen ein wenig und gingen zurück ins Bett. Ihr Verlangen nacheinander schien grenzenlos und unstillbar, so, als vereinigten sich alle Orgien des venezianischen Karnevals und seiner Maskeraden, aber auch die sexuelle Raserei aus Casanovas und Byrons Venedig in ihrem Liebesspiel. Der Geruch der Sexualität stieg auf aus den Kanälen und verfallenen Palästen und forderte sie heraus auf ihrem breiten Bett im »Cipriani«. In dieser Stadt, wo Orgien und Laster einst *de rigueur* waren, wo eine Frau mit sechzehn

heiratete und mit siebzehn einen Liebhaber nahm, einen *cicisbeo*, einen *cavaliere servente*; in dieser Stadt, wo die Gondeln sich auf den nächtlichen Kanälen kreuzten und man sich unter dunklen Baldachinen auf dem Wasser liebte, oder in verschwiegenen Verstecken, die nicht einmal die eigenen Mitbürger kannten; in dieser Stadt, wo das anmutige Plätschern des brackigen Wassers selbst den Mönch an Sex denken läßt und sogar den Jungen und Gesunden den Gedanken an den Tod eingibt – in dieser Stadt liebten sie einander mit all der aufgespeicherten Energie von Jahrhunderten voller Begierde, von Jahrhunderten vereitelter Liebe.

Sie liebten einander, wie es Ruskin und seiner Effie nicht vergönnt war; liebten einander mit der Liebe, von der Byron und seine Marianna Segati nur träumten, die Byron und La Giuccioli begannen, doch vor der sie zurückschreckten, aus Furcht, der lodernde Brand würde sie verzehren.

»Wie verbringen Sie Ihre Abende?« hatte Byron seinen Freund Tom Moore gefragt, als La Giuccioli ihn zu langweilen begann. Welch trostloses (und entlarvendes) Gefühl für einen Liebenden! Bean und Isadora verbrachten ihre Abende damit, die dunklen Seitengassen Venedigs zu durchstreifen.

Eine Stadt der Sexualität, eine Stadt des Todes, »eine Feenstadt des Herzens« hatte Byron sie genannt. Ah, es war die Stadt, in der er jenen allzu verräterischen Satz geschrieben hatte: »Das Schwert überdauert die Scheide«, dem unmittelbar ein weiterer verräterischer Satz folgen sollte: »Und die Seele überdauert die Brust.«

Was würde von Beans und Isadoras leidenschaftlichen Umarmungen bleiben? Schufen sie den Grundstein für ein neues Leben, oder brannten sie nur die Leidenschaft aus, die in einer verschneiten Winternacht im eisigen Connecticut begonnen hatte? Isadora wußte es nicht. Sie glaubte nicht mehr an das *amor vincit omnia*, den Wahlspruch ihrer Jugend. Aber sie war auch nicht dem Zynismus erlegen. Es stimmte, daß die Handlung eines jeden Lebens – und aller Romane – in gewissem Sinne durch die unmittelbare atomare Bedrohung außer Kraft gesetzt war. Trotzdem nahm sie sich Clarissa Cornfelds Zynismus auch jetzt noch in keiner Weise zum Vorbild. Ständige Verweigerung war keine Antwort. Man mußte sich in acht nehmen, aber man mußte sich auch regen. Man mußte bis spät in die Nacht umherstreunen.

Isadora und Bean waren erlebnissüchtig; sie würden sich bis zum Bersten am Leben ergötzen, und wenn der Tod kam, nun, dann würden sie im Tode schwelgen. Aber sie würden beide nicht an ungelebtem Leben sterben.

Den ganzen Tag lang liebten sie sich und vögelten, sprachen miteinander, lasen Gedichte, tauschten Liebesbriefe aus Rußland, schwammen, aßen köstliche Mahlzeiten im Bett, tranken Wein und hielten einander in den Armen. Wenn die Dämmerung herabfiel, wagten sie sich in die Stadt hinaus wie Geschöpfe der Nacht, wie die Katzen von Venedig oder die nächtlichen Schwärmer des achtzehnten Jahrhunderts mit ihren phantasievollen Masken vor dem Gesicht.

Venedig wurde für sie eine Stadt der Schatten, eine Stadt dunkler Gassen, schweigender Gondelfahrten, mitternächtlicher Spaziergänge und Streifzüge. Wie eh und je schlenderten die Herzoginwitwen am Swimmingpool des »Cipriani« vorbei; wie eh und je trafen sich die eleganten homosexuellen Dichter und Romanciers, die Zeichner und Maler zu ihren *conversazioni* in den *palazzi* – aber Bean und Isadora waren taub für *conversazioni*, blind für Herzoginwitwen und den ganzen ausgelassenen Gesellschaftstrubel Venedigs. Sie lebten einer in den Augen, dem Herzen und dem Körper des anderen. Sie schwelgten ineinander; sie nahmen teil an den Sakramenten des Sexus, die der Beginn eines wunderbaren gemeinsamen Lebens sein können, vielleicht aber auch schon das Ende in sich tragen.

Hier in Venedig, der Stadt der Träume, begriff Isadora, daß die Welt wirklich ein Traum ist, den die Individualität des Träumers mitgeschaffen hat. Papa hatte eine Welt erträumt, sie gemalt, bevölkert und in ihr gelebt. Aber sie konnte sich eine andere erträumen. In der Vergangenheit hatte sie stets mit der Angst vor der Zukunft gelebt, mit dem Erbe von Papas Furchtsamkeit, mit seinem düsteren russisch-jüdischen Pessimismus und seiner Melancholie. Aber sie weigerte sich, weiter so zu leben. Sie weigerte sich, mit der Furcht vor Steuerprüfungen, gescheiterter Liebe und gescheiterter Lebenskraft zu leben.

Sie würde sich erlauben, Bean so lange zu lieben, wie ihre Liebe dauerte. Sie würde der Liebe gestatten, zu dauern und zu bestehen. Wenn sie nur den festen Wunsch hatte und wenn auch Bean es wollte, dann würde ihre Liebe dauern. Wenn nicht, dann nicht. Soviel stand in ihrer Macht.

Venedig war wie ein Beispiel für etwas Menschliches, das fortlebte, lange nachdem es sein Hinscheiden angekündigt hatte. Isadora und Bean konnten ihr Leben auf dieser dunklen Lagune des Todes neu gründen; sie konnten die verfallenen Paläste abstützen; sie konnten beisammensein, wenn sie es nur wollten. Es war eine Frage des Mutes; es war eine Frage der Bereitschaft, wie Helden zu leben. Andere Träumer rotteten sich zusammen, um die Welt in atomverseuchte Trümmer zu zerlegen, sie aber konnten zumindest so lange Fleisch verbrennen, wie sie Fleisch zu verbrennen hatten.

»Wir dürfen nur für kurze Zeit in diesen Körpern wohnen«, sagte Bean. »Und dann, wer weiß? Warum sollten wir nicht wenigstens jetzt ganz von ihnen Besitz ergreifen?«

»Weil ›das Schwert die Scheide überdauert‹«, zitierte Isadora ihren Lieblingsdichter.

»Na schön, soll es überdauern«, sagte Bean, nahm sie in die Arme und liebte sie aufs neue. »Lassen wir's überdauern auf Teufel komm raus!«

Und sie bereiteten ihr Lager in Venedig, an den gurgelnden Wassern, unter dem phosphoreszierenden Himmel, den nur Turner wirklich zu malen verstand, in der Stadt des Sexus und des Todes, der Katzen und Liebenden, der Herzoginwitwen und engen, dunklen Gassen, der Stadt der Gondeln und Gier, der Dichter und Dirnen. Und sie bereiteten ihr Lager in Venedig, als der Tag anbrach, der alles für sie bereithielt – wenn ihre Gedanken es nur fassen konnten, wenn ihre Überzeugung nur daran festhielt, wenn ihr Mut es nur zu bewahren vermochte.

Vor dem Einschlafen gab Isadora sich das Versprechen, das Buch über Papa zu schreiben, sobald sie wieder daheim war. Sie brauchte das verschollene Gemälde nicht dazu, von dem nicht einmal sicher war, ob es existierte. *Sie* war das verschollene Gemälde. *Sie* war das Periskop seines Todes. Und sie lebte noch.

Folgenden Verlagen sei an dieser Stelle für die freundliche Abdruckgenehmigung entsprechender Zitate gedankt:

Jonathan Cape Ltd. London für »Schneestaub« aus *The Poetry of Robert Frost*, London 1923

Insel Verlag Frankfurt am Main für die Zeile aus »Klage« in »Buch der Bilder« aus *Rainer Maria Rilke: Sämtliche Werke*, Bd. 1

International Creative Management New York für den Satz aus »Käthe Kollwitz« in *The Collected Poems of Muriel Rukeyser*, New York 1968

Liveright Publishing Corporation New York für »in making Marjorie god hurried« aus *E. E. Cummings: Tulips & Chimneys*, copyright 1976 by George James Firmage, sowie für »the boys i mean are not refinded« aus *E. E. Cummings: No Thanks*, copyright 1978 by Georges James Firmage

Hermann Luchterhand Verlag GmbH & Co KG Darmstadt für die Zeilen aus »Melancholie in den Familien« und die erste Strophe von »Pferd der Träume« übers. von Erich Arendt aus *Pablo Neruda: Aufenthalt auf Erden*, Sammlung Luchterhand, Darmstadt 1984, sowie für die Verse aus »Ein Gebet für meine Tochter« übers. von Richard Exner in *William B. Yeats: Werke*, Bd. 1, Darmstadt und Neuwied 1970

R. Piper & Co. Verlag München für die beiden Sätze aus *Jonathan Schell: Das Schicksal der Erde*, München und Zürich 1982

Guido Pressler Verlag Hürtgenwald für eine Strophe aus *Omar Chajjám und seine Rubaijat*, Wiesbaden 1974

Suhrkamp Verlag Frankfurt am Main für die Zeilen aus *James Joyce: Werke, Frankfurter Ausgabe*, Band 1 »Dubliner«, übers. von Dieter E. Zimmer, Frankfurt 1969, und Bd. 3, 1 u. 2 »Ulysses«, übers. von H. Wollschläger, Frankfurt 1976

Walter-Verlag Olten für die Sätze aus *C. G. Jung: Gesammelte Werke*, Bd. 4 »Freud und die Psychoanalyse«, Olten und Freiburg im Breisgau 1979

Winkler Verlag München für die Strophe aus »Childe Harolds Pilgerfahrt« in *George G. Byron: Sämtliche Werke*, Bd. 1, München 1977

Paul Zsolnay Verlag Wien für die Zeilen aus *Colette: Die Freuden des Lebens*, Hamburg und Wien 1961